MIRA®

Der Preis dieses Bandes versteht sich einschließlich
der gesetzlichen Mehrwertsteuer.

Umwelthinweis:
Dieses Buch wurde auf chlor- und säurefreiem Papier gedruckt.

Versuchung pur

Jane muss sich dringend eine neue Existenz aufbauen! In direkter Nachbarschaft zu einer alten Apfelplantage gründet sie ein Sommerferienlager für Mädchen. Ein Treffen mit deren Besitzer Martin Elliot ist unvermeidlich, und sein erster Kuss erinnert Jane daran, dass gerade die verbotenen Früchte die süßesten sind ...

Die Geliebte des Malers

Alice erkennt den interessanten Mann nicht, der sie anspricht und malen will. Erst am nächsten Tag erfährt sie, dass es der Künstler Colin Sullivan ist, berühmt nicht nur für seine Bilder, sondern auch für seine Affären. Doch für Alice ist klar: Sie gibt ihren Körper nicht wahllos her! Dabei ist sie für Colin mehr als nur ein schönes Modell ...

Pension der Sehnsucht

Nellys Idylle ist in Gefahr! Denn Percy Reynolds hat die kleine Familienpension „Lakeside Inn“ gekauft, die sie managt. Und er hat Pläne, die Nelly nicht akzeptieren kann. Entsprechend wortreich gibt sie ihm zu verstehen, was sie von dem Touristenzentrum hält, das er auf dem Grundstück errichten will – und ist völlig sprachlos, als Percy sie nach ihrem Temperamentsausbruch einfach küsst ...

Nora Roberts

Sommerträume 3

MIRA®

MIRA® TASCHENBUCH
Band 25143
1. Auflage: Juni 2005

MIRA® TASCHENBÜCHER
erscheinen in der Cora Verlag GmbH & Co. KG,
Axel-Springer-Platz 1, 20350 Hamburg
Deutsche Taschenbucherstausgabe

Titel der nordamerikanischen Originalausgaben:
Temptation/Sullivan's Woman/From This Day

erschienen bei: Silhouette Book, Toronto
Published by arrangement with
Harlequin Enterprises II B.V., Amsterdam

Konzeption/Reihengestaltung: fredeboldpartner.network, Köln
Umschlaggestaltung: pecher und soiron, Köln
Titelabbildung: by GettyImages, München
Autorenfoto: © by Harlequin Enterprise S.A., Schweiz
Satz: D.I.E. Grafikpartner, Köln
Druck und Bindearbeiten: Ebner & Spiegel, Ulm
Printed in Germany
ISBN 3-89941-182-X

www.mira-taschenbuch.de

Nora Roberts

Versuchung pur

Roman

Aus dem Amerikanischen von
Heike Warth

MIRA®

1. KAPITEL

Sonnenstrahlen fielen durch den dünnen Fenstervorhang auf den Holzboden der Hütte und auf das eiserne Bettgestell. Gongschläge ertönten, sie schienen in Janes Kopf widerzuhallen. Erst seit drei Tagen weckte dieses blecherne Geräusch sie, und schon war es ihr über.

„Wenn ich etwas nicht ausstehen kann, dann ist es dieser Gong um sechs Uhr früh“, murrte sie.

Sie gönnte sich noch einen kleinen Augenblick der Ruhe, steckte den Kopf unter das Kissen und stellte sich vor, sie läge zu Hause in ihrem großen Himmelbett mit der zart duftenden Leinenbettwäsche. In ihrem in Pastellfarben gehaltenen Schlafzimmer waren die Vorhänge stets offen gewesen, und es hatte immer nach frischen Blumen gerochen.

Dieses Kissen hier roch aber leider nur nach einem billigen Waschmittel.

Mürrisch warf Jane es auf den Boden und setzte sich auf. Der Gong war verhallt, und sie konnte vereinzelte Schreie von Krähen ausmachen. Aus einer der Hütten auf dem weitläufigen Gelände drang laute, fröhliche Rockmusik herüber. Düster sah Jane zu, wie ihre Mitbewohnerin Candice Bartholomew munter aus dem Bett sprang.

„Guten Morgen!“ Candy fuhr sich mit den langen schmalen Fingern durch die wirre rote Mähne. „Ist es nicht ein wunderschöner Tag!“ verkündete sie emphatisch und reckte und streckte sich wohlig. Jane gab eine unverständliche Antwort, schwang die Beine aus dem Bett und verharrte eine Weile regungslos. Es sah aus, als habe diese kleine Anstrengung sie schon erschöpft.

Candy öffnete die Tür, um die frische Morgenluft hereinzulassen, und betrachtete ihre Freundin mit liebevoller Nachsicht. Das Sonnenlicht verfing sich in Janes blondem Haar und ließ es wie gesponnenes Silber aussehen. Sie hatte die Augen wieder geschlossen und ließ die Schultern hängen. Dann gähnte sie lang und ausgiebig.

Candy sagte wohlweislich nichts, da sie wusste, dass Jane im Gegensatz zu ihr kein Morgenmensch war.

„Es kann unmöglich schon wieder Zeit zum Aufstehen sein", behauptete Jane brummend. „Mir kommt es vor, als wäre ich erst vor fünf Minuten ins Bett gegangen." Sie stützte die Ellbogen auf die Knie und legte den Kopf in die Hände. Candy bewunderte Janes zarte helle Haut, die an den Wangenknochen rosig aussah. Janes Nase war klein, sie zeigte eine kleine Tendenz nach oben, und wäre ihr voller, großzügiger Mund nicht gewesen, hätte man ihr Aussehen als kühl und aristokratisch beschreiben können.

Candy atmete noch einmal tief die klare Luft ein und schloss dann wieder die Tür. „Was dir fehlt, ist das Duschen und eine Tasse Kaffee. Die erste Woche im Ferienlager ist immer am härtesten. Es wird bestimmt bald besser werden."

Endlich öffnete Jane die Augen wieder. „Du hast gut reden. Du bist nicht in die Brennnesseln gefallen."

„Brennt es immer noch?"

„Ein bisschen." Jane zwang sich zu einem Lächeln. War es Candys Schuld, dass sie, Jane, morgens eine längere Anlaufzeit brauchte? „Es ist schließlich das erste Mal, dass wir die Aufsichtspersonen und nicht die Beaufsichtigten sind." Sie gähnte noch einmal ausgiebig, stand auf und zog sich ihren Morgenmantel über. In der Hütte war es inzwischen so frisch und so kühl wie draußen, und ein Kälteschauer überkam sie. Wenn sie sich doch nur noch daran erinnern könnte, wohin sie ihre Pantoffel gestellt hatte!

„Schau mal unter dem Bett nach", schlug Candy vor.

Jane bückte sich und fand sie tatsächlich. Sie waren aus bestickter rosa Seide und nicht gerade praktisch. Aber warum sollte sie Geld für ein zweites Paar ausgeben? Jane setzte sich wieder aufs Bett, um die Pantoffeln anzuziehen.

„Glaubst du, dass die Teilnahme an fünf Ferienlagern genügend Vorbereitung für dieses Unternehmen war?" wollte Candy, selbst nicht ganz sicher, besorgt wissen.

Jane wollte ihre Freundin nicht mit ihren Zweifeln anstecken.

Ihr neu eingerichtetes Ferienlager – es nannte sich „Camp Liberty", „Freiheit" – war ihre neue Existenzgrundlage, und Jammern erhöhte bestimmt nicht den Erfolg. Sie legte Candy die Hand auf die Schulter.

„Mach dir keine Gedanken, ja? So früh am Tag bin ich eben noch zu nichts zu gebrauchen. Wenn ich geduscht habe, sieht alles anders aus. Dann nehme ich es leicht wieder mit unseren siebenundzwanzig Mädchen auf."

„Jane." Candy hielt sie noch einmal zurück, als sie ins Bad gehen wollte. „Es wird funktionieren, du wirst sehen."

„Ja", sagte Jane wenig überzeugt. „Ich weiß."

Jane schloss die Badezimmertür hinter sich und lehnte sich dagegen. Wenn sie ehrlich war, musste sie zugeben, dass sie Angst hatte. Ihre letzten Pfennige, ihre letzte Hoffnung steckten in diesen sechs Blockhütten, dem Stall und dem Gemeinschaftsbau, alles zusammen machte „Camp Liberty" aus. Was verstand sie, Jane Carlbough, ehemals „höhere Tochter" in Philadelphia, schon von der Leitung eines Sommerferienlagers für Mädchen? Das war leider nicht viel.

Wenn sie hier scheiterte, was dann? Wie sollte es dann weitergehen? Aber andererseits, Mutlosigkeit würde ihr auch nicht helfen. Sie musste also wohl oder übel Vertrauen haben, Zutrauen in die Zukunft. Energisch drehte sie den Warmwasserhahn weiter auf.

Lauwarmes Wasser floss nach einer Weile träge herunter. Vertrauen, dachte Jane fröstelnd. Damit und mit sehr viel Glück schaffen wir es vielleicht.

Sie begann sich mit der zart duftenden französischen Seife, dem einzigen Luxus, den sie sich noch leistete, einzuseifen. Vor einem Jahr wäre sie nicht auf die Idee gekommen, dass ein einfaches Stück Seife so etwas wie Luxus sein könnte!

Vor einem Jahr.

Jane drehte sich um, damit das Wasser auch ihren Rücken erreichte, und dachte nach. Vor einem Jahr war sie nie vor acht Uhr aufgestanden, hatte lange und ausgiebig heiß geduscht oder gebadet, dann mit Toast und Kaffee, vielleicht ein wenig Rührei, gemütlich gefrühstückt, um gegen zehn Uhr in die Bibliothek zu fahren, wo sie unentgeltlich aushalf. Dann hatte sie mit Eric zu Mittag gegessen, meist im „Deux Cheminées", bevor sie nachmittags bei einer von Tante Dorothys Wohltätigkeitsorganisationen mitarbeitete.

Eine schwierige Entscheidung hatte höchstens ins Haus gestanden, wenn sie nicht wusste, ob sie ein rosa Seiden- oder ein weißes Leinenkostüm anziehen sollte, abends zu Hause bleiben oder eine der vielen eleganten Dinnerpartys, die in Philadelphia gegeben wurden, besuchen sollte.

Es war ein sorgloses, paradiesisches Leben ohne Zwänge gewesen. Aber damals hatte ja auch ihr Vater noch gelebt.

Jane seufzte, als sie sich mit dem rauen Lagerhandtuch abtrocknete. Als ihr Vater noch gelebt hatte, war stets genug Geld da gewesen, und Zeit hatte man einfach gehabt. Sie war dazu erzogen worden, ein mehrgängiges Menü zusammenstellen zu können, aber nicht, es selbst zu kochen. Sie konnte zwar ein Haus führen, aber keinen Haushalt versorgen.

Ihre Mutter war früh gestorben, und so hatten ihr Vater und sie allein zusammengelebt. Ständig war etwas los gewesen: Es hatte Partys gegeben, Einladungen zum Tee und Ausritte in netter Gesellschaft. Der Name Carlbough galt etwas in Philadelphia, und dass die Carlboughs Geld hatten, war eine Tatsache, das bezweifelte niemand.

Wie schnell sich die Dinge doch ändern konnten!

Jetzt gab Jane Reitstunden, versuchte sich an der Buchhaltung und plagte sich mit Existenzsorgen.

Der winzige Spiegel über dem Waschbecken war vom Duschen beschlagen, und Jane wischte ihn mit ihrem Handtuch ab. Dann steckte sie vorsichtig einen Finger in die halb volle Dose mit der sündhaft teuren Creme. Sie war fest entschlossen, mit ihr bis zum Ende des Sommers auszukommen. Wenn sie selbst auch so lange mit ihrer ungewohnten Arbeit durchhielt, würde sie sich mit einer neuen Dose belohnen.

Als Jane das Badezimmer verließ, war die Hütte leer. Wie sie Candy kannte – und nach zwanzig Jahren kannte sie sie gut –, war sie bereits bei der Arbeit. Es war wirklich erstaunlich, wie schnell sich ihre Freundin an die jeweilige Umgebung anpassen konnte. Es war an der Zeit, dass sie sich ein Beispiel daran nahm! Jane zog die Jeans und ihr rotes T-Shirt mit dem Aufdruck „Camp Liberty" an. Beides war ihr ganz ungewohnt – selbst als Teenager war sie selten so lässig gekleidet herumgelaufen.

Sie hatte ihr Leben genossen – die Partys, die Skiurlaube in Vermont, die Ausflüge nach New York ins Theater oder zum Einkaufen, die Ferien in Europa ... Dass sie sich ihren Lebensunterhalt je würde selbst verdienen müssen, war weder ihr noch ihrem Vater in den Sinn gekommen. Die Frauen der Familie Carlbough arbeiteten eben nicht, sie saßen in Komitees und taten ehrenamtlich Gutes.

Auch im College war es mehr darum gegangen, ihre Bildung abzurunden, als sie auf einen Beruf vorzubereiten. Und so hatte Jane mit ihren dreiundzwanzig Jahren erkennen müssen, dass sie absolut nichts Praktisches gelernt hatte und tun konnte. Natürlich hätte sie ihrem Vater Vorwürfe machen können, aber er war ein so liebevoller, nachsichtiger Vater gewesen, und sie hatte ihn vergöttert. Bevor sie ihm etwas vorwarf, gab sie lieber sich selbst die Schuld, weil sie so naiv und kurzsichtig gewesen war.

Wenn sie etwas gelernt hatte, dann ihre Gefühle zu verbergen und Haltung zu bewahren. Niemand hier im Ferienlager, die Mädchen und auch die anderen Betreuerinnen nicht, würde merken, dass sie immer noch um ihren Vater trauerte beziehungsweise wie sehr Eric Keeton ihren Stolz getroffen hatte.

Eric war ein viel versprechender junger Mann, der im Unternehmen ihres Vaters gearbeitet hatte, immer charmant, immer aufmerksam und so passend ... Seit ihrem letzten College-Jahr war sie fest mit ihm befreundet gewesen, und jeder war davon ausgegangen, dass sie ihn einmal heiraten würde.

Als Jane jetzt feststellte, dass sie sich noch immer verletzt fühlte, stieg Ärger in ihr hoch. Sie bürstete sich das Haar zurück und band es zu einem kurzen Pferdeschwanz zusammen, einer Frisur, bei der ihre Frisörin einen mittleren Schock erlitten hätte.

So ist es viel praktischer, dachte sie trotzig, als sie ihr Spiegelbild betrachtete. Schließlich war sie jetzt eine berufstätige Frau, und da konnte sie es nicht haben, wenn ihr zum Beispiel bei den Reitstunden ständig Haarsträhnen ins Gesicht fielen.

Einen Augenblick presste sie die Hände vor die Augen. Warum war es morgens immer am schlimmsten? Wenn doch alles nur ein Albtraum wäre, aus dem sie zu Hause in ihrem bequemen Bett aufwachen würde! Aber ihr Zuhause gab es nicht mehr. Fremde Menschen lebten jetzt darin. Der Tod ihres Vaters war kein Albtraum gewesen, sondern schreckliche Wirklichkeit.

Ein Herzanfall hatte ihn ihr genommen, und bevor Jane noch halbwegs zu sich gekommen war, hatte sie schon der zweite Schicksalsschlag getroffen.

Eine ganze Reihe von Anwälten in feierlichen dunklen Anzügen war vor ihr aufmarschiert. Sie hatten lange, trockene Monologe gehalten und mit unbeweglichen Gesichtern und in höflichen, gesetzten Worten ihre Welt zum Einsturz gebracht.

Schlechte Geldanlagen, hatte man ihr erklärt, eine unerwartete Marktentwicklung, Hypotheken, anderweitige Belastungen, teure Kredite ... Ergebnis: Es war kein Geld mehr da.

Brian Carlbough, ihr Vater, war eine Spielernatur gewesen, das stellte sich nach seinem Tod heraus, und seine Tochter hatte allen Besitz verkaufen müssen, um seine Schulden zu bezahlen. Ihr selbst war außer ein bisschen Schmuck nichts geblieben.

Und zu all dem war dann noch Erics Verrat gekommen!

Jane stieß die Tür ihrer Hütte auf und trat ins Freie hinaus. Aber der Anblick der grünen Berge und des blauen Himmels, die würzige klare Luft erfreuten sie nicht. Sie war in Gedanken wieder in Philadelphia und hörte Eric ruhig und sachlich mit ihr sprechen.

Der Skandal ... Sein Ruf würde darunter leiden, seine Karriere, sie müsse ihn bitte verstehen, vernünftig sein ... Jane hatte alles verloren, was sie liebte, aber er hatte nur an sich gedacht.

Er hatte sie nie geliebt, das war ihr da klar geworden. Jane schob die Hände in die Hosentaschen und ging auf das große Blockhaus zu, das den Speisesaal beherbergte. Sie musste blind gewesen sein, dass sie ihn nicht von Anfang an durchschaut hatte. Aber sie hatte dann schnell gelernt. Für Eric war sie nur Mittel zum Zweck gewesen. Karriere wollte er machen, Geld und Ansehen durch sie gewinnen. Nach dem Zusammenbruch interessierte sie ihn nicht mehr. Nun hatte sie nämlich nichts mehr zu bieten.

Jane ging etwas langsamer. Sie war außer Atem vor Zorn, blieb deshalb einen Augenblick stehen, holte tief Luft und sah sich um. Die Luft war zwar noch kühl so früh am Morgen, aber schon bald würde die Sonne sie wärmen. Die Landschaft war wunderschön. Ringsum stand das halbe Dutzend Blockhütten, durch deren offene Fenster fröhliche Mädchenstimmen drangen. Hinter dem Camp-Gelände, im Westen, erhoben sich die Berge. Sie waren bewaldet, und Wiesen mit grasenden Pferden bildeten helle Flecken in ihrem dunklen Grün.

Jane konnte sich eigentlich gar nicht satt sehen daran. Ihr ganzes bisheriges Leben hatte sich in der Stadt abgespielt, in verkehrsreichen Straßen, in Häusern voller Menschen ... Wie sie sich manchmal danach zurücksehnte! Noch konnte sie allerdings alles wiederhaben, denn ihre Tante Dorothy drängte sie immer noch, bei ihr zu leben. Es hatte Jane viel Kraft gekostet, der Verlockung zu widerstehen und ihr Leben nicht einfach in den alten Bahnen zu lassen. Dabei wäre es so leicht gewesen. Vielleicht war sie im Grund ihres Herzens auch eine Spielernatur wie ihr Vater? Warum sonst hätte sie all ihr restliches Geld in dieses Ferienlager stecken sollen?

Weil ich wenigstens den Versuch machen musste, dachte sie, ich muss doch auf eigenen Beinen stehen. Ich hätte natürlich mein altes Leben als dekorative, aber nutzlose Salonpuppe weiterführen können. Aber das wollte ich nun mal nicht. Hier in dieser Umgebung wollte ich endlich zu mir finden. Wer bin ich überhaupt? Vielleicht lag die Antwort hier, vielleicht würde sie hier herausfinden, wo ihr Platz in der Welt war.

Candy hatte Recht. Jane tat einen tiefen Atemzug. Es würde gut gehen, sie würden es schaffen, aus dem Ferienlager ein erfolgreiches Unternehmen zu machen!

„Hast du Hunger?“ Das war Candys Stimme. Jane drehte sich um, die Freundin stand hinter ihr. Ihr Haar war feucht, sie musste also irgendwo eine freie Dusche gefunden haben.

„Ich bin dem Hungertod nahe.“ Jane legte den Arm um ihre Freundin.

„Wo warst du?“ Candy ließ, wie Jane zuvor, den Blick über das Gelände schweifen. Stolz lag darin. „Ich habe mir Sorgen um dich gemacht.“

„Candy, ich habe dir doch gesagt, dass ich ein Morgenmuffel bin.“

Eine Gruppe von Mädchen kam aus einer Hütte und nahm Kurs auf den Frühstücksraum.

„Jane, wir sind seit dem Krabbelalter befreundet. Niemand weiß besser als ich, was du durchmachst.“

Tatsächlich, niemand kannte sie besser als Candy, und Jane nahm sich vor, in Zukunft ihr gegenüber vorsichtiger zu sein. Zu schnell durchschaute die Freundin sie. „Es ist für mich vorbei, Candy.“

„Ja, vielleicht. Aber immerhin war dieses Ferienlager eigentlich meine Idee, ich habe dich überredet, mitzumachen. Das bedrückt mich manchmal.“

„Du hast mich nicht gegen meinen Willen überredet. Ich wollte mein letztes Geld sinnvoll anlegen – und es war ja wahrhaftig nicht viel.“

„Für mich schon. Mit deinem Geld konnten wir immerhin die Pferde anschaffen. Und dass du dann auch noch selbst Reitstunden gibst …“

„Nur, um meine Investition im Auge zu behalten“, meinte Jane leichthin. „Nächstes Jahr wirst du auch noch eine erstklassige Buchhalterin in mir haben. Ich bereue nichts, Candy.“ Das war die Wahrheit. „Es ist unser Sommerlager.“

„Und das der Bank“, erinnerte Candy trocken.

Jane machte eine wegwerfende Handbewegung. „Nur vorübergehend. Du hast dir einen Kindheitstraum erfüllt, und ich …“ Sie zögerte und stieß dann einen Seufzer aus. „Machen wir uns nichts vor. Hier habe ich ein Dach über dem Kopf, drei Mahlzeiten täglich und etwas Sinnvolles zu tun. Ich muss mir beweisen, dass ich es schaffe.“

„Die Leute halten uns für verrückt.“

Da meldete sich wieder dieser Stolz, gepaart mit einer neuen Unbekümmertheit. „Sollen sie doch!“

Candy lachte und zog Jane liebevoll am Pferdeschwanz. „Komm, gehen wir frühstücken.“

Zwei Stunden später ging Janes erste Reitstunde an diesem Tag zu Ende. Der Reitunterricht war ihr Verantwortungsbereich – und die Buchführung, denn noch hoffnungsloser als Candy konnte sich niemand im Umgang mit Zahlen anstellen.

Candice hatte Studentinnen für die Betreuung der Mädchen angestellt, dazu eine Köchin und eine Krankenschwester für kleinere Wehwehchen. Eines Tages, wenn sie einmal ein eigenes Schwimmbecken hatten, sollte noch eine Schwimmlehrerin dazukommen. Im Augenblick gingen sie zum Baden noch an den See.

Das Programm war reichhaltig: Schwimmen und Rudern, Wandern und Bogenschießen, und dazu konnten sich die Mädchen künstlerisch und handwerklich betätigen. Candy hatte Monate damit verbracht, die Aktivitäten genau zu planen, während sich Jane mit den Problemen der Finanzierung herumgeschlagen hatte. Sie konnte nur hoffen, dass das Geld wirklich reichte, um diesen ersten Sommer zu überstehen.

Im Gegensatz zu Candy war sich Jane keineswegs sicher, dass die erste Woche wirklich die schlimmste war. Candy hatte zwar die Ausbildung, um so ein Sommerlager zu leiten, aber sie war auch eine Idealistin und übersah in den Büchern gern Kleinigkeiten wie rote Zahlen.

Darüber wollte sie jetzt jedoch nicht nachdenken. Jane hob den Arm.

„Das war alles für heute", rief sie den sechs Mädchen mit den schwarzen Reitkappen zu. „Das ging schon sehr gut."

„Wann dürfen wir galoppieren, Miss Carlbough?"

„Wenn ihr traben könnt." Sie tätschelte einem Pferd die Flanke und dachte, dass es herrlich wäre, jetzt einfach in die Berge hineinzureiten und dabei alles, auch die Erinnerungen, hinter sich zu lassen. Aber das wäre andererseits nur eine Flucht.

Sie rief sich zur Ordnung und wandte sich wieder an die Mädchen. „Absteigen und die Pferde zum Abkühlen herumführen. Denkt daran, dass sie auf euch angewiesen sind." Sie schob sich eine Haarsträhne aus dem Gesicht und fügte hinzu: „Und räumt die Sättel und das Zaumzeug auf."

Mit ihrer Ermahnung erntete sie das unvermeidliche Aufstöhnen. Reiten und mit den Pferden spielen war natürlich etwas anderes, als anschließend aufzuräumen. Aber die Mädchen mussten auch lernen, Pflichten zu übernehmen. Inzwischen kannte Jane alle ihre Gesichter und Namen. Die Elf- und Zwölfjährigen in ihrer Gruppe hatten eine Energie, die sie keine Minute zur Ruhe kommen ließ. Bei einigen Mädchen entdeckte sie dieselbe Begeisterung für Pferde, die sie selbst in diesem Alter erfasst hatte, und sie beantwortete ihre schier endlosen Fragen nur zu gern.

„Jane!" Sie drehte sich um. Candy kam angerannt, und selbst auf die Entfernung sah Jane, dass sie beunruhigt war.

„Was ist los?"

„Wir vermissen drei Kinder."

„Wie bitte?" Panik stieg in Jane hoch, aber sie zwang sich, ruhig zu bleiben. „Was soll das heißen – sie werden vermisst?"

„Sie sind nicht auf dem Gelände. Roberta Snow, Linda Hopkins und Marcie Jamison." Candy fuhr sich mit den Fingern durch das Haar, wie sie es immer tat, wenn sie nervös war. „Barbara wollte mit ihrer Gruppe zum Rudern gehen, aber die drei sind nicht aufgetaucht. Wir haben schon überall nach ihnen gesucht."

„Wir dürfen vor allem den Kopf nicht verlieren", sagte Jane. „Roberta Snow – ist das nicht die Kleine mit den braunen Haaren, die einem der anderen Mädchen die Eidechse ins T-Shirt gesteckt und morgens um drei Uhr den Gong in Betrieb gesetzt hat?"

„So ist es." Candy machte ein besorgtes Gesicht. „Richter Harper Snows Enkelin. Wenn sie sich auch nur das Knie aufschlägt, macht er uns wahrscheinlich den Prozess." Candy schüttelte den Kopf. „Jemand hat sie heute Morgen in östlicher Richtung weggehen sehen. Ich wette, dass die beiden anderen bei ihr sind. Unsere süße Roberta ist die geborene Anführerin."

„In der Richtung liegt doch die Apfelplantage."

„Ja." Candy schloss einen Moment die Augen. „Ich nehme an, genau die war auch ihr Ziel. Wenn ich nicht in zehn Minuten einen Modellierkurs hätte, würde ich selbst nachschauen. Wir wollen auf keinen Fall Ärger mit dem Besitzer der Plantage. Er hat uns den See nur verpachtet, weil ich ihn geradezu schamlos überrumpelt habe. Die Vorstellung, ein Ferienlager in unmittelbare Nähe zu bekommen, hat ihn wenig begeistert."

„Das ist sein Problem", sagte Jane ungerührt. „Ich bin hier am leichtesten zu entbehren, ich werde mich also auf die Suche nach den Ausreißerinnen machen."

„Danke, Jane. Wenn die Mädchen wirklich in der Apfelplantage sind – und darauf verwette ich meinen letzten Pfennig –, könnten wir echte Schwierigkeiten bekommen. Der Mann wünscht, nicht gestört zu werden."

„Was können drei kleine Mädchen schon groß anstellen?" Jane schritt weit aus, und Candy hatte Mühe, mit ihr Schritt zu halten.

„Er heißt Martin Elliot. Den Namen hast du bestimmt schon gehört – er macht Apfelsaft, Apfelkompott, Apfelgelee, kandierte Äpfel, alles, was man aus Äpfeln herstellen kann. Und er hat ausdrücklich klargestellt, dass er in seinen Bäumen keine kleinen Mädchen finden möchte."

„Das wird er auch nicht – ich werde ihm nämlich zuvorkommen." Jane schwang sich über den Zaun, und Candy blieb zurück.

„Vielleicht solltest du Roberta an die Leine legen, wenn es dir gelingt, sie einzufangen."

Jane folgte dem Weg, der vom Camp wegführte, und stieß nach einer Weile auf zerknittertes Schokoladenpapier. Kopfschüttelnd hob sie es auf und steckte es sich in die Tasche. Richter Snows Enkelin war allgemein für ihre Naschsucht bekannt.

Es war warm geworden. Der Weg wand sich zwischen Schatten spendenden Espen dahin. Sonnenlicht tanzte flirrend auf dem Boden, und Eichhörnchen huschten über den Weg. Sie ließen sich durch Jane nicht stören. Einmal scheuchte sie ein Kaninchen, das in Panik aufschreckte und ins Unterholz davonhoppelte. Gleichmäßiges Trommeln begleitete ihren Gang – ein Specht bearbeitete einen Baum mit seinem Schnabel.

Es war herrlich hier, so fernab aller Zivilisation. Vielleicht nicht aller ... Jane bückte sich nach einem weiteren Bonbonpapier.

Die Natur so unmittelbar zu erleben und ganz allein zu sein, das war neu für sie. Der Geruch der Erde, die Tiere, die Vegetation begeisterten sie. Bunte Blumen blühten am Wegesrand, sie waren kräftiger und lebendiger als die Rosen aus dem Gewächshaus, an die sie gewöhnt war. Jane freute sich wie ein Kind darüber, dass sie sogar schon einige Pflanzen dem Namen nach kannte. Es war eine schöne Vorstellung, dass sie Jahr um Jahr zuverlässig wiederkamen, weil die Natur ihnen alles Nötige gab. Darin lag Hoffnung. Hier konnte sie vielleicht ihren Platz im Leben finden – hatte ihn vielleicht schon gefunden. Ihre Freunde in Philadelphia hielten sie wahrscheinlich für verrückt, aber ihr gefiel es hier immer besser.

Espen gab es nur noch vereinzelt, und die Sonne schien nun wieder mit voller Kraft auf Jane hinunter. Sie legte schützend die Hand vor die Augen und ließ den Blick forschend über die Apfelplantage gleiten, die sich vor ihr ausdehnte.

Sie sah Apfelbäume, so weit ihr Blick reichte. Eine Baumreihe neben der anderen zog sich den Berghang hinauf. Manche Bäume waren alt und knorrig, andere jung und gerade gewachsen. Im Frühling muss es hier herrlich sein, dachte Jane, als sie an den Zaun trat, der die beiden Grundstücke voneinander trennte. Die weiß-rosa Blüten und die frischen grünen Blätter boten bestimmt einen überwältigenden Anblick. Jetzt waren die Blätter dunkel und kräftig, und statt voll zarter Blüten hingen die Bäume voll grüner, noch unreifer Äpfel, die darauf warteten, in der Sonne zu reifen.

Wie oft hatte sie wohl schon Apfelkompott gegessen, das von dieser Plantage stammte? Darüber musste Jane lächeln, als sie jetzt über den Zaun kletterte. Sie hatte eigentlich nie darüber nachgedacht, woher die Äpfel dafür stammten, hatte eher an einen altmodischen Obstgarten gedacht, der von einem netten alten Mann in blauer Arbeitshose und kariertem Hemd betreut wurde. Mit der Wirklichkeit hatte dieses Bild nichts zu tun.

Aufgeregtes Gekicher wies Jane den richtigen Weg. Ein Apfel fiel von einem Baum und rollte ihr vor die Füße, und sie bückte sich danach. Als sie aufsah, entdeckte sie drei Paar Turnschuhe im dichten Laub.

„Meine Damen“, begann Jane kühl. „Offensichtlich habt ihr euch auf eurem Weg zum See verlaufen.“

Robertas sommersprossiges Gesicht tauchte über ihr auf. „Hallo, Miss Carlbough. Möchten Sie auch einen Apfel?“

Die kleine Hexe! Jane musste ein Lächeln unterdrücken. „Runter“, sagte sie einfach nur und trat einen Schritt näher, um den drei Mädchen bei ihrer Kletterpartie zu helfen. Aber das war gar nicht nötig. Es raschelte, dann hüpften nacheinander drei kleine Mädchen neben ihr auf den Boden.

Jane zog die Augenbrauen hoch. „Ich nehme an, ihr wisst, dass es streng verboten ist, das Lagergelände unbeaufsichtigt und ohne Erlaubnis zu verlassen?“

„Ja, Miss Carlbough.“ Das hätte nach Reue klingen können, wäre da nicht dieser Glanz in Robertas Augen gewesen.

„Da ihr offenbar keine Lust zum Rudern hattet, schlage ich vor, dass ihr stattdessen Mrs. Petrie in der Küche beim Abwaschen helft.“ Jane war sehr zufrieden mit diesem spontanen Einfall. „Ihr meldet euch zuerst bei Miss Bartholomew und dann in der Küche.“

Zwei der kleinen Sünderinnen sahen betreten zu Boden.

„Miss Carlbough, finden Sie das richtig?" erkundigte sich Roberta, den angebissenen Apfel noch in der Hand. „Schließlich bezahlen unsere Eltern für das Ferienlager."

Jane spürte, wie ihr heiß wurde. Richter Snow war ein reicher, mächtiger Mann, und sie wusste, dass er seine Enkelin maßlos verwöhnte. Wenn dieses kleine Ungeheuer sich bei ihm beklagte ... Nein! Jane holte tief Luft und ließ durch nichts erkennen, dass sie beunruhigt war. Sie würde sich doch von so einem kleinen Fratz nicht einschüchtern oder gar erpressen lassen!

„Da hast du Recht – eure Eltern bezahlen dafür, dass ihr euch unterhaltet und etwas lernt, vor allem Ordnung und Benehmen. Die Regeln waren ihnen bekannt, als sie unterschrieben haben. Aber wenn es euch lieber ist, rufe ich eure Eltern gern an und bespreche die Angelegenheit mit ihnen."

„Nein, Miss Carlbough." Roberta wusste, wann es Zeit zum Rückzug war. Sie lächelte reizend. „Wir helfen Mrs. Petrie gern, und es tut uns auch sehr Leid, dass wir nicht folgsam waren."

Janes Miene blieb undurchdringlich. „Schön. Dann sollten wir uns jetzt wieder auf den Rückweg machen."

„Meine Mütze!" Roberta machte Anstalten, wieder auf den Baum zu klettern, aber Jane hielt sie fest. „Ich habe meine Mütze da oben vergessen. Bitte, Miss Carlbough. Es ist eine Baseballmütze von unserer Mannschaft, und sie ist voller Autogramme."

„Ich hole dir deine Mütze, ihr geht schon mal zurück. Ich möchte nicht, dass sich Miss Bartholomew länger unnötig Sorgen macht."

„Wir werden uns bei ihr entschuldigen."

„Ja, tut das." Jane sah ihnen nach. „Und keine Umwege bitte!" rief sie noch. „Sonst lasse ich die Mütze im Baum." Ein drohender Blick in Robertas Richtung genügte. „Ungeheuer", murmelte sie, als die Mädchen im Eilschritt zwischen den Bäumen verschwanden, und lächelte nachsichtig.

2. KAPITEL

Jane drehte sich um und betrachtete abschätzend den Baum, in dessen Geäst die Baseballmütze verloren gegangen war. Sie musste nichts weiter tun als hinaufzuklettern. Bei Roberta und ihren Freundinnen hatte das Klettern ziemlich einfach ausgesehen, aber irgendwie hatte sie diesen Eindruck jetzt gar nicht mehr.

Jane gab sich einen Ruck und fasste beherzt nach dem untersten Ast. Sie war in der Schweiz immerhin ein bisschen auf den Bergen herumgeklettert, viel schlimmer konnte so ein Baum da doch auch nicht sein. Sie zog sich hoch und stand nun in einer Astgabel. Die Rinde war rau, aber sie achtete nicht auf Kratzer. Als sie für beide Füße einen festen Standort gefunden hatte, griff sie nach dem nächsten Ast und zog sich so Stück für Stück nach oben.

Da war sie! Sie entdeckte die Schirmmütze in zwei Armlängen Entfernung. Als sie den Fehler beging, nach unten zu schauen, verkrampfte sich unwillkürlich ihr Magen. Sie holte tief Luft und hob den Kopf wieder. Was man nicht sah, konnte einem auch nicht zu schaffen machen. Das hoffte sie zumindest.

Zentimeter um Zentimeter arbeitete Jane sich zu ihrem Ziel vor. Als sie die Mütze endlich mit den Fingerspitzen berührte und hinunterstoßen konnte, atmete sie erleichtert aus. Sie setzte sich auf und ließ den Blick über die Plantage schweifen.

Von ihrem luftigen Sitz aus konnte sie auch noch einen Blick auf den See hinter den Espen erhaschen. Das Wasser erschien ihr unendlich blau. Ein paar hundert Meter von ihrem Baum entfernt entdeckte sie auf einem Feldweg einen verlassenen Lastwagen. Es war still und friedlich, man konnte die Vögel singen hören.

Ein großer gelber Schmetterling flatterte an ihr vorbei. Der Geruch nach Gras, Bäumen und Erde war überall. Jane konnte der Versuchung nicht widerstehen, streckte den Arm aus und pflückte einen der halb reifen, aber sonnenwarmen Äpfel. Das merkt der Besitzer bestimmt nicht, dachte sie, als sie hineinbiss. Der Apfel war hart und sauer, und das Wasser lief ihr im Mund zusammen, aber er schmeckte köstlich und aufregend – wie alles Verbotene. Sie lachte und gönnte sich einen zweiten Biss.

„Was, zum Teufel, treibst du da oben?"

Jane fuhr zusammen und wäre vor Schreck fast von ihrem Ast heruntergefallen. Sie schluckte das Apfelstück hastig hinunter, bevor sie durch das Laub nach unten spähte.

Dort stand ein Mann, er hatte die Hände auf die Hüften gestemmt. Er war schlank, fast hager, und die Ärmel seines verblichenen Jeanshemdes waren hochgerollt, sodass sie seine sonnengebräunten muskulösen Arme bewundern konnte. Jane wagte einen Blick in sein Gesicht. Es war braun gebrannt wie seine Arme und schmal. Die Nase war lang und leicht gebogen, der Mund voll und fest. Das schwarze, etwas wirre Haar fiel ihm in die Stirn, im Nacken lockte es sich. Seinen Augen las sie ab, dass ein Donnerwetter bevorstand.

Wunderbar, dachte Jane sarkastisch. Da bin ich nun vom Vorarbeiter beim Äpfelstehlen erwischt worden! Das hat mir noch gefehlt. Da es keine Chance gab, ihm zu entkommen, setzte sie zögernd zu einer Erklärung an, aber er ließ sie gar nicht zu Wort kommen.

„Junge Dame, du kommst bestimmt aus diesem Ferienlager!"

Sein Ton ließ Janes Stolz erwachen. Sie mochte ja arm wie eine Kirchenmaus und zum Arbeiten gezwungen sein, aber sie war doch immer noch eine Carlbough, und die duzte man nicht so einfach! Mit diesem Vorarbeiter einer Apfelplantage würde sie schon fertig werden. „Ja. Ich möchte gern …"

„Weißt du, dass das hier Privatbesitz ist?"

Nichts ließ ihre zunehmende Verärgerung erkennen. „Ja, aber ich …"

„Ich habe diese Bäume nicht gepflanzt, damit kleine Mädchen darauf herumklettern."

„Ich glaube kaum …"

„Komm herunter", befahl er. Ganz offenbar war er nicht an

Widerspruch gewöhnt. „Ich werde dich zu deiner Lagerleiterin bringen."

Jane wurde nun so wütend, dass sie allen Ernstes erwog, ihm einen Apfel an den Kopf zu werfen. Sie ließ sich von niemandem – von niemandem! – etwas befehlen. „Das wird nicht nötig sein."

„Was notwendig ist, entscheide ich. Komm sofort herunter."

Oh ja, dachte Jane. Ich werde herunterkommen! Und dann werde ich dich an deinen Platz verweisen!

Jane begann mit ihrem Abstieg. Die zwei Kratzer, die sie sich dabei zuzog, beachtete sie gar nicht. Das Vergnügen, den Fremden gleich mit Eiseskälte zu behandeln, war die Peinlichkeit, dass er sie im Baum entdeckt hatte, wert, und sie malte sich schon aus, wie er eine unzusammenhängende Entschuldigung stammeln und sie demütig um Vergebung bitten würde.

Da glitt sie aus. Sie versuchte zwar noch, sich an einem Ast festzuhalten, rutschte aber ab. Mit einem Aufschrei fiel sie ins Leere.

Der Atem blieb ihr weg, als sie auf etwas Festes aufprallte. Sie hatte noch Glück im Unglück, ihre neue Bekanntschaft versuchte nämlich, sie aufzufangen. Gemeinsam stürzten sie durch den Aufprall zu Boden, und als die Welt endlich aufhörte, sich zu drehen, fand Jane sich im Gras unter dem Baum in sehr enger Umarmung mit dem Fremden wieder. Sich zu bewegen war ihr nicht möglich.

Die Sonne schien ihr ins Gesicht, ihr Retter sah auf sie hinunter und staunte.

„Sie sind ja gar kein zwölfjähriges Mädchen!"

„Mit Sicherheit nicht."

Belustigt verlagerte er sein Gewicht, gab sie aber nicht frei. „Da oben im Baum habe ich Sie nicht gut genug sehen können." Aber das nachzuholen hatte er jetzt Zeit, und er nutzte sie. „Erstaunlich, was so alles vom Himmel gefallen kommt." Er schob ihr eine Strähne aus der Stirn. Seine Fingerspitzen fühlten sich rau auf ihrer

Haut an. „Was haben Sie denn in einem Ferienlager für Kinder zu suchen?"

„Ich leite es", erwiderte sie kalt. Sich unter ihm hervorzuwinden wäre irgendwie unwürdig gewesen, und so beschränkte sie sich auf einen missbilligenden Blick. „Würden Sie mich jetzt bitte gehen lassen?"

„Sie leiten das Lager?" Da sie aus einem seiner Bäume herabgefallen war, verspürte er nicht einmal den Anflug eines schlechten Gewissens, als er ihrer Forderung nicht nachgab. „Ich habe mit einer Miss Bartholomew gesprochen." Er sah Jane forschend an. „Sie hatte rotes Haar und sah ganz anders aus als Sie."

Da er so männlich und so gefährlich nah war, opferte sie ein wenig Würde, legte ihm die Hände auf die Schultern und versuchte ihn von sich zu schieben. Er rührte sich nicht einmal. „Wir sind Partnerinnen. Ich heiße Jane Carlbough."

„Ah – von den Philadelphia-Carlboughs?"

Die deutliche Belustigung, die aus seiner Bemerkung herausklang, war ein harter Schlag für ihren Stolz. Jane sah ihn aus schmalen Augen kalt an. „Genau."

„Es ist mir ein Vergnügen, Miss Carlbough", scherzte er. „Darf ich mich vorstellen: Martin Elliot von den Apfel-Elliots."

Na großartig, dachte Jane missmutig. Nicht der Vorarbeiter, sondern der Besitzer selbst muss es sein, der mich ertappt. „Ich freue mich, Ihre Bekanntschaft zu machen, Mr. Elliot", sagte sie steif.

Es klingt, als hätten wir uns bei einer Teegesellschaft getroffen, dachte er und musste lachen. „Ganz meinerseits, Miss Carlbough. Wie geht es Ihnen?"

Er lachte sie aus! Selbst kurz nach dem Skandal mit ihrem Vater hatte niemand gewagt, sie auszulachen – zumindest nicht in ihrer Anwesenheit. Ihre Lippen begannen zu zittern, aber sie hatte sich schnell wieder in der Gewalt. Nein, sie würde ihm das Vergnügen nicht gönnen, sie wütend zu sehen. Sie würde sich zusammenreißen und ruhig bleiben.

„Sehr gut, danke. Das heißt, wenn Sie mich endlich aufstehen ließen."

Erstklassige Manieren, dachte er, aber absolut nichts sagend. Seine eigene Erziehung war zwar weniger geschliffen, dafür ehrlicher. „Gleich. Ich finde diese Unterhaltung unerhört faszinierend."

„Dann sollten wir sie vielleicht im Stehen fortsetzen."

„Ich liege sehr bequem, danke." Das entsprach nicht ganz der Wahrheit. So viel Weiblichkeit in unmittelbarer Nähe brachte ihn ganz schön in Schwierigkeiten, aber er beschloss, das Beste aus der Situation zu machen. „Wie gefällt Ihnen unser einfaches, raues Landleben?"

Er machte sich immer noch über sie lustig und gab sich nicht einmal die Mühe, es zu verbergen. Jane war inzwischen so wütend, dass sie glaubte, platzen zu müssen. Aber nach außen gab sie sich kühl. „Mr. Elliot ..."

„Martin", verbesserte er sie. „Ich denke, unter den gegebenen Umständen sollten wir auf Förmlichkeiten verzichten."

Jane unternahm einen neuen Versuch, ihn wegzuschieben, aber genauso gut hätte sie versuchen können, einen Felsbrocken zu bewegen. „Das ist absolut lächerlich. Sie müssen mich aufstehen lassen."

„Ich muss überhaupt nichts", gab er zurück. „Ich habe viel von Ihnen gehört, Miss Carlbough." Er hatte Bilder von ihr in der Zeitung gesehen. Sie wurden ihr aber nicht gerecht. Es war offenbar sehr schwierig, diesen kühlen Sex, den sie ausstrahlte, in einem Foto einzufangen. „Ich muss zugeben, ich hätte nie damit gerechnet, dass eine echte Miss Carlbough aus Philadelphia einmal aus meinem Apfelbaum fallen würde."

Ihr Atem ging unregelmäßig, und die Maske von kühlem Gleichmut, hinter der sie ihre Gefühle verbarg, drohte einen Sprung zu bekommen. „Das lag keineswegs in meiner Absicht, das können Sie mir glauben."

„Es wäre auch nicht passiert, wenn Sie nicht auf den Baum hinaufgeklettert wären." Er lächelte. Was für ein Glück, dass er beschlossen hatte, den Kontrollgang durch diesen Teil der Plantage selbst zu machen!

Jane schloss die Augen. Bestimmt träumte sie das alles nur. Wenn sie die Augen öffnete, war sicher wieder alles so, wie es sein sollte. Es konnte einfach nicht wahr sein, dass sie flach auf dem Rücken lag, in den Armen eines fremden Mannes.

„Mr. Elliot." Ihre Stimme klang ruhig und sachlich. „Ich wäre nur zu gern bereit, Ihnen alles zu erklären, wenn Sie mich endlich aufstehen ließen."

„Ich möchte die Erklärung vorher."

Jane presste einen Moment die Lippen zusammen. „Sie sind der unhöflichste und ungeschliffenste Mann, der mir je über den Weg gelaufen ist", fuhr sie ihn an.

„Das ist mein Grundstück", erwiderte er ungerührt. „Hier gelten meine Regeln. Also – lassen Sie Ihre Erklärung hören."

Jane musste an sich halten, um nicht mit den Fäusten Martin Elliots Brust zu bearbeiten. Aber in ihrer Lage würde sie damit wenig Eindruck auf ihn machen, sondern sich nur der Lächerlichkeit preisgeben. Sie bekam stattdessen Kopfschmerzen.

„Drei meiner Mädchen haben unerlaubt das Ferienlager verlassen und sind in Ihr Grundstück eingedrungen. Ich habe sie ins Lager zurückgeschickt, wo sie entsprechend bestraft werden."

„Werden sie geteert und gefedert?"

„Ich bin davon überzeugt, dass Ihnen eine solche Art der Bestrafung läge, aber wir haben uns auf Küchendienst geeinigt."

„Das scheint mir angemessen. Es erklärt allerdings nicht, warum Sie mir aus meinem Baum direkt in die Arme gefallen sind. Obwohl ich mich über diesen speziellen Punkt nicht beklagen möchte. Sie duften übrigens nach Paris." Jane erstarrte, als er das Gesicht in ihrem Haar verbarg. „Nach aufregenden Nächten in Paris."

„Hören Sie sofort damit auf!" fuhr sie ihn an, der Panik nahe.

Martin spürte ihren Herzschlag und stellte fest, dass er eigentlich noch zu viel mehr Lust hatte, als nur an ihrem Haar zu riechen.

Er hob den Kopf und sah ihr in die Augen. Sie blickte ein wenig furchtsam drein.

„Eine Erklärung“, sagte er leichthin. „Mehr verlange ich im Augenblick nicht.“

Das Herz schlug ihr bis zum Hals. Unwillkürlich fiel ihr Blick auf seinen Mund, und sie meinte auf einmal zu wissen, wie er schmeckte. Sie fühlte, wie sie sich entspannte, versteifte sich aber sofort wieder. Hatte sie den Verstand verloren? Sie würde ihm seine Erklärung geben und dann die Flucht ergreifen, je schneller, desto besser.

„Eines der Mädchen ...“ Rachegelüste stiegen in ihr hoch, als sie an Roberta dachte. „Ein Mädchen hat seine Mütze im Baum hängen lassen.“

„Und Sie wollten sie holen.“ Er nickte. Offenbar genügte ihm ihre Antwort. „Aber das erklärt noch nicht, warum Sie sich von meinen Äpfeln bedient haben.“

„Sie schmecken sowieso nicht.“

Martin lachte und fuhr mit dem Finger an ihrer Wange entlang. „Das möchte ich bezweifeln. Ich wette, der Apfel war hart und sauer, aber köstlich. Ich habe in meinem Leben schon eine Menge unreife Äpfel gegessen, ich kann es beurteilen.“

Ein ganz merkwürdiges körperliches Verlangen breitete sich in Jane aus, und sie bekam Angst vor sich selbst. „Sie haben jetzt Ihre Erklärung und Ihre Entschuldigung, nun können Sie mich endlich gehen lassen.“

„Von einer Entschuldigung habe ich nichts gehört.“

Jetzt bekam er sie erst recht nicht mehr, lieber würde sie sich die Zunge abbeißen. Sie sah ihn mit fast königlicher Herablassung an. „Ich verlange, dass Sie mich auf der Stelle loslassen. Es steht Ihnen frei, mich auf Schadensersatz für Ihren wurmstichigen Apfel zu verklagen, aber jetzt bin ich Ihre lächerliche hinterwäldlerische Arroganz allmählich leid.“

Seine Äpfel waren nicht nur die besten hier in der Gegend, sondern im ganzen Land. Aber im Augenblick wollte er darüber mit ihr nicht streiten. „Ich versichere Ihnen, Sie haben keine Ahnung, wie arrogant wir Hinterwäldler sein können. Vielleicht sollte ich Ihnen eine Kostprobe geben."

„Das wagen Sie nicht", brachte sie gerade noch mit belegter Stimme hervor, bevor er jedes weitere Wort mit seinem Kuss erstickte.

Martins Kuss traf Jane völlig unvorbereitet. Er war fast grob, und sie, die an behutsames Werben, an elegante Schmeicheleien gewöhnt war, war unfähig, sich dagegen zu wehren. Auf einmal lagen seine Hände an ihrem Gesicht, und sein Daumen fuhr an ihrer Wangenlinie entlang. Diese Berührung erregte sie gegen ihren Willen.

Als sie sich von ihm freizukämpfen versuchte, hob er den Kopf. „Nur ruhig", murmelte er und streichelte ihre Wange. „Es scheint, als ob Sie doch nicht so sehr die Dame von Welt sind, als die Sie sich geben."

„Lassen Sie mich los." Ihre Stimme zitterte, aber das war ihr längst gleichgültig.

Martin stand auf und zog sie mit sich hoch. „Soll ich Sie ein bisschen abklopfen?"

„Noch nie hat mich ein Mann so beleidigt."

„Das glaube ich Ihnen gern. Schade, dass Sie so verwöhnt und verhätschelt worden sind." Sie wandte sich ab, aber er hielt sie an den Schultern fest, um ihr noch einmal ins Gesicht zu sehen. „Es wird mich interessieren, wie lange Sie es hier ohne Ihren Frisör und Ihren Butler aushalten. Das muss hart für Sie sein."

Er ist genau wie alle anderen, dachte Jane, aber sie zeigte ihm nicht, wie verletzt sie war und wie sie ihn verachtete. „Ich werde mich zu meinem nächsten Kurs verspäten, Mr. Elliot. Wenn Sie mich jetzt bitte entschuldigen ..."

Da nahm er die Hände von ihren Schultern. „Und halten Sie die Kinder von meinen Bäumen fern", warnte er sie zum Abschied noch einmal. „So ein Absturz kann, wie Sie sehen, gefährlich sein."

Sein anzügliches Lächeln war mehr als beleidigend, und Jane biss sich auf die Lippen. Sie drehte sich abrupt um und ging.

Er sah ihr nach, als sie über den Zaun kletterte und dann zwischen den Espen verschwand. Da entdeckte er Robertas Mütze zu seinen Füßen und bückte sich danach.

Das ist fast so gut wie eine Einladung, dachte er und steckte sie in die Tasche.

Jane versuchte den ganzen Tag, nicht an Martin zu denken. Candy hatte sie absichtlich nichts von ihrem Zusammentreffen mit ihm erzählt. Das hätte nur zu überflüssigen Fragen geführt.

Dass er sie vermeintlich beim Äpfelstehlen überrascht hatte, war demütigend genug. Schlimmer waren aber diese anderen Gefühle. Jane konnte nicht genau sagen, was für Gefühle das eigentlich waren, aber sie waren erregend und ließen sich nicht einfach abschütteln.

Es war absolut lächerlich! Jane hätte am liebsten wie ein kleines Mädchen mit dem Fuß aufgestampft. Sie kannte Martin Elliot ja gar nicht. Mehr noch, sie wollte ihn gar nicht kennen lernen. Zwar konnte sie nicht ungeschehen machen, was passiert war, aber sie konnte wenigstens dafür sorgen, dass es nicht wieder passierte.

Im letzten Jahr hatte sie ihr Leben zum ersten Mal selbst in die Hand genommen. Sie wusste nun, was es hieß, zu kämpfen und vielleicht auch zu versagen, aber sie wusste auch, dass sie nie wieder einen anderen über ihr Leben bestimmen lassen würde. Sie war aus ihren Träumen aufgewacht und durch eine harte Schule gegangen.

Aber auch Martin Elliot hielt sich fest in der Hand. Jane fand ihn grob und unerträglich anmaßend, aber sie sah auch seine Stärke. Sie hatte jedoch genug von beherrschenden Männern, ob ihre Manieren nun grob oder geschliffen waren. Im Grund waren sie alle gleich. Seit ihrer Erfahrung mit Eric hielt sie allgemein nicht mehr allzu viel von Männern, und die Begegnung mit Martin hatte nicht dazu beigetragen, ihre Meinung zu ändern.

Es war ausgesprochen lästig, dass sie sich ständig selbst dazu ermahnen musste, nicht immer an ihn zu denken. Sie hatte wahrhaftig genug anderes im Kopf.

Sich in die Führung des Ferienlagers einzuarbeiten, das sollte sie eigentlich ausfüllen. Ihr fehlte Candys langjährige Erfahrung als Betreuerin, und so beschränkte sich ihr Tätigkeitsbereich vorwiegend aufs Praktische. Aber wenigstens war sie mehr als nur eine Zuschauerin. Es war für sie ganz neu, dass sie Ehrgeiz entwickelte und etwas wirklich lernen wollte. Und wenn ihre Rolle als „Lehrling" es verlangte, dass sie Ställe ausmistete und Pferde striegelte, dann wollte Jane auch die saubersten Ställe und gepflegtesten Pferde im weiten Umkreis vorweisen können. Auf die erste Blase an ihrer Hand war sie ebenso stolz gewesen wie andere vielleicht auf einen Orden.

Das Gedränge, wenn der Gong zum Essen rief, jagte Jane immer noch Furcht ein. Siebenundzwanzig Mädchen zwischen zehn und vierzehn Jahren erstürmten dann den Speisesaal, und es gehörte mit zu ihren Pflichten, für Ordnung zu sorgen. Offenbar war es in diesem Alter unerlässlich, Unterhaltungen in höchster Lautstärke zu führen. Meistens drehten sie sich um Jungen, Film- und Popstars und wieder um Jungen.

In der Broschüre für „Camp Liberty" warben sie unter anderem mit gesundem, kräftigem Essen. Heute Abend gab es knusprige Hähnchen, Kartoffelpüree und gedämpften Brokkoli. Die Mädchen stellten sich mit ihren Tabletts an der Essensausgabe an.

„Wieder ein Tag geschafft", sagte Candy zu Jane und ließ dabei ganz automatisch den Blick durch den Raum schweifen.

„Und er ist fast vorbei." Überrascht stellte Jane fest, dass ihr der Rücken heute nicht mehr so wehtat wie an den vorhergegangenen Tagen. „Heute Morgen waren zwei Mädchen in der Reitstunde, die einen sehr viel versprechenden Eindruck machten. Ich würde ihnen gern zusätzlichen Unterricht geben, wenn das möglich ist."

„Ich werde mir den Stundenplan anschauen. Übrigens wollte ich dir unbedingt noch sagen, dass du mit Roberta und Anhang sehr gut zurechtgekommen bist. Der Küchendienst hat den dreien sehr gut getan."

„Danke." Dass so ein kleines Lob so erfreuen konnte! „Ich hatte ein schlechtes Gewissen wegen Mrs. Petrie – dass ich ihr die Bande überhaupt zugemutet habe."

„Angeblich haben sie sich mustergültig benommen."

„Roberta?"

„Ich weiß." Candy lächelte, und unwillkürlich drehten sich die beiden Freundinnen nach der kleinen Sünderin um. „Wahrscheinlich ist es nur die Ruhe vor dem nächsten Sturm. Kannst du dich noch an Marcia Delacroix aus Camp Forden erinnern?"

„Und ob! Sie hat doch die Schlange in Miss Fordens Wäscheschublade versteckt."

„Ja." Candy warf einen Blick auf Roberta. „Die beiden sind sich sehr ähnlich, nicht wahr?"

Jane lachte. „Ich werde meine Schubladen in Zukunft immer sorgfältig durchsuchen." Sie nahm ihr Tablett auf und ging weiter. „Du weißt doch, dass ich ..."

Weiter kam sie nicht. Sie sah es wie in Zeitlupe geschehen, konnte aber nicht mehr eingreifen: Roberta nahm gerade ihren Löffel als Schleuder in beide Hände, legte an und beförderte einen Klecks Kartoffelpüree zielsicher ins Haar ihres Gegenübers. Im nächsten Augenblick brach die Hölle los.

Kartoffelgeschosse flogen kreuz und quer, und die Mädchen kreischten. In kürzester Zeit waren Boden, Tische, Stühle und Kinder mit hellen, klebrigen Flecken bedeckt. Candy sprang mit einem Satz in die Mitte des Getümmels und setzte ihre Trillerpfeife an den Mund. Noch bevor sie dazu kam, sich bemerkbar zu machen, wurde sie jedoch genau zwischen die Augen getroffen. Totenstille breitete sich aus.

Jane stand noch immer so da, wie Candy sie verlassen hatte, und wagte nicht zu atmen. Sonst hätte sie einen hysterischen Lachanfall bekommen, und dann wäre die Autorität für immer dahin gewesen.

Candy wischte sich die Kartoffelreste von Stirn und Nase. „Ich möchte kein Wort mehr hören, bis ihr alle mit dem Essen fertig seid“, sagte sie dann streng. „Anschließend wird hier sauber gemacht, bis alles glänzt und blitzt. Verstanden?“

„Ja, Miss Bartholomew“, kam es zurück. Nur Roberta, die Hände brav vor dem Bauch gefaltet und alles in allem ein Bild vollkommener Unschuld, antwortete klar und deutlich.

Candy kam zu Jane zurück, um ihr Tablett zu holen. „Wenn du lachst“, drohte sie ihr, „bringe ich dich eigenhändig um.“

„Wer lacht denn hier?“ Jane räusperte sich. „Ich nicht.“

„Oh doch.“ Candy ging aufrecht und mit festen Schritten zu ihrem Platz am Ende des langen Tisches. „Ich merke alles, auch wenn du dir noch so viel Mühe gibst.“

Jane setzte sich und breitete umständlich ihre Serviette auf den Knien aus. „Du hast Kartoffelpüree in den Augenbrauen.“ Candy sah sie mit einem durchdringenden Blick an, und Jane hob schnell die Kaffeetasse an die Lippen, um ihr Lachen so zu verstecken. „Aber es steht dir.“

Ihre Freundin sah die kalt gewordenen Kartoffeln auf ihrem Teller missmutig an. „Möchtest du es nicht auch einmal probieren?“

„Nein, danke“, erwiderte Jane. „Du sagst doch immer, wir müssten den Kindern ein Vorbild sein.“ Sie biss hungrig von ihrem Hühnchen ab. „Köstlich“, meinte sie zufrieden. „Mrs. Petrie ist wirklich eine Perle.“

3. KAPITEL

Die Mädchen waren fast zwei Stunden damit beschäftigt, den Speisesaal von den Kartoffelpüreeflecken zu befreien und dann die dabei entstandenen Wasserpfützen wieder aufzuwischen. Als abends endlich das Licht gelöscht wurde, waren sie so müde, dass sie sogar ohne das übliche Kichern und Schwatzen einschliefen. Wohltuende Ruhe legte sich über das Ferienlager.

So sehr Jane das morgendliche Aufstehen hasste, so gern hatte sie die Abende. Nach dem anstrengenden Tag fühlte sie sich angenehm müde und entspannt. Die Geräusche der Nacht waren ihr bald vertraut und lieb geworden, und sie freute sich jeden Abend mehr auf diese Stunde ganz allein unter dem leuchtenden Sternenhimmel, frei von Pflichten jeglicher Art, ohne Theater oder Partybesuch. Je weiter ihr früheres Leben fortrückte, desto weniger fehlte es ihr.

Ich werde erwachsen, dachte sie, und der Gedanke gefiel ihr. Reife bedeutete wohl zu erkennen, was wirklich zählte, wirklich wichtig war im Leben. Das Ferienlager war wichtig, noch mehr ihre Freundschaft mit Candy. Die Mädchen, die den Sommer unter ihrer Aufsicht verbrachten, sogar die kleine Nervensäge Roberta, waren wichtig. Selbst wenn ihr jetzt ihr früheres Leben zurückgegeben würde, würde sie es mit ganz anderen Augen sehen, das wusste Jane.

Sie hatte sich verändert. Und auch wenn diese Veränderung noch nicht abgeschlossen war, gefiel ihr die neue Jane Carlbough, die sie nun schon war, doch viel besser. Sie war unabhängig – nicht finanziell, aber in jeder anderen Hinsicht. Sie hatte sich nie klargemacht, wie abhängig sie von ihrem Vater, ihrem Freund, auch dem Personal, überhaupt von anderen Menschen gewesen war. Die neue Jane konnte mit Schwierigkeiten umgehen. Ihre Fingernägel waren allerdings nicht mehr elegant manikürt, sie waren zwar nach wie vor gepflegt, aber kurz geschnitten und nicht lackiert. Praktisch, dachte Jane, als sie die Hände hochhielt und begutachtete. Und nützlich. Auch ihre neuen Hände gefielen ihr.

Sie hatte es sich angewöhnt, abends noch einmal in den Stall zu gehen. Dort war es kühl und dunkel, und es roch nach Leder, Heu und Pferden. Hier verflogen selbst allerletzte Zweifel. Der Stall war ihr Beitrag zum Ferienlager, hier kannte sie sich aus, hier bewegte sie sich auf sicherem Grund.

Sie ging Abend für Abend zu jedem der sechs Pferde und überprüfte dann das Zaumzeug und die Sättel. Erst danach war ihre Arbeit für den Tag getan. Candy konnte vielleicht eine Burg aus Pappmaschee bauen, aber von überanstrengten Sehnen oder verletzten Hufen hatte sie keine Ahnung.

Jane blieb an der ersten Box bei dem Rotschimmel stehen, den sie „Courage" getauft hatte. In der Hand hielt sie wie immer eine Papiertüte mit sechs halben Äpfeln. Courage steckte den Kopf über die Schwingtür und stupste Jane mit seinem weichen Maul an.

„Braver Junge", sagte sie, griff in die Tüte und gab ihm seinen Apfel. Während er zufrieden darauf herumkaute, trat sie in seine Box, um nachzuschauen, ob mit ihm alles in Ordnung war. Er war nicht mehr der Jüngste und hatte einen leichten Wiegegang. Deshalb hatte Jane ihn relativ günstig erstanden. Aber sie hatte ja auch nicht nach edlen Vollblütern Ausschau gehalten, sondern ihr war es um Zuverlässigkeit und ein freundliches, sanftes Wesen gegangen. Und das hatte sie bei ihm gefunden. Sie schloss die Tür wieder hinter sich und wanderte weiter zu ihrem nächsten Schützling.

Im nächsten Sommer hoffte sie, noch drei Pferde dazukaufen zu können. Jane ging lächelnd von Box zu Box. Nein, es durfte kein Zweifel daran aufkommen, ob das Ferienlager nächstes Jahr noch bestand. Es würde da sein und sie mittendrin, an verantwortlicher Stelle.

Außer dem wenigen Geld und ihrer Pferdeliebe hatte sie kaum etwas einzubringen gehabt. Candy hatte als Lehrerin die nötige Ausbildung für ein solches Unternehmen und außerdem drei jüngere Schwestern gehabt. Dabei lernte man allerlei, was Jane entgangen war. Ganz anders als ihre Freundin Jane war sie in dem Wissen aufgewachsen, dass sie sich ihren Lebensunterhalt einmal selbst würde verdienen müssen. Aber Jane lernte schnell. Bis zum nächsten Sommer würde sie Candy eine vollwertige Partnerin sein.

Inzwischen hatte sie sogar schon den Ehrgeiz entwickelt, dass „Camp Liberty“ in einigen Jahren vor allem wegen seiner Reitmöglichkeiten bekannt werden möge. Der Name Carlbough sollte wieder einen guten Klang bekommen, vielleicht schickten dann auch ihre ehemaligen Freunde und Bekannten aus Philadelphia ihre Kinder hierher. Das war eine schöne Vorstellung für sie.

Jane trat vor die letzte Box. In ihr stand Patience, eine sehr sanfte, schon ältere Stute, die jegliches reiterliches Ungeschick geduldig ertrug, solange sie nur spürte, dass sie geliebt wurde. Jane widmete ihr oft eine Stunde zusätzlich und rieb ihr dann die alten Knochen und Gelenke mit einem stärkenden Mittel ein.

„Da, meine Süße.“ Während das Pferd an seinem Apfel kaute, hob Jane die Hufe einzeln hoch, um sie zu untersuchen und auszukratzen. „War das Marcie, die dich zuletzt geritten hat? Wir werden mit ihr mal ein Wörtchen über Pflichten reden müssen.“ Mit einem Seufzer widmete sich Jane dem nächsten Bein. „Dabei hasse ich diese Ermahnungen – vor allem, wenn ich sie austeilen muss.“ Patience schnaubte mitfühlend. „Na ja, aber ich kann ja nicht alle unangenehmen Aufgaben Candy überlassen. Außerdem glaube ich nicht, dass Marcie dich absichtlich vernachlässigt hat. Sie hat eben immer noch ein bisschen Angst vor Pferden. Wir werden ihr einfach beweisen müssen, was für eine liebe alte Dame du bist.“ Jane steckte ihren Hufauskratzer wieder ein und legte die Wange an den Hals der Stute. „Wie wäre es mit einer kleinen Massage, Patience? Ich könnte mir jedenfalls für mich jetzt nichts Schöneres vorstellen – einfach daliegen, die Augen schließen, und jemand bearbeitet einen sanft und liebevoll.“ Jane musste lachen. „Na, ich sehe schon, dass ich darauf verzichten muss. Aber du sollst wenigstens verwöhnt werden. Ich hole nur schnell dein Einreibmittel.“

Sie tätschelte Patience’ Hals und drehte sich um. Dann erstarrte sie vor Schreck. Martin Elliot stand in der offenen Stalltür. Sein Gesicht wirkte im Dunkeln noch markanter. Am liebsten hätte Jane ihr Heil in der Flucht gesucht, aber wohin? Ihr erster Gedanke war, dass er bei dieser schwachen Beleuchtung eigentlich noch attraktiver, noch unwiderstehlicher aussah als zuvor im Sonnenschein. Er sah nicht eigentlich gut aus, nicht im landläufigen Sinne, aber er hatte etwas so … so Ursprüngliches. Es war schwer zu beschreiben. Geradlinig vielleicht? Ihr wurde ganz warm bei der Erinnerung an seinen Kuss.

„Ich würde Ihnen bei der Massage gern helfen." Er zwinkerte ihr zu. „Ihnen und der Stute."

„Nein, danke." Ihr wurde bewusst, dass sie zurzeit womöglich noch aufgelöster aussah als bei ihrem ersten Zusammentreffen. Außerdem roch sie ganz eindeutig nach Pferdestall. „Kann ich etwas für Sie tun, Mr. Elliot?"

Ihr Stil gefiel ihm. Mochte sie auch in einem Stall stehen, war sie doch Dame und bewahrte Haltung. „Gute Pferde haben Sie da. Es sind zwar nicht mehr die jüngsten, aber es ist gutes Material."

Fast gegen ihren Willen freute sich Jane über sein Lob. Als käme es auf seine Meinung an! „Danke. Aber Sie sind sicher nicht hergekommen, um sich unsere Pferde anzuschauen."

„Nein." Trotzdem trat er einen Schritt näher. „Sie scheinen sich mit Pferden auszukennen." Er strich über den Hals der Stute.

„Gut beobachtet." Da sie nicht an ihm vorbeikam, verschränkte sie die Arme und wartete. „Mr. Elliot, Sie haben mir noch immer nicht gesagt, warum Sie hier sind."

Martin betrachtete sie mit geheimem Wohlgefallen. Aha, Miss Philadelphia ist nervös? Ihre zur Schau getragene Kühle täuschte ihn nicht. Offenbar hatte sie den impulsiven Kuss genauso wenig vergessen wie er, und darüber freute er sich.

„Nein, das habe ich Ihnen noch nicht gesagt." Bevor sie ihn davon abhalten konnte, nahm er ihre Hand und betrachtete den Opalring an ihrem Finger. „Das ist die falsche Hand für einen Verlobungsring." Er stellte fest, dass er darüber regelrecht glücklich war. „Ich dachte, Sie und Eric Keeton seien so eng befreundet? Offensichtlich ist aus dieser Freundschaft nicht mehr geworden."

Trotz ihrer Verärgerung blieb Jane gelassen. „Nein, Mr. Elliot", sagte sie und ließ die Hand in seiner ruhen. „Daraus ist offensichtlich nicht mehr geworden. Ihr Interesse für den Klatsch von Philadelphia ist erstaunlich. Beschäftigen Ihre Äpfel Sie nicht genug?"

Er musste sie einfach bewundern, vor allem für dieses Lächeln. „Nun, ein wenig Freizeit nehme ich mir schon. Ich habe mich auch nur dafür interessiert, weil Keeton sozusagen zu meiner Familie gehört."

„Das glaube ich Ihnen nicht."

Jetzt hatte er sie endlich zu einer spontanen Reaktion herausgefordert! Sie sah ihn aufmerksam an, so als suche sie in seinen Zügen nach Ähnlichkeiten mit Eric.

„Es ist eine sehr entfernte Verwandtschaft. Meine Großmutter war eine Winthrop und eine Cousine seiner Großmutter. Ihre Philadelphia-Hände haben übrigens schon eine Hornhaut. Sie sollten besser darauf achten."

„Eine Winthrop?" fragte Jane erstaunt, ohne auf seine Bemerkung über ihre Hände einzugehen.

„Das edle Blut hat sich über die Generationen bis zu mir natürlich verdünnt", scherzte er. Sie sollte wirklich Handschuhe tragen, dachte er, denn er hatte mit dem Daumen soeben eine Blase ertastet. „Trotzdem – ich hätte gern gewusst, warum Sie ihm den Laufpass gaben."

„Ich habe ihm nicht den Laufpass gegeben", erwiderte sie süß. „Um Ihre Neugier zu befriedigen: Er hat ihn mir gegeben. Wenn Sie mir jetzt meine Hand wieder überlassen wollten, könnte ich hier weitermachen."

Er tat es, gab ihr aber den Weg noch nicht frei. „Ich habe Eric nie für ein besonderes Geisteslicht gehalten, aber auch nicht für so dumm."

„Welch reizendes Kompliment! Wenn Sie mich jetzt entschuldigen wollen, Mr. Elliot."

„Das war kein Kompliment", erwiderte Martin und strich ihr eine ihrer widerspenstigen Haarsträhnen aus dem Gesicht, „nur eine Beobachtung."

„Hören Sie auf, mich ständig anzufassen."

„Das ist eine Angewohnheit von mir. Ihr Haar gefällt mir, Jane. Es ist fein und trotzdem eigenwillig."

„Die Komplimente nehmen ja gar kein Ende mehr." Sie trat einen knappen Schritt zurück, vor Aufregung hatte sie Herzklopfen. „Mr. Elliot ..."

„Martin."

„Martin." Sie nickte zustimmend. „Um sechs Uhr muss ich morgen früh aufstehen, und ich habe noch einiges zu erledigen. Wenn Ihr Besuch also einen Grund hat, könnten wir jetzt vielleicht darauf zu sprechen kommen?"

„Ich habe Ihnen etwas zurückgebracht." Er zog Robertas Schirmmütze aus der Hosentasche.

„Ich verstehe. Danke, ich werde sie ihrer Trägerin zurückgeben. Es ist sehr nett von Ihnen, dass Sie sich die Mühe gemacht haben."

„Sie lag unter meinem Baum." Martin übersah ihre ausgestreckte Hand und setzte ihr die Mütze auf. „Passt genau."

„Wie ich Ihnen bereits erklärt habe ..."

Janes Antwort musste ausfallen. Schritte näherten sich. „Miss Carlbough! Miss Carlbough!" Es war Roberta, die da in einem romantischen rosafarbenen Nachthemd auf bloßen Füßen an der Stalltür stehen blieb. Verzückt strahlte sie Martin an. „Hallo!"

„Hallo."

„Roberta", begann Jane streng und trat einen Schritt vor. „Seit einer Stunde sollst du schon im Bett liegen."

„Ich weiß, Miss Carlbough. Entschuldigen Sie." Wenn sie lächelte, kann man es ihr fast glauben, dachte Jane. „Ich konnte nicht einschlafen, weil ich immer an meine Mütze denken muss. Sie haben mir versprochen, dass ich sie zurückbekomme. Ich habe Mrs. Petrie dafür in der Küche geholfen. Ehrlich, Sie können sie fragen.

Es waren grässlich viele Töpfe, und Kartoffeln habe ich auch geschält, und …"

„Roberta! Mr. Elliot war so freundlich und hat dir deine Mütze zurückgebracht." Jane zog sie sich vom Kopf und drückte sie dem Mädchen in die Hand. „Du solltest dich, glaube ich, bei ihm bedanken und dich auch entschuldigen, dass du verbotenerweise in seine Plantage eingedrungen bist."

„Vielen Dank." Roberta schenkte Martin ein hinreißendes Lächeln. „Gehören all die Bäume wirklich Ihnen?"

„Ja." Martin rückte ihr die Mütze zurecht. Er hatte offenbar eine Schwäche für schwarze Schafe und entdeckte wohl eine verwandte Seele in Roberta.

„Ihre Äpfel schmecken viel besser als unsere zu Hause."

„Roberta!"

Roberta verdrehte bei Janes Einwurf die Augen, aber das konnte nur Martin sehen. „Ich möchte mich dafür entschuldigen, dass wir ohne Erlaubnis bei Ihnen eingedrungen sind." Nun drehte sie sich zu Jane um, um zu sehen, ob ihre Worte Anklang gefunden hatten.

„Das war sehr, sehr hübsch, Roberta. Und jetzt ab ins Bett."

„Ja, Miss." Roberta warf Martin einen letzten Blick zu, dann lief sie zur Tür.

„Roberta?" Martins Zuruf ließ sie noch einmal stehen bleiben und sich umdrehen. Er lachte ihr zu. „Bis bald."

„Ja, bis bald." Hingerissen machte sich Roberta auf den Rückzug. Als die Stalltür hinter ihr zufiel, entfuhr Jane ein Seufzer.

„Es nützt doch nichts", meinte Martin.

„Was?"

„So zu tun, als seien Sie ihr ernstlich böse. So ein Kind ist etwas Erfrischendes."

„Das würden Sie nicht sagen, wenn Sie wüssten, was dieses Kind mit Kartoffelpüree zustande bringt." Jane musste in der Erinnerung lächeln. „Sie ist ein kleines Ungeheuer, aber ein sehr nettes. Trotzdem, wenn wir siebenundzwanzig von der Sorte hier hätten, würde ich über kurz oder lang in einer Gummizelle enden. Dieses Mädchen sorgt für Chaos, wo sie geht und steht."

„Ohne ein bisschen Chaos würde das Leben schnell langweilig."

Jane sah ihn an, und es kam ihr zu Bewusstsein, dass sie ihre Vorsicht so weit abgelegt hatte, dass sie sich sogar vernünftig mit ihm unterhielt. Und zwar nicht unbedingt über Roberta. Im Stall war es auf einmal sehr still. „Gut, nachdem das erledigt ist, glaube ich ..."

Er machte eine Bewegung auf sie zu, und sie wich gleichzeitig zurück. Lächelnd nahm er ihre Hand. „Was wollen Sie?" flüsterte Jane.

Er sah ihr forschend ins Gesicht. „Ich glaube, ich möchte mit Ihnen im Mondschein spazieren gehen, den Eulen lauschen und auf den Gesang der Nachtigall warten."

Jane rührte sich nicht.

„Gehen Sie mit mir spazieren", bat er leise. „Bitte."

„Nein." Das ging ihr alles viel zu schnell. Jane spürte, dass er an ihr Innerstes rührte, und das machte ihr Angst.

„Ich komme wieder, Jane."

„Da wird es nicht anders sein."

Selbstbewusst hob er ihre Hand an die Lippen und küsste die Innenfläche. „Ich komme trotzdem."

Sie lauschte atemlos seinen Schritten und dem Knarren der Tür, als er diese öffnete und dann hinter sich schloss.

Das Lagerleben hatte schnell seinen eigenen Rhythmus entwickelt, und Jane gewöhnte sich auch endlich daran. Sie stand weiterhin früh auf, arbeitete körperlich, aß einfach und gesund und fühlte sich wohl dabei. Mit der Zeit stellte sich bei ihr immer mehr Selbstvertrauen ein.

In den ersten Tagen und Wochen war Jane abends todmüde in ihr Bett gesunken, davon überzeugt, dass sie sich am nächsten Morgen nicht mehr würde erheben können. Die Muskeln taten ihr weh vom Rudern und Reiten und den endlosen Wanderungen, und in ihrem Kopf drehte es sich durch die ungewohnte Beschäftigung mit der Buchführung. Aber wenn am Morgen die Sonne aufging, stand sie doch jedes Mal erfrischt auf.

Selbst das zeitige Aufstehen fiel ihr immer leichter. Sie war jung und gesund, und die körperliche Betätigung kräftigte sie. Bald nahm sie zu, sodass sie auch nicht mehr so zerbrechlich wirkte.

Zu ihrer eigenen Überraschung entwickelte sie schnell aufrichtige Zuneigung zu den Mädchen in ihrer Obhut. Sehr bald schon waren sie nicht mehr nur Teil einer gesichtslosen Gruppe, sondern lauter kleine unverwechselbare Persönlichkeiten. Und diese Zuneigung wurde erwidert!

Vor der Eröffnung des Sommerlagers war sie davon überzeugt gewesen, dass die Mädchen nur Candy lieben würden. Candice war warmherzig, witzig, und was sie anfasste, gelang ihr. Für sich selbst hatte Jane eigentlich nur gehofft, dass die Kinder sie respektieren würden. Als Marcie ihr dann einen selbst gepflückten Blumenstrauß brachte, war sie sehr gerührt gewesen. Genauso war es, als sich ihr nach einer zusätzlichen halben Stunde Reitunterricht und ihrem ersten Galopp Linda Hopkins in die Arme warf.

Das Ferienlager hatte Janes Leben verändert, und zwar viel weitreichender, als sie es je für möglich gehalten hatte.

Es war heiß geworden, und die Mädchen liefen nur noch in Shorts herum. Das Baden im See wurde schnell zum liebsten Freizeitvergnügen. Nachts blieben Türen und Fenster offen, damit es wenigstens ein bisschen Luftbewegung gab. Roberta fand eine harmlose Schlange und terrorisierte damit ihre Zimmergenossinnen, Bienen umschwirrten die Blumen, und Stiche waren an der Tagesordnung.

Die Tage verliefen ruhig und friedlich, aber niemals langweilig, und es schien, als würde der Sommer ewig dauern. Die Zeit verstrich, und Jane kam zu der Überzeugung, dass Martin sein Versprechen – oder seine Drohung – vergessen hatte und sie nicht wiedersehen wollte. Sie selbst hatte streng darauf geachtet, sich nur innerhalb der Grenzen des Lagergeländes zu bewegen, wenn sie auch ein- oder zweimal in Versuchung geraten war, zur Plantage zu wandern. Aber sie war fest geblieben.

Es war absurd, dass sie selbst jetzt noch unsicher wurde, wenn sie an ihn dachte – als hätte er sie nicht schon genug geärgert! Und doch, jeden Abend wenn sie in den Stall ging, ertappte sie sich dabei, dass sie auf seine Schritte lauschte. Sie wartete tatsächlich auf ihn.

Es war schon spätabends und noch sehr warm. Jane streckte sich angezogen auf ihrem Bett aus. Sie hatten den Mädchen für den nächsten Abend ein Lagerfeuer versprochen, falls sie zeitig ins Bett gingen, und so war in den Hütten schon früh Ruhe eingekehrt. Jane gestand sich ein, dass sie sich mindestens so auf das Feuer freute wie ihre Schützlinge. Sie hatte die Arme unter dem Kopf verschränkt und sah versonnen zur Decke hinauf.

Candy ging nachdenklich auf und ab. „Ich glaube schon, dass es möglich ist, Jane."

„Hm?"

„Ich rede von dem Tanzabend." Sie blieb am Fußende von Janes Bett stehen. „Erinnerst du dich nicht mehr? Wir wollten doch ein Fest veranstalten."

„Ja, natürlich." Jane zwang sich, in die Gegenwart zurückzukehren. „Was ist damit?"

„Ich finde, wir sollten es auf jeden Fall versuchen. Und wenn es gut geht, machen wir es jedes Jahr." Candy setzte sich zu Jane auf die Bettkante. „Das Lager der Jungen liegt gut dreißig Kilometer entfernt. Das ist nicht viel. Die sind von unserer Idee bestimmt begeistert."

„Das kann ich mir auch vorstellen." Ein Tanzabend. Das bedeutete viele Getränke, Knabbereien für wenigstens hundert Leute, nicht zu vergessen die Musik und Dekoration. Zuerst dachte Jane sorgenvoll an die Kosten, aber daran durfte der Abend nicht scheitern. Es musste eine Möglichkeit geben, das Fest nicht zu teuer werden zu lassen. „Im Speisesaal ist sicher genug Platz, wenn wir die Tische umstellen."

„Genau. Und die Mädchen haben fast alle Kassetten dabei, außerdem können die Jungen ihre mitbringen." Candy kritzelte etwas auf ihren Notizblock. „Die Dekoration machen wir selbst."

„Und unser kulinarisches Angebot braucht auch nicht zu üppig zu sein", meinte Jane, bevor die Begeisterung mit Candy womöglich durchging. „Plätzchen, Punsch, Kartoffelchips ..."

„Wir werden den Abend in die letzte Woche legen, als eine Art Abschiedsfest."

Die letzte Woche? Es war schon merkwürdig. Die erste Woche war Jane so anstrengend erschienen, und jetzt tat es ihr Leid, dass der Sommer schon so bald wieder zu Ende gehen sollte. Im September würde sie sich einen Job suchen müssen. Sie konnte nicht wie Candy einfach in die Schule zurückkehren und unterrichten.

„Jane? Was meinst du dazu?"

„Wozu?"

„Dass wir das Fest in die letzte Woche legen."

„Vielleicht sollten wir zuerst mit dem Leiter des Jungencamps sprechen, bevor wir den Termin festlegen."

„Liebes, ist alles in Ordnung?" Candy beugte sich vor und nahm Janes Hand. „Hast du Angst davor, in ein paar Wochen wieder nach Hause zu müssen?"

„Nein, Angst habe ich nicht, aber ich mache mir Sorgen." Jane drückte Candys Hand.

„Ich habe dir doch gesagt, du sollst dir wegen des Jobs nicht so viele Gedanken machen. Ich verdiene genug, um die Miete zu zahlen. Außerdem habe ich immer noch das Geld von meiner Großmutter."

„Candy, du bist die beste Freundin, die ich mir vorstellen kann."

„Das kann ich von dir auch sagen."

„Und genau aus dem Grund werde ich auf keinen Fall untätig herumsitzen, während du arbeiten gehst, um die Miete bezahlen und Lebensmittel kaufen zu können. Es ist schon genug, dass du mich bei dir aufgenommen hast."

„Jane, du weißt genau, dass ich es viel schöner finde als allein in der Wohnung. Es ist nicht wahr, dass ich damit nur dir einen Gefallen tue. Außerdem hast du in den letzten Monaten dauernd gekocht."

„Leider war nur ein verschwindend geringer Anteil essbar, muss ich leider zugeben."

„Das ist auch wieder wahr." Candy lachte. „Aber es hat mir erspart, selbst kochen zu müssen. Und für die Figur war es auch gut. Hör zu, du musst dir ein bisschen Freiraum gönnen. Du brauchst Zeit, um überhaupt herauszufinden, was dir liegt und was du gern tun möchtest."

„Arbeiten, ganz einfach." Jane lachte auch. „Wundert dich das? Aber ich möchte wirklich gern arbeiten. Ich will etwas Sinnvolles tun und meinen Lebensunterhalt selbst verdienen. In den letzten Wochen habe ich gemerkt, dass ich es unendlich genieße, für mich selbst verantwortlich zu sein. Ich versuche, einen Job in einem Reitstall zu bekommen – vielleicht da, wo wir die Pferde im Winter in Pension geben. Und wenn das nicht klappt ..." Sie hob die Schultern. „Dann finde ich eben etwas anderes."

„Bestimmt." Candy legte ihren Block weg. „Und nächstes Jahr nehmen wir mehr Mädchen auf, stellen mehr Personal ein und machen vielleicht sogar Gewinn."

„Nächstes Jahr habe ich gelernt, wie man aus einer Tunfischdose eine Sturmlampe macht."

„Und ein Kissen aus zwei Spültüchern."

„Und Topflappen."

Candy erinnerte sich nur zu gut an den misslungenen Versuch ihrer Freundin. „Vielleicht solltest du es langsam angehen."

„Ich bin nicht mehr zu bremsen. In der Zwischenzeit werde ich mich mit dem Lagerleiter vom – wie heißt das Camp? ‚Habichtsnest'? – in Verbindung setzen."

„Adlerfelsen", verbesserte Candy sie lachend. „Wir werden uns selbst bestimmt auch herrlich dabei amüsieren, du wirst es sehen, Jane. Da drüben gibt es nämlich auch Betreuer – männliche!" Mit einem Seufzer reckte sie die Arme. „Weißt du, wann ich das letzte Mal mit einem Mann gesprochen habe?"

„Letzte Woche – mit dem Elektriker."

„Der war mindestens hundert. Ich rede von Männern, die noch Haare und Zähne haben." Sie fuhr sich mit der Zunge über die Lippen und scherzte: „Wir hatten nicht alle das Glück, uns die Zeit mit Händchenhalten im Stall vertreiben zu dürfen."

Jane warf ihr ein Kissen an den Kopf. „Ich habe nicht Händchen gehalten. Ich habe dir doch alles erzählt."

„Roberta Snow, meine Top-Agentin, hat mir etwas völlig anderes berichtet. Nach ihrer Version war es Liebe auf den ersten Blick."

Jane betrachtete interessiert die Schwielen an ihrer Hand. „Ich hoffe, sie verwindet die Enttäuschung, im Irrtum zu sein."

„Wieso, bist du nicht an ihm interessiert?" Candy zog die Beine an und beugte sich neugierig vor. „Ich habe mir den Mann angeschaut, als ich damals wegen des Sees mit ihm verhandelte. Ein Blick von ihm bringt doch jede Frau aus dem Takt."

„Mich nicht."

Candy lachte vergnügt. „Jane, du sprichst mit deiner besten Freundin. Lüg nicht! Der Mann hat dich immerhin schon bis in den Pferdestall verfolgt."

„Er wollte Robertas Mütze zurückbringen."

„Das war doch nur ein Vorwand. Reizt es dich nicht, noch einmal zu seiner Plantage zu gehen?"

„Nein", schwindelte Jane, die darüber schon oft genug nachgedacht hatte. „Wenn man einen Apfelbaum gesehen hat, kennt man alle."

„Das trifft aber nicht für Apfelbaumbesitzer zu, vor allem nicht, wenn sie so gut aussehen." Sie hatte miterlebt, wie ihre Freundin im letzten Jahr unter der Trennung von Eric gelitten hatte. „Amüsier dich ein bisschen, Jane, du hast es verdient."

„Ich glaube nicht, dass Martin Elliot dafür geeignet ist." Dafür ist er viel zu gefährlich, setzte sie in Gedanken hinzu. Sie schwang die Beine über die Bettkante, stand auf und ging unruhig ans Fenster. Dort betrachtete sie die Nachtfalter, die, vom Licht im Raum angezogen, gegen die Fliegengitter prallten.

„Du hast Angst."

„Vielleicht."

„Liebes, du kannst nicht alle Männer nach Eric beurteilen."

„Das tue ich auch nicht." Jane drehte sich mit einem Seufzer um. „Ich traure ihm auch nicht nach, wenn du das glaubst."

„Weil du ihn nie richtig geliebt hast."

„Wir wollten uns verloben."

„Weil man es so von dir erwartet hat. Ich kenne dich besser als irgendjemand sonst, Jane. Es war zu einfach mit Eric, es gab doch keinerlei Reibstellen."

Jane schüttelte belustigt den Kopf. „Und? Was spricht dagegen?"

„Alles. Wenn man verliebt ist, wird man albern, durchleidet Höllenqualen, ist absurd glücklich. Bei Eric war es nicht so." Candy wusste, wovon sie sprach. Sie hatte sich schon ein Dutzend Mal verliebt, bevor sie überhaupt zwanzig Jahre alt gewesen war. „Vielleicht wärst du sogar ganz zufrieden gewesen, wenn du ihn geheiratet hättest. Immerhin hattet ihr denselben Geschmack, und die Familien kamen gut miteinander aus."

„Das klingt so nüchtern."

„Das war es auch. Aber du bist nicht so." Candy hoffte, dass sie nicht zu weit gegangen war. „Jane, du bist auf eine bestimmte Weise erzogen worden. Als deine heile Welt dann zusammenbrach, muss es schlimm für dich gewesen sein. Aber du hast dich wieder aufgerappelt. Jetzt wird es Zeit, dass du die Vergangenheit Vergangenheit sein lässt."

„Das versuche ich ja."

„Ich weiß. Und du hast auch schon sehr gute Fortschritte gemacht. Aber vielleicht solltest du jetzt einmal über die Arbeit hinausschauen. Es gibt auch noch etwas anderes."

„Männer?"

„Ja, zum Beispiel. Du weißt, dass du auf eigenen Füßen stehen kannst, dazu brauchst du keinen Mann. Gut. Aber du darfst sie deswegen nicht ganz und gar aus deinem Leben ausschließen, nur weil einer sich wie ein Schuft benommen hat." Candy kratzte an ihrem Nagellack. „Man braucht einfach andere Menschen. Das braucht jeder."

„Vielleicht hast du Recht. Aber im Augenblick bin ich noch zu sehr mit mir beschäftigt. Komplikationen kann ich nicht gebrauchen – vor allem nicht, wenn sie grüne Augen haben."

„Du warst schon immer eine Romantikerin. Erinnerst du dich noch an die Gedichte, die du geschrieben hast?"

„Da waren wir noch Kinder." Jane hob die Schultern. „Ich muss mal erwachsen werden."

„Aber das heißt nicht, dass du aufhören sollst zu träumen." Candy stand auf. „Einen Traum haben wir verwirklicht – dieses Ferienlager. Jetzt geht es weiter."

„Wenn die Zeit dafür reif ist." Jane küsste Candy gerührt auf die Wange. „Gut. Wir veranstalten den Tanzabend und verdrehen den Betreuern vom Jungenlager dabei den Kopf. Abgemacht."

„Wir könnten auch die Nachbarn einladen, zur Abrundung."

„Treib es nicht zu weit!" Lachend ging Jane zur Tür. „Ich mache noch einen kleinen Spaziergang und sehe nach den Pferden. Lass bitte ein kleines Licht brennen."

4. KAPITEL

Die Abendluft war lau. In den ersten Nächten hatte Jane nicht einschlafen können, weil die Stille ringsum so ungewohnt für sie gewesen war. Jetzt hörte und liebte sie die Geräusche der Nacht – das Zirpen der Grillen, den Schrei der Eule, das Muhen der Kühe von einer Farm in der Nähe. Der fast volle Mond und Millionen von Sternen warfen ihr Licht auf die Erde, es gab bizarre Schatten, in denen Glühwürmchen tanzten.

Jane ging zum See hinunter. Die Wellen plätscherten dort leise ans Ufer, und die Luft war kühler und feuchter. Sie musste an die Unterhaltung mit Candy denken. War sie wirklich so romantisch, wie ihre Freundin behauptete? Es stimmte schon, sie hatte einmal Gedichte geschrieben, die sich meist um die Liebe drehten und mit der Wirklichkeit so gut wie nichts zu tun hatten. Aber das lag weit zurück. Sie hatte schon lange kein Gedicht mehr verfasst – nicht mehr, seit sie Eric kennen gelernt hatte, wie ihr jetzt zu Bewusstsein kam. Aber dieser Abschnitt ihres Lebens war vorbei. Und das ist auch gut so, dachte sie. Candy hatte jedenfalls mit einem Recht: Richtig geliebt hatte sie Eric nicht. Sein Verrat hatte ihr nicht das Herz gebrochen, sondern nur ihren Stolz getroffen. Nur daran hatte sie immer noch zu knabbern.

Jane kreuzte die Arme vor der Brust. Wahrscheinlich hatte sie keine Ahnung davon, was es mit der Romantik und der Liebe überhaupt auf sich hatte. Oder was es eigentlich hieß zu leben. Manchmal kam es ihr jedenfalls vor wie eine Achterbahnfahrt mit ihren Höhen und Tiefen. Sie musste bei dem Gedanken unwillkürlich lachen und blickte verträumt zu den Sternen auf.

„Das sollten Sie öfter tun."

Jane fuhr herum. Martin stand nur wenige Meter von ihr entfernt im Schatten der Bäume und beobachtete sie.

„Macht es Ihnen Spaß, andere Leute zu erschrecken?"

„Eigentlich nicht." Genau genommen war er nämlich schon vor ihr da gewesen und sie hatte ihn überrascht. Er hatte einen

Spaziergang zum See gemacht, um hier in aller Ruhe nachzudenken. „Sie sind braun geworden.“ Ihr Haar erschien ihm heller und feiner, als er es in Erinnerung hatte, und er hätte es gern angefasst.

„Ich arbeite meist im Freien.“ Sie musste wieder gegen den Drang ankämpfen, sich einfach umzudrehen und davonzulaufen. Diese Begegnung am Ufer hatte irgendwie etwas Schicksalhaftes, davon war sie überzeugt.

„Sie sollten einen Hut tragen.“ Wie sie da im Mondlicht stand, mit den schlanken Armen, den langen Beinen und dem offenen hellen Haar hätte sie eine Erscheinung sein können. „Warum sind Sie hergekommen?“

„Ich dachte, hier sei es vielleicht kühler.“

Er kam näher. „Ich liebe diese warmen Nächte.“

„In den Hütten wird es leicht stickig.“ Sie sah sich um und entdeckte, dass sie sich viel weiter vom Lager mit seinen Lichtern entfernt hatte, als es ihre Absicht gewesen war. „Ich habe nicht gemerkt, dass ich auf Ihrem Land bin.“

„Ich bin nur bei meinen Bäumen empfindlich.“ Er sah sie an. „Sie haben eben gelacht. Worüber?“

Ihr Mund war schon jetzt trocken, und er kam immer noch näher. „Ich habe ans Achterbahnfahren gedacht.“ Er fasste nach ihrem Haar, und ihr Magen verkrampfte sich. „Ich muss zurück.“

„Gehen wir spazieren?“

„Nein“, wehrte Jane in aufkommender Panik ab. „Nein, ich kann nicht. Es ist schon spät.“

„Höchstens halb zehn.“ Er nahm ihre Hand, drehte die Innenfläche nach oben und fuhr mit dem Finger über die Schwielen, die sich dort gebildet hatten. „Sie haben gearbeitet.“

„Manche Leute verdienen sich so ihren Lebensunterhalt.“

Er strich mit dem Daumen über ihr Handgelenk. Wie schaffte er es nur, mit dieser eher nachlässigen Berührung ihr Blut so in Wallung zu bringen?

„Sie könnten Handschuhe tragen“, schlug er vor. „Dann bleiben Ihre Hände so zart wie in Philadelphia.“

„Ich bin nicht in Philadelphia." Sie entzog ihm ihre Hand, und er nahm einfach die andere. „Und da ich inzwischen Heu an die Pferde verteile, statt Tee im Salon auszuschenken, ist es wohl kaum von Belang, wie meine Hände aussehen."

„Sie werden irgendwann wieder Tee einschenken." Er konnte sie geradezu vor sich sehen, in einem rosa Seidenkleid auf einem Brokatsessel, die zierliche Teekanne in der Hand. „Sehen Sie, wie sich der Mond im Wasser spiegelt?"

Jane folgte Martins Blick. Auf dem nachtschwarzen See sah man silberne Flecken, und die Bäume ringsum hatten ein unwirkliches Aussehen bekommen.

„Es ist wunderschön. Der Mond scheint ganz nahe zu sein."

„Manche Dinge sind nicht so nahe, wie sie einem erscheinen, andere wieder sind gar nicht so weit entfernt." Er setzte sich in Bewegung, und da er immer noch ihre Hand hielt, ging Jane mit ihm.

„Haben Sie immer schon hier gelebt?" wollte sie wissen. In Wirklichkeit interessiert es mich gar nicht, sagte sie sich, aber etwas Höflichkeit kann nicht schaden.

„Fast immer." Er sah sie von der Seite an. „Das Haus, in dem ich lebe, ist über hundert Jahre alt. Es würde Ihnen bestimmt gefallen."

Sie dachte sofort an ihr Elternhaus und die Generationen von Carlboughs, die dort gelebt hatten – und an die Fremden, die es jetzt bewohnten. „Ich mag alte Häuser."

„Wie läuft es im Lager?"

Sie wollte jetzt nicht an die Buchhaltung denken. „Die Mädchen halten uns in Trab." Sie musste lachen. „Und das ist eine Untertreibung. Sagen wir, es ist erstaunlich, wie viel Energie Kinder haben."

„Was macht Roberta?"

„Sie ist unverbesserlich."

„Das freut mich."

„Gestern Nacht hat sie ein schlafendes Mädchen bemalt." Jane lachte wieder. „Es war Marcie, sie sah aus, als sei sie auf dem Kriegspfad."

„Unsere Roberta scheint ein einfallsreiches Kind zu sein."

„Das ist milde ausgedrückt. Sie hat mir erklärt, dass sie die erste Frau im höchsten Richteramt werden will."

Martin lächelte. Fantasie und Zielstrebigkeit waren Eigenschaften, die er schätzte. „Sie wird es vermutlich schaffen."

„Das nehme ich auch an. Irgendwie macht es mir aber Angst."

„Setzen wir uns. Dann können wir die Sterne besser sehen."

Jane hatte fast vergessen, dass sie seine Gesellschaft eigentlich unbedingt meiden wollte. „Ich glaube nicht, dass ich ..." Aber bevor sie ihren Protest noch herausgebracht hatte, zog er sie schon mit sich aufs Gras hinunter. „Warum fragen Sie eigentlich überhaupt?"

„Meine gute Erziehung", erwiderte er prompt und legte den Arm um sie. Sie versteifte sich unwillkürlich. „Schauen Sie sich den Himmel an. Ich wette, dass er Ihnen in der Stadt noch nie aufgefallen ist."

Jane hob das Gesicht. Der Himmel war tiefschwarz und übersät mit zahllosen glitzernden Pünktchen. Der Anblick war überwältigend, und die Kehle wurde ihr eng. „Es ist ein anderer Himmel als über der Stadt."

„Es ist derselbe, Jane. Es sind die Menschen, die anders sind." Er legte sich ins weiche Gras zurück. „Das da oben ist das Sternbild Kassiopeia."

„Wo?" Jane sah keine erkennbare Anordnung in dem Sternhaufen.

„Von hier sehen Sie es besser." Er zog sie neben sich, bevor sie sich wehren konnte, und streckte den Arm aus. „Da oben – es sieht aus wie ein W."

„Tatsächlich!" Entzückt griff Jane nach seinem Handgelenk und fuhr selbst den Umrissen des Sternbilds nach. „Ich habe bisher noch nie Bilder am Himmel finden können." Jane zeigte eine nahezu kindliche Freude.

„Sie müssen genau hinschauen. Das da ist Pegasus." Martin veränderte seine Armhaltung. „Er besteht aus einhundertsechsundsechzig mit dem bloßen Auge erkennbaren Sternen. Sehen Sie ihn? Er fliegt steil nach oben."

Jane kniff die Augen zusammen und konzentrierte sich. Mondlicht lag auf ihrem Gesicht. „Ja, jetzt kann ich ihn sehen." Sie rückte ein bisschen näher, um seine Hand führen zu können. „Mein erstes Pony hieß übrigens Pegasus, und ich stellte mir manchmal vor, dass es Flügel hätte und mit mir wegflöge. Zeigen Sie mir noch ein Sternbild."

Er sah auf sie hinunter, ganz gefangen von ihrem Anblick murmelte er dann: „Orion."

„Wo?"

„Er steht da mit Schwert und Schild. Ein roter Stern, tausendmal heller als die Sonne, markiert die Schulter des Arms, der das Schwert hält."

„Aber wo ist er? Ich ..." Jane wandte den Kopf und sah Martin direkt in die Augen. Sie vergaß die Sterne und das Mondlicht und das weiche Gras unter sich, umfing sein Handgelenk unwillkürlich fester und hielt den Atem an, weil sie glaubte, er würde sie küssen. Doch er strich nur leicht mit den Lippen über ihre Schläfe. Ihr wurde ganz warm dabei.

„Was machen wir hier?" brachte sie hervor und schaute ihn mit großen Augen an.

„Wir erfreuen uns aneinander." Seine Lippen streiften ihr Gesicht.

Das war ein viel zu milder Ausdruck für das, was er an Gefühlen in ihr geweckt hatte. So schwach und stark zugleich hatte sie sich nie zuvor gefühlt. Ihr Herz schlug wild, und endlich ließ sie sich ganz los, vergaß Zeit und Raum. Jane umarmte Martin und zog ihn an sich, während sie sich immer wieder küssten.

So viel unerwartete Leidenschaft überraschte ihn. Er hatte sich langsam vortasten wollen, stattdessen bewegte sie sich selbstvergessen unter ihm, presste ihn an sich und ließ die Hände an seiner Wirbelsäule entlangwandern. Ihr Mund war heiß und willig. Die Geduld, die er hatte aufbringen wollen, war vergessen.

Sie schmiegte sich unter dem gewölbten Sternenhimmel an ihn. Er roch nach Gras und Erde und schmeckte nach Feuer und Leidenschaft. Jane flüsterte seinen Namen und fuhr ihm mit den Fingern durchs Haar. Er wollte sie anfassen, wollte mit ihr schlafen, und als sie zärtlich seine Wange berührte, umfasste er ihre Hand und sah ihr in die Augen.

„Du bist voller Überraschungen, Jane Carlbough von den Philadelphia-Carlboughs."

Einen Augenblick fehlten ihr die Worte, und sie konnte ihn nur stumm ansehen. Da hatte er Gefühlsstürme in ihr ausgelöst, und nun ließ er sie damit allein. „Lass mich aufstehen", forderte sie enttäuscht.

„Ich kann dich irgendwie nicht verstehen, Jane."

„Das ist auch nicht nötig." Sie wollte sich in ihr Bett verkriechen und einfach nur weinen, wenn sie auch nicht wusste, warum. Ärger kam in ihr hoch. „Ich habe dich gebeten, mich aufstehen zu lassen", wiederholte sie unwillig.

Er erhob sich und streckte ihr die Hand hin, um ihr aufzuhelfen. „Ich finde es viel konstruktiver, seinem Ärger Luft zu machen."

Sie bedachte ihn mit einem eisigen Blick. Nie wieder würde sie sich von einem Mann lächerlich machen lassen, das schwor sie sich. „Davon bin ich überzeugt. Wenn du mich jetzt entschuldigen würdest ..."

Er packte sie am Arm und zwang sie, ihn anzuschauen. „Heute Abend ist hier etwas passiert, das will ich nicht leugnen. Aber ich möchte gern genau wissen, worauf ich mich einlasse."

„Wir haben uns lediglich aneinander erfreut – waren das nicht deine Worte?" Sonst war nichts, dachte Jane, nichts außer ein bisschen Spaß. „Das Unterhaltungsprogramm ist vorüber, also gute Nacht."

„Nichts ist vorüber."

„Das ist dein Problem, Martin." Aber alles in ihr sagte, dass er Recht hatte.

„Ja, das ist mein Problem. Und deshalb habe ich eine Frage. Ich wüsste gern, warum Jane Carlbough hier die Kinderbetreuerin spielt, statt zwischen den griechischen Inseln zu kreuzen. Ich möchte wissen, warum du Ställe ausmistest, statt als Mrs. Eric Keeton Dinnerpartys zu planen."

„Das geht nur mich etwas an." Ihre Stimme wurde lauter. In letzter Zeit konnte sie ihre Gefühle nicht mehr so gut verbergen. „Aber wenn du deine Neugier befriedigen willst, warum rufst du dann nicht irgendjemanden aus deiner Familie an? Es gibt bestimmt etliche Leute, die nur zu entzückt wären, dir Einzelheiten zu servieren."

„Ich möchte sie aber von dir wissen."

„Ich schulde dir keinerlei Erklärungen." Sie entzog ihm mit einem Ruck ihren Arm und setzte mit Nachdruck hinzu: „Ich schulde dir überhaupt nichts."

„Vielleicht nicht." Allmählich konnte er wieder klarer denken. „Aber ich möchte wissen, mit wem ich mich einlasse."

„So weit wird es nicht kommen, das verspreche ich dir."

„Wir werden zu Ende bringen, was wir hier angefangen haben, Jane." Ohne näher zu kommen, umfasste er ihren Arm. „Das garantiere ich dir."

„Du kannst es jetzt bereits als zu Ende gebracht betrachten."

Doch er lächelte nur und strich ihr fast zärtlich über den Arm. Ein Schauer lief ihr dabei über den Rücken, und sie ärgerte sich über diese Reaktion.

„Wir wissen beide, dass das nicht stimmt." Er legte ihr den Finger auf die Lippen, als Zeichen, dass sie lieber schweigen solle, und meinte: „Denk an mich."

Es war genau der richtige Abend für ein Lagerfeuer. Nur ein paar fedrige Wolken zogen über den Himmel, verdeckten kurzzeitig den Mond, um ihn gleich darauf wieder freizugeben. Die Hitze des

Tages war verflogen, und die Luft war mild und angenehm. Ein leichter Wind wehte.

Die Kinder hatten Zweige und Äste gesammelt und sie kunstvoll gestapelt. Alle Mädchen hatten mitgeholfen und warteten jetzt darauf, dass das Feuer endlich aufloderte. Berge von Würstchen und Marshmallows sollten bei diesem Anlass verspeist werden.

Candy stellte sich mit einem überdimensionalen Streichholz in Positur. „Ich entfache hiermit das erste Lagerfeuer von Camp Liberty. Spießt die Würstchen auf und macht euch zum Grillen bereit!"

Unter begeistertem Beifall zündete sie das Streichholz dann an und hielt es an die mannshoch aufgeschichteten Zweige. Zögernd züngelten die ersten Flammen auf, breiteten sich aus und erfassten schließlich den ganzen Stapel.

Jane fiel in den allgemeinen Beifall ein. „Fantastisch!" Rauch stieg auf und erinnerte sie mit seinem Geruch an den kommenden Herbst. „Ich hatte, ehrlich gesagt, Angst, es würde nicht funktionieren."

„Du hast eine Expertin vor dir." Candy spießte ein Würstchen auf ein angespitztes Stöckchen. „Angst hatte ich nur vor dem Regen. Aber schau dir nur den Himmel an – es könnte gar nicht schöner sein."

Jane legte den Kopf zurück. Ohne Mühe fand sie das Sternbild des Pegasus wieder. Er war noch an derselben Stelle wie gestern. Ein Tag, eine Nacht waren seitdem verstrichen. Wie hatte in der kurzen Zeit so viel passieren können? Oder hatte sie diese wilde, leidenschaftliche Umarmung mit Martin nur geträumt?

Aber dazu war die Erinnerung daran zu lebhaft. Sie versuchte sich auf die Sterne zu konzentrieren. Aber es half nichts. Alle ihre Gedanken drehten sich um Martin, und sie hatte das sichere Gefühl, dass diese absurde Affäre keineswegs vorüber war.

„Warum nur kommt mir hier alles so anders vor, Candy?"

„Weil es anders ist." Candy holte tief Atem, um den Geruch von trockenem Gras, Rauch und Grillgewürzen in sich aufzunehmen. „Ist das nicht herrlich? Keine langweiligen Gespräche in Salons, keine öden Einladungen zum Essen, keine endlosen Klavierkonzerte. Willst du auch ein Würstchen?"

Es war halb verkohlt, aber Jane hatte Hunger und fand, dass es wunderbar schmeckte. „Für dich ist immer alles so einfach, Candy." Sie verteilte Ketschup auf ihrem Würstchen und steckte es in ein ausgehöhltes Brötchen. „Ich wollte, ich könnte auch alles so leicht nehmen."

„Das kannst du auch, wenn du endlich aufhörst, dir Unsinn einzureden. Du schändest den Namen Carlbough nicht, nur weil dir ein Hotdog am Lagerfeuer schmeckt." Weil Jane den Mund zu einer Erwiderung aufmachte, gab Candy ihr einen freundschaftlichen Klaps. „Du solltest die Marshmallows probieren", empfahl sie, bevor sie sich trollte, auf der Suche nach einem neuen Spieß.

Hatte Candy wieder einmal den Nagel auf den Kopf getroffen? Jane kaute abwesend an ihrem Würstchen. Ja, vielleicht. Schließlich hatte sie das Haus verkauft, das seit Generationen der Familie gehört hatte. Sie hatte das Silber und Porzellan, die Bilder und den größten Teil ihres Schmucks auf einer Auktion versteigern lassen, um die Schulden bezahlen und ein neues Leben anfangen zu können. Sie hatte keine andere Wahl gehabt, aber sie fühlte sich trotzdem schuldig, weil sie so mit der Familientradition gebrochen hatte.

Mit einem Seufzer trat Jane einen Schritt zurück. Das Lagerfeuer erinnerte sie an ihre eigene Kindheit. Sie hatte die Sommermonate immer in „Camp Forden", einem Ferienlager für Mädchen, verbracht. Wie schön wäre es, wenn sie sich einfach wieder in diese Zeit zurückversetzen könnte, als das Leben noch einfach war und Schwierigkeiten von den Eltern gelöst wurden!

„Miss Carlbough!"

Jane kehrte in die Gegenwart zurück und sah auf Roberta hinunter. „Na, macht es dir Spaß?"

„Es ist Spitze", erklärte Roberta begeistert. An ihrem Kinn klebte Ketschup. „Mögen Sie auch Lagerfeuer?"

„Ja, sehr." Lächelnd sah Jane zu dem brennenden Holzstapel hinüber. „Doch, ich mag Lagerfeuer wirklich sehr."

„Ich fand, dass Sie ein bisschen traurig aussehen, deshalb habe ich Ihnen ein Marshmallow gemacht."

Die freundliche Gabe tropfte schwarz und klebrig vom Ende eines Holzstöckchens, und Jane wurde die Kehle eng. „Danke, Roberta. Ich war nicht richtig traurig, ich habe mich nur an etwas erinnert." Vorsichtig zog Jane die klebrige Masse von dem Spieß und ließ auf dem Weg zum Mund prompt die Hälfte fallen.

„Es ist gar nicht so einfach", meinte Roberta verständnisvoll. „Ich mache Ihnen noch eines."

Jane schluckte den verbliebenen Rest tapfer hinunter. „Das brauchst du nicht, Roberta."

„Oh, das macht mir nichts aus." Sie bedachte Jane mit einem breiten Lächeln, und die war daraufhin bereit, ihr alle zukünftigen Sünden vorweg zu verzeihen. „Ich tue es gern. Vorher habe ich gedacht, dass es im Sommerlager furchtbar langweilig wird, aber das stimmt nicht. Vor allem die Pferde sind toll. Miss Carlbough ..." Roberta sah zu Boden und nahm ihren Mut zusammen. „Ich kann bestimmt nicht so gut wie Linda mit den Pferden umgehen, aber vielleicht könnte ich ... ich meine, vielleicht erlauben Sie mir, öfter in den Stall zu kommen?"

„Ja, gern, Roberta." Jane rieb vergeblich Daumen und Zeigefinger, um den klebrigen Überzug loszuwerden. „Du brauchst mich deshalb nicht mit Marshmallows zu bestechen."

„Wirklich?"

„Ja, wirklich." Jane fuhr ihr liebevoll durchs Haar.

„Vielen Dank, Miss Carlbough."

„Aber du musst deine Haltung verbessern."

Roberta rümpfte nur ganz leicht die Nase. „Ja, gut. Ich wollte, wir könnten auch ein Fassrennen machen, wie im Fernsehen."

„Ich weiß gar nicht, was das ist. Aber vielleicht kannst du schon ein paar Sprünge probieren, bevor die Ferien zu Ende gehen."

Roberta strahlte sie an. „Meinen Sie das ehrlich?"

„Ganz ehrlich. Aber nur, wenn du etwas für deine Haltung tust."

„Das werde ich. Und ich werde bestimmt besser als Linda. Springen! Super!" Sie drehte sich vergnügt im Kreis. „Danke, Miss Carlbough. Vielen, vielen Dank."

Wie ein Wirbelwind war sie verschwunden, zweifellos wollte sie die neue aufregende Kunde unter ihren Freundinnen verbreiten. Jane sah ihr lächelnd nach. Eine der Betreuerinnen begann ihre Gitarre zu stimmen, und Jane versuchte, sich Robertas Marshmallow von den Fingern zu lecken. Es war ein hoffnungsloses Unterfangen.

„Darf ich dabei helfen?"

Den Finger noch im Mund, drehte sich Jane um. Sie hätte es sich ja eigentlich denken können, dass er hier auftauchen würde – hatte es sich heimlich vielleicht sogar gewünscht. Erst mal versteckte sie ihre klebrigen Finger schnell hinter dem Rücken.

Ob sie weiß, wie reizvoll sie mit dem offenen Haar, dem Feuer im Rücken aussieht? dachte Martin. Ihr Anflug von Freude bei seinem Anblick war ihm nicht entgangen.

„Ein schöner Abend für ein Lagerfeuer."

„Candy hat das Wetter extra für uns bestellt." Mit all den Kindern um sie herum und genügend Abstand zu ihm erlaubte sich Jane eine etwas entspanntere Haltung. „Wir hatten keinen Besuch erwartet."

„Ich habe den Rauch gesehen."

Daran hatte sie nicht gedacht. „Ich hoffe, er hat dich nicht beunruhigt. Wir haben der Feuerwehr Bescheid gesagt." Drei Mädchen huschten hinter ihnen vorbei, Martin drehte sich nach ihnen um, worauf sie in lautes Lachen ausbrachen. Jane sah ihn an. „Wie lange hast du gebraucht, um deinen Charme so zu vervollkommnen, seit wann liegen die Frauen dir reihenweise zu Füßen?"

Er lachte und behauptete: „Das ist angeboren."

Jane musste in Martins Lachen einstimmen, ob sie wollte oder nicht. Sie trat einen Schritt vom Feuer fort und behauptete: „Es wird warm hier."

„Früher haben wir jedes Jahr im Herbst ein riesiges Feuer auf der Plantage gemacht. Mein Vater suchte sich den größten Kürbis aus dem Garten heraus, schnitzte ein Gesicht hinein und stopfte Latzhosen und ein Flanellhemd für ihn mit Stroh aus. Einmal verkleidete er sich selbst als kopfloser Geisterreiter und versetzte sämtliche Kinder der Umgebung in Angst und Schrecken. So feierten wir Halloween." Als Martin jetzt in die Flammen sah, fragte er sich, warum er bis heute nicht auf die Idee gekommen war, diese nette Tradition weiterzuführen.

„Meine Mutter gab allen Kindern einen kandierten Apfel, und wir setzten uns ums Feuer und erzählten uns Geistergeschichten, bis wir es vor Angst fast nicht mehr aushielten. Wenn ich jetzt so zurückschaue, glaube ich, dass mein Vater wohl den größten Spaß daran hatte."

Jane konnte sich das lebhaft vorstellen. Für sie hatte es am Halloween-Tag gepflegte Kinderpartys gegeben, für die sie sich als Prinzessin oder Balletttänzerin verkleidete. Sie hatte auch schöne Erinnerungen daran, aber sie wünschte trotzdem, sie hätte wenigstens eine dieser Feiern miterlebt, von denen Martin erzählt hatte.

„Ich war heute Abend genauso aufgeregt wie die Mädchen", gestand sie. „Das klingt wahrscheinlich dumm für dich."

„Nein, das klingt eher viel versprechend." Er berührte sachte ihre Wange und drehte sie dann leicht zu sich. Sie erstarrte unter seiner Berührung, aber ihre Haut fühlte sich warm und weich an. „Hast du an mich gedacht?"

Da war wieder dieses Gefühl zu ertrinken, zu treiben, einfach unterzugehen. „Ich hatte viel zu tun." Sie wusste, dass sie gehen sollte, aber ihre Beine wollten sich nicht in Bewegung setzen. Das Singen und Gitarrenspiel schien ihr wie aus weiter Ferne herüberzuklingen, fast, als käme es aus einer anderen Welt. Wirklich war zurzeit nur seine Hand an ihrer Wange.

„Es war sehr nett von dir, dass du vorbeigekommen bist",

stammelte sie, bemüht, wieder festen Boden unter die Füße zu bekommen.

„Bin ich entlassen?“ Er strich ihr unbeirrt über das Haar.

„Ich bin davon überzeugt, dass du Besseres zu tun hast, als hier bei uns am Feuer zu stehen.“ Seine Fingerspitzen waren auf ihrem Nacken angelangt, und jeder Nerv in ihr revoltierte. „Lass das!“

Das Feuer warf Schatten auf Janes Gesicht. Er sah ihr in die Augen und dachte, wie ist es wohl, sie in der Hitze dieses Feuers zu lieben, mit dem Geruch nach Rauch und allein in der Schwärze der Nacht?

„Du warst nicht mehr am See.“

„Ich habe dir doch gesagt, dass ich viel zu tun hatte.“ Warum nur klang ihre Stimme nicht so fest und kühl, wie sie es sich vorgenommen hatte? „Ich bin schließlich für die Mädchen verantwortlich und für das Lager und ...“

„Du ganz allein?“ Er sehnte sich danach, mit ihr spazieren zu gehen, die Sterne zu bewundern und sich einfach nur zu unterhalten – und wieder diese aufregende Mischung von Leidenschaft und Unschuld zu erfahren. „Ich habe sehr viel Geduld, Jane. Du kannst mir aber nicht ewig aus dem Weg gehen.“

„Länger, als du denkst“, murmelte sie und stieß unwillkürlich einen Laut der Erleichterung aus, als sie Roberta kommen sah.

„Hallo!“ begrüßte Roberta Martin hocherfreut und strahlte ihn an.

„Guten Abend, Roberta“, erwiderte er, und sie war ganz hingerissen, weil er sich noch an ihren Namen erinnerte. Er lächelte sie an, ohne die Hand von Janes Nacken zu nehmen. „Ich sehe, dass du jetzt besser auf deine Mütze aufpasst.“

Roberta lachte und schob sich die Mütze auf den Hinterkopf zurück. „Miss Carlbough hat gesagt, sie würde sie als Pfand behalten, wenn ich noch einmal in Ihre Plantage gehe. Aber wenn Sie uns zu einer Besichtigung einladen würden, dann wäre das doch etwas anderes, oder? Ich meine, das wäre dann pädagogisch wertvoll.“

„Roberta!“ Warum war dieses Kind immer einen Schritt voraus? Jane hob die Augenbrauen und sah ihren Schützling durchdringend an.

„Miss Bartholomew will, dass wir uns überlegen, was uns interessieren würde, und ich finde Apfelbäume sehr interessant", erklärte Roberta mit Unschuldsmiene.

„Danke." Martin freute sich. „Ich werde darüber nachdenken."

„Okay." Zufrieden hielt Roberta ihm ein verkohltes längliches Etwas hin. „Ich habe Ihnen ein Würstchen gegrillt."

„Sieht fantastisch aus." Er machte Roberta glücklich, indem er kräftig davon abbiss. „Danke." Leider war das Würstchen innen noch kalt, aber das brauchte niemand zu erfahren.

„Ich habe für Sie auch Marshmallows aufgespießt, aber es macht mehr Spaß, sie selber ins Feuer zu halten." Roberta hatte eine rasche Auffassungsgabe, und die Schwingungen zwischen Jane und Martin waren ihr nicht entgangen. „Wenn ihr beide allein sein wollt, zum Küssen und so – im Stall ist niemand."

„Roberta!" sagte Jane entsetzt. „Jetzt ist es genug!"

„Meine Eltern wollen auch manchmal allein sein", meinte Roberta ungerührt und lachte Martin an. „Bis später vielleicht."

„Darauf kannst du dich verlassen." Als Roberta zu ihren Freundinnen zurücklief, wandte sich Martin wieder Jane zu und machte einen Schritt auf sie zu. „Nun, wollen wir uns mal küssen und so?"

Es ist das Feuer, das mein Gesicht so heiß und rot werden lässt, redete sich Jane ein. „Du hältst es vermutlich für außerordentlich lustig, wenn Roberta zu Hause berichtet, dass eine Leiterin ihres Ferienlagers im Stall mit einem Mann ‚herumgeknutscht' hat. Dann hätten wir unseren Ruf weg."

„Du hast Recht. Wir sollten besser zu mir gehen."

„Bitte lass mich allein, Martin."

„Ich habe mein Würstchen noch nicht aufgegessen. Wollen wir nicht zusammen zu Abend essen?"

„Ich habe schon einen Hotdog gegessen, danke."

„Ich werde dafür sorgen, dass es etwas anderes gibt. Wir können uns morgen näher darüber unterhalten."

„Das werden wir nicht." Warum war sie nur so atemlos? „Wir werden uns weder morgen noch sonst irgendwann darüber unterhalten."

„Gut, dann nicht." Um ihr zu beweisen, wie vernünftig er sein konnte, neigte er sich vor und beendete die Unterhaltung mit einem freundschaftlichen Kuss. Er hielt sie nicht fest, aber sie brauchte einige Sekunden, um sich von dem Schock zu erholen und ihn wegzustoßen.

„Hast du überhaupt keinen Sinn für Anstand?" fragte sie wütend.

„Nicht viel." Er sah ihr in die Augen und entschied, kein Nein gelten zu lassen. „Also, dann morgen früh um neun Uhr am Tor."

„Wie bitte?"

„Zur Besichtigung der Plantage." Er lachte. „Damit die Mädchen etwas lernen."

„Wir möchten dich ungern bei der Arbeit stören", wandte Jane zaghaft ein.

„Mach dir darum keine Gedanken. Es wird mir ein Vergnügen sein. Ich spreche gleich mit deiner Kollegin, damit sie sich darauf einstellen kann."

Jane holte tief Atem. „Du hältst dich wohl für sehr schlau."

„Gründlich, würde ich sagen. Übrigens – dein Marshmallow brennt."

Die Hände in den Hosentaschen, schlenderte er davon, während sie die Flamme auszublasen versuchte.

5. KAPITEL

Jane hatte insgeheim auf Regen gehofft, wurde aber enttäuscht. Es versprach ein warmer, sonniger Tag zu werden. Was stand also der Besichtigung der Plantage im Wege? Candy war von der Aussicht, eine der größten Apfelplantagen des Landes besichtigen zu dürfen, natürlich begeistert – wie auch die Kinder, die sowieso jede Abwechslung in ihrem Tagesablauf willkommen hießen. Und so machten sich schließlich alle auf den Weg zu Martin Elliot.

„Du ziehst ein Gesicht, als ginge es zu deiner Hinrichtung", bemerkte Candy und steckte sich eine blaue Blume ins Haar. „Das ist doch eine herrliche Gelegenheit – für die Mädchen", fügte sie schnell hinzu.

„Sonst wäre ich nicht einverstanden gewesen", erklärte Jane böse.

„Aha, schlecht gelaunt?"

„Das ist nicht wahr", gab Jane heftig zurück. „Ich mag es nur nicht, wenn Leute mir vorschreiben, was ich zu tun habe. Wie konnte er so unverschämt sein?"

„Darf ich dir einen kleinen Rat geben?" Candy pflückte eine zweite Blume. „Wenn das ein Mann bei mir versuchte, würde ich ihn glauben machen, es sei zuallererst meine Idee gewesen. Meinst du nicht, es wäre viel besser, du würdest mit einem fröhlichen Gesicht in der Plantage aufkreuzen?"

„Vielleicht." Jane dachte über Candys Worte nach, und dann entspannte sie sich.

„Na also. Bald wirst du feststellen, dass ein kleines Spielchen oft nützlicher ist, als immer krampfhaft die Würde zu bewahren."

„Beides wäre völlig unnötig, wenn man mich nicht gezwungen hätte mitzukommen."

„Liebes, wenn ich mich nicht gewaltig irre, hätte dich unser Apfelbaron in jedem Fall aufgestöbert, über die Schulter geworfen und hierher geschafft, ob es dir gefallen hätte oder nicht." Candy stieß einen kleinen Seufzer aus. „Schade, dass mir das nicht früher eingefallen ist. Es wäre viel aufregender gewesen."

Janes Laune verschlechterte sich wieder. Sie konnte sich nur zu gut vorstellen, dass Candy Recht hatte. „Und ich dachte, wenigstens bei meiner besten Freundin könnte ich auf Unterstützung zählen."

„Das kannst du auch. Bedingungslos." Candy legte Jane liebevoll den Arm um die Schultern. „Obwohl mir nicht ganz einleuchtet, wieso du meine Unterstützung brauchst, wenn dich so ein aufregender Mann küsst."

„Das ist genau das Problem!" Ein paar Mädchen drehten sich zu ihnen um, und Jane senkte die Stimme. „Es war völlig unnötig, dass er das in aller Öffentlichkeit tat."

„Ohne Zuschauer macht es mehr Spaß, das ist wahr."

„Wenn du so weitermachst, lege ich dir eine Schlange ins Bett!"

„Frag ihn doch mal, ob er nicht einen Bruder oder Cousin hat – oder notfalls auch einen Onkel. Ah, da sind wir", sagte Candy, bevor Jane noch dazu kam zu antworten. „Denk daran: Lächle und sei charmant, ganz wie man es dir beigebracht hat."

„Das wirst du mir büßen", zischte Jane. „Ich weiß noch nicht, wie, aber du wirst es büßen."

Sie waren vor dem Tor zur Plantage angekommen. An zwei Steinsäulen hing ein geschwungenes schmiedeeisernes Schild mit dem Schriftzug „Elliot" darauf. Neben den Säulen erstreckten sich nach beiden Seiten mannshohe dicke Mauern.

Die Zufahrt säumten massige Eichen, die viele, viele Jahrzehnte alt waren, Jane verstand Martins Stolz bei ihrem Anblick. Martin trug ein T-Shirt und Jeans. Er kam offensichtlich von der Arbeit. Unwillkürlich betrachtete Jane seine Hände. Sie waren kräftig und groß und konnten doch, das wusste sie ja schon, so sanft und zärtlich sein.

„Guten Morgen, meine Damen." Einladend öffnete er die Torflügel für seinen Besuch.

„Was für ein Mann“, hörte Jane eine der Betreuerinnen murmeln. Sie dachte an Candys Rat, straffte die Schultern und setzte ihr munterstes Lächeln auf.

„Das ist Mr. Elliot, Mädchen. Ihm gehört die Plantage, die wir uns heute ansehen wollen. Ich bedanke mich für die Einladung, Mr. Elliot.“

„Es ist mir ein Vergnügen, Miss Carlbough.“

Auf einmal tauchte ein riesiger Hund an Martins Seite auf. Er betrachtete die Neuankömmlinge aus großen, irgendwie traurigen Augen, bevor er sich ans Bein seines Herrn drückte. Das ist mehr ein Löwe als ein Hund, staunte Jane. Martin musste sich noch nicht einmal bücken, um ihm die Hand auf den Kopf zu legen.

„Das ist Squat. Ob ihr es glaubt oder nicht, er war der Kümmerling in einem Wurf. Seid vorsichtig, er ist ein bisschen scheu.“

Candy atmete erleichtert auf, als der große Hund freundlich mit dem Schwanz wedelte. „Er scheint gutmütig zu sein.“

„Am meisten liebt er kleine Mädchen.“ Martin ließ den Blick über die Gruppe schweifen. „Vor allem, wenn sie alle so hübsch sind. Er hat gehofft, dass er vielleicht bei unserem Rundgang mitkommen darf.“

„Er ist süß“, sagte Roberta, ging ohne Furcht zu Squat und kraulte ihn. „Komm, wir gehen zusammen, Squat.“ Gehorsam stand der Hund auf und folgte ihr.

So eine Apfelplantage war doch sehr viel interessanter, als Jane es sich vorgestellt hatte. Mit dem Bäumepflanzen und Apfelpflücken war es bei weitem nicht getan. Martin erklärte geduldig alles, was seine Besucherinnen wissen wollten.

„Die Äpfel sehen noch gar nicht reif aus“, meinte Roberta. „Aber sie sind ausgewachsen.“

Martin nahm einen Apfel in die Hand. „Die letzte Reife bekommen sie ohne Baum. Sie sind zwar noch hart, aber die Kerne sind bereits braun. Schau.“ Mit einem Taschenmesser schnitt er seinen Apfel in zwei Hälften. „Die Äpfel, die wir jetzt ernten, sind besser als die, die länger am Baum hängen bleiben.“ Er verstand

Robertas Blick sofort und gab ihr eine Apfelhälfte. Die andere bekam Squat.

„Hättet ihr Lust, selbst Äpfel zu pflücken?“ erkundigte er sich und erntete freudige Zustimmung. „Dreht sie aber am Stiel ab und passt auf, dass ihr die Zweige nicht beschädigt.“

Bevor Jane noch zu dem Vorschlag etwas sagen konnte, liefen die anderen schon davon, und sie blieb allein mit Martin zurück. Vielleicht war es die Art, wie er die Mundwinkel hochzog oder wie sein Blick auf ihr ruhte – jedenfalls konnte sie auf einmal keinen vernünftigen Gedanken mehr fassen.

„Du hast einen faszinierenden Beruf.“ Sie hätte sich selbst einen Tritt geben können für diese alberne Bemerkung.

„Ja, mir gefällt er.“

„Ich ...“ Es musste doch eine intelligente Frage geben, die sie ihm stellen konnte. „Vermutlich muss der Transport sehr schnell vor sich gehen, damit die Äpfel keinen Schaden erleiden?“

Beide interessierten sie sich im Augenblick nicht im Geringsten für Äpfel, aber Martin spielte willig mit. „Nach dem Pflücken werden sie gleich kühl eingelagert. Es gefällt mir, wenn du dein Haar so nach hinten trägst. Das reizt mich, das Band herauszuziehen.“

Sie tat, als habe sie die letzte Bemerkung nicht gehört. „Es gibt bestimmt verschiedene Verfahren, die Qualität der Apfel zu prüfen.“

„Wir legen Wert auf einen vollen Geschmack.“ Er drehte einen Apfel langsam in der Hand, aber sein Blick lag auf ihrem Mund. „Und auf Aroma.“ Ihre Lippen öffneten sich unwillkürlich. „Festigkeit“, murmelte er und legte die Hand an ihren Hals. „Zartheit.“

Jane schluckte. „Am besten bleiben wir beim Thema.“

„Bei welchem?“ Er fuhr mit dem Daumen an ihrer Wange entlang.

„Äpfel.“

„Ich würde dich gern unter einem Apfelbaum lieben, Jane, auf weichem Gras, wenn die Sonne in deinem Haar spielt ...“

Es machte ihr Angst, wie gut sie sich das vorstellen konnte. „Wenn du mich jetzt entschuldigen willst …", meinte sie steif.

„Jane." Er nahm ihre Hand. „Ich möchte dich spüren, dich bei mir haben."

Ihr Magen zog sich vor Schreck zusammen. „Du darfst so etwas nicht sagen. Wenn die anderen uns hören …"

„Lass uns essen gehen."

„Nein." Sie war entschlossen, nicht nachzugeben. „Ich habe einen Job, Martin, und zwar rund um die Uhr. Selbst wenn ich es also wollte, ginge es gar nicht."

„Hast du Angst, mit mir allein zu sein?"

Die Antwort drängte sich auf, aber Jane ignorierte sie. „Du schmeichelst dir wohl."

„Ich kann mir nicht vorstellen, dass das Lager im Chaos versinkt, nur weil du einmal zwei Stunden nicht da bist."

„Du hast eben keine Ahnung von unserer Arbeit."

„Ich weiß aber, dass die Mädchen ausreichend betreut sind, und ich weiß, dass die letzte Reitstunde um vier Uhr stattfindet."

„Wie hast du …?"

„Ich habe Roberta gefragt", gestand er ungeniert. „Sie hat mir erzählt, dass um sechs Uhr gegessen wird und von sieben bis neun entweder Freizeit ist oder Spiele organisiert werden. Um zehn Uhr wird das Licht gelöscht. Nach dem Essen gehst du normalerweise zu den Pferden, und manchmal reitest du nachts allein aus."

Jane staunte. Und da hatte sie sich immer in dem Glauben gewiegt, niemand wisse von diesen Ausritten und sie seien ihr Geheimnis.

„Warum reitest du nachts allein aus, Jane?"

„Weil es mir Spaß macht."

„Vielleicht macht es dir auch Spaß, heute Abend mit mir zu essen?"

Jane bemühte sich, Haltung zu bewahren. Schließlich sollte sie den Mädchen ein Vorbild sein. „Verstehst du eine höfliche Absage nicht? Gut, dann kann ich auch anders: Die Person, mit der ich heute Abend oder sonst am allerwenigsten zusammen sein möchte, das bist du."

Er kam langsam auf sie zu. „Ich glaube, das können wir gleich an Ort und Stelle testen."

„Du wagst es nicht ..." Sie gab sich gar nicht erst die Mühe, ihren Satz zu vollenden. Denn sie wusste sehr gut, dass er es doch wagen würde. Verlegen sah sie sich um und entdeckte Roberta und Marcie unter einem Baum ganz in der Nähe. Die beiden kauten auf ihren Äpfeln und schienen das Schauspiel zu genießen. „Also gut, ich gebe nach." Das kam einer Erpressung gleich. „Ich weiß zwar nicht, warum du dich unbedingt mit jemandem treffen willst, dem du auf die Nerven fällst, aber ..."

„Ich verstehe das eigentlich auch nicht. Wir werden uns heute Abend darüber unterhalten, ja? Bis halb acht dann." Er warf Jane seinen Apfel zu und schlenderte zu Roberta hinüber.

Jane wiegte den Apfel in der Hand und erwog ernsthaft, ihn Martin an den Kopf zu werfen. Stattdessen biss sie hinein.

Jane fuhr sich kräftig mit der Bürste durch das Haar. Trotz der rauen Behandlung legte es sich weich um ihr Gesicht und fiel ihr in sanften Wellen auf die Schultern. Sie hatte keine Lust, sich allzu viel Mühe mit ihrer Frisur zu geben, wie sie es früher bei Verabredungen getan hatte, sondern sie ließ das Haar einfach offen. Auf keinen Fall sollte er glauben, dass sie sich für ihn herausputzte!

Sie legte auch keinen Schmuck an, trug nur die schlichten Perlen im Ohr wie immer. Nach langem Hin und Her hatte sie sich für eine hochgeschlossene weiße Bluse entschieden, um möglichst kühl und abweisend zu wirken. Die romantische Spitze an den Ärmelbündchen fand sie unpassend, nahm sie aber in Kauf. Zusammen mit dem weißen Rock vermittelte die Bluse ein Bild zerbrechlicher Unschuld, aber das wurde ihr nicht bewusst. Damit es Martin auf keinen Fall entging, dass sie sich seinetwegen keine Mühe mit dem Aussehen gab, verzichtete sie sozusagen auf Make-up. Nur ein wenig Rouge legte sie auf – aber das eigentlich nur aus purer Gewohnheit, wie Jane sich einzureden versuchte. Dann legte sie noch ein wenig Lippenglanz auf. Wenn sie sich seinetwegen auch nicht besonders schön machte, das Nötige sollte nicht fehlen. Den Griff zur Parfümflasche versagte sie sich aber. Das wäre dann doch zu viel gewesen. Sie wandte sich gerade vom Spiegel ab, als Candy hereinkam.

Die blieb überrascht an der Tür stehen und unterzog ihre Freundin einer kritischen Begutachtung. „Du siehst erstklassig aus", lobte sie sie überschwänglich.

„Findest du?" Jane betrachtete sich düster im Spiegel. „Das war eigentlich nicht meine Absicht. Ich wollte eher einen kühlen, formellen Eindruck machen."

„Das würde dir auch in Sack und Asche nicht gelingen. Genauso wenig würde ich jemals zart und zierlich aussehen, nur weil ich eine Spitzenbluse trage."

Missmutig zupfte Jane an dem Spitzenbesatz der Bluse. „Ich wusste, dass es ein Fehler ist. Vielleicht kann ich die Spitze abtrennen."

„Bist du nicht ganz bei Trost?" Candy musste lachen. „Aber die Kleidung ist doch im Grunde unwichtig. Es kommt auf die Haltung an. Nicht wahr?"

„Richtig." Jane ließ von ihrer Bluse ab. „Candy, bist du sicher, dass du alles im Griff hast? Noch kann ich absagen. Es würde mir überhaupt nichts ausmachen."

„Alles ist unter Kontrolle." Candy setzte sich auf ihr Bett und begann eine Banane zu schälen. „Wie du siehst, kann ich mir sogar eine kleine Pause gönnen, dich verabschieden und etwas essen." Sie biss ein großes Stück ab. „Später", fuhr sie dann mit vollem Mund fort, „treffen wir uns im Speisesaal, um die Kassetten für den Tanzabend zu sichten. Die Mädchen wollen auch noch ein bisschen üben vor dem großen Ereignis."

„Dabei könntest du doch sicher eine zusätzliche Aufsicht brauchen."

Candy machte eine abwehrende Bewegung mit ihrer halben

Banane. „Kümmre dich nicht um meine Sachen. Du sollst deine Verabredung genießen und dir keine Sorgen um mich machen. Wohin geht ihr eigentlich?“

„Keine Ahnung.“ Jane stopfte Papiertaschentücher in ihre Tasche. „Es ist mir auch egal.“

„Na, komm schon – nach fast sechs Wochen gesundem, aber ziemlich langweiligem Lageressen könntest du dich wirklich ein bisschen auf Austern oder Schnecken à la Rockefeller freuen.“

„Das tue ich aber nicht.“ Verlegen spielte sie an dem Verschluss ihrer Tasche. „Ich gehe nur deshalb mit, weil ich keine Szene riskieren wollte.“

Candy schluckte den letzten Bissen hinüber. „Er scheint jedenfalls zu wissen, was er will, und er erreicht es auch.“

„Damit wird es bald ein Ende haben“, erklärte Jane und ließ den Verschluss zuschnappen. „Und zwar heute Abend noch.“

Als sie einen Wagen kommen hörten, stützte sich Candy erwartungsvoll auf die Ellbogen. Es entging ihr nicht, dass Jane sich nervös auf die Unterlippe biss.

„Viel Spaß!“ Sie zwinkerte Jane fröhlich zu, und die blieb, die Hand auf der Türklinke, noch einmal stehen.

„Auf wessen Seite stehst du eigentlich?“

„Auf deiner natürlich.“ Candy streckte sich ausgiebig und richtete sich dann auf. „Immer.“

„Ich bin bald zurück.“

Candy lachte nur und sagte vorsichtshalber nichts.

Auch wenn Jane sich noch so große Mühe gab, eisig und abweisend dreinzuschauen, ihr Anblick wirkte doch beeindruckend auf Martin. Die letzten Strahlen der untergehenden Sonne fingen sich in ihrem Haar, der weite Rock schwang beim Gehen weich um ihre langen, sonnengebräunten Beine, und sie wirkte in der Bluse sehr mädchenhaft.

Martin sah im Sakko sportlich, aber sehr schick aus. Die Farbe seines Hemdes passte genau zu seinen Augen. Er lächelte ihr zu, und ob sie es wollte oder nicht, sie musste sein Lächeln erwidern.

„So habe ich es mir vorgestellt", sagte er zur Begrüßung. In Wirklichkeit war er gar nicht sicher gewesen, ob sie überhaupt mitkommen würde. „Ich bin froh, dass du mich nicht enttäuschst."

Jane spürte, wie ihre Standfestigkeit ins Wanken geriet, und sie gab sich einen Ruck. „Wenn ich zusage, halte ich mein Versprechen", begann sie und errötete vor Freude, als er ihr einen selbst gepflückten Strauß Anemonen überreichte. So eine liebe Geste hatte sie nicht vorausgesehen.

Sie konnte nicht widerstehen und barg das Gesicht in den Blüten. „Danke."

Martin nahm ihre Hand und führte sie an die Lippen. Sie hätte sie ihm entziehen sollen, war aber wie gelähmt. Ganz benommen machte sie einen Schritt auf Martin zu, aber da brachte sie albernes Gekicher wieder in die Wirklichkeit zurück.

Sofort versuchte sie ihm ihre Hand zu entziehen. „Die Mädchen." Sie drehte sich um und sah gerade noch jemanden hinter einer Hütte verschwinden.

„Wir wollen sie doch nicht enttäuschen", meinte Martin, drehte ihre Hand um und küsste die Innenfläche. Jane wurde es ganz heiß dabei.

„Ich stelle schnell die Blumen ins Wasser", versuchte sie ihre Unsicherheit zu überspielen.

„Das besorge ich." Candy verließ ihren Platz an der Tür und trat ins Freie. Selbst Janes warnender Blick beeindruckte sie nicht. „Deine Blumen sind wunderschön. Viel Spaß euch beiden!"

„Bestimmt." Martin nahm Janes Hand und zog sie mit sich zum Auto. Jetzt erst sah sie, dass er in einem eleganten weißen Lamborghini gekommen war. Er parkte hinter der Hütte.

Jane setzte sich schweigend in das weiche Polster, fest entschlossen, auf der Hut zu bleiben. Der Motor sprang an, und ein ganzer Chor junger Stimmen wünschte ihnen einen schönen Abend. Viele Mädchen und auch Betreuerinnen hatten sich eingestellt, um ihnen nachzuwinken.

„Wir scheinen einen der Höhepunkte dieses Sommers darzustellen."

Martin winkte den Zurückbleibenden aus dem offenen Fenster zu. „Vielleicht wird es das auch für uns."

Der Unterton in seiner Stimme ließ sie zu ihm hinüberschauen, und sie sah gerade noch sein unternehmungslustiges Lächeln. Da fasste sie einen Entschluss. Sie würde aufpassen, aber einschüchtern würde sie sich trotz allem nicht lassen. Entspannt lehnte sie sich zurück und nahm sich vor, das Beste aus der Situation zu machen.

„Seit Wochen habe ich nur vom Tablett gegessen", ließ sie ihn wissen.

„Heute wird es anders sein", beruhigte er sie.

„Dafür wäre ich dir sehr dankbar." Jane lachte. „Übrigens, brems mich, wenn ich aus Versehen die Teller im Restaurant zu stapeln beginne." Die Fenster des Wagens waren offen, und Jane hielt das Gesicht in den Wind, der warm und frisch wehte. „Eigentlich hatte ich einen Lieferwagen erwartet."

„Sogar ein Provinzler wie ich kann Freude an einem schönen Auto haben."

„So habe ich das nicht gemeint." Um sich zu entschuldigen, drehte sie sich um und sah ihn an. Aber er lächelte. „Obwohl dir das vermutlich gleichgültig wäre."

„Ich weiß, wer ich bin, was ich will und was ich erreichen kann." Er nahm den Fuß vom Gaspedal, weil sie zu einer Kurve kamen, und ihre Blicke trafen sich für Sekunden. „Trotzdem ist mir die Meinung bestimmter Menschen wichtig. Zum Beispiel ziehe ich die freie Natur dem Verkehrsgewühl der Stadt vor. Und du, Jane?"

„Ich weiß es nicht genau." Das ist die Wahrheit, erkannte sie erstaunt. In diesen wenigen Wochen hatte sich so viel verändert, alles, was ihr einmal wichtig gewesen war, verlor an Bedeutung, anderes rückte in den Vordergrund. Sie war so sehr mit dieser überraschenden Erkenntnis beschäftigt, dass es ihr fast entging, dass er durch das Tor zu seiner Plantage einbog.

„Wohin fahren wir?"

„Zum Essen."

„In die Plantage?"

„In mein Haus."

Janes Magen kribbelte vor Aufregung, aber sie beachtete das nicht. Also ging es nicht in ein gut besuchtes und damit sicheres Restaurant, wie sie gedacht hatte, aber schließlich war sie nicht das erste Mal in einer schwierigen Situation. Man konnte mit jeder Lage fertig werden. Das wusste sie inzwischen. Allerdings, mit Martin allein zu essen, das war sicher mit keiner ihrer bisherigen Erfahrungen vergleichbar.

Jane war noch dabei, ihren Widerspruch zu formulieren, als Martins Haus schon in Sicht kam. Es war ein altes, wunderschönes, verwittertes Haus. Auf den ersten Blick wirkte es grau, aber dann sah man die vielen verschiedenen Farbtöne von Rost und Braun über Grün zu einem ganz hellen Gelb. Das Haus hatte zwei Stockwerke, das obere umgab ein Balkon. Am Geländer hingen Blumenkästen mit üppigen roten Geranien und Ringelblumen, und der Duft von Lavendel stieg Jane in die Nase.

Eine breite geschwungene Steintreppe führte zu einer Doppeltür mit eingelegtem Glas. Daneben gab es einen Holztrog, in dem sich Stiefmütterchen in der Abendbrise duckten.

Das Haus war ganz anders, als sie es sich vorgestellt hatte, und doch – es passte zu ihm.

Jane sagte aber nichts, als der Wagen vor dem Haus hielt, auch nicht, als Martin ihr die Tür öffnete. Martin machte das nervös. Es war ihm auf einmal sehr wichtig, ob ihr sein Haus gefiel.

Jane ließ sich von ihm aus dem Wagen helfen, blieb neben ihm stehen und sah das Haus lange an.

„Martin, es ist wunderschön", meinte sie endlich begeistert und hob die Hand über die Augen, um sie vor den letzten Sonnenstrahlen abzuschirmen, die sich in den Fenstern brachen. „Kein Wunder, dass du es so liebst."

„Mein Urgroßvater hat es gebaut", erklärte Martin stolz.

Jane musste an das Haus denken, das seit Generationen das

Heim ihrer Familie gewesen war, und ihre Augen begannen zu brennen. Sie hatte ihr Heim verloren, hatte es verkaufen müssen. Ob sie es ihm erzählen sollte? Sie spürte, dass er sie verstehen würde.

„Was hast du, Jane?“ wollte er besorgt wissen.

Nein, sie konnte es ihm doch nicht sagen. „Ich habe nur gerade darüber nachgedacht, wie wichtig Traditionen sein können.“

„Dein Vater fehlt dir?“

„Ja.“ Der melancholische Moment war vorüber. Unternehmungslustig meinte sie: „Ich würde das Haus gern von innen sehen.“

Martin zögerte einen Moment. Er wusste, dass sie nahe daran gewesen war, sehr private Gedanken mit ihm zu teilen. Schade, dachte er. Aber ich darf nicht ungeduldig werden.

Hand in Hand stiegen Jane und Martin die Stufen zur Eingangstür hinauf. Gleich hinter der Tür lag der Hund, er begrüßte sein Herrchen voller Freude und legte sich dann schlafen.

Die dicken Mauern schützten das Haus gut vor der Hitze, sodass es in der Halle angenehm kühl war. Die Holzdecke war hoch, und an einer Wand hing ein Bild, das eine Landschaft zeigte. Es fiel Jane sofort ins Auge, dem Stil nach konnte es ein Monet sein. Aber bevor sie etwas dazu sagen konnte, führte Martin sie durch eine Doppeltür aus Mahagoni in ein sehr gemütliches Zimmer. Es war fast quadratisch, in der Ost- und Westwand gab es Fenster. Der Raum war in Blautönen gehalten und hatte etwas Heimeliges. Die Teppiche waren handgeknüpft, die Möbel alt. Auf dem Tisch standen frische Blumen in einer Keramikvase. Das hätte sie in einem Junggesellenhaushalt nicht erwartet. Jane war angenehm überrascht.

Jane ging zum Westfenster. Die tief stehende Sonne warf lange Schatten über die Nebengebäude. Frieden herrschte hier, und Jane seufzte, ohne eigentlich zu wissen, warum. Sie nahm die entspannte Atmosphäre ganz und gar in sich auf.

„Es ist bestimmt wunderschön, von hier aus jeden Abend die Sonne untergehen zu sehen.“

„Hier sitze ich am liebsten." Er stand unmittelbar hinter ihr, dieses Mal wehrte sie sich nicht, als er ihr die Hände auf die Schultern legte. „Dafür gibt es bei uns auf dem Lande kein Symphonie-Orchester, keine Galerien und keine Museen."

Er massierte sie sanft, aber seine Stimme klang nervös. Jane drehte sich neugierig um, und er ließ die Hände über ihre Arme hinuntergleiten, um sie ihr dann wieder auf die Schultern zu legen.

„Ich kann mir nicht vorstellen, dass dir das fehlt. Außerdem kann man doch trotzdem in Konzerte oder ins Museum gehen." Ohne nachzudenken hob sie die Hand und schob ihm eine Haarsträhne aus der Stirn. Als sie die Hand erschrocken wegziehen wollte, hielt er sie fest.

„Zu spät", murmelte er und küsste ihre Finger. „Zu spät für dich, zu spät für mich."

Aber das konnte sie noch nicht glauben. Sie wollte nicht weich werden, auch wenn sie es sich noch so sehr wünschte. Sie konnte doch nicht riskieren, dass sie noch einmal so verletzt wurde. „Nicht, bitte. Wir machen da einen schrecklichen Fehler, wir beide …"

„Wahrscheinlich hast du Recht." Trotzdem strich er mit den Lippen zärtlich über die Innenseite ihres Handgelenks. „Jeder hat das Recht darauf, etwas falsch zu machen."

„Nicht, bitte, küss mich nicht." Jane hob in Panik die Hände und legte sie auf seine Brust. „Dann kann ich nicht mehr denken."

„Das brauchst du auch nicht."

Martins Mund war weich, sein Kuss suchend. Jane hob die Hände, umfasste sein Gesicht und vergaß sich zu wehren. Danach hatte sie sich all die Zeit gesehnt, auch wenn sie noch so viele Gründe dagegen gesucht hatte. Sie wollte in seinen Armen liegen und träumen und nie mehr aufwachen.

Wie von selbst fanden ihre Finger den Weg in sein Haar, und sie flüsterte benommen: „Martin." Das wilde Trommeln ihres Herzens begann ihr Angst zu machen, und das ernüchterte sie.

Es kostete Martin sehr viel Kraft, sie loszulassen. „Die Sonne geht unter", meinte er rau und drehte sie zum Fenster.

Jane war ihm dafür dankbar, dass er ihr so Zeit gab, sich wieder zu fassen. Sie standen nun schweigend nebeneinander und sahen zu, wie die Sonne unterging und dabei den Himmel und die Berge färbte.

Ein lautes Räuspern ließ Jane zusammenfahren.

„Entschuldigen Sie." Der Mann an der Tür trug einen grauen, struppigen Bart, der bis zum obersten Knopf seines rot karierten Hemdes reichte. Er war kaum größer als Jane, aber kräftig gebaut, und er strahlte sehr viel Stärke aus. Sein Gesicht war zerfurcht, die Augen dunkel. Bei ihrem Anblick verzog er den Mund zu einem breiten Lächeln, und Jane sah dabei einen Goldzahn aufblitzen.

Das ist sie also, die dem Boss so zusetzt, dachte er. Nun, sie ist ja auch so hübsch, dass sie es mit dem schönsten Apfel auf der Plantage aufnehmen kann. Grüßend nickte er ihr zu. „Das Essen ist fertig. Wenn Sie es nicht kalt essen wollen, setzen Sie sich am besten in Bewegung."

„Jane, das ist Delaney." Martin hob fast unmerklich die Augenbrauen. Er wusste, dass Delaney die Situation bereits erfasst und für sich eingeordnet hatte. „Er kann im Gegensatz zu mir kochen, deshalb habe ich ihn noch nicht hinausgeworfen."

Delaney lachte. „Er hat mich deshalb noch nicht hinausgeworfen, weil ich ihm schon die Nase geputzt und seine Windeln gewechselt habe."

„Vielleicht darf ich hinzufügen, dass das dreißig Jahre her ist."

Jane hörte Zuneigung aus Martins Stimme heraus, aber auch leichten Groll, und es freute sie, dass es überhaupt jemanden gab, der solche Gefühle in ihm hervorrief. „Guten Abend, Mr. Delaney."

„Einfach nur Delaney, Miss." Er zupfte an seinem Bart. „Mächtig hübsch", sagte er zu Martin. „Sehr vernünftig, dass du dir endlich eine Frau suchst. Das Essen wird kalt", fügte er noch einmal mahnend hinzu und ging wieder.

Jane sah Martin ins Gesicht und lachte. Delaneys Bemerkung hatte ihn verlegen gemacht, und das erheiterte sie.

„Ich freue mich, dass du dich so gut unterhältst“, sagte Martin säuerlich.

„Danke! Es ist das erste Mal, dass ich dich sprachlos sehe. Wenn das kein Grund zur Freude ist.“ Sie nahm zur Versöhnung seine Hand und schlug vor: „Komm, sonst wird das Essen wirklich noch kalt.“

6. KAPITEL

Martin führte sie in eine Loggia. Über ihnen drehten sich zwei Ventilatoren und brachten ein Glockenspiel zum Klingeln. Der Tisch war mit buntem Geschirr gedeckt, und obwohl die Sonne noch nicht ganz untergegangen war, brannten schon zwei Kerzen. Neben Janes Teller lag eine wilde Rose.

Vorsicht, dachte sie, ich muss auf der Hut sein. So viel Romantik ist gefährlich, auch wenn ich einmal davon geträumt habe. Sie nahm die Rose hoch und lächelte Martin an. „Danke."

Er rückte ihr den Stuhl zurecht. „Setz dich."

Delaney kam mit einem voll beladenen Tablett herein. „Hoffentlich haben Sie ordentlich Appetit mitgebracht, Miss. Sie könnten ruhig ein bisschen zulegen. Ein bisschen Üppigkeit bei Frauen kann nicht schaden." Gespannt auf die Reaktion, stellte er einen wunderbar aussehenden Meeresfrüchtesalat auf den Tisch. „Ich habe ‚Hühnchen Delaney' gemacht, das ist etwas ganz Besonderes. Wenn Sie mit dem Salat nicht zu sehr trödeln, hält es sich unter der Haube lange warm. Der Apfelstrudel steht auf einer Warmhalteplatte." Er stellte eine Flasche Wein in einen Sektkühler und meinte: „Das ist der ausländische Wein, den du unbedingt haben wolltest." Delaney trat einen Schritt zurück, begutachtete aus schmalen Augen den Tisch und gab einen zufriedenen Laut von sich. „Ich gehe jetzt heim." Achtlos wischte er sich die Hände an den Jeans ab und verließ sie ohne weitere Formalitäten.

„Delaney hat einen verblüffenden Stil, findest du nicht?" Martin schenkte zwei Gläser Wein ein.

„Ja, verblüffend", stimmte ihm Jane zu. Es war wirklich kaum zu glauben, dass diese Arbeitshände etwas so Wunderbares wie diesen Salat da vor ihr geschaffen hatten.

„Er macht den besten Apfelstrudel von ganz Pennsylvania." Martin hob das Glas und nickte Jane zu. „Und sein Beef Wellington sucht seinesgleichen."

„Beef Wellington kocht er auch?" Jane trank einen Schluck von ihrem Wein. Er war trocken, vielleicht eine Spur zu sehr für ihren Geschmack. „Ich hoffe, du nimmst es nicht falsch auf, wenn ich sage, dass er mehr so aussieht, als grille er jeden Abend ein anständiges Stück Fleisch über dem offenen Feuer." Sie kostete ihren Salat. „Aber ..."

„Das Äußere kann sehr täuschen", sprach Martin aus, was sie hatte sagen wollen. „Delaney kocht hier, seit ich mich erinnern kann. Er lebt in einem kleinen Häuschen, das mein Großvater vor vierzig Jahren für ihn hat bauen lassen, und gehört seitdem zur Familie."

Jane nickte nur und musste daran denken, wie schwer es ihr gefallen war, ihren langjährigen Angestellten zu kündigen.

Martin bemerkte den Anflug von Traurigkeit in ihrem Blick und griff nach ihrer Hand. „Jane?"

Sie entzog ihm die Hand schnell. „Der Salat ist fantastisch. Ich habe eine Tante, die würde deinen Delaney nach dem ersten Bissen entführen."

Philadelphia ist immer noch ihr Zuhause, dachte er bekümmert.

Das „Hühnchen Delaney" schmeckte köstlich. Die Sonne war inzwischen untergegangen, und sie unterhielten sich beim Schein der Kerzen und genossen es, wenn sie auch bei fast jedem Thema unterschiedlicher Meinung waren.

Sie las gern Gedichte und er Agatha Christies Romane. Sie liebte Bach, er hörte gern moderne Unterhaltungsmusik. Aber das alles spielte keine Rolle, die Kerzen brannten immer weiter hinunter, der Wein schimmerte im Glas und lud zu immer noch einem Schluck ein. Aus der Nähe ertönte der Ruf einer Wachtel.

„Es ist wunderbar hier." Jane seufzte zufrieden. „Wenn im Lager alles so ruhig ist, können wir auch die Vögel hören. Direkt vor meinem Fenster singt abends ein Ziegenmelker – man kann fast die Uhr nach ihm stellen."

„Wir sind alle Gewohnheitstiere", antwortete Martin und hätte gern gewusst, welches ihre Gewohnheiten waren. Er nahm ihre Hand, drehte die Innenfläche nach oben und betrachtete sie. „Du hast dich nicht nach meinem Rat gerichtet."

„Nach welchem Rat?"

„Handschuhe anzuziehen."

„Das lohnt sich nicht. Außerdem …" Sie schwieg und nahm ihr Glas.

„Außerdem was?"

„Wenn ich Schwielen habe, bedeutet das, dass ich etwas getan, sie mir verdient habe." Sie hatte es eigentlich nicht sagen wollen und wartete jetzt darauf, dass er sie auslachte und überhaupt kein Verständnis für sie haben würde.

Aber er lachte nicht, sondern strich nur schweigend mit dem Daumen über die verhärtete Stelle und sah sie an. „Gehst du wieder zurück?"

„Zurück?"

„Nach Philadelphia."

Warum sollte sie ihm sagen, dass sie am liebsten gar nicht daran dachte? „Das Lager schließt Ende August. Wohin sollte ich sonst gehen?"

„Ja, wohin sonst?" stimmte er ihr zu. Als er ihre Hand losließ, fehlte ihr auf einmal etwas. „Aber für jeden kommt einmal die Zeit, da er sich entscheiden muss, ob er so weitermacht wie bisher oder etwas Neues anfängt." Er stand auf und machte einen Schritt auf sie zu. Das Herz schlug ihr bis zum Halse. „Ich bin gleich wieder da", sagte er dann nur.

Jane atmete vor Aufregung schneller. Was hatte sie erwartet? Worauf hatte sie gehofft? Ihre Beine wollten sie nicht recht tragen, als sie aufstand, aber das konnte auch am Wein liegen. Ihr war kalt, und unwillkürlich rieb sie sich die Oberarme. Der Himmel war tiefblau, nur am Horizont war noch ein purpurfarbener Streifen zu erkennen.

Vielleicht würden sie sich später wieder die Sterne anschauen und nach Sternbildern suchen? Dann würde sie es vielleicht wieder spüren, dieses Gefühl, dass ihre Träume und Bedürfnisse mit seinen verschmolzen.

Jane schüttelte den Kopf, als könne sie damit ihre Gedanken abschütteln. Der Abend war schöner gewesen, als sie erwartet hatte. Sie hatten doch mehr gemeinsam als gedacht, und außerdem zeigte er weiche Seiten, die sie nicht für möglich gehalten hätte. Wenn er sie küsste, hatte sie jedes Mal ein Gefühl, als gehöre ihr die ganze Welt.

Nein. Sie schüttelte mit Nachdruck den Kopf. Da verlor sie sich in romantischen Träumen, wo es nichts zu träumen gab. Sie hatte gerade erst damit angefangen, sich ein eigenes Leben aufzubauen. Da blieb kein Raum für einen Mann – auch nicht für Martin.

Musik erklang aus einem der Räume des Hauses, und Jane erschauderte. Ich muss fort, dachte sie ängstlich. Ich habe das alles schon viel zu sehr auf mich wirken lassen – das Haus, den Sonnenuntergang, den Wein, das gute Essen. Sie hörte Martins Schritte und überlegte fieberhaft. Ja, sie würde sich für alles bedanken, und dann sollte er sie gleich nach Hause fahren.

Als Martin zurückkam, stand Jane neben dem Tisch, die Kerzen warfen ihren flackernden Schein über ihr Gesicht, und das ergab ein Bild von eigenartigem Reiz. Der Duft nach wilden Rosen schien über allem zu liegen, und ein verrückter Gedanke kam ihm: Ob sie sich wie ein Traumbild auflösen würde, wenn er sie berührte?

„Martin, ich glaube, es ist besser, wenn ich …"

„Pst." Nein, sie war genauso wirklich wie er. Er nahm ihre Hand, legte den Arm um ihre Taille, und nach kurzem Zögern begann sie, sich mit ihm zur Musik zu bewegen. Es war so wunderbar, in seinen Armen zu liegen und mit ihm zu tanzen. Jane schloss die Augen und spürte an ihrer Wange den rauen Stoff seiner Jacke. Er roch nach Seife und irgendwie männlich. Ohne recht zu wissen, was sie da tat, berührte sie mit den Lippen seinen Hals und fuhr ihm mit der Zungenspitze über die Halsschlagader.

Martin wollte sie eigentlich von sich schieben. Er hatte sich schließlich vorgenommen, sie nicht zu drängen. Aber jetzt – ihre Finger auf seinem Nacken und ihr Mund an seinem Hals – war alles anders. Leidenschaftlich presste er sie an sich und gab seinen Sehnsüchten nach.

Es war ein verzehrender Kuss, und obwohl Jane nie etwas Vergleichbares erlebt hatte, hatte sie doch keine Angst, sondern ihr war, als sei dies alles unvermeidlich, sozusagen schicksalhaft. Sie legte den Kopf zurück und öffnete ihre Lippen in völliger Hingabe. Wer hatte wen aufs Sofa gezogen? Jane hätte es nicht sagen können. Aber auf einmal lagen sie eng umschlungen auf den Kissen.

Wie lange hatte sie es sich schon gewünscht, diese Hingabebereitschaft und diese Leidenschaft! Martin streichelte Jane, und sie bog sich ihm entgegen. Er konnte fühlen, wie erhitzt sie war, spürte, wie sie sich nach seiner Berührung sehnte.

Sachte öffnete er die Knöpfe ihrer Bluse und folgte der Spur seiner Finger mit den Lippen. Jane zitterte vor fieberhafter Erwartung. Gefühle beherrschten sie, von denen sie bisher nur hatte träumen können. Jetzt waren sie so echt, und sie waren so wunderbar …

Die Kissen in ihrem Rücken waren weich, der Raum duftete nach Blumen, und in ihren Augen spiegelte sich das flackernde Kerzenlicht wider. Draußen sangen die Zikaden. Martin flüsterte ihren Namen, und aus seinem Mund klang das fremd und erregend.

Dann fanden sich ihre Lippen wieder, und sein Kuss erzählte ihr von seiner Sehnsucht, seiner Leidenschaft, die ihm den Verstand zu rauben drohte. Die Sinne schwanden ihr, und sie vergaß alles um sich herum.

Ein paar Momente lang war sie vorbehaltlos glücklich. Endlich hatte sie ihn gefunden, den Mann ihrer Träume! Traum und Wirklichkeit hatten sich getroffen. Sie musste dies nur festhalten.

Unvermittelt setzte aber wieder Panik ein. Nein, sie durfte das nicht zulassen. Wie konnte sie dieses Risiko eingehen! Sie hatte doch schon einmal einem Mann vertraut und war betrogen worden. Hatte sie nichts gelernt?

„Martin, nicht. Hör auf, bitte." Jane wandte den Kopf ab und versuchte einen klaren Gedanken zu fassen. „Das ist für uns beide nicht das Richtige. Für dich nicht und mich nicht."

„Nein?" Er zog sie enger an sich. „Willst du behaupten, dass du eben nicht das Gefühl gehabt hast, es sei genau richtig, was wir tun?"

„Nein." Sie fuhr sich verwirrt durchs Haar. „Aber ich will nicht. Das musst du verstehen. Ich will es nicht. Nicht jetzt."

„Du verlangst viel."

„Vielleicht. Aber ich kann es nicht ändern."

Martin gab sie verärgert frei. Da war sie das Wichtigste in seinem Leben geworden, bevor er das begriffen hatte. Sie hatte mit ihm gespielt, bis er verrückt nach ihr war, und jetzt zog sie sich einfach zurück und verlangte, dass er sie verstand!

„Wie du willst", sagte er kalt und löste sich von ihr. „Es ist dein Spiel."

„Es ist kein Spiel." Sie fröstelte mit einem Mal.

„Nein? Du spielst es jedenfalls gut."

Jane sah ihn schuldbewusst an. Sie fand, dass sie seinen Ärger, wenigstens zum Teil, verdiente. „Bitte, mach nicht alles noch schlimmer."

Er ging zum Tisch, nahm sein Weinglas und sah hinein. „Was ist passiert?"

Statt ihm zu antworten, begann sie fahrig ihre Bluse zuzuknöpfen.

„Ich werde es dir sagen." Er trank das Glas in einem Zug aus und fuhr fort: „Es ist nicht das erste Mal, dass du mich ohne jeden erkennbaren Grund diesem Wechselbad von heiß und kalt aussetzt. Ich frage mich allmählich, ob Eric nicht einfach aus Notwehr gehandelt hat, als er sich aus dem Staub machte."

Jane erstarrte vor Schreck. Selbst bei diesem schwachen Licht konnte Martin erkennen, dass ihr alle Farbe aus dem Gesicht wich. Verlegen setzte er sein Glas ab. „Entschuldige, Jane. Das war nicht sehr nett von mir."

Es fiel Jane nicht leicht, sich zu beherrschen, aber als sie den letzten Knopf geschlossen hatte, stand sie auf und sagte mit fester Stimme: „Da du an Erics Beziehung zu mir so interessiert bist: Er hat mich aus sehr viel praktischeren Erwägungen heraus verlassen. Ich bedanke mich für das Essen, Martin, es war köstlich. Sag das bitte Delaney."

„Jane, bitte!"

Als er auf sie zukam, verspannte sie sich. „Wenn du noch etwas für mich tun willst, dann fahr mich bitte zurück."

Es passierte im Ferienlager neuerdings ein Unheil nach dem anderen. Zuerst gab es eine Art „Ausschlagepidemie", die von einer giftigen Pflanze herrührte. Innerhalb von vierundzwanzig Stunden waren zehn Mädchen und drei Betreuerinnen erkrankt. Sie mussten sich von Kopf bis Fuß mit Zinksalbe einreiben. Die stickige, schwüle Augustluft tat leider nichts dazu, den Juckreiz erträglicher zu machen.

Kaum begann das abzuklingen, regnete es volle drei Tage lang. Das Lager verwandelte sich in der Zeit in eine Schlammwüste, die jeden Aufenthalt im Freien fast unmöglich machte. Die Stimmung wurde zunehmend gereizter, und Jane musste an einem Tag zwei erbitterte Auseinandersetzungen schlichten. Als Nächstes schlug der Blitz in einen Baum am Rande des Lagers ein, was die Mädchen aber zum Glück eher von ihrer Langeweile ablenkte als ängstigte.

Dann endlich kam die Sonne wieder hervor. Sie hatten in der Zwischenzeit alle gemeinsam genug Topflappen, Schlüsselanhänger, Brieftaschen und Kissenbezüge hergestellt, um einen eigenen Laden aufmachen zu können. Männer aus dem Nachbarort kamen in Jeeps und mit Motorsägen, um den vom Blitz getroffenen Baum zu zersägen. Jane schrieb ihnen einen Scheck aus und hoffte von ganzem Herzen, dass das Schlimmste damit vorüber war.

Der Scheck war vermutlich noch nicht einmal eingelöst, als der gebrauchte Restaurantherd, den sie und Candy gekauft hatten, seinen Dienst versagte. Es dauerte drei Tage, bis die Ersatzteile kamen, und in dieser Zeit kochten sie einfach am offenen Feuer.

Courage, der Wallach, bekam plötzlich eine Lungenentzündung, und alle im Lager sorgten sich um ihn und verwöhnten ihn. Der Tierarzt gab ihm Penicillin, und Jane verbrachte drei schlaflose Nächte im Stall und pflegte ihn, bis die Krise überstanden war.

Schließlich kam Courage wieder auf die Beine, der Schlamm im Lager trocknete, und auch der Herd tat wieder seinen Dienst wie eh und je. Schlimmer kann es nun nicht mehr kommen, sagte sich Jane, als alle im Lager langsam wieder zu ihrem normalen Leben zurückkehrten.

Und doch, die Ruhe, die jetzt erneut eingekehrt war, brachte eine Rastlosigkeit in Jane zu Tage, die sie zuvor hatte ignorieren können. In der Abenddämmerung wanderte sie wie immer mit ihren Äpfeln in den Stall, für Courage hatte sie eine Extrakarotte dabei. Bei der Arbeit im Stall konnte sie aber ihren Gedanken nicht mehr entfliehen, und der Abend mit Martin war ihr so nah, als habe er erst gestern stattgefunden. Jedes Wort, jede Berührung, jede Geste waren in ihrem Gedächtnis eingebrannt. Sie wusste genau, dass sie sich ernsthaft in ihn verliebt hatte, und das machte ihr viel Angst.

Ihr Leben war bisher so anders verlaufen, was Männer betraf. Die Freundschaft mit Eric hatte sie nicht wirklich tief berührt. Ihre Beziehung war wohl geordnet gewesen, überschaubar. Wie anders verliefen die Begegnungen mit Martin!

Es macht nichts, sagte sich Jane, während sie eins der Pferde striegelte. Ich werde einfach darüber hinwegzukommen versuchen. Ich will mir meine Pläne nicht mehr durcheinander bringen lassen.

„Ich dachte mir schon, dass ich dich hier finde." Candy lehnte an der Stalltür und trat dann näher. „Wie geht es Courage heute?"

„Gut. Er lässt sich mit großer Begeisterung verwöhnen." Jane ging zu dem kleinen Waschbecken in der Ecke und wusch sich sorgfältig die Hände. „Ich glaube nicht, dass wir uns um ihn noch Sorgen zu machen brauchen."

„Dann kannst du in Zukunft ja wieder in deinem Bett schlafen statt im Heu."

Jane fasste sich ans Kreuz und streckte sich. Nach keinem noch so anstrengenden Tennisspiel hatte sie je solche Kreuzschmerzen gehabt. Zu ihrer eigenen Überraschung gefiel ihr das aber. „Ich hätte nie für möglich gehalten, dass ich mich tatsächlich einmal darüber freuen würde, dass ich in diesem Bett schlafen darf."

„Nachdem wir uns um das Pferd keine Sorgen mehr machen müssen, kann ich dir ja sagen, dass ich mich seit Tagen um dich sorge."

„Um mich?" Jane sah sich nach einem Handtuch um und trocknete die Hände schließlich an ihrer Jeans ab, als sie keines fand. „Warum?"

„Du arbeitest zu viel."

„Unsinn. Die Arbeit bekommt mir prächtig."

„Der Ansicht bin ich nicht." Candy schüttelte den Kopf. „Jane, du kannst so nicht weitermachen."

„Ich bin nur müde", widersprach Jane. „Ein paar Stunden Schlaf bringen alles wieder in Ordnung."

„Stell dich anderen Leuten gegenüber so, als wäre nichts, aber bitte tu das nicht bei mir!"

Jane seufzte und meinte missmutig: „Also gut, was hast du auf dem Herzen?"

„Es geht um Martin Elliot", sagte Candy und beobachtete, wie Jane erstarrte. „Als du zurückkamst, habe ich dir keine Fragen gestellt."

„Wofür ich dir sehr dankbar bin."

„Aber jetzt möchte ich wissen, was vorgefallen ist. Bitte erzähl es mir, Jane."

„Nichts. Wir haben gegessen, uns ein wenig über Bücher und Musik unterhalten, und dann hat er mich zurückgebracht."

Candy zog die Stalltür zu. „Ich dachte, ich bin deine Freundin."

„Das weißt du doch, Candy." Jane schloss einen Moment die

Augen. „Also gut. Es war genau so, wie ich gesagt habe, aber dazwischen geriet die Sache ein wenig außer Kontrolle."

„Welche Sache?"

Jane konnte nicht einmal lachen. „Ich wusste gar nicht, dass du so neugierig bist."

„Und ich wusste nicht, dass du dich in der Rolle der unverstandenen Leidenden so wohl fühlst."

„Tue ich das?" Jane sah sie verblüfft an. „Ja, vielleicht hast du Recht", gab sie dann zu.

Candy zog Jane mit sich auf eine kleine Bank. „Wollen wir ein bisschen reden?"

„Ich weiß nicht, ob ich darüber reden kann." Jane verhakte die Finger ineinander und sah auf sie hinunter. Der Opalring ihrer Mutter schimmerte matt. „Als Papa starb und alles so hoffnungslos erschien, habe ich mir selbst geschworen, dass ich meine Schwierigkeiten irgendwie überwinden werde, und zwar allein."

„Das heißt nicht, dass du dich nicht auf Freunde stützen kannst."

„Ich habe mich schon oft genug auf dich gestützt, damit muss auch mal Schluss sein."

„Ich werde es dich wissen lassen, wenn es mir zu viel wird. Jane, wenn mich mein Gedächtnis nicht im Stich lässt, dann haben wir uns bisher abwechselnd aufeinander gestützt. Erzähl mir also von Martin."

„Er macht mir Angst." Jane seufzte und lehnte sich gegen die Wand. „Es geht mir alles viel zu schnell." Sie sah Candy offen an. „Wie kann ich mir überhaupt einbilden, schon so bald nach der Trennung von Eric in einen anderen Mann verliebt zu sein?"

„Du willst mir damit doch hoffentlich nicht beibringen, dass du leichtfertig bist." Candy musste so herzlich lachen, dass Jane sie gekränkt ansah. „Jane, ich war immer die Wankelmütige von uns beiden! Du warst schon immer die Treue in Person." Sie hob die Hand. „Ich will dich nicht ärgern. Also, lass uns ganz logisch darüber reden." Candy schlug die Beine übereinander. „Erstens: Du warst mit Eric befreundet und hättest ihn vermutlich auch geheiratet. Über die Gründe haben wir uns schon unterhalten. Hast du ihn denn geliebt?"

„Nein, aber ich dachte ..."

„Das spielt keine Rolle. Die Antwort war ‚Nein'. Zweitens: Er macht mit dir Schluss, vor Monaten schon, und da lernst du nun einen netten, gut aussehenden Mann kennen. Was ist dabei? Gehen wir einen Schritt weiter." Candy redete voller Eifer. „Angenommen, du wärst in Eric hoffnungslos verliebt gewesen. Dann hätte er dir durch sein Verhalten zwar das Herz gebrochen, mit der Zeit wären die Wunden aber geheilt, und du wärst darüber hinweggekommen. Richtig?"

„Ich würde hoffen."

„Dann sind wir also einer Meinung."

„Am Rande."

Damit gab sich Candy zufrieden. „Du hättest diesen netten, gut aussehenden Martin auch kennen gelernt und dich auch in ihn verliebt. So oder so – du brauchst kein schlechtes Gewissen zu haben." Zufrieden stand Candy auf: „Wo liegt also das Problem?"

Jane sah unsicher auf ihre Hände hinab. „Liebe ist etwas Ganzheitliches, bedeutet Hingabe. Man muss sich ganz einlassen auf den anderen und alles geben. Ich weiß nicht, ob ich das jetzt schon kann. Und wenn ich es könnte, dann wüsste ich noch lange nicht, ob Martin genauso empfindet."

„Jane, das muss dir aber dein Gefühl sagen."

Kopfschüttelnd stand Jane auf. Es ging ihr schon viel besser, weil sie endlich über das gesprochen hatte, was sie bewegte, aber das änderte nichts an ihrer Lage. „Ich habe gelernt, nicht meinen Gefühlen zu trauen, sondern realistisch zu sein. Und deshalb werde ich mich jetzt an die Buchhaltung machen."

„Jane, übertreib es nicht. Vergiss doch die Bücher einmal. Wenigstens heute."

„Leider habe ich sie in den letzten Tagen wegen all der Aufregungen mehr als nötig vergessen müssen." Jane hängte sich bei

Candy ein und steuerte auf die Tür zu. „Du hattest Recht. Reden hilft, aber praktische Erwägungen gehen vor."

„Du meinst Schecks und Bilanzen?"

„Genau. Es hilft nichts, Candy."

„Ich helfe dir."

„Danke, aber ich wäre gern vor Weihnachten fertig."

„Das war ein Schlag unter die Gürtellinie."

„Aber es stimmt." Jane verriegelte die Tür hinter ihnen. „Mach dir um mich keine Gedanken, Candy. Unser Gespräch hat mir auf jeden Fall geholfen, klarer zu denken."

„Besser wäre es noch, du würdest endlich etwas unternehmen. Na, aber immerhin ist ein Anfang gemacht. Arbeite nicht zu lange."

„Höchstens zwei Stunden", versprach Jane.

Das „Büro" befand sich in einer Kammer neben der Küche. Jane schaltete die Schreibtischlampe ein, dann den Computer und das kleine Radio. Ruhige Musik würde helfen, ihre Gedanken zu ordnen.

Sie nahm sich die Bücher vor, die Schecks und Rechnungen aus der Schublade und begann konzentriert mit der Arbeit. Die letzten beiden Wochen hatten ihr Budget bis an die Grenzen des Zulässigen belastet. Sie waren zwar noch nicht völlig mittellos, aber nicht weit davon entfernt. Müde massierte sie sich die Schläfen.

Sie konnten es immer noch schaffen. Mit Mühe und Not, aber es war möglich, wenn nicht noch mehr unerwartete Ausgaben auf sie zukamen – und wenn sie und Candy im Winter eisern sparten und sich vor allem im nächsten Jahr genügend Kinder für das Lager anmeldeten.

Jane seufzte. Wenn sich eines dieser vielen Wenns nicht erfüllte, würde sie ihren letzten Schmuck verkaufen müssen. Ihr Blick fiel auf den Opalring an ihrer Hand, aber sie sah schnell wieder weg. Wenn sie nur daran dachte, bekam sie schon ein schlechtes Gewissen. Aber sie würde es tun, wenn es die einzige Möglichkeit war, um weiterzumachen. Aufgeben würde sie auf keinen Fall!

Die Tränen kamen so unvermittelt, dass sie selbst davon überrascht wurde. Sie wischte sie ab, aber andere folgten. Niemand konnte sie sehen, niemand konnte sie hören, also legte sie den Kopf endlich auf die Arme und ließ den Tränen freien Lauf.

Weinen änderte zwar nichts, aber es tat ihr gut, außerdem hatte sie sowieso nicht die Kraft, sich dagegen zu wehren.

So fand Martin Jane. Er blieb an der halb geöffneten Tür stehen, erschrak und wäre am liebsten zu ihr gegangen, um sie in die Arme zu nehmen. Aber er war klug genug, das nicht zu tun. Bestimmt würde sie nicht wollen, dass jemand sie beim Weinen sah, vor allem er nicht.

Deshalb wartete er eine Weile und rief dann vom Flur: „Jane ..."

Sie hob beim Klang seiner Stimme erschrocken den Kopf und wischte sich hastig über die Wangen. „Was willst du hier?"

„Ich wollte dich sehen." Das stimmte, und doch beschrieb es nicht andeutungsweise die Gefühle, die ihn bewegten. Verlegen steckte er die Hände in die Hosentaschen. „Ich habe heute Morgen erfahren, dass euer Wallach krank ist. Wie geht es ihm?"

Jane rang noch immer um ihre Fassung. „Es geht ihm besser. Es war zum Glück nicht ganz so schlimm."

„Das freut mich." Martin ärgerte sich darüber, dass ihm die passenden Worte fehlten, und er begann ziellos auf- und abzugehen. Wie konnte er sie trösten, wenn sie ihm nicht sagte, was ihr fehlte? Als er sich ihr näherte, stand sie von ihrem Schreibtischsessel auf.

„Warum erzählst du mir nicht, was dich bedrückt?"

Sie hätte sich ihm gern anvertraut, aber irgendetwas hinderte sie daran, so verschanzte sie sich lieber hinter ihrem lang erprobten Schutzwall. „Da gibt es nichts zu erzählen. Ich habe zwei anstrengende Wochen hinter mir und bin wahrscheinlich schlichtweg übermüdet."

Das stimmt nicht, dachte er, obwohl sie wirklich erschöpft aussah. „Machen dir die Mädchen Sorgen?"

„Nein, über die kann ich mich nicht beklagen."

Martins Blick fiel auf den Stapel von Rechnungen auf dem Schreibtisch. „Habt ihr Geldsorgen? Ich könnte euch helfen."

Jane schob die Rechnungen mit Nachdruck in die Schublade. Musste er sie so demütigen? Aber wenigstens kam sie dadurch nicht wieder in Versuchung zu weinen. „Uns geht es wunderbar", sagte sie kühl. „Wenn du mich jetzt entschuldigen würdest. Ich muss noch arbeiten."

„Das war nicht als Beleidigung gedacht. Ich wollte dir nur helfen." Hätte sie nicht so blass ausgesehen und immer noch die Tränenspuren auf der Wange gehabt, wäre er wohl gegangen. So aber sagte er: „Es tut mir Leid, dass du im letzten Jahr so viel durchmachen musstest, Jane. Ich wusste, dass du deinen Vater verloren hast, aber all das andere nicht."

Jane hätte so gern in seinen Armen Trost gesucht, aber wäre dann nicht der Kampf um Selbstständigkeit vergeblich gewesen? Sie straffte die Schultern. „Es braucht dir nicht Leid zu tun."

„Es wäre einfacher gewesen, wenn du mir alles erzählt hättest."

„Es hat doch nichts mit dir zu tun."

„Nein? Ich dachte doch. Oder willst du damit sagen, dass zwischen uns nichts ist, Jane?"

Sie war viel zu verwirrt, um darüber nachdenken zu können. „Ich weiß nicht, was ich fühle – ich will eigentlich gar nichts fühlen. Und vor allem will ich dein Mitleid nicht."

Martin wandte sich beleidigt ab und ging. Die Tür fiel krachend hinter ihm ins Schloss.

7. KAPITEL

In den nächsten Tagen wirkte Jane nach außen wie immer. Sie gab ihre Reitstunden, beaufsichtigte die Mahlzeiten und wanderte mit kleinen Gruppen von Kindern durch die Wälder und über die Hügel. Sie sprach und lachte und hörte zu, aber ganz war sie nie bei der Sache.

Sie mochte sich noch so sehr abzulenken versuchen, ihr Schuldgefühl Martin gegenüber wurde sie nicht los. Sie hatte sich völlig falsch verhalten. Das hatte sie gleich gewusst, aber ihr Stolz hatte nicht zugelassen, dass sie sich entschuldigte. Er hatte ihr Hilfe angeboten, Hilfe und Trost, aber sie hatte ihn nur zurückgestoßen, und sie schämte sich jetzt dafür.

Sie hatte sogar schon ein paarmal den Telefonhörer in die Hand genommen, um ihn anzurufen, aber dann hatte sie jedes Mal der Mut verlassen. Sie fürchtete, ihre Entschuldigung könne zu hölzern klingen und er womöglich gleichgültig darauf reagieren.

Was immer es genau war, was da zwischen ihnen gewachsen war, sie hatte es zerstört. Wie konnte sie Martin erklären, dass sie sich davor gefürchtet hatte, ein zweites Mal verletzt zu werden? Wie konnte sie ihm begreiflich machen, dass sie seine Hilfe nicht hatte annehmen wollen, weil sie nicht in eine neue Abhängigkeit geraten wollte?

Jane ritt weiterhin nachts allein aus, aber das hatte nicht mehr diese beglückende Wirkung auf sie wie vorher. Jetzt machte das Alleinsein ihr nur schmerzhaft deutlich, dass sie selbst daran schuld war, wenn das bis in alle Ewigkeit so blieb.

Die Abende waren immer noch warm, und der Blütenduft brachte immer wieder die Erinnerung an die Nacht zurück, in der Martin ihr die Sternbilder am Himmel gezeigt hatte. Wenn sie jetzt zu den Sternen aufsah, schob sich immer sein Bild davor.

Vielleicht war das der Grund, warum sie jetzt zum See ritt? Hier war das Gras besonders weich und üppig, hier konnte sie das Wasser plätschern und den Wind in den Blättern rauschen hören.

Jane sah Martin gleich. Im blassen Mondlicht wirkte er wie ein Schatten in der Dunkelheit, aber sie wusste sofort, dass er es war und dass er sie beobachtete. So, wie sie wohl instinktiv gewusst hatte, dass sie ihn heute Abend hier finden würde. Sie zügelte ihr Pferd und überließ sich dem Zauber dieser Begegnung. Einen Augenblick lang wenigstens wollte sie alle Wenn und Aber vergessen. Was morgen geschah, sollte in diesem Moment unwichtig sein.

Sie glitt aus dem Sattel und ging zu ihm.

Er sagte nichts, und bis sie ihn berührte, war er sich nicht einmal sicher, ob das alles nicht nur ein Traum sei. Schweigend legte sie ihm die Arme um den Hals und küsste ihn.

„Jane ..."

Sie schüttelte nur den Kopf. Er sollte schweigen, denn sie hatten so viel nachzuholen. Sie hob sich auf die Zehenspitzen und begann ihn erneut zu küssen. Als er endlich die Arme um sie legte, seufzte sie zufrieden.

Martin strich ihr zart übers Haar. Ihre Wangen berührten sich, und er spürte ihre weiche Haut. Sie rieb sich zufrieden an seinen Bartstoppeln, lehnte den Kopf dann gegen seine Schulter und sah zu den Sternen hinauf.

So standen sie schweigend beieinander, eine Eule rief, und Janes Pferd wieherte.

„Warum bist du gekommen?"

„Um dich zu sehen." Sie löste sich ein wenig von ihm, um ihm ins Gesicht zu sehen. „Um bei dir zu sein."

„Warum?"

Der Zauber verblasste, und seufzend löste sie sich noch ein wenig mehr aus seinen Armen. „Ich wollte mich entschuldigen." Sie suchte nach Worten, wandte sich von ihm ab und riss verlegen ein Blatt von dem Baum, unter dem sie standen. „Du musst mich für sehr undankbar halten. Entschuldige. Aber es ist immer noch schwer für mich ..." Sie hob die Schultern. „Als mein Vater starb, wurde viel geklatscht." Als Martin nichts sagte, sprach sie unsicher weiter. „Es wurde für mich auf einmal sehr wichtig, auf eigenen Füßen zu stehen. Ich wollte mir um jeden Preis beweisen, dass ich allein zurechtkomme – gut zurechtkomme. Ich bin offenbar sehr empfindlich geworden, und als du mir deine Hilfe anbotest, habe ich einfach dumm reagiert ..."

Martin machte einen Schritt auf sie zu. „So, und dieser Kuss war wohl Teil der Entschuldigung?"

Jane schob das Kinn vor. „Nein."

Er lächelte und berührte zärtlich ihre Wange. „Wofür habe ich ihn dann bekommen?"

Sein Lächeln verwirrte sie mehr als die Berührung. „Muss es einen Grund dafür geben?" Verlegen ging sie an das Ufer des Sees. „Ich wollte dich eben küssen, und deshalb habe ich es getan."

All die Spannung der letzten Wochen löste sich plötzlich in nichts auf, und ihm wurde warm ums Herz. Er war versucht, sie einfach in die Arme zu nehmen, stattdessen sagte er nur: „Tust du immer, was du willst?"

Sie sah ihn keck an und warf den Kopf zurück. „Immer."

Er lachte und meinte: „Ich auch."

„Dann müssten wir uns eigentlich gut verstehen."

Er fuhr leicht mit dem Finger über die Wange und mahnte: „Vergiss das nicht!"

„Nein." Sie ging an ihm vorbei zu ihrem Pferd und setzte hinzu: „Samstag in einer Woche veranstalten wir einen Tanzabend. Möchtest du gern kommen?"

Er nahm ihre Hand. „Bittest du mich um ein Rendezvous?"

Sie schüttelte den Kopf, bevor sie einen Fuß in den Steigbügel setzte. „Aber nein. Uns fehlen noch ein paar Aufpasser."

Sie wollte sich vom Boden abstoßen, um sich in den Sattel zu schwingen, aber Martin umfasste ohne Umstände ihre Taille und hinderte sie daran. „Wirst du mit mir tanzen?"

Sie erinnerte sich nur zu gut daran, wie sie das letzte Mal zusammen getanzt hatten, und sah, dass auch er daran dachte. Ihr

Herz schlug schneller, aber sie hob nur leicht die Augenbrauen und lächelte. „Vielleicht."

Er erwiderte ihr Lächeln und fuhr ihr dann ganz zart mit den Lippen über den Mund, sodass ihr einen Augenblick schwindlig wurde. „Samstag in einer Woche", murmelte er, hob sie dann ohne Mühe in den Sattel und hielt noch einen Augenblick ihre Hand. „Ich möchte, dass ich dir fehle."

Er blieb stehen, bis auch der letzte Hufschlag ihres Pferdes verklungen war.

Die letzten Tage waren sehr heiß gewesen. Nachts gab es meistens Gewitter, aber es regnete nur wenig dabei. Jane lag deshalb häufig wach, vermied es aber, daran zu denken, wie es nach dem Ende des Sommerlagers mit ihr weitergehen sollte.

Aber ich stecke nicht den Kopf in den Sand, beruhigte sie sich jetzt. Ich versuche nur, mein Leben nicht im Voraus zu verplanen. In diesem Sommer habe ich immerhin eine wichtige Lektion gelernt: dass ich mich und auch mein Leben verändern kann. Als verängstigte, niedergeschlagene Frau habe ich hier Zuflucht gesucht, und ich werde voller Selbstvertrauen zurückkehren, fähig, mein Leben selbst zu meistern.

Sie schob die Hände in die Taschen ihrer engen Shorts. Im nächsten Sommer würde es noch besser werden, denn dann war sie bereits darauf gefasst, was in so einem Camp alles Unvorhergesehenes geschehen konnte und wie man damit fertig wurde.

Aber trotz ihres neu gewonnenen Selbstvertrauens wollte sie nicht an den Winter denken, nicht an Philadelphia mit seinem Schneematsch auf den Gehsteigen. Wenn es nur irgendeine Möglichkeit gäbe, hier zu bleiben! Nur wegen der Notwendigkeit, Arbeit zu finden, musste sie überhaupt in die Stadt zurückkehren. Ihre Heimat war dort längst nicht mehr.

Jane schüttelte den Kopf. Der Winter war noch weit! Noch schien die Sonne, und es war heiß.

Was wohl geschehen wäre, wenn sie Martin vor zwei Jahren

kennen gelernt hätte, als ihr Leben noch in so geordneten Bahnen verlaufen und so vorhersehbar gewesen war? Hätte sie sich dann auch in ihn verliebt? Vielleicht hätte sie nur ein paar Höflichkeiten mit ihm gewechselt und ihn dann gleich wieder vergessen. Nein. Jane schloss die Augen, und jede Gefühlsregung, die er in ihr ausgelöst hatte, kam ihr wieder ins Gedächtnis zurück. Es spielt doch keine Rolle, zu welchem Zeitpunkt man einen anderen Menschen kennen lernt. Ganz gleich, wann oder wo ich ihm begegnet wäre, ich hätte mich bestimmt in ihn verliebt. Habe ich mich nicht von Anfang an dagegen gesträubt, und haben sich meine Gefühle nicht trotzdem vertieft?

Andererseits: Sie hatte sich auch einmal eingebildet, in Eric verliebt zu sein!

Jane fröstelte. War sie denn so oberflächlich, dass ihre Gefühle sich so schnell ändern konnten? Das machte ihr Angst. Wenn Eric sie nicht verlassen hätte, wer weiß, vielleicht wäre sie inzwischen mit ihm verheiratet! Jane sah nachdenklich auf ihre ringlose Hand hinunter.

Es ist eben keine Liebe gewesen, beruhigte sie sich. Jetzt erst meinte sie zu wissen, was es hieß zu lieben, was da mit einem geschah. Aber was fühlte Martin? Er hatte sie gern, und er begehrte sie, aber das war ihr nicht genug. Ob er sie auch liebte?

Jane ärgerte sich über sich selbst. Wenn sie erst anfing, darüber nachzudenken, kamen ihr nur neue Zweifel. Aber sie wollte nicht länger vernünftig sein. Selbst wenn eine Affäre mit Martin nur ein paar Wochen dauerte, wollte sie sie haben und all diese verrückten Gefühle auskosten, die das mit sich brachte. Sie hatte später noch genug Zeit, vernünftig zu sein – im Januar, wenn es kalt war und sie Geld verdienen musste, um die Miete bezahlen zu können. In ein paar Tagen würde sie erst mal unbeschwert mit Martin tanzen …

Jane schreckte aus ihren Gedanken hoch. Sie musste sich doch um ihre Gruppe kümmern! Schnell zog sie die Schuhe aus, nahm sie in die Hand und rannte zum Anlegesteg hinunter. Die Mädchen hatten sich schon in Gruppen auf die Ruderboote verteilt und warteten auf das Startsignal.

„Miss Carlbough!“ Roberta hüpfte, die Schirmmütze auf dem Kopf, aufgeregt im Gras auf und ab. „Ich muss Ihnen etwas zeigen.“ Sie beugte sich vor, stieß mit den Füßen ab und stand im nächsten Augenblick auf dem Kopf. „Wie finden Sie das?“ stieß sie hervor. Ihr Gesicht war rot angelaufen.

„Unglaublich.“

„Ich habe auch lange geübt.“ Roberta ließ sich glücklich fallen. „Wenn mich meine Mutter fragt, was ich getan habe, kann ich es ihr zeigen.“

Jane hob die Augenbrauen und hoffte insgeheim, dass Mrs. Snow ein wenig mehr vom Lagerleben erfahren würde. „Sie wird bestimmt sehr beeindruckt sein.“

Roberta lag auf dem Rücken im Gras, Arme und Beine von sich gestreckt, und sah Jane bewundernd an. „Sie sehen heute wirklich hübsch aus, Miss Carlbough.“

Gerührt und auch ein wenig überrascht streckte Jane ihr die Hand hin und half ihr auf. „Danke, Roberta. Du übrigens auch.“

„Ich bin nicht hübsch – aber wenn ich älter bin, schminke ich mir die Sommersprossen weg.“

Jane strich ihr über die Wange. „Viele Jungen lieben Sommersprossen.“

„Vielleicht.“ Roberta beschloss, darüber später nachzudenken. „Stehen Sie auf Mr. Elliot?“

Jane sah sie verständnislos an. „Wie bitte?“

„Na ja, ich meine, Sie mögen ihn doch gut leiden, oder?“ Um keine Missverständnisse aufkommen zu lassen, stieß Roberta einen herzzerreißenden Seufzer aus und klimperte zur Verdeutlichung ausdrucksvoll mit den Wimpern.

Jane war nicht ganz sicher, ob sie lachen oder den kleinen Frechdachs kurzerhand ins Wasser werfen sollte. „Sei nicht albern.“

„Heiraten Sie ihn?“

„Ich habe nicht die geringste Ahnung, wie du auf einen solchen Unsinn kommst. Jetzt ab ins Boot. Die anderen warten schon."

„Meine Mutter hat mir erzählt, dass Verliebte sich manchmal heiraten."

„Ich bin davon überzeugt, dass deine Mutter Recht hat." Jane wollte das Thema ein für alle Mal beenden. Sie half Roberta in das Boot, in dem schon Marcie und Linda warteten. „In diesem Fall jedoch verhält es sich so, dass Mr. Elliot und ich uns kaum kennen. Habt ihr alle eure Schwimmwesten an?"

„Meine Mutter hat mir erzählt, dass sie und Daddy sich auf den ersten Blick ineinander verliebt haben." Roberta knöpfte ihre Schwimmweste zu, obwohl sie sie ganz überflüssig und höchst lästig fand. Schließlich konnte sie schwimmen. „Sie küssen sich immer."

„Das ist bestimmt sehr nett. Jetzt …"

„Ich fand es bisher immer irgendwie albern, aber es ist vielleicht doch ganz nett." Roberta lächelte verträumt. „Wenn Sie Mr. Elliot nicht heiraten, tue ich es vielleicht."

Jane befestigte gerade die Ruder in den Halterungen. Jetzt sah sie auf. „Meinst du das ehrlich?"

„Ja. Er hat einen so netten Hund und all die Apfelbäume." Roberta rückte ihre Mütze zurecht. „Und er ist ziemlich hübsch, finde ich." Die zwei Mädchen neben ihr kicherten und stimmten zu.

„Ein wichtiger Aspekt." Jane begann zu rudern. „Vielleicht solltest du aber zuerst mit deiner Mutter darüber sprechen." Jane war mehr als dankbar, dass Robertas Interessen so vielseitig waren. „Gut. Fangen wir beide an, Marcie und Linda rudern dann zurück."

Es dauerte, bis Roberta und Jane das Eintauchen der Ruder aufeinander abgestimmt hatten. Erst nach einer Weile fiel es Jane deshalb auf, dass sie mit denselben drei Mädchen in einem Boot saß, die sich damals über Martins Äpfel hergemacht hatten.

Sie musste lächeln, und ihre Gedanken begannen zu wandern.

Wie hätte sich alles entwickelt, wenn sie selbst nicht auch auf diesen Baum geklettert wäre? Wenn sie noch einmal wählen dürfte, würde sie dann etwas anders machen? Jane schloss für einen Moment die Augen. Nein, sie wäre auch ein zweites Mal nicht vor Martin davongelaufen.

Ach, wenn doch alles so einfach und unkompliziert wäre, wie Roberta es glaubt: Liebe gleich Ehe, Ehe gleich Glück. Jane öffnete die Augen wieder und sah über den See. Eine kleine Weile würde sie sich noch gestatten, sich ihren Träumen hinzugeben ...

Die Mädchen unterhielten sich lauthals von Boot zu Boot, jemand sang absichtlich falsch.

Janes Gedanken verloren sich zwischen Wasser und Himmel. Im Geiste ritt sie auf Pegasus, mit seinen weißen Flügeln erhob er sich mühelos in die Lüfte mit ihr. Sie spürte den kühlen Wind auf ihrem Gesicht und trug Blumen im Haar. Wolken türmten sich am Horizont zu Märchenschlössern, und sie fühlte sich auf einmal frei wie nie zuvor.

Martin war bei ihr, und sie flogen immer höher, bis die Erde unter ihnen im Nebel versank. Die Sterne wurden zu Blumen, nach denen sie nur die Hand auszustrecken brauchte ...

„He, schaut mal. Da ist Squat!"

Jane blinzelte und kehrte in die Wirklichkeit zurück. Sie saß nicht auf Pegasus, sondern in einem Ruderboot, und ihre Arme schmerzten schon von der Anstrengung des Ruderns. Ringsum gab es keine Blumen und keine Sterne, nur Wasser und Himmel.

Sie hatten nahezu die andere Seite des Sees erreicht. Dort erstreckte sich Martins Apfelbaumplantage fast bis ans Ufer hinunter. Zwischen den vielen Baumstämmen sah man ein großes Gewächshaus, sie hatten es damals auf ihrem Rundgang durch die Plantage auch besichtigt. Begeistert über so viel unverhoffte Gesellschaft, sprang Squat am flachen Ufer herum, und dabei spritzte so viel Wasser auf, dass er sich innerhalb kürzester Zeit in ein triefendes Fellbündel verwandelt hatte.

Jane musste lachen. Ob Martin wohl auch in der Nähe war? Wie als Antwort auf ihre Frage tauchten da er und Delaney unter den Bäumen auf. Als ihre Blicke sich trafen, machte Janes Herz vor Freude einen Sprung. Sie zwang sich zur Ruhe.

„Hallo, Mr. Elliot!" Ohne an die Folgen zu denken, ließ Roberta einfach das Ruder fallen und begann auf und ab zu hüpfen, um ihn auf sich aufmerksam zu machen. Das Boot begann gefährlich zu schwanken.

„Roberta! Setz dich sofort hin, sonst kippen wir um!" Jane fasste nach Robertas Hand, aber da taten es die anderen beiden Mädchen ihr schon nach und sprangen ebenfalls auf.

„Hallo, Mr. Elliot!" schrien sie im Chor.

Jane landete als Erste im Wasser. Sie empfand es als schockartig kalt, nachdem sie eben noch der Hitze der Sonne ausgesetzt gewesen war, und sie tauchte prustend, spuckend und schimpfend wieder auf. Erst mal schob sie sich das Haar aus den Augen und sah sich dann nach ihren Schützlingen um. Die schaukelten in ihren Schwimmwesten fröhlich auf dem Wasser und winkten dem Trio am Ufer zu. Von schlechtem Gewissen war keine Spur zu bemerken.

Jane schwamm zum Boot hinüber, das kieloben im Wasser trieb. „Roberta!" rief sie streng.

„Schauen Sie, Miss Carlbough." Roberta schien gar nicht zu bemerken, dass sich ein Donnerwetter über ihrem Kopf zusammenbraute. „Squat kommt."

„Großartig." Jane packte Roberta am Arm und versuchte sie zum Boot zu zerren. „Bleib hier und hilf!"

Dann entdeckte auch sie den Hund, der voller Freude herbeigepaddelt kam. Sie sah zum Ufer hinüber. Warum rief Martin Squat nicht zurück? Die Frage erübrigte sich, als sie sein Gesicht sah. Er genoss das Schauspiel in vollen Zügen. Delaney sagte etwas zu ihm, und Martin bekam daraufhin einen regelrechten Lachanfall, und das konnte sie bis zu sich hören.

„Brauchst du Hilfe?" erbarmte er sich endlich.

Jane zerrte an einem der Mädchen. „Überanstreng dich nur nicht!" rief sie und stieß einen Schrei aus, weil Squat ihr freundlich die nasse Schnauze auf die Schulter legte. Ihre Reaktion schien jedermann um sie herum zu erheitern, den Hund eingeschlossen, der ihr jetzt auch noch hingerissen ins Ohr bellte.

Die Mädchen begannen sich gegenseitig und den Hund mit Wasser zu bespritzen, und Jane fand sich unvermittelt im Brennpunkt des Geschehens wieder. Anfeuernde Rufe erklangen von den anderen Booten, und die Stimmung hätte nicht besser sein können. Squat umkreiste sie unablässig, während Jane versuchte, wieder eine Art Ordnung herzustellen.

„Genug, genug. Es reicht." Sie verschluckte sich an einem Schwall Wasser. „Wir sollten lieber versuchen, das Boot umzudrehen."

„Können wir Squat mitnehmen?" Roberta kreischte beglückt, weil der Hund ihr Wasser vom Gesicht schleckte.

„Nein."

„Warum nicht?"

Jane wäre vor Schreck fast untergegangen, als Martin sie plötzlich am Arm packte. Sie war so mit dem Aufrichten des Bootes beschäftigt gewesen, dass sie sein Kommen gar nicht bemerkt hatte.

Sein Haar war noch fast trocken, während ihres nass am Kopf klebte. Das war das Erste, was ihr auffiel. Nun fasste er sie um die Taille, um ihr dabei zu helfen, sich über Wasser zu halten.

„Ihr solltet jetzt das Boot umdrehen", sagte er zu den Mädchen, die seiner Anregung sofort voller Eifer nachkamen. „Du kannst offenbar besser mit Pferden umgehen als mit Booten", scherzte er dann mit Jane.

Sie wollte sich von ihm lösen, aber irgendwie klappte das nicht. „Wenn du mit deinem Monster nicht am Ufer aufgetaucht wärst …"

„Delaney?"

„Nein, natürlich nicht Delaney!" Jane schob sich das triefende Haar aus dem Gesicht.

„Du bist wunderschön, wenn du nass bist. Warum bin ich nur bis jetzt noch nicht darauf gekommen, mit dir schwimmen zu gehen?"

„Wir sind nicht schwimmen gegangen. Das ist ein Ruderausflug."

„So oder so – du bist schön."

Die Mädchen hatten das Boot inzwischen umgedreht, aber Jane war unfähig, hinzuschwimmen. Wenn Martin ihr so nahe war, war sie verloren. „Dieser Hund", begann sie, und noch bevor sie ihren Satz vollendet hatte, saßen die Mädchen wieder im Boot und ermunterten Squat, auch einzusteigen.

„Roberta, ich habe gesagt ..." Weiter kam sie nicht. Martin drückte sie sanft unter Wasser. Als sie wieder auftauchte, hörte sie gerade noch, wie der Handel besiegelt wurde.

„Wir schwimmen zurück, und ihr bringt Squat mit. Er fährt für sein Leben gern Boot."

„Ich sagte ..." Erneut machte Jane eine unfreiwillige Tauchtour. Als sie diesmal wieder auftauchte, hielt Martin ihre Handgelenke vorsichtshalber fest und küsste sie.

„Wer schneller am Ufer ist, ja? Dann los!"

Jane kniff die Augen zusammen und gab Martin einen Stoß, bevor sie hinter dem Boot herzuschwimmen begann. Squat bellte aufgeregt, und die Mädchen jubelten. Jane blieb mit gleichmäßigen Zügen knapp hinter ihnen und hängte sich dann an die Reling. Die Mädchen legten sich ins Zeug, und sie kamen gut voran.

Wenige Meter vor dem Ufer, schon im Seichten, packte Martin Jane am Fuß, und lachend und strampelnd fand sie sich in seinen Armen wieder.

„Du mogelst", beschwerte er sich. Seine nackte Brust fühlte sich kühl unter ihren Händen an. Sein Haar tropfte, und das Sonnenlicht fing sich in den Wassertropfen.

„Ich habe gewonnen."

„Das ist nicht wahr." Ohne Mühe warf er sie ins Wasser zurück. „Ich habe gewonnen."

Jane stand auf und schüttelte das Wasser ab. Sie setzte eine strenge Miene auf und nickte den Mädchen zu, die der Szene interessiert zuschauten. „Ist das nicht gemein?“ beklagte sie sich und lachte. Das nasse T-Shirt klebte wie eine zweite Haut an ihrem Körper, und Martin betrachtete sie ungeniert.

Jane drehte ihm den Rücken zu und watete ans Ufer. „Guten Tag, Delaney.“

„Hallo!“ Er schenkte ihr ein breites Lächeln. „Ein schöner Tag zum Baden.“

„Ja, das finde ich auch.“

„Ich wollte gerade Brombeeren pflücken, um daraus Marmelade zu machen.“ Nachdenklich sah er zu den drei nassen Mädchen im Boot hinüber. „Wer mir hilft, für den würde vielleicht ein Glas oder auch zwei abfallen.“

Bevor Jane noch Ja oder Nein sagen konnte, hüpften die Mädchen und der Hund aufgeregt um sie herum. Sie musste zugeben, dass eine kleine Pause vor dem Rückweg ins Lager nicht schaden konnte. Warm genug war es auch. Es würde sich wohl niemand erkälten.

„Zehn Minuten“, sagte sie deshalb und drehte sich um, um den anderen Booten ein Zeichen zum Umkehren zu geben.

Delaney ging davon, die Mädchen folgten ihm und schwatzten und lachten. Zwischen den Bäumen flatterte vor Schreck ein Vogelschwarm auf. Jane lachte und drehte sich wieder zu Martin um.

Er sah sie ein bisschen vorwurfsvoll an. „Du bist recht bequem ans Ufer gelangt.“

Ohne Verlegenheit meinte sie: „Das war doch eine gute Idee von mir. Vielleicht sollte ich aufpassen, dass die Mädchen ...“

„Delaney kommt schon allein mit ihnen zurecht.“ Martin streckte die Hand aus und wischte ihr ein paar Tropfen von der Wange. Unter seiner sanften Berührung überlief sie ein kleiner Schauer. „Ist dir kalt?“

Nein, kalt war ihr nicht. Jane schüttelte den Kopf. Als er ihr die Hände auf die Schultern legte, trat sie schnell einen Schritt zurück.

Martin trug eine alte, abgeschnittene Jeans. Das Hemd hatte er achtlos auf den Boden geworfen, bevor er in den See gesprungen war. „Du fühlst dich auch gar nicht kalt an", meinte er leise, als er die Hände an ihren Armen hinuntergleiten ließ.

„Bin ich auch nicht." Sie hörte das Lachen der Mädchen zwischen den Bäumen herüberklingen. „Ich sollte wirklich dafür sorgen, dass sich die Kinder bald umziehen."

Martin nahm ihre Hand. „Jane, du wirst bald wieder im See liegen, es fehlt nur noch ein Schritt." Ohne es zu merken, war sie ein Stück zurückgetreten. „Wo sind deine Schuhe?" wollte er wissen.

Jane sah an ihren Beinen hinab und stellte fest, dass die tatsächlich fehlten. Langsam entspannte sie sich wieder. „Auf dem Grunde deines Sees." Lachend strich sie sich das nasse Haar zurück, und beinahe wäre es um seine Selbstbeherrschung geschehen gewesen. „Roberta sorgt wahrhaftig dafür, dass es nie langweilig wird. Wollen wir ihnen nicht beim Beerenpflücken helfen?"

Martin hielt sie zurück, bevor sie sich an ihm vorbeistehlen konnte. „Du läufst immer davon, Jane." Er strich ihr übers Haar und ließ die Hand auf ihrem Nacken liegen. „Es ist sehr schwer, dir zu widerstehen. Dein Gesicht glüht, und du hast ein bisschen Angst vor mir. Habe ich Recht?"

„Martin, bitte nicht."

„Ich möchte dich anfassen." Er trat näher, und ihre Körper berührten sich. Durch das nasse Hemd spürte sie ihn. „Schau mich an, Jane." Er hob ihr Gesicht leicht an. „Wie nahe lässt du mich an dich herankommen?"

Sie konnte nur stumm den Kopf schütteln. Es gab keine Worte für das, was sie fühlte. „Martin, bitte nicht!"

Behutsam und zart strich er mit den Lippen über ihr Gesicht. „Wann?" wollte er wissen.

Jane konnte keinen vernünftigen Gedanken mehr fassen und suchte nach einer Antwort.

„Jane, ich brauche dich doch. Komm heute Abend zu mir. Bitte, bleib bei mir!"

Wie leicht wäre es, ihm nachzugeben, nicht daran zu denken, was morgen sein würde! Sie hielt sich einen Moment an ihm fest. So gern hätte sie geglaubt, dass Träume wahr werden konnten. Er wirkte so zuverlässig. Aber sie hatte nicht den Mut.

„Martin, es geht nicht." Sie entzog sich ihm. „Ich muss im Lager bleiben."

Er nahm ihr Gesicht in beide Hände und sah sie forschend an. „Und wenn der Sommer vorbei ist, Jane? Was wird dann?"

Wie konnte sie ihm antworten, wenn sie sich vor dieser Antwort fürchtete? Nicht, was sie wollte, zählte, sondern das, was sein musste. Wenn sie ihr Leben tatsächlich allein meistern wollte, dann konnte es nur eine Antwort geben. „Dann gehe ich nach Philadelphia zurück, bis zum nächsten Sommer."

Martin wurde ganz niedergeschlagen. Wenn sie ging, war sein Leben bestimmt sehr leer. Deshalb nahm er sie wieder bei den Schultern und schaute sie eindringlich an.

„Komm zu mir, bevor du gehst", bat er.

„Martin, was bringt uns das?"

„Du kommst zu mir, bevor du gehst, ja?" wiederholte er nur.

8. KAPITEL

Rote und weiße Girlanden aus Krepppapier hingen an der Decke im Speisesaal, prall gefüllt mit Luftballons. Viele, viele Kassetten waren auf dem Boden zu wackligen Türmen gestapelt.

Nur wenige Stunden, dann begann das große Tanzvergnügen. Unter Candys Aufsicht wurden Tische ins Freie getragen, die anderen im Speisesaal an den Wänden aufgestellt. Sie kamen mit den Vorbereitungen aber nur langsam voran, weil die Mädchen über dem wichtigsten Thema des Abends – Jungen! – immer wieder die Arbeit vergaßen.

Jane war im Umgang mit Farbe und Klebstoff zwar nicht gerade eine Naturbegabung, aber sie hatte sich trotzdem freiwillig zum Dekorationskomitee gemeldet – nachdem man ihr versichert hatte, dass ihre Aufgabe darauf beschränkt sein würde, aufzuhängen und anzunageln, was die anderen bastelten. Die begabteren Komiteemitglieder hatten Wimpel und Papierblumen hergestellt sowie ein drei Meter langes Schild mit der Aufschrift „Willkommen zum jährlichen Tanzabend von Camp Liberty" bemalt.

Candy war fest davon überzeugt, dass dieser Tanzabend der erste in einer langen Reihe sein würde, und Jane konnte nur hoffen, dass sie Recht behielt. In düsteren Momenten erwog sie, ob sie die Leitung des Jungencamps nicht bitten sollte, sich zur Hälfte an den Kosten zu beteiligen, aber dann verwarf sie den Gedanken wieder.

Es war wirklich albern, aber sie war genauso aufgeregt wie die Mädchen. Dabei war sie erwachsen und nur hier, um dafür zu sorgen, dass der Abend ein Erfolg wurde. Außerdem war es natürlich ihre Pflicht, ein Auge auf ihre Schützlinge zu haben. Trotzdem konnte sie es kaum erwarten, bis die Gäste endlich eintrafen und der „Ballsaal" sich füllte. Es war wirklich verrückt, aber sie fand dieses einfache Tanzvergnügen zum Abschluss des Sommerferienlagers viel aufregender als ihren eigenen Debütantinnenball damals,

als sie in die Gesellschaft eingeführt wurde, wie man das so schön nannte.

Natürlich drehten sich ihre Gedanken wie immer um Martin. Jane war schon fast so weit zu akzeptieren, dass er ein Teil ihres Lebens geworden war, dass sie sich doch nicht gegen ihn wehren konnte. Wozu also die Mühe?

Ihr Pferdeschwanz wippte im Takt der Musik, als sie den nächsten Wimpel befestigte.

„Wir fragen einfach Miss Carlbough", hörte sie da unten eines der Mädchen sagen. „Sie weiß es bestimmt, und wenn nicht, kann sie es herausbekommen."

Jane hielt mitten in der Bewegung inne. Hatten die Mädchen tatsächlich dieses Bild von ihr? Galt sie als eine verlässliche Person, die schon alles richten würde? Sie schüttelte den Kopf und machte sich wieder an die Arbeit. Ein schöneres Kompliment hätte man ihr ganz bestimmt nicht machen können.

Sie hatte also geschafft, was sie sich vorgenommen hatte. In drei kurzen Monaten hatte sie fertig gebracht, was sie zuvor nicht einmal versucht hatte: Sie hatte selbstständig etwas auf die Beine gestellt, ohne dabei zu scheitern.

Jane schob die restlichen Reißnägel in die Hosentasche. Der Sommer mochte so gut wie vorbei sein, aber eine Herausforderung gab es noch. Wenn sie wieder nach Philadelphia zurückkehrte, wollte sie diese wichtige Erfahrung auch mitnehmen. Vorsichtig begann sie die Leiter hinunterzuklettern und hielt dann auf der vorletzten Sprosse überrascht inne.

Eine stattliche, auffallende Frau zeigte sich an der Tür. Sie trug zu ihrem kirschfarbenen Sommerkostüm einen weißen Seidenschal um den Hals, dessen eines Ende dekorativ über die Schulter geschwungen war. Ihr weißes Haar hatte sie makellos frisiert, und um den Hals trug sie eine lange doppelreihige Perlenkette. Im Arm hielt sie ein weißes flauschiges Fellbündel namens Booboo.

„Tante Dorothy!" Erfreut sprang Jane auf den Boden und umarmte gleich darauf ihre Tante. „Wie schön, dich zu sehen!" Sie hielt sie ein wenig von sich und sah ihr ins Gesicht. „Dich hätte ich ganz bestimmt nicht hier erwartet!"

„Mein Kind, sind dir inzwischen Stacheln gewachsen?"

„Stacheln? Oh!" Lachend griff Jane in ihre Hosentasche. „Das sind Reißnägel. Entschuldige."

„Na ja. Diese Begrüßung war die paar Löcher wert." Tante Dorothy nahm Janes Hand und betrachtete ihre Nichte ausgiebig. Wenn sie auch nichts sagte, so war sie doch sehr erleichtert über das, was sie sah. Wie viele schlaflose Nächte hatte sie verbracht, weil sie sich um das einzige Kind ihres Bruders solche Sorgen gemacht hatte! „Du siehst prächtig aus", freute sie sich. „Ein bisschen dünn vielleicht, aber du hast eine schöne Farbe bekommen." Neugierig sah sie sich um. „Einen etwas merkwürdigen Ort hast du dir da ja ausgesucht, um den Sommer zu verbringen."

„Tante Dorothy." Jane schüttelte den Kopf. In den Wochen und Monaten nach dem Tod ihres Vaters hatte sich ihre Tante hartnäckig geweigert, ihre Entscheidung für die Selbstständigkeit zur Kenntnis zu nehmen. „Meine schöne Farbe habe ich von hier."

„Hm." Tante Dorothy war nicht beeindruckt. „Südfrankreich hätte es auch getan."

„Sag mir endlich, warum du hier bist. Es wundert mich, dass du uns überhaupt gefunden hast."

„Das war doch nicht schwierig! Mein Chauffeur kann schließlich Karten lesen." Dorothy kraulte das Fellbündel auf ihrem Arm. „Booboo und ich hatten einmal Lust auf Landluft."

„Aha." Jane wusste natürlich, dass ihre Tante – wie all ihre anderen Bekannten in Philadelphia – diesen Versuch mit dem Sommerlager für ein impulsives, unüberlegtes Abenteuer hielt. Und es war ihr nicht zu verdenken. Schließlich hatte sie, Jane, selbst ja schon den ganzen Sommer dazu gebraucht, um sich sicher zu werden, dass sie das hier wirklich wollte.

„Und nachdem wir schon einmal in der Gegend waren ..." Dorothy betrachtete Janes Aufmachung, das farbverschmierte

Hemd und die geflickten Shorts. „Sehr schick", bemerkte sie trocken. „Ist das die neueste Mode? Was hast du da?"

„Krepppapier." Jane streckte die Hand aus, und Booboo erlaubte gnädig, dass sie ihr den Kopf kraulte.

„Gib es samt deinen Reißnägeln einer dieser netten jungen Damen, und schau dir an, was ich dir mitgebracht habe."

„Du hast mir etwas mitgebracht?" Jane drückte ihr Arbeitszeug einem Mädchen in die Hand. „Mach bitte mit den Tischen weiter, Lisa."

Dorothy schob ihre Hand unter Janes Arm. „Sag mal, die nächste Stadt liegt von hier ja mindestens dreißig Kilometer entfernt! Und das auch nur, wenn man so großzügig ist, das Nest als Stadt zu bezeichnen. Nein, Booboo, du darfst nicht auf den schmutzigen Boden." Sie drückte den Hund an sich, als sie ins Freie traten. „Booboo ist immer ganz anders, wenn sie aus der Stadt herauskommt."

„Das verstehe ich."

„Wo war ich? Ach ja, die Stadt. Sie hat nur eine einzige Ampel und eine Bar. Sie heißt ‚Zum Grafen'. Ist das nicht komisch?"

Jane lachte und küsste ihre Tante liebevoll auf die Wange. „Man serviert dort verschiedene Sandwiches, Pommes frites und Kaffee – und dabei wird der neueste Klatsch ausgetauscht."

„Klingt wunderbar. Gehst du da oft hin?"

„Leider ist mein gesellschaftliches Leben momentan etwas eingeschränkt."

„Na, mein Mitbringsel ändert das vielleicht." Dorothy wandte sich um und wies auf einen kanariengelben Rolls Royce, der mitten auf dem Gelände parkte. Jane spürte, wie sie sich innerlich verkrampfte, als sich der Mann neben dem Kühler aus seiner lässigen Haltung aufrichtete.

„Eric!"

Eric lächelte zur Begrüßung und fuhr sich mit einer Geste, die Jane einmal sehr vertraut gewesen war, glättend übers Haar. Ein paar Mädchen hatten sich versammelt, um den Rolls Royce und den eleganten Besucher zu bewundern.

Sein Selbstbewusstsein schien ungebrochen, aber Jane betrachtete ihn nur mit kühlem Desinteresse. Sein Haar, etwas dunkler als ihres, war perfekt im Country-Stil frisiert, und er trug sportliche Bundfaltenhosen und dazu ein teures Polohemd. Seine nussbraunen Augen, mit denen er so schnell gelangweilt dreinschauen konnte, zeigten jetzt viel Wärme. Überschwänglich nahm er ihre Hände.

„Jane, du siehst wunderbar aus!"

Seine Hände waren weich. Merkwürdig, dass sie das vergessen hatte. Ihre Stimme klang kühl, und sie machte sich nicht mal die Mühe, ihm ihre Hände zu entziehen. Es war zu unwichtig. „Hallo, Eric."

„Sie ist hübscher denn je, findest du nicht, Dorothy?" Janes steife Begrüßung schien wenig Eindruck auf Eric zu machen. Er drückte vertraulich ihre Hand. „Deine Tante hat sich Sorgen um dich gemacht. Sie hat schon befürchtet, dass sie dich ganz bleich und abgemagert vorfindet."

„Zum Glück ist es ja nicht so." Jane entzog ihm nun doch ihre Hände. Ihr Blick war so eisig wie ihre Stimme. Dieses Wiedersehen war unerwartet einfach. „Was hat dich dazu gebracht, diesen langen Weg auf dich zu nehmen, Tante Dorothy? Du hast dir doch nicht wirklich Sorgen gemacht?"

Dorothy staunte über die Kälte in Janes Stimme, während sie mit Eric sprach, und tätschelte ihr die Wange. „Ich wollte sehen, wo du den Sommer verbracht hast."

„Ich führe dich gern herum."

Dorothys Augenbrauen hoben sich kaum merklich in die Höhe. „Wie nett."

„Tante Dorothy!" Mit wippenden Locken kam Candy ums Haus gerannt. „Ich wusste, dass du es bist." Atemlos ließ sich Candy von Janes Tante umarmen. „Die Mädchen haben mir von dem gelben Rolls Royce erzählt. Wer hätte das sonst sein können?"

„Du hast dich nicht verändert." Dorothy betrachtete die Freundin ihrer Nichte voller Zuneigung. Sie mochte Candice Bartholomew nicht immer ganz verstehen, aber sie hatte sie immer gern gehabt. „Ich hoffe, du hast nichts gegen unseren unangemeldeten Besuch einzuwenden."

„Nein, ich finde es wunderbar, dass ihr gekommen seid." Candy beugte sich über das Fellbündel. „Hallo, Booboo." Dann richtete sie sich wieder auf und bedachte Eric mit einem flüchtigen Blick. Ihre Stimme wurde merklich kühler. „Guten Tag, Eric."

Im Gegensatz zu Tante Dorothy hatte Eric Janes beste Freundin noch nie besonders leiden können. „Deine Hände sind voller Farbe."

„Sie ist schon getrocknet", meinte Candy mit einem Anflug von Bedauern. Wenn die Farbe noch feucht gewesen wäre, hätte sie Eric mit Sicherheit sehr viel freundschaftlicher begrüßt.

„Jane möchte uns gern das Gelände zeigen." Dorothy entging die feindselige Stimmung keineswegs. Sie war Hunderte von Kilometern aus einem einzigen Grund gefahren – um ihrer Nichte zu helfen, ihr Glück zu finden. Und wenn sie ein bisschen nachhelfen musste, auch gut. „Ich weiß, wie neugierig Eric auf das Gelände ist, aber wenn ich dir ein wenig Mühe machen darf …" Sie legte die Hand auf Candys Arm. „Ich würde am liebsten eine schöne Tasse Tee trinken und mich ein wenig hinsetzen. Booboo braucht auch Ruhe. Die Fahrt war doch etwas anstrengend."

„Natürlich." Candy hatte keine Wahl. Sie schickte Jane einen Blick, der sie stärken sollte. „Wenn dir die Unordnung dort nichts ausmacht, gehen wir in die Küche."

„Aber ich bitte dich." Dorothy wandte sich mit einem Lächeln zu Jane um und registrierte überrascht deren harten Blick.

„Geh nur, Tante Dorothy. Ich werde Eric inzwischen zeigen, was das Lager zu bieten hat." Sie küsste ihre Tante auf die Wange. „Trink nur deinen Tee, wir unterhalten uns dann später." Damit wandte sie sich zum Gehen und überließ es Eric, ob er ihr folgen wollte oder nicht.

Als Eric Jane eingeholt hatte, begann sie: „Wir haben zurzeit sechs Schlafhütten und wollen im nächsten Sommer noch zwei dazubauen. Jede Hütte hat einen eigenen Namen zur besseren Unterscheidung." Als sie an den Hütten vorbeigingen, sah sie, dass die Anemonen immer noch blühten. Das steigerte absurderweise ihr Selbstvertrauen. „Candy und ich haben zusammen eine Dusche in unserer Hütte, die Mädchen teilen sich einen Waschraum und die Duschen dort."

„Jane." Eric nahm ihren Ellbogen, und Jane biss die Zähne zusammen, ließ ihn aber gewähren.

„Ja?" Ihr kühler Blick brachte ihn für einen Moment aus dem Gleichgewicht. Dann kam er zu dem Schluss, dass sie dahinter nur ihr gebrochenes Herz verbergen wollte.

„Was hast du den ganzen Sommer denn so getrieben?" Er machte eine Handbewegung, die das Gelände und die umgebenden Berge großzügig einschloss.

Jane nahm die Frage wörtlich. Sie schob die Hände in die Taschen ihrer Shorts und begann: „Wir stehen um halb sieben Uhr morgens auf, Frühstück gibt es um sieben, ab acht Uhr folgt das Ferien-Programm. Ich bin hauptsächlich für die Pferde zuständig, springe aber auch sonst ein, wenn es notwendig ist."

„Jane." Mit einem leichten Druck auf ihren Ellbogen hielt Eric sie zurück. Jane drehte sich zu ihm um, betrachtete abwesend sein glattes blondes Haar und dachte dabei an Martins wirre Mähne. „Es ist schwer zu glauben, dass du den ganzen Sommer in einer Hütte gewohnt und eine Horde Mädchen beim Reiten beaufsichtigt hast."

„Findest du?" Sie lächelte bloß. Natürlich konnte er sich das nicht vorstellen. Er besaß einen Reitstall, aber er hatte niemals auch nur eine Mistgabel in der Hand gehalten. Es war nicht so sehr Abneigung, die Jane ihm gegenüber jetzt empfand, sondern eher Mitleid. „Möchtest du unseren Stall sehen?" Sie ging weiter, ohne auf seine Antwort zu warten.

„Jane." Wieder nahm er sie am Ellbogen, und es kostete sie all ihre Beherrschung, ihm nicht vielleicht mal eben in den Magen zu boxen. „Du bist wütend. Das verstehe ich, aber ..."

„Du hast doch immer eine Schwäche für gute Pferde gehabt."

Jane öffnete die Stalltür mit Schwung, sodass er entweder schnell zurücktreten musste oder riskierte, dass ihm die Tür an den Kopf flog. „Ich überlege, ob ich nicht mit einer Zucht anfangen soll. Die Mädchen würden sich freuen, und gleichzeitig könnten wir unseren Bestand damit vergrößern. Das hier ist Courage."

„Jane, wir müssen miteinander reden."

Sie versteifte sich, als er sie an der Schulter berührte. Aber sie blieb ganz ruhig, als sie sich zu ihm umdrehte und seine Hand fortschob. „Ich dachte, wir reden schon miteinander."

Eric verstand sie nur zu gut. Sie war stolz und intelligent, und am besten näherte er sich ihr auf der sachlichen Ebene. „Wir müssen über uns reden, Liebling."

„In welchem Zusammenhang?"

Er griff nach ihrer Hand und hob die Schultern, als sie sie ihm entzog. Hätte sie ihn ohne Vorbehalt zurückgenommen, hätte ihn das sehr viel mehr überrascht. Seit Tagen dachte er jetzt schon darüber nach, wie er es am besten anstellte, sie wieder zu versöhnen, und er hatte sich für die Rolle des reuigen Sünders entschieden. Ein wenig Unterwürfigkeit konnte nicht schaden.

„Du hast jedes Recht dazu, wütend auf mich zu sein und mich leiden zu lassen."

Sein sanftes „Verständnis" löste heftige Aggressionen bei ihr aus, und sie musste sich daran erinnern, dass sie ihn mit Gleichgültigkeit am besten traf. „Es ist mir einerlei, ob du leidest oder nicht." Das war allerdings nicht ganz wahr, musste sie vor sich zugeben. Sie hätte durchaus nichts dagegen, wenn er ordentlich litt. Wie konnte er die Unverschämtheit besitzen, hier aufzutauchen und anzunehmen, dass sie nur auf ihn gewartet hatte!

„Jane, du musst wissen, dass ich unter der ganzen Affäre sehr gelitten habe. Ich wäre schon längst gekommen, aber ich war mir nicht sicher, ob du mich überhaupt sehen willst."

Mit diesem Mann hatte sie einmal ihr Leben teilen wollen? Mit ihm Kinder haben wollen? Sie sah ihn an, unsicher, ob das nun eine Komödie oder eine Tragödie war.

„Das höre ich ungern, Eric. Ich wüsste keinen Grund, warum du gelitten haben solltest. Schließlich warst du doch nur vernünftig."

Beruhigt machte er einen Schritt auf sie zu. „Ich gebe zu, dass ich – zu Recht oder Unrecht – vernünftig sein wollte." Ganz wie in alten Zeiten strich er ihr die Arme hinauf, und sie musste an sich halten, um ihn nicht wegzustoßen. „Diese letzten Monate haben mir gezeigt, dass die Vernunft gelegentlich an die zweite Stelle treten muss."

„Tatsächlich?" Sie lächelte ihn an und war erstaunt, dass er ihren Widerstand nicht spürte. „Was steht denn an erster Stelle?"

„Persönliches ..." Er strich ihr über die Wange. „Sehr viel Persönlicheres."

„Zum Beispiel?"

Er neigte den Kopf, und Jane spürte, wie aus ihrem Zorn auf ihn eisige Verachtung wurde. Hielt er sich wahrhaftig für so unwiderstehlich und sie für so dumm? Sie hätte fast gelacht, als ihr klar wurde, dass die Antwort auf beide Fragen Ja lautete.

Amüsiert ließ sie seinen Kuss über sich ergehen. Seine Lippen lösten nicht das kleinste Gefühl in ihr aus. Es war erstaunlich, dass ihr noch vor wenigen Monaten ganz warm geworden war, wenn er sie geküsst hatte. Jetzt fühlte sie nichts, und das machte sie glücklich. Sie war Herrin über sich selbst! Eric stellte keine Gefahr für sie dar, und das erfreute sie. Regungslos wartete sie darauf, dass er von ihr abließ.

Als Eric den Kopf hob, fasste Jane nach seinen Armen, um ihn wegzuschieben. Ausgerechnet in diesem Augenblick entdeckte sie Martin unter der offenen Stalltür. Die Sonne in seinem Rücken verhinderte, dass sie seinen Gesichtsausdruck erkannte, aber ihr Mund wurde trocken, als sie wie erstarrt zu ihm hinsah. Er trat vor und wandte dabei nicht den Blick von ihr.

Sie wollte ihm erklären, was geschehen war, aber sie brachte kein Wort heraus und konnte nur den Kopf schütteln, als sein Blick von ihr zu Eric wanderte.

„Keeton." Martin nickte ihm zu, gab ihm aber nicht die Hand.

„Elliot.“ Eric nickte ebenfalls nur. „Das hatte ich ganz vergessen. Sie haben Land hier, nicht wahr?“

„Ein wenig.“

„Dann kennen Sie Jane sicher auch.“ Eric legte lässig und zugleich Besitz ergreifend den Arm um Janes Schultern. Sie wollte ihn abschütteln, aber Martins Blick ließ sie innehalten. War es Ärger, was sie in seinen Augen las, oder gar Abscheu?

„Ja, wir sind uns begegnet.“ Martin ballte die Hände in den Hosentaschen zu Fäusten.

„Martin hat uns großzügigerweise erlaubt, in seinem See zu schwimmen.“ Jane verschränkte die Finger ineinander und sah Martin bittend an, zuvor musste sie allerdings einen kleinen Kampf mit ihrem Stolz ausfechten.

„Ihr Land muss hier in der Nähe sein.“ Eric war der Blickwechsel nicht entgangen. Seine Hand auf Janes Schulter wurde schwerer.

„Kann man sagen.“

Die beiden Männer maßen sich gegenseitig mit Blicken, und Jane hatte das Gefühl, sie sei so etwas wie eine Spielfigur, die nach Belieben hin- und hergeschoben werden konnte. Wenn es um sie ging – sie konnte durchaus für sich selbst sprechen. Deshalb trat sie einen Schritt auf Martin zu.

„Wolltest du mich sprechen?“

„Ja.“ Martin zögerte. Dass er Jane mit Eric vorfinden würde, hatte er nicht vorausgesehen, und es verwirrte ihn. „Es war nicht besonders wichtig.“

„Martin …“

„Oh hallo.“

Das war Candy, die mit Tante Dorothy den Stall betrat. „Tante Dorothy, darf ich dir unseren Nachbarn, Martin Elliot, vorstellen?“

Dorothy reichte ihm die Hand und sah ihn prüfend an. „Elliot? Den Namen kenne ich doch. Haben wir uns nicht vor ein paar Jahren kennen gelernt? Sie sind Jessie Winthorps Enkel.“

Jane sah, wie Martin lächelte und sein Blick herzlich wurde.

„Ja, das stimmt. Ich erinnere mich sehr gut an Sie, Mrs. Norfolk. Sie haben sich überhaupt nicht verändert."

Dorothy lachte. „Das ist jetzt fünfzehn Jahre her, da wird es schon die eine oder andere Veränderung gegeben haben, Sie Schmeichler! Sie sind jedenfalls seit damals ein Stück gewachsen." Innerhalb weniger Augenblicke hatte sie sich eine Meinung von ihm gebildet, die durchaus zu seinen Gunsten ausfiel. „Sie besitzen eine Apfelplantage, habe ich Recht?"

Mühelos war ihr klar geworden, dass es ein Fehler gewesen war, Eric mitzubringen. Feinfühlig hatte sie die Spannung hier im Stall sofort gespürt. Nun lächelte sie Jane erfreut an. „Candy hat mir von eurem großen gesellschaftlichen Ereignis erzählt. Sind wir auch eingeladen?"

„Eingeladen?" stotterte Jane. „Du meinst, zu dem Abschiedsfest?" Dann musste sie lachen. Ihre Tante wirkte in ihren italienischen Schuhen mit den hohen Absätzen und dem Kostüm, das wohl fast so viel gekostet hatte wie eins der Pferde hier im Stall, mehr als unpassend. „Tante Dorothy, hast du etwa vor, dich bei uns einzuquartieren?"

„Hier?" Ihre Tante lachte. „Um Himmels willen, nein." Sie spielte mit ihrer Perlenkette und erzählte: „Eric und ich wohnen in einem Hotel, das ein paar Kilometer von hier mitten in der Wildnis liegt. Aber du würdest mir das Herz brechen, wenn ich heute Abend nicht dabei sein dürfte." Während sie das sagte, legte sie Martin freundschaftlich die Hand auf den Arm. „Sie kommen doch sicher auch?"

Martins Stimmung hob sich im Nu. „Ich möchte das Ereignis um nichts in der Welt versäumen."

„Wunderbar." Dorothy hängte sich bei Candy ein und tätschelte ihr die Hand. „Dann sind wir ja alle dabei."

Candy sah irritiert von Eric zu Jane. „Ja, natürlich, aber ..."

„Ist das nicht himmlisch?" Dorothy strahlte. „Wir werden uns herrlich amüsieren. Meinst du nicht auch, Jane?"

„Ja, bestimmt", sagte Jane, hatte aber so ihre Zweifel.

9. KAPITEL

Jane hatte Probleme. Das Fest hatte begonnen, und ungefähr sechzig junge Leute drängten sich in den festlich geschmückten Speisesaal. Da blieb keine Zeit, sich über ihre Beziehung zu Martin und Eric Gedanken zu machen.

Die Jungen waren pünktlich um acht Uhr eingetroffen, und sie waren genauso aufgeregt wie die Mädchen. Jane erinnerte sich nur zu gut an die Zeit, als sie selbst begonnen hatte, sich für Jungen zu interessieren, an ihre Unsicherheit und die Aufregung.

In der Küche lagerte so viel Punsch, dass man darin hätte baden können, und auch zum Knabbern war genug da. Candy hielt eine kurze Begrüßungsansprache, dann wurde die erste Kassette eingelegt. Jane hatte richtig vorausgesehen, dass sich niemand trauen würde, den Anfang zu machen, und so hatte sie Nummernzettelchen vorbereitet, von denen die Jungen und Mädchen jeweils eines ziehen mussten. Die gleichen Nummern mussten miteinander tanzen. Das war zwar nicht besonders originell, aber es funktionierte.

„Miss Carlbough?"

Jane hatte gerade neue Schalen mit Kartoffelchips auf einige Tische gestellt und drehte sich jetzt um. Roberta stand hinter ihr. Ihre wilde Mähne hatte sie zu einem buschigen Pferdeschwanz gebändigt und den mit einer Schleife verziert. In den Ohren trug sie kleine Türkissterne, die zu ihrer nicht allzu verknitterten Rüschenbluse passten. Ihre Sommersprossen bedeckte eine Schicht Puder, unter der ihr Gesicht geradezu maskenhaft wirkte. Vermutlich hatte sie ihn sich von einem der älteren Mädchen geborgt. Jane verkniff sich aber jede Bemerkung.

„Hallo, Roberta." Sie nahm sich ein paar Chips und gab auch Roberta eine Hand voll. „Tanzt du gar nicht?"

„Doch." Roberta sah sich über die Schulter um. „Ich wollte nur zuerst mit Ihnen reden."

„Worüber denn?" Roberta brauchte sicherlich keine guten Ratschläge oder aufmunternde Worte. Jane hatte den schlaksigen, dunkelhaarigen Jungen schon gesehen, auf den Roberta ein Auge geworfen hatte, und wenn sie sich nicht irrte, dann hatte der Arme nicht die geringste Chance.

„Ich habe den Mann in dem Rolls Royce gesehen."

Jane verzichtete auf die Ermahnung, dass man mit vollem Mund nicht spreche. „Du meinst Mr. Keeton?"

„Ein paar Mädchen finden ihn unheimlich süß." Roberta knabberte an ihren Chips. „Sie meinen, dass Sie auf ihn stehen, und sie glauben, dass Sie sich gestritten haben und er jetzt gekommen ist, damit Sie ihm verzeihen. Stimmt es, dass Sie sich mit ihm wieder vertragen und ihn heiraten?"

Jane hörte stumm und einigermaßen fassungslos zu. Nach einem Augenblick räusperte sie sich. „Ihr habt eine beachtliche Fantasie", brachte sie dann heraus.

„Ich habe ja gleich gesagt, dass das alles Quatsch ist."

Jane gab sich redliche Mühe, nicht zu lachen. „Meinst du?"

„Sie sind furchtbar gescheit. Das sagen alle." Roberta griff zu, um sich mit neuen Kartoffelchips zu versorgen. „Und ich habe gesagt, dass Sie viel zu intelligent sind, um auf einen solchen Typen wie den im Rolls Royce zu stehen. Der ist nämlich nicht halb so süß wie Mr. Elliot." Roberta sah sich wie zur Bestätigung um. „Außerdem ist er einen Kopf kleiner."

„Ja, da hast du Recht." Jane verbiss sich nur noch mit Mühe das Lachen. „Eindeutig."

„Er sieht auch nicht so aus, als würde er nur so zum Spaß in den See springen."

Jane versuchte sich Eric halb bekleidet im See vorzustellen oder mit einem Strauß selbst gepflückter Anemonen. Aber das klappte nicht. Ein verträumter Ausdruck trat in ihre Augen. „Nein, das würde Eric wohl nie tun", gab sie Roberta Recht.

„Deshalb wusste ich gleich, dass es Quatsch ist." Roberta schluckte den letzten Kartoffelchip hinunter. „So, und jetzt tanze ich mit Bobby." Sie bedachte Jane mit einem verschwörerischen

Lächeln, ging zielstrebig durch den Raum und packte den dunkelhaarigen Jungen ohne Umstände an der Hand. Wie Jane vorausgesehen hatte – er hatte keine Chance.

Jane sah den tanzenden Pärchen zu und dachte dabei an Martin. Und auf einmal fiel ihr auf, dass er der einzige Mann war, den sie nie an ihrem Vater gemessen hatte. Der Vergleich war ihr nie in den Sinn gekommen. Sie hatte sich einfach nur um seiner selbst willen in ihn verliebt. Jetzt musste sie nur noch den Mut aufbringen, es ihm zu sagen.

„So vergnügen sich die jungen Leute also heutzutage."

Jane drehte sich um und entdeckte ihre Tante hinter sich. Zur Gelegenheit einigermaßen passend hatte sie ein malvefarbenes Spitzenkleid gewählt und die Perlenkette gegen einen einzelnen, allerdings sensationellen Rubin getauscht. Booboo trug zur Feier des Tages eine Kristallspange auf dem Kopf.

Jane küsste ihre Tante in einer Aufwallung von Zuneigung. „Seid ihr mit eurem Hotel zufrieden?"

„Es geht so." Dorothy nahm einen Kartoffelchip entgegen und begutachtete Jane, die ein einfaches hellblaues Kleid trug. „Zum Glück hast du deinen Geschmack nicht verloren", meinte sie einigermaßen zufrieden.

Jane lachte und küsste sie erneut. „Du hast mir gefehlt. Ich freue mich sehr, dass du gekommen bist."

„Ja." Dorothy steuerte eine ruhige Ecke an. „Ich hatte den Eindruck, dass deine Begeisterung nicht gerade überschäumend war." Sie traten auf die Veranda hinaus. „Vor allem nicht, was meinen Anhang betrifft."

„Ich habe mich sehr über deinen Besuch gefreut, Tante Dorothy."

„Aber nicht über Erics Kommen."

Jane lehnte sich mit dem Rücken ans Geländer. „Hättest du das denn erwartet?"

„Ja." Dorothy seufzte und strich abwesend über ihr Kleid. „Irgendwie schon. Aber es dauerte keine fünf Minuten, bis ich merkte, dass ich einen Fehler gemacht habe. Ich hoffe, du verzeihst mir. Ich wollte dir nur helfen."

„Das weiß ich. Dafür bin ich dir auch sehr dankbar."

„Ich hatte gehofft, dass die Zeit vielleicht die Wunden geheilt hat." Dorothy fütterte Booboo mit einem Kartoffelchip. „Um ehrlich zu sein, er hat mir zu verstehen gegeben, es würde dir sozusagen das Leben retten, wenn ich ihn zu dir bringe."

„Das kann ich mir gut vorstellen", meinte Jane trocken.

„Na ja, so viel zu großartigen Gesten." Dorothy hob die Schultern, und ihr Rubin funkelte. „Jane, du hast mir nie erzählt, warum ihr euch eigentlich getrennt habt."

Jane setzte erst zu einer Antwort an, ließ es dann aber. Es hatte keinen Sinn, ihre Tante nach all diesen Monaten noch aufzuregen. Das war Eric nicht wert. „Wir merkten einfach, dass wir nicht zueinander passen."

„Das fand ich nie." Gelächter brandete hinter ihrem Rücken auf, und Dorothy sah sich um. „Eric scheint auch anderer Ansicht zu sein. Er hat mich in den letzten Wochen ein paarmal besucht."

Jane schob die Haare hinter die Ohren und ging an den Rand der Veranda. Vielleicht war Eric zu dem Schluss gekommen, dass der Name Carlbough doch nicht so „entehrt" war, wie er angenommen hatte? Vielleicht war ihm inzwischen der Gedanke gekommen, dass sie nicht ihr Leben lang mittellos sein würde, sondern trotzdem vielleicht ein beachtliches Erbe erwarten konnte? Jane verdrängte ihre bitteren Gedanken und drehte sich wieder zu ihrer Tante um.

„Dann irrt er sich eben, Tante Dorothy. Du kannst es mir glauben, wenn ich dir sage, dass seine Gefühle für mich nicht echt sind – auch wenn er selbst vielleicht davon überzeugt ist", fügte sie schnell hinzu, als sie die Falte sah, die sich bei ihrer Tante über der Nasenwurzel bildete. „Unsere Freundschaft war nicht mehr als Gewohnheit. Ich habe Eric nie geliebt. Das weiß ich heute." Sie nahm Dorothys Hand. „Es hat einige Zeit gedauert, bis mir das klar wurde. Ich hätte ihn vermutlich geheiratet, weil man es von mir erwartete, weil es so einfach gewesen wäre. Und ...", sie holte tief Atem, „... und weil ich fand, dass er wie Papa ist."

„Ach, Kind."

„Es war hauptsächlich mein Fehler." Jetzt, nachdem sie es laut ausgesprochen hatte, konnte sie es auch akzeptieren. „Ich habe die Männer, mit denen ich ausging, immer mit Papa verglichen. Er war der liebste, beste Mann, den ich kannte, aber es war trotzdem nicht richtig, andere an ihm zu messen."

„Wir haben ihn alle geliebt, mein Kind." Dorothy nahm Jane in die Arme. „Er war ein guter Mensch. Ein Spieler, aber ..."

„Das macht mir nichts aus." Jane entzog sich ihrer Tante und lächelte. „Ich weiß, dass er es wieder geschafft hätte, wenn er nicht vorher gestorben wäre. Aber es spielt keine Rolle, Tante Dorothy. Ich bin wie er eine Spielerin." Sie machte eine umfassende Handbewegung. „Ich habe gelernt, mit eigenem Einsatz etwas zu wagen."

„Du bist ihm tatsächlich sehr ähnlich." Dorothy suchte nach einem Taschentuch. „Als du dieses Lager unbedingt aufmachen wolltest, dachte ich, meine arme kleine Jane ist nun verrückt geworden. Aber jetzt sehe ich mit eigenen Augen, was ihr beide geleistet habt, und ich muss sagen, ich bin beeindruckt." Sie schniefte in ihr Taschentuch und steckte es wieder fort. „Ich bin sehr stolz auf dich, Jane. Dein Vater wäre auch stolz auf dich gewesen."

Janes Augen wurden vor Rührung feucht. „Tante Dorothy, ich kann dir nicht sagen, wie viel mir das bedeutet, was du eben gesagt hast. Als er tot war und ich alles verkaufen musste, fühlte ich mich sehr elend."

Dorothy strich ihr über die Wange. „Was du getan hast, erforderte viel Mut – mehr, als ich aufbrachte. Du weißt, wie gern ich dir das alles erspart hätte."

„Ich weiß, und ich bin dir sehr dankbar dafür, aber ich musste auf meine Weise damit fertig werden."

„Ich glaube, jetzt kann ich das verstehen. Ich habe mit dir gelitten, Jane, und du musst wissen, dass ich mich niemals für irgendetwas geschämt habe. Jetzt brauchst du es zwar nicht mehr, aber mein Haus ist immer noch deines, wenn du möchtest."

„Danke, Tante Dorothy."

„Und ich glaube, dass sich dieses Ferienlager in fünf Jahren zu einem der besten des Landes entwickeln wird."

Jane lachte und fühlte sich so leicht wie schon lange nicht mehr. „Darauf kannst du dich verlassen."

Dorothy trat ans Geländer der Veranda und sah sich um. „Ich finde, ihr solltet unbedingt ein Schwimmbecken haben. Alle Mädchen könnten dann regelmäßig Schwimmunterricht bekommen. In einem See herumplanschen, das genügt nicht. Ich werde das Becken stiften."

Jane ging sofort in Abwehrhaltung. „Tante Dorothy ..."

„Im Namen deines Vaters." Dorothy hob die Augenbrauen. „Wenn ich einen Krankenhausflügel spenden kann, dann ja wohl auch im Namen meines Bruders ein Schwimmbecken für das Sommerferienlager meiner Lieblingsnichte. Mein Steuerberater wird begeistert sein. So, das wäre also geregelt. Wäre es dir lieber, wenn Eric und ich wieder abfahren?"

Jane hatte sich kaum von ihrer Überraschung erholt und seufzte nur. „Es ist mir völlig gleich, ob Eric abfährt oder nicht. Aber ich möchte, dass du recht lange bleibst."

„Gut. Booboo und mir gefällt es hier nämlich sehr gut." Dorothy beugte sich zu ihrem Hündchen hinunter und kraulte es. „Das Angenehme an Booboo ist, dass sie so pflegeleicht ist. Jane, noch etwas, bevor ich wieder hineingehe und die Jugend-Kultur auf mich wirken lasse. Ich könnte schwören, dass ich heute Nachmittag im Stall – wie soll ich es nur ausdrücken? – na, etwas Kribbeliges gespürt habe. Hast du dich in Elliot verliebt?"

„Tante Dottie ..."

„Die Antwort genügt mir. Ich bin voll und ganz einverstanden, auch wenn das vermutlich nicht den geringsten Einfluss auf deine Entscheidung hat. Booboo war auch sehr angetan von ihm."

„Tante Dorothy, wirst du im Alter exzentrisch?"

Dorothy drückte Booboo an sich. „Wenn du es so sehen willst. Ah – wer kommt denn da?" Sie trat zur Seite, weil ein Wagen vorfuhr, und beobachtete mit geschürzten Lippen, wie Martin ausstieg. „Guten Abend", rief sie ihm erfreut zu. „Ich bewundere deinen Geschmack", sagte sie dann zu Jane und tätschelte ihre Hand. „So, und jetzt gehe ich wieder hinein und probiere den Punsch. Er ist doch hoffentlich nicht zu schrecklich."

„Ich habe ihn selbst gemacht."

„Oh." Dorothy verdrehte die Augen. „Na ja, ich habe ja, wie du sagst, den Hang zum Exzentrischen."

Jane war schon nicht mehr bei der Sache. Sie drehte sich um und begrüßte Martin. „Hallo. Ich freue mich, dass du … "

Weiter kam sie nicht, weil er sie einfach küsste – und zwar so Besitz ergreifend, dass ihr nicht einmal Zeit blieb, sich darüber zu wundern. Sie würde später darüber nachdenken, jetzt strich sie ihm einfach den Rücken hinauf und umfasste seine Schultern. Und das fühlte sich so natürlich, so richtig an.

So hatte sie sich in Erics Armen niemals gefühlt, und das spürte wohl auch Martin, als sie sich an ihn schmiegte.

Jane gönnte sich keine Verschnaufpause. Sie plauderte mit den Gästen, tauschte mit den Betreuern des Jungencamps Erfahrungen aus und schaute überall nach dem Rechten. Dabei war sie ehrlich genug sich einzugestehen, dass all diese Betriebsamkeit nicht unbedingt notwendig war, sondern eher als Vorwand diente. So konnte sie nämlich Martin aus dem Weg gehen.

Sie sah ihn mit Roberta tanzen und hätte sich ihm am liebsten in die Arme geworfen und ihm gestanden, wie sehr sie ihn liebte. Würde sie sich damit lächerlich machen? Er hatte sie nicht nach Eric gefragt, wie sollte sie ihm also erklären, was vorgefallen war?

Vielleicht war es ihm ja auch gleichgültig? Das konnte dann nur bedeuten, dass er nicht annähernd so viel für sie empfand wie sie für ihn. Aber sie nahm sich trotzdem vor, mit ihm zu sprechen, heute noch, ob er wollte oder nicht. Sie musste nur noch den Mut dazu aufbringen.

Der Tanzabend machte allen viel Spaß, und die Erwachsenen beschlossen, eine Dauereinrichtung daraus zu machen. Candy hatte den Kopf schon voller Ideen, was man sonst noch alles gemeinsam unternehmen konnte. Und wie immer überließ ihr Jane die Planung. Sie würde sich dann später mit um die Durchführung kümmern.

Jane hielt sich ständig in Bewegung und schaffte es so, eine direkte Begegnung mit Eric oder Martin zu vermeiden.

„Sie mögen sie wohl sehr, oder?" fragte Roberta Martin schüchtern, weil sein Blick immer wieder zu Jane wanderte.

„Wie bitte?" Martin sah verständnislos auf seine kleine Tanzpartnerin hinunter.

„Miss Carlbough. Sie ist so hübsch", fügte Roberta mit einem winzigen Anflug von Neid hinzu. „Wir haben sie zur hübschesten Betreuerin gewählt, obwohl Miss Allison mehr ..." Sie verstummte, weil ihr wohl gerade die Erkenntnis kam, dass man so etwas wie weibliche Oberweite nicht unbedingt mit einem fremden Mann besprach, selbst wenn er so nett war wie Mr. Elliot. „Mehr – äh ..."

„Ich bin im Bilde." Martin drehte sie amüsiert im Kreis herum.

„Ein paar von den Mädchen finden Mr. Keeton süß."

„Im Ernst?" Martin verzog den Mund, während er zu Eric hinübersah.

„Ich finde seine Nase zu dünn."

„Fast hätte sie ihm jemand gebrochen", murmelte Martin düster.

„Und seine Augen stehen zu eng beisammen", fügte Roberta fachmännisch hinzu. „Ihre gefallen mir viel besser."

Gerührt zog Martin sie an ihrem Pferdeschwanz und fasste ihr unters Kinn. „Du gefällst mir auch ziemlich gut."

Jane entging das kleine Zwischenspiel nicht. Sie sah, wie Martin den Kopf neigte und Roberta gleich darauf über das ganze Gesicht strahlte. Gerade noch rechtzeitig erkannte sie, dass sie drauf und dran war, auf ein zwölfjähriges Mädchen eifersüchtig zu sein. Da nahm sie sich zusammen. In letzter Zeit hatte sie wohl doch zu viel gearbeitet. Außerdem war die Musik zu laut, und ihr Kopf dröhnte davon bereits.

Fünf Minuten also, sagte sie sich. Ich werde mir fünf ruhige Minuten ganz allein für mich gönnen!

Die weiche, kühle Abendluft hatte sofort eine wohltuende Wirkung auf Jane. Es roch nach Gras und Blumen, und sie atmete diesen Duft tief ein. Heute war der Mond nur als schmale Sichel am Abendhimmel zu sehen. Drei Monate hatte er sie schon begleitet, drei Monate, die ihr ganzes Leben verändert hatten. Sie war in dieser Zeit ein neuer Mensch geworden und sah die Welt um sich herum mit ganz anderen Augen.

Jane blieb einen Augenblick stehen und versuchte die Bilder am Himmel zu finden, die Martin ihr gezeigt hatte. Ob sie je wieder so zusammen im Gras liegen würden? Im schwachen silbrigen Schein des Sternenhimmels ging sie über die Wiese und lehnte sich an einen alten Hickorybaum. Sie genoss die Stille und den Abstand zu all dem Lärm und Trubel. Es war eine Nacht zum Träumen.

Das Knarren und Zufallen der Hintertür störte allerdings ihren Frieden.

„Eric." Sie machte sich gar nicht erst die Mühe, erfreut zu tun. Er kam trotzdem zu ihr und blieb vor ihr stehen. Im Halbdunkel erkannte sie kaum seine Gesichtszüge.

„Seit wann verlässt du heimlich Partys? Das hast du sonst nie getan."

Sie sah ihn offen an. „Ich tue inzwischen vieles, was ich noch nie getan habe. Ich habe mich verändert."

„Ja." Er trat verlegen von einem Fuß auf den anderen. „Das ist mir aufgefallen." Als er die Hand ausstreckte, um sie zu berühren, wich sie nicht zurück. Sie spürte die Berührung nicht einmal. „Wir haben unser Gespräch noch nicht beendet."

„Doch, vor langer Zeit schon."

„Jane." Zögernd fuhr er mit dem Finger an ihrer Wange entlang. „Ich bin diesen weiten Weg nur gekommen, um zwischen uns wieder alles in Ordnung zu bringen."

Jane wandte nur leicht den Kopf ab. „Es tut mir Leid, dass deine Mühe vergeblich war, aber zwischen uns gibt es nichts mehr in Ordnung zu bringen." Es war merkwürdig, aber es gab ihm gegenüber keine Bitterkeit mehr. Als sie ihn jetzt ansah, war es ihr, als habe sie einen Fremden vor sich. „Eric, es hat keinen Sinn. Können wir es nicht einfach lassen?"

„Ich gebe zu, dass ich mich falsch verhalten habe." Er verstellte ihr den Weg, offenbar wollte er nicht glauben, dass er wirklich ausgespielt hatte. „Jane, ich habe dir wehgetan, und das tut mir Leid. Aber ich habe dabei genauso an dich gedacht wie an mich."

Sie wollte lachen, aber sie brachte die Kraft dazu nicht auf. „An mich, Eric? Also gut, wenn du meinst. Danke. Und leb wohl."

„Sei doch nicht so störrisch", sagte er und zeigte das erste Anzeichen von Ungeduld. „Du weißt selbst, wie schwierig es für dich gewesen wäre, eine Verlobung oder Hochzeit zu veranstalten, solange der Skandal noch in aller Munde war."

Jane lehnte sich an den Baum und überlegte. Es gab da doch noch eine Spur von Ärger in ihr, entdeckte sie. Vielleicht war es besser, alles loszuwerden, was sich in ihr gesammelt hatte. Deshalb ging sie auf ihn ein. „Skandal? Damit meinst du vermutlich die unglücklichen Geldangelegenheiten meines Vaters."

„Jane." Er kam näher und legte ihr tröstend die Hand auf den Arm. „Deine Lage hat sich so grundlegend, so plötzlich geändert, als dein Vater starb, und du ..."

„Und ich musste auf einmal Geld verdienen", vollendete sie den Satz für ihn. „Ja, darauf können wir uns einigen. Meine Lage hat sich geändert. Und in den letzten Monaten habe ich gelernt, dankbar dafür zu sein." Der Ärger brach durch. „Ich habe gelernt, etwas von mir selbst zu erwarten, nicht von dem Geld, das mein Vater besaß. Das hatte sehr wenig mit mir zu tun."

Sie sah ihm an, dass er sie nicht verstand, dass er sie nie verstehen würde. „Das wundert dich vielleicht, Eric, aber es ist mir absolut gleichgültig, was die Leute von mir und meiner veränderten Lage halten. Zum ersten Mal in meinem Leben habe ich genau das, was ich will, und ich habe es mir mit meinen eigenen Händen geschaffen."

„Du kannst mir nicht einreden, dass du mit dem Leben in diesem kleinen Ferienlager zufrieden bist, dass du dir so etwas gewünscht hast. Ich kenne dich besser, Jane." Er wickelte sich eine ihrer Haarsträhnen um den Finger. „Die Frau, die ich kenne, würde dieses Leben niemals einem Leben mit mir in Philadelphia vorziehen."

„Da magst du Recht haben." Sie schob seine Hand weg. „Aber du kennst mich nicht."

„Das ist lächerlich." Zum ersten Mal verspürte er so etwas wie Unsicherheit. „Komm heute Abend mit mir ins Hotel", bat er. „Morgen können wir dann zusammen nach Philadelphia fahren und heiraten."

Jane betrachtete Eric eine Weile forschend. Vielleicht ließ sich doch so etwas wie echte Zuneigung in seinem Gesicht entdecken? Nein, dachte sie dann enttäuscht. So kann ich nicht einmal einen Rest Achtung für ihn empfinden.

„Warum tust du das?" wollte sie wissen. „Du liebst mich nicht. Du hast mich nie geliebt, sonst hättest du mich nicht gerade in dem Augenblick verlassen, in dem ich dich am meisten brauchte, in dem du hättest zu mir stehen müssen."

„Jane ..."

„Lass mich ausreden, damit wir es ein für alle Mal hinter uns bringen." Sie nahm Abstand von ihm und fuhr fort: „Mich interessieren weder deine Erklärungen noch irgendwelche Rechtfertigungen, Eric. Wenn du es genau wissen willst: Du bist mir vollkommen gleichgültig."

Das kam so ruhig, so direkt und unerwartet, dass es ihn einen Moment aus dem Takt brachte. Dann fasste er sich wieder. „Das meinst du nicht so, Jane. Wenn das nicht passiert wäre, wären wir vielleicht längst verheiratet."

„Weil es sich so ergeben hätte. Und darin hätte ich genauso viel Schuld gehabt wie du."

„Es geht nicht um Schuld. Wir könnten es so schön miteinander haben, Jane."

Er wollte näher kommen, aber sie hielt ihn mit ihrem Blick zurück. „Ich bin dir nicht mehr böse, Eric, und die Trennung tut auch nicht mehr weh. Es ist ganz einfach: Ich liebe dich nicht, und ich möchte dich nicht haben."

Einen Moment lang war er wie vor den Kopf gestoßen und sprachlos. Als er endlich seine Sprache wiedergefunden hatte, klang seine Stimme bitter. „Hast du so schnell Ersatz für mich gefunden?"

Sie musste beinahe laut auflachen. Erst ließ er sie schmählich im Stich, und jetzt spielte er die Rolle des betrogenen Liebhabers! „Mach dich nicht lächerlich. Aber, um dir auf deine Frage zu antworten: Es ging nicht darum, Ersatz für dich zu finden, es ging nur darum, dass ich endlich erkannt habe, was für ein Mensch du bist. Und führe mich nicht in Versuchung, dir das näher auseinander zu setzen."

„Wie viel hat Elliot damit zu tun?"

„Wie kannst du die Frechheit besitzen, mich das zu fragen?" Sie wollte an ihm vorbeigehen, aber er hielt sie grob am Arm fest. Jane trat einen Schritt zurück und sah ihn an. Er ist wie ein Kind, dachte sie, wie ein Kind, das sein Spielzeug weggeworfen hat und wütend ist, dass es das nicht zurückbekommt. Sie spürte, wie sie langsam die Geduld mit ihm verlor, und rettete sich in eisige Distanz. „Was zwischen mir und Martin ist oder auch nicht ist, geht dich absolut gar nichts an."

Seine Stimme wurde weicher. „Alles, was mit dir zu tun hat, geht mich etwas an."

Sie war es allmählich leid, ihn auf seine Missverständnisse hinzuweisen, und konnte nur noch müde seufzen. „Eric, du machst dich wirklich lächerlich."

In diesem Moment ging die Hintertür unerwartet zum zweiten Mal auf.

„Offenbar störe ich schon wieder." Die Hände in den Hosentaschen, kam Martin die Stufen von der Veranda herunter.

„Das scheint eine Ihrer Angewohnheiten zu sein." Eric drehte sich um und trat zwischen Jane und Martin. „Es dürfte Ihnen nicht entgangen sein, dass Jane und ich uns unterhalten. Aber Manieren lernt man auf dem Land wohl nicht."

Martin überlegte kurz, ob er Eric eine kurze Kostprobe seiner Manieren gönnen sollte. Warum eigentlich nicht?

Jane erkannte seine Absicht. „Die Unterhaltung ist beendet", sagte sie schnell und trat zwischen die beiden Männer. Aber das beeindruckte die beiden nicht.

„Es scheint, als hätten Sie bereits genug Zeit dafür gehabt." Martin wippte unternehmungslustig auf den Zehenspitzen und ließ Eric nicht einen Moment aus den Augen.

„Ich wüsste nicht, was es Sie angeht, wenn ich mich mit meiner Verlobten unterhalte."

„Verlobt!" Auch Janes entrüsteter Ausruf fand keine Beachtung.

„Mir scheint, Sie haben die Entwicklung der letzten Monate verschlafen, Keeton", meinte Martin milde. Er hatte immer noch die Hände in den Hosentaschen. „Da hat sich einiges verändert."

Jane drehte sich zu ihm um. „Was soll das jetzt heißen?"

Ohne sie anzusehen, nahm er ihre Hand. „Du hast mir einen Tanz versprochen."

Eric packte sie am Arm. „Wir sind noch nicht fertig."

Martin wandte sich daraufhin wieder ihm zu, und seine Augen glitzerten gefährlich. „Oh doch! Jane kommt mit mir."

Wütend riss sich Jane von beiden los. „Hört auf damit! Ihr seid beide unmöglich." Sie warf den Kopf zurück und schob sich ungeduldig das Haar aus dem Gesicht. „Wie könnt ihr dastehen und euch um mich wie zwei Hunde um einen Knochen streiten? Kommt keiner von euch auf die Idee, dass ich sehr gut in der Lage bin, für mich selbst zu sprechen und eigene Entscheidungen zu treffen? Dann habe ich eine Neuigkeit für euch beide: Ich kann es nämlich. Und jetzt zu dir." Sie sah Eric an. „Ich habe jedes Wort so gemeint, wie ich es gesagt habe. Siehst du das endlich ein? Jedes einzelne Wort! Ich habe versucht, so höflich wie möglich zu bleiben, aber wenn du nicht endlich aufhörst, mich zu drängen, dann ändert sich das."

„Jane, Liebling ..."

„Nein, nein, nein." Sie stieß seine Hand fort. „Du hast mich fallen lassen, als es mir schlecht ging. Wenn du dir einbildest, dass ich dich zurücknehme, obwohl du dich als gefühlloser, roher Schwächling entpuppt hast, als – was sagt Candy immer? – als Wiesel", stieß sie triumphierend hervor, „dann musst du verrückt sein. Und wage nicht, mich noch einmal anzufassen!"

Martin hörte Jane bewundernd zu. Am liebsten hätte er ihr gleich gesagt, wie sehr er sie liebte. Im Moment erschien sie ihm nicht nur fast überirdisch schön, sondern er sah in ihr auch eine richtige Heldin.

„Und du." Sie trat einen Schritt auf ihn zu und bohrte ihm einen Finger in die Rippen. „Du kannst dir einen anderen suchen, wenn du eine Prügelei anfangen willst."

Eigentlich hatte er sich diese Szene anders vorgestellt. „Aber Jane, ich wollte ..."

„Schweig still!" Sie verstärkte den Druck ihres Fingers. „Ich kann sehr gut auf mich selbst aufpassen, mein Lieber. Und wenn du glaubst, dass ich dir dankbar bin, wenn du dich in meine Angelegenheiten einmischst, dann irrst du dich. Wenn ich einen ... einen Muskelprotz brauche, dann miete ich mir einen!"

Sie machte eine Pause – der Wirkung wegen – und sah dann beide streng an. „Ihr beide habt weniger Verstand als die Kinder da drinnen. Also, merkt euch: Ich bin alt genug, um eigene Entscheidungen zu treffen – und ich will euch alle beide nicht!"

Damit drehte sie sich auf dem Absatz um und ließ die zwei sprachlos zurück.

10. KAPITEL

Am letzten Ferientag herrschte im Camp wegen der bevorstehenden Abreise viel Aufregung. Es gab Tränenausbrüche und allerlei Suchaktionen nach vermissten Gegenständen. Koffer wurden immer wieder umgepackt, bis endlich alles darin Platz fand.

Candy, Jane und die Betreuerinnen mussten das Lager winterfest herrichten und eine Inventarliste erstellen. Die Betten wurden abgezogen, die Wäsche gewaschen, getrocknet und gemangelt. Zwei Wolldecken fehlten, aber dafür waren fünf Handtücher mehr da als am Anfang. Die Pferde waren bereits in ihr Winterquartier umgezogen.

Jane wollte ihre eigenen Sachen erst zusammenpacken, wenn sich das allgemeine Durcheinander gelegt hatte, und sie überlegte sogar, ob sie die Nacht im Camp verbringen und erst am nächsten Morgen frisch und ausgeruht aufbrechen sollte. Schließlich war es praktischer, wenn eine von ihnen noch dablieb und sich ein letztes Mal vergewisserte, dass auch alles in Ordnung war. In Wahrheit fiel ihr nur die Trennung schwer, wenn sie sich das auch nicht eingestand.

Sie verließ die Wäscherei und ging zum Stall hinüber, um das Zaumzeug zu überprüfen. Jeden Gedanken an Martin schob sie beiseite. Er hatte mit ihrem Wunsch, erst am nächsten Tag abzufahren, ganz sicher nichts zu tun. Wie leer der Stall ohne die Pferde war! Sie zählte die Trensen zweimal, bekam zwei verschiedene Ergebnisse und fing wieder von vorn an.

Daran war nur Martin schuld.

Sie schrieb Zahlen untereinander, hakte ab und zählte zusammen, bis sie zufrieden war. Dann begann sie die Zügel auf Abnutzungserscheinungen hin zu untersuchen. Am besten wäre es, sie würde sie noch einmal mit Sattelseife einreiben. Das war ein weiterer Grund, noch eine Nacht zu bleiben.

Wie so häufig in der letzten Woche, drehten sich ihre Gedanken wieder um die Auseinandersetzungen mit Martin und Eric. Sie hatte jedes Wort so gemeint. Selbst jetzt noch, nach sieben Tagen, war ihre Empörung so frisch wie an jenem Abend.

Die beiden hatten um sie gekämpft wie um einen Pokal! War das alles, was Frauen für Männer waren, ein Besitzstück, das den eigenen Wert steigerte? Damit konnte sie sich nicht zufrieden geben. Sie hatte erst vor kurzem zu sich gefunden und war nicht dazu bereit, ihre neu gefundene Identität aufzugeben, auch nicht teilweise, und schon gar nicht für irgendeinen Mann.

Jane machte sich verbissen an die Inspektion der Sättel. Eric hatte sie nie geliebt, das war ihr endgültig klar geworden. Aber trotzdem erhob er Anspruch auf sie. Meine Frau! Mein Eigentum! Meine Verlobte! Sie waren überhaupt nie verlobt gewesen! Jane gab einen Laut höchsten Abscheus von sich.

Wenn ihre Tante Eric nicht wieder mitgenommen hätte, wer weiß, was sie ihm dann noch alles gesagt hätte, und zwar mit dem größten Vergnügen! Aber noch viel schlimmer, hundertmal schlimmer war Martin. Mit dem Bleistift klopfte sie ungeduldig auf die Schreibunterlage. Kein Wort hatte er gesagt von Liebe und Zuneigung! Er benahm sich doch genauso unausstehlich wie Eric.

Aber da endete der Vergleich auch schon. Jane rieb sich die Schläfen. Sie liebte Martin, sie liebte ihn mehr als alles auf der Welt. Wenn er nur ein Wort gesagt hätte, wenn er ihr die Möglichkeit gegeben hätte, etwas zu sagen, wie anders hätte alles kommen können. Jetzt auf einmal entdeckte sie, dass es unendlich viel schwerer war, ihn zu verlassen, als aus Philadelphia fortzugehen.

Er hatte kein Wort gesagt. Er hatte sie nicht gefragt, ob sie bleiben wolle. Die Kompromisse, die sie für ihn eingegangen wäre, und nur für ihn, waren nun nicht mehr nötig. Was hätte sein können, war schon verspielt.

Sie straffte die Schultern. Nun, da war es an der Zeit, neue Pläne zu schmieden, wieder einmal ein neues Leben zu beginnen. Wenn sie es einmal geschafft hatte, schaffte sie es auch ein zweites Mal.

„Pläne“, murmelte sie, als sie ihre Liste studierte. Es war so viel zu planen für die nächste Saison! Ehe sie sich versah, würde es wieder Sommer sein.

Ihre Finger umschlossen den Bleistift fast krampfhaft. Würde so ihr Leben in Zukunft aussehen, würde sie nur von einem Sommer zum nächsten leben? Würden die Monate dazwischen nur aus Warten bestehen und leer sein? Wie oft würde sie hierher zurückkommen und am See entlanglaufen, in der Hoffnung, Martin zu begegnen?

Nein, so ein Leben hielt sie nicht aus. Jane schloss die Augen. Irgendwie musste sie ihn vergessen.

„Jane, bist du im Stall?"

„Ja." Jane drehte sich um, als Candy in den Sattelraum gerannt kam und aufgeregt stehen blieb.

„Roberta", stieß sie atemlos hervor.

„Was ist mit Roberta?" Es war, als würde sich eine eisige Klammer um Janes Herz legen. „Ist ihr etwas passiert?"

„Sie ist weg."

„Was heißt das, sie ist weg? Haben ihre Eltern sie früher abgeholt?"

„Nein, sie ist weg." Candy lief in der kleinen Kammer nervös auf und ab. „Ihre Sachen liegen gepackt auf ihrem Bett, aber sie ist nirgends zu finden."

„Nicht schon wieder!" Mehr erbost als beunruhigt, legte Jane ihre Liste beiseite. „Hat das Kind denn in all den Wochen nichts dazugelernt? Jedes Mal, wenn ich mich umdrehe, fällt ihr irgendein Unsinn ein."

„Zu Marcie und Linda hat sie gesagt, sie hätte noch etwas Wichtiges zu erledigen, bevor sie nach Hause fährt." Candy hob die Hände und ließ sie wieder fallen. „Sie hat aber nicht gesagt, was das sein soll. Vielleicht will sie ja auch nur Blumen für ihre Mutter pflücken, aber ..."

„Aber das Risiko können wir nicht eingehen." Jane nahm ihr das Wort aus dem Mund.

„Ich habe schon drei Leute ausgeschickt, um nach ihr zu suchen, aber ich dachte, du hättest vielleicht eine Idee, wo sie sein könnte, bevor wir die Polizei alarmieren." Candy seufzte. „Das hat uns zum Schluss noch gefehlt."

Jane ging in Gedanken alle Unterhaltungen mit ihrem Schützling noch einmal durch, und es dauerte nicht lange, bis ihr ziemlich klar war, wo sie Roberta finden würde. Sie setzte sich in Bewegung. „Ich glaube, ich weiß, wo sie ist."

Candy bemühte sich, mit ihr Schritt zu halten. „Wo?"

„Ich brauche den Wagen, damit bin ich schneller." Jane lief hinter ihre Hütte, wo der alte Kombi geparkt war. „Ich möchte schwören, dass sie bei Martin ist, um sich zu verabschieden. Aber lass vorsichtshalber trotzdem die Plantage durchsuchen."

„Das habe ich schon, aber ..."

„Ich bin in zwanzig Minuten wieder da."

„Jane ..." Das Motorengeräusch übertönte Candys Stimme.

„Mach dir keine Sorgen, ich bringe das kleine Herzchen mit." Jane schob das Kinn vor. „Und wenn ich sie an den Haaren herschleifen muss."

„Gut, aber ..." Candy trat einen Schritt zurück, als der Kombi einen Satz nach vorn machte. „Benzin", sagte sie mit einem Seufzer, als Jane davonfuhr. „Ich glaube, es ist kein Benzin mehr im Tank."

Jane stellte auf einmal fest, dass sich der Himmel verdüsterte, und in ihrer Stimmung machte sie auch dafür Roberta verantwortlich. Sie hätte ihren Kopf darauf verwettet, dass die Kleine bei Martin war. Ein fünf Kilometer langer Fußmarsch war für ein Mädchen wie Roberta kein Hindernis.

Sie fuhr bald durch das Tor zur Plantage. Roberta würde einiges zu hören bekommen, so wahr sie Jane Carlbough hieß! Lange konnte sie sich allerdings nicht an der Vorstellung weiden, denn auf einmal fing der Wagen an zu spucken und zu rucken, schließlich gab er ganz auf. Der Zeiger der Benzinuhr stand auf null.

Jane schlug mit der Faust wütend aufs Lenkrad und stieß einen Schmerzensschrei aus. Das Lenkrad war härter, als sie gedacht hatte. Sie rieb sich das schmerzende Handgelenk und stieg aus, gerade als das Gewitter losbrach. Gar nicht lange, da prasselte auch schon ein heftiger Regen auf sie hinab.

Einen Augenblick blieb Jane einfach neben dem Wagen stehen. Die Hand am Mund, sah sie fassungslos zum Himmel hinauf. Innerhalb von Sekunden war sie bis auf die Haut durchnässt. Sie warf einen wütenden Blick auf den Wagen und rannte hinüber zum Haus.

Ein greller Blitz zuckte über den Himmel, dicht gefolgt von einem ohrenbetäubenden Donnerschlag. Mit jedem Schritt wurde Janes Angst größer.

Was, wenn sie sich geirrt hatte? Wenn Roberta nicht bei Martin war, sondern vom Gewitter überrascht, jetzt durchnässt und verängstigt im Wald herumirrte? Wenn sie sich gar verletzt hatte?

Als sie vor Martins Tür stand, war sie der Panik nahe. Sie hämmerte gegen die Tür und drehte sich noch einmal um. Inzwischen sah man nichts außer einer dichten Regenwand.

Wenn Roberta irgendwo da draußen war ... Sie begann mit beiden Fäusten gegen die Tür zu trommeln.

Als Martin öffnete, wäre Jane fast gefallen. Ihm war es, als habe er in seinem Leben noch nie etwas Schöneres gesehen als diese regennasse Gestalt vor seiner Tür.

„Das ist aber eine Überraschung. Darf ich dir ein Handtuch holen?"

Jane fasste aufgeregt nach seinem Arm. „Roberta", stieß sie nur heraus.

„Nur ruhig! Sie ist im Wohnzimmer." Sanft strich er ihr das nasse Haar aus den Augen. „Mach dir keine Sorgen, Jane, Roberta ist nichts passiert."

„Da bin ich aber froh." Den Tränen nahe, presste Jane die Hände vors Gesicht. „Ich bringe sie auf der Stelle um", fügte sie dann unternehmungslustig hinzu.

Martin verstellte ihr den Weg. „Ich kann mir gut vorstellen, wie dir zu Mute ist, aber sei nicht zu streng mit ihr. Sie ist doch gekommen, um mir einen Heiratsantrag zu machen."

Jane schob ihn einfach zur Seite und ging an ihm vorbei. An der Tür zum Wohnzimmer blieb sie stehen und schüttelte den Kopf. „Roberta!" Sie betonte dabei jede Silbe.

Roberta hatte gerade mit dem Hund gespielt und sah nun zu ihr auf. „Oh hallo, Miss Carlbough." Sie lächelte, offensichtlich erfreut über Janes Besuch. Dann trat ein bestürzter Ausdruck in ihr Gesicht, und sie begann an ihrer Unterlippe zu nagen. „Sie sind ja ganz nass, Miss Carlbough."

„Roberta", sagte Jane streng und machte einen Schritt vorwärts. Squat spitzte die Ohren und setzte sich im selben Moment in Bewegung. Jane warf ihm deshalb einen vorsichtigen Blick zu. Er saß jetzt schwanzwedelnd genau zwischen ihr und Roberta. „Ruf deinen Hund weg", befahl sie Martin.

„Squat tut Ihnen nichts", beruhigte Roberta sie und rutschte über den Boden, um den Hund liebevoll zu umarmen. Sein Schwanz bewegte sich noch heftiger hin und her, und Jane fand einen Moment, er sehe aus, als lächle er. Jedenfalls zeigte er seine großen weißen Zähne. „Er ist sehr freundlich", versicherte Roberta. „Sie müssen ihm erst die Hand hinhalten, damit er daran schnüffeln kann."

Und sie mir dann abbeißt, dachte Jane misstrauisch. „Roberta", begann sie wieder, blieb aber stehen, wo sie war. „Hast du nach all diesen Wochen die Regeln immer noch nicht gelernt? Weißt du immer noch nicht, dass du das Lager nicht einfach verlassen darfst, ohne jemandem Bescheid zu sagen?"

„Doch, Miss Carlbough." Roberta legte den Arm um Squat. „Aber es war wichtig."

„Darum geht es nicht." Jane verschränkte die Arme vor der Brust. Es war ihr wohl bewusst, wie sie aussah und wie sie klang, und sie wusste sehr gut, dass sie nur den Kopf zu drehen brauchte, um Martin lachen zu sehen. „Regeln haben einen Zweck, Roberta. Sie sind nicht dazu da, den Spaß am Leben zu verderben, sondern sie sorgen für Ordnung und Sicherheit. Du hast heute eine der wichtigsten Regeln gebrochen, und das nicht zum ersten Mal. Miss Bartholomew und ich sind für dich verantwortlich, und deine Eltern erwarten zu Recht, dass wir ..."

Jane sah Roberta in die Augen, bemerkte den feierlichen Ausdruck und brachte kein Wort mehr heraus. Endlich meinte sie mit Mühe: „Roberta, du hast mich und alle anderen zu Tode erschreckt."

„Das tut mir Leid, Miss Carlbough." Zu Janes Überraschung sprang Roberta auf, kam zu ihr gelaufen und legte die Arme um sie. „Das wollte ich nicht, ehrlich. Ich dachte, es würde niemandem auffallen, wenn ich weg bin."

Jane lachte und küsste Roberta auf den Scheitel. „Du kleines Ungeheuer, weißt du denn nicht, dass wir eine ganz besondere Antenne haben, wenn es um dich geht?"

„Ja?" Roberta drückte sie.

„Ja."

„Es tut mir wirklich Leid, Miss Carlbough." Roberta hob ihr kleines sommersprossiges Gesicht zu ihr auf. „Ich musste Martin einfach ein paar Minuten sprechen." Sie warf Jane einen verschwörerisch weiblichen Blick zu, und Jane sah überrascht zu Martin hinüber.

„Martin?" wiederholte sie, aber sie wusste schon vorher, dass sie doch keine Antwort bekommen würde.

„Wir hatten etwas Persönliches zu besprechen." Martin setzte sich gemütlich auf die Armlehne eines Sessels und lächelte Roberta herzlich an.

Es war nicht einfach, aber Jane brachte es fertig, trotz ihrer tropfenden Kleider so etwas wie Würde auszustrahlen. „Ich weiß, dass man von einer Zwölfjährigen nicht zu viel Verantwortungsbewusstsein verlangen darf, aber von dir hätte ich schon etwas mehr erwartet."

„Ich habe im Lager angerufen", sagte Martin und nahm ihr damit den Wind aus den Segeln. „Ich habe dich offensichtlich gerade verpasst." Er kam zu ihr, nahm einen Zipfel ihres T-Shirts und wrang ihn aus. „Bist du zu Fuß gekommen?"

„Nein." Jane ärgerte sich darüber, dass er sich genauso verhalten hatte, wie man es vernünftigerweise erwarten konnte, und schob seine Hand weg. „Das Auto ...", sie entschloss sich zu einer kleinen Notlüge, „... hatte eine Panne."

„Haben Sie denn nicht getankt? Ich weiß, es war kein Benzin mehr drin."

Während Jane noch überlegte, wie man vorlauten Kindern am besten begegnete, ertönte lautes Hupen.

„Das wird Delaney sein." Martin ging zum Fenster und sah hinaus. „Er fährt Roberta ins Lager zurück."

„Das ist sehr nett von ihm." Jane streckte Roberta die Hand hin. „Ich weiß es zu schätzen, wie viel Mühe du dir machst."

„Nur Roberta fährt zurück." Martin fasste nach Janes Hand, bevor sie ihm wieder davonlaufen konnte. Ob sie wollte oder nicht, er würde sie nicht gehen lassen. „Du ziehst dich besser um, bevor du dir eine Erkältung holst."

„Sobald ich zu Hause bin."

„Meine Mutter sagt immer, dass man sich erkältet, wenn man nasse Füße bekommt." Roberta umarmte Squat zum Abschied. „Bis nächstes Jahr", sagte sie zu Martin, und zum ersten Mal entdeckte Jane einen Anflug von Scheu an ihr. „Schreiben Sie mir wirklich?"

„Ja." Martin beugte sich zu ihr hinunter und küsste sie auf beide Wangen. „Ich schreibe dir wirklich."

Roberta wurde dunkelrot. Dann drehte sie sich um und warf sich Jane in die Arme. „Sie werden mir fehlen, Miss Carlbough."

„Du mir auch, Roberta."

„Ich komme nächstes Jahr wieder und bringe meine Cousine mit. Alle Leute sagen, wir sind uns so ähnlich, dass wir Schwestern sein könnten."

„Oh", brachte Jane schwach heraus. „Das ist ja wundervoll."

Sie konnte nur hoffen, dass sie bis dahin wieder genug Kräfte gesammelt hatte.

„Das war der schönste Sommer in meinem ganzen Leben." Roberta drückte sie ein letztes Mal überschwänglich, und Jane traten vor Rührung Tränen in die Augen.

Dann fiel die Tür ins Schloss, und bevor Jane so recht wusste, wie es geschah, war sie mit Martin allein. „Roberta …"

„Es war auch der schönste Sommer meines Lebens." Martin nahm Janes Hand, bevor sie ihm davonlaufen konnte.

„Martin, lass mich. Ich muss zurück."

„Zuerst ziehst du etwas Trockenes an, obwohl du nass, zugegeben, noch hinreißender aussiehst. Aber das habe ich, glaube ich, schon einmal gesagt."

„Ich bleibe nicht", sagte sie trotzig, während er sie bereits zur Treppe zog.

„Da ich Delaney gerade habe wegfahren hören und dein Tank leer ist, hast du keine Wahl." Sie begann zu frieren, und er drängte sie, schneller zu gehen. „Außerdem machst du überall Pfützen auf den Boden."

„Entschuldigung."

Er zog sie durch sein Schlafzimmer, und Jane bekam einen flüchtigen Eindruck von ruhigen Farben und einem Messingbett, bevor Martin sie ins angrenzende Badezimmer schob. „Martin, das ist sehr nett von dir, aber wenn du mich einfach nur zurückfahren könntest …"

„Wenn du heiß geduscht und etwas Trockenes angezogen hast."

Heiß duschen? Er hätte ihr Gold und Diamanten bieten und sie nicht halb so in Versuchung führen können. Seit der ersten Juniwoche hatte Jane nicht mehr als lauwarm geduscht! „Nein, ich sollte wirklich zurückfahren." Aber das klang bereits sehr halbherzig, und im nächsten Moment schloss sich schon die Tür hinter ihm.

Jane sah von der Tür zur Dusche hinüber. Sie meinte noch nie etwas Schöneres, Begehrenswerteres gesehen zu haben, und es dauerte keine zehn Sekunden, bis sie einen Entschluss fasste.

„Wenn ich schon einmal hier bin ...", murmelte sie und begann die nasse Kleidung auszuziehen.

Dann gab sie sich mit einem wohligen Seufzer ganz dem lang entbehrten Luxus hin und ließ das heiße Wasser eine Viertelstunde an sich herunterlaufen. Es war die reinste Verschwendung, aber sie fühlte sich wie im Paradies.

Widerstrebend drehte sie dann den Hahn wieder zu. Auf der Stange neben der Dusche hing ein flauschiges Handtuch, in das sie sich genussvoll wickelte. Es fühlte sich fast ebenso gut an wie das Duschen. Dann sah sie, dass ihre Kleider fort waren.

Staunend betrachtete sie den leeren Haken und wickelte sich fester in ihr Tuch. Martin musste hereingekommen sein und die Sachen weggenommen haben. Jane warf einen Blick auf die Milchglasscheiben der Duschkabine und fragte sich, wie undurchsichtig sie wirklich waren.

Sei vernünftig, ermahnte sie sich. Martin ist hereingekommen und hat die Sachen geholt, weil sie getrocknet werden müssen. Er ist eben ein aufmerksamer Gastgeber. Trotzdem flatterten ihre Nerven ein wenig, als sie in den dunkelblauen Bademantel schlüpfte, der an der Tür hing. Es war natürlich seiner, und er roch nach ihm. Er war warm und dick, aber trotzdem lief ihr ein kleiner Schauer über den Rücken, als sie den Gürtel zuband.

Sie gab sich einen Ruck und wischte mit dem Handtuch den beschlagenen Spiegel ab. Ihr Spiegelbild vertrieb ihr sofort alle romantischen Flausen aus dem Kopf. Das heiße Wasser hatte zwar Farbe auf ihre Wangen gebracht, aber sie wünschte, sie hätte wenigstens ein bisschen Wimperntusche dabei. Das Blau des Bademantels betonte ihre Augen so merkwürdig, dass sie das ganze Gesicht beherrschten. Ich sehe aus wie eine ins Wasser gefallene Maus, befand Jane missmutig. Das Haar war auch nass und ringelte sich leicht im Nacken. Jane fuhr ein paarmal mit den Fingern hindurch, aber ihre Bemühungen waren mit wenig Erfolg gekrönt.

Jetzt hilft nur noch die Flucht nach vorn, dachte Jane, bevor sie die Tür öffnete. In Martins Schlafzimmer blieb sie einen Moment stehen und sah sich um. Das war also seine Welt! Alles in diesem Raum gefiel ihr, und sie riss sich nur mit Mühe los. Aber dann setzte sie sich wieder in Bewegung. Erst als sie an der Tür zum Wohnzimmer stehen blieb, kam ihre ganze Nervosität wieder zurück.

Martin sah lässig aus in seinem karierten Hemd und mit der Jeans, so ganz eins mit seiner Umgebung, wie er da an dem alten Schränkchen stand und sich aus einer Kristallkaraffe Cognac einschenkte. Sie wusste inzwischen, dass es die Widersprüche an ihm waren, die sie so anzogen. Mit Vernunft kam sie dagegen nicht an. Sie liebte ihn, ob sie wollte oder nicht.

Martin wandte sich um. Er hatte gleich gespürt, dass sie da war, aber einen Augenblick gebraucht, um sich für ihren Anblick zu wappnen. Als er ihre nassen Kleider aus dem Bad geholt hatte, hatte er sie summen hören. Er hatte zwar nur einen Schatten hinter der Milchglastür gesehen, aber schon das hatte ihn seine ganze Beherrschung gekostet. Am liebsten hätte er die Tür aufgerissen und Jane so, wie sie war, in die Arme genommen.

Er sah sie zärtlich an. Wie winzig sie in seinem zugegeben recht großen Bademantel wirkte! „Fühlst du dich besser?"

„Ja, danke." Spontan hielt sie sich den Kragen des Mantels zu. Er kam zu ihr und drückte ihr ein Glas in die Hand.

„Trink das, dann können dir die nassen Füße endgültig nichts mehr anhaben."

Während er die Tür hinter ihr schloss, umfasste Jane das Glas mit beiden Händen. Ob der Cognac ihr half, einen klaren Kopf zu bekommen?

„Entschuldige, dass ich dir so viel Mühe mache." Sie bemühte sich, ihre Stimme höflich und distanziert klingen zu lassen.

„Keine Ursache." Am liebsten hätte er sie geschüttelt. Warum gab sie sich nur so formell? „Setz dich doch."

„Nein, danke, ich stehe gern."

So blieb er auch stehen, direkt vor ihr, so nahe, dass sie das dringende Bedürfnis hatte, sich ein Stück fortzubewegen. Deshalb trat sie ans Fenster. Es schüttete immer noch wie aus Eimern.

„Lange kann es nicht mehr dauern, bis es aufhört", sagte sie aus Verlegenheit.

„Nein, das glaube ich auch nicht." Das klang belustigt, und Jane drehte sich misstrauisch um. „Es wundert mich, dass es schon so lange regnet." Er stellte seinen Cognac ab und ging zu ihr. „Jane, weich mir nicht dauernd aus."

Sie schüttelte den Kopf und trat einen kleinen Schritt zurück. „Ich weiß nicht, was du meinst."

„Das weißt du sogar sehr gut." Martin stand nun direkt hinter ihr, sodass sie ihm nicht mehr entkommen konnte. Er nahm ihr das Glas aus den Fingern und drehte sie zu sich um. Langsam, wie in Zeitlupe, streckte er die Hände aus und schob ihr das nasse Haar aus dem Gesicht.

„Wir haben schon einmal so an diesem Fenster gestanden." Damals hatte die Sonne geschienen, heute lief der Regen an den Scheiben herunter.

„Ja, damals hast du mich geküsst."

Sein Mund fand ihren. Er zog sie näher an sich, und sie überließen sich ihrer Leidenschaft.

Der Regen trommelte gegen die Scheiben. Es blitzte und donnerte, und Janes Gefühle waren genauso in Aufruhr wie die Natur. Sie wollte ihn, wollte, dass er ihr den Bademantel von den Schultern zog und sie berührte, wollte seine Haut fühlen. Sie wollte ihm ihre Liebe schenken, aber statt das zuzugeben, sagte sie:

„Martin, wir können so nicht weitermachen." Sie wandte den Kopf ab. „Ich kann es nicht. Ich muss fort. Man wartet auf mich."

„Du gehst nicht fort. Diesmal nicht." Martin strich ihr über die Hand, er war mit seiner Geduld am Ende.

Jane spürte es und wich zurück. „Candy wird sich schon wundern, wo ich bleibe. Kann ich bitte meine Kleider wiederhaben?"

„Nein."

„Nein?"

„Nein", sagte er noch einmal und hob sein Glas an die Lippen. „Candy wundert sich nicht, wo du bleibst, weil ich sie angerufen und ihr gesagt habe, dass du nicht zurückkommst. Ich soll dir ausrichten, dass du dir keine Gedanken machen sollst, sie hat alles unter Kontrolle." Er trank einen Schluck. „Und deine Kleider bekommst du nicht zurück. Kann ich sonst noch etwas für dich tun?"

„Du hast Candy angerufen?" Mit einem Schlag war Janes Nervosität vergangen. Ihre Augen wurden dunkel vor Ärger, sie stemmte die Hände auf die Hüften.

Martin hätte fast gelächelt. Wenn ihr Kampfgeist zum Vorschein kam, betete er sie förmlich an. „Ja. Hast du etwas dagegen?"

„Wie kommst du eigentlich dazu, für mich Entscheidungen zu treffen?" Sie gab ihm einen kleinen Stoß vor die Brust. „Niemand hat dir aufgetragen, Candy oder sonst jemanden anzurufen. Und vor allem möchte ich wissen, wie du zu der Annahme kommst, ich könnte hier bleiben wollen."

„Das ist keine Annahme. Du bleibst hier. Bei mir."

„Oh nein, das werde ich nicht." Der nächste Stoß war so kräftig, dass er unwillkürlich einen Schritt zurücktrat. „Ich mag keine arroganten Männer, merke dir das!"

„Ich bin nicht Eric, Jane." Seine Stimme klang weich. „Du hast es nicht mit irgendwelchen Männern, sondern nur mit mir zu tun."

„Irrtum! Ich habe nichts mehr mit dir zu tun. Gib mir meine Sachen zurück."

Er setzte ganz langsam sein Glas ab und wiederholte: „Nein."

Sie war fassungslos. „Wie du willst. Dann gehe ich eben so, wie ich bin." Sie marschierte entschlossen zur Tür und riss sie auf. Squat lag quer dahinter. Als er Jane sah, stand er auf und betrachtete sie, wie sie fand, spöttisch. Sie wagte nur noch einen kleinen Schritt, verfluchte sich für ihre Feigheit und drehte sich nach Martin um.

„Würdest du dieses Untier da wegrufen?"

Martin sah auf Squat hinunter. Er wusste, dass der Jane höchstens die nackten Füße lecken würde, deshalb hakte er lächelnd die Daumen in die Taschen seiner Jeans ein. „Er ist ganz harmlos."

„Schön für ihn." So schnell ließ sie sich nicht von der Durchführung ihres Entschlusses abhalten. Sie ging zum Fenster. „Dann nehme ich eben einen anderen Weg." Sie kniete sich auf das Fensterbrett und begann einen Kampf mit dem Riegel. Als Martin sie an der Taille packte, drehte sie sich wütend um.

„Lass mich sofort los. Ich habe gesagt, ich gehe, und das ist mein Ernst. Hier, wenn du deinen Bademantel zurückwillst, ich brauche ihn nicht. Ich gehe nackt zurück." Um ihm zu beweisen, dass es ihr ernst war, begann sie an ihrem Gürtel zu nesteln.

„Das würde ich nicht tun." Besorgt nahm er ihre Hände. „Wenn du das tust, kommen wir nicht mehr zum Reden."

„Das habe ich auch nicht vor." Sie strampelte in seinen Armen, und so landeten zuletzt beide auf dem Sofa neben dem Fenster.

„Ich habe dir nichts mehr zu sagen." Sie stieß mit den Beinen nach ihm, wobei der Bademantel bis zu ihren Schenkeln hochrutschte. „Mit jemandem, der so schlechte Manieren hat, rede ich sowieso nicht. Ich kann es kaum noch erwarten, dass ich dich nicht mehr sehe. Lieber gehe ich ins Kloster, als dich oder Eric zu nehmen. Und jetzt nimm deine Hände weg, sonst passiert noch etwas. Niemand, absolut niemand kommandiert mich herum."

Sie legte all ihre Kraft in den letzten Stoß, und er fiel so heftig aus, dass sie zusammen mit den Sofakissen auf den Boden fielen. Martin hielt sie mit seinem Gewicht unter sich gefangen.

„Ach, Jane, ich liebe dich." Und damit begann er, sie ausgiebig zu küssen.

Sie wehrte sich nicht gegen seinen Kuss, sie bewegte sich nicht einmal. Jeder Atemzug kostete sie so viel Anstrengung, dass sie dachte, das Herz müsse ihr stehen bleiben.

Endlich fand sie ihre Sprache wieder. „Ich wäre dir dankbar, wenn du das noch einmal sagen würdest."

„Ich liebe dich." Er sah, wie sie die Augen schloss, und bat: „Hör mir bitte zu, Jane. Ich weiß, dass man dir wehgetan hat, aber du musst mir vertrauen. Ich habe gesehen, wie du dein Leben in diesem Sommer gemeistert hast, und ich bewundere dich dafür. Glaub mir, es war nicht leicht für mich, dir den Freiraum zu lassen, den du dafür brauchtest."

Jane schlug die Augen wieder auf und staunte. „So, war es nicht?"

„Ich wusste, dass du dir etwas beweisen wolltest. Und ich wusste auch, dass ich deshalb erst mal keine Chance bei dir habe."

„Martin …"

„Sag jetzt nichts." Er legte ihr einen Finger auf die Lippen. „Jane, ich weiß, dass du an einen bestimmten Lebensstandard, an eine bestimmte Lebensart gewöhnt bist. Wenn du das brauchst, dann finde ich einen Weg, es dir zu geben. Aber wenn du es mich versuchen lässt, dann kann ich dich auch hier glücklich machen."

Hatte sie ihn missverstanden? „Martin, soll das heißen, dass du mit mir nach Philadelphia gehen würdest, wenn ich dich darum bäte?"

„Ich würde überallhin mit dir gehen, wenn es wichtig für dich wäre, aber ich lasse dich nicht allein zurückfahren, Jane. Ein kurzer Sommer reicht mir nicht. Ich will mehr."

Sie wurde ganz ruhig. „Was willst du?"

„Alles." Er küsste ihre Handflächen und setzte hinzu: „Ein ganzes Leben. Liebe, Streit, Kinder. Heirate mich, Jane! Gib mir sechs Monate, um dir zu zeigen, wie schön wir es hier haben können. Wenn es dir nicht gefällt, gehen wir dahin, wohin du möchtest. Aber lauf mir nicht davon!"

„Ich laufe dir nicht davon." Sie spielte mit seinen Fingern. „Ich möchte nirgendwo anders mit dir sein als hier."

Sie sah, wie sich der Ausdruck in seinen Augen veränderte, als er sagte: „Wenn ich dich jetzt anfasse, gibt es kein Zurück mehr."

„Du hast doch schon mal gesagt, dass es dafür zu spät ist." Sie zog ihn zu sich herunter, und leidenschaftliches Versprechen lag in ihrem Kuss. Sie wusste, dass sie ihr Glück in Händen hielt, und schwor sich, es nie mehr loszulassen. „Ach Martin, mir wäre das

Herz gebrochen, wenn ich hätte weggehen müssen. Ich liebe dich doch so."

„Du wärst auch nicht weit gekommen."

Sie beschloss, das so hinzunehmen. Ein wenig Arroganz wollte sie bei ihm dulden. „Wärst du mir nachgekommen?"

„Und zwar so schnell, dass ich noch vor dir da gewesen wäre."

Ihr wurde ganz warm ums Herz. „Und dann hättest du mich gebeten, mit dir zurückzukommen?"

„Sagen wir, ich hätte wenig Zweifel daran gelassen, wie sehr ich dich begehre."

„Hättest du dich auch vor mich hingekniet?" fragte sie und legte ihm die Arme um den Hals. „Es ist fast schade, dass ich mir das alles habe entgehen lassen. Vielleicht könntest du es jetzt nachholen?"

Er knabberte an ihrem Ohrläppchen. „Stell dein Glück nicht zu sehr auf die Probe."

Lachend schmiegte sie sich an ihn. „Eines Tages wird es grau sein", murmelte sie, während sie zärtlich mit den Fingern durch sein Haar fuhr. „Und ich werde es immer noch anfassen wollen." Sie hob seinen Kopf an, um ihn ansehen zu können, und flüsterte: „Ich habe mein ganzes Leben nur auf dich gewartet."

Dann fiel ihr etwas ein. Erschrocken meinte sie: „Was wird nun aus Roberta? Ich hoffe, sie ist nicht zu unglücklich, wenn du mich und nicht sie heiratest." Verführerisch fuhr sie ihm mit der Zunge über die Lippen.

„Sie versteht mich. Sie ist sogar einverstanden."

Jane hielt in ihrem Tun inne. „Sie ist einverstanden? Du meinst, du hast ihr erzählt, dass du mich heiraten willst?"

„Hm."

„Bevor du mich gefragt hast?"

Ohne Reue nickte Martin und begann sie wieder zu küssen. „Ich dachte, Squat und ich würden dich schon irgendwie überzeugen."

„Und wenn ich Nein gesagt hätte?"

„Das hast du aber nicht."

„Ich kann es mir aber immer noch wieder anders überlegen."

Er strich mit den Lippen sanft und aufreizend über ihren Mund. „Na ja", meinte sie mit einem kleinen Seufzer, „erst mal lassen wir alles so, wie es ist."

– ENDE –

Nora Roberts

Die Geliebte des Malers

Roman

Aus dem Amerikanischen von
Andrea Schwinn

MIRA®

1. KAPITEL

Alice stand da und wartete geduldig. Mrs. Sommerson, Stammkundin in „The Best Boutique“, nahm nun bereits das dritte Kleid hastig vom Bügel, hielt es hoch, betrachtete es einen Moment kritisch und übergab es ihr dann unzufrieden.

„Das wird wahrscheinlich auch nicht passen“, murmelte sie dabei und sah währenddessen nach einem dunkelblauen Leinenkleid. Interessiert holte sie es hervor, überlegte eine Sekunde, dann landete auch das schöne Stück in Alices Armen. Tapfer versuchte diese, nicht die Geduld zu verlieren.

Sie war nun schon seit drei Monaten in „The Best Boutique“ als Verkäuferin angestellt, und ihrer Meinung nach hatte sie inzwischen eine Menge gelernt. Am schwersten war es ihr gefallen, Geduld zu haben, auch wenn das manchmal nicht ganz einfach war – wie bei Mrs. Sommerson zum Beispiel.

Pflichtschuldig folgte sie der vollschlanken Mrs. Sommerson zum nächsten Kleiderständer. Inzwischen spürte sie das Gewicht der Kleider auf dem Arm. Sie wechselte zum linken hinüber und kam zu dem Schluss, dass nun bald der Punkt erreicht wäre, an dem sie das mühsam Erlernte vergessen und die Geduld verlieren würde.

„Ich werde dies hier auf jeden Fall mal anprobieren“, verkündete Mrs. Sommerson endlich und begab sich in die Umkleidekabine.

Leise vor sich hin schimpfend, machte sich Alice daran, die verschmähten Kleider an ihren Platz zurückzuhängen.

Zwischendurch steckte sie eine Haarnadel fest, die sich aus der Frisur löste. Ihre Chefin, Julia Wilson, die Besitzerin der Boutique, liebte Ordnung über alles. Sie gestattete es daher keiner ihrer Angestellten, das Haar während der Arbeitszeit offen zu tragen.

Dass wir alle sauber und ordentlich aussehen sollen, dagegen ist ja nichts zu sagen, seufzte Alice im Stillen. Aber muss man deshalb auch fantasielos daherkommen?

Sie schüttelte den Kopf über Mrs. Wilson, während sie das dunkelblaue Leinenkleid auf den Bügel zurückhängte. Leider war Alice eher unordentlich, dazu besaß sie eine Menge Fantasie und legte keinen Wert auf ein streng wirkendes Äußeres.

Ihr Haar schien wie ein Spiegel ihrer Persönlichkeit. Seine Schattierungen reichten von zartem Goldblond bis hin zu einem satten, kräftigen Braun. Sie trug es lang, und es war kräftig. Deshalb widersetzte es sich allen Bändigungsversuchen, wie etwa durch Haarnadeln, erfolgreich. Alice störte das nicht, aber Mrs. Wilson umso mehr.

Alices frisches, natürliches Aussehen hatte vor allem dazu beigetragen, dass sie diese Stelle erhalten hatte. Berufserfahrung konnte sie nämlich nicht vorweisen. Aber Mrs. Wilson hatte sofort erkannt, dass Alices Erscheinung ein gutes Aushängeschild für ihre Kollektion abgeben würde. Sie hoffte, dass Alices Figur – sie war schlank und groß – anregend auf die Kundinnen wirkte und deren Kauflust anstachelte.

Auch Alices Gesicht hatte Mrs. Wilson gefallen. Sie ging zwar nicht so weit zu behaupten, sie sei schön – das hätte der weibliche Neid wohl auch nicht zugelassen –, aber sie fand Alices Gesicht auf jeden Fall interessant.

Alice hatte ein klares Profil, hübsch geschwungene Brauen und veilchenblaue Augen, die in ihrem schmalen Gesicht beinahe übergroß wirkten.

Für Mrs. Wilson waren zwar Alices Gesicht, ihre Figur und die wohltönende Stimme ausschlaggebend für die Einstellung gewesen, aber sie bestand darauf, dass sie das Haar aufsteckte. Ihrer Meinung nach verlieh nämlich offenes, ungebändigtes Haar selbst feinen aristokratischen Zügen etwas Alltägliches, ja fast Gewöhnliches.

Sie fand auch Gefallen an Alices jugendlicher Lebensfreude, ihrer Intelligenz und ihrer Energie. Aber schon bald nach der Einstellung kam sie widerstrebend zu der Erkenntnis, dass Alice doch nicht ganz so fügsam war, wie sie es sich eigentlich, schon mit Hinblick auf ihre Jugend, erhofft hatte.

Nach ihrer Auffassung hatte Alice einen etwas unglücklichen Hang zu vergessen, wo sie sich befand. Mehr als einmal hatte sie Alice dabei ertappt, wie sie Kunden ungehörige Fragen stellte oder ungebetene Ratschläge erteilte. Von Zeit zu Zeit pflegte sie selbstvergessen vor sich hin zu lächeln. Dann dachte sie wohl gerade an etwas sehr Amüsantes, und oft, viel zu oft, verlor sie sich in Tagträumereien.

Mrs. Wilson waren daher inzwischen ernsthafte Zweifel gekommen, ob sie Alice St. John wirklich als Gewinn für die Boutique ansehen sollte.

Alice hatte inzwischen die von Mrs. Sommerson abgelehnten Kleider wieder an ihren Platz gehängt und bezog nun Posten vor der Umkleidekabine. Aus dem Inneren vernahm sie das Rascheln von Stoff. Wie so oft, wenn sie Gelegenheit dazu hatte, ließ sie die Gedanken auf Wanderschaft gehen.

Im Moment drehten sie sich um das Manuskript, das aufgeschlagen auf Alices Schreibtisch in ihrer Wohnung lag und dort auf sie wartete.

Soweit sie sich zurückerinnern konnte, war die Schriftstellerei ihr Traum gewesen. Sie hatte deshalb sogar angefangen, Literatur zu studieren, um sich ernsthaft mit der Materie auseinander zu setzen. Aber das war nur unter erheblichen Schwierigkeiten möglich gewesen, denn mit neunzehn Jahren hatte sie plötzlich allein gestanden, ohne Familie und mit nur wenig Geld. Um ihr Studium finanzieren zu können, hatte sie verschiedene Jobs angenommen. So war ihr zwischen Ausbildung und Berufstätigkeit nur wenig Zeit geblieben, und diese hatte sie für die Arbeit an ihrem ersten Roman verwendet.

Für Alice bedeutete das Schreiben nicht Beruf, sondern Berufung. Ihre ganzen Wünsche hatten sich seit frühester Jugend darauf gerichtet, und da blieb ihr nur wenig Zeit für irgendwelche anderen Dinge. Sie liebte die Menschen, aber sie hatte kaum Umgang mit Freunden oder Bekannten. Sie schrieb von komplizierten Beziehungen, aber ihre Kenntnisse darüber stammten meist aus zweiter

Hand. Was ihren Versuchen Qualität verlieh, waren ihr ausgezeichnetes Beobachtungsvermögen und die überraschende Gefühlstiefe, die in den Erzählungen, die sie schrieb, zum Ausdruck kam.

Vor einem Jahr hatte sie ihr Studium beendet, nun arbeitete sie hier in der Boutique, um die Miete für ihre Wohnung bezahlen zu können. Mit ihrem ersten fertigen Manuskript hatte sie sich bereits auf die Suche nach einem Verleger begeben, das zweite war im Entstehen begriffen.

Als Mrs. Sommerson den Vorhang der Umkleidekabine öffnete, war Alice gerade in Gedanken damit beschäftigt, eine Szene ihres zweiten Buches zu überarbeiten. Mrs. Sommerson nickte ihr wohlwollend zu.

„Das passt doch ausgezeichnet, nicht wahr?“ Die Kundin stand in einem flammend roten Seidenkleid zufrieden vor ihr.

Alice stellte fest, dass die Farbe des Kleides Mrs. Sommersons ohnehin blühenden Teint noch wirkungsvoller unterstrich und einen ausgesprochen aparten Kontrast zu dem dichten pechschwarzen Haar bot. Das Kleid hätte wahrhaft ideal für sie sein können, wenn Mrs. Sommerson ein paar Pfund weniger gewogen hätte. Aber Alice sah dennoch gewisse Möglichkeiten.

„Sie werden die Blicke aller auf sich ziehen, Mrs. Sommerson“, prophezeite sie nach einer Weile. Mit den passenden Accessoires wird Mrs. Sommerson bestimmt beeindruckend aussehen, fand sie. Nur spannte der Seidenstoff leider etwas über den Hüften. Da hilft nur die nächste Größe, stellte Alice kritisch bei sich fest.

„Ich glaube, das Kleid haben wir auch noch eine Nummer größer vorrätig“, dachte sie laut.

„Wie bitte?“

Alice war so damit beschäftigt, die Hüften von Mrs. Sommerson in Augenschein zu nehmen, dass sie dabei den unwilligen Gesichtsausdruck der Kundin völlig übersah.

„Eine Nummer größer“, wiederholte sie hilfsbereit. „Dieses Kleid spannt etwas über den Hüften. Eine Nummer größer, und es sitzt sicher wie angegossen.“

„Das ist meine Größe, junge Frau!“ Mrs. Sommersons Busen hob und senkte sich Unheil drohend.

Aber Alice weilte in Gedanken schon bei den Accessoires. Sie lächelte und nickte. „Goldener Modeschmuck wäre wohl passend dazu.“ Nachdenklich legte sie den Finger auf die Lippen. „Aber ich hole erst einmal das größere Kleid.“

„Dies ist meine Größe!“ beharrte Mrs. Sommerson in einem Tonfall, der Alice zusammenzucken ließ. Jede Silbe drückte Empörung aus.

Alice erkannte ihren Fehler und verspürte ein flaues Gefühl in der Magengrube. Krampfhaft versuchte sie sich etwas Besänftigendes einfallen zu lassen, wie sollte sie bloß Mrs. Sommerson beschwichtigen? Sie hatte sie offenbar gekränkt. Aber noch ehe sie dazu kam, den Schaden wieder gutzumachen, stand Mrs. Wilson hinter ihr.

„Eine ausgezeichnete Wahl, Mrs. Sommerson“, stellte sie mit ihrer melodischen Altstimme fest. Mit verbindlichem Lächeln wanderte ihr Blick zwischen der Kundin und der Verkäuferin hin und her. „Gibt es ein Problem?“

„Diese junge Frau ...“ Mrs. Sommerson konnte sich gar nicht wieder beruhigen. „Sie besteht darauf, dass ich mich in meiner Größe geirrt habe!“

„Aber nein, gnädige Frau!“ protestierte Alice. Sie verstummte, weil ihre Chefin ihr einen scharfen Blick zuwarf.

„Ich bin sicher, Miss St. John wollte damit nur sagen, dass diese Modelle hier alle viel kleiner ausfallen als gewöhnlich. Man kann sich bei dieser Firma überhaupt nicht auf die Größenangaben verlassen.“

Natürlich, dass sie daran nicht gedacht hatte! Alice ärgerte sich über sich selbst.

„Nun gut.“ Mrs. Sommersons Stimme klang noch immer leicht verärgert, und sie sah Alice missbilligend an. „Das hätte sie mir ja schließlich sagen können. Stattdessen versucht sie mir einzureden, ich sei dicker geworden. Wirklich, meine Liebe“, sie wandte sich kopfschüttelnd um, um in die Kabine zurückzugehen. „Sie sollten Ihr Personal besser anleiten. Die jungen Mädchen dürfen doch nicht so unhöflich zu Kundinnen sein."

Alice blickte vor Empörung düster drein, aber auf Mrs. Wilsons warnenden Blick hin verschluckte sie die Antwort, die ihr auf der Zunge lag.

„Ich selbst werde Ihnen das Kleid in der nächsten Größe holen, Mrs. Sommerson", beschwichtigte Mrs. Wilson sie und lächelte wieder. „Ich bin sicher, es wird genau passen. Sie warten in meinem Büro auf mich, Alice", fügte sie strenger hinzu.

Mit gemischten Gefühlen sah Alice Mrs. Wilson nach. Diesen Ton kannte sie nur zu gut. Ganze drei Monate bin ich hier gewesen, überlegte sie seufzend. Auch gut! Mit einem letzten Blick auf Mrs. Sommerson ging sie den engen Flur entlang, der zu dem kleinen, geschmackvollen Büro ihrer Chefin führte.

Mäßig interessiert betrachtete sie den rechteckigen fensterlosen Raum und ließ sich in einem der kleinen, goldgelb gepolsterten Sessel nieder. Hier hatte alles angefangen, hier würde es in Kürze enden, dessen war sie sich sicher.

Sie wusste genau, was gleich kommen würde, und malte sich in Gedanken die Szene aus: In ein paar Minuten wird sie hereinkommen und sich hinter ihren hübschen Rosenholzschreibtisch setzen. Sie wird mich ansehen, sich räuspern, und dann geht es los.

„Alice, Sie sind ein hübsches Mädchen, aber nicht mit dem Herzen bei der Sache!"

„Mrs. Wilson, Mrs. Sommerson kann doch nicht Größe vierundvierzig tragen! Ich war ...", würde Alice versuchen sich zu rechtfertigen.

„Natürlich nicht." Sie stellte sich vor, wie Mrs. Wilson sie geduldig lächelnd unterbrach. „Ich würde auch nicht im Traum daran denken, ihr ein Kleid in dieser Größe zu verkaufen, aber ..." – hier würde sie den Zeigefinger mahnend heben, um ihre Worte zu unterstreichen – „... wir müssen ihr ihre Illusionen lassen. Takt und Fingerspitzengefühl sind unentbehrlich für eine Verkäuferin. Alice, ich fürchte, Sie haben sich diese Eigenschaften doch noch nicht in dem Maße angeeignet, wie es in einem Geschäft wie diesem ...“ Jetzt würde sie bestimmt die Hände vor der Brust verschränken. „Um es kurz zu machen: Ich muss mich rückhaltlos auf mein Personal verlassen können. Wenn dies der erste Zwischenfall gewesen wäre, würde ich ja nichts sagen, aber ...“

Alice malte sich aus, wie ihre Chefin nun innehalten und aufseufzen würde.

„Gerade letzte Woche haben Sie Miss Teasdale eingeredet, sie sei in dem schwarzen Seidenkleid passend für eine Beerdigung angezogen. Das ist nicht die Methode, wie wir unsere Kunden beraten wollen!“

„Ja, Mrs. Wilson.“ Alice würde dem wohl mit einem entschuldigenden Lächeln zustimmen. „Aber Miss Teasdales Haar und ihre blasse Haut ...“

„Takt und Fingerspitzengefühl!“ würde Mrs. Wilson mit erhobenem Zeigefinger wiederholen. „Sie hätten ihr vorschlagen können, dass ein weiches Blau besser zu ihren Augen passt oder dass ein rosafarbenes Kleid ihren Teint beleben würde. Man muss der Kundschaft schmeicheln. Unsere Kundinnen müssen glauben, dass sie etwas Besonderes verdienen. Die Frauen, die dieses Geschäft verlassen, müssen das Gefühl haben, etwas ganz Einzigartiges erworben zu haben!“

„Das verstehe ich, Mrs. Wilson, glauben Sie mir. Aber ich kann es nicht mit ansehen, wie jemand etwas kauft, das ihm überhaupt nicht steht, und da reagiere ich spontan und vergesse die Diplomatie.“

„Sie haben ein gutes Herz, Alice, das weiß ich.“ Mrs. Wilson würde ihr ein mütterliches Lächeln schenken und dann die entscheidenden Worte sprechen. „Sie haben aber leider einfach kein Verkaufstalent ... zumindest nicht so, wie ich es mir vorstelle. Ich werde Sie natürlich für den Rest der Woche entlohnen und Ihnen auch ein gutes Zeugnis ausstellen. Sie waren ja immer pünktlich und verlässlich. Vielleicht könnten Sie sich als Verkäuferin in einem

Supermarkt bewerben? Das liegt Ihnen sicher eher als die Arbeit in einer Boutique."

Als Alice bei diesem Punkt ihrer imaginären Unterhaltung angelangt war, rümpfte sie die Nase. Dann nahm sie sich jedoch lieber zusammen, denn die Tür öffnete sich hinter ihr.

Mrs. Wilson nahm wortlos an ihrem Schreibtisch Platz, sah Alice einen Augenblick lang freundlich an und räusperte sich. „Alice, Sie sind ein hübsches Mädchen, aber ..."

Eine Stunde später wanderte Alice, wie vorausgesehen, tatsächlich stellungslos über den Fisherman's Wharf. Trotz der Umstände erfreute sie sich an seiner heiteren, lässigen Atmosphäre. Sie mochte die Fülle der Gerüche, Farben und Geräusche, hier war immer etwas los.

Alice liebte San Francisco über alles. Sie hätte keine Stadt nennen können, die ihr annähernd so gut gefiel, aber der Fisherman's Wharf erschien ihr sogar wie ein kleines Paradies. Man fühlte sich hier in eine andere Welt versetzt.

Müßig durchstreifte sie die Warenhäuser und inspizierte dort eine Zeit lang Kleiderständer und Schmuckvitrinen. Aber dann zog es sie zur Bucht. Gemächlich schlenderte sie die Straße entlang und betrachtete ihre Umgebung.

Der Abend war nicht mehr fern, der Geruch von frischem Fisch hing in der Luft. Sie hörte zu, wie die Verkäufer an den Ständen lautstark ihre Waren anpriesen, und beobachtete einen Mann, der einen riesigen Krebs erstand.

Unzählige Lokale und Geschäfte reihten sich in diesem Teil des Fisherman's Wharf aneinander. Ganz nüchtern betrachtet wirkte das Viertel auf den Besucher vielleicht schäbig und heruntergekommen, aber Alice fühlte sich hier wohl. Hier war alles alt und anheimelnd und schien sich selbst zu genügen.

Sie leistete sich eine heiße Zuckerbrezel und bummelte weiter, vorbei an Ständen mit exotischen Gemüsen, frischen Hummern und lebenden Krebsen. Die ersten Nebelschwaden stiegen auf, die Sonne stand bereits viel tiefer. Jetzt war sie froh, dass sie die wattierte lavendelfarbene Jacke trug, die sie vor der empfindlich kühlen Abendluft schützte.

Wenigstens hat mir diese Arbeit ein paar hübsche Sachen zum Anziehen eingebracht, dachte sie mit leisem Bedauern und schüttelte den Kopf.

Ohne Mrs. Sommersons üppige Figur hätte sie den Job wohl noch ... Schließlich hatte sie ja nur ihr Bestes gewollt. Verärgert zupfte sie die Haarnadeln heraus und warf sie in den nächsten Abfallkorb. Danach seufzte sie erleichtert auf.

Es war einfach zu dumm. Mit energischen Schritten ging sie auf die Ufermauer zu.

„Ich brauchte diese Arbeit, ich brauchte diesen dummen Job tatsächlich!"

Verzweiflung drohte sie zu überfallen, während sie an den zahllosen Booten an den Anlegestellen vorbeischlenderte. In Gedanken begann sie ihre Finanzen zu überprüfen.

In der kommenden Woche war die Miete fällig, und sie brauchte noch einen weiteren Packen Schreibmaschinenpapier. Wenn ihre Berechnungen stimmten, konnte sie sich schon noch beides leisten, immer vorausgesetzt, sie sparte in den nächsten Tagen wieder ein wenig am Essen.

Ich werde nicht der erste und einzige Schriftsteller in San Francisco sein, der den Gürtel enger schnallen muss, tröstete sie sich und schluckte mit einem Schulterzucken das letzte Stück ihrer Brezel hinunter. Hoffentlich war das nicht überhaupt die letzte Mahlzeit für die nächsten Tage! Mit einem grimmigen Lächeln steckte sie die Hände in die Taschen.

Gleich einem grauen Gespenst nahm der Nebel von der Bucht Besitz. Er näherte sich Stück für Stück dem Festland, und immer größere Wasserflächen wurden von ihm verschluckt. Zum Glück war er an diesem Abend nicht so undurchdringlich wie sonst oft. Denn manchmal kam es vor, dass er die ganze Stadt wie in Watte hüllte.

Im Westen tauchte nun die Sonne ins Meer. Sie sandte noch einige letzte flammende Strahlen über die Wellen, die in ihrem Schein glitzerten.

Alice blieb stehen. Ihre Laune besserte sich bereits wieder. Der Anblick der untergehenden Sonne beglückte sie jedes Mal. Sie war ein optimistisches, lebensbejahendes Geschöpf und glaubte an die Macht des Schicksals.

Das ihre war, und das fühlte sie ganz sicher, zu schreiben. Der gelegentliche Verkauf von Erzählungen und Kurzgeschichten an verschiedene Zeitungen hielt diesen Traum am Leben und berechtigte zu Hoffnungen.

Während der vier Jahre auf dem College hatte sich alles nur darum gedreht, ihr Talent zu vervollkommnen. Die Jobs nebenher verhalfen ihr zu dem sprichwörtlichen Dach über dem Kopf, weiter bedeuteten sie ihr nichts.

Verabredungen gestand Alice sich nur zu, wenn ihr Zeitplan das zuließ, und sie sorgte stets dafür, dass sie nicht überhand nahmen.

So hatte sie bis jetzt auch noch keinen Mann kennen gelernt, der sie so interessierte, dass sie von ihren Zielen abgewichen wäre. Ihr Weg lag gerade vor ihr – sie kannte keine Kurven und Umwege.

Der Verlust ihrer Arbeit störte sie nur vorübergehend. Als der Himmel dunkler wurde und die Lichter am Fisherman's Wharf aufflammten, hatte sie sich schon wieder gefangen. Sie war jung und widerstandsfähig, da konnte eine kleine Niederlage sie nicht aus der Bahn werfen.

Alice lehnte sich gegen das Geländer der Ufermauer. Irgendetwas würde sie schon finden, das wusste sie. Die Wellen plätscherten sanft gegen den Rumpf des Fischerbootes, das genau vor ihr lag. Sie brauchte nicht besonders viel Geld, jede Arbeit würde ihren Zweck erfüllen.

Vielleicht war es wirklich vernünftig, wenn sie in einem Supermarkt zu arbeiten begann? Möglicherweise kam sie in die Abteilung für Haushaltsgeräte … Beim Verkauf von Toastern würde sie schwerlich ins Fettnäpfchen treten können! Dieser Gedanke erheiterte Alice, und ihre Sorgen und Nöte verflogen im Nu, während sie auf das Wasser schaute.

Der Nebel wurde dichter, er hatte das Ufer erreicht. Ein leichter Wind kam auf. Er strich ihr frisch und kühl über das Gesicht und durch das Haar.

Das Lärmen und Rufen von den Ständen am Fisherman's Wharf drang durch den Nebel nur noch gedämpft an ihre Ohren, es war jetzt fast dunkel. Ein bleicher Mond zeigte sich am Himmel, und Alice gab sich ihren Träumereien hin.

Plötzlich erstarrte sie vor Schreck. Jemand hatte ihr die Hand auf die Schulter gelegt ... Ehe sie noch einen Laut von sich geben konnte, wurde sie herumgedreht. Sie blickte angsterfüllt in das Gesicht eines Fremden.

Er war groß, ein ganzes Stück größer als Alice, und wirre pechschwarze Locken umgaben sein ebenmäßiges, scharf geschnittenes Gesicht. Es wirkte gefährlich auf sie, aber vielleicht lag das auch nur daran, dass er sie so erschreckt hatte, dazu kamen der Nebel und die Dunkelheit.

Auf jeden Fall fand sie, dass ein solches Gesicht wie seines eher an irgendeine Barbarenküste als nach Fisherman's Wharf gepasst hätte.

Unter dichten schwarzen Augenbrauen sah man tiefblaue Augen mit eindringlichem Blick. Es war ein eigenwilliges Gesicht ohne jede Weichheit, mit hoher Stirn, gerader, markanter Nase und vollen, energischen Lippen. Der Mann war schlank, und seine Figur betonten knapp sitzende Jeans und ein schwarzer Rollkragenpullover.

Als Alice den ersten Schrecken überwunden hatte, umklammerte sie ihre Handtasche fester und straffte die Schultern. „Ich habe nur zehn Dollar bei mir", beschied sie ihn und hob das Kinn furchtlos. „Und ich brauche dieses Geld mindestens genauso dringend wie Sie."

„Halten Sie den Mund", befahl er kurz angebunden. Seine Augen verengten sich. Mit seltsamer Eindringlichkeit ruhte sein Blick auf ihrem Gesicht.

Alice erschauerte. Als er unter ihr Kinn fasste, schwand ihr Mut im Nu dahin. Wohin sollte das alles noch führen?

Ohne zu sprechen, drehte er ihren Kopf zur Seite und musterte sie dabei voller Konzentration. Sein Blick hatte fast etwas Hypnotisches. Sprachlos starrte Alice ihn an, und er verzog unwillig die Stirn.

„Halten Sie still", forderte er. Seine dunkle Stimme klang verärgert, als sie sich losreißen wollte, und sein Griff verstärkte sich daraufhin.

Alice schluckte. „Hören Sie zu", begann sie scheinbar gelassen. „Ich habe den Schwarzen Gürtel in Karate, und ich werde nicht zögern, Ihnen beide Arme zu brechen, wenn Sie mich belästigen sollten."

Während sie sprach, spähte sie ihm über die Schulter und stellte voller Unbehagen fest, dass selbst die Lichter des nahe gelegenen Restaurants schon im Nebel verschwunden waren. Sie waren allein.

„Ich kann ein Stück Holz mit der bloßen Hand entzweischlagen", fügte sie warnend hinzu, als sich auf seinem Gesicht nicht das Erschrecken zeigte, das sie erwartet hatte.

Sie registrierte, dass die Hand unter ihrem Kinn sehr kräftig war und der Fremde trotz seiner schlanken Gestalt recht breite Schultern hatte. „Und ich kann sehr laut schreien", fuhr sie drohend fort. „Sie sollten also besser verschwinden!"

„Vollkommen!" murmelte er und zeichnete mit dem Daumen die Umrisse ihres Kinns nach. Alices Herz begann wie wild zu schlagen. „Einfach vollkommen. Ja, Sie werden die Richtige sein." Plötzlich verschwand der seltsam eindringliche Ausdruck in seinen Augen, und er begann zu lächeln. Diese Verwandlung vollzog sich so rasch und war so erstaunlich, dass Alice ihn nur anstarren konnte. „Warum wollen Sie das tun?"

„Was meinen Sie?" fragte Alice verständnislos.

„Ein Holzstück mit der bloßen Hand zerschlagen?"

„Wie bitte?“ Sie hatte ihre Behauptung von vorhin längst vergessen. Verwirrt sah sie ihn an, dann begriff sie. „Ach ja, das dient der Übung. Man muss sich sehr stark konzentrieren, wissen Sie …“

Sie verstummte, weil ihr deutlich zu Bewusstsein kam, dass sie hier mutterseelenallein im Nebel stand und mit einem offenbar Geistesgestörten eine mehr als merkwürdige Unterhaltung führte. „Sie sollten mich besser in Ruhe lassen und gehen, ehe ich zu härteren Maßnahmen greifen muss!“

„Sie sind genau das, was ich gesucht habe“, versetzte er und machte keine Anstalten, ihren Rat zu befolgen.

Alice stellte fest, dass er mit einem leichten Akzent sprach, aber sie hatte im Moment leider nicht die Zeit, sich näher damit zu beschäftigen. „Es tut mir Leid, ich bin nicht an Ihnen interessiert. Mein Mann ist Profifußballspieler. Er ist fast zwei Meter groß, wiegt etwas mehr als zwei Zentner und ist außerdem furchtbar eifersüchtig. Er muss jeden Augenblick kommen, ich warte hier auf ihn. Also lassen Sie mich jetzt gehen, die zehn Dollar können Sie ja haben.“

„Wovon, zum Teufel, reden Sie überhaupt?“ Verständnislos starrte er sie an. Dann schien ihm plötzlich eine Erkenntnis zu kommen. „Glauben Sie etwa, ich will Sie berauben?“ Sein Gesicht nahm einen gereizten Ausdruck an. „Liebes Kind, ich habe es weder auf Ihre zehn Dollar noch auf Ihre Tugend abgesehen. Ich möchte Sie malen, das ist alles.“

„Mich malen?“ Alice war vollkommen perplex. „Sie sehen aber nicht wie ein Künstler aus“, sagte sie misstrauisch. Eher wie ein Pirat, fügte sie in Gedanken hinzu. „Was für eine Art Künstler sind Sie denn?“

„Auf jeden Fall ein ganz ausgezeichneter“, antwortete er leichthin und hob ihr Gesicht noch etwas höher. „Ich bin bekannt, überaus talentiert und sehr temperamentvoll.“ Er lächelte charmant, und Alice erkannte plötzlich, dass er mit irischem Akzent sprach. Beides gefiel ihr.

„Ich bin über alle Maßen beeindruckt", spottete sie. Ganz offensichtlich war er doch ein Verrückter, aber dabei einer von der anziehenden Sorte. Sie vergaß völlig, welche Angst sie eben noch vor ihm gehabt hatte.

„Natürlich!" stimmte er zu und drehte ihren Kopf sanft nach links. „Das habe ich mir schon gedacht." Endlich ließ er sie los. „Ich habe ein Hausboot, es liegt etwas außerhalb der Stadt. Wir werden dorthin gehen, und ich lege schon einmal die erste Skizze von Ihnen an."

Alice lachte hell auf. „Wollen Sie damit etwa sagen, dass Sie mir bei der Gelegenheit auch Ihre Skizzensammlung zeigen möchten – sozusagen als neue Variante eines alten Themas?" Nein, gefährlich schien er wirklich nicht zu sein, eher ein bisschen begriffsstutzig.

Der Fremde seufzte und sah sie leicht unmutig an. „So sind die Frauen. Alle haben doch tatsächlich nur eines im Sinn. Hören Sie ... wie heißen Sie überhaupt?"

„Alice St. John", gab sie automatisch Auskunft, obwohl ihn das ja eigentlich nichts anging.

„Auch das noch – halb irisch, halb englisch, das kann ja heiter werden!" Er steckte die Hände in die Taschen und musterte sie voller Entschlossenheit. „Also, Alice, ich brauche, wie gesagt, Ihre zehn Dollar nicht, und ich habe auch nicht vor, Ihre Tugendhaftigkeit ins Wanken zu bringen. Ich will nur eins: Ihr Gesicht. Darauf können Sie sich verlassen. Auf meinem Hausboot liegen der Skizzenblock und all die anderen Zeichenutensilien. Nun kommen Sie endlich."

„Nicht einmal Michelangelo könnte mich dazu bringen, mitzugehen, wenn er mich so behandeln würde wie Sie."

Alice entspannte sich, klemmte die Handtasche, die sie bisher eisern festgehalten hatte, lässig unter den Arm und schob sich das Haar aus der Stirn. Sie rührte sich nicht vom Fleck.

Er seufzte resignierend auf und sah sich dann ungeduldig um. „Na schön, dann werden wir in ein hell erleuchtetes, überfülltes

Lokal gehen und dort einen Kaffee trinken. Wäre Ihnen das wenigstens recht? Sollte ich mich Ihnen gegenüber schlecht benehmen, können Sie ja immer noch auf Ihre Karatekenntnisse zurückgreifen."

Alice unterdrückte nur mit Mühe ein Lachen. „Ich glaube, da kann ich unbesorgt einwilligen."

Sie hatte den Satz noch nicht beendet, als er sie auch schon mit sich fortzog. Für Alice lag eine seltsame Vertrautheit darin, wie er einfach ihre Hand nahm. Sie spürte, dies war ein entschlossener Mann, der sich nicht mit einem Nein zufrieden geben würde.

Der Fremde, der Alice noch immer nicht seinen Namen genannt hatte, führte sie in ein kleines, ziemlich schäbiges Café und schob sie zu einem wackligen Tisch.

Sobald sie sich gesetzt hatten, begann er sie erneut zu fixieren. In der Beleuchtung des Raumes wirkten seine Augen sogar noch blauer als eben draußen im düsteren Licht.

Alice erwiderte seinen Blick und fragte sich, was er wohl für ein Mensch sein mochte. Doch dann kam die Kellnerin zu ihnen und riss sie aus ihren Überlegungen.

„Was soll's sein?" fragte sie lässig.

„Kaffee, bitte. Zwei Kaffee", fügte Alice hinzu, weil ihr Begleiter keine Anstalten machte, etwas zu sagen.

Die Kellnerin ging, und Alice wandte sich dem Fremden wieder zu.

„Warum sehen Sie mich so an?" Es ärgerte sie, dass sie unter seinem Blick ganz unruhig wurde. „Das ist nicht sehr höflich", teilte sie ihm mit. „Und darüber hinaus ziemlich störend! Es beunruhigt mich."

„Das Licht hier drinnen ist schauderhaft, aber immer noch besser als gar nichts. Draußen ist es ja inzwischen ganz dunkel. Runzeln Sie nicht die Stirn!" befahl er barsch. „Sonst bekommen Sie hier eine Falte." Mit dem Finger zog er eine imaginäre Linie zwischen ihren Augenbrauen nach. „Sie haben ein bemerkenswertes Gesicht. Allerdings bin ich mir nicht im Klaren, ob Ihre Augen ein

Vorteil oder ein Nachteil sind. Veilchenblaue Augen könnten Misstrauen hervorrufen."

Alice wollte protestieren, aber da wurde der Kaffee gebracht. Der Fremde griff sich in die Jackentasche, holte einen Stift hervor.

„Lassen Sie mich mal ein paar Minuten arbeiten. Trinken Sie Ihren Kaffee und entspannen Sie sich", ordnete er an. „Es wird nicht wehtun."

Sie gehorchte, und er begann ein paar Linien auf das Papier vor sich zu werfen.

„Haben Sie eine Arbeit, die für die Sitzungen hinderlich sein könnte? Oder taucht irgendwann Ihr Ehemann hier auf? Ach nein, den haben Sie ja erfunden."

„Woher wollen Sie wissen, dass ich ihn erfunden habe?" konterte Alice und wich seinem Blick aus.

„Ich weiß es genauso sicher wie die Tatsache, dass Sie große Schwierigkeiten hätten, ein Stück Holz mit der Hand durchzuschlagen." Unbeirrt zeichnete er weiter. „Haben Sie nun eine Arbeit?"

„Man hat mir heute Nachmittag gekündigt", murmelte sie.

„Das vereinfacht die Angelegenheit. Ich werde Ihnen den üblichen Preis für das Modellsitzen zahlen. Das Ganze wird nicht länger als zwei Monate dauern, wenn alles gut geht. Sehen Sie nicht so entsetzt drein, Alice. Meine Absichten sind durchaus ehrenhaft. Das waren sie von Anfang an, aber Sie mit Ihrer lebhaften Fantasie …"

„Das ist ja wohl auch nicht ganz so abwegig", gab sie gereizt zurück. „Was soll man denn denken, wenn einem plötzlich jemand im Nebel auflauert?"

„Auflauert? Ich kann mich nicht erinnern, so etwas getan zu haben."

„Es sah aber für mich so aus." Grollend nippte sie an ihrem Kaffee. Zufällig fiel ihr Blick dabei auf die entstehende Skizze. „Aber das ist ja absolut wundervoll!" Vor lauter Überraschung machte sie große Augen.

Mit wenigen kühnen Strichen hatte er die charakteristischen Merkmale ihres Gesichtes eingefangen, sie erkannte sich sofort wieder. „Wundervoll!" wiederholte sie, während er eine neue Zeichnung begann. „Sie haben wirklich Talent! Ich dachte, Sie würden nur aufschneiden."

„Ich meine es immer ernst", murmelte er, völlig in seine Arbeit vertieft.

Die Entdeckung, dass der Fremde tatsächlich Talent hatte, ließ Alice nun doch anders über seinen Vorschlag denken. Vielleicht meinte er es wirklich ernst. In ihrem Kopf arbeitete es fieberhaft. Eine feste Anstellung für zwei Monate wäre ein wahres Gottesgeschenk. Bis dann würde sie eventuell auch Nachricht von dem Verlag bekommen haben, bei dem sich ihr Manuskript im Moment befand. Zwei Monate würde sich das Toaster-Verkaufen noch hinausschieben lassen! Sie hätte die Abende frei, um an ihrem neuen Roman schreiben zu können. Die Vorteile, die sich da ergaben, waren unübersehbar.

„Wollen Sie wirklich, dass ich für Sie Modell sitze?" fragte Alice vorsichtig. Sonst hatte sie sich womöglich zu früh gefreut und die Enttäuschung wäre groß.

„Sie sind genau das, was ich brauche." Seine Stimme verriet, dass die Sache für ihn bereits unter Dach und Fach war. Die zweite Skizze von Alice war mittlerweile auch beendet, sein Kaffee stand unangerührt und inzwischen kalt vor ihm. „Ich möchte, dass wir gleich morgen früh anfangen. Neun Uhr dürfte früh genug sein."

„Ja, aber ..."

„Lassen Sie das Haar offen und benutzen Sie kein Make-up, betonen Sie allenfalls ein wenig die Augen, sonst nichts."

„Ich habe aber noch nicht gesagt, dass ..."

„Sie brauchen noch meine Adresse", fuhr er fort, ihre Einwände überhörend. „Kennen Sie sich in San Francisco einigermaßen aus?"

„Ich bin schließlich hier geboren", teilte sie ihm entrüstet mit. „Aber ich ..."

„Gut, dann wird das kein Problem sein." Er kritzelte eine Adresse auf einen Zettel und reichte ihn ihr.

Unvermutet sah er sie dabei an, und ihre Blicke begegneten sich. Um sie herum erfüllte Stimmengewirr den Raum, aber sie nahmen es auf einmal gar nicht wahr.

Was sie in diesem Moment empfand, konnte Alice nicht beschreiben, sie wusste nur, dass sie so etwas noch nie erlebt hatte. So schnell, wie das Gefühl gekommen war, verflog es auch wieder.

Er stand auf, und Alice kam sich vor, als sei sie gerade sehr schnell gerannt, so heftig schlug ihr Herz.

„Neun Uhr also", wiederholte er schlicht. Er legte eine Münze für den Kaffee auf den Tisch und ging wortlos davon.

Alice griff nach dem Block. Einen Augenblick lang sah sie ihr Gesicht so, wie er es gesehen hatte. Sah sie wirklich so aus? Prüfend zeichnete sie die Konturen ihres Kinns nach. So hatte er sie auch berührt …

Schulterzuckend faltete sie das Blatt dann zusammen. Es konnte ja nichts schaden, morgen früh sein Atelier einmal aufzusuchen. Sie würde sich dort alles in Ruhe ansehen und dann eine Entscheidung treffen. Sollte sie irgendwelche Zweifel bekommen, so brauchte sie nur abzusagen und zu gehen.

Zwar musste sie gerade jetzt daran denken, dass er Widerspruch nicht so gern hinnahm, aber damit würde sie schon fertig. Wie gesagt, sie brauchte ja nur zu gehen, wenn ihr etwas nicht passte. Da konnte sie das Risiko schon eingehen.

Sie erhob sich und verließ das Café.

2. KAPITEL

Der Morgen war hell und klar, es versprach sehr warm zu werden. Alice war sich nicht ganz sicher, was die passende Kleidung für die vor ihr liegende Arbeit sein würde. So stand sie eine ganze Weile vor dem Kleiderschrank.

Schließlich entschied sie sich für Jeans und eine weiße Bluse. Wie vereinbart, ließ sie das Haar offen und benutzte nur wenig Make-up.

Sie war sich noch nicht ganz sicher, ob sie wirklich für den seltsamen Fremden, den sie erst am vergangenen Abend kennen gelernt hatte, Modell sitzen wollte, aber zunächst überwog einmal die Neugier. Später würde man weitersehen.

Sie verstaute ihr Notizbuch, in das sie seine Adresse übertragen hatte, sorgfältig in der Handtasche und ging dann zur Straßenbahn.

Die Adresse hatte Alice in Erstaunen versetzt. Sie fand nämlich heraus, dass es sich dabei um eine bevorzugte Wohngegend San Franciscos handelte. Irgendwie war sie der Meinung gewesen, das Atelier ihres neuen Bekannten würde sich ganz in der Nähe ihrer eigenen Wohnung in North Beach befinden.

Hier war die Atmosphäre zwanglos und unkonventionell. Schriftsteller, Maler und Musiker hatten sich in diesem Viertel niedergelassen und trugen dazu bei, dass es eine ganz persönliche Note hatte.

Aber vielleicht hatte er einen Gönner, der ihm ein teures Atelier zur Verfügung stellen konnte? Der Fremde entsprach so gar nicht ihren Vorstellungen von einem Künstler. Allerdings war ihr aufgefallen, dass er ungewöhnlich schöne Hände hatte. Sie wirkten schmalgliedrig und zart, und die Finger waren lang und schön geformt. Es waren die Hände eines sensiblen Menschen.

Aber er kann mit ihnen zupacken, fügte sie in Gedanken hinzu, als sie an den vergangenen Abend zurückdachte.

Auch sein Gesicht war ihr noch lebhaft in Erinnerung. Irgendetwas daran gab ihr das unbestimmte Gefühl, sie habe es schon einmal gesehen, aber sie konnte sich nicht darauf besinnen, wo das gewesen sein könnte. Auf jeden Fall war es ein unverwechselbares Gesicht, einzigartig in seiner Markantheit.

Das Klingeln und Rattern der Straßenbahn holte Alice aus ihren Träumen zurück. Wie töricht, sie kannte nicht einmal seinen Namen, und schon konnte sie sein Gesicht nicht vergessen. Dabei sollte doch wohl eher er ein solches Interesse an ihrem Gesicht haben. Schließlich war sie nur das Modell. Sie stieg aus der Straßenbahn.

Suchend überflog sie die Hausnummern. Sie hatte sich nicht geirrt, dies war wirklich ein besonders elegantes Viertel. Wie überall in San Francisco gab es auch hier dieses beeindruckende Nebeneinander von Exotik und weltstädtischem Flair, Romantik und Zweckmäßigkeit. San Franciscos zwei Gesichter traten hier ebenso deutlich in Erscheinung wie in Chinatown oder am Telegraf Hill. Althergebrachtes und Modernes ergänzten sich auf eigenartige, aber wundervolle Weise. Da gab es einerseits die altmodische Straßenbahn, aber auch die hypermodernen Wolkenkratzer aus Glas und Stahl, an denen sie vorbeifuhr.

Es war ein warmer, freundlicher Tag, und Alice genoss ihn mit jeder Faser. Ihre Gedanken wanderten allerdings zwischendurch immer wieder nach Hause zu ihrem halb fertigen Manuskript.

Als sie dann vor dem Haus stehen blieb, das der Fremde ihr als Adresse genannt hatte, kehrte sie endgültig in die Gegenwart zurück. Sie blickte überrascht auf ihr Notizbuch – aber ja, die Hausnummern stimmten überein.

The Gallery! Abermals blickte Alice in ihr Notizbuch. Ob er sich mit ihr einen Spaß erlaubt hatte?

Erst vor wenigen Monaten hatte sie sich in The Gallery umgesehen, und sie erinnerte sich noch lebhaft, wie diese Galerie vor fünf Jahren eröffnet worden war. Seit dieser Zeit hatte sie den Ruf, eine der besten Bildergalerien San Franciscos zu sein.

Eine Ausstellung in The Gallery konnte der Auftakt für die

blühende Karriere eines jungen Künstlers sein oder die Krönung der Laufbahn für einen etablierten Maler.

Hier verkehrten Sammler und Kenner, sei es, um zu kaufen, sei es, um zu kritisieren – oder aber einfach nur, um gesehen zu werden. Wie so vieles in dieser Stadt war auch diese Galerie eine Mischung aus Eleganz und Lässigkeit. Das Gebäude selbst sah schlicht und unauffällig aus.

Alice fiel auch ein, dass eine der Hauptattraktionen der Galerie der Besitzer selbst war: Colin Sullivan. Sie versuchte die bruchstückhaften Kenntnisse, die sie aus Zeitungen über ihn erworben hatte, zu einem sinnvollen Ganzen zusammenzusetzen.

Er war irischer Einwanderer, der seit fünfzehn Jahren in Amerika lebte. Seine Karriere hatte begonnen, als er gerade zwanzig war.

Wie sie wusste, malte er hauptsächlich in Öl. Seine Fähigkeiten hatten sich vor allem darin gezeigt, wie meisterhaft er das Zusammenspiel von Licht und Schatten in seinen Bildern zeigen konnte. Er stand in dem Ruf, ungeduldig, aber außergewöhnlich begabt zu sein.

Jetzt musste er so um die Dreißig sein. Er war unverheiratet, aber Alice wusste, dass er einige romantische Liebesbeziehungen hinter sich hatte. Eine Prinzessin war unter seinen Geliebten gewesen und eine bekannte Ballerina.

Seine Gemälde wurden zu Höchstpreisen gehandelt, aber er nahm so gut wie nie Aufträge an. Er malte zu seinem eigenen Vergnügen, und das Ergebnis war jedes Mal beeindruckend.

Alice stand in der warmen Morgensonne, und als sie über all das nachgedacht hatte, was ihr an Informationen und Gerüchten über den Galeriebesitzer zu Ohren gekommen war, wusste sie, weshalb ihr neuer Bekannter sie an jemanden erinnert hatte: Sie hatte natürlich sein Bild in der Zeitung gesehen, vielleicht sogar ihn selbst, als The Gallery vor fünf Jahren eröffnet worden war. Er war niemand anders als Colin Sullivan!

Sie holte tief Atem und fasste sich an die Stirn. Colin Sullivan wollte sie malen! Erst kürzlich hatte man den Klatschspalten entnehmen können, dass er sich geweigert hatte, das Porträt für eine berühmte Hollywood-Diva anzufertigen, aber sie, Alice St. John, wollte er malen! Dabei war sie nur eine arbeitslose Schriftstellerin, deren größter Triumph darin lag, dass sie ab und zu eine Kurzgeschichte in einer Frauenzeitschrift veröffentlichen konnte!

Sie durfte gar nicht darüber nachdenken, dass sie ihn für einen Straßenräuber gehalten und ihm die schlimmsten Motive unterstellt hatte. Das war ihr nun sehr peinlich. Ausgerechnet ihm hatte sie auch noch in aller Unschuld bestätigt, dass seine Skizzen ja recht gut seien! Beschämt nagte sie an ihrer Unterlippe. Was musste er wohl von ihr denken? Sicher hielt er sie für naiv.

Aber er hätte sich ja wenigstens vorstellen können, dachte sie verstimmt, stattdessen lauert er mir einfach irgendwo auf und überfällt mich im Dunkeln.

Unter diesen Umständen hatte sie sich eigentlich nur korrekt verhalten, sie brauchte sich also doch nicht zu schämen. Außerdem war er es gewesen, der sie gebeten hatte, zu ihm zu kommen. Sie war nur hier, um zu sehen, ob sie das Modellsitzen wirklich übernehmen wollte.

Alice gab sich einen Ruck und ging auf die Eingangstür der Galerie zu. Sie war verschlossen. Mit einem Seufzer überlegte sie, dass The Gallery wohl erst später öffnen würde. Aber vielleicht gab es einen Hintereingang? Er hatte von einem Atelier gesprochen, wahrscheinlich würde es dafür einen eigenen Zugang geben, den sie suchen musste.

Prüfend drückte sie die Klinken mehrerer Seitentüren, aber auch dies blieb ohne Erfolg. Ratlos sah sie an der Fassade des Gebäudes empor. In einer breiten Fensterfront spiegelte sich die Sonne wider, und Alice fand, dass sich dahinter sehr gut ein Atelier verbergen konnte. Tatsächlich entdeckte sie auch eine Treppe, die in den ersten Stock führte.

Ohne zu zögern, stieg sie die steilen Holzstufen empor und stand plötzlich vor einer weiteren Tür. Sie klopfte laut und vernehmlich an, erschrak dann aber, weil die Tür fast im selben Moment von innen aufgerissen wurde.

„Sie sind spät dran", stellte Colin ungeduldig fest, denn er war es, der nun vor ihr stand. Er nahm sie bei der Hand und zog sie herein, ehe sie sich rechtfertigen konnte.

Gleich nahm Alice den Geruch von Terpentin und Ölfarbe wahr, der in der Luft lag.

Colin Sullivan sah bei Tageslicht genauso bemerkenswert aus wie im düsteren Nebel, das stellte Alice sofort fest. Und auf die gleiche Art und Weise wie am vergangenen Abend nahm er wieder ihr Kinn in die Hand.

„Mr. Sullivan ...", begann Alice nervös.

„Schsch!" Er drehte ihren Kopf nach links und musterte sie mit prüfenden Blicken. „Ja, bei diesem Licht ist das doch wesentlich besser. Kommen Sie hier herüber, ich möchte ein paar Skizzen machen."

„Mr. Sullivan", hob Alice abermals an, während er sie durch einen hohen lichten Raum schob, in dem mit Leinwand bespannte Rahmen, Pinsel und Farbtöpfe überall herumstanden. „Ich möchte etwas genauer über alles Bescheid wissen, ehe ich mich zu etwas verpflichte."

„Setzen Sie sich", befahl er und wies auf einen Stuhl. „Und halten Sie sich gerade!" fügte er hinzu.

„Mr. Sullivan", versuchte Alice es noch einmal. „Würden Sie mir wohl einen Moment zuhören?"

„Später", antwortete er und griff nach einem Block und einem Bleistift. „Jetzt seien Sie bitte still, damit ich arbeiten kann."

Resignierend gehorchte Alice und faltete die Hände im Schoß. Es war wohl einfacher, ihm nicht zu widersprechen. Während sie reglos dasaß, ließ sie den Blick durch den Raum wandern.

Er war groß und wirkte fast wie eine Halle. Durch deckenhohe breite Fenster fiel das Tageslicht in das Innere. Den unbearbeiteten Holzboden zierte kein Teppich, hier und da waren Farbspritzer zu sehen. Zahlreiche ungerahmte Leinwände lehnten an den cremefarben gestrichenen Wänden. An mehreren Stellen im Raum standen Staffeleien, und der große Tisch in der Mitte des Raumes war überhäuft mit Farbtuben, Bürsten, Lappen und Flaschen.

Es gab hier auch ein Sofa. Es stand verloren in einer Ecke des Raumes, drei Holzstühle leisteten ihm Gesellschaft. Es sah so aus, als habe jemand sie ungeduldig dorthin gestellt und dann vergessen.

Zwei weitere Stühle und eine große Bogenlampe, die bestimmt sehr helles Licht verbreiten konnte, vervollständigten die Einrichtung.

„Sehen Sie aus dem Fenster", verlangte Colin jetzt. „Ich möchte eine Profilzeichnung von Ihnen machen."

Alice gehorchte. Ihre leichte Gereiztheit verflog, weil sie draußen einen Spatz bemerkte, der gerade sein Nest in der Krone einer Eiche baute. Der Vogel flog emsig hin und her und trug jedes Mal etwas Nistmaterial herbei. Es waren Grashalme, aber auch Papierfetzen dabei.

Beharrlich flog er herum, suchte, baute und flog erneut davon. Seine kleinen Flügel schimmerten in der Sonne, und Alice sah ihm entzückt zu. Sie lächelte vor Freude und vergaß für einen Moment, wo sie sich befand.

„Was sehen Sie denn da?" Colin kam zu ihr, aber sie war so in ihre Beobachtung vertieft, dass sie sich nicht zu ihm umwandte.

„Diesen Vogel dort." Sie zeigte aus dem Fenster. „Sehen Sie, wie eifrig er beim Nestbau ist. Das kleine Kunstwerk ist aus Grashalmen und kleinen Zweigen zusammengesetzt. Wir hingegen brauchen Ziegel und ganz bestimmte Baustoffe, es ist alles so kompliziert. Dieser kleine Kerl kann ein passendes Haus für sich aus ganz wenigen Dingen bauen, ohne Werkzeug, ohne Hilfsmittel. Ist das nicht ein kleines Wunder?"

Alice sah zu ihm auf und lächelte. Er war ihr näher, als sie vermutet hatte. Sein Gesicht war dicht neben dem ihren, während er in die Richtung blickte, in die sie zeigte.

Doch plötzlich löste er den Blick vom Fenster und sah ihr in die Augen. Ein leichtes Schwindelgefühl befiel Alice dabei, es war, als sei sie zu schnell aufgestanden.

„Es sieht so aus, als seien Sie noch vollkommener, als ich im ersten Moment gedacht hatte", erwiderte Colin. Dabei strich er ihr eine Haarsträhne aus dem Gesicht.

Alice zwang sich, eine geschäftsmäßige Miene aufzusetzen. „Mr. Sullivan ..."

„Colin", unterbrach er sie und begann ihr Haar zu ordnen. „Oder nur Sullivan, wenn Ihnen das lieber ist."

„Nun, dann Colin", antwortete sie geduldig. „Ich wusste gestern Abend nicht, wer Sie sind. Es ist mir erst eingefallen, als ich draußen vor der Galerie stand." Sie wich einen Schritt zurück, denn seine Nähe beunruhigte sie. „Natürlich fühle ich mich sehr geschmeichelt, dass Sie mich malen wollen, aber ich würde gern wissen, was man von mir erwartet, und ..."

„Ich erwarte von Ihnen nur, dass Sie zwanzig Minuten lang still sitzen, ohne sich zu bewegen", gab er Auskunft. Er schob ihr Haar wieder nach vorn und dann unter prüfenden Blicken über ihre andere Schulter. „Ich erwarte, dass Sie meine Anweisungen befolgen und sich ruhig verhalten, bis ich Ihnen etwas anderes sage. Ich erwarte, dass Sie pünktlich sind und nicht vor der Zeit weglaufen, um sich mit Ihrem Freund zu treffen."

„Ich war pünktlich", verteidigte Alice sich und nickte zur Bekräftigung mit dem Kopf, sodass die Frisur, die er arrangiert hatte, wieder durcheinander fiel. „Sie haben mir nicht gesagt, wo genau sich Ihr Atelier befindet. Ich bin ziemlich lange um das Haus herumgelaufen, bis ich den richtigen Eingang gefunden habe."

„Aha, Ihr irisches Temperament schlägt also doch bisweilen durch. Seltsam, Ihre Augen werden dann ganz dunkel. Wie sind Sie überhaupt zu dem Namen Alice gekommen? Ist das nicht eigentlich für eine Irin ungewöhnlich?"

„Alle Frauen aus der Familie meiner Mutter hießen so", teilte sie ihm knapp mit. „Allerdings weiß ich das nur vom Hörensagen. Meine Mutter starb bei meiner Geburt. Ich kenne sie gar nicht."

Colin nahm ihre Hände und betrachtete sie schweigend. Dann drehte er ihre Handflächen nach oben. „Ich verstehe. Sie haben übrigens sehr feingliedrige Hände. Und was ist mit Ihrem Vater?"

„Seine Familie stammte aus Devon. Er selbst ist vor vier Jahren gestorben. Aber ich verstehe nicht ganz, was das mit Ihrer Arbeit zu tun hat!"

„Sehr viel sogar." Er hob den Blick, ohne jedoch ihre Hände loszulassen. „Ihre Augen und Ihr Haar sind bestimmt das Erbe Ihrer Mutter, und ich wette, Ihre Haut und Ihr Körperbau stammen von der väterlichen Seite. Sie haben ein Gesicht voller Widersprüche, Alice, und genau das brauche ich. Ihr Haar weist die verschiedensten Schattierungen auf, und es sieht so aus, als ob Sie gerade aus dem Bett kämen. Sehr klug von Ihnen, es nicht bändigen zu wollen! Die Farbe Ihrer Augen wechselt. Mal wirken sie samtig blau, dann sogar violett, ihre Form verleiht Ihnen etwas Exotisches. Sie neigen zum Träumen. Aber sonst spiegelt Ihre ganze Haltung englische Lebensart wider. Ihr Mund macht dann sozusagen wieder eine Ausnahme, weil er von einer Leidenschaft spricht, die nicht zur kühlen britischen Einstellung passt. Ihre Haut ist rein und klar und leicht rosig. Sie sind bestimmt nicht unter einer Glashaube durch das Leben gewandert, aber dennoch haben Sie eine ganz unbestimmbare kindliche Ausstrahlung. Das Gemälde, das ich malen will, soll verschiedene Elemente aufweisen. Dazu benötige ich ein Modell, das diese vielen verschiedenen Eigenschaften in sich vereint. Sie besitzen sie." Er verstummte und sah sie erwartungsvoll an. „Nun, befriedigt das Ihre Neugier?"

Alice starrte Colin an und versuchte, sich so zu sehen, wie er sie beschrieb. War ihr Aussehen wirklich so stark von ihrer Herkunft geprägt? „Ich bin nicht sicher, ob ich damit zufrieden bin", murmelte sie und seufzte, dann sah sie ihm wieder in die Augen. „Aber ich bin eitel genug, um mich von Colin Sullivan malen lassen zu wollen – und arm genug, um auf die Einkünfte aus dieser Arbeit angewiesen zu sein." Sie lächelte. „Werde ich unsterblich sein, wenn Sie Ihre Arbeit beendet haben? Das war immer mein sehnlichster Wunsch."

Colin lachte herzlich. Er drückte ihre Hände und zog sie dann überraschend an die Lippen. „Sie werden mir noch zu schaffen machen, Alice."

Ihre verlegene Antwort überhörte er, da sich plötzlich die Ateliertür auftat.

„Colin, ich brauche ..." Die Frau, die in den Raum trat, blieb abrupt stehen und maß Alice mit abschätzendem Blick. „Es tut mir Leid", begann sie, und als ihr Blick auf die verschlungenen Hände von Colin und Alice fiel, fügte sie hinzu: „Ich wusste nicht, dass du beschäftigt bist."

„Das macht nichts, Vera", versicherte Colin leichthin. „Du weißt, wenn ich ernsthaft arbeite, schließe ich die Tür ab. Das ist Alice St. John. Sie wird für mich Modell sitzen. Alice, das ist Vera Kingsley, eine sehr begabte Künstlerin, die die Galerie für mich leitet."

Vera Kingsley war eine Aufsehen erregende Frau. Sie war groß und sehr schlank, besaß ein herzförmiges Gesicht und dichtes rotes Haar. Alles an ihr wirkte lebendig und bezwingend. Ihre durchdringend grünen Augen hatte sie dunkel geschminkt und den ziemlich breiten Mund leuchtend rot. Goldene Ohrclips schimmerten unter dem leuchtenden Haar hervor.

Vera trug ein fließendes weites Gewand aus Seide, auf dem alle möglichen Grüntöne miteinander wetteiferten. Das Kleid war bildhübsch und die Wirkung schlechthin atemberaubend, wie Alice feststellte.

Sie kam jetzt ein paar Schritte näher, ihre ganze Erscheinung schien energiegeladen. Forschend blieb ihr Blick an Alices Gesicht hängen. Irgendetwas in der Art, wie sie sie ansah, bereitete Alice ein Gefühl des Unbehagens.

„Gut geschnittene Züge", bemerkte Vera herablassend. „Etwas farblos vielleicht."

Alice zögerte wie immer nicht, das auszusprechen, was sie

dachte. „Nicht jede kann schließlich ein solcher Rotschopf sein", gab sie leicht verärgert zurück.

„Das ist allerdings wahr", mischte sich Colin ein. „Was willst du? Ich muss wieder an die Arbeit."

Menschen, die sich sehr nahe stehen oder standen, strahlten gemeinsam etwas aus, ging es Alice durch den Kopf. Es zeigt sich in ihren Blicken, den Gesten, dem Tonfall. In dem Augenblick, als Vera sich Colin zuwandte, wusste Alice, dass diese beiden ein Liebespaar waren oder es zumindest gewesen waren. Ein unbestimmtes Gefühl von Enttäuschung beschlich sie.

Colin hielt noch immer ihre Hand fest. Sie versuchte sie ihm zu entziehen, erntete aber nur einen ungeduldigen Blick von ihm.

„Es geht um Higgins ‚Porträt eines Mädchens'. Man hat uns fünftausend Dollar geboten, aber Higgin möchte erst einwilligen, wenn du dein Okay abgegeben hast. Ich möchte die Sache heute abschließen."

„Wer hat das Angebot gemacht?"

„Charles Dupres."

„Sag Higgin, es wäre in Ordnung. Dupres ist anständig. Sonst noch was?" In seinen Worten lag eine unüberhörbare Aufforderung an Vera zu gehen.

Alice beobachtete, wie es in Veras Augen aufblitzte. „Nichts, was nicht warten könnte. Ich werde dann also jetzt Higgin anrufen."

„Gut." Colin hatte sich Alice schon wieder zugewandt, noch ehe Vera den Raum verlassen hatte, und machte sich wieder an ihrer Frisur zu schaffen.

Über seine Schulter hinweg fing Alice Veras durchbohrenden Blick auf. Diese drehte sich nämlich in der Tür noch einmal nach ihnen um, bevor sie sie nachdrücklich hinter sich ins Schloss zog. Endlich waren sie wieder allein.

Colin trat einen Schritt zurück und musterte Alice eindringlich von Kopf bis Fuß. „Das geht nicht", verkündete er. „Das geht ganz und gar nicht."

Verwirrt starrte Alice ihn an. „Was bitte geht nicht?“

„Das, was Sie da anhaben.“ Mit einer flüchtigen Handbewegung wies er auf ihre Jeans und die Sandalen.

Alice sah an sich herab und sagte dann verärgert: „Sie haben nichts darüber gesagt, was ich anziehen soll. Außerdem wusste ich heute Morgen ja noch gar nicht, ob ich wirklich für Sie sitzen will.“ Sie hob die Schultern und fragte sich im selben Moment, wieso sie sich eigentlich vor ihm rechtfertigte.

„Ich brauche etwas Weiches, Fließendes, ohne störendes Beiwerk.“ Er hatte offenbar Alices letzte Bemerkung überhört. „Elfenbein, nicht weiß. Es sollte etwas Langes, Schmales sein.“ Er umfasste ihre Taille, und Alice hielt den Atem an. „Sie haben ja die Taille eines Kindes! Ja ja, wir werden im Übrigen etwas Hochgeschlossenes nehmen, dann brauchen wir uns keine Sorgen wegen Ihres nicht sehr üppigen Dekolletees zu machen.“

Alice lief vor Zorn rot an und schob ihn beiseite. „Hören Sie, dies ist mein Körper. Ich lege keinen Wert darauf, Ihr Urteil darüber zu vernehmen.“

„Seien Sie nicht kindisch!“ ermahnte er sie. „Im Moment interessiert mich Ihr Körper nur vom künstlerischen Standpunkt aus. Sollte sich das ändern, werden Sie das noch früh genug erfahren.“

„Einen Augenblick bitte, Mr. Sullivan!“ Alice warf den Kopf zurück.

„Hinreißend!“ Er griff in ihr Haar und zwang sie, ihn anzusehen. „Temperament steht Ihnen ausgezeichnet, aber diese Stimmung will ich jetzt nicht festhalten, vielleicht ein anderes Mal.“

Mit Nachdruck strich er ihr über den Nacken, und ein seltsames Lächeln zeigte sich dabei auf seinen Zügen. Obwohl Alice vermutete, dass dieses Lächeln reine Berechnung war, fand sie es nicht minder wirkungsvoll.

Sie war sich seiner Hände auf ihrer Haut sehr bewusst, und dieses intensive Gefühl war etwas ganz und gar Neues für sie. So schwieg sie verwirrt.

Nun senkte er die Stimme, und was er sagte, klang beinahe wie eine Liebkosung. Sein leicht singender irischer Akzent verstärkte sich dabei.

„Ich suche nach einem Wunschtraum. Können Sie dieser Wunschtraum für mich sein?"

Als Alice Colin so nahe war und sie die Wärme seiner Hände auf ihrem Nacken spürte, da hatte sie einen Moment das Gefühl, all das sein zu können, was er von ihr verlangte.

Nichts war mehr unmöglich. Sie erkannte, dass genau hierin seine Macht über Frauen lag: in seinem überwältigenden Charme, seinem verwegenen Aussehen und in seinem melodischen Akzent. Hinzu kam noch, dass er sich seiner sinnlichen Ausstrahlung leider nur zu bewusst war.

Alice ahnte, dass er von diesen Geschenken der Venus schamlos profitierte. Wenn er es für angebracht hielt, setzte er bestimmt alle seine Mittel ein, aber selbst das wirkte noch anziehend bei ihm.

Sie fühlte, dass sie sich Colins Einfluss schon jetzt kaum entziehen konnte. Es war, als wenn er sie magisch anzog. Hatte bisher der Verstand bei ihr geherrscht, so drängten sich nun auf einmal die Gefühle in den Vordergrund.

Ob ein Kuss von ihm wohl genauso aufregend sein würde, wie sie sich das vorstellte? Würde sie sich in der Beziehung zu ihm verlieren oder finden? Auf jeden Fall spürte sie, dass die Begegnung mit Colin eine Erfahrung für sie bedeutete, die für sie neu war.

Wie um sich vor ihren eigenen Gedanken in Sicherheit zu bringen, legte sie ihm die Hände vor die Brust und schob ihn mit Nachdruck beiseite. „Sie sind kein Mann, den man leicht handhaben kann, nicht wahr, Colin?"

„Da haben Sie allerdings Recht", gab er lässig zu. Sein Gesicht spiegelte gleichzeitig Verstimmung und Neugier wider. „Wie alt sind Sie, Alice?"

„Dreiundzwanzig", antwortete sie. „Warum?"

Mit einem Schulterzucken steckte er die Hände in die Taschen. „Ich muss alles von Ihnen wissen, bevor ich anfange. So halte ich es immer mit meinen Modellen. Es wird dazu beitragen, dass das Bild zu Stande kommt. So, und nun wollen wir erst einmal dieses Kleid irgendwo auftreiben, ich will endlich anfangen."

Dieser drängende, ungeduldige Mensch hatte keinerlei Ähnlichkeit mehr mit dem Mann, der noch vor wenigen Augenblicken mit verführerischer Stimme auf sie eingesprochen hatte. Wie war Colin Sullivan wirklich? Alice wusste, dass es gefährlich für sie sein konnte, das herauszufinden, dennoch schien ihr die Verlockung recht groß.

„Ich glaube, ich weiß, wo wir eins finden könnten", meinte sie, ohne zu zögern. „Es ist eigentlich eher beige als elfenbeinfarben, aber es ist schlicht und gerade geschnitten, noch dazu hochgeschlossen. Allerdings ist es wahnsinnig teuer, weil es aus Seide ist ..."

„Wo ist das?" wollte Colin wissen. „Kommen Sie, gehen wir dorthin." Er nahm sie bei der Hand und zog sie zur Tür, ehe sie noch etwas sagen konnte. Vorsichtig folgte sie ihm die steile Treppe hinunter.

„Wo entlang?" fragte er kurz, als sie auf der Straße standen.

„Es ist in einem anderen Stadtteil." Alice sah ihn fragend an. „Aber, Colin ..." Sie kam nicht dazu, ihren Satz zu vollenden, weil er sie schon zu seinem Auto mitzog.

Sie parkten in der Nähe der Boutique, in der Alice bis gestern noch gearbeitet hatte. Alice zeigte Colin den Weg, er nahm sie an die Hand und zog sie eilig mit sich.

„Können Sie nicht etwas langsamer gehen?"

„Sie haben schließlich lange Beine", beschied er ihr, ohne sein Tempo zu verlangsamen. „Das schaffen Sie schon."

Alice seufzte. Nach einer Weile sagte sie: „Ich glaube, Sie sollten wissen, dass es sich um das Geschäft handelt, in dem man mir gestern gekündigt hat."

„Eine Kleiderboutique?" Fragend sah er sie an. Offenbar konnte er eine solche Tätigkeit nicht mit Alice, so wie sie sich ihm darstellte, in Einklang bringen. Er verlangsamte tatsächlich sogar seinen Schritt. „Warum haben Sie denn ausgerechnet in einer Boutique gearbeitet?"

Alice warf ihm einen vernichtenden Blick zu. „Ja, warum habe ich das wohl gemacht? Ich habe mir meinen Lebensunterhalt dort verdienen müssen, verehrter Mr. Sullivan. Stellen Sie sich vor – manche Menschen machen so etwas nur, um sich am Leben zu erhalten."

„Seien Sie nicht so bissig, Alice", wies er sie sanft zurecht. „Sie sind doch nicht von Beruf Kleiderverkäuferin. Das glaube ich Ihnen nicht."

„Genau aus diesem Grund bin ich ja auch entlassen worden", meinte Alice trocken. Sie musste nun doch schmunzeln. „Ich bin auch keine professionelle Kellnerin, deswegen hat man mir in ‚Jims Grillrestaurant' gekündigt. Ich hatte etwas dagegen, dass mich dort ein Gast als Freiwild ansah. Als es mir zu bunt wurde, schüttete ich ihm einen Teller Salat über den Anzug. Das sah man dort nicht gern. Auf meine kurze Karriere als Telefonistin will ich lieber nicht näher eingehen. Das ist eine zu traurige Geschichte, sie passt nicht zu diesem herrlichen Tag." Sie lachte Colin an, aber der musterte sie forschend.

„Da Sie offenbar keinen dieser Berufe erlernt haben: Was sind Sie dann wirklich, Alice?"

„Ich bin eine arme Schriftstellerin, die, seit sie auf dem College war, anscheinend unfähig ist, für längere Zeit eine seriöse Arbeit auszuüben."

„Eine Schriftstellerin also!" Er nickte. „Was schreiben Sie denn?"

„Unveröffentlichte Romane", gab sie lächelnd Auskunft. „Aber zurzeit bastle ich an einem Artikel über die Wirkung von Parfüms auf den modernen Mann. Man muss schließlich mit der Zeit gehen."

„Und sind Sie gut?" Colin sah sie erwartungsvoll an. Dass er gegen einen Passanten stieß, merkte er gar nicht.

„Ich bin ein frisches, unverbrauchtes und bis jetzt unentdecktes Talent." Sie warf den Kopf zurück. „Wir sind übrigens da, das ist ‚The Best Boutique'. Ich bin gespannt, was Mrs. Wilson wohl sagen wird. Wahrscheinlich denkt sie, dass Sie mich aushalten." Bei der Vorstellung lachte Alice hell auf. „Könnten Sie mir nicht ein paar schmelzende Blicke zuwerfen, Colin?" Schadenfreude und Verschmitztheit zeigten sich in Alices Augen. „Dann hätte meine ehemalige Chefin für die nächsten Wochen genug Gesprächsstoff."

Sie öffnete die Tür, und ihr hübsches Gesicht errötete vor Freude bei der Vorstellung, wie Mrs. Wilson gleich staunen würde.

Julia begrüßte Colin mit formvollendeter Höflichkeit. Sie warf Alice, ihrer ehemaligen Angestellten, erst nur einen kurzen Blick zu, dann weiteten sich ihre Augen vor Erstaunen.

Fassungslos stand sie da, als Alice nun auch noch nach dem beigefarbenen Seidenkleid verlangte. Doch dann kam Leben in sie, und sie machte sich höchstpersönlich daran, die beiden zu bedienen.

In der Umkleidekabine streifte Alice die Jeans herunter und ergötzte sich dabei an den Launen des Schicksals. Vor weniger als vierundzwanzig Stunden hatte sie noch vor dieser Kabine gestanden, die Arme beladen mit Kleidern und ohne den geringsten Gedanken an einen Colin Sullivan.

Jetzt schien er bereits vollkommen von ihr Besitz ergriffen zu haben. Die kühle, glatte Seide des Kleides fühlte sich angenehm auf der Haut an. Sie probierte dieses Kleid allein für ihn. Und wenn sie daran dachte, dass er draußen darauf wartete, sie in diesem Kleid zu sehen, da schlug ihr Herz prompt schneller.

Alice zog den Reißverschluss zu und hielt den Atem an, als sie ihr Spiegelbild erblickte. Das Kleid fiel in einer geraden Linie bis zum Boden, und nur durch die Zartheit des Materials wurde dieser Eindruck von Strenge gemildert. Arme und Schultern schimmerten durch die fast durchsichtigen Ärmel hindurch, und ihr Haar glänzte im Kontrast zu der matten Farbe der Seide.

Alice erkannte sich kaum wieder. Dies war wirklich ein Traum von einem Kleid. In ihm sah sie nicht nur gleichzeitig elegant und anmutig aus, sie fühlte sich auf einmal auch so. Nervös befeuchtete sie die Lippen, dann trat sie aus der Kabine. Was Colin wohl sagte, wenn er sie sah?

Colin war gerade dabei, Mrs. Wilson mit seinem Charme zu betören. Die zarte Röte, die sich auf ihren Wangen zeigte, erheiterte Alice. Ihre ehemalige Chefin kannte sie nur als sehr reserviert und gesetzt. Da konnte ihr Anblick heute schon zum Lachen reizen.

Aber Alice rief sich zur Ordnung und machte lieber ein ernstes Gesicht. Nur wenn man genau hinsah, konnte man entdecken, dass sie mit Mühe ein Lächeln unterdrückte. „Colin?"

Er wandte sich um. Das Lächeln auf seinen Zügen wurde schwächer, schließlich erstarb es ganz. Dann ließ er Mrs. Wilsons Hand los, die er eben gerade offenbar an die Lippen ziehen wollte, tat einige Schritte vorwärts und blieb dann abrupt stehen.

Alice hatte ursprünglich lachend auf ihn zugehen wollen, aber nun stand sie regungslos da, wie gebannt vom Ausdruck seiner Augen.

Langsam, ganz langsam wanderte sein Blick über ihre Gestalt. Alice spürte, wie ihr dabei eine seltsame Hitze in die Wangen stieg. Wie schaffte er es nur, sie mit einem einzigen Blick derart durcheinander zu bringen? Sie wollte etwas sagen, diesen merkwürdigen Trancezustand dadurch aufheben, aber sie brachte keinen Ton heraus.

„Colin", wiederholte sie endlich, und in ihrer Stimme lag dabei etwas Bittendes. Es klang nur ganz schwach an, sie verstand gar nicht, wie das zu Stande kam.

Für einen Moment leuchteten seine Augen auf, dann wich diese Freude merkwürdigerweise einer Art Gereiztheit. Als er zu sprechen begann, klang es kurz angebunden und unpersönlich.

„Das Kleid ist genau richtig für meine Zwecke. Lassen Sie es einpacken, und bringen Sie es morgen früh mit. Wir werden dann anfangen."

In Alices Kopf herrschte ein kleines Chaos. Zu gern hätte sie sich mit ihm über das Bild unterhalten, das da entstehen sollte, und sie sehnte sich danach, von ihm bewundert zu werden. So kam ihre Antwort kühl und gelassen. „Ist das alles?"

„Das ist alles. Morgen früh um neun Uhr also. Kommen Sie nicht zu spät."

Alice rührte sich nicht. In diesem Augenblick glaubte sie fest, dass sie ihn verachtete. Wieder sahen sie einander an, und die Luft zwischen ihnen schien zu vibrieren. Dann verschwand Alice in ihrer Kabine.

3. KAPITEL

Die ganze Nacht lang ging Alice mit sich selbst ins Gericht, und als der Morgen graute, hatte sie sich und ihre Gefühle wieder fest im Griff.

Es lag absolut kein Grund dafür vor, Colin zu zürnen. Seine schroffe, abweisende Reaktion auf das Kleid war schließlich ganz natürlich. Sie war sein Modell, da konnte sie kaum persönliches Interesse erwarten.

Während der Fahrt in der Straßenbahn presste sie den Karton mit dem Kleid fest an sich. Sie beschloss, ihm gegenüber eine kühle, distanzierte Haltung an den Tag zu legen, so wie sich das für eine bezahlte Kraft gehörte.

Er war ja immerhin so etwas wie ein Arbeitgeber. Er war zwar Künstler, noch dazu ein ziemlich launischer Mensch, aber das zählte für sie nicht.

Alice seufzte verstimmt. Irgendwie gefiel ihr die ganze Situation nicht. Sie verließ die Straßenbahn, um den Rest des Weges zu Fuß zurückzulegen.

Colin war ein Künstler, den offenbar irgendetwas in ihrem Gesicht so sehr reizte, dass er es zu malen wünschte. Er empfand keine persönlichen Gefühle für sie, und sie sollte das auch nicht für ihn tun.

Warum sollte sie auch? Sie kannte ihn ja kaum. Gestern war sie nur schlichtweg seiner starken Persönlichkeit erlegen. Sie hatte sich eingebildet, es hätte eine spontane Zuneigung zwischen ihnen bestanden, aber das war vollkommen unrealistisch. So etwas gab es nicht, sie hatte sich nur wieder einen Roman zusammengereimt. Ihre Beziehung war ausschließlich beruflicher Natur.

Alice blieb am Fuß der Treppe stehen, die zu Colins Atelier führte. Wenigstens hätte er sich für den Tipp mit dem Geschäft bedanken können. Aber egal. Sie machte eine unwillige Geste und erklomm die Stiegen. Er war bestimmt so mit sich selbst beschäftigt, dass er wahrscheinlich längst vergessen hatte, dass der Vorschlag von ihr gekommen war.

Entschlossen warf sie den Kopf zurück und klopfte dann entschieden an die Tür. Aber als Vera Kingsley öffnete, kam ihre Selbstsicherheit doch wieder ins Wanken.

„Hallo!" Alice lächelte, obwohl Vera über ihren Anblick alles andere als erfreut war. Wortlos wies sie Alice mit einer Handbewegung ins Atelier.

Vera sah heute nicht minder Aufsehen erregend aus, als Alice sie von gestern in Erinnerung hatte. Dieses Mal trug sie einen grellrosa Overall, zu dem andere Frauen mit solch rotem Haar wohl kaum den Mut gehabt hätten. Alice war so fasziniert von Veras Ausstrahlung, dass sie darüber sogar kurzfristig ihre Enttäuschung vergaß, dass Colin nicht selbst die Tür öffnen gekommen war.

„Bin ich zu früh da?"

Vera stemmte die Hände in die Seiten und ging langsam um Alice herum. „Nein, Colin ist nur aufgehalten worden. Er wird gleich kommen. Ist Ihr Haar von Natur aus gelockt, oder haben Sie eine Dauerwelle?"

„Nein, es ist von Natur aus so."

„Und die Farbe?"

„Meine Haarfarbe ist jedenfalls echt." Alice konnte sich diese Spitze nicht versagen.

Veras Parfümduft überlagerte den Farbgeruch im Raum. Als sie vor Alice stehen blieb, sah diese ihr geradewegs in die Augen. „Warum fragen Sie das alles?"

„Ich bin nur neugierig, Herzchen, nur neugierig." Ein Lächeln huschte über Veras Gesicht und verschwand so schnell, wie es gekommen war. „Colin ist ganz verrückt nach Ihrem Gesicht. Er hat wahrscheinlich gerade eine romantische Phase. Das muss wohl auch mal sein. Also, ich habe diese Technik immer vermieden." Mit zusammengekniffenen Augen und schrägem Kopf musterte sie ausgiebig Alices Gesicht.

„Wollen Sie vielleicht noch nachzählen, wie viele Zähne ich habe?" bot Alice ihr gereizt an.

„Immer mit der Ruhe." Vera tippte ihr mit dem Finger gegen

die Lippen. „Colin und ich teilen uns bisweilen Modelle. Ich prüfe nur, ob ich Sie vielleicht auch irgendwie verwenden kann."

„Ich bin kein Gegenstand, Miss Kingsley, ich lasse mich nicht so einfach teilen", erwiderte Alice freundlich, aber bestimmt.

„Ein gutes Modell sollte flexibel sein", tadelte Vera. „Hoffentlich machen Sie sich nicht ebenso zum Narren wie Ihre Vorgängerin."

„Meine Vorgängerin?" Alice ärgerte sich bereits, dass sie so prompt nachgefragt hatte.

„Sie hat sich unsterblich in Colin verliebt." Es flackerte kurz in Veras Augen auf, und Alice fand, dass sie einer lauernden Katze ähnelte. „Was noch schlimmer war – sie bildete sich ein, das beruhe auf Gegenseitigkeit. Es war ein Drama, denn, wie üblich bei solchen Geschichten, wurde Colin zum Schluss ziemlich gemein zu ihr. Wie sollte er sie auch sonst loswerden? Er hasst es eben, wenn man ihn festnageln will. Es ist aber auch zu lästig, wenn einem ständig jemand hinterherschmachtet, nicht wahr?"

„Das weiß ich nicht, ich habe mit solchen Dingen wenig Erfahrung", erwiderte Alice sanft. „Aber keine Sorge, ich werde Colin nicht schmachtend verfolgen. Er braucht mein Gesicht, ich einen Job. So einfach ist das." Sie verstummte. Vielleicht war es besser, von Anfang an für klare Verhältnisse zu sorgen. „Sie haben nichts von mir zu befürchten, Vera. Seien Sie unbesorgt. Ich habe viel zu viel zu tun, um mich auf eine Romanze einzulassen."

Vera sah sie nachdenklich an, dann ging sie zur Tür. „Nun gut. Das vereinfacht die Angelegenheit. Übrigens, dort können Sie sich umziehen." Sie zeigte auf eine Tür an der Seite und verschwand.

Alice atmete auf. Maler waren doch ein seltsames Völkchen! Mit einem Schulterzucken ging sie zu der Tür, auf die Vera gezeigt hatte, und betrat gleich darauf das kleine Ankleidezimmer, zu dem sie führte.

Wie schon am vergangenen Tag, ging mit Alice eine Veränderung vor, als sie das seidene Kleid überstreifte. Sie wusste nicht, lag es an der Beschaffenheit des Kleides oder an der Tatsache, dass sie nun genauso war, wie Colin sie zu sehen wünschte? Auf jeden Fall fühlte sie sich lebendiger, selbstbewusster und ganz einfach weiblicher in diesem Gewand. Sie warf einen letzten prüfenden Blick in den Spiegel und ging zurück ins Atelier.

„Ach, Sie sind hier", bemerkte sie wenig geistreich, als sie Colin erblickte.

Sie sah ihn nur von der Seite, und er drehte sich bei ihrem Eintreten nicht zu ihr um. Er stand da, die Hände in den Hosentaschen vergraben, und starrte auf eine weiße leere Leinwand. Sein Gesicht wirkte finster, offenbar dachte er angestrengt über etwas nach. Anscheinend hatte er darüber ihr Kommen überhört. Er zeigte jedenfalls keinerlei Anzeichen, dass er sie bemerkt hatte.

Alice kam die Einsicht, dass er ein wirklich außergewöhnlich attraktiver Mann war und dass es ungeheuer aufregend sein musste, sich in einen solchen Mann wie ihn zu verlieben. Er hatte gewiss leichtes Spiel bei den Frauen.

Sie blieb stehen, wo sie war, überzeugt davon, dass er ihren Ausruf nicht einmal gehört hatte.

„Ich werde gleich damit anfangen, auf Leinwand zu malen, keine Skizzen mehr." Noch immer wandte er sich nicht zu ihr um. „Dort stehen Veilchen auf dem Tisch. Sie passen zu Ihren Augen."

Alices Augen leuchteten auf, als sie den kleinen Strauß inmitten des Durcheinanders von Malutensilien auf dem Tisch erblickte. „Wie bezaubernd sie sind!" Sie beugte sich über die zarten Blüten und atmete tief ihren feinen süßen Duft ein. Gerührt sah sie Colin dann an, um ihm für die nette Aufmerksamkeit zu danken.

„Ich brauche einen Farbtupfer für das Kleid", murmelte er und sah weiterhin intensiv auf die Leinwand.

Alices Freude schwand. Sie betrachtete die Blumen und seufzte. Es war ihre eigene Schuld, er hatte die Veilchen gekauft, weil er sie für die Arbeit brauchte, und nicht, um sie ihr zu schenken. Warum sollte er auch? Kopfschüttelnd ging sie zu ihm hinüber. „Sehen Sie mich etwa schon auf der leeren Leinwand?"

Endlich wandte er ihr das Gesicht zu, aber der konzentrierte

Ausdruck blieb. „In der Tat, Alice, das tue ich. Gehen Sie jetzt bitte dort hinüber, ich brauche nämlich das Licht aus diesem Fenster.“

Während er sie dorthin schob, wo er sie haben sollte, drehte Alice ihm das Gesicht zu und sah ihn an.

„Guten Morgen, Colin“, wünschte sie ihm herausfordernd.

Er hob die Augenbrauen. „Im Allgemeinen kümmere ich mich herzlich wenig um die Anstandsregeln, wenn ich arbeite.“

„Wie außerordentlich nett von Ihnen, mich darüber aufzuklären“, antwortete Alice freundlich lächelnd.

„Außerdem stehe ich in dem Ruf, vorwitzige Mägdelein zu fressen!“

„Mägdelein!“ Alice lächelte amüsiert. „Wie herrlich altmodisch. Noch besser gefiele mir allerdings, wenn Sie mich ein ‚holdes Mägdelein‘ nennen würden. Diesen Ausdruck habe ich besonders gern.“

„Das passt nicht zu Ihnen“, sagte er bestimmt, hob ihr Kinn und strich ihr das Haar über die Schulter. „So, von jetzt ab rühren Sie sich nicht mehr, sonst passiert etwas.“

Während er sprach, drehte und wendete er sie hin und her, bis er die richtige Stellung für seine Zwecke gefunden hatte.

Wie er sie berührte, das war ganz und gar unpersönlich, als sei sie nichts als ein Gegenstand. In seinen Augen konnte Alice jedoch gleichzeitig lesen, dass er schon mitten in der Arbeit war.

Sie kannte diese angespannte Konzentration von sich selbst her. Auch sie neigte dazu, beim Arbeiten alles um sich herum zu vergessen und in sich selbst zu versinken. So sparte sie sich auch jede Antwort.

Colin trat einen Schritt zurück und musterte sie schweigend. Es war eine natürliche und einfache Pose: Alice stand aufrecht da, in Hüfthöhe hielt sie den Veilchenstrauß in den Händen. Die Haltung der Arme wirkte ganz entspannt. Sie waren kaum angewinkelt. Das Haar fiel ihr ungekünstelt und frei über die Schultern.

„Heben Sie das Kinn eine Idee an – halt, ja, so ist es gut. Und nun bewegen Sie sich nicht mehr und sprechen erst wieder, wenn ich es Ihnen erlaube."

Reglos verfolgte Alice Colin mit Blicken. Sie beobachtete, wie er sich an die Staffelei stellte und ein Stück Kohle zur Hand nahm. Schweigen erfüllte den Raum, Colin arbeitete konzentriert, und von Zeit zu Zeit ruhte sein Blick prüfend auf ihr.

Alice spürte, dass er ihr nicht nur in die Augen, sondern geradewegs in die Seele schaute und dabei vielleicht mehr von ihr erfuhr, als sie selbst auch nur ahnte. Nervös machte sie diese Vorstellung nicht, eher neugierig. Was würde er dort sehen? Und wie würde er es ausdrücken?

„In Ordnung", sagte Colin plötzlich. „Sie können jetzt sprechen, aber verändern Sie Ihre Stellung nicht. Erzählen Sie mir von Ihren unveröffentlichten Romanen."

Er schien nach wie vor in seine Arbeit vertieft, sodass Alice bezweifelte, dass es ihn wirklich interessierte, was sie sich da zusammenschrieb. Vielleicht wollte er ihr nur helfen, sich zu entspannen. Aber sie ging auf seine Aufforderung ein.

„Im Moment gibt es nur einen Roman, genauer gesagt, einen und einen halben. Ich arbeite an meinem zweiten Buch. Das erste schicke ich unermüdlich von einem Verlag zum anderen, aber leider lehnen alle ab. Das Manuskript, an dem ich jetzt schreibe, handelt von einer reiferen Frau, von ihren Entscheidungen und ihren Fehlern. Ich glaube, es ist eine ziemlich sentimentale Geschichte. Hoffentlich finde ich ein Happy End dafür. Im Moment komme ich nicht so recht voran. Es ist übrigens sehr schwer für mich, mich beim Sprechen nicht bewegen zu dürfen. Bis jetzt wusste ich nicht einmal, dass ich offenbar mit Händen und Füßen rede!"

„Das macht Ihr irisches Temperament." Colin sah leicht unzufrieden auf seine Leinwand, dann hob er den Kopf. „Darf ich das erste fertige Manuskript lesen?"

Alice war so überrascht, dass ihr momentan die Worte fehlten. „Natürlich, ja, wenn Sie wollen. Ich ..."

„Gut", unterbrach er sie. „Bringen Sie es morgen mit. Nun

seien Sie bitte wieder still. Ich will jetzt mit dem Gesicht anfangen."

Eine Zeit lang herrschte Schweigen, bis er mit einem Kopfschütteln die Kohle aus der Hand legte. „Irgendetwas stimmt nicht." Er ging zu Alice hinüber, aber die blieb abwartend in ihrer Pose stehen und schwieg. „Sie strahlen nicht die richtige Stimmung aus. Verstehen Sie, was ich meine?" Ungeduld und ein Anflug von Ärger schwangen in seiner Stimme mit.

Alice hob zu einer Antwort an, ließ es dann aber sein, weil sie merkte, dass er gar keine erwartete.

„Ich will mehr als nur eine Illusion, ich will Leidenschaft. Sie besitzen diese Leidenschaft, Alice, mehr, als ich für dieses Bild benötige. Das weiß ich genau."

Er wandte ihren Kopf hin und her, und Alice spürte plötzlich eine eigenartige Spannung im Raum. Ihr Herz schlug schneller.

„Ich will eine Frau, die ihren Geliebten erwartet. Ich will Erwartung, Natürlichkeit, Unschuldigkeit einfangen. Unberührt, aber nicht unberührbar sollen Sie sein. Das brauche ich, das und nichts anderes." In seinen Augen zeigte sich Begeisterung über seine Idee, und Alice konnte den Blick nicht von ihm wenden. Immer noch brachte sie keinen Ton hervor, auch nicht, als er nun ganz dicht vor ihr stand.

„In Ihren Augen müssen Zärtlichkeit und ein Hauch von Sinnlichkeit zu lesen sein. Ihr Mund soll Hingabebereitschaft widerspiegeln. Es muss so aussehen, als seien Sie gerade geküsst worden und warteten auf den nächsten Kuss. So zum Beispiel."

Ohne Vorwarnung senkte er seinen Mund auf den ihren. Dabei umschloss er mit den Händen ihr Gesicht. Sein Kuss war sanft und erfahren.

Etwas tief in Alice begann darauf zu antworten. Leidenschaft wurde in ihr wach, von deren Existenz sie gar nichts geahnt hatte. Aber so schnell, wie Colin von ihrem Mund Besitz ergriffen hatte, gab er ihn auch wieder frei.

Alice konnte nicht wissen, dass ihr Gesicht nun genau den Ausdruck zeigte, den Colin gewünscht hatte. Voller Erwartung, einladend und unschuldig sah sie ihn an. Flüchtig betrachtete er sie, dann ging er zurück zu seiner Staffelei und versenkte sich wieder in seine Arbeit.

Alice bemühte sich fieberhaft, ihrer Gefühle Herr zu werden. Ihr Verstand sagte ihr, dass dieser Kuss gar keine Bedeutung hatte, dass er nur Mittel zum Zweck gewesen war, aber ihr Herz widersprach dem heftig. In wenigen Augenblicken hatte Colin eine nie gekannte Sehnsucht, ein nie gekanntes Verlangen in ihr geweckt. Dies war mehr als ein Kuss gewesen, es war für sie vielmehr eine neue Erfahrung.

Alice war modern und aufgeschlossen, sie lebte schließlich in einer Zeit, in der Küsse häufiger gewechselt wurden als Händedrücke. Ihre Einbildungskraft hatte diesen Kuss wohl zu mehr werden lassen, als er eigentlich bedeutete.

Auch hatte Colin sie völlig überrascht. Er hatte sie geküsst, obwohl er gar kein Recht dazu besaß – und noch dazu auf sehr vertrauliche und Besitz ergreifende Weise. Bis jetzt hatte das noch kein Mann gewagt. Vielleicht hatte Alice nur deshalb so seltsam darauf reagiert? Sie versuchte sich ihr Verhalten mit Vernunft und Logik zu erklären, wog mögliche Ursachen und Erklärungen gegeneinander ab. Und doch gab es da etwas, das sie nicht mithilfe des Verstandes deuten konnte. Resigniert gab sie es endlich auf, sich die Angelegenheit erklären zu wollen.

„Wir hören jetzt auf." Abrupt legte Colin die Kohle aus der Hand. Während er sich die Hände an einem Lappen abwischte, sah er zu Alice hinüber. „Entspannen Sie sich."

Alice gehorchte und stellte fest, dass ihre Muskeln tatsächlich völlig verspannt waren. „Wie lange habe ich nun so dagestanden?" fragte sie und streckte sich. „Bestimmt länger als zwanzig Minuten."

Colin hob die Schultern und betrachtete wieder die Leinwand. „Möglich. Es geht gut voran. Möchten Sie Kaffee?"

Alice verzog das Gesicht. Es ärgerte sie, dass er es so gelassen hinnahm, dass er sie so lange hatte stehen lassen. „Zwanzig Minuten können sehr lang sein, wenn man immer in ein und derselben Stellung verharren muss. Ja, danke, ich hätte gern eine Tasse Kaffee." Während er zur Tür ging, zeigte sie auf die Staffelei. „Darf ich es mir ansehen?"

„Nein."

„Und was ist mit den anderen?" Sie wies auf die anderen Leinwände, die überall im Raum herumstanden. „Sind sie auch geheim?"

„Machen Sie, was Sie wollen. Aber das Porträt geht Sie nichts an. Verstanden?" Er verschwand, um, wie sie vermutete, den Kaffee zu holen.

Alice legte die Veilchen auf den Tisch und ging zu den ungerahmten Bildern hinüber. Scheinbar völlig willkürlich standen sie da, ganz kleine neben solchen, die so groß waren, dass Alice Mühe hatte, sie herumzudrehen. Schon bald vergaß sie ihre Verstimmung, was Colins rücksichtsloses Benehmen betraf, und war nur noch voller Bewunderung für sein außergewöhnliches Können.

Jetzt sah sie selbst, warum man Colin Sullivan als den Meister der Farben und des Lichts und Schattens bezeichnete. Seine Porträts spiegelten Tiefblick und Aufrichtigkeit wider, seine Landschafts- und Städtebilder strotzten vor Lebenskraft. Es war nur ein Spiel von Licht und Schatten, aber alle Bilder gaben etwas von ihm persönlich wieder.

Sie fragte sich, ob er malte, was er sah oder was er fühlte, dann verstand sie, dass seine Bilder eine glückliche Verbindung aus beidem darstellten. Er sah eben mehr, als es einem normalen Sterblichen vergönnt war zu sehen. Seine Begabung beruhte nicht nur auf technischem Können, sondern vor allem auf seiner Wahrnehmungsfähigkeit. Die Bilder berührten Alice fast im gleichen Maß, wie Colin selbst es tat.

Vorsichtig drehte sie ein anderes Gemälde um. Es war wundervoll. Eine unbekleidete Frau lag lässig ausgestreckt auf dem Sofa, das jetzt leer in der Ecke stand. Ein Lächeln, das man beinahe träge nennen konnte, und ein Ausdruck sorglosen Selbstvertrauens, stolz auf den schönen eigenen Körper, lagen auf ihrem Gesicht.

Instinktiv erfasste Alice, dass es sich um die Frau handeln musste, von der Vera gesprochen hatte.

„Ein hübsches Geschöpf, nicht wahr?“ erklang Colins Stimme hinter ihr.

Alice zuckte zusammen. „Ja.“ Sie nahm ihm die Tasse ab, die er ihr darbot. „Ich habe noch nie eine schönere Frau gesehen.“

Colin hob nachdenklich die Schultern. „Als Modell ist sie nahezu vollkommen, sie hat einen wunderbaren Körper. So etwas sieht man selten.“

Alice starrte angestrengt auf ihren Kaffee.

„Sie verfügt über eine starke sinnliche Ausstrahlung und weiß das auch sehr gut“, setzte Colin nach einer Weile hinzu.

„Sie haben das sehr gut im Bild festgehalten.“ Irgendetwas musste sie schließlich sagen. Ihre Stimme klang mild, aber Colin durchschaute sie.

„Ach, Alice, in Ihren Augen kann man wie in einem offenen Buch lesen – Sie sind das Reizendste, was ich in den letzten Jahren kennen gelernt habe.“

Es waren sicher schon gescheitere Frauen als sie auf seinen Charme hereingefallen, das wurde ihr nun klar. Sie warf den Kopf zurück und wollte Colin einen eisigen Blick zuwerfen, aber es gelang ihr nicht. So musste sie ganz gegen ihre Absicht lächeln.

„Ich komme einfach nicht gegen Sie an, Colin.“ Sie beobachtete ihn über den Rand ihrer Tasse hinweg. „Warum sind Sie eigentlich nach San Francisco gezogen?“ wollte sie wissen.

Colin nahm sich einen der Holzstühle und setzte sich, ohne den Blick von ihr zu wenden. „Diese Stadt ist eine kleine Welt für sich. Ich liebe die Gegensätze, die sich in ihr offenbaren, und ihre faszinierende Geschichte.“

Alice hatte bei seinen Worten zustimmend genickt. „Aber vermissen Sie Irland nicht?“

„Ich fahre ab und zu dorthin." Er nahm einen kräftigen Schluck von seinem Kaffee. „Dort kann ich neue Kräfte schöpfen. Hier finde ich Leidenschaft, in Irland Frieden. Die Seele braucht beides."

Sein Blick fing den ihren, aber da er dort offensichtlich nicht das fand, was er suchte, sah er wieder fort. „Trinken Sie Ihren Kaffee aus. Ich möchte heute mit den Kohlekonturen fertig werden, morgen beginne ich dann mit der Ölfarbe."

Der Vormittag verging fast ohne jede weitere Unterhaltung, und Alice nutzte Colins stummen Arbeitseifer aus, ihn gründlich zu studieren.

Sie hatte schon einiges über die angeblich dunkle, beinah dämonische Ausstrahlung, wie es in einer Klatschspalte hieß, gelesen und den durchdringenden Blick, den er besaß.

Aber jetzt, da er selbst vor ihr stand, fand sie diese Beschreibungen alle unzutreffend. Er war wohl viel bezwingender, als es in den Zeitungen hieß.

Sie wunderte sich über sich selbst, sogar seine Launenhaftigkeit empfand sie als anziehend. Die Erinnerung daran, wie er sie geküsst hatte, überfiel sie. Einen Augenblick fragte sie sich, wie es wohl sein müsste, wenn er es ehrlich dabei meinte.

Alice hatte zwar noch nicht viel Erfahrung im Umgang mit Männern, aber eine innere Stimme sagte ihr, dass Colin Sullivan ihr gefährlich werden konnte. Er interessierte sie einfach zu sehr, und alles an ihm gefiel ihr – selbst seine Besitz ergreifende Art. Sein Aussehen faszinierte sie, und sie duldete selbst seine Launen. Alles fand sie aufregend und liebenswert.

Sie musste an Vera Kingsleys bissige Bemerkung über ihre Vorgängerin denken. Ihr fiel dabei sofort die herausfordernde Schönheit der Rothaarigen ein, dazu nun die glutvolle Sinnlichkeit des Modells auf dem Bild – nein, da war sie wohl das krasse Gegenteil. Aber Colin hatte anscheinend Spaß daran, die gegensätzlichsten Frauentypen kennen zu lernen, sowohl als Künstler als auch als Mann.

Alice rief sich verärgert zur Vernunft, weil sie merkte, in welche

Richtung ihre Gedanken abdrifteten. Gib dich keinen falschen Hoffnungen hin, warnte sie sich im Stillen. Riskiere es nicht, verletzt zu werden.

„Entspannen Sie sich."

Alice kehrte in die Wirklichkeit zurück und sah zu Colin hinüber. Angestrengt blickte er auf seine Leinwand.

„Gehen Sie sich umziehen", befahl er, ohne aufzusehen.

Alices Miene verdüsterte sich. Warum musste er nur so grob sein? Auch wenn man Maler war, konnte man höflich sein. Mühsam beherrschte sie ihren aufsteigenden Zorn und ging in das Ankleidezimmer hinüber.

Ihre Sorgen waren offensichtlich völlig unbegründet. Niemals würde ihr dieser Mann so nahe kommen, dass er ihr gefährlich werden konnte.

Kurz darauf betrat Alice wieder in ihren eigenen Sachen das Atelier. Colin stand am Fenster, die Hände in die Jackentaschen vergraben, und starrte hinaus.

„Ich habe das Kleid in dem Zimmer hängen lassen", teilte Alice ihm kühl mit. „Ich gehe jetzt, Sie sind ja offenbar beschäftigt." Sie nahm ihre Handtasche vom Stuhl und wollte sie sich gerade mit einem Schwung über die Schulter hängen, als er sich umdrehte und ihre Hand nahm.

„Da ist wieder diese Linie zwischen Ihren Brauen, Alice." Er streckte den Zeigefinger aus, um sie nachzuzeichnen. „Machen Sie nicht so ein Gesicht, dann hole ich Ihnen auch noch etwas zu essen, ehe Sie gehen."

Aber Alice fühlte sich dadurch keineswegs geschmeichelt. „Schenken Sie sich Ihren schulmeisterlichen Ton, Mr. Sullivan. Ich bin kein hohlköpfiges kleines Ding, das man nur ein bisschen tätschelt, damit es dann lacht."

Colin sah sie gutmütig an. „Ganz richtig. Aber dann seien Sie auch nicht gleich beleidigt."

„Ich bin nicht beleidigt", wehrte Alice ab und versuchte vergeblich, sich aus seinem Griff zu befreien. „Ich reagiere nur ganz normal auf eine unpassende Bemerkung. Lassen Sie meine Hand los."

„Erst, wenn ich fertig bin", gab er gelassen zurück. „Sie sollten Ihr Temperament zügeln, Alice, Liebes. Es steht Ihnen nämlich, und ich bin nicht der Typ Mann, der dem widersteht, was ihm gefällt."

„Es ist ja wohl ziemlich klar, dass ich Ihnen nur in beruflicher Hinsicht gefalle." Alice wollte sich noch einmal losreißen, aber mit einer blitzschnellen Bewegung zog Colin sie an sich.

„Sie fordern mich ja geradezu heraus dazu, Ihnen Ihren Irrtum klar zu machen." Seine Augen leuchteten auf.

„Ich fordere Sie zu gar nichts heraus", widersprach sie.

„Oh doch." Er legte eine Hand wie selbstverständlich auf ihren Nacken. „In der Nacht, als ich Sie im Nebel fand, haben Sie den Fehdehandschuh hingeworfen. Ich denke, es ist Zeit für mich, ihn aufzuheben."

„Sie sind albern", versetzte Alice hastig. Sie merkte, dass sie sich langsam auf eine Ebene zubewegten, auf die sie um keinen Preis gelangen mochte. Als sie weitersprechen wollte, biss er sie plötzlich ganz zart in die Unterlippe.

Alice protestierte schwach, aber anstatt ihn von sich zu stoßen, hielt sie sich an ihm fest. Mit den Lippen strich er spielerisch über ihren Mund, und als er damit aufhörte, stand sie vollkommen reglos da. Ihre Blicke verfingen sich ineinander.

„Wenn ich dich jetzt wieder küsse, Alice, dann geschieht es, weil ich es gern möchte." Er legte den Arm um ihre Taille, und ihre Lippen fanden sich. Alice strebte ihm entgegen, als habe sie ihr ganzes Leben lang nur auf diesen Moment gewartet.

Selbstvergessen fuhr sie ihm durch sein dichtes Haar, und ihr Mund wurde immer nachgiebiger. Einen kurzen Augenblick lang zog er sie noch fester an sich, küsste sie mit brennender Glut, dann gab er sie plötzlich frei.

Alice erschrak über ihre eigene Schwäche. Ihre Beine wollten ihr nicht mehr gehorchen, und sie schüttelte heftig den Kopf, wie um sich von dem zu befreien, was Colin in ihr geweckt hatte. Ein tief in ihr verborgenes Gefühl drängte nach Erlösung, und sie war zugleich entsetzt und fasziniert von der Macht dieser Empfindung. Aber noch überwog ihre Furcht die Neugier. Sie spürte, die Zeit war noch nicht reif.

Endlich hatte sie die Kraft wiedergefunden, sich von Colin zu lösen, aber er presste sie erneut an sich. „Nein, Colin, ich kann nicht." Sie stemmte die Hände gegen seine Brust.

Sein Blick zeigte wieder Entschlossenheit. „Aber ich kann", murmelte er, und dann riss er sie mit einem zweiten Kuss in einen neuen Strudel der Leidenschaft.

Alice hatte nur wenig Erfahrung, und sie war gar nicht vorbereitet auf das Verlangen, das sie nun erfasste. Angst stieg mit einem Mal in ihr auf. Als Colin sich von ihr löste, atmete sie nur stoßweise, ihre Augen waren geweitet vor Leidenschaft.

„Bitte, Colin, lass mich gehen. Ich glaube, ich fürchte mich."

Alice wusste, so, wie sie sich jetzt fühlte, war sie kurz davor, sich ihm ganz und gar hinzugeben. Ängstlich vermied sie es, ihm auf den Mund zu sehen. Als er seinen Griff endlich lockerte, nutzte sie die Gelegenheit und trat hastig ein paar Schritte zurück.

Colin beobachtete sie und verschränkte die Arme über der Brust. „Ich möchte wissen, wovor du mehr Angst hast – vor mir oder vor dir selbst."

„Das frage ich mich auch", antwortete Alice impulsiv und offen wie immer.

„Du bist sehr ehrlich, Alice. Überleg dir, wie ehrlich du mir gegenüber sein willst. Ich glaube, ich bin ziemlich skrupellos, wenn ich aus einer Sache einen Vorteil ziehen kann. Sieh dich also vor."

„Nein, ich bin sicher, dass du so etwas nicht tun würdest." Alice holte tief Atem und straffte die Schultern. „Ich nehme an, auf die Dauer war das wohl unvermeidbar", begann sie nüchtern. „Es ist nun einmal geschehen, aber es sollte sich nicht wiederholen." Sie machte ein unwilliges Gesicht, weil Colin in schallendes Gelächter ausbrach. „Habe ich etwas Komisches gesagt?"

„Alice, du bist einmalig!" Ehe sie noch den Mund öffnen konnte, war er bei ihr und umfasste ihre Schultern. „Diese kühle, sachliche britische Art, mit der du dich gibst, wird sich niemals mit der irischen Leidenschaft vertragen, die in dir schlummert."

„Romantischer Unfug!" behauptete sie mit hoch erhobenem Kinn.

„Die Tür ist nun offen, Alice." Sie zuckte unwillkürlich zusammen, weil er ihren eigenen Gedanken aussprach. „Vielleicht wäre es besser für dich gewesen, wenn sie verschlossen geblieben wäre." Er schüttelte sie. „Ja, es ist nun einmal geschehen. Aber es wird wieder passieren. Die Tür fällt nicht wieder zu." Er ließ sie los, trat einen Schritt zurück, ließ sie jedoch nicht aus den Augen. „Geh jetzt, ich werde inzwischen daran denken, dass du dich fürchtest."

Alice widerstand dem Verlangen, einfach zu ihm zu gehen, und wandte sich zur Tür.

„Um neun Uhr also", rief er ihr nach.

Sie warf einen letzten Blick zurück. Er stand mitten im Raum, das Sonnenlicht fiel auf seine schlanke Gestalt. Alice hatte das Gefühl, es sei klüger, hinauszugehen und niemals zurückzukommen.

„Sei kein Feigling, Alice, ja?" neckte er sie sanft, als habe er ihre Gedanken erraten.

Sie gab sich einen Ruck und straffte sich. „Um neun Uhr", wiederholte sie kühl und zog die Tür geräuschvoll hinter sich ins Schloss.

4. KAPITEL

Die Tage vergingen, und Alice fand immer mehr Geschmack an ihrer neuen Rolle als Künstlermodell. Was Colin betraf, so tröstete sie sich damit, dass es wohl keiner Frau gelingen würde, in seiner Nähe entspannt zu bleiben. Er besaß ein wahrhaft launisches Temperament, wegen nichts konnte er in Wut geraten, aber daneben verfügte er auch über einen ausgeprägten Humor. Je besser Alice ihn kennen lernte, desto mehr faszinierte er sie.

Die Tatsache, dass sie sich so ausgiebig in Gedanken mit ihm beschäftigte, führte sie auf ihre Arbeit als Schriftstellerin zurück. Sie brauchte wahrscheinlich die Bekanntschaft eines solchen Mannes, so unvorhersehbar und vielseitig. Er war ein anregendes Element zur Ausübung ihres Berufes.

Sie redete sich beständig ein, es sei nichts zwischen ihnen, nur ein künstlerischer Austausch.

Er hatte sich ihr nicht wieder genähert, höchstens, um sie in Positur zu stellen. Der leidenschaftliche Kuss gehörte nun der Erinnerung an, solche Momente hatte es zwischen ihnen nicht wieder gegeben.

Alice saß in ihrer Wohnung an der Schreibmaschine und fand, dass sie eigentlich viel Glück hatte. Zum einen hatte sie einen Job, der sie über Wasser hielt, zum anderen war Colin so besessen von seiner Arbeit, dass ihr Seelenfrieden nicht ernsthaft gestört wurde.

Sie war ehrlich genug sich einzugestehen, dass sie ihn mehr als anziehend fand. Da war es nur gut, wenn er ganz und gar in seiner Arbeit aufging und nicht bemerkte, dass sie ein Wesen aus Fleisch und Blut war.

Schließlich ist es ja ganz normal, dass ich mich von ihm angezogen fühle, versicherte sie sich. Aber sie würde sich nicht wie ihre Vorgängerin an ihn verlieren, dazu war sie viel zu stolz. Nein, sie würde sich seinetwegen niemals zum Narren machen. Er hatte seine Kunst und Vera Kingsley, sie ihre Arbeit.

Seufzend sah sie hinunter auf das weiße, unbeschriebene Papier in ihrer Maschine.

Und doch, er war allgegenwärtig … Nein. Entschieden setzte sie sich auf ihrem Stuhl zurecht. Heute Abend würde sie das Kapitel zu Ende schreiben, ohne noch einen Gedanken an Colin Sullivan zu verschwenden.

Mit einem Mal ging ihr die Arbeit flüssig von der Hand. Sie verlor sich ganz in den Ereignissen um die von ihr erfundenen Personen. Die Liebesszene nahm sie völlig gefangen, sie ließ die Menschen darin zueinander finden, hielt ihre Geschicke fest in der Hand. Alles verlief auf dem Papier genau so, wie sie es sich vorgestellt, wie sie es geplant hatte, und nicht einen Augenblick dachte sie daran, dass sie dabei vielleicht stark von dem Mann beeinflusst wurde, an den zu denken sie sich verboten hatte.

Die Szene, an der Alice schrieb, war fast fertig, als es plötzlich an der Tür klopfte. Wer störte denn da jetzt?

„Wer ist da?" rief sie ärgerlich und hörte mitten im Satz zu tippen auf.

„Hallo, Alice, ich bin's!" Es war Jeffrey Mullans. Er steckte gleich darauf sein freundliches rotbärtiges Gesicht zur Tür herein. „Darf ich dich kurz stören?"

Jeffrey war Alices Nachbar, und sie mochte ihn gern, deshalb verflog ihr Unmut schnell, und sie lächelte ihn an. „Aber sicher, komm nur herein", lud sie ihn ein.

Er ließ sich das nicht zweimal sagen. Mit der Gitarre in der Hand und einem Kasten Bier betrat er ihr Zimmer. „Kann ich das Bier in deinem Eisschrank verstauen? Meiner ist schon wieder defekt."

„Nur zu!" Sie machte ein erstauntes Gesicht. „Du hast ja gleich deine ganzen Vorräte mitgebracht. Aber ich wusste gar nicht, dass auch eine Gitarre Kühlung braucht."

„Nein, nur das Bier", grinste Jeffrey fröhlich und marschierte in Alices winzige Küche. „Du bist die Einzige im Haus, der ich das Bier anvertrauen mag. Aber sag mal, du hältst wohl nichts vom Essen, wie? Alles, was ich hier im Kühlschrank sehe, sind zwei Möhren und etwas Saft. Komm mit zu mir, ich mache dir was Vernünftiges. Ich habe Pizza, und hinterher gibt es gefüllte Krapfen."

„Das klingt himmlisch, aber ich habe mir vorgenommen, dieses Kapitel noch heute fertig zu schreiben."

Jeffrey kraulte sich den Bart. „Du weißt nicht, was dir entgeht. Hast du übrigens Neuigkeiten aus New York?" Er ließ sich im Schneidersitz auf dem Boden nieder und nahm die Gitarre auf den Schoß.

„An der Ostküste scheint eine Verschwörung des Schweigens im Gange zu sein." Alice seufzte. „Gut, ich weiß, es ist vielleicht noch zu früh, um die Hoffnung aufzugeben, aber Geduld ist nun einmal nicht meine starke Seite."

„Du wirst es schaffen, Alice, ganz bestimmt." Während er sprach, begann er sacht über die Saiten seiner Gitarre zu streichen. Die Melodie, die sich dabei entwickelte, war einfach und einschmeichelnd. „Du hast eine ganz besondere Gabe, die Menschen, über die du schreibst, lebendig werden zu lassen. Wenn der Roman nur halb so gut ist wie dieser Artikel, den du neulich für die Zeitung geschrieben hast, dann hast du es geschafft. Darauf verwette ich einen Kasten Bier."

Alice rührte dieses ehrlich gemeinte, von Herzen kommende Kompliment, und sie lächelte. „Möchtest du dich nicht vielleicht als Lektor bei einem gewissen New Yorker Verlag bewerben? Das wäre sehr hilfreich."

„Du brauchst mich nicht, Liebes. Außerdem bin ich ein aufstrebender Liedermacher."

„Ich habe schon davon gehört."

Alice lehnte sich entspannt in ihrem Stuhl zurück. Plötzlich schoss es ihr durch den Kopf, dass Colin Jeffrey Mullans vielleicht gern malen würde. Er wäre ein ausgezeichnetes Modell mit dem leuchtend roten Haar und dem kupferfarbenen Bart, beides bot einen eigenartigen Kontrast zu seinen sanften grauen Augen. Malerisch war auch seine Haltung, wie er so dasaß und mit den schmalen Fingern liebevoll über die Saiten der Gitarre strich. Ja, so würde Colin ihn wiedergeben, genau so.

„Alice?"

„Entschuldige, ich war in Gedanken woanders. Hast du in nächster Zeit irgendwelche Konzerte?"

„Ja, ich gebe zwei in der kommenden Woche. Und was machen deine Sitzungen bei diesem Künstler?" Er stimmte kurz eine der tiefen Saiten nach und spielte dann weiter. „Ich habe ein paar seiner Bilder gesehen, sie sind ganz prima. Wie fühlt man sich, wenn man von einem anerkannten Meister auf die Leinwand gebannt wird?"

„Es ist eigenartig, Jeffrey, ich kann es nicht recht erklären ..." Sie zog die Knie an und umschlang sie mit den Armen. „Ich bin mir nie ganz sicher, ob er wirklich mich sieht, wenn er malt. Ich weiß auch nicht genau, ob ich mich erkennen werde, wenn das Bild fertig ist." Sie dachte eine Weile nach und meinte dann: „Vielleicht benutzt er nur gewisse Teile von mir für sein Bild, so wie ich bei meinen Personen auch nur gewisse Charaktereigenschaften von lebenden Vorbildern verwende."

„Was für ein Mensch ist er?" erkundigte sich Jeffrey interessiert.

Alices Blick wirkte abwesend. „Er ist faszinierend", murmelte sie, ohne zu merken, dass sie laut dachte. „Er sieht aus wie ein Pirat, markant und gefährlich. Und er hat die blauesten Augen, die ich jemals an einem Mann gesehen habe. Seine Hände sind wunderschön – anders kann man es wohl kaum nennen."

Ihre Stimme wurde noch weicher, und ihre Augen nahmen einen verträumten Ausdruck an. „Er strahlt eine Art unbekümmerter Sinnlichkeit aus, was man am meisten spürt, wenn er arbeitet. Er ist dann so in seine Kunst versunken, dass alles um ihn herum verschwindet. Er bittet mich immer, etwas zu erzählen, und dann spreche ich einfach drauflos, über alles, was mir gerade so einfällt."

Sie legte den Kopf auf die Knie. „Aber ich weiß nicht, ob er mir überhaupt zuhört. Er hat ein fürchterliches Temperament, wenn er in Zorn gerät, verfällt er in einen starken irischen Akzent. Er ist übermäßig selbstherrlich und unerträglich arrogant, dabei aber auch ungewöhnlich charmant. Jedes Mal, wenn ich ihn sehe, fällt mir etwas Neues an ihm auf, und doch habe ich den Eindruck, dass ich ihn auch nach Jahren noch nicht richtig kennen würde."

Sie verstummte, und eine Zeit lang hörte man nichts außer Jeffreys Musik.

„Du bist also ganz hingerissen von ihm", stellte Jeffrey nüchtern fest.

Alice fuhr zusammen und setzte sich kerzengerade auf. „Weshalb ... nein, natürlich nicht! Ich bin nur ... nur ..." Nur was? fragte sie sich im Stillen. Warum bist du Jeffrey gegenüber nicht ehrlich? „Ich bin nur daran interessiert herauszufinden, weshalb er so ist. Das ist alles", antwortete sie und umschlang wieder ihre Knie.

„Schon gut, Liebes, du musst es ja wissen." Jeffrey erhob sich mit einer geschmeidigen Bewegung. „Nur – nimm dich in Acht." Er beugte sich zu ihr und fasste ihr unter das Kinn. „Denk an meine Worte. Er mag ein großer Künstler sein, aber wenn man dem Klatsch Glauben schenken darf, dann ist er auch durch und durch ein Mann. Du bist ein hübsches Mädchen und erweckst den Eindruck, als habest du das wirkliche Leben noch nicht kennen gelernt. Das reizt den alten Wolf bestimmt."

„Vier Jahre College nenne ich Leben genug!" gab Alice ärgerlich zurück.

„Nur jemand sehr Naives kann es schaffen, alle meine Annäherungsversuche abzublocken und mir dennoch sympathisch zu bleiben." Jeffrey gab ihr einen zarten, brüderlichen Kuss. „Mädchen, denk doch nur, wie viel Miete wir sparen könnten, wenn wir zusammenziehen würden."

Alice zupfte spielerisch an seinem Bart. „Du hast es doch nur auf meinen Kühlschrank abgesehen."

Jeffrey machte ein verzweifeltes Gesicht und ging zur Tür. „Ich gehe jetzt zu mir und komponiere eine traurige und sehr ergreifende Ballade."

„Lieber Himmel, in letzter Zeit scheine ich andauernd irgendwelche Leute zu etwas zu inspirieren!“

„Werde nur nicht größenwahnsinnig darüber“, warnte Jeffrey sie zum Spaß und zog die Tür hinter sich ins Schloss.

Alices Lächeln erstarb, als sie wieder allein war. Hingerissen, wiederholte sie in Gedanken. Wie dumm das war. Konnte eine Frau nicht ihr Interesse an einem Mann bekunden, ohne dass gleich mehr dahinter vermutet wurde?

Sie musste an Jeffreys Kuss denken, er war leicht, beruhigend und harmlos gewesen. Wie kam es nur, dass der Kuss des einen Mannes freundlich wirkte, der eines anderen dagegen so aufregend sein konnte?

Eine kluge Frau würde bestimmt Jeffrey vorziehen, denn er war von Grund auf gut und liebenswert. Nur eine Närrin würde sich zu einem Mann hingezogen fühlen, den zu kennen unweigerlich Kummer und Probleme mit sich bringen musste.

Sie schüttelte heftig den Kopf und machte sich wieder an die Arbeit. Gerade war es ihr gelungen, die Gedanken erneut zu sammeln, als es abermals an der Tür klopfte. Alice wandte die Augen beschwörend zur Decke.

„Du kannst die traurige Ballade unmöglich in der kurzen Zeit fertig komponiert haben“, rief sie und tippte weiter auf ihrer Maschine. „Außerdem ist das Bier bestimmt noch nicht kalt.“

„Ich glaube, ich verstehe nicht ganz.“

Alice fuhr auf dem Stuhl herum – und erblickte Colin, der lässig in der offenen Tür lehnte. Unverhohlene Bewunderung sprach aus seinem Blick, während er ihren Aufzug musterte. Sie trug ein Paar knappe Shorts und ein verwaschenes, etwas eingelaufenes T-Shirt, und sie errötete zutiefst, als sie seinen Blick bemerkte.

„Was tust du denn hier?“ brachte sie schließlich mühsam hervor.

„Ich genieße die Aussicht“, gab er gut gelaunt zurück und trat ins Zimmer. Mit missbilligendem Blick schloss er die Tür. „Du bist wohl nicht gescheit, die Tür unverschlossen zu lassen!“

„Ich verliere sehr oft den Schlüssel, ein paarmal habe ich mich so schon selbst ausgesperrt, daher …“ Sie verstummte, als ihr zu Bewusstsein kam, wie albern ihre Argumente klangen. Sie schwor sich, demnächst erst nachzudenken, dann zu sprechen. „Es ist sowieso nichts Wertvolles in der Wohnung.“

Colin schüttelte den Kopf. „Da irrst du dich aber gewaltig. Wen hast du übrigens erwartet, als ich anklopfte?“

„Einen Liedermacher, dessen Kühlschrank wieder mal nicht funktioniert“, meinte sie ironisch. „Woher weißt du, wo ich wohne?“

„Deine Adresse steht auf dem Manuskript.“ Er hielt einen dicken Umschlag bedeutungsvoll hoch und legte ihn dann behutsam auf ihrem Tisch ab.

Überrascht sah Alice auf den wohl bekannten Packen Papier. Sie war der festen Überzeugung gewesen, Colin habe nicht mehr daran gedacht, seit sie ihm die Papiere ausgehändigt hatte.

Mit einem Mal war ihr auch klar, warum sie sich nie danach erkundigt hatte, wie er das Buch fände. Eine schlechte Kritik aus seinem Mund hätte sie ungleich härter getroffen als die Ablehnung durch irgendeinen Verleger, den sie gar nicht kannte. Plötzlich wurde sie nervös und sah ihn fragend an. Aber er äußerte sich nicht.

Colin wanderte ruhelos durch das Zimmer, nahm hier einen Strohblumenstrauß in die Hand, begutachtete dort einen gerahmten Schnappschuss von ihr und sah eine ganze Weile aus dem Fenster.

„Kann ich dir etwas anbieten?“ bemerkte sie endlich, um das Schweigen zu brechen.

Aber dann dachte sie daran, dass sich in ihrem Kühlschrank ja fast ausschließlich Jeffreys Sachen befanden. „Kaffee vielleicht?“ fügte sie daher schnell hinzu. Das war das Einzige, womit sie aufwarten konnte.

Colin nahm seinen Erkundungsgang wieder auf. „Du hast ein gutes Auge für Farben, Alice. Und du besitzt die beneidenswerte

Gabe, aus einem Apartment ein Heim zu machen. Für mich waren Wohnungen bisher immer seelenlos, unpersönliche Notwendigkeiten." Er nahm einen kleinen Spiegel mit einem Muschelrahmen von der Wand. „Der stammt bestimmt von Fisherman's Wharf", schloss er. „Du scheinst eine besondere Vorliebe für dieses Viertel zu haben."

„Das stimmt. Ich liebe zwar ganz San Francisco, aber diese Ecke ganz besonders." Sie lächelte. „Sie steckt so voller Leben. Es gibt dort all die vielen Boote, die dicht nebeneinander im Hafen liegen. Ich versuche mir immer vorzustellen, woher sie kommen und wohin sie wohl fahren mögen." Verlegen hielt sie inne. Das klang sehr romantisch, und sie hatte Colin doch eigentlich weismachen wollen, wie nüchtern sie sei. „Ich setze Kaffeewasser auf", wechselte sie hastig das Thema und wollte aufstehen.

„Nein, keine Umstände, bitte." Er legte Alice die Hand auf die Schulter und zwang sie, sitzen zu bleiben. Sein Blick fiel auf den überfüllten Schreibtisch. „Ich habe dich bei der Arbeit gestört, das ist unverzeihlich. Ich kann mir vorstellen, dass dir jede Ablenkung unangenehm ist."

„Du bist heute Abend schon der zweite, der mich stört." Sie begann sich an seine Anwesenheit zu gewöhnen und sah ihm lächelnd nach, als er weiter durch das Zimmer schlenderte. „Das macht aber nichts, ich war ohnehin fast fertig. Ich glaube, ich habe mich genauso unhöflich benommen wie du jedes Mal, wenn ich zu dir komme."

„Und wie unhöflich ist das?"

„Lassen wir das Thema lieber. Aber bitte, setz dich doch." Alice wies auf einen Stuhl, aber er zog es vor, sich auf ihrer Schreibtischkante niederzulassen.

„Ich habe heute Abend dein Buch zu Ende gelesen."

„Das dachte ich mir schon." Sie gab sich große Mühe, gelassen zu bleiben, aber weil er keine Anstalten machte, etwas zu sagen, wurde sie ganz unruhig.

„Bitte, Colin, spann mich nicht auf die Folter! Ich ertrage so etwas nicht! Nein, das heißt, warte", hinderte sie ihn, als er daraufhin zu sprechen beginnen wollte.

Sie stand auf und ging im Zimmer auf und ab. „Wenn es dir nicht gefallen hat, so musst du es mir ehrlich sagen. Ich werde es ertragen können. Bitte, sei ganz offen, ich will keine Schmeicheleien hören. Und tu mir bitte einen Gefallen und erzähl mir nicht, das Buch sei interessant! Das ist das Allerschlimmste, was du sagen könntest."

„Bist du fertig?" erkundigte er sich sanft.

Alice atmete tief ein und nickte. „Ja, ich glaube, das war alles, was ich sagen wollte."

„Komm her, Alice." Sie gehorchte, seine Stimme klang so herzlich, dass ihr ganz warm ums Herz wurde. Lang sah er ihr in die Augen und nahm dann ihre Hände. „Ich habe deshalb noch nichts gesagt, weil ich das Buch erst einmal zu Ende lesen wollte." Behutsam streichelte er ihren Handrücken. „Du hast meiner Meinung nach eine ganz seltene, außergewöhnliche Gabe, Alice, nämlich Talent. Es ist keins von den Talenten, die man sich auf dem College aneignen kann, sondern ein angeborenes. Auf dem College hast du vielleicht den letzten Schliff bekommen, aber der Grundstein war bereits vorhanden."

Alice stand nur stumm da. Seltsam, dass das Urteil eines Mannes, den sie erst seit einer Woche kannte, solches Gewicht für sie haben konnte! Jeffreys Kompliment hatte sie gerührt und gefreut, Colins hingegen verschlug ihr die Sprache.

„Ich weiß nicht, was ich sagen soll." Sie schüttelte hilflos den Kopf, ihr Blick wanderte zu ihrem Schreibtisch. „Manchmal möchte man am liebsten alles hinwerfen, weil man glaubt, es sei doch die ganze Anstrengung und die Sorgen nicht wert und würde es sicher auch niemals werden."

„Du hast dich freiwillig für deinen Beruf entschieden, Alice, da musst du all das in Kauf nehmen."

„Nein, ganz so war es nicht. Nicht ich habe ihn gewählt, mir kommt es immer so vor, als ob ich nur einer inneren Notwendigkeit folge.“ Sie sah ihm in die Augen. „Hast du deinen Künstlerberuf gewählt, Colin?“

Einen Moment lang erwiderte er ihren Blick, dann verneinte er. Er drehte ihre Handflächen nach oben und musterte sie scheinbar konzentriert. „Es gibt Dinge im Leben, die uns zufallen, ob wir das nun wollen oder nicht. Das ist meine Erfahrung. Glaubst du an Bestimmung, an Schicksal?“

Alice schluckte, ihr Mund war plötzlich ganz trocken. „Ja“, stieß sie kaum hörbar hervor.

„Natürlich, dessen war ich mir sicher.“ Eindringlich sah er sie an, und ihr Herz klopfte schneller. „Glaubst du, dass es unsere Bestimmung ist, uns zu lieben, Alice?“

Alice gelang es nicht, seinem Blick auszuweichen. Sie wollte antworten, aber sie brachte keinen Ton hervor. Dann schüttelte sie stumm den Kopf.

„Du bist wirklich keine besonders gute Lügnerin“, stellte er ruhig fest. Dann fasste er ihr behutsam unter das Kinn und küsste sie sachte.

Hatte Jeffrey sie eben noch freundschaftlich und liebevoll geküsst, so verursachte dieser Kuss bei Alice einen beinahe körperlich spürbaren Schmerz. Abwehrend drehte sie den Kopf zur Seite.

„Nein, nicht!“

„Warum nicht?“ fragte er weich. „Ein Kuss ist doch eine ganz harmlose Angelegenheit.“

„Nein, das ist es nicht. Er ist nicht harmlos“, protestierte Alice schwach. Sie hatte das Gefühl, dass sie dabei von seinen Augen wie magisch angezogen wurde. „Du nimmst, finde ich, dabei zu viel von mir.“

Er hauchte ihr einen Kuss auf die Wange. „Nur so viel, wie du mir geben willst, nicht mehr.“ Seine Lippen streiften die ihren, und ihr Blut begann wie im Rausch zu pulsieren. Vorsichtig streichelte er ihr Gesicht. „Du erinnerst mich an Dinge, die ich längst vergessen hatte, Alice. Wenn ich bei dir bin, ist alles so leicht, ich fühle mich in meine Kinderzeit zurückversetzt. Küss mich, ich brauche dich", murmelte er.

Sie gab nach, halb hilflos, halb verwundert, und die Leidenschaft flammte ungezügelt zwischen ihnen empor. Die Stimme des Verstandes meldete sich zwar in Alice noch zu Wort, aber sie ignorierte sie längst. Ein nie gekanntes Verlangen nach Colin überkam sie, immer drängender erwiderte sie seine Küsse, und die Furcht, die sie immer noch verspürte, schien ihr Begehren noch anzufachen.

Plötzlich gaben seine Lippen ihren Mund frei, und er begann ihren Nacken zu liebkosen. Alice erschauerte unter dieser Berührung und bog sich ihm entgegen. Als seine Hände den Weg zu ihrer Brust fanden, schmolz Alices letzter Widerstand dahin. In diesem Moment war sie bereit, ihm alles zu geben, ganz und gar eins mit ihm zu werden.

Doch mit einem Mal legte er die Hände auf ihre Schultern und schob sie mit Nachdruck von sich. Als es ihr gelang, die Augen zu öffnen, sah sie, dass er ein abweisendes Gesicht machte.

„Es scheint, als habest du Recht gehabt", begann er mit vor Verlangen heiserer Stimme. „Küsse sind nicht immer harmlos. Ich will dich, Alice, und du weißt, dass mich keine Macht der Welt von dem abbringen kann, was ich mir in den Kopf gesetzt habe." Sein Griff lockerte sich, er begann sie zu liebkosen. „Wenn das Bild fertig ist, werden wir nicht umhinkönnen, unserer Bestimmung ins Auge zu sehen." Bedeutungsvoll sah er sie an.

„Nein." Alice war zwar verwirrt und verängstigt wegen der Macht ihrer Gefühle, aber dennoch realistisch. Sie befreite sich aus seinen Armen, fuhr sich mit der Hand durch das Haar und versuchte sich zu beruhigen. „Nein, Colin, ich werde nicht die Reihe deiner Verhältnisse fortsetzen. Das passt nicht zu mir, und du solltest das eigentlich verstehen." Sie wich ein Stück vor ihm zurück, ihre ganze Haltung spiegelte nun ihren Stolz wider.

Colins Augen verengten sich, und Alice konnte sehen, wie sein Zorn sich regte. „Es könnte interessant sein, dieser Sache nachzugehen." Er machte einen Schritt auf sie zu, und mit einer schnellen

Bewegung streckte er die Hand nach ihr aus und riss sie an sich, um sie kurz, aber heftig zu küssen.

„Überlassen wir das einfach der Zeit, Liebste. Jetzt ist es spät, schon fast Mitternacht, und ich werde wieder gehen." Er zog ihre Hand an die Lippen, dann wandte er sich endgültig zum Gehen. An der Tür blieb er aber noch einmal stehen und zeigte auf den Riegel. „Sorg dafür, dass du deine Schlüssel wiederfindest", empfahl er und war gleich darauf fort.

5. KAPITEL

Eine weitere Woche ging ins Land, ohne dass es zu irgendwelchen Vertraulichkeiten zwischen Alice und Colin gekommen wäre. Nach jenem Abend, an dem er ihr das Manuskript gebracht hatte, war sie wie immer in sein Atelier gegangen, fest entschlossen, ihm die Stirn zu bieten. Es war ihr durchaus ernst damit gewesen, als sie ihm mitgeteilt hatte, sie würde nicht die Reihe seiner Liebschaften fortsetzen.

Ihr ganzes Leben lang wartete Alice schon auf eine Beziehung von Dauer und Tiefe. Ihre Ideale und ihre Aufopferung für den Beruf hatten sie für Männer unnahbar werden lassen, sodass sie kaum Erfahrungen hatte machen können.

Sie war von klein auf mit ihrem Vater allein gewesen, da die Mutter bei ihrer Geburt gestorben war, und hatte niemals aus nächster Nähe miterlebt, wie eine Beziehung zwischen Mann und Frau aussehen konnte.

Als sie noch klein war, hatte ihr Vater zwar verschiedene kurze Verhältnisse gehabt, aber keine dieser Frauen hatte in seinem Leben eine wichtige Rolle gespielt. Sie blieben allein in ihrem Haus.

Als Alice damals erkannte, dass es für ihn eigentlich nur seine Arbeit gab, hatte sie sich geschworen, eines Tages jemanden zu finden, mit dem sie alles würde teilen können. Dieser Wunsch hatte für sie nichts Romantisches gehabt, er war einfach lebensnotwendig gewesen. Solange sie den Richtigen noch nicht gefunden hatte, würde sie eben warten.

Nichts hatte ihren Entschluss ins Wanken gebracht – bis sie Colin kennen lernte. Und doch, als sie nun wieder ins Atelier ging, war sie innerlich dagegen gewappnet, ihm gegenüber vielleicht standfest bleiben zu müssen. Aber dies sollte sich als unnötig erweisen.

Colin behandelte sie kurz angebunden und unpersönlich. Selbst als er sie berührte, um sie in Positur zu stellen, geschah dies ohne jegliche Emotion. Dennoch spürte man, dass unter der Oberfläche, dem Anschein von Gelassenheit noch etwas anderes gärte – ob es nun Ärger, Aufregung oder Leidenschaft war, vermochte Alice nicht herauszufinden. Sie spürte es nur, und sie spürte ihn, seine Nähe.

Die Tage vergingen, sie sprachen nur das Nötigste miteinander. Am Ende der Woche waren Alices Nerven zum Zerreißen gespannt. Sie hätte zu gern gewusst, ob er die Spannung auch fühlte. Er schien jedoch nur seine Arbeit zu sehen.

Hell flutete das Sonnenlicht herein und wärmte Alice, aber sie spürte dennoch, wie ihre Muskeln vom Stehen allmählich steif wurden.

Colin stand an seiner Staffelei, und man vernahm nichts außer den leisen Geräuschen, die er mit dem Pinsel verursachte, wenn er mit ihm auf der Palette Farben aufnahm.

Er konnte stundenlang konzentriert arbeiten, ohne eine Sekunde auszuruhen. Alice vertrieb sich die Zeit damit, sich auszumalen, wie das fertige Bild wohl aussehen würde.

Würde es eines Tages in „The Gallery" aushängen – oder würde es ein unbeachtetes Dasein neben all den anderen Bildern, die an der Wand lehnten, fristen müssen? Ob es wohl zu einem Spitzenpreis verkauft wurde, um dann vielleicht in einem vornehmen englischen Herrenhaus zu landen?

Wie würde Colin das Bild nennen? Vielleicht „Die Frau in Weiß"? „Frau mit Veilchen"?

Alice malte sich aus, wie über das Werk diskutiert werden würde, möglicherweise im Rahmen einer Kunstvorlesung an der Universität.

Und dann, in hundert Jahren, würde es vielleicht in einer verstaubten Galerie hängen, und die Leute würden davor stehen, würden rätseln, was sie wohl für ein Mensch gewesen sein mochte oder was sie gerade gedacht hatte, während sie gemalt wurde. Diese Vorstellung behagte ihr nicht sonderlich.

Wie viel von ihrer Seele konnte Colin wohl sehen, und vor allem, wie würde er das auf der Leinwand offenbaren? Ob sie schließlich im Endergebnis genauso nackt zu sehen sein würde wie ihre Vorgängerin, das unbekleidete Modell auf der Couch?

Colin fluchte auf, und Alice kehrte aus ihren Gedanken zurück. Erstaunt sah sie, dass er aufgebracht seine Palette niederlegte.

„Du hast deine Stellung verändert." Er kam ärgerlich auf sie zu, und sie wollte sich schon bei ihm entschuldigen, aber dazu kam sie nicht. „Halt den Mund, zum Donnerwetter", schnauzte er sie an und begann sie ungeduldig wieder in die richtige Pose zu bringen. „Ich verbiete dir, so herumzuzappeln. Steh gefälligst still, wie soll ich sonst arbeiten."

Alice schluckte die Entschuldigung herunter, ihr wurde heiß vor Zorn. Mit einer ärgerlichen Bewegung entzog sie sich dem Zugriff seiner Hände.

„Sprich nicht in diesem Ton mit mir, Colin!" Sie warf den Veilchenstrauß demonstrativ auf die Fensterbank und starrte ihn empört an. „Ich habe nicht gezappelt, wie du es nennst, und wenn doch, dann nur, weil ich ein Mensch und kein Roboter bin!"

Sie warf den Kopf in den Nacken und brachte damit absichtlich ihre von ihm kunstvoll arrangierte Frisur durcheinander. „Natürlich ist es sehr schwer, einen normalen Sterblichen zu verstehen, wenn man so wichtig und gottähnlich ist wie du. Aber wir können ja nicht alle so vollkommen sein."

„Niemand hat dich um deine Meinung gefragt." Colins Stimme klang eiskalt, sie stand ganz im Gegensatz zu seinen Funken sprühenden Augen. „Alles, was ich von einem Modell verlange, ist, dass es still steht." Er packte sie bei den Schultern. „Behalte dein Temperament für dich, wenn ich arbeite! Das kann ich ja wohl verlangen."

„Dann mal doch einen Baum, der kann dir wenigstens nicht widersprechen!" versetzte Alice wütend und schickte sich an, ins Ankleidezimmer zu gehen, aber Colin hielt sie fest und drehte sie zu sich herum. Sein Gesicht glühte.

„Niemand geht einfach hier weg!"

„Ach nein?" Alice hob ihr Kinn. „Dann pass mal auf, was ich

jetzt mache!" Aber noch ehe sie zwei Schritte getan hatte, hielt er sie erneut zurück. „Lass mich gehen!" Das Blut schoss ihr zu Kopf, die angestauten Spannungen der letzten Woche machten sich bemerkbar. „Ich habe nichts mehr dazu zu sagen. Ich denke nicht daran, heute noch weiter Modell zu sitzen. Ich gehe jetzt nach Hause."

Sein Griff verstärkte sich. „Na schön, aber zwischen uns gibt es noch etwas mehr als nur Malerei und Geplauder, nicht wahr?" Er zog sie an sich.

Alice schlug das Herz bis zum Hals. Sie sah, dass er im Moment nur von Zorn beseelt war, einem Zorn, der stark genug war, jeden ihrer Proteste im Keim zu ersticken. Sie wusste, er war ein leidenschaftlicher Mann, aber eine von dunklen Motiven beherrschte Leidenschaft konnte sie beide in den Abgrund ziehen. So unternahm sie einen letzten verzweifelten Versuch, sich von ihm zu befreien, aber schon presste er seine Lippen auf ihren Mund.

Ihr Widerspruch ging unter, er hielt sie unbarmherzig umfangen. Mit Erschauern stellte Alice fest, dass sie ihm völlig ausgeliefert war. Sein Kuss wurde immer drängender, und als sie ihren Kopf beiseite drehen wollte, griff er in ihr Haar und hielt sie einfach fest. Rote Nebel stiegen hinter ihren geschlossenen Lidern auf, und zum ersten Mal in ihrem Leben hatte sie das Gefühl, ohnmächtig zu werden. Ihr Widerstand wurde immer schwächer.

Colin riss sie mit sich in einen dunklen Abgrund, in dem jeder Gedanke ausgeschlossen war. Hier gab es keine Sanftheit, Zärtlichkeit mehr, nur noch hartes, forderndes Verlangen. Alice war nicht mehr in der Lage, dagegen anzukämpfen, sie ließ sich einfach fallen. Sie wehrte sich nicht, als er ihr Kleid hochschob, ihr war, als stände ihr ganzer Körper in Flammen.

Das Klopfen an der Ateliertür hallte laut durch den Raum. Colin schien es nicht zu hören.

„Colin!" Dumpf vernahm Alice Veras Stimme. Es klopfte abermals. „Mach auf, hier ist jemand, der dich sprechen möchte."

Mit einem Fluch gab Colin Alices Lippen frei. Er ließ sie so plötzlich los, dass sie schwankte und gegen ihn fiel. Schimpfend hielt er sie fest, aber die Worte auf seinen Lippen erstarben, als er ihre angstvoll geweiteten Augen sah. Ihr Mund war geschwollen, ihr Atem kam stoßweise, während sie sich Halt suchend an ihn klammerte.

„Colin, sei nicht gemein“, beharrte Vera geduldig hinter der verschlossenen Tür. „Du musst doch jetzt wirklich fertig sein mit deiner Arbeit.“

„Ja, schon gut, zum Donnerwetter!“ rief er schroff, aber er wandte dabei den Blick nicht von Alice. Er nahm ihren Arm und führte sie in das Ankleidezimmer, wo er sie erneut zu sich drehte und ihr forschend in die Augen sah. Schweigend blickte sie ihn an, der Wunsch zu weinen war übermächtig in ihr.

Ein seltsamer Ausdruck huschte über sein Gesicht. „Zieh dich um“, forderte er sie mit ruhiger Stimme auf. Er zögerte, als wolle er noch etwas hinzufügen, dann ging er hinaus.

Als sich die Tür hinter ihm geschlossen hatte, lehnte Alice die heiße Stirn gegen die Wand und überließ sich ganz ihren Gefühlen. Erst nach einer Weile nahm sie die Stimmen aus dem Atelier wieder wahr.

Da gab es Veras hastige, nervöse Stimme und auch die von Colin, nun gänzlich ruhig und ohne das geringste Zeichen von Leidenschaft. Aber auch ein Unbekannter mischte sich in das Gespräch ein, er sprach mit unverkennbar italienischem Akzent.

Alice konzentrierte sich mehr auf die Stimmen als auf das, was gesprochen wurde. Sie drehte sich um, und als ihr Blick dabei in den Spiegel fiel, hielt sie vor Schreck den Atem an.

Ihre Wangen waren totenbleich, und die Augen zeigten einen merkwürdigen Glanz. Leidenschaft und Hingabebereitschaft lag in ihrem Blick. Sie hatte noch nie zuvor einen solchen Ausdruck in ihren Augen gesehen.

Aber nein, so leicht würde sie es ihm nicht machen. Demonstrativ verdeckte sie ihr Spiegelbild mit der flachen Hand. Auf diese Weise würde er nicht zum Ziel kommen, das wussten sie wohl beide.

In Windeseile schlüpfte sie aus ihrem Kleid, und als sie die Khakihose und die schlichte Bluse angezogen hatte, fühlte sie sich schon wesentlich besser. Sorgfältig versuchte sie auch alle Spuren der Leidenschaft aus ihrem Gesicht zu verbannen.

Die angeregte Unterhaltung aus dem Nebenzimmer nahm inzwischen ihre ganze Aufmerksamkeit gefangen, und sie begann heimlich zu lauschen.

„Das ist ja eine interessante Farbzusammenstellung, Colin! Du scheinst einen verträumten Effekt auf dem Bild erzielen zu wollen."

Veras Bemerkung verriet Alice, dass sie über ihr Bild sprachen. Das gab ihr einen leichten Stich. Während sie Rouge auf den Wangen verteilte, wuchs in ihr der Unmut: Vera durfte ihr Porträt sehen, aber sie, Alice, das Modell, nicht!

„Es wirkt beinahe sentimental. Das wird allgemeine Überraschung auslösen", fuhr Vera fort.

„Ja, sentimental ist das richtige Wort", ließ sich nun der Italiener vernehmen. Alice empfand keinerlei Skrupel mehr, die Unterredung mit anzuhören. „Aber das Farbenspiel verrät Leidenschaft, während die Linie des Gewandes eher nüchtern und sachlich ist. Ich bin verwirrt, Colin, ich verstehe nicht ganz, was Sie im Schilde führen."

„Verschiedenes." Alice hörte, dass er trocken und ironisch antwortete.

„Aha, ich kann es mir denken." Der Italiener lachte anzüglich, dann fuhr er neugierig fort. „Sie haben aber noch gar nicht mit Farbe am Gesicht angefangen, wie kommt das?"

„Nein." Colins ablehnende Haltung war deutlich spürbar, aber der Italiener schien das nicht zu bemerken.

„Das Modell interessiert mich ... Sie anscheinend auch. Sie ist wahrscheinlich sehr hübsch und jung genug, um das Kleid und die Veilchen entsprechend zur Geltung zu bringen. Aber sie muss noch etwas anderes Besonderes an sich haben."

Alice erwartete jetzt Colins Antwort, doch die kam nicht.

Der Italiener ließ sich aber nicht beirren. „Wollen Sie sie uns vorenthalten, mein Freund?“ hörte sie ihn nach einem längeren Schweigen fragen.

„Ja, Colin, wo ist Alice eigentlich?“ Erheiterung schwang in Veras Frage mit, und Alice fühlte sich herausgefordert: „Sie wird doch bestimmt furchtbar gern Vincente kennen lernen.“ Vera lachte leise auf. „Sie ist ein sehr hübsches Ding. Sag bloß nicht, sie hat das Handtuch geworfen? Das wäre ja eine Katastrophe.“

Alice fühlte sich zutiefst verärgert über Veras herablassende Bemerkung. Sie straffte sich und öffnete die Tür.

„Durchaus nicht“, mischte Alice sich in die Unterhaltung ein und schenkte den dreien ein liebenswürdiges Lächeln. „Und natürlich bin ich ganz versessen darauf, Vincente kennen zu lernen!“ Ihr Blick wanderte zu Vera, deren Gesichtsausdruck Verärgerung verriet. Sie empfand Genugtuung und sah dann zu Colin. Sein Gesicht zeigte keinerlei Ausdruck.

Dann betrachtete sie den Mann neben ihm. Er war einen guten Kopf kleiner als Colin, aber seine aufrechte Haltung täuschte auf den ersten Blick darüber hinweg. Auch er hatte wie Colin pechschwarzes Haar, aber seines war glatt und sorgsam gekämmt. Seine Augen waren dunkelbraun, das gebräunte Gesicht hatte weiche, ansprechende Züge, und wenn er lächelte, wirkte er zwar auf Alice nicht unwiderstehlich, aber freundlich und zuvorkommend.

„Ah, bella!“ Er zeigte seine Begeisterung ohne Umschweife. Unternehmungslustig ging er zu Alice hinüber und nahm ihre beiden Hände in seine. „Bellissima! Es stimmt, sie ist tatsächlich vollkommen! Wo haben Sie sie entdeckt, Colin?“ Sein Blick glitt bei seinen Worten bewundernd über ihr Gesicht. „Ich werde mich dort niederlassen und warten, bis mir auch ein solches Mädchen über den Weg läuft! Verraten Sie mir nur den Platz.“

Alice lachte herzlich darüber, dass er so unverhohlen mit ihr flirtete. „Im Nebel“, vertraute sie ihm an, weil Colin schwieg. „Ich habe ihn für einen Handtaschendieb gehalten.“

„Ach, mein Engel, er ist noch etwas viel Schlimmeres als das!“

Lauthals lachend wandte Vincente sich Colin zu, ohne Alices Hand dabei loszulassen. „Er ist ein rabenschwarzer irischer Hund, dessen Bilder ich nur kaufe, weil ich nichts Besseres mit meinem Geld anzufangen weiß."

Colin fühlte sich offensichtlich nicht ganz einverstanden mit dem, was Vincente sagte. Er machte sich aber daran, die beiden einander vorzustellen. „Alice St. John, Vincente Clemenza, Herzog von Maracanti."

Alice bekam große Augen bei dieser Information. Männer wie er verkehrten nicht gerade in ihren Kreisen.

„Wie ich sehe, habe ich Sie mit meinem Titel beeindruckt", lachte Vincente und entblößte die schneeweißen Zähne. „Das schmeichelt mir natürlich." Mit vollendeter Galanterie zog er Alices rechte Hand an die Lippen. „Ich bin entzückt, Signorina. Wollen Sie meine Frau werden?"

„Ich hatte schon immer das Gefühl, zu etwas Höherem geboren zu sein. Bestimmt würde ich eine außergewöhnlich gute Herzogin abgeben. Soll ich einen Hofknicks machen?" scherzte Alice und lächelte ihm zu. „Ich weiß nur nicht, wie so etwas aussieht."

„Normalerweise verlangt Vincente, dass man vor ihm niederkniet und seinen Ring küsst." Colins Stimme klang beißend, und Alice sah überrascht zu ihm hinüber. Sein Blick war undurchdringlich, aber er starrte sie unablässig an. Herausfordernd hob sie das Kinn. Sie wollte den Kampf mit ihm wohl aufnehmen.

„Sie übertreiben, mein Bester." Vincente ließ Alices Hände los und klopfte Colin auf die Schulter. „Ich beneide Sie. Ich muss das Vorkaufsrecht für dieses Bild bekommen."

„Das ist schon vergeben", erwiderte Colin und fuhr fort, Alice anzustarren.

„So." Vincente hob selbstsicher die Schultern. „Ich werde meinen Konkurrenten überbieten müssen." Man hörte seiner Stimme an, dass er gewöhnt war, genau das zu bekommen, was er wollte. Als Alice dies bewusst wurde, fragte sie sich, wieso er und Colin dann trotzdem gut miteinander zurechtkamen.

„Vincente wollte gern Janine sehen", mischte sich nun Vera ein und ging auf einen Stapel Bilder zu.

„Wenn Sie mich dann bitte entschuldigen wollen?" wollte Alice sich verabschieden, aber Vincente griff erneut nach ihrer Hand.

„Nein, Madonna, bleiben Sie! Lassen Sie uns gemeinsam das Werk des Meisters bewundern." Ohne ihre Antwort abzuwarten, zog er sie mit sich durch den Raum.

Vera nahm eins der Bilder auf und stellte es auf eine Staffelei. Es war der liegende Akt, das Porträt der unbekleideten jungen Frau. Alice sah, wie Vera lächelte.

„Das ist Alices Vorgängerin", verkündete sie und stellte sich dabei neben Colin. Alice spürte das Besitzergreifende dieser Geste. Ohne Colin anzusehen, wandte Vera dann ihre Aufmerksamkeit wieder dem Bild zu.

„Ein wundervolles Geschöpf", murmelte Vincente. „Man kann sagen, eine Frau ohne Tabus. Eine Aura anziehender Boshaftigkeit umgibt sie." Er lächelte Alice zu. „Was meinen Sie?"

„Das Bild ist herrlich", erwiderte Alice spontan. „Der Anblick dieser Frau bewirkt, dass ich mich unbehaglich fühle, und doch beneide ich sie um ihre selbstverständliche Sinnlichkeit. Ich glaube, sie wird die meisten Männer einschüchtern – und es genießen."

„Ihr Modell verfügt über eine ausgezeichnete Menschenkenntnis!" Vincente streichelte Alices Hand. „Ja, ich kaufe es. Und das Bild von Faylor, das Vera mir eben zeigte. Er hat Talent. Nun zu Ihnen, Madonna ..." Er sah Alice weich und voller Bewunderung an. „Würden Sie heute Abend mit mir essen gehen? Das Leben ist eintönig, wenn man keine schöne Frau zur Seite hat."

Alice erwiderte sein Lächeln, aber ehe sie noch etwas antworten konnte, legte Colin ihr Besitz ergreifend die Hand auf die Schulter.

„Die Bilder gehören Ihnen, Vincente. Mein Modell natürlich nicht."

„Aha!" meinte Vincente bedeutungsvoll. Während Alices Augen vor Zorn schon ganz schmal wurden, nahm Colin behutsam das Bild von der Staffelei.

„Lass dieses hier und den Faylor für Vincente einpacken", bat er Vera. „Ich komme gleich nach, dann sprechen wir wegen des Preises."

Vera stürzte wortlos aus dem Atelier, und Vincente sah ihr nachdenklich nach. Dann wandte er sich an Alice.

„Arrivederci, Alice St. John." Mit einem Seufzer des Bedauerns küsste er ihr die Hand. „Es sieht so aus, als müsse ich meinen eigenen Wunschtraum doch noch im Nebel suchen gehen. Für diese Enttäuschung erwarte ich aber einen Sonderpreis, mein Lieber!" Er warf Colin einen freundschaftlichen Blick zu. „Wenn Sie jemals nach Italien kommen, Madonna ..." Er lächelte Alice noch einmal an, dann verließ er das Atelier.

Kaum hatte sich die Tür hinter Vincente geschlossen, da wandte sich Alice voller Ärger Colin zu. „Wie konntest du es wagen ...", herrschte sie ihn an. Ihre Wangen waren gerötet. „Wie konntest du eine derartig zweideutige Bemerkung machen!"

„Ich habe Vincente doch nur gesagt, er könne die Bilder haben, aber nicht mein momentanes Modell", gab Colin ungerührt zurück. Er war zur Staffelei hinübergegangen und beschäftigte sich dort damit, Alices Porträt zu verhängen. „Jede etwaige Zweideutigkeit ist reiner Zufall und nicht beabsichtigt gewesen."

„Oh nein!" Alice folgte ihm empört. „Das war kein Zufall. Du weißt ganz genau, was du tust. Eine solche Einmischung in meine Angelegenheiten werde ich nicht dulden, Colin." Sie tippte ihm gegen die Brust. „Es ist ganz allein meine Sache, mit wem ich mich verabrede, dich geht das gar nichts an."

Colin vergrub die Hände in den Hosentaschen und sah sie eine Weile schweigend an. Dann sprach er mit vollkommen ruhiger Stimme. „Du bist noch sehr jung und bemerkenswert unerfahren. Vincente ist ein guter alter Freund von mir. Er ist ein regelrechter Schürzenjäger, wenn ich diesen altmodischen Ausdruck verwenden darf. Er hat keinerlei Skrupel in Bezug auf Frauen."

„Aber hast du welche?" Fassungslos schaute Alice Colin an.

Der betrachtete sie eine Weile schweigend. Man sah, dass ihm eine Bemerkung auf der Zunge lag, die er aber wohl lieber für sich behalten wollte. Endlich entspannte er sich und nickte.

„Eins zu null für dich, Alice", sagte er sanft. „Das hat gesessen." Er ließ die Hände in den Taschen, während er weitersprach. „Komm bitte erst am Donnerstag wieder. Ich brauche ein bis zwei Tage für mich." Damit wandte er sich ab und verließ das Atelier.

Alice blieb dort allein zurück. Sicher, vielleicht hatte sie einen Punkt errungen, aber das war kein süßer Sieg. Sie fühlte sich völlig ausgelaugt, sowohl körperlich als auch geistig. Verstört ging sie ins Ankleidezimmer zurück, um von dort ihre Handtasche zu holen.

„Ach, was für ein Glück, ich erwische Sie noch." Vera kam ins Atelier geeilt. „Ich dachte, wir könnten vielleicht ein wenig plaudern." Sie lächelte Alice gewinnend zu und lehnte sich gegen die Tür. Ihre Stimme hatte einen flötenden Ton. „Unter vier Augen, sozusagen."

Alice seufzte matt auf. „Nicht jetzt", wehrte sie ab und hängte sich die Tasche über die Schulter. „Es war anstrengend genug heute."

„Ich werde mich kurz fassen, dann können Sie gehen." Veras Stimme klang durchaus liebenswürdig, aber Alice hörte den feindseligen Unterton heraus.

Es ist bestimmt besser, wenn ich mich nicht auf einen Streit mit ihr einlasse, beschloss sie. Am besten hörte ich mir alles an, sage zu allem Ja und Amen und gehe dann fort. Das wird das Vernünftigste sein.

Alice zwang sich also zu einem unverfänglichen Lächeln. „Gut, also fangen Sie an."

Vera sah sie flüchtig an. „Ich fürchte, ich habe mich nicht ganz klar ausgedrückt – was mich und Colin betrifft." Alice unterdrückte ihren aufsteigenden Ärger über Veras belehrende, schulmeisterliche Art und nickte höflich.

„Colin und ich sind seit ziemlich langer Zeit zusammen. Wir

brauchen einander. Natürlich hat er im Laufe der Jahre hier und dort seine Flirts gehabt, aber die sind für mich relativ gut überschaubar. In vielen Fällen sind diese Affären auch einfach nur von der Presse hochgespielt worden."

Sie hob gleichmütig die Schultern. „Colins romantische Abenteuer tragen dazu bei, sein Image als Künstler zu pflegen. Das fördert seinen Erfolg. Ich mache die Sachen mit, wenn sie seiner Karriere nützlich sind. Ich verstehe ihn." Vera begann das Atelier zu durchwandern.

„Ich fürchte, ich verstehe nicht ganz, weshalb Sie mir das alles erzählen", hob Alice an. Das Letzte, was sie im Moment zu hören wünschte, war, wie erfahren Colin im Umgang mit Frauen sei.

„Ich dachte, wir beide verstehen uns gleich." Vera blieb stehen und sah Alice kalt an. „Solange Colin mit Ihrem Bild beschäftigt ist, muss ich Sie wohl oder übel dulden. Ich weiß am besten, dass man ihm bei seiner Arbeit nicht dreinreden darf. Aber wenn Sie mir in die Quere kommen ..." Sie steckte den Zeigefinger hinter den Riemen von Alices Handtasche und fuhr fort. „Ich weiß Mittel und Wege, Menschen zu entfernen, die mir im Wege stehen."

„Das glaube ich Ihnen aufs Wort", erwiderte Alice gleichmütig. „Ich fürchte nur, so leicht lasse ich mich nicht abschieben." Sie stieß Veras Finger von ihrer Tasche. „Ihre Beziehung zu Colin ist Ihre eigene Sache. Ich habe keinerlei Absichten, mich da einzumischen. Nicht etwa", fügte sie hinzu, weil Vera siegessicher zu lächeln begann, „weil mich Ihre Drohung einschüchtert. Sie machen mir keine Angst, Vera! Im Gegenteil, Sie tun mir sogar Leid." Alice hörte, wie Vera scharf einatmete, und fuhr ruhig fort: „Dass Sie kein Vertrauen zu Colin haben können, tut mir für Sie aufrichtig Leid. Aber seien Sie unbesorgt. Ich bedeute keine Gefahr für Sie. Selbst ein Blinder kann erkennen, dass er nur an dem interessiert ist, was sich auf seine Leinwand malen lässt." Sie streckte die Hand aus und wies auf das verhängte Bild. „Ich interessiere ihn als Gegenstand, nicht als Mensch." Ein kurzer Schmerz durchfuhr sie, als sie erkannte, was sie da sagte. Mit beinahe verzweifelter Hast sprach sie weiter. „Ich komme Ihnen nicht in die Quere, weil ich Colin nicht liebe und das auch in Zukunft nicht vorhabe zu tun."

Damit machte sie auf dem Absatz kehrt und stürzte aus dem Zimmer. Nachdem sie draußen ein paarmal tief Luft geholt hatte, wusste sie plötzlich, dass sie gelogen hatte.

6. KAPITEL

Die nächsten zwei Tage vergrub Alice sich in ihre Arbeit. Sie war entschlossen, auf jeden Fall ihren Seelenfrieden wiederzuerlangen und ihre Gefühle zur Ruhe kommen zu lassen. Dazu war es nötig, Colin nicht zu begegnen.

Aber es genügte nicht allein, ihn einfach nicht mehr täglich zu sehen, sie musste ihn auch für diese Zeit vollkommen aus ihren Gedanken verbannen – genauso wie die Erkenntnis, zu der sie nach dem Gespräch mit Vera gelangt war. Nein, sie durfte weder daran denken, dass sie in ihn verliebt war, noch an all die Probleme, die dadurch entstanden. Zwei Tage lang würde sie so tun, als habe es ihn niemals gegeben.

Alice schrieb wie eine Besessene an ihrem Roman. All ihre Ängste, ihr Schmerz und ihre Leidenschaft fanden dort ihren Ausdruck.

Sie arbeitete bis tief in die Nacht, so lange, bis sie keine Angst mehr zu haben brauchte, quälende Träume würden sie heimsuchen. Fand sie endlich Schlaf, dann schlief sie tief und fest, völlig erschöpft von der vielen Arbeit. Das Essen vernachlässigte sie ganz.

Am zweiten Tag fing es zu regnen an, aber Alice nahm es gar nicht wahr, dass die Menschen unten auf der Straße ihre Regenschirme aufspannten.

Sie war so vertieft in ihr Manuskript, dass sie leise aufschrie, als ihr jemand die Hand auf die Schulter legte.

„Oh Alice, es tut mir Leid", entschuldigte Jeffrey sich schmunzelnd. „Ich habe zweimal angeklopft und dich gerufen, aber du warst völlig abwesend."

Alice presste die Hand gegen ihr Herz, als könne sie so das heftige Klopfen beruhigen. Sie atmete erleichtert auf.

„Schon in Ordnung. Manchmal tut es ganz gut, erschreckt zu werden, das hält den Kreislauf in Schwung. Ist wieder etwas mit deinem Kühlschrank?"

Jeffrey zog eine Grimasse und tippte ihr gegen die Nasenspitze.

„Dass mein Herz mich zu dir treibt, darauf kommst du wohl gar nicht, wie? Ich bin sehr sensibel, frag meine Mutter."

Alice lächelte und lehnte sich für eine kleine Plauderei in ihrem Stuhl zurück.

„Ich gebe heute Abend ein kleines Konzert in dem Lokal um die Ecke. Komm doch einfach mit."

„Ach, Jeffrey, ich würde ja gern, aber …" Sie wies erklärend auf den Stapel Papier auf ihrem Schreibtisch, aber Jeffrey machte eine abwehrende Handbewegung.

„Seit zwei Tagen sitzt du nun ununterbrochen an der Schreibmaschine. Leugne es nicht! Wann warst du zuletzt an der frischen Luft?"

Alice winkte gleichmütig ab und blätterte gedankenverloren in ihrem Lexikon. „Ich muss ab morgen wieder ins Atelier, und da …"

„Ein Grund mehr, heute Abend mal eine Pause einzulegen. Das ist meine Meinung. Du machst dich fertig, Liebes, entspann dich doch einmal." Jeffrey beobachtete sie nachdenklich. „Ein freundliches Gesicht im Publikum könnte mir nicht schaden, weißt du. Als aufstrebender Jungkünstler ist man nämlich noch ziemlich unsicher." Er grinste.

Alice gab seufzend nach und lächelte. „Nun gut, aber ich kann nicht lange bleiben."

„Ich spiele von acht bis elf", erklärte er und fuhr ihr zärtlich durch das Haar. „Dann kannst du noch vor Mitternacht im Bett sein."

„Gut, ich komme also um acht." Alice sah auf ihre Uhr, machte ein überraschtes Gesicht und klopfte mit dem Finger auf das Zifferblatt. „Wie spät ist es? Meine Uhr ist um Viertel nach zwei stehen geblieben."

„Mittags oder nachts?" erkundigte Jeffrey sich trocken. Er schüttelte missbilligend den Kopf. „Es ist schon nach sieben." Mit argwöhnischem Blick fuhr er fort: „Hast du überhaupt schon etwas gegessen?"

Alice dachte an den Apfel, den sie gegen Mittag verspeist hatte. „Nein, nichts Richtiges."

Jeffrey sprang besorgt auf. „Das geht doch nicht, Alice. Komm, wir gehen schnell einen Hamburger essen."

Alice strich sich das Haar aus dem Gesicht, vergnügt meinte sie: „So eine großzügige Einladung habe ich ja schon lange nicht mehr bekommen!"

„Dann hol dir schnell deinen Regenmantel", empfahl Jeffrey. „Falls du es nicht bemerkt haben solltest – es regnet."

Alice sah aus dem Fenster. „Tatsächlich!" Sie schlüpfte in ihre gelbe Öljacke und eilte Jeffrey nach. „Kann ich wohl einen Cheeseburger haben?"

„Ansprüche stellen die Frauen heutzutage!" Kopfschüttelnd zog er die Tür hinter sich ins Schloss.

Der Regen störte Alice nicht, im Gegenteil, sie fand ihn erfrischend und belebend. Der Cheeseburger, den sie dann bestellte und mit Genuss verzehrte, kam ihr wie ein Festmahl vor nach den kargen Mahlzeiten der vergangenen zwei Tage. In dem überfüllten verrauchten Lokal hatte sie das Gefühl, nach der Einsamkeit der letzten beiden Tage wieder aufzuleben.

Später saß sie in dem Lokal, in dem Jeffrey engagiert war, trank einen heißen Kaffee und lauschte seiner weichen, einschmeichelnden Musik.

Ganz plötzlich, es war schon ziemlich spät, kam es ihr mit einem Mal zu Bewusstsein, dass sie dabei war, ihren Schwur zu brechen. Ganz deutlich sah sie Colin vor sich, er hatte sich in ihre Gedanken geschlichen, ohne dass sie es gemerkt hatte.

Aber nun sah sie ein, dass es keinen Zweck mehr hatte, ihn zu verdrängen, sie ergab sich in das Unvermeidliche. Es ging nicht anders, sie musste einfach ständig an ihn denken.

Colin Sullivan war ein ausgezeichneter Maler. Er war selbstsicher, er hatte Charme, Humor und Gefühl. Er war aber auch selbstherrlich und arrogant und ging völlig in seiner Arbeit auf. Er war gedankenlos und despotisch, fast gewalttätig.

Und sie liebte ihn.

Alice seufzte und schüttelte über sich selbst den Kopf. Sie war eine Närrin, eine hoffnungslos romantische Närrin. Obwohl sie die Falle erkannte, stolperte sie dennoch hinein.

Sie wusste genau, dass er eine Geliebte hatte und dass er sie, Alice, nur als Mittel zum Zweck für sein Gemälde betrachtete. Sie wusste auch, dass er sie, wenn sie sich ihm hingab, lieben würde, ohne mit dem Herzen dabei zu sein. Und sie wusste, dass es unzählige Frauen in seinem Leben gegeben hatte, von denen keine im Stande gewesen war, ihn zu halten.

Nein, nicht einmal Vera hat dies geschafft, grübelte Alice. Sie ist nur eine von den Frauen, die sein Leben ganz am Rande berühren. Colin ließ sich von keiner Frau umgarnen, und Alice wusste all das. Sie selbst aber suchte eine feste, dauerhafte Beziehung zu einem Mann – und verliebte sich ausgerechnet in ihn. Wie konnte so etwas nur passieren!

Es war absolut unvernünftig. Er würde sie zerstören. Was tat sie da eigentlich?

Alice nahm einen Schluck Kaffee und vergaß ihre Umgebung völlig. Sie würde aushalten müssen, bis das Bild zu Ende gemalt war. Wie sollte sie diese Zeit bloß durchstehen? Es war unmöglich, sich Tag für Tag im Atelier zu sehen, ohne miteinander zu sprechen. Sie war kein Mensch, der es aushielt, längere Zeit mit jemandem eine Fehde zu führen. Wie sollte sie aber dann mit der Situation fertig werden?

Sie stützte die Ellbogen auf die Tischplatte und starrte vor sich hin. Eine Auseinandersetzung mit Colin war zu gefährlich, weil sie dabei vielleicht verriet, was sie für ihn empfand. Sie wusste nicht, inwieweit er sie sowieso schon durchschaute. Aber auf keinen Fall würde sie sich so tief erniedrigen und ihn mit der Offenbarung in Verlegenheit bringen, dass sie sich in ihn verliebt hatte.

Sie musste sich nur ganz natürlich und unbefangen benehmen, die Positur halten, etwas erzählen, wenn er sie darum bat, und ganz einfach freundlich sein. Die Arbeit schien ihm ja gut von der Hand zu gehen, in ein paar Wochen musste das Bild fertig sein. So lange würde sie das wohl durchhalten können. Und dann …

Ihre Gedanken verloren sich. Ja, was würde dann sein? Dann würde sie die Scherben aufsammeln. Ihre Augen nahmen einen traurigen Ausdruck an. Die Welt würde sich weiter drehen, wenn das Bild eines Tages fertig war und Colin aus ihrem Leben verschwand. Was für eine winzige, unbedeutende Sache doch das Glück des Einzelnen war! Nur ein lächerlich kleiner Teil eines großen Ganzen.

Seufzend schüttelte Alice diese unerfreulichen Gedanken von sich ab und überließ sich Jeffreys beruhigender Musik.

Alice stand vor der Ateliertür und suchte in ihrer Handtasche nach dem Schlüssel, den Colin ihr überlassen hatte. Sie schimpfte halblaut vor sich hin und brachte beim Suchen ein Notizbuch, drei Kugelschreiber und ein verklebtes Bonbon zum Vorschein.

„Wie kommt denn das hierhin?“ murmelte sie. Plötzlich öffnete Colin von innen die Tür. Alice sah überrascht auf. „Oh, guten Morgen!“

Colin erwiderte ihren Gruß, dann betrachtete er interessiert ihre Hand, in der sie all den Krimskrams hielt. „Suchst du etwas Bestimmtes?“

Verlegen packte Alice alles wieder ein. „Nein, ich … ach, nichts. Ich wusste nicht, dass du schon hier bist. Es ist ja eigentlich noch zu früh.“

„Es scheint ein Glück zu sein, dass ich hier bin. Hast du deinen Schlüssel etwa verloren, Alice?“ Er lächelte, und Alice kam sich ziemlich töricht vor.

„Nein, ich habe ihn nicht verloren“, sagte sie bestimmt. Um sich zu rechtfertigen, fügte sie hinzu: „Ich kann ihn nur momentan nicht finden.“

Damit ging sie an ihm vorbei hinein ins Atelier. Aus Versehen streifte sie ihn flüchtig, und sofort begann ihr Puls zu jagen. So einfach wird es wohl doch nicht werden, fand sie.

„Ich ziehe mich schnell um“, teilte sie ihm kurz mit und eilte geradewegs ins Ankleidezimmer.

Als sie zurückkam, widmete Colin ihr kaum einen Blick. Eine Welle der Erleichterung durchflutete sie. Also gab es wohl doch keinen Grund zur Beunruhigung.

„Ich werde heute am Gesicht arbeiten“, eröffnete er ihr knapp, während er dabei war, ein paar Farben auf der Palette zusammenzumischen.

Seine Sachlichkeit bestätigte Alice erneut, dass sein Herz ihr nicht gehörte. Der Schmerz, den sie bei dieser Erkenntnis verspürte, ließ sich nur mit Mühe unterdrücken.

Bereitwillig ließ sie sich gleich darauf von ihm in Positur stellen, sie wollte ihm nämlich auf keinen Fall einen Anlass geben, sich aufzuregen. Aber als er ihr Kinn berührte, erstarrte sie und wich zurück.

In Colins Augen flackerte es auf. „Ich muss die Konturen deines Gesichtes fühlen.“ Er begann ihren Kopf sanft zur Seite zu drehen, seine Berührung war kaum spürbar. „Es genügt nicht, sie einfach nur mit den Augen zu sehen. Verstehst du das?“

Alice nickte beschämt. Colin versuchte erneut ihre Haltung zu korrigieren, behutsam, nur mit den Fingerspitzen, und sie zwang sich, ruhig zu bleiben, wenn das auch alles andere als leicht war.

„Entspann dich, Alice, du musst ganz locker sein.“ Seine Geduld mit ihr überraschte sie so, dass sie automatisch gehorchte. Zufrieden vor sich hin murmelnd, strich er ihr dann über das Gesicht.

Alice durchlitt süße Qualen. Seine Berührung war so sanft, obwohl er völlig konzentriert aussah. Ob er wohl spürte, wie ihr die Hitze in die Wangen stieg?

Behutsam zeichnete er mit dem Finger die Umrisse ihres Gesichtes nach, und Alice bemühte sich, gleichmäßig zu atmen. Sie wollte sich einreden, dies alles, dieses Beisammensein sei genauso unpersönlich wie ein Arztbesuch, aber als er seine Hand an ihre Wange legte, sah sie mit bebenden Lidern zu ihm auf.

„Halt still", ordnete er brüsk an und ging zurück zu seiner Staffelei. „Sieh mich an!" Er nahm seinen Pinsel wieder auf.

Alice gehorchte und versuchte ihre Gedanken in andere Bahnen zu lenken. Aber sobald sich ihre Blicke trafen, musste sie einsehen, dass dies unmöglich war. Sie konnte unmöglich in seiner Nähe und sich seiner nicht bewusst sein, sie konnte ihn nicht ansehen, ohne ihn nicht auch wahrzunehmen. Sie konnte ihn ebenso wenig aus ihrem Kopf wie aus ihrem Herzen verbannen.

War es denn wirklich so schlimm, sich für kurze Zeit in Träumereien zu verlieren? War es denn wirklich so falsch, wenigstens für kurze Zeit im Beisammensein mit ihm Glück zu finden?

Der Kummer würde ohnehin noch früh genug kommen. Konnte sie es da nicht einfach genießen, bei ihm zu sein, und den Preis dafür hinterher bezahlen, wenn er fort war? Es schien so einfach.

Alice beobachtete ihn bei der Arbeit und prägte sich jede Einzelheit von ihm ein. Eines Tages, das wusste sie genau, würde sie auf diese Erinnerungen angewiesen sein.

Sie nahm den Anblick seines dichten schwarzen Haars, das sich über dem Kragen kräuselte, fest in sich auf. Die Augenbrauen, die Augen, alles zog sie unwiderstehlich an.

Wieder und wieder hob er den Blick, während er sie malte, und der ungezügelte Arbeitseifer, dem er sich überlassen hatte, ließ seine Augen noch blauer wirken als sonst.

Seine Hände konnte sie zwar nicht sehen, aber sie wusste ohnehin genau, wie sie aussahen – schlank, sehnig und wunderschön. Noch immer konnte sie sie auf ihrem Gesicht spüren, wie sie dort etwas entdeckten, was sie, Alice, vielleicht niemals sehen würde, wie sie verstanden, was ihr unmöglich war zu verstehen.

Es war nicht schwer zu begreifen, dass sie sich Hals über Kopf in ihn verliebt hatte. Colin war ein Mann, der all das besaß, was Alice sich erträumte.

So arbeiteten sie stundenlang, und Colin ließ nur wenige kurze Pausen zu, in denen Alice sich einmal strecken und entspannen konnte. Dann drängte er bereits wieder voller Ungeduld zum Weiterarbeiten.

Alice spürte seine Aufregung und wusste, dass er dabei war, etwas Außergewöhnliches zu schaffen. Das ganze Atelier war von dieser seltsamen Stimmung erfüllt, mit jedem Atemzug konnte man das fühlen.

„Die Augen", murmelte Colin und legte die Palette nieder. Dann kam er zu ihr herüber. „Komm etwas näher heran." Er zog sie ganz dicht vor die Staffelei. „Die Augen sind die Seele eines Gemäldes." Er nahm sie bei den Schultern, sein Gesicht war nur wenige Zentimeter von ihrem entfernt.

Der Geruch von Öl und Terpentin stieg Alice in die Nase, und ihr kam der Gedanke, dass sie diesen Duft in Zukunft nicht mehr wahrnehmen könnte, ohne dabei gleichzeitig an Colin denken zu müssen.

„Sieh mir einmal in die Augen, Alice, geradewegs in die Augen, bitte."

Sie folgte seiner Aufforderung, obwohl ihr dabei schwindlig wurde. Sein Blick durchdrang den ihren – wie es Alice schien, bis in unbekannte Tiefen. Im Spiegel seiner Augen entdeckte sie sich selbst.

Sie war eine Gefangene. Seine Gefangene. Unbewusst öffnete sie die Lippen, um die letzte kleine Distanz zwischen sich und Colin zu beseitigen. Eine eigentümliche vibrierende Spannung baute sich auf, aber noch ehe sie sich entladen konnte, wandte Colin sich abrupt ab.

Alices Worte kamen, ohne dass sie es eigentlich wollte. „Was hast du gesehen?"

„Geheimnisse", murmelte Colin. „Träume. Nein, sieh nicht weg, Alice. Ich brauche deine Träume."

Hilflos sah sie ihn an. Es war längst zu spät, um ihm noch zu widerstehen. Colin legte vorsichtig den Pinsel beiseite, sah eine Weile kritisch auf die Leinwand, dann ging er lächelnd zu Alice zurück.

„Es ist gelungen. Du hast mir genau das gegeben, was ich suchte.“

Etwas in Alice schlug leise Alarm. „Ist das Bild endgültig fertig?“

„Nein, noch nicht ganz, aber bald.“ Er zog ihre Hände an die Lippen und küsste sie.

„Bald also“, wiederholte sie erschauernd. Blitzschnell schob sie die unangenehmen Gedanken beiseite, die sich sofort aufdrängten. „Dann geht es wohl gut voran?“

„Ja, sehr gut sogar.“

„Darf ich es mir immer noch nicht ansehen? Stell dich doch nicht so an.“

„Ich bin sehr abergläubisch.“ Sacht drückte er ihre Hände. „Du kannst mich ruhig auslachen, aber es ist so. Das habe ich bisher immer mit meinen Bildern so gehalten.“

„Vera durfte es sehen.“ Ohne dass sie es beabsichtigt hatte, schwang Bitterkeit in ihrer Stimme mit.

„Vera ist eine Künstlerin“, erklärte Colin. Zärtlich strich er ihr über die Wange. „Sie ist kein Modell. Das ist ja auch ein kleiner Unterschied.“

Seufzend fand Alice sich damit ab und wanderte im Atelier auf und ab. „Du hast sie doch bestimmt auch schon dann und wann einmal gemalt“, bemerkte sie. „Sie ist so … so voller Leben und so apart.“

„Sie kann nicht fünf Minuten lang in Positur bleiben“, versetzte Colin und machte sich daran, die Pinsel zu reinigen.

Alice lehnte sich lächelnd gegen die Fensterbank. „Hattest du es eigentlich schwer mit deinen Meerlandschaften? Oder hast du die Wolken und das Wasser einfach gezwungen, still zu halten? Dir würde ich das durchaus zutrauen.“ Sie streckte sich und fuhr sich mit den Händen genüsslich durch das Haar, das im Sonnenlicht wieder in allen möglichen Schattierungen schimmerte.

Aufmerksam drehte sie sich dann zu Colin um. Er stand schweigend da und beobachtete sie, seine Arme hingen reglos herab. Irgendetwas zog sie zu ihm hin, aber Alice widerstand diesem Gefühl und ging stattdessen wieder ruhelos im Zimmer auf und ab.

„Das erste Bild, das ich von dir sah, war eine irische Landschaft." Alice wandte ihm den Rücken zu und versuchte einen sachlichen, plaudernden Ton beizubehalten. „Es war ein kleines, wunderschönes Gemälde von einer Landschaft im Abendlicht. Ich mochte es sehr, weil es mir half, mir meine Mutter vorstellen zu können. Ist das nicht eigenartig?" Sie drehte sich zu ihm um. „Ich hatte zwar einige Bilder von ihr gesehen, aber dieses Gemälde ließ sie lebendig werden." Ihre Stimme war weicher geworden, plötzlich lächelte sie. „Leben deine Eltern noch, Colin?"

Er sah sie eine Weile unverwandt an. „Ja." Dann widmete er sich wieder seinen Pinseln. „Sie leben glücklich und zufrieden in Irland."

„Sie werden dich bestimmt vermissen."

„Vielleicht. Aber sie haben noch sechs andere Kinder, vermutlich bleibt ihnen da keine Zeit, sich meinetwegen einsam zu fühlen."

„Sechs!" rief Alice verwundert aus. So viele Geschwister hätte sie auch gern gehabt. „Deine Mutter muss eine bemerkenswerte Frau sein."

Colin schmunzelte. „Sie hatte einen langen Lederriemen, mit dem sie spielend drei von uns auf einen Streich erwischen konnte."

„Ihr werdet es wohl verdient gehabt haben!"

„Ohne Zweifel. Dennoch habe ich mir häufig gewünscht, sie wäre nicht so treffsicher gewesen."

„Mein Vater las mir immer die Leviten", erinnerte sich Alice und schüttelte bei der Erinnerung daran den Kopf. „Zuweilen hätte ich es lieber gehabt, wenn er mich ordentlich verhauen hätte, dann wäre hinterher alles schnell wieder gut gewesen. Strafpredigten können oft viel schmerzhafter sein als eine Tracht Prügel."

„Du denkst dabei wohl an Professor Easterman in Berkeley?" fragte Colin belustigt.

Alice sah ihn erstaunt an. „Woher weißt du von ihm?"

„Du selbst hast es mir erzählt, Liebes. Ich glaube, vor ein oder zwei Wochen."

„Ich hätte nie gedacht, dass du mir wirklich zuhörst", murmelte Alice. Krampfhaft versuchte sie sich an all das zu erinnern, was sie erzählt hatte, seit die Sitzungen bei Colin begonnen hatten. Sie nagte nachdenklich an ihrer Unterlippe. „Ich kann mich nicht einmal auf die Hälfte von dem zurückbesinnen, was ich alles erzählt habe."

„Das macht nichts, ich weiß es dafür umso besser." Er wischte sich die Hände an einem Lappen ab und wandte sich ihr zu. Alice blickte ihn etwas argwöhnisch an.

„Und schon wieder hast du diese Linie auf der Stirn, Alice", meinte er leichthin und lächelte, als sie sie zu glätten versuchte. „So, nachdem du durch meine Schuld nicht zum Mittagessen gekommen bist – was eine Schande ist, du bist ohnehin schon schmal genug –, soll ich dir irgendetwas in der Küche zusammenbrutzeln, oder möchtest du lieber Kaffee?"

„Ich glaube, ich muss diese beiden großzügigen Einladungen ablehnen." Sie drehte sich um und ging auf das Ankleidezimmer zu. „Ich werde mein Glück zu Hause suchen. Ich habe da nämlich einen Nachbarn, der einen Vorrat an frischen Krapfen hat."

Sie zog die Tür hinter sich ins Schloss und lächelte vor sich hin. Das war gar nicht so schlecht gewesen, fand sie zufrieden. Jetzt, wo das Schlimmste vorbei war, würde sie die letzten Sitzungen auch noch gut hinter sich bringen.

Sie summte leise und fröhlich vor sich hin und streifte das Kleid ab. Alles würde gut werden. Schließlich war sie eine erwachsene Frau, sie konnte sich sehr gut selbst helfen.

Alice hielt das Kleid von sich weg, um es ein wenig auszuschütteln. Als plötzlich die Tür aufging, schrie sie vor Schreck leise auf. Blitzschnell hielt sie sich das Gewand vor die bloße Haut.

„Was hältst du von einem Abendessen?" fragte Colin und lehnte lässig in der offenen Tür.

„Colin!"

„Ja, bitte?“ Seine Stimme klang liebenswürdig.

„Colin, geh bitte hinaus, ich bin nicht angezogen!“ Sie zog das Kleid noch enger an sich.

„Das sehe ich, aber du hast mir nicht auf meine Frage geantwortet.“

Alice gab einen Laut der Empörung von sich. „Was für eine Frage?“

„Was du von einem Abendessen hältst.“ Sein Blick glitt über ihre entblößten Schultern.

„Wie meinst du das?“

„Du kannst doch nicht Krapfen zum Abendbrot essen, Alice. Das ist bestimmt ungesund.“ Er lächelte verständnisvoll über ihren ungläubigen Gesichtsausdruck.

„Oh, mein Nachbar hat auch Pizza“, gab sie entschlossen zurück.

„Pizza? Nein, das ist auch nichts. Ich sehe schon, ich muss deine Verpflegung selbst in die Hand nehmen. Da kommt ja sonst nichts Ordentliches dabei heraus.“

Da er ihre Bitte anscheinend völlig überhört hatte, wollte sie die wiederholen, aber dann ließ sie es doch sein. Stattdessen sah sie ihn nachdenklich an. „Colin, bittest du mich etwa um eine Verabredung?“

„Eine Verabredung?“ wiederholte er. Eine Weile sagte er gar nichts, als müsse er erst darüber nachdenken. Gedankenverloren musterte er sie. „Hm, es sieht wohl ganz so aus. Na, ich kann es nicht leugnen.“

„Zum Abendessen?“ fragte sie vorsichtshalber nach.

„So ist es.“

„Um wie viel Uhr?“

„Um sieben.“

„Also gut.“ Sie nickte und versuchte, nicht auf die innere Stimme zu hören, die sie warnte. „Aber jetzt schließ bitte die Tür, damit ich mich anziehen kann.“

„Aber selbstverständlich!“ Seine Augen funkelten plötzlich

boshaft, und Alice wich vorsichtshalber noch einen Schritt zurück, wobei sie das Kleid noch enger an sich zog.

„Übrigens, Alice, aus dir wäre niemals ein erfolgreicher Feldherr geworden."

„Wieso das nicht?"

„Du vergisst ja, die Flanken zu sichern." Triumphierend ging er hinaus.

Von ahnungsvollem Entsetzen gepackt, drehte Alice sich langsam um – und sah sich in dem Spiegel, der sich genau hinter ihr befand.

7. KAPITEL

Als Alice sich für das Abendessen mit Colin ankleidete, dankte sie ihrem Schöpfer, wenigstens kurzfristig Einblick in die Welt der Mode gewonnen zu haben. Ihrem kurzen Engagement bei Mrs. Wilson verdankte sie nämlich das dunkelrote Seidenkleid, das heute bei dem Treffen mit ihm zu Ehren kommen sollte. Es war ein Traumkleid aus weichem Stoff, der ihre Figur dezent betonte.

Zu diesem Kleid gehörte eine passende Jacke, und als Alice beides angezogen hatte, war sie mit ihrem Aussehen vollkommen zufrieden. Die Farbe des Kleides betonte auf einzigartige Weise ihre Augen und passte wunderbar zum Haar. Deswegen hatte Alice dieses Kleid damals von ihrem Lohn gekauft, ohne eigentlich zu wissen, zu welchem Zweck sie es je tragen würde. Heute aber war die Gelegenheit da.

Vielleicht sollte sie lieber nicht gehen? Da meldete sich nämlich wieder diese mahnende innere Stimme. Trotzig bürstete Alice sich sorgfältig das Haar. Aber manchmal musste man eben Risiken eingehen. Sie würde sich also mit ihm treffen.

Aber er wird dir wehtun! beharrte die Stimme in ihr. Na und? Ob an diesem Abend oder irgendwann später, was spielte das für eine Rolle?

Hastig befestigte sie ihre kleinen goldenen Ohrringe. Hatte nicht jeder das Recht, einmal im Leben etwas ganz Besonderes zu erleben? Warum sollte nicht auch sie ein kleines Stück vom großen Glück erwischen dürfen?

Sie würden einen Abend miteinander verbringen, ohne dass die Arbeit an dem Bild zwischen ihnen stünde. An diesem Abend würde er sich ihr endlich einmal als Person widmen und in ihr nicht nur den Gegenstand seiner Malerei sehen.

Sie verteilte ein paar Tupfer des zarten Parfüms auf ihrer Haut. Nein, sie würde nicht an morgen denken, nur das Heute zählte jetzt. Das Gemälde war fast vollendet, es würde ohnehin bald alles zu Ende sein. Aber etwas musste sie das Zusammensein mit ihm noch genießen. Einen einzigen Abend mit ihm, den durfte sie sich wohl gönnen. Den Preis dafür, schmerzliche Erinnerungen, würde sie später zahlen müssen, aber das war ihr im Moment völlig gleichgültig.

Alice warf einen Blick auf die Uhr. Als sie feststellte, dass es schon kurz vor sieben war, machte sie sich fieberhaft auf die Suche nach ihrem Schlüssel. Vielleicht war er hinter die Couch gefallen. Sie ließ sich auf die Knie nieder und spähte ins Dunkel. In diesem Moment klopfte es auch schon an der Tür.

„Ja, ja, ich komme gleich!" Dort funkelte etwas. Ob das der Schlüssel war? Sie streckte die Hand aus und wollte schon triumphieren, aber da sah sie, dass es nur ein Vierteldollarstück war, das dort unter der Couch lag. Sie holte es hervor und seufzte enttäuscht.

„Ich habe doch gesagt, ich zahle", ertönte Colins Stimme, und Alice fuhr zusammen.

Er stand gut gelaunt in der offenen Tür und beobachtete Alice neugierig bei ihrem Tun. Sie richtete sich verlegen auf, blies sich das Haar aus dem Gesicht und sah ihn schweigend an.

Colin sah ganz fremd aus. Er trug einen perfekt sitzenden schwarzen Anzug, dessen Schnitt seine breiten Schultern und die schmalen Hüften deutlich zur Wirkung brachte. Das blendend weiße Oberhemd stand am Hals offen. Alice sagte sich, dass Colin sich wohl nie dem Zwang unterwerfen würde, den das Krawattentragen bedeutete.

„Ich habe dich noch nie im Anzug gesehen", bemerkte sie, weil ihr nichts Besseres einfiel. „Aber zum Glück siehst du nicht zu konventionell darin aus."

„Du bist wirklich ein erstaunliches Geschöpf, Alice." Er reichte ihr höflich eine Hand, um ihr beim Aufstehen behilflich zu sein.

Sie warf den Kopf herausfordernd in den Nacken. „Findest du?"

Er lächelte zurück, ohne ihre Hand loszulassen. „Du siehst

wunderhübsch aus." Mit einem prüfenden Blick überflog er ihre Gestalt. „Wirklich wunderhübsch." Dann nahm er ihre andere Hand und betrachtete die Münze, die sie festhielt. „Für die Straßenbahn? Damit wirst du wohl kaum weit kommen."

Alice sah nachdenklich das Geldstück an. „Ich dachte, es sei mein Schlüssel."

„Natürlich, es sieht ihm zum Verwechseln ähnlich!" Er lachte amüsiert auf.

„Im Dunkeln, unter dem Sofa, tat es das tatsächlich", rechtfertigte Alice sich, dann nahm sie die Suche nach dem Schlüssel wieder auf. „Er muss hier doch irgendwo sein", sagte sie halblaut zu sich selbst und durchstöberte zum wiederholten Male die Papiere auf ihrem Schreibtisch.

„Wo ist denn das Schlafzimmer?" erkundigte sich Colin, während sie aus purer Verzweiflung schon das Lexikon wegen des verlorenen Schlüssels durchschüttelte.

„Dies ist das Schlafzimmer", informierte Alice ihn nüchtern. „Und gleichzeitig das Wohnzimmer, das Arbeitszimmer und der Salon. Ich hab es gern, wenn sich alle Dinge an einem Ort befinden, weißt du, das erspart unnötige Wege."

Unter einem Stapel Manuskriptpapier entdeckte sie ein Radiergummi und seufzte erleichtert auf. „Da ist es ja! Das habe ich gestern verzweifelt gesucht! Wer sagt's denn, alles findet sich wieder. So, einen Augenblick."

Sie lehnte sich gegen die Schreibtischkante und legte den Finger an die Nasenspitze. „Ich werde den Schlüssel gleich haben. Ich muss nur einmal genau nachdenken, dann wird es mir sicher gleich einfallen. Als ich ihn das letzte Mal gebraucht habe, bin ich auf dem Markt gewesen. Ich kam herein", sie wies auf die Tür, „und trug die Tasche in die Küche. Ich habe eine Flasche Saft in den Kühlschrank gestellt, und dann ..." Ihre Augen weiteten sich, und sie hastete ins Nebenzimmer.

Als sie zurückkam, schwenkte sie den Schlüssel vergnügt in der Hand. „Er ist gut gekühlt", erklärte sie und errötete unter Colins belustigtem Blick. „Ich muss an etwas anderes gedacht haben, als ich ihn dorthin legte.“

Alice nahm ihre neue kleine Handtasche und ließ den Schlüssel hineinfallen. „So, das wäre es wohl.“

Sie ging zur Tür und schob den Riegel beiseite. Colin folgte ihr mit ernsthafter Miene, aber dann hielt er sie an der Tür fest und nahm ihr Gesicht in beide Hände.

„Alice.“

„Ja?“

„Du hast noch keine Schuhe an.“

„Oh.“ Sie hob die Schultern und ließ sie dann kraftlos wieder fallen. „Ich fürchte, ohne geht es nicht.“ Colins Anwesenheit brachte sie ganz durcheinander.

Colin küsste sie auf die Stirn und ließ sie los. „Nein, vorsichtshalber solltest du welche anziehen.“ Schmunzelnd wies er in den Raum hinein. „Ich glaube, sie stehen dort, neben dem Schreibtisch.“

Schweigend schlüpfte Alice in ihre Schuhe, aber sie lachte mit den Augen, als sie zu Colin zurückkehrte. „Habe ich sonst noch etwas vergessen? Dann sag es mir lieber gleich, bevor ich später in Verlegenheit gerate.“

Er nahm sie bei der Hand. „Nein.“

„Magst du übrigens ordentliche Leute, Colin?“ Sie neigte den Kopf zur Seite und sah ihn abschätzend an.

„Nicht besonders.“

„Fein! Können wir jetzt gehen?“

Vor der Haustür stand ein Ferrari. Er war rot, schnittig und einfach Aufsehen erregend.

„Hast du dir etwa ein neues Auto gekauft?“ meinte sie überrascht und konnte den Blick nicht von dem Auto wenden. „Oder hat mein Nachbar Jeffrey plötzlich ein Vermögen geerbt?“

„Das hier ist ein Bestechungsgeschenk von Vincente.“ Colin öffnete die Beifahrertür zuvorkommend für sie. „Ich habe dafür ein Bild von seiner Nichte malen müssen. Sie ist ein entsetzlich biederes kleines Ding mit vorstehenden Zähnen. Soll ich das Verdeck zurückschlagen?“

„Nein, danke.“ Alice ließ sich in den Sitz fallen und sah Colin zu, wie er um den Wagen herumging. Nicht einmal Aschenbrödel hatte eine solche Kutsche, dachte sie lächelnd. „Ich dachte, du malst nur, was dich interessiert?“

„Vincente ist einer der wenigen Menschen, denen ich nichts abschlagen kann.“ Der Motor des Ferrari dröhnte auf.

„Weißt du, dass man für das Geld, das so ein Auto kostet, in New Jersey ein kleines Haus mit Garage kaufen kann?“

Colin schmunzelte und lenkte den Wagen umsichtig auf die Straße. „Ich glaube, ich würde dort einen miserablen Nachbarn abgeben.“

Er war ein ausgezeichneter Fahrer. Sie fuhren am Golden Gate Park vorbei und mieden die Hauptverkehrsstraßen, stattdessen ging es durch kleine enge Gassen und Nebenstraßen.

Alice nahm den Duft der Blumen wahr, die überall längs der Straße zum Verkauf angeboten wurden, und lauschte dem blechernen Klang der Straßenbahnglocken. Als sie einmal zurückblickte, sah sie die Umrisse eines gigantischen schmalen Hochhauses.

„Wohin fahren wir denn?“ fragte sie ohne wirkliches Interesse. Es genügte ihr, Colin in ihrer Nähe zu wissen. Von ihr aus konnte diese Fahrt endlos dauern.

„Zum Essen“, gab Colin einsilbig zurück. „Ich bin mittlerweile am Verhungern.“

Alice sah ihn von der Seite an. „Für einen Iren bist du nicht sehr gesprächig. Aber sieh mal!“ Sie zeigte aus dem Fenster. „Der Nebel kommt.“

Der Nebel kroch mit erstaunlicher Geschwindigkeit über die Bucht, er hatte schon fast die ganze Golden Gate Bridge verschluckt. Nur die Spitzen waren noch zu sehen.

„Heute Nacht werden die Nebelhörner wieder einmal zu hören sein“, murmelte Alice. „Sie haben so einen einsamen, melancholischen Klang. Ich werde immer traurig, wenn ich sie höre, ich weiß auch nicht, warum."

„Welches Geräusch macht dich denn glücklich?" Er nahm kurz den Blick von der Fahrbahn und sah interessiert zu ihr herüber.

„Das Geräusch von aufplatzendem Popcorn", antwortete sie leichthin und musste dann über ihren eigenen Einfall herzlich lachen. Sie lehnte sich entspannt zurück und sah hinauf in den Himmel. Er war unbeschreiblich blau. In welcher anderen Stadt mochte es das wohl geben – einen strahlend blauen Himmel und gleichzeitig Nebel?

Als Colin plötzlich anhielt, sah Alice wieder nach vorn. Ihr Blick fiel auf ein riesiges Gebäude – es war ein Hotel. Vor Überraschung sprachlos, starrte sie Colin an, als sie die Gegend erkannte: Es war Nob Hill! Sie hatte gar nicht auf den Weg geachtet.

Ein uniformierter Portier öffnete ihr jetzt die Wagentür und war ihr beim Aussteigen behilflich. Colin schob ihm ein Geldstück in die Hand und hakte sie unter.

„Isst du gern Meeresfrüchte?" fragte er, während er sie zum Eingang führte.

„Warum, ja, ich …"

„Fein. Das ist hier nämlich die Spezialität des Hauses."

„Ich habe davon gehört", murmelte Alice. Plötzlich hatte sie das Gefühl, mit diesen wenigen Schritten von einer ihr vertrauten Welt in eine andere zu gehen, von der sie bisher nur in Büchern gelesen hatte.

Das Restaurant war sehr weitläufig und strahlte einen für Alice überwältigenden Luxus aus. Eine hohe, schimmernde Decke aus Glas wölbte sich über einem Raum, der von unzähligen Kerzenleuchtern heimelig erhellt war. Den Boden bedeckte ein dicker weicher Teppich, auf all den vielen Tischen lagen gestärkte, blütenweiße Tischdecken.

Im Nu war der Maitre d'Hotel an ihrer Seite, und aus der Tatsache, dass Colin ihn mit seinem Namen ansprach, schloss Alice, dass er hier kein Unbekannter war.

Der Tisch, an den sie geführt wurden, stand zwar etwas abseits von den anderen in einer gemütlichen Nische, dennoch konnte Alice von ihrem Platz aus die ganze Pracht des Restaurants überblicken. Der Cheeseburger, zu dem Jeffrey sie erst vor wenigen Tagen eingeladen hatte, schien plötzlich Lichtjahre entfernt. Sie sah sich unauffällig, aber ausgiebig um, dann wandte sie sich an Colin und meinte anerkennend: „Ich muss zugeben, dass dies doch besser ist als Pizza zu essen!"

„Ich halte mein Wort", meinte Colin. „Deswegen gebe ich es auch so selten wie möglich. Möchtest du Wein?" fügte er mit seinem charmanten Lächeln hinzu. „Du siehst nicht aus wie jemand, der Cocktails bevorzugt."

„Oh?" Sie sah ihn überrascht an. „Wie kommst du darauf, vielleicht bin ich Spezialistin für alkoholische Getränke?"

„Es liegt zu viel Unschuld in deinen großen veilchenblauen Augen." Er strich ihr väterlich das Haar über die Schulter. „Beinahe so viel, dass man für dich fast den Wein mit Wasser verdünnen möchte." Dann wandte er sich zu dem Kellner, der diskret neben ihm wartete. „Eine Flasche weißen Chateau Haut-Brion, bitte", bestellte er und sah Alice dabei unverwandt an. Der Kellner verneigte sich leicht und zog sich lautlos zurück.

Alice sah ihm nach, dann ließ sie wieder den Blick über die Umgebung schweifen, so als wolle sie jedes Detail fest in sich aufnehmen.

„An deinem Schreibtisch habe ich gesehen, dass du fleißig an deinem Buch arbeitest. Kommst du gut voran?"

Überrascht blickte Alice ihn an. Er sah doch mehr, als sie vermutete. „Ja, im Moment geht es, glaube ich, ganz gut. Es gibt Phasen, da fällt einem alles zu, und es geht ganz leicht. Das hält zwar nicht lange an, aber man bringt doch einiges zu Stande. Ist das beim Malen auch so?"

„Ja. Manchmal scheinen einem die Ideen nur so zuzuströmen, und es ist dann auch kein Problem, sie mit dem Pinsel auszuführen. Dann wieder verschwendet man kostbare Leinwand, das Thema nimmt und nimmt nicht Gestalt an." Er lächelte und fasste nach ihrem Handgelenk. „In solchen Momenten wirst du wahrscheinlich ein Blatt Papier nach dem anderen zerknüllen und in den Papierkorb werfen."

Der Kellner brachte den Wein, und nun begann das Ritual des Entkorkens und Probierens. Dankbar für diese Unterbrechung, sah Alice wortlos zu. Unter Colins beiläufiger Berührung war ihr ganz heiß geworden, und jetzt nutzte sie die Zeit, um sich wieder etwas zu fassen. Schließlich fühlte sie sich in der Lage, ihr volles Glas ohne Zittern zu heben. Der Wein war leicht und spritzig.

„Schmeckt er dir?" wollte Colin wissen, nachdem sie den ersten Schluck genommen hatte.

„Ich könnte mich daran gewöhnen", lächelte Alice.

„Erzähl mir, worüber du schreibst", bat er. Er hob ihr sein Glas entgegen, seine andere Hand lag inzwischen über der ihren.

„Es geht um zwei Menschen, die erst zusammen, dann getrennt voneinander leben."

„Eine Liebesgeschichte?"

„Ja, aber sie ist ziemlich kompliziert."

Das Licht der Kerzen spiegelte sich golden in ihren Augen wider. Es war schön, bei ihm zu sein. Mühsam rief sie sich ins Gedächtnis, dass sie nur den Augenblick genießen wollte, ohne an das Morgen zu denken. Mit einem Lächeln hob sie das Glas an die Lippen.

„Die beiden sind ziemlich unbeständige Charaktere, oft habe ich das Gefühl, sie wollen nicht ganz so, wie ich gern möchte. Beide haben den festen Entschluss, sich nicht zu binden, dennoch fühlen sie sich magisch zueinander hingezogen. Ich möchte gern darauf hinauskommen, dass die beiden sich lieben, aber dennoch eigenständige Persönlichkeiten bleiben."

„Die Liebe hat ihre eigenen Gesetze, das kommt ganz darauf an, wer an diesem Spiel beteiligt ist." Colin strich sacht über ihren Handrücken, und Alices Herzschlag beschleunigte sich abermals. „Wird es ein glückliches Ende geben?"

Alice versank in seinem unergründlichen Blick. „Vielleicht", murmelte sie. „Ich weiß es noch nicht. Ihrer beider Schicksal liegt jedenfalls in meiner Hand."

Colin erwiderte unverwandt ihren Blick und zog ihre Hand an die Lippen. „Und heute Abend?" fragte er weich. „Legst du da dein Schicksal in meine Hand?"

Ihre Augen waren dunkel. „Heute Abend, ja", sagte sie ohne Zögern.

Colin lächelte und hob ihr sein Glas entgegen. „Auf den heutigen, langen Abend also."

Sie nahmen ein verschwenderisches, ausgedehntes Mahl, und Wein perlte dazu in den Gläsern. Schließlich saßen sie zufrieden vor ihrem Kaffee. Alice genoss jede einzelne Sekunde dieses Beisammenseins. Es war so, als ob dies der erste und letzte Abend mit dem Mann sei, den sie liebte, und sie war entschlossen, jeden Moment auszukosten. Vielleicht gelang es ihr so, den Lauf der Dinge etwas aufzuhalten.

Die Kerzen waren beinahe heruntergebrannt, als sie sich vom Tisch erhoben. Ohne zu zögern legte sie ihre Hand in seine.

Sie waren gerade in der Empfangshalle angekommen, als jemand plötzlich Colins Namen rief. Alice sah sich um und entdeckte einen großen kräftigen Mann im Smoking, der geradewegs auf sie zukam. Er lächelte über das ganze Gesicht und näherte sich Colin mit ausgestreckten Armen. Dann schlug er ihm freundschaftlich auf die Schulter, während er ihm gleichzeitig die andere Hand zum Gruß entgegenstreckte. Alices Blick fiel auf einen funkelnden Diamanten an seinem Ringfinger.

„Sullivan, alter Junge, wie nett, dich zu sehen!"

„Jack!" Ein erfreutes Schmunzeln zeigte sich auf Colins Gesicht. „Wo hast du in letzter Zeit gesteckt?"

„Ach, hier und da. Ich habe im Moment gerade etwas in San Francisco zu erledigen." Sein Blick wanderte hinüber zu Alice und blieb an ihr hängen.

„Alice, das ist der berüchtigte Jack Swanson, ein ganz verkommenes Subjekt! Und dies, Jack, ist Alice St. John, ein wahrer Schatz!"

Alice war hin- und hergerissen, zum einen, weil sie sich über Colins Bemerkung freute, zum anderen, weil ihr plötzlich einfiel, wer Jack Swanson war. In den vergangenen fünfundzwanzig Jahren hatte er einige der erfolgreichsten Filme Hollywoods produziert.

Als er ihre Hand ergriff, fiel es ihr schwer, nicht zu zeigen, wie aufregend sie es fand, seine Bekanntschaft zu machen.

„Verkommenes Subjekt?" beschwerte sich Swanson und hielt dabei noch immer Alices Hand. „Glauben Sie diesem verdammten Iren nur die Hälfte dessen, was er sagt. Ich bin eine Stütze der Gesellschaft!"

„Ja, er hat eine Tafel in seinem Arbeitszimmer, auf der steht das geschrieben", fügte Colin hinzu.

„Nicht die leiseste Spur von Respekt! Und doch …" Bewundernd betrachtete er Alice. „Sie sind wohl nicht zufällig Schauspielerin?"

„Wenn Sie nicht die Art von Schauspielerei meinen, die in jedem von uns steckt, dann nicht", erwiderte sie schlagfertig.

Swanson nickte und lachte anerkennend auf. „Ich habe schon mit weniger geistreichen Frauen zu tun gehabt!"

„Alice ist ja auch Schriftstellerin", ließ sich Colin nun stolz vernehmen. Er legte Besitz ergreifend den Arm um ihre Schultern. „Du hast mich schließlich davor gewarnt, mit Schauspielerinnen anzubändeln."

„Seit wann hörst du denn auf meine weisen Ratschläge?" spottete Swanson. Interessiert fuhr er fort, Alice zu mustern. „Schriftstellerin also. Was für eine ist es denn, wenn man fragen darf?"

„Eine ausgezeichnete, natürlich", scherzte sie. „Ohne die geringste Spur von Einbildung!"

Swanson tätschelte ihre Hand. „Ich habe leider noch eine Besprechung, sonst würde ich Sie diesem unreifen Kleckser glatt entführen. Bevor ich abreise, werden wir aber noch zusammen essen. Das verspreche ich." Mit einem Seitenblick auf Colin fügte er hinzu: „Den da können Sie von mir aus mitbringen." Er schlug Colin nochmals auf die Schulter und ging davon.

„Eine echte Persönlichkeit, nicht wahr?" sagte Colin voller Begeisterung, während er Alice zum Ausgang führte.

„Hinreißend." Ihr fiel auf, dass sie durch Colin nun nicht nur die Bekanntschaft eines italienischen Herzogs, sondern auch die eines Hollywoodfürsten gemacht hatte.

Alice und Colin traten wenig später in das weiche Abendlicht hinaus. Die Sonne war fast untergegangen, noch färbten aber ihre letzten Strahlen den Horizont. Mit einem Seufzer des Behagens stieg Alice in den Ferrari. Überrascht merkte sie plötzlich, dass Colin nicht in die Richtung ihrer Wohnung fuhr.

„Wohin fährst du?"

„Ich kenne ein nettes kleines Lokal", gab er Auskunft. „Ich dachte, es würde dir vielleicht gefallen. Du bist doch nicht müde, oder?" fragte er mit einem Seitenblick zu ihr.

„Nein, ich bin nicht müde", lächelte sie.

Das Nachtlokal war schummrig beleuchtet und verraucht. Kleine Tische standen dicht beieinander, das Publikum war bunt gemischt. Manche der Gäste waren in Jeans erschienen, andere in Abendkleidern.

Blecherne Musik dröhnte von dem Podium, produziert von einer Band neben einer winzigen quadratischen Tanzfläche, auf der sich Pärchen aneinander geschmiegt zum Rhythmus der Musik bewegten.

Colin führte Alice an einen kleinen Tisch in einer dunkleren Ecke. Wieder und wieder rief ihn jemand beim Namen, aber er winkte den Betreffenden jeweils nur grüßend zu und setzte seinen Weg fort.

„Herrlich! Das kommt mir hier vor wie eine richtige Schmugglerkneipe", schwärmte Alice begeistert.

Colin lachte und nahm ihre Hände. „Das würde dir wohl gefallen, nicht wahr?"

„Natürlich!" Ihre Augen funkelten vor Lebensfreude.

Eine Kellnerin schob sich an ihren Tisch und stand nun ungeduldig mit in die Seiten gestemmten Armen da.

„Die Dame braucht Champagner“, teilte Colin ihr mit.

„Wer braucht das nicht“, brummte die Kellnerin kopfschüttelnd vor sich hin und bahnte sich ihren Weg zurück.

Alice lachte hellauf. „Hier werden, wie man sieht und hört, keine Extrawürste für den ehrenwerten Mr. Sullivan gebraten“, stellte sie fest.

„Das ist alles eine Sache der Atmosphäre. Am richtigen Ort finde ich mürrische Kellnerinnen einfach umwerfend. Und“, fuhr er fort und küsste die Innenfläche ihrer Hand, „außerdem liebe ich kleine Tische, an denen man zwangsläufig dicht beieinander sitzt. Hier kann ich den Duft deiner Haut riechen …“ Er lehnte sich zu ihr und küsste sie auf die empfindliche Stelle hinter dem Ohr.

„Colin, bitte“, stieß sie atemlos hervor und hob die Hand, um ihn beiseite zu schieben, aber er nahm ihre Hand stattdessen und küsste die Fingerspitzen.

Mit Nachdruck wurde tatsächlich eine Champagnerflasche vor ihnen abgestellt. Verblüfft schauten Colin und Alice die Kellnerin an. Ohne die Miene zu verziehen, steckte sie den Schein in die Tasche, den Colin ihr gab, und schlurfte davon.

„Die Bedienung ist heute Abend ja unangenehm prompt“, murmelte er, während er die Flasche öffnete. Das Knallen des Korkens ging dabei im Lärm der Musik unter. Alice nahm das Glas, das er ihr reichte, und trank einen tiefen Schluck, in der Hoffnung, damit ihre angespannten Nerven zu beruhigen.

Schweigend tranken sie den Champagner und sahen dem Treiben um sich herum zu. Alice verfiel in eine weiche, verträumte Stimmung, immer mühsamer schien es ihr, Traum und Wirklichkeit voneinander zu unterscheiden. Als Colin aufstand und ihre Hand nahm, folgte sie ihm auf die Tanzfläche.

Die Musik war jetzt leiser und zärtlicher geworden. Er legte die Arme um ihre Taille, sie umschlang seinen Nacken, ihre Körper berührten sich. Die Luft war erfüllt von Rauch und schweren Parfüms, und bald hatten sie die anderen Paare um sich herum vergessen, die sich wie sie zum Klang der Musik wiegten.

Alice legte den Kopf zurück und sah Colin in die Augen. Ihre Lippen waren nur noch eine geringe Distanz voneinander entfernt, und eine Welle der Sehnsucht überflutete Alice. Wären sie auf einer einsamen Insel gewesen, sie hätte sich nicht weniger allein mit ihm fühlen können, als sie es jetzt tat.

Die Musik klang nun in einem süßen Akkord aus. Wortlos ergriff Colin Alices Hand und führte sie aus dem Gedränge.

Der Mond war nur eine bleiche Sichel, und die kühle Abendluft wirkte besänftigend auf Alice. Der Ferrari fuhr einen Hügel hinauf und dann wieder bergab. Alice lächelte verstohlen. Nichts an diesem Abend hätte anders sein können. Es gab kein Bedauern, keine Zweifel. Nebelschwaden versperrten die Sicht, so mussten sie langsamer fahren. Als Alice aus dem Fenster sah, bemerkte sie die dichten Wolkenmassen über der Bucht zu ihrer Rechten. Wohin wollte er nur? Daraufhin wandte sie sich mit einem fragenden Blick an Colin.

„Wir fahren zu meinem Hausboot“, teilte er ihr mit, noch ehe sie die Frage aussprechen konnte. „Ich habe dort etwas für dich.“

Da war es wieder, dieses Alarmsignal in ihrem Kopf. Sie witterte Gefahr, und während sie hinaus in die nebelverhangene Nacht sah, wusste sie, sie müsste Colin eigentlich bitten, sie nach Hause zu bringen. Aber sie tat es nicht. Die Nacht war ja noch längst nicht vorbei, und sie hatte sich diese eine zugestanden.

Je näher sie dem Meer kamen, desto dichter wurde der Nebel. Hin und wieder ertönte jetzt von irgendwoher der klagende Ton der Nebelhörner. Alice hatte jedes Zeitgefühl verloren, als Colin schließlich den Wagen anhielt. Wieder war es ihr, als befinde sie sich in einer Art Traumwelt.

Daran waren vor allem der wabernde Nebel und das leise Rauschen des Meeres schuld. Colin hatte sie untergefasst, und nun tauchte aus dem Dunst plötzlich der Umriss eines Hausbootes vor ihnen auf. Gleichzeitig zerriss der schrille Schrei eines Seetauchers die Luft. Er klang in Alices Ohren wie eine Warnung.

Die schmale kleine Hängebrücke knarrte unter ihren Schritten, als sie sie überquerten, und dann kam plötzlich ein Wind auf und blies die Nebelwand auseinander. Das Hausboot lag jetzt ganz frei vor ihnen.

„Oh Colin!“ Alice blieb reglos stehen und starrte überrascht an der Fassade empor. „Das ist ja wundervoll!“

Das Boot war ganz aus Holz und verfügte über zwei Stockwerke. Über dem Bug befand sich ein großes freies Deck. Ein schönes, weiß gestrichenes Holzgeländer umgab es.

Alice trat ein und schüttelte die Feuchtigkeit aus ihrem Haar, während Colin das Licht einschaltete. Sie gingen zwei kleine Stufen hinunter und standen gleich darauf in einem großen, urgemütlichen Wohnzimmer, in dem eine bequem aussehende Sitzgarnitur zum Verweilen einlud. An der rechten Wand führten ein paar weitere Stufen zu einer kleinen Empore hinauf.

„Wie herrlich muss es sein, auf dem Wasser zu wohnen“, strahlte Alice und drehte sich zu Colin herum.

Der freute sich über Alices Begeisterung. „In klaren Nächten sieht die Stadt von hier so aus, als bestünde sie aus lauter kleinen Lichtkristallen. Im Nebel ist dann alles um das Boot herum wie in Watte gehüllt und voller Geheimnisse.“ Er ging auf sie zu und strich ihr mit der vertrauten Geste über die Haare. „Dein Haar ist ja ganz klamm“, stellte er besorgt fest. „Weißt du eigentlich, wie viele Gold- und Braun-Töne ich anrühren musste, um die Schattierungen deines Haares darzustellen? Bei jedem Licht sieht es anders aus, man weiß kaum, für welche Farbe man sich entscheiden soll.“ Plötzlich kam Leben in ihn. „Was stehe ich hier eigentlich herum? Ich sollte dir lieber einen Brandy holen, das ist gut gegen die Kälte.“

Damit wandte er sich ab und öffnete einen Schrank. Alice sah ihm zu, wie er den Brandy in zwei Cognacschwenker füllte, aber ihre Gedanken waren ganz woanders.

Seine weiche Stimme und die Berührung seiner Hände hatten sie verzaubert.

Alice nahm den Brandy und machte sich daran, den Raum genauer zu besichtigen. An einer der Wände hing ein Gemälde, das die Bucht San Franciscos bei Sonnenaufgang zeigte. Der Himmel war ein einziger Rausch von starken Rot- und Gold-Tönen. Leben und Glanz gingen von diesem Bild aus, und noch ehe Alice die Signatur entdeckt hatte, wusste sie bereits, dass nur Vera es gemalt haben konnte.

„Sie ist außerordentlich begabt“, ließ sich Colin hinter ihr vernehmen.

Alice konnte dem nur aufrichtig zustimmen. Das Bild berührte sie auf seltsame Weise. „Dieses Gemälde macht neugierig auf einen Sonnenaufgang“, sagte sie. „Ein Tagesbeginn wie dieser muss ein Erlebnis sein, aber ich glaube nicht, dass ich jeden Tag mit so viel Kraft beginnen könnte, mag dies hier auch noch so schön sein.“

„Sprichst du von dem Bild oder der Künstlerin?“ neckte Colin sie.

Alice merkte, dass Colin die eigentliche Bedeutung ihrer Worte erraten hatte. Sie zuckte mit den Schultern und ging weiter. „Man sollte meinen, ein Künstler hängt alle Wände seiner Wohnung mit Bildern voll. Bei dir sind es nur relativ wenige.“ Sie machte sich daran, seine Sammlung eingehender zu studieren, wanderte von einem Bild zum nächsten. Vor einem kleinen Gemälde hielt sie plötzlich verblüfft inne. Es war die irische Landschaft, von der sie ihm gerade erst am Morgen erzählt hatte.

„Ich war neugierig, ob du es wiedererkennen würdest.“

Colin stand hinter ihr und legte ihr die Hände auf die Schultern. Etwas seltsam Besitzergreifendes lag in dieser an sich lässigen Geste.

„Natürlich erinnere ich mich daran.“ Alice fühlte sich fast in ihrer Ehre gekränkt.

„Ich habe es gemalt, als ich zwanzig war, auf meiner ersten Heimreise nach Irland, seit ich von dort weggegangen bin.“

„Wie eigenartig, dass ich ausgerechnet heute Morgen davon gesprochen habe“, murmelte Alice vor sich hin.

„Schicksal, Liebes“, gab er zurück und küsste sie leicht auf das Haar. Dann ging er um sie herum und nahm das Bild von der Wand. „Ich möchte, dass es dir gehört.“

Bestürzt sah sie ihn an. „Nein, Colin, das kann ich nicht annehmen.“ Ungläubigkeit und Erstaunen schwangen in ihrer Stimme mit.

„Nein?“ Colin hob eine Augenbraue. „Ich dachte, es gefällt dir.“

„Oh Colin, du weißt, wie sehr es mir gefällt.“ Hilflos hob sie die Schultern. „Aber ich kann doch nicht einfach eines deiner Bilder nehmen.“

„Du nimmst es nicht, ich gebe es dir“, verbesserte er. „Das ist eines der Vorrechte des Künstlers.“

„Colin!“ Ihr Blick wanderte zu dem Bild, dann wieder zu ihm. „Du hättest es doch bestimmt nicht die ganze Zeit aufgehoben, wenn es dir nicht etwas bedeuten würde. Nein, sonst hättest du es sicher verkauft.“

„Es gibt Dinge, die verkauft man nicht – man verschenkt sie.“ Er hielt ihr das kleine Bild entgegen. „Bitte!“

Vor Rührung war Alice die Kehle wie zugeschnürt. „Ich habe dich noch nie zuvor ‚bitte‘ sagen hören …“

„Das hebe ich mir ja auch für besondere Anlässe auf“, versuchte Colin zu scherzen.

Alice hielt seinem Blick stand. Er hatte ihr mehr gegeben als nur dieses Bild. Es stellte ein Bindeglied dar – zwischen ihr und einer Frau, die sie nie hatte sehen dürfen, ihrer Mutter. Ganz vorsichtig lächelte sie. „Ich danke dir!“

Colin zeichnete mit dem Finger den Umriss ihrer Lippen nach. „Das Schönste an dir ist dein Lächeln“, murmelte er leise. Dann setzte er mit festerer Stimme hinzu: „Komm, setz dich und trink deinen Brandy.“ Er stellte das Bild beiseite und führte sie behutsam zum Sofa.

Alice nahm einen Schluck aus ihrem Glas. „Malst du hier eigentlich auch?“ fragte sie.

„Zuweilen.“

„Ich weiß noch, dass du in jener Nacht, als ich dich zum ersten Mal sah, mit mir hierher wolltest, um ein paar Skizzen anzulegen.“

„Und du hast mir mit einem eifersüchtigen Ehemann gedroht.“

„Ich hielt das in dem Moment für die wirkungsvollste Abschreckungsmethode.“ Sie wandte sich zu ihm um und schmunzelte.

Noch ehe Alice zurückweichen konnte, hatte er ihr spielerisch ins Haar gegriffen. Er lehnte sich zu ihr, bis er mit den Lippen zart über ihre Wangen streichen konnte. Hauchzart glitt sein Mund über den ihren, ohne ihn wirklich zu berühren, dennoch glaubte sie seinen Kuss zu fühlen.

„Colin ...“, flüsterte sie. Leicht stemmte sie sich gegen seine Brust, als er mit dem Mund ihre Schläfe liebkoste. Sie wusste, es lag nicht am Brandy, dass ihr so warm wurde.

„Alice.“ Sein Blick ruhte ernst auf ihr, sie verspürte den Druck seiner Hand auf ihrer Schulter. „Als ich dich zum letzten Mal geküsst habe, war ich nicht besonders nett zu dir. Das tut mir Leid.“

„Bitte, Colin.“ Sie schüttelte beschwichtigend den Kopf. „Damals waren wir beide zornig.“

„Ich weiß, dass du mir längst vergeben hast. Das ist typisch für dich. Aber ich vergesse den Ausdruck auf deinem Gesicht dabei nicht.“ Er nahm ihre Hand. „Ich möchte dich wieder küssen, Alice, aber dieses Mal so, wie du eigentlich geküsst werden solltest. Aber du musst mir vorher sagen, ob du das wirklich willst.“

Wie einfach würde es sein, ihm zu sagen, dass sie nicht wollte. Sie würde nur das Wörtchen „nein“ zu sagen brauchen, um sicher zu sein, dass er sie nicht berühren würde. Aber sie war seinem Charme schon zu sehr verfallen, es war, als bänden sie Ketten an ihn.

„Ja“, hauchte sie und schloss die Augen. „Ja.“

Zärtlich senkte er den Mund auf ihre Lippen. Sein Kuss war weich und sanft, und Alice fühlte dabei, wie er ihr die Jacke von den Schultern streifte. Sie genoss die Wärme seiner Hände auf ihrer Haut, und als seine Küsse inniger und drängender wurden, umarmte sie ihn voller Leidenschaft. Eine seltsame Mattigkeit befiel sie, sie fühlte sich vollkommen schwerelos, ihre Gedanken verloren sich im Nichts.

Colin gab ihre Lippen frei und lockerte seine Umarmung. „Alice?"

Seufzend schmiegte sie sich an ihn und küsste zärtlich seinen Nacken, während sie gleichzeitig mit den Knöpfen seines Hemdes spielte.

„Ja?" raunte sie und hob ihm ihr Gesicht entgegen. Ihre Augen sahen verträumt aus, und sie bot ihm einladend ihre Lippen dar.

Colin hielt sie fest, und Alices Leidenschaft loderte auf, wurde zu einem hellen, brennenden Feuer. Ihr Herz hämmerte, als sie sich in die weichen Polster des Sofas zurücklehnte. Sein Kuss wurde forschender, seine Hände glitten über ihre bloßen Schultern. Voller Ungeduld streifte er das Oberteil ihres Kleides ab, und seine Hände fanden ihre Brüste.

Ungezügeltes Verlangen erfasste Alice, und sie stöhnte auf. Doch da bedeckte er noch einmal ihren Mund mit seinen Lippen, küsste sie ein letztes Mal voller Begehren und gab sie dann frei.

Alice schlug verwundert die Augen auf und begegnete seinem Blick. Sie hob die Hand, um ihm das Haar aus der Stirn zu streichen, und flüsterte leise seinen Namen.

Colin griff nach ihrem Handgelenk und zog sie mit sich empor. Fürsorglich rückte er daraufhin das Oberteil ihres Kleides wieder zurecht.

„Es kommt nicht oft vor, dass ich mich so selbstlos und edelmütig verhalte, Alice." Seine Stimme klang rau, während er das sagte, und Alice glaubte den schnellen Schlag seines Herzens spüren zu können. „Dies ist einer der wenigen Momente, da ich es einmal tue." Er stand endgültig auf und hängte ihr ihre Jacke über die Schultern. „Ich bringe dich jetzt nach Hause."

„Colin“, begann sie. Sie wusste nur, dass sie jetzt nichts anderes mehr wollte, als ihm zu gehören.

„Nein, sag jetzt nichts.“ Er legte ihr bedeutungsvoll den Zeigefinger an den Mund und steckte dann die Hände in die Taschen. „Heute Abend hast du dich ganz und gar mir anvertraut, dein Schicksal in meine Hände gelegt. Deshalb werde ich dich jetzt nach Hause bringen. Beim nächsten Mal jedoch wird die Entscheidung bei dir liegen.“

8. KAPITEL

Die Sonne stand hoch und strahlend am Himmel. Alice lag im Bett und beobachtete, wie das Sonnenlicht goldene Flecken auf den Fußboden malte. Ihr Blick wanderte zu dem kleinen Gemälde, das zu ihrer Linken an der Wand hing.

Es befand sich dort erst seit zwei Tagen, dennoch kannte sie bereits jede Einzelheit davon, jeden Pinselstrich. Seufzend starrte sie an die Zimmerdecke.

Jener Abend mit Colin war ihr noch ganz deutlich in Erinnerung. Jede Minute stand ihr lebhaft vor Augen, von dem Augenblick an, da Colin sie bei der Suche nach ihrem Schlüssel überrascht hatte, bis hin zu dem kurzen Abschied vor ihrer Wohnungstür.

Am nächsten Morgen im Atelier hatte Colin anscheinend mit spielerischer Leichtigkeit zu seiner Arbeit zurückgefunden. Was immer zwischen ihnen gewesen war, hatte offenbar nur einen Abend lang existiert. Für ihn war es vorbei. Für sie – Alice sah wieder auf das kleine Bild – würde es niemals zu Ende sein.

Eigentlich hätte sie ihm dankbar sein müssen, dass er sie nach Hause gebracht hatte. Wenn sie länger geblieben wäre …

Sie seufzte. Ja, wenn sie geblieben wäre, dann wäre sie unweigerlich eine seiner zahlreichen Geliebten geworden. Er hätte sein Leben genau so weitergelebt wie immer, und sie wäre noch einsamer gewesen, als sie es jetzt schon war. So, wie es jetzt stand, blieb ihr wenigstens ein rundum gelungener Abend in der Erinnerung. Ein Abend mit Wein, Kerzenlicht und Musik, bei dem es nichts zu bereuen gab.

„Romantische Närrin!“ schalt sie sich selbst. Dann drehte sie sich auf den Bauch und nahm ihr Kopfkissen in die Arme.

„Alice!“ Es klopfte kurz an der Tür, gleich darauf stürmte Jeffrey ins Zimmer. Er blieb wie angewurzelt stehen und sah Alice verdutzt an. „Du bist noch im Bett? Es ist schon elf Uhr!“

Alice zog sich die Bettdecke bis ans Kinn und setzte sich auf. „Jawohl, ich bin noch im Bett. Ich habe schließlich bis halb vier gearbeitet. Da kann ich mir das leisten.“ Nachdenklich sah sie ihn an. „Ich war doch der festen Überzeugung, ich hätte die Tür abgeschlossen. Wie bist du bloß hereingekommen?“

„Na, was glaubst du wohl?“ Jeffrey kam zu ihrem Bett herüber und ließ sich auf die Bettkante fallen. Alice errötete darüber, musste aber doch im Stillen lachen.

„Fühl dich ruhig wie zu Hause“, bat sie ihn ironisch und wies mit einer theatralischen Geste auf ihr Bett. „Lass dich von mir um Himmels willen nicht stören.“

„Sieh dir das doch einmal an! Du stehst doch tatsächlich in der Zeitung!“

„Wie bitte?“ Argwöhnisch schielte Alice auf die zerknitterte Zeitung in Jeffreys Händen. „Wovon sprichst du, um alles in der Welt?“

„Ich führe mir gerade die Sonntagsausgabe zu Gemüte“, begann Jeffrey seinen Bericht, dann verstummte er, um Alice schmunzelnd auf die Nasenspitze zu tippen, bevor er fortfuhr: „Also, und wen sehe ich da auf der Seite mit den Gesellschaftsnachrichten? Meine liebe Freundin und Nachbarin, Alice St. John!“

„Du willst mich wohl auf den Arm nehmen“, meinte Alice vorwurfsvoll und strich sich das vom Schlaf zerzauste Haar aus dem Gesicht. „Was sollte wohl ausgerechnet von mir in der Gesellschaftsrubrik stehen?“

„Man kann dort sehen, wie du mit Colin Sullivan tanzt.“ Jeffrey fuchtelte ihr triumphierend mit der Zeitung vor der Nase herum.

Alice griff nach seiner Hand, um ihn zum Stillhalten zu zwingen, doch dann öffnete sie vor Erstaunen den Mund. Ungläubig starrte sie auf das Foto, dann riss sie Jeffrey blitzschnell das Papier aus der Hand. „Zeig her!“

„Aber bitte“, erwiderte Jeffrey liebenswürdig. Er lehnte sich genüsslich zurück und stützte sich auf einen Ellbogen auf, um sie besser beobachten zu können. Die Röte auf ihren Wangen vertiefte sich.

„Es scheint, als seid ihr in einem bekannten Künstlertreff zusammen gesehen worden. Man hat einen Schnappschuss gemacht und einen Artikel mit Vermutungen dazu geschrieben, wer Sullivans neueste Eroberung wohl sein möge.“ Genüsslich kraulte er sich am Bart und lachte. „Wenn die wüssten, dass besagte Dame gerade hier in einem viel zu großen Fußball-T-Shirt sitzt, das ihr weitaus besser steht als den meisten Fußballfans.“ Wieder lachte er, dann sah er auf das Foto. „Aber da siehst du auch wirklich prima aus“, stellte er fest.

„Das ist doch … das ist doch alles Geschwätz! Blödsinn!“ Empört warf sie die Zeitung zu Boden. Sie schob Jeffrey beiseite und kletterte aus dem Bett. „Hast du die Geschichte gelesen?“ Aufgebracht versetzte sie dem einsamen Tennisschuh, der ihr im Weg lag, einen Fußtritt.

Jeffrey setzte sich auf und sah ihr nach, wie sie im Raum auf und ab ging. „Ach, Alice, das ist doch nur Geschreibsel, nichts, worüber man sich aufregen müsste. Du weißt doch, Papier ist geduldig. Außerdem …“ Er griff nach der Zeitung und strich glättend darüber. „Sie machen dir hier wirklich Komplimente. Hör zu, sie nennen dich eine …“ Er verstummte und suchte nach dem betreffenden Satz. „Ach ja, hier steht es: ‚eine bezaubernde junge Schönheit‘. Das klingt doch toll!“

Alice gab spontan einen Laut der Empörung von sich. „Typisch Mann!“ Sie drehte sich vorwurfsvoll zu Jeffrey herum, aber dann fiel ihr offenbar etwas ein und sie lief zur Kommode hinüber. Dort zog sie eine Schublade auf, entnahm ihr eine Jeans und warf sie auf das Bett. „Ein paar nette Komplimente, und schon denkt ihr, alles sei in Ordnung!“ Kopfschüttelnd machte sie sich noch einmal an der Kommode zu schaffen und förderte dabei ein dunkelrotes T-Shirt ans Tageslicht. „Aber das stimmt nicht, das stimmt ganz und gar nicht!“

Sie strich sich das Haar aus der Stirn und atmete tief ein. „Kann ich den Artikel behalten?“ fügte sie mit ruhigerer Stimme hinzu.

„Aber natürlich.“ Jeffrey stand auf und reichte ihr die betreffende Seite. Er räusperte sich. „Also, ich werde dann jetzt zu mir rübergehen und mit Zeitunglesen weitermachen. So was, und ich denke, ich mache dir eine Freude!“

Aber Alice schien ihm gar nicht zuzuhören, sie starrte schon wieder stumm auf das Foto. Jeffrey nutzte ihre Geistesabwesenheit, um schnell und heimlich das Zimmer zu verlassen.

Kaum eine Stunde später eilte Alice die Uferstraße entlang auf Colins Hausboot zu. Die Seite aus der Sonntagszeitung hielt sie zusammengefaltet fest in der Hand.

Verärgert schritt sie über die kleine Hängebrücke hinweg zum Boot hinüber und klopfte kräftig an die Tür. Aber außer dem leisen Klatschen, das die Wellen verursachten, die gegen den Bootsrumpf schlugen, blieb alles still. Alice sah sich suchend um, dann fiel ihr Blick auf den Ferrari.

„Also bist du doch zu Hause, mein Lieber“, grollte sie und klopfte erneut, aber diesmal noch um einiges energischer.

„Was, zum Teufel, machst du für einen Lärm?“ erscholl Colins Stimme über ihrem Kopf.

Alice trat einen Schritt zurück, sah auf und beschattete die Augen mit der Hand, da die blendende Sonne ihr die Sicht nahm.

Colin lehnte am Geländer des Oberdecks. Sein Oberkörper war nackt, er trug nur ein Paar Jeans, außerdem hielt er einen Pinsel in der Hand.

„Ich muss dich sprechen!“ rief Alice und winkte ihm mit der Zeitung zu.

„Gut, dann komm herauf, aber hör um Gottes willen mit der schrecklichen Klopferei auf.“ Er verschwand von der Reling, noch ehe Alice antworten konnte.

Sie ging zum Bug des Hausbootes und erklomm dort die steile Treppe, die zum Deck hinaufführte. Die Hände in die Seiten gestemmt, stellte sie sich dorthin und heftete ihren Blick auf seinen Rücken.

Colin saß auf einem dreibeinigen Schemel vor einer Leinwand und malte mit kraftvollen, sicheren Pinselstrichen. Alice sah wortlos über seine Schulter auf die Segelboote, die unter seiner Hand entstanden. Sie glitten durch die Bucht San Franciscos, die bunten Spinnaker blähten sich in einem Rausch von Farben prall im Wind.

„Nun, was gibt es so Wichtiges, dass du mir beinahe die Türen einschlägst, Alice?“ Seine Stimme klang undeutlich, da er einen Pinsel mit den Zähnen festhielt, während er mit einem zweiten malte.

Alice trat näher und schwenkte furchtlos die Zeitung vor seinem Gesicht. „Dieses hier gibt es.“

Mit überraschender Ruhe legte Colin daraufhin die beiden Pinsel weg, warf ihr einen erstaunten Blick zu und nahm ihr die Seite aus der Hand.

„Sehr gut getroffen“, murmelte er nach einer Weile.

„Colin!“

„Pst, ich lese gerade.“ Schweigend vertiefte er sich wieder in den Artikel, während Alice aufgebracht auf dem Deck herumspazierte. Einmal lachte er schallend auf, winkte aber sofort abwehrend ab, als Alice zu sprechen anfangen wollte. Sie schimpfte leise vor sich hin und wandte ihm dann den Rücken zu.

„So, so“, meinte Colin nach einer Zeit, die ihr wie eine Ewigkeit vorkam. „Was man nicht so alles liest. Das war ja höchst unterhaltsam.“

Alice schnellte auf dem Absatz herum. „Wie bitte? Unterhaltsam? Ist das alles, was du zu diesem … diesem Schund zu sagen hast?“

Colin zuckte die Achseln. „Nun ja, vom Stil her könnte der Artikel besser sein. Möchtest du etwas Kaffee?“

„Sag mal, hast du das überhaupt gelesen?“ brauste sie auf und stellte sich neben ihn. Der Wind blies ihr das Haar ins Gesicht, und mit einer ärgerlichen Geste strich sie es beiseite. „Hast du diese schrecklichen Dinge, diese …“ Alice versprach sich vor Aufregung und stampfte wie ein ungezogenes Kind mit dem Fuß auf. Dann pochte sie ihm mit der Faust auf die Brust. „Ich bin nicht deine neueste Eroberung, Colin!“

„Aha.“

Ihre Augen funkelten. „Bitte, erspar mir dieses viel sagende ‚Aha‘! Ich bin nicht deine Eroberung, weder deine neueste noch sonst irgendeine! Mir gefällt dieser Ausdruck nicht. Mir passen auch diese versteckten Andeutungen und Anzüglichkeiten nicht. Schon gar nicht gefällt mir die Unterstellung, wir seien ein Liebespaar!“ Empört warf sie den Kopf in den Nacken. „Was ist das überhaupt für eine Logik? Nur, weil wir miteinander tanzen, sollen wir ein Liebespaar sein?“

„Du musst zugeben, die Vorstellung ist gar nicht so übel.“ Er schmunzelte darüber, dass sie so aufgebracht war, strich ihr liebevoll eine Strähne aus der Stirn und legte ihr dann seine Hand tröstlich auf die Schulter. „Willst du die Zeitung verklagen?“

Alice hörte den erheiterten Unterton aus seiner Frage heraus und bohrte die Hände in die Taschen ihrer Jacke. „Ich will, dass sie das zurücknehmen“, beharrte sie trotzig.

„Was denn? Den Schnappschuss vielleicht?“ versetzte er. „Das bisschen Geschwätz? Liebes, das Foto allein spricht doch schon Bände.“ Er hielt es ihr mit Nachdruck vor die Augen. „Diese beiden Menschen hier scheinen alles um sich herum vergessen zu haben.“

Alice wandte sich ab und ging zur Reling. Colin hatte Recht, es war im Grunde tatsächlich nur das Bild, das sie so in Aufregung versetzt hatte.

Sie beide waren darauf dicht aneinander geschmiegt zu sehen, sie hatte die Arme um seinen Nacken gelegt, ihre Blicke waren ineinander versunken. Besser als der dunkle, verrauchte Nachtclub hätte als Hintergrund nichts passen können.

Alice konnte sich noch genau an diesen Augenblick erinnern,

an das Gefühl, das sie überkommen, an die große Vertrautheit, die zwischen ihnen geherrscht hatte.

Dieses Foto enthielt eine Darstellung ihrer höchst eigenen, privaten Gefühle, und das verabscheute sie. Sie hasste auch den geschwätzigen kleinen Artikel daneben, der sie so lässig und oberflächlich mit Colin in Zusammenhang brachte. Die Verfasser kannten noch nicht einmal ihren Namen, und doch war sie in ihren Augen seine Geliebte, seine neueste Geliebte – natürlich nur so lange, bis die nächste sie ablöste.

Alice starrte verdrossen auf die Wellen, die unermüdlich gegen das Boot plätscherten. „Ich mag das nicht", murrte sie. „Ich mag nicht, dass man über uns auf dieselbe Weise Mutmaßungen anstellt wie über die Frage, ob du Kaffee oder Tee zum Frühstück bevorzugst. Ich mag nicht, dass jemand mir etwas andichtet, der einfach eine zu lebhafte Fantasie hat. Und vor allem will ich nicht, dass man mich eine ..."

„Bezaubernde junge Schönheit nennt?" versuchte Colin ihren Satz zu vollenden.

„Ich finde nichts Erheiterndes an dieser hochtrabenden, nichts sagenden Bezeichnung. Ich komme mir dadurch lächerlich vor." Alice verschränkte die Arme vor der Brust. „Das ist auf jeden Fall kein Kompliment, das habe ich auch Jeffrey schon gesagt."

„Wer, zum Donnerwetter, ist Jeffrey?"

„Stell dir vor, er fand den Artikel sogar recht nett", sprach sie unbeirrt weiter, ihr Ärger flammte erneut auf. „Er setzte sich heute Morgen ungeniert auf mein Bett und teilte mir mit, ich müsse mich nun eigentlich geschmeichelt fühlen und dass ich ..."

„Vielleicht", unterbrach Colin sie mit Nachdruck, „bist du so freundlich und sagst mir, wer Jeffrey ist und warum er heute Morgen in deinem Bett war?"

„Auf, nicht in meinem Bett", verbesserte Alice ihn ungeduldig. „Und lenk nicht dauernd vom Thema ab, Colin. Damit lasse ich dich nicht durch."

„Nein, diese Sache möchte ich jetzt zuerst klären." Er stellte sich neben sie an die Reling und fasste ihr unter das Kinn. Sein Griff war überraschend fest. „Genauer gesagt, ich bestehe darauf."

„Willst du endlich damit aufhören?" verlangte Alice und trat unwillig einen Schritt zur Seite. „Wie kann ich weiterreden, wenn du ständig an mir herummäkelst und mir nicht einmal in Ruhe zuhörst?"

„Herummäkeln nennst du das?" Colin warf den Kopf zurück und brach in schallendes Gelächter aus. „Nun, wenn das keine Übertreibung ist! Aber jetzt sag mir endlich, wer Jeffrey ist."

„Also, ihn lass bitte aus dem Spiel, ja?" Alice seufzte voll verzweifelter Ungeduld auf und beschrieb mit den Armen einen weiten Kreis. „Er hat mir den Artikel heute Morgen gebracht, das ist alles. Ich sage es dir noch einmal, Colin, ich lasse mich nicht mit all deinen ehemaligen und zukünftigen Liebschaften in einen Topf werfen! Und ich werde nicht dazu beitragen, dass du durch irgendwelche Skandalgeschichten bekannt bleibst, dafür bin ich mir zu schade!"

Colin sah sie irritiert an. „Kannst du mir bitte den tieferen Sinn des letzten Satzes verraten? Ich weiß nicht so genau, worauf du jetzt anspielst."

„Ich denke, der Satz ist einfach und durchaus verständlich. Ich meine ihn so, wie ich ihn gesagt habe, Colin, das ist mein Ernst!"

„Ja." Er musterte sie neugierig. „Das sehe ich."

Schweigend sahen sie einander an. Alice war sich der für sie unwiderstehlichen Anziehungskraft, die von ihm ausging, schmerzlich bewusst. Sie fühlte, dass ihr inneres Gleichgewicht ins Wanken geriet, und wandte sich ab, um sich wieder über die Reling zu beugen.

Nachdenklich lauschte sie dem Rauschen der Wellen, wie sie näher kamen und sich am Bug des Bootes brachen. Ihre Schultern hoben und senkten sich, und zuletzt seufzte sie tief.

„Ich bin ein zutiefst einfacher Mensch, Colin. Ich bin niemals im Ausland gewesen und habe mich nur äußerst selten mehr als zweihundert Kilometer von San Francisco entfernt. Ich habe kein schillerndes Vorleben und bin keine Frau, die von Geheimnissen umgeben ist."

Bald hatte sie ihre Fassung wiedergewonnen und drehte sich zu ihm um. Der Wind wehte ihr das Haar ins Gesicht. „Ich mag es nicht, wenn man etwas in mir sieht, das ich gar nicht bin." Sie hob hilflos die Hände und ließ sie dann wieder sinken. „Ich bin nicht der Typ Frau, als den sie mich in dieser Zeitung beschreiben."

Colin faltete die Zeitung zusammen und steckte sie in die Tasche. Dann trat er näher auf sie zu. „Nein. Du bist unendlich viel reizvoller als der Typ Frau, zu dem sie dich in diesem Artikel machen."

Alice schüttelte unwillig den Kopf. „Ich habe das nicht gesagt, damit du mir auch noch weitere Komplimente machst."

„Das war kein Kompliment, sondern ist eine Tatsache." Er küsste sie, ehe sie noch wusste, wie ihr geschah. „Fühlst du dich jetzt besser?"

Alice warf ihm einen missbilligenden Blick zu. „Ich bin doch kein launisches Kind, das einen Wutanfall bekommen hat und getröstet werden muss."

Abschätzend sah er sie an. „Also dann doch eher eine bezaubernde junge Schönheit?"

Alice wollte erst böse werden, dann beschloss sie, die Angelegenheit mit Humor zu nehmen. Abschätzend schaute sie an sich herunter. „Bezaubernd, vielleicht."

„Und mit Sicherheit auch jung."

Sie blickte ihn schelmisch an und machte dazu ein herausforderndes Gesicht. „Hältst du mich etwa nicht für eine Schönheit?"

„Nein."

„Oh!"

Colin lachte herzlich und umschloss ihr Gesicht mit den Händen. „Dieses Gesicht“, begann er, während er sie eingehend musterte, „ist sehr edel geschnitten, und du hast eine samtweiche Haut. Man sieht dir deine Stärke an, aber da ist auch Weichheit, auf alle Fälle gibt es da viel Lebendigkeit. Das Schönste aber ist, dass du dir dessen in keinster Weise bewusst bist. Ein einzigartiges, ausdrucksvolles Gesicht hast du, und die Bezeichnung ‚schön‘ ist dafür viel zu nichts sagend.“

Alice wurde es ganz warm ums Herz. Sie wunderte sich, dass selbst jetzt, obwohl sie sich ein wenig ärgerte, ihr Herz unter seinem Blick wild klopfte.

„Das ist eine charmante Methode, eine Beleidigung abzuschwächen“, meinte sie leichthin. „Da schlägt wohl der Ire in dir durch?“

„Oh, ich kenne eine noch viel bessere. Soll ich sie dir mal zeigen?“

Er küsste sie so schnell und unvermutet, dass Alice gar keine Zeit zum Antworten blieb. Sie konnte nur den Kuss erwidern.

Voller Lust strich sie über seine feste bloße Haut, und sie spürte dabei die Wärme der Sonne und ihr eigenes aufflammendes Verlangen. Eine nie gekannte Sehnsucht überkam sie, doch weit davon entfernt, sich seinen Liebkosungen zu überlassen, wurde sie immer fordernder. Die Leidenschaft, die Colin in ihr weckte, beherrschte sie voll und ganz, sie legte jegliche Scheu und Zurückhaltung ab. Er umfasste sie noch fester, und sie hörte ihn leise seufzen.

„Alice“, murmelte er und strich mit den Lippen zart über ihr Gesicht. „Du hast mich verzaubert.“

Eine ungeahnte Neugier bemächtigte sich ihrer, und sie begann seinen Rücken, seine Brust, seine Arme mit den Händen zu erforschen. Colins Herz schlug heftig, während sie ihn berührte …

„Ach, du lieber Himmel, ich störe wohl gerade.“ Das konnte nur Veras Stimme sein.

Verwirrt löste Alice die Lippen von Colins, aber sie war nicht in der Lage, sich auch noch aus seiner Umarmung zu befreien.

Als sie den Kopf wandte, sah sie Vera Kingsley tatsächlich geradewegs in die Augen. Vera stand auf der obersten Stufe der Treppe und hatte eine Hand auf die Reling gelegt. Ihr smaragdfarbener Seidenschal flatterte leicht im Wind.

„Bitte verzeih mir, Colin, Liebling. Ich hatte ja keine Ahnung, dass du nicht allein bist! Sonntags suchst du ja für gewöhnlich eher die Einsamkeit." Sie lächelte, als ob sie damit zum Ausdruck bringen wollte, wie gut sie mit seinen Gepflogenheiten vertraut war. „Ich wollte die Rothschild-Bilder abholen, du erinnerst dich doch? Und dann muss ich noch ein oder zwei Dinge mit dir besprechen. Ich warte einstweilen unten."

Sie überquerte das Deck, während sie noch sprach, und öffnete eine Tür, die ins Innere des Hausbootes führte. „Soll ich Kaffee für uns drei kochen?" fragte sie und verschwand, ohne eine Antwort abzuwarten.

Alice wandte sich wieder Colin zu und stemmte die Hände gegen seine Brust. „Lass mich gehen", forderte sie verärgert. „Lass mich augenblicklich gehen!"

„Warum? Noch vor kurzer Zeit schienst du hier glücklich zu sein."

Sie warf den Kopf zurück und versuchte sich loszureißen, aber es blieb ohne Erfolg, unter seinem Griff schien jeder Widerstand zwecklos. „Da war ich ja auch vollkommen geblendet vor Lust. Das war ein rein triebhaftes Bedürfnis!"

„Ein triebhaftes Bedürfnis?" echote Colin. Er schmunzelte anerkennend. „Wie interessant. Geschieht das öfter?"

„Grins mich nicht so an, Colin, untersteh dich!" Alice drohte ihm mit dem Zeigefinger.

Colin ließ sie los, aber seine Miene veränderte sich nicht. „Es fällt mir bisweilen schwer, es nicht zu tun."

„Ich will nicht, dass du mich hier in den Armen hältst, während Vera mit ihrem überheblichen Lächeln zusieht." Mit Nachdruck strich sie ihr T-Shirt glatt.

„Nanu, Alice, du bist doch nicht etwa eifersüchtig?" Sein Lächeln wurde noch breiter. „Wie schmeichelhaft für mich, das wusste ich ja gar nicht."

Alice fixierte ihn empört. „Du selbstgefälliger, unerträglicher Kerl! Was bildest du dir ein!“

„Vorhin, als du dein so genanntes triebhaftes Bedürfnis verspürtest, konntest du mich aber recht gut ertragen. Wie kommt das?“

Außer sich vor Zorn erwog Alice einen Moment, ihm eine Ohrfeige zu geben. Colin musste das gespürt haben, denn er umfasste sanft ihre Taille und sagte ruhig: „Frauen sollten mit Worten schlagen, nicht mit Händen.“ Wohlwollend nickte er ihr zu.

„Ich hab die Spielregeln nicht gelesen“, gab sie ihm von oben herab zu verstehen. Jetzt gelang es ihr endlich, sich loszureißen. Sie wandte sich um und wollte auf demselben Weg gehen, auf dem sie gekommen war, aber Colin packte sie bei der Hand und zog sie so heftig zurück, dass sie gegen seine Brust taumelte. Er lächelte und küsste ihre Nasenspitze.

„Warum so eilig?“

„Es gibt da ein altes Sprichwort“, beschied sie ihm und befreite sich erneut aus einem Griff. „Das besagt, drei sind einer zu viel.“

Colin lächelte und tätschelte ihre Wange. „Alice, sei kein Dummkopf.“

Sie verdrehte die Augen zum Himmel und betete innerlich um Beherrschung. Einfach loszuschreien würde das Problem auch nicht lösen. So atmete sie stattdessen mehrere Male tief durch. „Ach, geh doch und mal deine Segelschiffe“, schlug sie ihm dann bissig vor und stieg die Treppe zum Unterdeck hinunter.

„Das werde ich tun. Und noch eins – du bist eine wirklich gut aussehende Frau, Alice!“ rief er ihr nach.

Sie sah zurück und bedachte ihn mit einem vernichtenden Blick. Colin lehnte heiter und behaglich an der Reling.

„Außerdem muss ich dir etwas verraten. Es ist faszinierend mit anzusehen, wie sich bei dir ein Wutanfall zusammenbraut. Das nächste Mal versuche ich dich zur Abwechslung von dieser anderen, auch überaus charmanten Seite zu malen.“

„Dazu wirst du aber leider keine Gelegenheit bekommen!“ rief

Alice zurück und beschleunigte ihre Schritte, aber Colin unternahm sowieso keinen Versuch, sie zurückzuhalten.

Sein Lachen hallte noch lange hinter ihr her.

9. KAPITEL

Alice wusste, dass Colin das Bild von ihr nun beinahe vollendet hatte. Sie fühlte sich leer und ausgebrannt, wie jemand, der bis zur Grenze der Erschöpfung gearbeitet hatte. Obwohl sie einsah, dass der Abschluss des Bildes eine große Erleichterung nach all der Zeit des anstrengenden Modellstehens bedeuten würde, versuchte sie doch, den Gedanken daran unter Aufbringung ihrer ganzen Willenskraft vorerst beiseite zu schieben.

Während sie in Positur stand, ahnte sie, dass Colin bereits damit beschäftigt war, dem Bild den letzten Schliff zu geben; er wirkte nicht mehr wie jemand, der Neues schuf. Seine aufbrausende Ungeduld hatte sich gelegt.

Ihren sonntäglichen Besuch auf dem Hausboot erwähnte er mit keinem Wort, und sie war ihm dafür dankbar. Sie war mittlerweile so weit sich einzugestehen, dass sie sich wirklich wie eine Närrin benommen hatte, eine kopflose Närrin.

Das habe ich ja nicht zum ersten Mal getan, grübelte sie. Und vielleicht ist es auf gewisse Weise sogar zu entschuldigen, wenn man bedenkt, was passiert ist.

Was sie an jenem Tag gesehen hatte, das Foto, das der Öffentlichkeit ihre intimsten Empfindungen darbot, war natürlich daran schuld. Und dieser alberne kleine Artikel …

Dann musste sie daran denken, wie Vera sich wortreich über Romantik und Colins Image als Künstler ergangen hatte. Schon die Erinnerung allein genügte, um Alice aufbrausen zu lassen, aber sie rief sich zur Ordnung.

Sie brauchte sich Veras Gerede ja nicht mehr lange anzuhören. Bald war das Bild vollendet, dann hatte Vera ihren Colin wieder ganz für sich.

Sie, Alice, sollte sich lieber Gedanken über die Zukunft machen. Wieder muss ich mir einen neuen Job suchen, dachte sie trübsinnig. Nein, es wird ein ganz neuer Beginn sein, verbesserte sie sich sogleich. Neue Erfahrungen, neue Gesichter und einsame Nächte werden auf mich warten.

„Zum Glück habe ich das Gesicht gestern zu Ende gemalt", bemerkte Colin und holte sie damit in die Gegenwart zurück. „In den letzten zehn Minuten hat sich dein Gesichtsausdruck mindestens ein Dutzend Mal verändert. Es ist ganz erstaunlich, über was für eine Mimik du verfügst."

„Es tut mir Leid. Ich habe …" Sie suchte nach dem passenden Wort. „Ich habe nachgedacht."

„Ja, das konnte man sehen." Sein Blick hielt den ihren fest. „Das waren offenbar keine sehr fröhlichen Gedanken." Fragend sah er sie an.

„Nein, nein, ich habe nur über eine Szene in meinem Buch nachgedacht."

Colin brummte etwas vor sich hin und trat einen Schritt von der Staffelei zurück. „Bestimmt war es eine recht traurige Szene."

„Das stimmt. Es kann in Romanen ja nicht nur immer heiter zugehen." Sie schluckte. „Es ist fertig, nicht wahr?"

„Ja. Wir haben es geschafft."

Alice seufzte heimlich, während sie beobachtete, wie er sein Werk kritisch begutachtete. „Komm, sieh es dir an", forderte er sie auf. Er streckte die Hand aus, aber sein Blick ließ dabei das Bild nicht los.

Zu ihrer Überraschung stellte sie fest, dass sie Angst hatte. Colin sah auf und hob die Augenbrauen.

„Nun komm schon!"

Mit verkrampften Fingern ging sie auf ihn zu. Gehorsam reichte sie ihm die Hand, dann wagte sie, einen Blick auf das Bild zu werfen.

Wohl an die hundert Mal hatte sie versucht, sich das Ergebnis vorzustellen, aber die Wirklichkeit hatte nicht das Geringste mit ihrer Vorstellung zu tun.

Der Hintergrund des Bildes war dunkel gehalten, voller Schatten, die dem ganzen Bild große Tiefe verliehen.

Im Mittelpunkt aber stand sie in ihrem zart beigefarbenen Kleid. Es sah aus, als würde sie von einer unsichtbaren Lichtquelle beleuchtet.

Der Veilchenstrauß bildete einen überraschenden Farbtupfer in diesem Gemisch der Farben und zog das Auge des Betrachters unweigerlich auf die feingliedrigen Hände, die ihn hielten. Die Haltung und Neigung ihres Kopfes verrieten Stolz und Würde. Das Haar umgab das Gesicht in dichten funkelnden Strähnen, es wirkte wie ein Widerspruch zu der Ruhe und Unschuld, die durch das Gewand dargestellt wurden. Dieses Haar vermittelte den Eindruck von Leidenschaft.

Alice hatte gar nicht gewusst, dass ihr Gesicht so fein geschnitten war. Die strenge, klare Geradlinigkeit der Züge vereinte sich auf seltsame Weise mit dem Eindruck von Zartheit und Verletzlichkeit. Ja, sie hatte Recht gehabt, als sie annahm, er würde sie mit ganz anderen Augen sehen, als sie selbst es bisher getan hatte.

Ihre Lippen waren auf dem Bild kaum merklich geöffnet. Es gab kein Lächeln zu sehen, und etwas wie Erwartung lag in ihren Zügen.

Die Augen aber verrieten alles. Es waren die Augen einer Frau, die sich in Liebe verzehrte. Dabei ging von ihnen gleichzeitig auch der Eindruck von Unschuld aus.

Niemand konnte das Bild betrachten, ohne zu bemerken, dass die Frau, die es darstellte, in jemanden verliebt war, wahrscheinlich sogar in den Maler.

„Du bist so still, Alice“, murmelte Colin und legte den Arm um ihre Schultern.

„Ich finde nicht die richtigen Worte“, flüsterte sie und überlegte lange Zeit. „Kein Wort, das angemessen wäre. Alles, was mir einfällt, würde flach und belanglos klingen.“ Für einen kurzen Augenblick lehnte sie sich an ihn. „Colin ...“

Alice versuchte wenigstens für einen Moment zu vergessen, dass die Augen auf dem Gemälde unverblümt all ihre Liebe für Colin ausdrückten. Sie bemühte sich krampfhaft, dieses Porträt sachlich zu sehen, nicht als Enthüllung ihrer geheimsten Empfindungen. Sie musste an das denken, was Colin zu Beginn der Sitzungen gesagt hatte: Er wolle ihre Träume malen. Das war ihm allerdings gelungen.

Colin küsste sie zärtlich auf den Nacken, dann ließ er sie los. „Es kommt nur ganz selten vor, dass man nach vollendeter Arbeit einen Schritt zurücktritt und selbst erstaunt darüber ist, dass man mit den eigenen Händen so etwas Außergewöhnliches geschaffen hat."

Alice hörte die Erregung aus seiner Stimme heraus. Es kam ihr fast wie ein Wunder vor, hätte sie doch niemals gedacht, er sei zu so tiefen Gefühlen fähig.

„Das ist das Beste, was ich je zu Stande gebracht habe." Er wandte sich zu ihr um, und sein Blick ruhte voller Eindringlichkeit auf ihr. „Ich danke dir, Alice. Du bist die Seele dieses Bildes."

Alice war kaum in der Lage, Colins Worte zu ertragen, und sie drehte sich um. Sie musste all ihren Stolz zusammennehmen, und verzweifelt bemühte sie sich, ihrer Stimme einen ruhigen Klang zu verleihen.

„Ich war immer der Meinung, dass der Künstler die Seele seines Werkes ist."

Sie legte den Veilchenstrauß auf den Tisch und begann im Zimmer auf und ab zu gehen. Die Seide des Kleides raschelte bei jedem ihrer Schritte. „Es ist deine Fantasie, dein Talent. Wie viel von mir lebt denn tatsächlich in diesem Bild?"

Sie sprachen beide kein Wort, aber Alice wandte sich nicht zu Colin um.

„Weißt du das denn nicht?" brach er schließlich das Schweigen.

Alice befeuchtete die trockenen Lippen, wandte ihm das Gesicht zu und sagte leichthin: „Mein Gesicht." Dabei wies sie auf das Bild. Ruhig fuhr sie fort: „Und mein Körper. Der Rest ist dein Werk, Colin. Das ist nicht mein Verdienst. Du hast die Stimmung festgehalten, du hast das von mir verwendet, was du immer in mir gesehen hast. Du hattest eine ganz bestimmte Vorstellung von meinen Augen. Ich sollte ein Wunschtraum für dich sein, und das hast du aus mir gemacht. Es ist alles deine Illusion.“ Diese Worte bereiteten ihr größeren Schmerz, als sie je für möglich gehalten hätte. Und doch fühlte sie, dass sie gesagt werden mussten.

„So siehst du es?“ Colin sah sie fragend an, aber sie spürte den Ärger, der sich unter dem Anschein von Gelassenheit, den er sich gab, zusammenbraute. „Du hast Modell gestanden, und ich hielt die Fäden in der Hand?“

„Du bist der Künstler, Colin.“ Sie hob leichthin die Schultern. „Ich bin nur eine arbeits- und erfolglose Schriftstellerin.“

Er stand lange Zeit schweigend da, dann ging er zu ihr hinüber. Entschlossen legte er ihr die Hände auf die Schultern. Alice hatte diesen suchenden, forschenden Ausdruck in seinen Augen, mit dem er sie ansah, schon einmal erlebt, und sie straffte sich, um ihm zu widerstehen. Der Druck seiner Hände verstärkte sich.

„Hat die Frau auf dem Bild irgendetwas mit dir gemeinsam?“ fragte er langsam und bedächtig.

Alice schluckte, sie hatte ein Gefühl, als sei ihre Kehle zugeschnürt. „Warum, natürlich, Colin, ich habe dir doch eben gesagt …“

Er schüttelte sie so heftig, dass es ihr unmöglich war, den Satz zu vollenden. Sie sah den Zorn in seinen Augen und bekam ein wenig Angst.

„Glaubst du tatsächlich, dass ich es nur auf dein Gesicht abgesehen hatte? Dass ich nur die Schale wollte, aber nicht den Kern? Gibt dieses Bild denn nichts von dir wieder, was tief in dir verborgen ist?“

„Musst du denn alles haben?“ fragte sie nun voller Verzweiflung zurück. „Musst du wirklich alles haben wollen?“ Ihre Stimme klang ganz belegt vor innerer Bewegung. „Du hast mich ausgehöhlt, Colin. Das da hat mich vollkommen leer gemacht.“ Sie deutete in die Richtung des Gemäldes. „Ich habe dir alles gegeben, wie viel mehr willst du denn noch?“

Sie stieß ihn beiseite, als sie meinte, an ihren Gefühlen zu ersticken. „Du hast mich nie angesehen, nie an mich gedacht, es sei denn, es war wegen des Bildes." Sie strich sich die Haare aus dem Gesicht und legte die Handflächen gegen ihre Schläfen. „Ich will dir nichts mehr geben. Ich kann es nicht, denn es ist nichts mehr da! Es ist alles da drinnen!" Wieder zeigte sie zur Staffelei, dann brach ihre Stimme. „Gott sei Dank, dass es vorbei ist."

Sie machte auf dem Absatz kehrt und verließ fluchtartig das Atelier. Was für Gefühle hatte Colin nur in ihr entfacht?

Die nächsten zwei Wochen verbrachte Alice in der Wohnung von Freunden, die verreist waren. Sie hatte Jeffrey eine kurze Notiz hinterlassen, ihre Schreibmaschine mitgenommen und sich dann in die Arbeit gestürzt.

Den Hörer des Telefons hängte sie aus und verriegelte die Tür. Zwei Wochen lang versuchte sie zu vergessen, dass es draußen noch eine andere Welt gab als die ihrer Romanfiguren, ihrer Fantasie.

Es zählten nur noch die Probleme und Charaktere ihrer erfundenen Personen. Alice St. John wollte sie aus ihren Gedanken streichen.

Als die zwei Wochen um waren, hatte Alice fünf Pfund abgenommen, hundert Seiten Papier beschrieben und ihr inneres Gleichgewicht einigermaßen wiedererlangt.

Als sie die Schreibmaschine die Treppen zu ihrer Wohnung emportrug, vernahm sie Jeffreys Gitarrenspiel durch seine Wohnungstür hindurch. Sie zögerte einen Augenblick, ob sie ihm sagen sollte, sie sei wieder zu Hause, aber dann ließ sie es und ging leise an seiner Wohnung vorbei. Sie war noch nicht so weit, etwaige Fragen beantworten zu können.

Auch zog sie kurz in Erwägung, Colin in der Galerie anzurufen, um sich bei ihm zu entschuldigen, aber dann ließ sie diesen Gedanken ebenfalls fallen.

Es war das Beste, wenn der Bruch zwischen ihnen endgültig war. Wenn sie als gute Freunde auseinander gingen, würde er sich vielleicht versucht fühlen, ab und zu mit ihr in Verbindung zu treten. Alice wusste, dass sie ein unbefangenes, freundschaftliches Verhältnis zu ihm nicht würde ertragen können und dass es keine andere Lösung gab.

Sie nahm das Kleid, das sie bei ihrer Flucht aus dem Atelier mitgenommen hatte, und strich behutsam über das weiche Material, als sie es in die Schachtel zurücklegte. So vieles war geschehen, seit sie es zum ersten Mal getragen hatte. Hastig stülpte sie den Deckel über den Karton. Dieser Abschnitt ihres Lebens war endgültig vorbei.

Sie ging ans Telefon, um in der Galerie anzurufen. Der Angestellte verband sie sofort mit Vera.

„Oh, hallo, Alice! Wo haben Sie denn gesteckt?" Vera machte einen ganz munteren Eindruck, es war alles wie immer.

„Ich habe hier noch das Kleid, das ich zum Modellsitzen brauchte, und den Atelierschlüssel", teilte Alice ihr ohne Umschweife mit. „Könnte vielleicht jemand vorbeikommen und die Sachen abholen?"

„Ich verstehe." Vera zögerte, bevor sie weitersprach. „Ich fürchte, wir sind im Moment alle fürchterlich beschäftigt, meine Liebe. Ich weiß, dass Colin das Kleid unbedingt haben will. Seien Sie doch bitte so lieb und bringen Sie es kurz vorbei, ja? Sie haben ja den Schlüssel, also legen Sie ruhig alles ins Atelier. Colin ist nicht da, und wir ertrinken in Arbeit."

„Ich möchte lieber nicht ..."

„Vielen Dank, meine Liebe. Ich muss weitermachen." Vera legte den Hörer auf, und Alice stöhnte verärgert.

Colin ist also nicht da, überlegte sie und nahm die Kleiderschachtel unter den Arm. Jetzt war der Zeitpunkt gekommen, endgültig die Angelegenheit aus der Welt zu schaffen.

Später am Tag stieß Alice die Tür zu Colins Atelier auf. Der vertraute Farbgeruch umfing sie und erinnerte sie augenblicklich schmerzhaft an Colin. Entschieden schob sie diesen Gedanken beiseite. Jetzt ist nicht der richtige Zeitpunkt für so etwas, ermahnte sie sich und ging mit energischen Schritten auf den Tisch zu, wo sie den Karton und den Schlüssel ablegte.

Aber dann stand sie doch eine Weile nachdenklich im Raum und sah sich um. Stunden hatte sie hier verbracht, Tage. Jede Einzelheit hatte sich für immer in ihr Gedächtnis eingegraben, und doch wollte sie alles noch ein letztes Mal sehen.

Zu ihrer Überraschung stand ihr Porträt noch immer auf der Staffelei. Alice vergaß darüber ihren Entschluss, nicht zu bleiben, und ging zu dem Bild hinüber, um es sich noch einmal anzusehen.

Als sie die eigenen Augen auf dem Bild erblickte, fragte sie sich, wie Colin sie wohl betrachten und dennoch ihre Worte glauben konnte.

Sie musste eigentlich dankbar sein, dass er ihr trotzdem geglaubt hatte, dankbar dafür, dass er ihren Worten doch mehr Glauben geschenkt hatte als seinen Augen. Sie streckte die Hand aus, um die gemalten Veilchen zu berühren.

Die Tür öffnete sich, und Alice fuhr entsetzt herum. Ihr Herz schlug ihr bis zum Hals.

„Alice!“ Vincente betrat mit einem strahlenden Lächeln das Atelier. „Was für eine Überraschung!“ Er eilte auf sie zu und nahm ihre Hände.

„Hallo.“ Ihre Stimme klang etwas unsicher, aber es gelang ihr, sein Lächeln zu erwidern.

Er sah, dass sie aufgeregt war, und ihm fiel auch ihre außergewöhnliche Blässe sofort auf. „Wussten Sie, dass Colin nach Ihnen gesucht hat?“

„Nein.“ In einem Anflug von Panik blickte sie zur Tür. „Nein, das wusste ich nicht. Ich war fort, ich habe gearbeitet. Ich habe nur ...“ Sie entzog ihm schnell die Hände, als sie merkte, dass sie unzusammenhängend zu stottern begann, und verflocht die Finger ineinander. „Ich habe doch nur das Kleid zurückgebracht, das ich für das Modellsitzen getragen habe. Eigentlich wollte ich gleich wieder gehen.“

Vincente sah sie prüfend an. „Haben Sie sich etwa versteckt, Madonna?“

„Nein.“ Alice drehte sich um und trat ans Fenster. „Nein, natürlich nicht. Ich habe gearbeitet.“ Abwesend beobachtete sie, wie draußen der Spatz, den sie schon beim Nestbau beobachtet hatte, seine drei Jungen fütterte. „Ich wusste gar nicht, dass Sie so lange in Amerika bleiben wollten.“ Sie musste einfach irgendetwas sagen, um nur nicht aus dem Takt zu kommen.

„Ich bin etwas länger geblieben. Ich wollte Colin dazu überreden, mir ein Bild zu verkaufen, von dem er sich nur widerwillig trennen will.“

Alices Hände verkrampften sich um den Fenstersims. Sie hatte gewusst, er würde es verkaufen. Von Anfang an hatte sie gewusst, dass nur Geld von alledem übrig bleiben würde. Hatte sie etwa geglaubt, er würde das Bild behalten und an sie denken? Sie schüttelte den Kopf und stöhnte leise und verzweifelt auf.

„Alice.“ Vincente legte ihr behutsam die Hand auf die Schulter.

„Ich hätte nicht herkommen sollen“, flüsterte sie und schüttelte abermals den Kopf. „Ich hätte es besser wissen müssen.“ Sie wollte davonlaufen, aber Vincente hielt sie fest und drehte sie zu sich herum. Er betrachtete sie eingehend und strich ihr leicht über die Wange.

„Bitte …“ Alice schloss die Augen. „Bitte seien Sie nicht so freundlich zu mir. Ich bin nicht so stark, wie ich geglaubt habe.“

„Und Sie lieben ihn sehr.“

Alice riss die Augen auf und errötete verlegen. „Nein! Es ist nur, weil ich …“

„Madonna.“ Vincente legte ihr beschwichtigend einen Finger auf die Lippen. „Ich habe das Gemälde gesehen. Es sagt mehr als alle Worte.“

Alice senkte den Kopf und fasste sich an die Stirn. „Ich will nicht … Ich bemühe mich so sehr, es nicht zu wollen. Ich muss jetzt gehen“, fügte sie hastig hinzu.

„Alice!“ Vincente hielt sie bei den Schultern, seine Stimme klang freundlich. „Sie müssen ihn sehen ... und mit ihm sprechen.“

„Ich kann nicht.“ Sie legte ihm die Hand auf die Brust und schüttelte verzweifelt den Kopf. „Bitte, sagen Sie ihm nichts. Bitte, nehmen Sie das Bild und machen Sie dem ein Ende.“ Ihre Stimme brach, und plötzlich lag sie an Vincentes Brust. Sie schämte sich dessen nicht. „Ich wusste immer, es würde eines Tages zu Ende sein.“ Unter ihren geschlossenen Lidern brannten Tränen, und sie blieb in Vincentes Armen, bis das quälende Bedürfnis zu weinen abgeflaut war. Er streichelte ihr Haar und schwieg, bis er spürte, dass ihr Atem wieder etwas regelmäßiger ging. Dann küsste er sie zärtlich auf die Stirn und hob ihr Gesicht zu sich empor.

„Alice, Colin ist mein Freund ...“

„Wie interessant!“

Alice wandte sich überrascht um, ihr Blick fiel auf Colin, der im Eingang zum Atelier stand.

„Das habe ich auch immer gedacht.“ Seine Stimme klang gefährlich ruhig. „Es sieht so aus, als habe ich mich in letzter Zeit in mehr als einer Person getäuscht.“ Noch ehe er auf sie zukam, spürte Alice, dass Gefahr in der Luft lag. „Vera berichtete mir, ich würde dich hier oben finden, mit einem so genannten Freund“, bemerkte er schneidend, als er vor ihnen stand.

„Colin!“ versuchte Vincente ihn zu unterbrechen, aber ein finsterer Blick brachte ihn zum Schweigen.

„Nimm deine Hände von ihr und verschwinde. Wenn ich hier fertig bin, kannst du da weitermachen, wo du aufgehört hast!“ herrschte er Vincente an.

Alice hörte, wie wütend er war, und löste sich aus Vincentes Armen. „Bitte“, murmelte sie. Sie wollte nicht, dass es ihretwegen zu einem Streit zwischen den beiden Männern kam. „Lassen Sie uns einen Moment allein.“ Als Vincente keine Anstalten machte, ihren Arm loszulassen, sah sie ihm in die Augen. „Bitte!“ wiederholte sie.

Sofort ließ Vincente sie los. „Gut, meine Liebe.“ Dann wandte er sich brüsk an Colin. „Ich hätte nicht gedacht, dass du jemanden so verkennen kannst, mein Freund.“ Kopfschüttelnd ging er durch den Raum und zog leise die Tür hinter sich ins Schloss.

Alice wartete vorsichtshalber noch einen Augenblick, ehe sie zu sprechen begann. „Ich bin nur gekommen, um das Kleid und den Schlüssel zurückzubringen.“ Sie befeuchtete sich nervös die Lippen, weil er wartete und sie nur wortlos ansah. „Vera sagte mir, du seist nicht da.“

„Wie praktisch, so stand dir und Vincente ja das ganze Atelier zur Verfügung.“

„Colin, hör auf.“

„Du willst dich wohl gern verbessern und Herzogin werden, wie?“ fragte er kalt. „Ich sollte dich eigentlich warnen. Vincente ist bekannt für seine Großzügigkeit, aber auch für seine Treulosigkeit.“ Sein Blick glitt über ihr Gesicht. „Obwohl – für eine Frau wie dich sind wahrscheinlich ein bis zwei Wochen sowieso schon genug.“

„Das ist jetzt unter deinem Niveau, Colin!“ Entschlossen drehte sie sich um und tat einen Schritt von ihm weg, aber da griff er ihr ins Haar und hielt sie zurück.

Colins Augen sahen düster aus, und Schatten lagen unter ihnen. Alice entdeckte erst jetzt, dass er sich seit mindestens zwei Tagen nicht mehr rasiert haben musste, sein Kinn und die Wangen schimmerten bläulich-schwarz. Auch fiel ihr plötzlich auf, dass er erschöpft aussah. Wenn sie es sich überlegte, so hatte er selbst nach stundenlangem Arbeiten nie das geringste Zeichen von Müdigkeit gezeigt. Sein Griff in ihr Haar verstärkte sich.

„Colin.“ Abwehrend hob sie die Hand.

„Was für eine Unschuld“, meinte er gehässig. „Nein, welche Unschuld! Du bist wirklich eine kluge Frau, Alice. Das muss man dir lassen.“

Er packte ihre Schultern grob und beinahe schmerzhaft. Wortlos sah Alice ihn an, sie fürchtete sich mit einem Mal vor ihm.

„Es ist eine Sache, mit Worten zu lügen, aber so etwas mit den

Augen, mit den Blicken Tag für Tag zu tun, das ist schon etwas anderes. Das kommt schon fast einem Betrug gleich."

„Nein." Sie schüttelte heftig den Kopf, weil seine Worte sie so kränkten, dass sie nur mit Mühe die Tränen zurückhalten konnte. „Nein, Colin, bitte." Sie wollte ihm sagen, dass sie ihn niemals angelogen hatte, aber sie brachte diese Rechtfertigung nicht über die Lippen.

Beim allerletzten Male, als sie zusammen gewesen waren, da hatte sie allerdings gelogen. Ohne dass sie es verhindern konnte, begannen ihre Tränen zu fließen.

„Was soll das alles jetzt?" fragte er bitter. Weil er sah, dass sie weinte, wurde er noch aufgebrachter. „Willst du mich mit diesem tränenreichen Auftritt vergessen lassen, dass ich dich tagtäglich angesehen habe und dabei etwas zu entdecken glaubte, was in Wirklichkeit niemals da war?"

„Ich habe dir gegeben, was du wolltest." Sie schluchzte und stemmte sich gegen ihn. „Bitte, lass mich jetzt gehen. Ich habe dir gegeben, was du verlangt hast. Es ist aus."

„Du hast mir eine Maske, eine leere Hülle gegeben. Hast du mir das nicht selbst gesagt?" Er zog sie dichter an sich und zerrte an ihrem Haar, sodass sie den Kopf zurücklegen und ihm in die Augen sehen musste. „Der Rest war meine Fantasie. Das hast du mir gesagt. Aus, Alice? Wie kann etwas aus sein, wenn es nie vorhanden war?" Er hinderte sie daran, seinem Blick auszuweichen. „Du hast gesagt, ich hätte dich ausgehöhlt. Kannst du dir vorstellen, dass es mir in den letzten Wochen vielleicht ähnlich ergangen ist?" Er schüttelte sie, und Alice schluchzte immer hemmungsloser. „Du hattest Recht, als du sagtest, das Bild gäbe nur dein Gesicht und deinen Körper wieder. Du besitzt nämlich gar keine Wärme. Die Frau auf dem Gemälde habe ich geschaffen, so wie sie dort abgebildet ist, ich ganz allein."

„Bitte, Colin, das ist genug." Sie hielt sich die Ohren zu, um ihm nicht mehr zuhören zu müssen.

„Ja, ja, Alice, die Wahrheit hört man nicht gern." Er zog seine

Hände fort und zwang sie erneut, ihm in die Augen zu sehen. „Du und ich, wir wissen, dass das Bild ein Wunschtraum ist, dass die Frau darauf gar nicht existiert. Immerhin haben wir uns beide einen Gefallen getan, nicht wahr?“ Mit einem unterdrückten Fluch stieß er sie von sich. „Geh, damit ich dich nicht mehr sehen muss.“

Blind vor Tränen lief Alice aus dem Atelier.

10. KAPITEL

Erst am späten Nachmittag kehrte Alice zu dem Häuserblock zurück, in dem sich ihre Wohnung befand. Nachdem ihre Tränen versiegt waren, war sie lange Zeit ziellos spazieren gegangen. Die Straßen der Stadt waren voller Menschen gewesen, und sie hatte bewusst die Einsamkeit in der Menge gesucht. Inzwischen wurde der Schmerz durch große Müdigkeit gelindert.

Kurz bevor sie zu Hause ankam, fing es an zu regnen, aber Alice beschleunigte ihre Schritte nicht. Der Regen war angenehm kühl und weich auf ihrer Haut.

Im Haus begann sie nach ihrem Briefkastenschlüssel zu suchen. Sie tat das vollkommen mechanisch, weil es eine alltägliche Gewohnheit war. Eins hatte sie sich geschworen: Sie würde sich nicht in ein tiefes dunkles Loch der Verzweiflung fallen lassen, sie würde weiterleben. Und sie würde überleben. Das hatte sie sich während ihres langen Spaziergangs vorgenommen.

Alice steckte den Schlüssel in das Schloss des Briefkastens und sperrte ihn auf. Sie entnahm ihm einen kleinen Packen Post, und während sie langsam die Treppenstufen hinaufstieg, durchblätterte sie geistesabwesend die verschiedenen Briefe.

Plötzlich blieb sie wie angewurzelt stehen, weil ihr Blick auf einen ganz bestimmten Absender fiel: Es war ein Brief aus New York!

Eine Weile drehte sie den Brief nur unschlüssig in den Händen. Sie stieg die Treppen wieder hinab, steckte die restliche Post zurück in den Briefkasten und lehnte sich dann schwer atmend gegen die Wand. Ob dies eine Absage war? Sie nagte grübelnd an ihrer Unterlippe. Aber wo blieb dann das Manuskript? Es müsste in diesem Fall ja eigentlich mit zurückgeschickt worden sein. Wieder sah sie auf den Umschlag und schluckte krampfhaft.

„Ach, zum Teufel“, murmelte sie halblaut vor sich hin und riss entschlossen die Briefhülle auf. Schweigend las sie den Inhalt des

Briefes, dann überflog sie ihn gleich noch einmal. Warum ausgerechnet jetzt, fragte sie sich im Stillen. Zu ihrem Ärger fing sie unwillkürlich wieder an zu weinen. Sie war im Moment einfach nicht im Stande, mit einer solchen aufregenden Nachricht fertig zu werden.

Aber dann unterdrückte sie tapfer ihre Tränen und schüttelte den Kopf. Doch, gerade jetzt ist der richtige Zeitpunkt, verbesserte sie sich und las den Brief zum dritten Mal. Was ist an ihm denn auszusetzen?

Sie steckte das Schreiben in die Jackentasche und rannte wieder hinaus in den Regen. Zehn Minuten später hämmerte sie gegen Jeffreys Tür.

Er öffnete ihr mit der Gitarre in der Hand. „Alice, du bist wieder da! Wo hast du nur gesteckt? Wir wollten schon die Polizei verständigen.“ Er verstummte und musterte sie von Kopf bis Fuß. „Du meine Güte, Alice, was ist denn nur mit dir passiert? Du bist ja völlig durchnässt!“

„Ich bin nicht durchnässt“, gab Alice würdevoll zurück. An der Stelle, wo sie stand, hatte sich bereits eine kleine Wasserlache gebildet. „Für so etwas bin ich viel zu fein! Ich bin nahe daran, für den Nobelpreis der Literatur vorgeschlagen zu werden! Man wird mein erstes Werk in Kürze verlegen, und dann wirst du es eines Tages in jeder Stadtbücherei finden können!“

„Man hat dein Buch angenommen!“ Jeffrey stieß einen Freudenschrei aus und fiel ihr um den Hals.

Lachend schob Alice ihn von sich. „Ist das alles, was du dazu zu sagen hast? Ein so welterschütterndes Ereignis feiert man natürlich, du Banause!“ Sie strich sich das tropfnasse Haar aus dem Gesicht. „Nun gut, ich jedenfalls weiß, was sich gehört. Ich habe Champagner gekauft und werde ihn mit dir in meinem Salon trinken.“ Sie zog eine Flasche hinter ihrem Rücken hervor und hielt sie ihm stolz vor die Nase. „Ein Smoking ist nicht unbedingt erforderlich. Du darfst so kommen, wie du bist.“

Dann ging sie zu ihrer eigenen Wohnungstür hinüber, öffnete

sie und machte eine einladende Geste. Jeffrey schmunzelte, stellte seine Gitarre ab und folgte ihr.

„So“, meinte Jeffrey, nachdem er die Tür hinter sich geschlossen hatte, und nahm Alice die Champagnerflasche aus der Hand. „Die werde ich entkorken. Du trocknest dir inzwischen die Haare, sonst stirbst du womöglich an Lungenentzündung, bevor überhaupt das erste lang ersehnte Exemplar deines Buches erscheint.“

Als sie, in einen Bademantel gehüllt, mit Handtuch um den Kopf, wieder aus dem Badezimmer kam, ließ Jeffrey feierlich den Korken knallen. Ein Strahl von Champagner kam aus der Flasche geschossen.

„Das ist gut für den Teppichboden“, rief Jeffrey unbekümmert und schenkte ein. „Ich konnte übrigens nur Senfgläser finden.“

„Meine Kristallgläser sind alle zerschlagen“, behauptete Alice unbekümmert und hob ihr Glas. „Auf einen sehr weisen Mann“, verkündigte sie feierlich.

„Und wer ist das?“ erkundigte sich Jeffrey neugierig.

„Mein Verleger!“ Sie schmunzelte und trank. „Das ist ein ausgezeichneter Jahrgang“, stellte sie fest und sah kritisch in ihr Glas.

„Und zwar?“ Neugierig hob Jeffrey die Flasche, um auf das Etikett zu sehen.

„Dieses Jahr“, lachte Alice. „Ich pflege nur neuen Champagner zu kaufen!“

Wieder tranken sie einander zu, dann beugte Jeffrey sich zu ihr und küsste sie. „Meinen herzlichsten Glückwunsch, Kleine.“ Er nahm ihr das feuchte Handtuch ab. „Wie fühlt man sich?“

„Ich weiß nicht so recht.“ Sie legte den Kopf in den Nacken und schloss die Augen. „Ich fühle mich, als sei ich jemand ganz anderes.“ Hastig füllte sie ihr Glas wieder nach.

Sie musste sich bewegen, sprechen. Sie durfte nicht ernsthaft darüber nachdenken, was sie an diesem Tag gewonnen hatte, denn dann fiel ihr gleichzeitig auch der Verlust ein, den sie erlitten hatte, und der Gedanke machte ihre ganze Freude zunichte.

„Ich hätte zwei Flaschen kaufen sollen“, stellte sie fest. „Diese

Gelegenheit hätte das verdient." Sie trank wieder und spürte dabei, wie der Champagner ihr zu Kopf stieg. „Das letzte Mal, als ich Champagner getrunken habe ..."

Alice verstummte bei dieser Erinnerung und schüttelte den Kopf. Jeffrey sah sie erstaunt an. „Nein, nein!" Sie machte eine Handbewegung, als wolle sie diese Gedanken beiseite schieben. „Auf Barbara Seabrights Hochzeit in Sausalito gab es auch Champagner. Einer der Angestellten in der Garderobe machte mir damals einen Antrag."

Jeffrey lachte und nahm einen Schluck. Es klopfte in diesem Moment an der Tür.

„Hereinspaziert, es ist genug da für ..." Alice verstummte, als Colin eintrat. Sie wurde bleich und sah ihn verstört an.

Jeffrey blickte schnell von einem zum anderen und setzte sein Glas ab. „Also, ich gehe jetzt. Vielen Dank für den Champagner, Kleine, wir sprechen uns später noch."

„Nein, Jeffrey!" begann Alice. „Du brauchst nicht zu ..."

„Ich habe bereits einen Schwips", meinte er und schob ihre Hand sachte von seinem Arm. Alice sah, wie er einen Blick des Einverständnisses mit Colin wechselte, ehe er ihr Apartment verließ. Das war merkwürdig. Wieso kannten die beiden sich?

„Alice." Colin kam zu ihr herüber.

„Colin, bitte geh." Sie schloss die Augen und presste die Hände gegen die Schläfen. In der Brust und hinter der Stirn verspürte sie einen quälenden Druck. Nicht weinen, nicht weinen, befahl sie sich selbst immer wieder.

„Ich weiß, ich habe kein Recht, hier zu sein", sagte er mit rauer Stimme. „Ich weiß, ich habe kein Recht, dich zu bitten, mich anzuhören. Dennoch tue ich es."

„Es gibt nichts mehr zu sagen." Alice zwang sich, aufrecht dazustehen und ihn anzublicken.

Colin zuckte leicht zusammen. „Ich verstehe dich ja, Alice, aber ich habe das Gefühl, dass ich mich bei dir entschuldigen muss, dass ich dir eine Erklärung geben sollte."

Sie löste ihre ineinander verkrampften Hände und betrachtete angelegentlich die Finger. „Ich weiß dein Angebot zu schätzen, Colin, aber es ist nicht nötig. Und jetzt ...“ Sie sah ihm in die Augen.

„Oh Alice, ich bitte dich, zeig mehr Nachsicht, als ich es getan habe. Lass mich wenigstens meine Entschuldigung loswerden, ehe du mich fortschickst.“

Alice war nicht im Stande, Colin zu antworten, sie starrte ihn nur wortlos an. Er ging zum Tisch hinüber und griff nach der Champagnerflasche.

„Offenbar habe ich eine kleine Feier gestört.“ Er stellte die Flasche vorsichtig wieder zurück und sah sie an. „Ist das deine Feier?“

„Ja.“ Alice schluckte und bemühte sich, gelassen zu sprechen. „Man hat mein Manuskript angenommen und will es drucken. Ich habe heute den Bescheid bekommen.“

„Alice.“ Er ging auf sie zu und streckte die Hand aus, um ihre Wange zu berühren.

Alice erstarrte und wich hastig zurück. Als sie den Ausdruck auf seinem Gesicht sah, erkannte sie, dass sie ihn verletzt hatte. Er ließ die Hand kraftlos sinken.

„Es tut mir Leid“, begann Alice.

„Das braucht es nicht.“ Es klang ruhig, beinahe resigniert. „Ich kann schwerlich von dir verlangen, dass du es gern hast, wenn ich dich berühre. Ich habe dir wehgetan.“

Er hielt inne, starrte eine Weile auf seine Hand, dann wandte er ihr wieder das Gesicht zu. Sein Blick suchte den ihren. Man konnte ihm die Traurigkeit und Verzweiflung ansehen.

„Weil ich dich genauso gut kenne wie mich selbst, weiß ich, wie sehr ich dir wehgetan habe. Ich werde damit leben müssen. Ich habe kein Recht, dich um Verzeihung zu bitten, aber ich bitte dich, mich wenigstens anzuhören.“

„Gut, Colin, ich höre dir zu“, erwiderte Alice matt. Es kostete sie viel Kraft, aber es gelang ihr schließlich, ruhig zu erscheinen. „Warum setzt du dich nicht?“

Colin schüttelte ablehnend den Kopf und ging zum Fenster. Er sah eine Weile hinaus, die Hände ruhten dabei auf dem Fensterbrett.

„Der Regen hat aufgehört, und Nebel kommt auf. Ich weiß noch genau, wie du damals ausgesehen hast. Du hast dort verträumt im Nebel gestanden und zu den Sternen aufgeblickt. Ich habe dich einen Moment lang für ein Traumbild gehalten."

Sehr leise, als spräche er zu sich selbst, setzte er hinzu: „Ich habe mein Leben lang schon eine feste Vorstellung davon, wie eine Frau sein muss. Vollkommenheit und ausgewogene Eigenschaften suche ich bei ihr. Als ich dich sah, wusste ich sofort, dass ich mein Ideal gefunden habe. Ich musste dich einfach malen." Er schwieg einen Augenblick und starrte gedankenverloren hinaus in den Dunst.

„Nachdem wir mit der Arbeit angefangen hatten, entdeckte ich, dass du tatsächlich über all das verfügtest, was ich schon immer gesucht habe: Güte, Verstand, Klugheit, Stärke und Leidenschaft. Je länger ich dich malte, desto mehr hast du mich beeindruckt. Ich sagte dir einmal, du hast mich verzaubert. Daran glaube ich noch heute. Ich habe nie zuvor eine Frau so begehrt wie dich."

Er drehte sich um und sah sie an. Gegen das Licht wirkten seine Züge dunkel und überschattet. „Jedes Mal, wenn ich dich berührte, wollte ich mehr. In jener Nacht auf dem Hausboot habe ich dich nur deshalb nicht geliebt, weil du nicht denken solltest, du seist nur eine meiner so genannten Liebschaften. Ich wollte es nicht ausnutzen, dass du offenbar in mich verliebt warst."

Bei seinen letzten Worten schloss Alice die Augen und seufzte gequält auf.

„Bitte, wende dich nicht von mir ab. Lass mich zu Ende sprechen. Als das Bild von dir endlich fertig war, hast du plötzlich alle Gefühle für mich verleugnet. Du hast gesagt, alles, was ich in dir gesehen hätte, wäre nur meiner Fantasie entsprungen. Du warst so kühl und leidenschaftslos, ich war nahe daran, den Verstand zu verlieren. Ich wusste ja nicht, dass jemand eines Tages eine solche Macht über mich haben würde", fuhr er weich fort. „Das war eine große Ernüchterung, und sie schmerzte sehr. Ich wollte mehr von dir, ich brauchte mehr, aber du hast gesagt, es sei nichts mehr vorhanden. Du ahnst nicht, wie zornig ich war, als du wegliefst. So ließ ich dich erst mal gehen. Als ich später hierher kam, um nochmals mit dir zu sprechen, warst du verschwunden. Zwei Wochen lang war ich außer mir vor Angst und Sorge. Ich wusste ja nicht, wo du bist und wann du zurückkommen würdest. Meine schlimmste und größte Angst war, dass du vielleicht überhaupt nicht mehr zurückkehrst. Dein Freund von nebenan hatte nur deine rätselhafte, wenig aufschlussreiche Notiz, sonst gab es ja kein Lebenszeichen von dir."

„Du hast Jeffrey aufgesucht?"

„Alice, verstehst du das denn nicht? Was sollte ich denn tun? Du warst davongelaufen, und dann warst du hinterher nicht mehr aufzufinden. Ich wusste doch nicht, wo du warst, wo ich dich suchen sollte oder ob dir vielleicht sogar etwas geschehen war. Die Ungewissheit hat mich ganz schön belastet."

Alice tat einen Schritt auf Colin zu. „Colin, es tut mir Leid. Ich hatte ja keine Ahnung, dass du dir Sorgen um mich machst."

„Sorgen?" wiederholte er unwillig. „Ich war vollkommen von Sinnen! Zwei Wochen, Alice! Zwei Wochen blieb ich ohne die geringste Nachricht. Weißt du überhaupt, was für ein Gefühl von Ohnmacht das ist, einfach nur dazusitzen und nichts zu wissen? Ich habe den ganzen Fisherman's Wharf nach dir abgesucht, bin tagelang durch San Francisco gelaufen, es gibt keine Stelle, an der ich nicht war. Wo, um alles in der Welt, bist du nur gewesen?"

Er war aufgeregt, winkte aber sofort beschwichtigend ab, als er sah, dass sie antworten wollte. Colin bemühte sich um Fassung und setzte dann leiser hinzu: „Entschuldige bitte. Ich habe in letzter Zeit nicht sonderlich viel geschlafen, und ich bin nicht ganz Herr meiner selbst."

Seine Bewegungen wirkten rastlos und zerfahren. Nun blieb er stehen, hob Alices inzwischen leeres Glas hoch und musterte abwesend die eingravierte Beschriftung. Es war der Name einer bekannten Senfmarke.

„Ein interessantes Sektglas", murmelte er, schenkte sich etwas Champagner ein und trank ihr zu. „Auf dich, Alice. Auf dich ganz allein." Dann leerte er das Glas in einem Zug und stellte es wieder ab.

Alice senkte verlegen den Blick. „Colin, es tut mir alles so Leid. Ich wusste doch nicht, dass du dich so aufgeregt hast. Ich habe intensiv gearbeitet und …"

„Nicht." Er winkte wieder ab, und sie warf ihm einen überraschten Blick zu. „Erklär mir nichts", fügte er beherrschter hinzu. „Hör mir nur zu. Als ich heute ins Atelier kam und dich dort mit Vincente sah, klinkte etwas in mir aus. Ich kann dir als Entschuldigung das anbieten, was ich dir eben zu erklären versuchte: Ich war total erschöpft. Aber das rechtfertigt nicht die Dinge, die ich dir gesagt habe." Sein Blick ruhte viel sagend auf ihr.

„Ich hasse mich selbst dafür, dass ich dich zum Weinen gebracht habe. Ich verabscheute mich für das, was ich dir an den Kopf geworfen habe, im selben Moment, als ich es aussprach. Aber dich dort im Atelier endlich zu finden, noch dazu mit Vincente, nachdem ich dich tagelang verzweifelt gesucht hatte …" Colin verstummte und trat kopfschüttelnd ans Fenster.

„Vera hat das alles sehr geschickt eingefädelt", fuhr er fort. „Sie wusste, was ich in den vergangenen zwei Wochen durchgemacht habe, und kennt mich gut genug, um meine Reaktion voraussehen zu können. Sie wollte, dass ich dich allein mit Vincente antreffe. So schickte sie ihn, kurz bevor ich in die Galerie zurückkam, unter irgendeinem Vorwand ins Atelier hinauf. Sie sagte mir dann, ihr beide hättet euch da oben getroffen. Sie machte nur eine knappe Andeutung, aber ich meinte, nun alles zu wissen." Er rieb sich die verspannten Schultern.

„Bis vor ungefähr einem Jahr hatten Vera und ich ein recht nettes, aber doch nicht allzu enges Verhältnis zueinander. Dann spitzte sich die Lage zu. Vera wollte mich enger an sich binden. Ich hätte inzwischen eigentlich wissen müssen, mit wem ich es zu tun hatte, aber ich war nicht im Stande, auch nur einen klaren Gedanken zu fassen. Vera ist jetzt entschlossen, für ein Fortbildungsjahr – vielleicht aber auch für immer – an die Ostküste zu gehen."

Wieder schwieg er kurz, dann drehte er sich zu Alice um und sah sie aufmerksam an. „Ich möchte so gern, dass du verstehst, warum ich mich so abscheulich benommen habe."

In dem darauf folgenden Schweigen konnte man durch die Wand Jeffreys gedämpftes Gitarrenspiel hören.

„Colin." Alices Blick blieb an seinem Gesicht hängen, liebevoll betrachtete sie es. „Du siehst so müde aus."

Seine Miene veränderte sich, und einen Augenblick lang erwartete Alice, er würde zu ihr kommen. Er blieb jedoch reglos stehen.

„Ich weiß nicht, wann ich mich in dich verliebt habe, Alice. Vielleicht in jener ersten Nacht im Nebel, vielleicht, als ich dich zum ersten Mal in diesem Kleid gesehen habe. Vielleicht war es aber auch schon Jahre, bevor ich dich wirklich traf. Ich glaube, auch das spielt keine Rolle."

Alice starrte ihn stumm an, sie hätte jetzt kein Wort über die Lippen gebracht.

„Ich bin kein einfacher Mann, Alice, das hast du mir selbst einmal gesagt."

„Ja", brachte sie nun endlich mühsam hervor. „Ich erinnere mich noch daran."

„Ich bin selbstsüchtig und meinen Launen und meinem Temperament hilflos ausgeliefert. Ich habe nur wenig Geduld, es sei denn, es geht um meine Arbeit. Ich weiß, dass ich dich verletzen und ärgern werde, dass ich mich oft unverständlich und ungeduldig benehmen werde, aber kein Mensch auf der Welt wird dich mehr lieben als ich. Niemand."

Er schwieg, immer noch stand Alice wie gebannt da. „Ich bitte dich, jede Vernunft beiseite zu lassen und meine Frau, Geliebte und die Mutter meiner Kinder zu werden. Ich bitte dich, dein Leben mit mir zu teilen und mich zu nehmen, wie ich bin."

Wieder machte er eine Pause, dann fügte er gefühlvoll hinzu: „Ich liebe dich, Alice. Dieses Mal lege ich mein Schicksal in deine Hände."

Alice ließ Colin keinen Moment aus den Augen, während er sprach. Immer noch machte er keine Anstalten, zu ihr zu kommen. Alice musste daran denken, wie anders er ausgesehen hatte, als sie vor ihm zurückgewichen war.

Langsam ging sie zu ihm. Sie hob die Arme, legte sie ihm um den Nacken und schmiegte das Gesicht an seine Schulter. „Halt mich." Behutsam nahm er sie in die Arme und legte die Wange gegen ihr Haar. „Halt mich, Colin", bat sie erneut und schmiegte sich noch enger an ihn. Sie hob den Kopf, ihre Lippen fanden sich.

Er zog sie an sich, so fest er konnte, und Alice seufzte zufrieden auf.

„Ich liebe dich", hauchte sie zwischen zwei Küssen. „Schon so lange möchte ich dir das sagen."

„Du hast es mir jedes Mal gesagt, wenn du mich angesehen hast." Colin barg den Kopf in ihrem Haar. „Ich wollte es erst nicht wahrhaben, dass auch ich mich in dich verliebt hatte, dass es so schnell und aus heiterem Himmel geschah. Erst als das Bild fast fertig war, musste ich mir eingestehen, dass ich ohne dich nicht mehr würde leben können."

Seine Stimme wurde leiser, er zog sie noch fester an sich. „Ich bin beinahe verrückt geworden in den letzten beiden Wochen. Immer sah ich dein Bild, aber ich wusste nicht, wo du warst und ob ich dich je wieder finden würde."

„Jetzt hast du mich ja", murmelte sie und wehrte sich nicht, als er sie unter dem Bademantel streichelte. „Und Vincente wird das Bild dann bekommen."

„Nein, ich habe dir schon einmal gesagt, dass manche Dinge unverkäuflich sind. In diesem Bild steckt zu viel von uns beiden."

Er schüttelte den Kopf und atmete den frischen Duft ihres Haares ein. „Nein, nicht einmal für Vincente ist dieses Bild käuflich."

„Aber ich dachte ..." Es fiel ihr auf, dass sie eigentlich nur vermutet hatte, Vincente spräche von ihrem Porträt. Bei dieser Erkenntnis überkam sie ein großes Glücksgefühl. Colin hatte nie beabsichtigt, dieses Bild zu verkaufen, das eine Enthüllung ihrer Liebe darstellte!

„Was dachtest du?"

„Ach, es ist nichts." Sie küsste ihn zart auf den Nacken. „Ich liebe dich!" Übermütig presste sie die Lippen auf seinen Mund, denn ganz plötzlich wurde ihr bewusst, dass Colin ihr nun ganz und für immer gehörte.

„Alice." Sie spürte sein Herz heftig schlagen, während er ihr zärtlich durchs Haar fuhr. „Weißt du überhaupt, was du mir antust?"

„Zeig es mir", raunte sie ihm ins Ohr.

Seufzend küsste Colin sie wieder. Sie spürte sein Verlangen und sehnte sich danach, ihm zu gehören. Ja, sie wollte ihm alles geben.

„Wir werden bald heiraten", murmelte Colin und umarmte sie leidenschaftlich. Liebkosend streichelte er ihren Rücken. „Sehr bald sogar."

„Ja." Zufrieden schloss Alice die Augen und schmiegte die Wange gegen seine. „Ich habe sogar schon das passende Kleid dafür." Seufzend kuschelte sie sich an seine Brust. „Wie wirst du das Bild nennen, Colin?"

„Ich habe ihm schon einen Namen gegeben." Er lächelte ihr geradewegs in die Augen. „‚Sullivans Frau'."

– ENDE –

Nora Roberts

Pension der Sehnsucht

Roman

Aus dem Amerikanischen von
Ingrid Hermann

MIRA®

1. KAPITEL

Der Frühling in Neuengland hielt immer erst spät Einzug. An vor der Sonne geschützten Stellen blieb der Schnee lange liegen, und das erste junge Grün an den kahlen Ästen der Bäume und Büsche zeigte sich nur zaghaft. Doch schon lag eine erwartungsvolle Stimmung über dem Land, und die Luft roch frisch und würzig.

Schwungvoll öffnete Nelly ihr Schlafzimmerfenster und sog die kühle Luft tief ein. Heute ist Samstag, dachte sie zufrieden und flocht ihr langes weizenblondes Haar zu Zöpfen. Das Hotel „Lakeside Inn“ war nur zur Hälfte belegt. Erst in drei Wochen begann die eigentliche Saison. Wenn alles nach Plan verlief, würden Nellys Pflichten als Hotelmanagerin sie an diesem Wochenende nicht sehr in Anspruch nehmen.

Das Personal war Nelly treu ergeben, wenn auch vom Temperament her etwas schwierig. Im „Lakeside Inn“ ging es zu wie in einer großen Familie. Man stritt, ärgerte und neckte sich, aber wenn es darauf ankam, hielt man zusammen wie Pech und Schwefel und ließ sich auch von Schwierigkeiten nicht unterkriegen. Und ich, dachte Nelly, bin das Oberhaupt dieser Familie.

Nelly zog sich uralte verwaschene Jeans an und kam gar nicht auf den Gedanken, wie wenig ihr Äußeres zu ihrer Stellung passte. Aus dem Spiegel blickte ihr eine zierliche, kindlich aussehende Frau entgegen. Die saloppe Kleidung verbarg ihre weiblichen Kurven. Die Zöpfe und die Stupsnase wirkten frech, der fein gezeichnete Mund verriet viel Sinn für Humor, und die großen grauen Augen funkelten schelmisch.

Nachdem Nelly in ausgetretene Tennisschuhe geschlüpft war, verließ sie ihr Zimmer. Vor ihrem Spaziergang wollte sie sich noch davon überzeugen, ob mit den Frühstücksvorbereitungen auch alles klappte.

Als sie die große Diele durchquerte, hörte sie aus dem Speisesaal das Klappern von Besteck und einen hitzigen Wortwechsel. Sie stöhnte auf. Die beiden Kellnerinnen lagen sich also schon wieder in den Haaren.

„Wenn Männer mit Schweinsäuglein dein Typ sind, kann ich mir vorstellen, dass du sehr glücklich bist.“ Liz zuckte abfällig die Schultern.

„Walt hat keine Schweinsaugen“, widersprach Maggie. „Du bist ja bloß neidisch.“

„Neidisch? Ha, dass ich nicht lache! Bildest du dir ernsthaft ein, ich sei neidisch auf einen Mann, der … ach, guten Morgen, Nelly.“

„Guten Morgen, ihr zwei. Liz, bei diesem Gedeck hast du zwei Löffel und ein Messer hingelegt. Ich glaube, statt des einen Löffels wäre eine Gabel angebrachter.“

Maggie lächelte hämisch, als Liz das Besteck auswechselte. „Heute Abend fährt Walt mit mir ins Autokino“, verkündete sie.

Nelly hörte Liz' Antwort nicht mehr, denn sie befand sich schon auf dem Weg in die Küche.

Dies war der einzige Platz in dem altmodisch eingerichteten Hotel, der daran erinnerte, dass man im zwanzigsten Jahrhundert lebte. Überall blitzte polierter Edelstahl. Regale und Schränke aus Kunststoff standen an den Wänden, und im Linoleumfußboden konnte man sich spiegeln. Es duftete nach frischem Kaffee.

„Morgen, Elsie.“ Die rundliche Frau, die sich an der Arbeitsplatte zu schaffen machte, ließ ein undeutliches Gemurmel verlauten. „Wenn nichts Besonderes anliegt, mache ich jetzt erst einmal einen Spaziergang.“

„Betty Jackson will uns kein Brombeergelee mehr verkaufen.“

„Was? Du liebe Zeit, warum denn nicht?“ Verärgert nahm sich Nelly ein frisch gebackenes Brötchen aus dem Korb und biss hinein. „Mr. Conners fragt immer extra nach ihrem Gelee, und wir haben das letzte Glas angebrochen.“

„Sie hat gesagt, wenn du keine Zeit hast, eine einsame alte Frau zu besuchen, dann hätte sie keine Lust, uns noch weiterhin damit zu versorgen."

„Einsame alte Frau?" brachte Nelly trotz ihres vollen Mundes heraus. „In ihrem Haus treffen sich mehr Leute zum Tratschen als im ganzen Ort zusammen. Verflixt noch mal, Elsie, wir brauchen das Gelee. Aber letzte Woche hatte ich so viel zu tun, dass ich wirklich keine Zeit aufbringen konnte, mir stundenlang den neusten Klatsch anzuhören."

„Machst du dir Sorgen, weil am Montag der neue Besitzer kommt?"

„Unsinn." Mit finsterer Miene vertilgte Nelly ein zweites Brötchen. „Aber als Managerin des Hotels will ich natürlich, dass alles in bester Ordnung ist."

„Eddie hat mir erzählt, du hättest vor Wut mit den Türen geknallt, als du hörtest, dass er herkommt."

„Habe ich nicht." Nelly schenkte sich ein Glas Orangensaft ein. „Es ist Mr. Reynolds gutes Recht, sich seinen neuen Besitz anzusehen. Aber zum Teufel, mich stören diese verschwommenen Andeutungen über irgendwelche Modernisierungen. Er soll bloß die Finger vom ‚Lakeside' lassen und sich um seine anderen Hotels kümmern. Hier braucht nichts verändert zu werden. Wir haben alles, was wir benötigen."

„Außer Brombeergelee", wandte Elsie mürrisch ein.

Nelly holte tief Luft. „Na schön", stöhnte sie und ging zur Tür. „Ich hole welches. Aber wenn Betty noch einmal anfängt, mir zu erzählen, Howard Beall wäre der ideale Ehemann für mich, dann fange ich an zu schreien."

Nachdem Nelly diese Drohung ausgestoßen hatte, verließ sie das Hotel. Draußen in der milden Frühlingssonne besserte sich jedoch ihre Laune. Sie schwang sich auf ihr altes klappriges Fahrrad und radelte munter los.

Mit geröteten Wangen erreichte Nelly die Ortschaft Lakeside, eine kleine Stadt mit alten, aber gepflegten Häusern in liebevoll angelegten Gärten. Im Osten erhoben sich hohe bewaldete Berge, und im Westen schimmerte die ruhige Wasseroberfläche des Champlain-Sees.

Lakeside war von dem Trubel und der Hektik der modernen Zeit unberührt geblieben. Für Nelly, die hier aufgewachsen war, hatte dieses friedliche verschlafene Städtchen nie seinen Reiz verloren. Sie war froh, dass es hier noch ein einfaches Leben gab.

Vor einem kleinen Haus mit grün gestrichenen Fensterläden stellte Nelly das Rad ab, entschlossen, mit allen Mitteln der Überredungskunst um das Brombeergelee zu kämpfen.

„Na so etwas, Nelly, das ist aber eine Überraschung!" Betty öffnete die Haustür und strich sich vorsichtig über das graue Haar. „Ich dachte schon, du seist nach New York gezogen."

„Im Hotel gab es ungewöhnlich viel zu tun", antwortete Nelly demütig.

„Ach ja, der neue Besitzer kommt." Betty nickte wissend und ließ Nelly eintreten. „Ich habe gehört, dass er viele Änderungen vornehmen will."

In der Gewissheit, dass man vor Betty Jackson nichts geheim halten konnte, weil ihr Nachrichtensystem perfekt funktionierte, nahm Nelly in dem kleinen Wohnzimmer Platz.

„Weißt du schon, dass Tom Myers an sein Haus noch ein weiteres Zimmer anbaut?" Betty nahm eine gehäkelte Schondecke von einem Sessel, ehe sie sich ebenfalls setzte. „Leonie scheint wieder mal in anderen Umständen zu sein." Sie schnalzte mit der Zunge, um ihren Unmut über den zügellosen Lebenswandel der Myers zu bekunden. „Drei Babys in vier Jahren. Aber du magst ja Kinder, nicht wahr, Nelly?"

„Ich war schon immer sehr kinderlieb, Miss Jackson", antwortete Nelly und überlegte, wie sie das Gespräch auf das Brombeergelee bringen sollte.

„Mein Neffe Howard auch."

Nelly unterdrückte den Wunsch, einen Schrei auszustoßen, und entgegnete ruhig: „Zurzeit haben wir bei uns im Hotel auch einige kleine Gäste." Ihr kam eine Idee, und beherzt fuhr sie fort:

„Kinder essen ja so gern Süßes. Unsere Marmeladen und Gelees haben sie buchstäblich verschlungen. Gestern mussten wir das letzte Glas anbrechen. Aber so gute Gelees können auch nur Sie kochen, Miss Jackson. Wenn Sie damit ein eigenes Geschäft eröffnen würden, hätten Sie in kürzester Zeit die großen Firmen vom Markt verdrängt."

„Tja, das will gekonnt sein." Betty sonnte sich sichtlich in dem Lob, und Nelly wähnte sich bereits als Siegerin.

„Ich müsste das Hotel wahrscheinlich schließen, wenn Sie mich nicht mit Gelee versorgten", fuhr sie kühn fort. „Mr. Conners wäre tödlich beleidigt, wenn ich ihm irgendein im Laden gekauftes Zeug vorsetzte. Von Ihrem Brombeergelee schwärmt er geradezu. Es sei einfach göttlich, sagt er immer."

„Einfach göttlich." Betty nickte zufrieden.

Eine Viertelstunde später stellte Nelly einen Karton mit zwölf Gläsern Gelee in den Gepäckkorb ihres Fahrrads, winkte Betty zum Abschied zu und radelte davon.

„Ich kam, sah und siegte." Stolz blickte sie zum Himmel hinauf. „Und ich brauchte nicht einmal zu schreien."

„Hallo, Nelly!"

Nelly drehte sich um, als sie ihren Namen hörte, und fuhr an den Rand des Spielfelds, auf dem einige Jungen Schlagball spielten.

„Wie steht die Partie?" fragte sie einen kleinen Knirps, der herbeigelaufen kam.

„Fünf zu vier. Juniors Mannschaft gewinnt."

Nelly beobachtete Junior, einen hoch aufgeschossenen, schlanken Burschen, der an der Abschlagstelle stand und breit grinste.

„Eingebildeter Bengel", murmelte sie. „Dem werde ich zeigen, was Schlagball ist." Sie nahm dem kleinen Jungen die Schirmmütze ab, zog sie sich über den Kopf und marschierte auf das Spielfeld.

„Spielst du auch mit, Nelly?" Eine Gruppe Halbwüchsiger umringte sie. Nelly ließ sich ein Schlagholz geben und prüfte, wie es in der Hand lag.

„Aber nicht länger als eine Minute. Ich muss nämlich zurück."

Junior kam langsam näher, die Hände lässig in die Hüften gestemmt, und sah Nelly herausfordernd an. „Wollen wir wetten, dass du nicht mal bis zur nächsten Ecke kommst?"

Sie warf ihm einen vernichtenden Blick zu. „Ich will dich nicht um dein Taschengeld berauben."

Mit der Unbefangenheit eines Fünfzehnjährigen zog Junior kräftig an Nellys Zopf. „Wenn ich den Ball fange, ehe du an der ersten Ecke bist, musst du mir einen Kuss geben."

„Geh an deinen Platz, du Möchtegern-Casanova, und werde erst einmal zehn Jahre älter."

Geringschätzig lächelnd schlenderte Junior über das Spielfeld und nahm seine Stellung ein. Nelly zog sich die geborgte Mütze tiefer in die Stirn. „Seht euch diesen Ball noch mal gut an, Jungs", prahlte sie, „denn der fliegt jetzt gleich bis nach New York."

Mit lautem Knall traf das Schlagholz den harten Lederball. Nelly beobachtete kurz, welche Flugbahn der Ball nahm, dann spurtete sie los. Während sie mit angewinkelten Armen und gesenktem Kopf den Spielfeldrand entlangflitzte, hörte sie das Gejohle und die anfeuernden Rufe der Jungen. In gebückter Haltung, mit ausgebreiteten Armen, hielt sich Junior bereit, den Ball aufzufangen, als Nelly sich bäuchlings über die Markierungslinie warf. Eine Staubwolke wirbelte auf, und die Jungen schrien aufgeregt.

„Schade, du hast es nicht geschafft."

„Was?" Nelly sprang hoch und baute sich vor Wilbur Hayes auf, der den Schiedsrichter spielte. Sie stand so dicht vor ihm, dass sich beinahe ihre Nasenspitzen berührten. Wütend funkelte sie ihn an. „Du spinnst wohl! Ich war schon an der Ecke, als der Ball noch stundenlang durch die Luft segelte. Vielleicht solltest du dir eine Brille kaufen."

„Du hast es nicht geschafft", wiederholte Wilbur würdevoll und verschränkte die Arme vor der schmächtigen Brust.

„Wir brauchen einen Schiedsrichter, der nicht auf beiden Augen blind ist." Empört wandte sie sich an die Zuschauer. „Wer von euch ist unparteiisch?"

„Du hast es nicht geschafft."

Nelly wirbelte herum, als sie die fremde Stimme hörte. Stirnrunzelnd betrachtete sie den Mann, der lässig am Rand des Spielfelds stand. Er lächelte spöttisch, strich sich die schwarzen Locken aus der Stirn und kam auf sie zu.

„Du hättest den Ball höher schlagen müssen."

„Ich habe die Ecke erreicht", widersprach Nelly hartnäckig und rieb sich die schmutzige Nase.

„Nein", erwiderte Wilbur seelenruhig.

Nelly bedachte ihn mit einem vernichtenden Blick, ehe sie sich wieder dem Fremden zuwandte, der die hitzige Meinungsverschiedenheit amüsiert verfolgte. Sie betrachtete ihn mit einer Mischung aus Groll und Neugier.

Er war groß gewachsen und schlank, und das dunkle Haar schimmerte leicht im Sonnenlicht. Der beigefarbene Anzug wirkte leger, doch Nelly erkannte, dass er erstklassig geschnitten und mit Sicherheit sehr teuer war. Das Lächeln des Mannes vertiefte sich, als er merkte, wie kritisch Nelly ihn musterte. Ihre Abneigung gegen ihn wuchs.

„Ich muss jetzt zurück", verkündete sie und klopfte sich den Staub von den Jeans. „Und Wilbur, mach dich darauf gefasst, dass ich deiner Mutter sage, sie soll mal mit dir zum Augenarzt gehen."

„He, warte mal."

Nelly, die sich bereits auf ihr Fahrrad geschwungen hatte, stieg noch einmal ab. Der Fremde kam auf sie zu.

„Wie weit ist es noch bis zum ‚Lakeside Inn'?"

Offenbar hielt er sie für eine Spielgefährtin der Jungen. Nelly packte der Übermut. „Meine Mami hat mir verboten, mit fremden Männern zu sprechen", antwortete sie mit kindlicher Stimme.

„Das ist auch richtig so. Aber ich will ja nur wissen, wie weit es bis zu dem Hotel ist. Ich schenke dir keine Bonbons, um dich in mein Auto zu locken."

„Tja." Sie zog die Stirn kraus und tat so, als dächte sie angestrengt nach. „Fahren Sie einfach der Straße nach. Es sind noch ungefähr fünf Kilometer."

Er sah sie nachdenklich an. „Vielen Dank, mein Kind. Du hast mir sehr geholfen."

„Keine Ursache." Sie schaute ihm nach, als er zu einem metallblauen Mercedes zurückging, und konnte sich nicht verbeißen, ihm hinterherzurufen: „Und ich habe es doch geschafft. Sie brauchen auch eine Brille." Dann gab sie dem kleinen Knirps die Mütze wieder, die sie sich ausgeborgt hatte, und radelte quer über eine Wiese zum „Lakeside Inn" zurück.

Schon bald tauchte das viergeschossige rote Backsteinhaus mit seinen Erkern und Giebeln vor Nelly auf. Sie hatte eine Abkürzung gewählt, und als sie die breite geschwungene Zufahrt hinauffuhr, stellte sie voller Genugtuung fest, dass sie noch vor dem Mercedes angekommen war.

Sie stellte das Fahrrad ab und hob den Karton mit dem kostbaren Brombeergelee aus dem Korb.

„Guten Morgen." Lächelnd begrüßte sie das frisch getraute Ehepaar, das über den Rasen geschlendert kam.

„Ach, guten Morgen, Miss Clark. Wir wollen einen Spaziergang am See machen", erklärte der junge Mann freundlich.

„Dafür ist das herrliche Wetter wie geschaffen", erwiderte Nelly. Sie betrat das kleine Foyer und stellte den Karton auf dem Rezeptionspult ab. Danach sortierte sie die eingegangene Post. Als sie einen Brief von ihrer Großmutter entdeckte, riss sie hocherfreut den Umschlag auf und begann sogleich zu lesen.

„Du hast dich aber beeilt."

Nelly schaute überrascht auf, legte den Brief zur Seite und begegnete dem Blick des Mannes mit dem Mercedes. Er hatte dunkelbraune Augen.

„Ich kenne eine Abkürzung." Sie ließ sich von seiner gepflegten Erscheinung nicht einschüchtern, richtete sich zu ihrer vollen Höhe auf und hob das Kinn. „Kann ich etwas für Sie tun?"

„Ich glaube nicht. Du könntest mir höchstens sagen, wo ich den Manager finde."

Sein herablassender Tonfall ärgerte sie. Sie zwang sich jedoch zur Höflichkeit. „Gibt es irgendwelche Probleme? Wenn Sie ein Zimmer suchen, können Sie eins bekommen."

„Sei so gut und hol mir die Managerin." Er sprach zu ihr wie zu einem schwierigen Kind. „Ich habe etwas Wichtiges mit ihr zu klären."

Nelly straffte die Schultern und verschränkte die Arme über der Brust. „Die Managerin steht vor Ihnen."

Er zog die Brauen hoch und sah sie ungläubig an. „Hilfst du nach der Schule und am Wochenende hier aus?"

Nelly schoss das Blut in die Wangen. „Ich helfe nicht aus. Seit fast vier Jahren bin ich für die Leitung dieses Hotels zuständig. Wenn Sie ein Problem haben, das Sie mit mir erörtern wollen, können wir das hier oder in meinem Büro tun. Suchen Sie jedoch nur ein Zimmer, dann tragen Sie sich bitte hier ein." Sie deutete auf das aufgeschlagene Gästebuch.

„Sie sind Nelly Clark?" fragte er stirnrunzelnd und sah sie ungläubig an.

„Richtig."

Er nickte kurz, nahm den Kugelschreiber aus dem Halter und schrieb seinen Namen und seine Adresse in das Buch. „Nehmen Sie es mir bitte nicht übel, aber ich habe mich durch Ihre sportlichen Übungen auf dem Spielplatz und Ihre ziemlich jugendliche Erscheinung täuschen lassen."

„Was ich in meiner Freizeit tue", gab Nelly schnippisch zurück, „wirkt sich in keiner Weise abträglich auf das Geschäft aus. Das werden Sie während Ihres Aufenthalts bei uns bestimmt feststellen, Mr. …" Nelly drehte das Gästebuch herum, damit sie den Namen lesen konnte, und erschrak.

„Reynolds", stellte er sich vor und lächelte, als er Nellys Verblüffung bemerkte. „Percy Reynolds."

Nelly rang um Fassung und bemühte sich um eine möglichst

geschäftsmäßige Haltung. „Wir hatten Sie erst am Montag erwartet, Mr. Reynolds."

„Ich habe meine Pläne geändert."

„Ja, na schön ... ich heiße Sie im ‚Lakeside Inn' herzlich willkommen." Sie lächelte gezwungen und warf die Zöpfe zurück.

„Danke. Solange ich hier bin, benötige ich ein Büro, in dem ich arbeiten kann. Lässt sich das einrichten?"

„Unser Platz ist begrenzt, Mr. Reynolds." Nelly nahm den Schlüssel zum besten Zimmer des Hotels vom Haken und trat hinter dem Pult hervor. „Aber selbstverständlich können Sie mein Büro mitbenutzen. Ich glaube, damit werden Sie auskommen."

„Mal sehen. Ich möchte ohnehin die Geschäftsbücher und die Akten überprüfen."

„Natürlich", stimmte sie zähneknirschend zu. Es ging ihr gegen den Strich, dass sich plötzlich ein Fremder in die Angelegenheiten des Hotels einmischte. „Kommen Sie bitte mit."

„Nelly, Nelly!" Eddie kam die Treppe zum Foyer heruntergepoltert. Die Brille war ihm auf die Nasenspitze gerutscht, und das braune Haar, das dringend geschnitten werden musste, flog um seinen Kopf herum.

„Nelly", wiederholte er atemlos, „mitten in einem Zeichentrickfilm ging Mrs. Pierce-Lowells Fernsehgerät kaputt."

„Verflixt. Bring ihr meins und ruf Max, damit er ihren Apparat repariert."

„Er ist übers Wochenende weggefahren."

„Macht nichts, ich werde es schon überleben." Nelly klopfte ihm aufmunternd auf die Schulter und bugsierte ihn zur Tür. „Erinnere mich daran, ihm am Montag Bescheid zu sagen." Dann wandte sie sich an den neuen Besitzer des Hotels. „Entschuldigen Sie, aber Eddie neigt dazu, alles zu dramatisieren, und Mrs. Pierce-Lowell ist süchtig nach Zeichentrickfilmen. Sie gehört zu unseren ältesten Stammgästen, und unser Haus rühmt sich, möglichst jeden Wunsch der Gäste zu erfüllen."

„Aha, ich verstehe", entgegnete Reynolds.

Nelly öffnete die Tür ihres Büros und ließ Percy Reynolds den Vortritt.

„Groß ist es nicht", meinte sie, während er sich in dem kleinen, voll gestopften Zimmer umsah. „Aber für die paar Tage, die Sie hier sein werden, wird es für uns beide reichen."

„Ich bleibe zwei Wochen", erklärte Reynolds. Er schlenderte zum Schreibtisch und nahm den Briefbeschwerer, eine grinsende Schildkröte aus Bronze, in die Hand.

„Zwei Wochen?" wiederholte Nelly entsetzt.

„Sie haben richtig gehört, Miss Clark. Passt Ihnen das nicht?"

„Doch, selbstverständlich." Reynolds prüfender Blick machte Nelly nervös. Sie senkte die Lider und betrachtete das Durcheinander auf ihrem Schreibtisch.

„Spielen Sie jeden Samstag Baseball, Miss Clark?"

„Nein, natürlich nicht. Ich kam nur zufällig vorbei, und ..."

„Ich fand es sehr mutig von Ihnen, wie Sie über die Ecklinie gehechtet sind." Reynolds streckte unvermutet die Hand aus und strich Nelly mit dem Zeigefinger über die Wange. „Geschont haben Sie sich nicht, das sieht man Ihrem Gesicht an."

Leicht verwirrt blickte sie auf seinen schmutzigen Finger. „Und ich war doch eher da als der Ball", behauptete sie trotzig, während ihr das Herz auf einmal bis zum Hals klopfte. „Wilbur ist als Schiedsrichter untauglich."

„Ich frage mich, ob Sie das Hotel ebenso energisch leiten, wie Sie Ball spielen. Heute Nachmittag gehen wir mal gemeinsam die Bücher durch."

„Sie werden alles korrekt und ordentlich vorfinden", entgegnete Nelly steif. „Der Hotelbetrieb läuft reibungslos, und wie Sie ja wohl wissen, erwirtschaften wir einen hübschen Gewinn."

„Mit ein paar Änderungen könnte das Hotel noch viel mehr abwerfen."

„Änderungen?" wiederholte sie misstrauisch. „Welche Änderungen schweben Ihnen vor?"

„Ehe ich konkrete Pläne mache, muss ich mir das Hotel erst

einmal genau ansehen. Jedenfalls steht fest, dass seine Lage einmalig günstig ist."

Geistesabwesend wischte er sich den Schmutz vom Zeigefinger und schaute aus dem Fenster. „Was man aus diesem Hotel alles machen könnte! Ich denke da an einen Swimmingpool, Tennisplätze, an ein Fitnesszentrum ... kurz und gut, man müsste den ganzen Bau von oben bis unten modernisieren und die verschiedensten Einrichtungen hinzufügen."

„An diesem Haus gibt es nichts auszusetzen. Wir beherbergen keine Mitglieder der Schickeria, Mr. Reynolds." Aufgebracht stemmte Nelly die Fäuste in die Hüften. „Das ‚Lakeside Inn' ist ein Familienhotel mit allem, was dazugehört – gutbürgerlichem Essen, gemütlichen Zimmern und einer ruhigen, gediegenen Atmosphäre. Das wollen unsere Gäste, und deshalb kommen sie immer wieder zurück."

„Wenn man hier einige sportliche Einrichtungen schafft, wird sich ein etwas anderer Personenkreis hergezogen fühlen. Vor allem, weil der Champlain-See buchstäblich vor der Haustür liegt."

„In Ihren übrigen Hotels können Sie von mir aus Diskotheken und Trimm-dich-Keller einrichten", brauste Nelly auf. „Aber wir sind hier in Lakeside, einer friedlichen, ruhigen Gegend, und nicht in Acapulco. In meinem Hotel wird nichts geändert, es bleibt genau so, wie es ist."

Reynolds lächelte spöttisch. „Ihr Hotel, Miss Clark?"

„Stimmt. Sie haben sich nicht verhört. Rein rechtlich gesehen sind Sie der Eigentümer, Mr. Reynolds, aber ich kenne diesen Betrieb. Unsere Gäste kehren jedes Jahr zurück, weil sie bei uns etwas bekommen, das sie anderswo nicht finden. Sie werden hier keinen einzigen Stuhl oder Tisch umstellen, wenn ich es nicht will."

„Miss Clark, wenn es mir beliebt, sämtliche Möbel auf den Sperrmüll zu werfen, dann werden Sie mich bestimmt nicht daran hindern. Egal, welche Entscheidungen ich treffe, Sie werden sich fügen müssen. Auch wenn Sie hier Managerin sind, haben Sie noch lange kein Mitspracherecht."

„Und der Umstand, dass Sie der Hotelbesitzer sind, bedeutet noch lange nicht, dass Sie Verstand haben“, schoss Nelly zurück. Mit wippenden Zöpfen verließ sie das Büro und schlug die Tür krachend hinter sich zu.

2. KAPITEL

Zornig warf Nelly die Tür zu ihrem eigenen Zimmer ins Schloss. Sie war außer sich vor Wut. Dieser Mann war eine Zumutung! Warum musste er ausgerechnet hierher kommen und sich einmischen? Besaß er nicht schon genug Hotels, die er nach Herzenslust modernisieren konnte? Allein in Amerika gab es bestimmt hundert Betriebe, die zur Reynolds-Hotelkette gehörten. Dazu kamen noch die in den ausländischen mondänen Badeorten. Warum baute er sich nicht ein Hotel in der Antarktis?

Nelly erschrak, als sie zufällig in den Spiegel schaute. Ihr Gesicht war schmutzverschmiert. Sweatshirt und Jeans trugen die Spuren ihrer Bauchlandung auf dem Spielfeld. Die Zöpfe baumelten ihr halb aufgelöst über den Rücken. Du liebe Zeit, dachte sie entsetzt, ich sehe aus wie eine Zwölfjährige, die draußen herumgetobt hat.

„Verflixt noch mal." Flink löste sie die Zöpfe. „Ich habe mich ja schön blamiert. Aber rauswerfen lasse ich mich nicht von ihm. Eher kündige ich selbst. Ich bleibe nicht hier und sehe mit an, wie er mein Hotel verschandelt."

Eine halbe Stunde später bürstete Nelly sich das Haar, bis es ihr in duftigen Wellen über die Schultern fiel. Inzwischen hatte sie ein cremefarbenes Kleid mit einem weinroten Gürtel angezogen, der zu den winzigen Rubinen in ihren Ohrläppchen passte. Sie trug Schuhe mit hohen Absätzen und wirkte dadurch größer. Nelly betrachtete sich zufrieden im Spiegel und war davon überzeugt, dass sie nun nicht mehr wie eine Zwölfjährige aussah. Mit einem säuberlich beschriebenen Blatt Papier in der Hand verließ sie energisch ihr Zimmer, um den Löwen in seiner Höhle aufzusuchen.

Nelly klopfte leise und wartete nicht etwa auf eine Antwort, sondern drückte die Klinke nieder und betrat selbstbewusst ihr Büro. Hinter dem Schreibtisch saß Percy Reynolds. Wortlos legte sie ihm das Schriftstück auf die Tischplatte und begegnete ungerührt dem Blick aus den braunen Augen.

„Aha, ich nehme an, Sie sind Miss Clark. Welch eine Verwandlung." Er lehnte sich zurück und musterte sie von Kopf bis Fuß. „Verblüffend, was sich unter einem Sweatshirt und ausgebeulten Jeans alles verbergen kann ... Was ist das?" Mit spitzen Fingern hob er das Blatt hoch und wedelte damit herum.

„Meine Kündigung." Nelly stützte sich mit den Händen auf der Tischplatte ab, beugte sich vor und machte ihrem aufgestauten Zorn Luft. „Und weil ich jetzt nicht mehr Ihre Angestellte bin, Mr. Reynolds, ist es mir ein Vergnügen, Ihnen mitzuteilen, was ich von Ihnen halte. Sie sind", fuhr sie mit erhobener Stimme fort, „ein eiskalter, geldgieriger Geschäftsmann, der nur an Profit denkt. Sie haben ein Hotel gekauft, das seit Jahrzehnten für seine familiäre Atmosphäre und die ausgezeichnete persönliche Betreuung seiner Gäste bekannt ist. Nur um jährlich ein paar Dollar mehr herauszuschinden, wollen Sie dieses gemütliche Haus in ein Vergnügungszentrum verwandeln. Damit bringen Sie nicht nur eine Reihe von älteren Hotelangestellten, die zum Teil seit zwanzig Jahren hier beschäftigt sind, um ihre Arbeit, sondern Sie zerstören auch eine Gegend, die bis jetzt noch intakt ist. Lakeside ist kein Ort, der auf Massentourismus eingestellt ist, sondern ein ruhiges, verträumtes Städtchen. Unsere Gäste kommen hierher, weil sie die gesunde Luft und eine unverdorbene Landschaft genießen wollen und nicht etwa, um die neueste Tennismode vorzuführen oder sich in einer Diskothek auszutoben."

„Sind Sie endlich fertig, Miss Clark?" schnitt Percy Reynolds ihr das Wort ab. Sein Ton war gezwungen ruhig.

„Nein, noch lange nicht." Mutig schleuderte sie ihm entgegen: „Graben Sie sich hier ruhig Ihren Swimmingpool, von mir aus auch zwei, wenn Sie wollen, aber ich wünsche Ihnen, dass Sie darin ertrinken."

Sie wirbelte auf dem Absatz herum und wollte den Raum verlassen, wurde jedoch unsanft zurückgerissen und mit dem Rücken gegen die Türfüllung gedrückt.

„Miss Clark", begann Percy Reynolds, während er sie an den

Schultern festhielt, „aus zwei Gründen habe ich Ihnen erlaubt, Ihre Wut an mir auszulassen. Erstens geben Sie einen entzückenden Anblick ab, wenn das Temperament mit Ihnen durchgeht. Das fiel mir schon auf, als ich Sie noch für einen frechen Teenager hielt. Zweitens bin ich für Ihre berufliche Meinung durchaus empfänglich, wenn auch nicht für Ihre Art und Weise, sie an den Mann zu bringen."

Mit einem jähen Ruck ging die Tür auf. Nelly verlor das Gleichgewicht und wäre gestürzt, wenn Percy sie nicht geistesgegenwärtig festgehalten und an seine Brust gezogen hätte.

„Wir haben Julius' Mittagessen gefunden", verkündete Eddie fröhlich und verschwand wieder.

„Sie haben sehr lebhaftes Personal", bemerkte Percy trocken, während er sie immer noch umschlungen hielt. „Wer, um alles in der Welt, ist Julius?"

„Mrs. Franks Dänische Dogge. Sie nimmt das Tier überallhin mit."

„Bewohnt der Hund ein eigenes Zimmer?" spöttelte er.

„Nein, er hat im Hof einen kleinen Auslauf."

Percy lächelte plötzlich. Sein Gesicht war ihrem ganz nahe. Ein seltsames Gefühl durchzuckte sie wie ein elektrischer Schlag. Sie riss sich von ihm los und glättete ihr zerzaustes Haar.

„Mr. Reynolds", hob sie so würdevoll wie möglich an. Doch das Wort blieb ihr im Hals stecken, als er ihre Hand ergriff, sie zum Schreibtisch zurückzog und sie dort ohne viel Umstände auf einen Stuhl drückte.

„Seien Sie endlich still, Miss Clark", bestimmte er und nahm ihr gegenüber Platz. „Darf ich jetzt vielleicht auch einmal etwas sagen? Was ich letzten Endes mit diesem Hotel tun werde, ist allein meine Angelegenheit. Aber ich bin gern bereit, mir Ihre Meinung anzuhören, denn Sie kennen sich in dem Betrieb und in der Umgebung aus." Er nahm Nellys Kündigungsschreiben, riss es entzwei und ließ die beiden Hälften auf die Tischplatte fallen.

„Dazu haben Sie kein Recht", platzte sie heraus.

„Ich habe es mir aber genommen." Es klang gereizt.

Nelly kniff die Augen zusammen. „Macht nichts, ich schreibe eine neue Kündigung."

„Verschwenden Sie nicht das teure Papier", riet er ihr und lehnte sich zurück. „Im Augenblick denke ich nicht daran, Ihre Kündigung anzunehmen. Später können wir darüber reden. Wenn Sie allerdings nichts mehr hier halten kann", setzte er achselzuckend hinzu, „steht es natürlich nicht in meiner Macht, Sie zurückzuhalten. Leider sehe ich mich dann gezwungen, das Hotel für ein paar Monate zu schließen, bis ich einen entsprechenden Ersatz für Sie gefunden habe."

„Das kann doch nicht Monate dauern, bis Sie eine neue Managerin finden", protestierte Nelly.

Percy legte den Kopf in den Nacken und blickte an die Zimmerdecke. „Ich rechne mindestens mit einem halben Jahr", entgegnete er gedankenverloren.

„Ein halbes Jahr?" Sie furchte die Stirn. „Aber das geht nicht. Wir haben Reservierungen, demnächst beginnt ja schon die Sommersaison. Sie können doch die Gäste nicht enttäuschen. Und das Personal wäre dann arbeitslos."

„Richtig." Er lächelte und nickte. Fromm faltete er die Hände.

Sie riss die Augen auf. „Aber ... das ist ja glatte Erpressung!"

„Stimmt. Das ist der einzig passende Ausdruck dafür." Er schmunzelte. „Sie sind sehr schnell von Begriff, Miss Clark."

„Das kann nicht Ihr Ernst sein ..." Nelly verhaspelte sich vor Aufregung. „Sie schließen doch wohl nicht das Hotel, nur weil ich kündige."

„Glauben Sie, das brächte ich nicht fertig?" Er schaute sie unergründlich an. „Wollen Sie es darauf ankommen lassen?"

Eine Zeit lang herrschte Schweigen. Ihre Blicke begegneten sich, und sie versuchten einander einzuschätzen.

„Nein", sagte Nelly schließlich mit dünner Stimme. Wesentlich lauter setzte sie hinzu: „Nein, das bringe ich nicht fertig. Und das wissen Sie. Trotzdem verstehe ich Ihre Handlungsweise nicht."

„Sie brauchen mich auch nicht zu verstehen", fiel Percy ihr schroff ins Wort.

Nelly seufzte und ermahnte sich, ihre Zunge im Zaum zu halten. „Mr. Reynolds, ich kann mir zwar nicht denken, warum Sie darauf bestehen, mich als Hotelmanagerin hier zu behalten, aber …"

„Wie alt sind Sie, Miss Clark?" schnitt er ihr erneut das Wort ab.

Verdutzt sah sie ihn an. „Was geht Sie das an?"

„Zwanzig, einundzwanzig?"

„Vierundzwanzig", erwiderte Nelly. „Was hat mein Alter denn mit Ihrem Entschluss zu tun?"

„Vierundzwanzig", wiederholte er, ohne auf ihre Frage einzugehen. „Ich habe Ihnen also acht Lebensjahre voraus und an beruflicher Erfahrung noch viel mehr. Ich eröffnete mein erstes Hotel, als Sie noch mit Puppen spielten."

„Ich habe nie mit Puppen gespielt", antwortete sie kühl.

„Ist ja auch egal." Er hob die Schultern und ließ sie wieder sinken. „Rein rechnerisch bleibt der Unterschied bestehen. Der Grund, weshalb ich Sie wenigstens eine Zeit lang noch hier behalten möchte, ist ganz einfach. Sie kennen das Personal, die Gäste, die Lieferanten und so weiter. Während dieser Übergangsperiode brauche ich Ihre Unterstützung. Ich möchte von Ihrer Erfahrung profitieren."

„Na schön, Mr. Reynolds." Nelly entspannte sich wieder, als sie merkte, dass ihr Gespräch sich nun auf beruflicher Ebene weiterbewegte. „Aber machen Sie sich darauf gefasst, dass Sie in allem, was darauf hinausläuft, den Charakter des Hauses zu verändern, von mir keine Hilfe erwarten dürfen. Ich sage Ihnen ganz offen, dass ich dann alles tun werde, um Ihnen Sand ins Getriebe zu werfen."

„Worauf Sie sich bestimmt sehr gut verstehen", entgegnete Percy fröhlich. Nelly wusste nicht, ob sein Lächeln gekünstelt oder echt war. „Und jetzt, da wir beide unsere Standpunkte klargelegt haben, Miss Clark, möchte ich mir gern das Hotel ansehen und mir einen Überblick verschaffen, wie der Betrieb läuft. Ich nehme an, dass zwei Wochen genügen, um mich gründlich zu informieren."

„In zwei Wochen sind Sie ebenso schlau wie vorher", schleuderte sie ihm entgegen. „Sie glauben doch wohl nicht im Ernst, dass vierzehn Tage genügen, um all das zu verstehen, was ich Ihnen vorhin zu erklären versuchte."

„Ich begreife schnell, und ich bin ein Mann von raschen Entschlüssen", erwiderte er. Er lächelte und blickte sie prüfend an. „Wenn mir etwas gehört, dann weiß ich auch, was ich damit anfangen will." Sein Lächeln wurde breiter, als sie die Stirn runzelte. Dann erhob er sich. „Wenn Sie wollen, dass das Hotel so bleibt, wie es ist, dann behalten Sie Ihren Posten als Managerin und sorgen dafür, dass der Gewinn stimmt." Er nahm ihren Arm und zog sie vom Stuhl hoch. „Lassen Sie uns jetzt einen Rundgang machen."

Freundlich wie ein Regentag führte Nelly Percy durch das Erdgeschoss und beschrieb ihm in allen Einzelheiten Vorratsräume und Wäscheschränke. Die ganze Zeit über hielt er ihren Arm fest, als befürchte er, dass sie fortlief.

Der ständige körperliche Kontakt verwirrte sie, und sie atmete den herb-männlichen Duft seines Rasierwassers ein. Percy bewegte sich völlig ungezwungen. Trotzdem spürte sie seine Kraft und Energie. Seine Stimme klang tief und melodisch, und manchmal ertappte Nelly sich dabei, dass sie mehr auf den Tonfall achtete als auf das, was er sagte. Wütend auf sich, antwortete sie ihm noch frostiger als zuvor.

Wenn Percy doch nur klein und glatzköpfig wäre oder einen dicken Bauch und ein Doppelkinn hätte. Aber ein Mann, der so gut aussah wie er, befand sich im Streitfall einer Frau gegenüber immer im Vorteil.

„Wo sind Sie eigentlich mit Ihren Gedanken, Miss Clark?"

„Was?"

Sie gab sich einen Ruck und blickte zu ihm hoch. Im Stillen verwünschte sie ihn, weil er so dunkle, faszinierende Augen hatte.

„Ich überlege gerade, ob es nicht Zeit fürs Mittagessen wäre.“ Sie beglückwünschte sich zu ihrer Geistesgegenwart.

„Von mir aus gern, ich habe Hunger.“ Er ließ sich von ihr in den Speisesaal führen.

Der große Raum war in rustikalem Stil eingerichtet. Die Holzbalken der Decke hatten Altersrisse, und die Tapeten waren ein wenig verblichen. Doch der Saal besaß eine gemütliche Atmosphäre. Lampenschirme aus gelbem Glas verbreiteten abends ein anheimelndes Licht, und wo Platz war, standen ausgesuchte Antiquitäten oder Gegenstände aus schwerem alten Silber.

Die Kaminwand bestand aus einem Gestein, das in der Gegend abgebaut wurde. Schürhaken und Schaufeln aus Messing zierten die leere Feuerstelle. Die Tische waren so angeordnet, dass sich die Gäste miteinander unterhalten konnten. Für die Besucher, die sich gern ein wenig abseits hielten, gab es eigens ruhigere Plätze. Aus dem Raum drangen Stimmenlärm und das Klappern der Bestecke. Der Duft frisch gebackenen Brotes wehte Nelly und Percy entgegen. Auf der Schwelle blieb er mit einem prüfenden Blick stehen. Jede Einzelheit erregte sein Interesse, und schweigend schaute er sich so lange um, als wolle er später aus dem Gedächtnis eine Skizze machen.

„Sehr hübsch“, stellte er dann nüchtern fest.

Ein kräftiger, wohlbeleibter Mann näherte sich ihnen. Theatralisch hob er den Kopf. „Wohlan denn, spielt auf, wenn Musik die Nahrung der Liebe ist“, rezitierte er.

„Gebt mir ein Übermaß davon, damit der Hunger mir vergehe und so schnell nicht wiederkehre“, erwiderte Nelly schlagfertig und strahlte ihn an.

Der Mann schmunzelte über Nellys Antwort und trabte trotz seines Übergewichts überraschend behände in den Speisesaal.

„Wer war das denn?“ erkundigte sich Percy. Nelly lachte. Gegen ihren Willen schmolz ihre Zurückhaltung.

„Das war Mr. Leander. Seit zehn Jahren ist er Stammgast bei uns. Früher war er Schauspieler an einer Provinzbühne. Er überrascht mich gern mit Zitaten aus irgendwelchen Schauspielen und wartet immer auf eine passende Antwort von mir."

„Fällt Ihnen denn immer etwas Entsprechendes ein?"

„Zum Glück habe ich mich seit jeher fürs Theater interessiert, und um besser gerüstet zu sein, stöbere ich stets noch ein bisschen in den bekanntesten Dramen herum, wenn Mr. Leander bei uns reserviert."

„Gehört das mit zum Service?" fragte Percy spöttisch.

„Das könnte man sagen."

Durch Erfahrung gewitzt, spähte Nelly durch den Raum, um zu sehen, wo das Ehepaar Dobson mit seinen Zwillingen saß. Dann dirigierte sie Percy an einen Tisch, der so weit wie möglich von dieser Familie entfernt stand.

„Nelly." Liz eilte auf sie zu, und ihre Augen funkelten eifersüchtig, als sie Percy ausgiebig musterte. „Wilbur hat die Eier gebracht, und sie sind schon wieder so klein. Elsie droht, ihm etwas ganz Fürchterliches anzutun."

„Schon gut, Liz, ich kümmere mich darum." Sie übersah Percys fragenden Blick. „Liz, serviere bitte Mr. Reynolds das Mittagessen. Entschuldigen Sie mich jetzt, Mr. Reynolds, ich werde in einer wichtigen Angelegenheit gebraucht. Wenn Sie Fragen oder Beschwerden haben, schicken Sie nach mir. Ich wünsche Ihnen guten Appetit."

Nelly benutzte die Eier als willkommene Gelegenheit, sich von Percy zurückzuziehen, und eilte in die Küche.

„Wilbur", sagte sie schadenfroh, als die Tür hinter ihr zufiel, „diesmal bin ich der Schiedsrichter."

Am Nachmittag erledigte Nelly tausend kleine Dinge. Die hohe Kunst der Diplomatie und die Fähigkeit, rasche Entscheidungen zu treffen, gehörten mit zu ihrem Beruf. Zum Glück wusste Nelly instinktiv, wie man Menschen behandelte und wen man mit wichtigen Aufgaben betrauen konnte.

Ohne die Ruhe zu verlieren, diskutierte sie ausführlich mit den

Zwillingen der Dobsons darüber, ob es ratsam sei, einen Frosch in die Badewanne zu setzen, und tröstete gleich darauf ein Zimmermädchen, das sich in der Wäschekammer vor Liebeskummer die Augen ausweinte.

Während Nelly sich Gefühlsergüsse anhörte, Trostworte fand und Urteilssprüche fällte, kreisten ihre Gedanken unablässig um Percy Reynolds. Es war kein Problem, ihm aus dem Weg zu gehen, doch sein Bild folgte ihr überallhin. Ständig schien er bei ihr zu sein, was sie auch tat oder dachte. Er hatte sich in ihr Leben gedrängt, und sie konnte ihn nicht vergessen.

Verdrossen grübelte sie unentwegt darüber nach, wo er gerade sein mochte oder was er wohl tat. Vielleicht, dachte sie entmutigt, hockt er jetzt gerade in meinem Büro, geht mit der Lupe in der Hand meine Bücher durch und überlegt sich, wo er seine dummen Tennisplätze anlegen kann und ob er die Liegewiese lieber zubetonieren sollte.

Als es Zeit zum Abendessen war, beschloss Nelly, es ausfallen zu lassen und sich stattdessen einige ruhige Stunden zu gönnen. Erst spät suchte sie den Gesellschaftsraum auf. Fast alle Lampen waren ausgeschaltet, und die Dreimannkapelle, die immer am Samstagabend spielte, hatte bereits ihre Instrumente eingepackt. Nur eine Hand voll Leute saß noch bei ihren Drinks und unterhielt sich leise. Der Abend neigte sich dem Ende entgegen.

Nelly gestattete sich, ihre Gedanken wieder um Percy kreisen zu lassen. Ich habe zwei Wochen Zeit, um ihn zur Einsicht zu bringen, sagte sie sich. Eigentlich müsste das reichen, um selbst einen hart gesottenen Geschäftsmann von der Richtigkeit meiner Argumente zu überzeugen.

Zerstreut erwiderte Nelly die Gutenachtwünsche der Gäste, die sich allmählich in ihre Zimmer zurückzogen. Ich habe das Problem von Anfang an falsch angepackt, überlegte sie. Morgen beginne ich mit einer neuen Strategie noch einmal ganz von vorn. Ich werde mich beherrschen und meinen weiblichen Charme einsetzen. Ich kann sehr charmant sein, wenn ich will.

Nelly erprobte ihr Talent an dem älteren Herrn von Zimmer 224, und ihr Selbstvertrauen wuchs im gleichen Maß wie dessen Verwirrung. In gewissen Situationen, stellte sie fest, kommt man mit einem Lächeln weiter, als wenn man die Krallen zeigt. Ein bisschen Charme, ein gefälliges Aussehen und ein selbstbewusstes, entgegenkommendes Auftreten, dann kann eigentlich nichts mehr passieren. Mit dieser Strategie werde ich den Feind schlagen, ehe er überhaupt dazu kommt, den Krieg zu erklären.

Gut gelaunt wandte sie sich an den Barkeeper, der mit einem Tuch die Theke sauber wischte. „Geh jetzt nach Hause, Don, den Rest mache ich selbst."

„Danke, Nelly." Der junge Mann wartete auf keine zweite Aufforderung und verschwand gleich durch die Tür.

Nelly wanderte durch den Raum, um die Körbchen mit den Erdnüssen und die leeren Gläser einzusammeln. Zur Unterhaltung schaltete sie sich das kleine Fernsehgerät ein.

Im Hotel kehrte Ruhe ein. Jetzt endlich fand Nelly die Stille und Einsamkeit, nach der sie sich sehnte.

Aus dem Fernsehgerät erklang leise, Unheil verkündende Musik. Die Töne wehten und schwebten durch den matt beleuchteten Raum. Nelly blickte zum Bildschirm hinüber, und gleich darauf fesselte sie ein Gruselfilm. Sie zog sich die Schuhe aus und kuschelte sich in einen Sessel.

Der Film war alt und die Geschichte einfältig, doch die unheimlichen Bilder zogen sie in ihren Bann. Fasziniert beobachtete sie, wie dunkle Wolkenfetzen vor einem Vollmond dahinjagten. Geistesabwesend griff sie nach einem Körbchen mit Erdnüssen, nahm ihn auf den Schoß und knabberte davon. Das Fernsehbild zeigte inzwischen dichte Nebelschwaden in einem tiefen Wald, und Nelly erschauerte, als sie schwere, tappende Schritte und keuchende Atemzüge hörte. Der Nebel lichtete sich und enthüllte die Fratze eines zähnefletschenden Ungeheuers. Nelly hielt sich die Augen zu und wartete auf den Schrei, den die Heldin des Films beim Anblick des Monsters unweigerlich ausstoßen würde.

„Wenn Sie die Hände vom Gesicht nehmen, sehen Sie mehr."

Nelly schnellte mit einem Aufschrei hoch, sodass die Erdnüsse nach allen Seiten flogen. „Machen Sie das nicht noch einmal!" schimpfte sie und blitzte Percy wütend an. „Sie haben mich zu Tode erschreckt."

„Das tut mir Leid." Mit dem Ellenbogen stützte er sich auf die Bartheke und zeigte auf das Fernsehgerät. „Warum setzen Sie sich vor den Kasten, wenn Sie doch nicht hinschauen?"

„Ich sehe für mein Leben gern Gruselfilme, es ist eine richtige Sucht. Aber bei den spannenden Szenen muss ich einfach die Augen schließen. Schauen Sie sich das mal an, bald wird es ganz dramatisch, den Film kenne ich nämlich schon." Mit einer Hand griff sie nach seinem Arm, mit der anderen zeigte sie auf den Bildschirm. „Die Heldin öffnet jetzt gleich die Tür und geht nach draußen. Ich frage Sie, welcher Mensch, der nicht komplett schwachsinnig ist, verlässt im Stockfinstern sein Haus, weil er ein unheimliches Kratzen an der Fensterscheibe hört? Normalerweise würde man sich in einer solchen Situation doch ganz anders verhalten. Wer schlau ist, versteckt sich unter seinem Bett und wartet darauf, dass das Monster verschwindet. Ach du liebe Zeit." Unwillkürlich zog sie Percy näher an sich heran, und als das gebleckte Gebiss des Ungeheuers in Großaufnahme erschien, drückte sie ihr Gesicht gegen seine Brust. „Das ist ja schrecklich, ich kann gar nicht hinsehen. Sagen Sie mir Bescheid, wenn es vorbei ist."

Plötzlich wurde Nelly bewusst, dass sie sich an Percy kuschelte. Sie hörte das Klopfen seines Herzens. Er streichelte ihr Haar, so wie man ein Kind tröstet. Sie verkrampfte sich und wollte sich aus seiner Umarmung lösen, doch er hielt sie fest.

„Nein, warten Sie einen Moment, das Monster schleicht immer noch um die Hütte. Da. Eine Bildstörung hat die Heldin gerettet." Er klopfte ihr auf die Schulter und ließ sie los.

Nelly stand auf und versuchte die verstreuten Nüsse und ihr seelisches Gleichgewicht wiederzufinden. „Heute Nachmittag war ich leider sehr beschäftigt, Mr. Reynolds. Ich muss mich bei Ihnen entschuldigen, weil wir unseren Rundgang durch das Hotel nicht beenden konnten."

Er sah ihr zu, wie sie auf Händen und Knien über den Boden rutschte, wobei ihr das Haar wie ein Vorhang über das Gesicht fiel.

„Ja, leider. Aber ich habe mich auf eigene Faust ein bisschen umgesehen. Ich traf Eddie, der ausnahmsweise einmal nicht wie ein aufgescheuchtes Huhn durch die Gegend flatterte. Ich finde, er ist ein sehr sympathischer junger Mann."

Sie kroch weiter, um die Erdnüsse aufzulesen, die unter einen Sessel gerollt waren. „In ein paar Jahren wird aus ihm einmal ein guter Hotelmanager. Was ihm jetzt noch fehlt, ist Erfahrung."

„Ich lernte auch einige Gäste kennen. Sie scheinen hier allgemein beliebt zu sein, Nelly." Percy kam zu ihr und strich ihr das Haar aus dem Gesicht. „Verraten Sie mir mal, was das für eine Abkürzung ist."

„Was?" Seine Finger berührten ihre Wange, und sie konnte sich nicht mehr auf das Gespräch konzentrieren.

„Nelly." Lächelnd sah er in ihre verstörten Augen. „Wie heißen Sie mit vollem Namen?"

„Ach so." Sie erwiderte sein Lächeln, erhob sich und rückte ein Stück von ihm ab. „Das ist ein streng gehütetes Geheimnis. Ich würde es nicht mal meiner Mutter verraten."

Die Bildstörung war offenbar behoben, denn die Heldin stieß einen lang gezogenen, schrillen Schrei aus. Nelly ließ die Nüsse, die sie aufgelesen hatte, wieder fallen und warf sich an Percys Brust. „Ach, entschuldigen Sie, aber damit hatte ich nicht mehr gerechnet." Verlegen hob sie das Gesicht und wollte rasch einen Schritt zurücktreten.

„Na so etwas. Jetzt liegen Sie schon zum dritten Mal in meinen Armen." Er umschlang ihre Taille, und mit der freien Hand streichelte er ihr Haar.

Ehe sie protestieren konnte, senkte sich sein Mund auf ihre Lippen, und er küsste sie leidenschaftlich. Er zog sie so eng an sich heran, dass sie sich an ihm festhalten musste, um nicht das Gleichgewicht zu verlieren. Ihr Herz klopfte wild. Dann dachte sie an gar nichts mehr und überließ sich ganz ihren Gefühlen …

„Sie sind wunderbar", sagte Percy leise und küsste sie. Seine Lippen glitten ihre Wange entlang zu ihrem Ohr und dann zu ihrem Mund zurück. „Ich probier es gleich wieder."

Doch diesmal ließ Nelly sich nicht überrumpeln. Nur nicht die Fassung verlieren, ermahnte sie sich. In einer solchen Situation gibt man sich am besten kühl und überheblich. „Mr. Reynolds, ich bitte Sie, Ihre romantischen Annäherungen zu unterlassen."

„Ich heiße Percy", entgegnete er ungerührt und blickte lächelnd auf ihre kleinen Hände, die sich nicht sehr wirksam gegen seine breite Brust wehrten. „Heute Morgen, als Sie mich im Büro mit Ihrer Kündigung überfielen, nahm ich mir vor, Sie etwas näher kennen zu lernen."

„Mr. Reynolds …"

„Percy", erwiderte er, und sein Gesicht näherte sich ihrem. „Im Übrigen stoße ich einen einmal gefassten Vorsatz niemals um."

„Na schön, Percy", gab sie nach. Mit Nebensächlichkeiten wollte sie sich jetzt nicht aufhalten, denn sie spürte, wie er sie trotz ihres Sträubens immer näher an sich zog. „Verfahren Sie eigentlich mit all Ihren Hotelmanagern so wie mit mir?" Nelly hoffte, ihn mit dieser bissigen Bemerkung zu verletzen, und sie kochte vor Wut, als er lediglich den Kopf in den Nacken legte und schallend lachte.

„Nelly, mein Vorsatz, Sie näher kennen zu lernen, hat mit Ihrer Stellung in diesem Hotel nicht das Geringste zu tun. Ich gebe nur meiner Schwäche für Frauen nach, die mit Hängezöpfen ganz entzückend aussehen."

„Wagen Sie ja nicht, mich noch einmal zu küssen", drohte sie. Gleichzeitig wehrte sie sich so verzweifelt gegen seine Umarmung, dass er sie losließ.

„Sie müssen sich entscheiden, Nelly, zwischen der Rolle eines liebenswerten Mädchens oder einer Kratzbürste." Seine Stimme klang leise, jedoch verärgert. „Egal, wie Sie sich mir gegenüber verhalten, das Spiel gewinne ich ohnehin. Aber ich wüsste nur gern, woran ich mit Ihnen bin."

„Ich spiele Ihnen keine Rolle vor", fauchte sie. „Ich bin weder ein liebenswertes Mädchen noch eine Kratzbürste. Für Sie bin ich Managerin dieses Hotels, und als solche wünsche ich auch behandelt zu werden."

„Sie sind lieb und zugleich störrisch wie ein Kätzchen." Er schob die Hände in die Taschen seines Jacketts und wippte auf den Absätzen. „Eine interessante Mischung", spöttelte er. „Aber das wissen Sie vermutlich, sonst würden Sie sich nicht so geben."

Nelly vergaß ihren Vorsatz, sich zu beherrschen, und trat einen Schritt auf Percy zu. „Ich weiß nur, dass mir absolut nichts daran liegt, Ihr Wohlgefallen oder Ihr Interesse zu erringen. Mein einziger Wunsch ist, dass Sie aus diesem hübschen ruhigen Familienhotel kein supermodernes Ferienzentrum machen." Sie ballte die Hände. „Wenn Sie mir einen Gefallen tun wollen, dann fahren Sie nach New York in Ihre Eigentumswohnung zurück und lassen sich hier nie wieder blicken."

Ohne seine Antwort abzuwarten, wirbelte sie herum und rannte aus dem Zimmer. Sie lief durch das dunkle Foyer, ohne sich noch einmal umzusehen.

3. KAPITEL

Percy Reynolds hatte sich selbst zuzuschreiben, dass Nelly am letzten Abend so aus der Rolle gefallen war. Ab heute, dachte sie, während sie eine weiße Seidenbluse und einen grauen Blazer anzog, unterhalte ich mich nur noch über geschäftliche Dinge mit ihm.

Jetzt schämte sie sich, weil sie sich kindisch Schutz suchend an seine Brust geworfen hatte. Wenn sie sich weiterhin so benahm, konnte er sie ja gar nicht ernst nehmen. Anstatt Selbstbewusstsein auszustrahlen, hatte sie sich blamiert, indem sie sich von einem Gruselfilm aus der Fassung bringen ließ und auf seine zärtliche Annäherung wie ein dummes Schulmädchen reagierte.

Das soll mir nicht noch einmal passieren, schwor sich Nelly und steckte sich das Haar zu einer damenhaften Frisur hoch. Ich habe mich von ihm übertölpeln lassen. Kein Wunder, dass ich mich vor ihm lächerlich gemacht habe.

Doch noch während sie sich beschimpfte, kehrten ihre Gedanken wie von selbst zu der Umarmung zurück. Sie fühlte wieder seinen Mund auf ihren Lippen, den warmen Atem, der ihre Wange streifte. All das war neu für sie, ihre Knie wurden seltsam weich, und es kam ihr so vor, als ginge sie auf Watte.

Sie musste sich ständig ermahnen, wie wichtig es war, Percy Reynolds nicht als attraktiven Mann zu beurteilen, sondern als Besitzer des „Lakeside Inn“, der das Schicksal dieses Hotels bestimmte.

Eingebildeter Kerl, dachte sie, als sie sich an seine Drohung erinnerte, das Haus zu schließen, wenn sie kündigte. Das war glatte Erpressung. Er wusste, dass er alle Trümpfe in der Hand hielt.

Na schön, wie Sie wollen, Percy Reynolds, dachte sie schließlich, während sie sich den schwarzen Faltenrock glatt strich. Wenn ich will, kann ich auch gemein sein. Nachdem sie vor dem Spiegel mehrere Arten zu lächeln ausprobiert hatte – höflich, herablassend, gleichgültig –, verließ sie mit federnden Schritten das Zimmer.

Die Sonntagvormittage verliefen im Allgemeinen ruhig. Die meisten Gäste schliefen lange und frühstückten erst spät. Gewöhnlich verbrachte Nelly diese stillen Stunden mit Büroarbeit, denn sie wusste aus Erfahrung, dass sie dann ungestört arbeiten konnte.

In der Küche trank sie schnell eine Tasse Kaffee, ehe sie sich in den Papierkrieg stürzte.

„Welch ein Zufall.“ Nelly zuckte zusammen, als Percys Hand sich unter ihren Ellenbogen legte und er sie zum Speisezimmer schob. „Jetzt brauche ich nicht allein zu frühstücken.“

Nelly unterdrückte eine schnippische Bemerkung und lächelte gekünstelt. „Wie nett von Ihnen, dass Sie mit mir frühstücken wollen. Haben Sie gut geschlafen?“

„Wie es in Ihrer Broschüre steht, bürgt die ruhige Atmosphäre des Hotels für einen guten Schlaf.“

Nelly steuerte auf einen freien Tisch zu, der etwas abseits von den anderen in einer Nische stand. „Sie werden feststellen, Mr. Reynolds, dass meine gesamte Werbung auf Tatsachen beruht.“ Nelly nahm auf einem Stuhl Platz. Sie bemühte sich, hell und freundlich zu sprechen. Sie erinnerte sich immer noch an den Streit in ihrem Büro und an die ... persönlichere Begegnung im Aufenthaltsraum.

„Bis jetzt habe ich tatsächlich noch keine Unstimmigkeiten bemerkt.“

Verträumt vor sich hin lächelnd, stand Maggie am Tisch. Gewiss dachte sie an ihr Rendezvous vom vergangenen Abend.

„Ich bekomme Toast und Kaffee, Maggie“, sagte Nelly bestimmt, aber nicht unfreundlich, und riss Maggie aus ihrer Versenkung. Die Kellnerin lief rot an und kritzelte die Bestellung auf ihren Block.

„Ich gebe zu“, meinte Percy, nachdem er seine Wünsche geäußert hatte, „dass Sie von Ihrer Arbeit etwas verstehen.“

Nelly haderte mit sich, weil sie sich über dieses unverhoffte Lob maßlos freute. „Wie kommen Sie darauf?“ fragte sie mit falscher Bescheidenheit.

„Nicht nur Ihre Geschäftsbücher sind tadellos geführt, Sie wissen auch, wie Sie Ihr Personal behandeln müssen. Vorhin haben Sie mit einem einzigen Blick etwas ausgedrückt, wozu andere Leute eine zehnminütige Predigt gebraucht hätten."

„Es ist eine große Hilfe, wenn man das Personal auch persönlich kennt." Verschmitzt lächelnd zog sie die Brauen hoch. „Wissen Sie, zufällig ahne ich, dass Maggie im Geist immer noch bei dem Film weilt, den sie und ihr Freund gestern Abend aus bestimmten Gründen nicht gesehen haben."

Percy lächelte.

„Das Personal hält zusammen wie eine große Familie", fuhr Nelly so unpersönlich wie möglich fort. „Und unsere Gäste spüren das. Es gefällt ihnen, wie ungezwungen es hier zugeht, obwohl der Service durch und durch korrekt ist. Den Regeln unseres Hauses entsprechend geht das Personal auf die individuellen Wünsche der Gäste ein. Das ‚Lakeside' ist kein Hotel für Leute, die Luxus suchen oder ständig Zerstreuung brauchen. Unsere Gäste legen Wert auf frische Luft, gutes Essen und eine gemütliche Atmosphäre. Und genau das bieten wir ihnen."

Sie unterbrach sich, als Maggie ihnen das Frühstück brachte.

„Haben Sie Vorurteile gegen groß angelegte Ferienzentren, Nelly?"

Nelly überlegte und beobachtete Percys lange schmale Hände. Er war gerade dabei, Betty Jacksons Brombeermarmelade auf eine Scheibe Toast zu streichen. Etwas verwirrt stotterte sie: „Nein ... warum sollte ich etwas dagegen haben?" Sie dachte daran, dass diese Hände gestern Abend mit ihrem Haar gespielt hatten. „Nein", wiederholte sie energisch und zwang sich dazu, Percy in die Augen zu sehen. „Ferienzentren sind eine gute Einrichtung, aber mit Betrieben wie dem ‚Lakeside Inn' kann man sie nicht vergleichen. Dazu ist das Publikum zu unterschiedlich. In einem Ferienzentrum herrscht ständig Betriebsamkeit, immer ist etwas los. Hier bei uns ist alles auf Entspannung und Erholung eingerichtet. Man kann angeln, segeln, rudern, im Winter Ski laufen, und darüber hinaus ist das Essen gut. Mit einem Wort: Das ‚Lakeside Inn' ist vollkommen." Es klang kampflustiger als gewollt, und sie bemerkte, wie Percy Reynolds die Brauen hochzog.

„Das muss sich erst noch herausstellen." Er hob die Kaffeetasse an die Lippen.

Seine Stimme klang nicht unfreundlich, doch Nelly entdeckte in seinen Augen eine Spur von Ärger. Sie senkte den Blick und schaute auf ihren Teller, als gäbe es dort etwas Interessantes zu sehen.

„Lächelnd blickt der grauäugige Morgen auf die dahinscheidende Nacht", hörte sie plötzlich eine vertraute Stimme.

Bei dem Zitat hob Nelly erschrocken den Kopf und schaute direkt in Mr. Leanders erwartungsvolles Gesicht. Sie forschte in ihrem Gedächtnis. „Färbt die Wolken im Osten mit zartem Licht ..." Zum Glück ist mir die richtige Antwort eingefallen, dachte Nelly und sah Mr. Leander hinterher, der mit jugendlichem Schwung auf seinen Tisch zuging.

„Eines Tages überrascht er Sie mit einem Zitat, auf das Ihnen nichts mehr einfallen wird."

„Das ganze Leben ist ein Risiko", erwiderte sie schnippisch. „Damit findet man sich am besten schon in jungen Jahren ab."

Er hob die Hand und strich ihr eine übermütige Haarsträhne hinter das Ohr. Bei dieser Berührung zuckte sie wie elektrisiert zurück.

„Ich glaube, dass Sie jede schwierige Situation als Herausforderung betrachten", sagte er gedehnt. „Dadurch wirken Sie noch interessanter. Darf ich Ihnen Kaffee nachschenken?"

Nelly schüttelte verneinend den Kopf. Sie wollte das Frühstück nicht weiter als unbedingt nötig in die Länge ziehen.

Sonnenlicht strahlte durch die Sprossenfenster und malte geometrische Muster auf den Fußboden. Weit entfernt brummte ein Rasenmäher, irgendwo in der Nähe sang ein Vogel.

Nelly saß mit Percy in ihrem Büro und konzentrierte sich auf die Geschäftsvorgänge. Der Berg aus Rechnungen und Betriebsbüchern zwischen ihnen stärkte ihr Selbstbewusstsein. Wenn Nelly über die Leitung des Hotels sprach, befand sie sich auf sicherem Boden. Aber sie musste auch zugeben, dass Percy Reynolds sich in kaufmännischen Dingen bis ins letzte Detail auskannte. Gewissenhaft wie ein Buchhalter prüfte er die Bücher, und geschickt wie ein Kaufmann sortierte und studierte er die Rechnungen.

Glücklicherweise behandelt er mich nicht wie ein dummes Schulmädchen, das Soll und Haben nicht unterscheiden kann, dachte Nelly. Im Gegenteil, Percy hörte sich ihre Erklärungen aufmerksam und respektvoll an. Er hielt sie offenbar für intelligent, und deshalb hoffte sie, ihn schließlich doch noch von ihrer Meinung überzeugen zu können.

„Wie ich sehe, beziehen Sie Ihre Ware von vielen kleinen Einzelhändlern und den hiesigen Bauernhöfen."

„Das stimmt."

Percy zündete sich eine Zigarette an, und Nelly suchte in der untersten Schreibtischschublade nach einem Aschenbecher. „Das ist für alle von Vorteil. Die Produkte, die wir direkt vom Erzeuger bekommen, sind ganz frisch. Notfalls werden wir auch samstags und sonntags beliefert. Damit fördern wir die einheimische Wirtschaft." Unter einem Stapel privater Briefe fand Nelly endlich den Aschenbecher und stellte ihn auf den Tisch.

„Das ‚Lakeside Inn' ist für die Umgebung von großer Bedeutung. Wir schaffen Arbeitsplätze und sind ein Markt für einheimische Erzeugnisse." Nelly fand die Antwort nicht sehr befriedigend und wollte alles noch ausführlicher erklären, als die Tür heftig aufgestoßen wurde.

„Nelly!" Auf der Schwelle stand Eddie, seine Unterlippe zitterte verdächtig. „Die Bodwins sind da."

„Ich komme gleich." Nelly unterdrückte einen Seufzer. Sie würde Eddie sagen, dass er künftig anzuklopfen hatte, ehe er ein Zimmer betrat.

„Wer sind die Bodwins? Eine Naturkatastrophe oder eine Virusepidemie?“ fragte Percy, nachdem Eddie wieder davongeeilt war.

„Nichts dergleichen.“ Nelly stand auf. „Entschuldigen Sie mich bitte, in einer Minute bin ich wieder zurück.“

Sie schloss die Tür fest hinter sich und lief ins Foyer hinunter.

„Herzlich willkommen, Miss Patience, herzlich willkommen, Miss Hope.“ Nelly begrüßte das ältliche Geschwisterpaar zuvorkommend.

Die Schwestern Bodwin, große, hagere, unverheiratete Damen, waren Stammgäste im „Lakeside“.

„Ich freue mich, Sie gesund und munter wiederzusehen.“

„Wir kommen immer wieder gern hierher zurück, Miss Clark“, antwortete Miss Patience, und Miss Hope nickte zustimmend. Meistens war Miss Patience diejenige, die sprach, und Miss Hope beschränkte sich auf einsilbige Kommentare. Das war einer der wenigen Unterschiede zwischen den beiden Schwestern. Davon abgesehen wirkten sie wie Zwillinge, hatten die gleichen Gewohnheiten, die gleiche Art, sich zu bewegen und zu kleiden. Sie trugen orthopädische Schuhe und altmodische Nickelbrillen.

„Eddie, sorge bitte dafür, dass das Gepäck hochgebracht wird“, ordnete Nelly an.

Miss Patiences Miene hellte sich auf, und Nelly bemerkte, wie ihr Blick sich auf einen Punkt heftete, der sich hinter ihrem Rücken befand. Sie drehte sich um und entdeckte Percy.

„Miss Patience, Miss Hope, das ist Mr. Reynolds, der Besitzer des Hotels.“

„Es ist mir ein Vergnügen, Sie kennen zu lernen, meine Damen.“ Percy verbeugte sich galant und gab ihnen die Hand. Miss Hopes faltige Wange rötete sich.

„Sie sind ein Glückspilz, junger Mann.“ Miss Patience musterte Percy eingehend, dann nickte sie zufrieden. „Ich nehme an, Sie wissen, dass Miss Clark ein Schatz ist. Hoffentlich würdigen Sie das entsprechend.“

Nelly knirschte mit den Zähnen. Lächelnd legte Percy die

Hand auf ihre Schulter und entgegnete: „Ich bin davon überzeugt, dass Miss Clark ein Goldstück und mein Lob ganz unzureichend ist."

Miss Patience nickte beifällig.

Nelly schüttelte Percys Hand ab und verhielt sich kühl und unpersönlich. „Sie bekommen denselben Tisch wie immer, Nummer zwei."

„Wie schön." Miss Patience kräuselte die Lippen und tätschelte Nellys Wange. „Sie sind ein liebes Mädchen, Miss Clark."

Die Damen entfernten sich in ihr Zimmer.

„Na, hören Sie mal." Spöttisch lächelnd wandte sich Percy an Nelly. „Sie wollen diesen beiden alten Jungfern doch wohl nicht den zweitbesten Tisch geben?"

„Im ‚Lakeside'", entgegnete sie kühl, während sie wieder dem Büro zustrebte, „wird den Gästen im Rahmen des Möglichen jeder Wunsch erfüllt. Ich sehe keinen Grund, den Schwestern Bodwin dieses harmlose Ansinnen abzuschlagen. Mr. Campbell gab ihnen immer den Tisch Nummer zwei."

„Mr. Campbell", erwiderte Percy so ruhig, dass sie zornig wurde, „ist nicht mehr der Besitzer dieses Hauses, sondern ich."

„Das ist mir nicht entgangen." Trotzig schob sie das Kinn vor. „Verlangen Sie von mir, dass ich die Schwestern Bodwin von ihrem Lieblingsplatz verscheuche und ihnen einen Tisch in der Nähe der Küche gebe? Sehen sie Ihnen nicht vornehm genug aus? Versuchen Sie mal, die beiden Frauen als Menschen zu sehen und nicht als kleine schwarze Zahlen auf Ihren Bankauszügen."

Sie verschluckte sich beinahe, als er fest ihre Schultern packte.

„Leider", begann er drohend, „haben Sie ein aufbrausendes Temperament und ziemlich merkwürdige Vorstellungen, was meinen Charakter angeht. Aber niemand hat mir vorzuschreiben, wie ich meine Betriebe leite. Kein Mensch, haben Sie mich verstanden? Wenn ich Ihren Rat brauche, dann frage ich Sie vielleicht danach, aber die Entscheidungen treffe ich allein, und ich allein ordne an, was zu geschehen hat."

Stumm vor Schreck sah Nelly zu ihm hoch.

„Haben Sie mich verstanden?"

Nelly nickte. Dann nahm sie ihren Mut zusammen und fragte: „Was soll ich jetzt mit den Schwestern Bodwin machen?"

„Nichts. Diese Entscheidung haben Sie mir ja schon aus der Hand genommen. Aber jedes Mal, wenn Sie etwas tun, das mir missfällt, werde ich kein Blatt vor den Mund nehmen und es Ihnen zu verstehen geben." Leise fuhr Percy fort: „Sie sind eine sehr raffinierte Frau. Sie haben mit mir zusammen gefrühstückt und im Büro gearbeitet, ohne mich ein einziges Mal mit meinem Namen anzusprechen. Mit geradezu akrobatischem Geschick haben Sie jede Gelegenheit vermieden, meinen Namen nennen zu müssen. Das hat mich, offen gestanden, fasziniert."

„Seien Sie nicht albern." Sie wollte die Schultern zucken, doch das gelang ihr nicht, denn seine Hände lagen noch immer fest darauf. „Ihre Fantasie geht mit Ihnen durch."

„Aber vielleicht ..." Nelly wollte sich ihm entziehen, doch er zog sie noch näher an sich heran. „Vielleicht sagen Sie jetzt mal meinen Namen." Sein Mund berührte fast ihre Lippen. Sie fühlte, wie ihre Knie nachgaben.

„Percy", flüsterte sie kaum hörbar.

„Sehr schön. Und von jetzt an sagen Sie das öfter zu mir." Um seine Mundwinkel huschte ein Lächeln. „Haben Sie Angst vor mir, Nelly?"

„Nein." Es klang nicht sehr überzeugend. „Nein", wiederholte sie energisch.

„Sie schwindeln ja." Er lachte amüsiert auf und hauchte einen sanften Kuss auf ihren Mund. Sie stöhnte leicht und schlang die Arme um seinen Hals.

Nelly schien es, als stürze sie einen tiefen Schacht hinunter, in dem bunte Sterne umeinander kreisten. Unwillkürlich erwiderte sie seine Küsse. Percys Hände folgten dem weichen Schwung ihrer Hüften, und während ihre Sinne taumelten, erforschte er die intimeren Stellen ihres Körpers. Nellys Sehnsucht wuchs, und sie schmiegte sich immer enger an ihn. Sie konnte nicht mehr denken, die Welt rings um sie versank.

Doch plötzlich mischte sich Angst in ihre Leidenschaft, und sie befreite sich aus seiner Umarmung. Bestürzt und verwirrt rückte sie von Percy ab. „Ich ... ich muss nachschauen, wie weit das Mittagessen ist." Zitternd umschloss sie die Türklinke.

Percy schob die Hände in die Taschen seines Jacketts und wippte auf den Absätzen. „Natürlich ... lauf jetzt und kümmere dich um deine Pflichten, aber mach dich darauf gefasst, dass ich dich früher oder später besitzen werde, Nelly. Wenn es sein muss, bringe ich eine Zeit lang sehr viel Geduld auf."

Nelly fand die Sprache wieder. „Das ist doch der Gipfel! Ich bin kein Objekt, das du über deinen Makler erwerben kannst."

„Nein, in diesem Fall kümmere ich mich ausschließlich selbst darum." Er lächelte sie aufreizend an. „Ich weiß immer genau, ob mir etwas gehört oder nicht. Anschließend ist es dann nur noch eine Frage der Zeit."

„Aber mich bekommst du nicht!" Außer sich vor Wut trat sie dicht vor ihn. „Ich bin kein Besitz, den du deiner Trophäensammlung einverleiben kannst. Du behauptest, du hättest Geduld. Dann warte ruhig bis zum Jüngsten Tag."

Sein Lächeln schürte nur noch ihren Zorn. Nelly drehte sich um und verließ türenknallend das Büro.

4. KAPITEL

Montags gab es für Nelly immer viel zu tun. Sie war davon überzeugt, dass größere Katastrophen sich nur an einem Montag ereigneten, denn das war der Tag, an dem sie sich am wenigsten in der Lage fühlte, mit Schwierigkeiten fertig zu werden.

Percys Anwesenheit in ihrem Büro war eine zusätzliche Belastung. Seine Absicht, sie eines Tages zu erobern, ärgerte sie noch immer.

Frostig erklärte sie ihm jedes Telefongespräch, das sie führte, jeden Brief, den sie schrieb, jede Rechnung, die sie ablegte. Sie schwor sich, ihm keinen Grund zu der Behauptung zu geben, sie verweigere ihre Mitarbeit. Ich entziehe mich ihm als Frau, dachte sie schadenfroh, aber nicht als Managerin seines Hotels.

Percy verhielt sich korrekt und unpersönlich, was Nelly wiederum auch nicht gefiel. Sie hatte noch keinen Mann kennen gelernt, der sich so in der Gewalt hatte wie er. Seine Ruhe war geradezu aufreizend. Sie liebäugelte mit dem Gedanken, ihm ihre Tasse Kaffee über den Kopf zu gießen, nur um ihm irgendeine Reaktion zu entlocken. Die Vorstellung erheiterte sie.

„Denkst du gerade an einen Witz?“ fragte Percy, als Nelly still vergnügt vor sich hin kicherte.

„Was?“ Gleich wurde ihr Ton wieder kühl. „Nein, ich habe nur gerade an etwas anderes gedacht. Und jetzt entschuldige mich bitte“, fuhr sie fort, „ich muss mich davon überzeugen, dass die Zimmer alle aufgeräumt sind. Wo möchtest du zu Mittag essen? Hier im Büro oder im Speisezimmer?“

„Im Speisezimmer.“ Percy lehnte sich zurück und klopfte mit dem Kugelschreiber auf die Schreibtischplatte. „Leistest du mir Gesellschaft?“

„Es tut mir schrecklich Leid“, heuchelte Nelly mit scheinheiliger Miene, „aber vor lauter Arbeit werde ich heute gar nicht zum Mittagessen kommen. Ich empfehle dir das Roastbeef. Meine Köchin bereitet es so zu, dass es auf der Zunge zergeht." Zufrieden mit ihrer Ausrede, verließ sie das Büro.

Einfallsreichtum und Glück halfen Nelly, Percy den ganzen Nachmittag lang aus dem Weg zu gehen. Das Hotel war beinahe leer, denn die meisten Gäste gingen spazieren und genossen das milde Frühlingswetter.

Nelly huschte durch die stillen Gänge, ohne Percy zu begegnen. Sie fand sich zwar kindisch, genoss aber trotzdem das Versteckspiel. Sie hatte sich vorgenommen, jedes Zusammentreffen mit Percy bis zum Abendessen zu vermeiden.

In der Stunde vor dem Dinner war es ruhig im Haus. Vor sich hin summend, zählte Nelly den Bestand des Wäscheschranks im dritten Stockwerk. Da sie bezweifelte, dass Percy sie bis in diesen entlegenen Winkel verfolgen würde, entspannte sie sich und ließ ihren Gedanken freien Lauf. Sie stellte sich Bootsfahrten auf dem See vor, Spaziergänge im Wald und lange Sommerabende. In ihre schönen Tagträume mischte sich jedoch ein Gefühl der Unzufriedenheit. Sie vermisste irgendetwas, oder besser gesagt, irgendwen.

Mit wem sollte sie auf dem See Boot fahren? Wer würde sie auf ihren Spaziergängen begleiten? Für wen lohnte es sich, die langen Sommerabende wach zu bleiben?

„Ich brauche ihn nicht", murmelte Nelly und legte einen Stapel frisch gebügelter Bettlaken in den Schrank zurück. „Er ist völlig überflüssig." Sie verließ die kleine Kammer und zog die Tür leise hinter sich zu. Als sie sich umdrehte, prallte sie mit Percy zusammen, der offenbar in unmittelbarer Nähe gestanden hatte. Sie schrie auf.

„Bist du immer so nervös?" Tröstend legte er ihr den Arm um die Schultern und sah sie amüsiert an. „Selbstgespräche führst du auch. Vielleicht brauchst du Urlaub."

„Ich … ich …"

„Einen langen Urlaub", ergänzte er und tätschelte väterlich ihre Wange.

Inzwischen hatte Nelly sich wieder gefangen. „Kein Wunder,

dass du mich erschreckst, wenn du wie ein Gespenst durch die Gänge schleichst."

„Ich dachte, das wäre hier so üblich", erwiderte er lächelnd. „Du hast es doch selbst den ganzen Nachmittag lang getan."

Erbost, weil er ihre Taktik durchschaut hatte, entgegnete sie: „Ich habe keine Ahnung, wovon du sprichst. Entschuldige mich bitte, ich habe zu tun ..."

„Weißt du eigentlich, dass du eine tiefe Falte zwischen den Augenbrauen hast, wenn du wütend bist?"

„Ich bin nicht wütend, sondern nur sehr beschäftigt." So ein elender Kerl, dachte sie, weil sie seinem Lächeln nicht gewachsen war. „Wenn du mir etwas Geschäftliches zu sagen hast, dann tu es bitte gleich. Meine Zeit ist begrenzt", fügte sie hinzu.

„Ich habe eine Nachricht für dich entgegengenommen", erwiderte er, hob die Hand und fuhr mit einem Finger über ihre Stirnfalte. „Eine sehr wichtige Nachricht."

„Ach?" entgegnete sie leichthin und wünschte, er würde sich etwas von ihr entfernen. Sie stand zwischen ihm und der Kammertür und fühlte sich wie eine Gefangene.

„Ich habe sie mir notiert, damit ich sie auch richtig wiedergebe." Er zog ein Blatt Papier aus der Tasche und las: „Der Anruf stammt von einer Miss Peabody. Sie wollte dich davon in Kenntnis setzen, dass Cassandra ihre Babys bekommen hat. Vier Mädchen und zwei Jungen. Sechslinge." Er senkte das Schriftstück und schüttelte den Kopf. „Wirklich erstaunlich."

„Nicht, wenn die Mutter eine Katze ist." Nelly spürte, wie sie rot anlief. Warum musste ausgerechnet er den Anruf entgegennehmen? Warum hatte Cassandra mit ihrem Wurf nicht warten können? „Miss Peabody gehört zu unseren ältesten Stammgästen. Sie kommt zweimal im Jahr hierher."

„Ach so", meinte Percy. Um seine Mundwinkel zuckte es. „Jetzt, wo ich meine Pflicht erfüllt und die Botschaft weitergegeben habe, bist du an der Reihe." Er nahm ihre Hand und führte sie durch den Korridor. „Die gute Landluft macht Appetit. Du weißt doch, was es heute zum Abendessen gibt. Was würdest du uns empfehlen?"

„Ich habe keine Zeit zum Essen", versetzte sie borstig.

„Du musst aber essen", widersprach er. „Stell dir vor, ich wäre dein Gast. Du rühmst dich doch, deinen Gästen im Rahmen des Möglichen jeden Wunsch zu erfüllen. Ich möchte, dass du mir beim Abendessen Gesellschaft leistest."

Nelly fühlte sich durch ihre eigene Aussage in die Enge getrieben. Wenige Minuten später saß sie Percy am Esstisch gegenüber, nachdem sie ihm den ganzen Nachmittag erfolgreich aus dem Weg gegangen war.

Entgegen ihrer Erwartung verlief das Essen recht harmonisch. Gelegentlich ertappte sich Nelly sogar dabei, dass sie sich von Percys Charme regelrecht umnebelt fühlte. Doch jedes Mal, wenn sie merkte, dass ihre Feindseligkeit schwand, besann sie sich wieder und setzte eine verschlossene Miene auf.

Sie tranken ihren Kaffee, als Eddie sich dem Tisch näherte. „Mr. Reynolds?" Nelly atmete auf, als Eddie weder verlegen um den heißen Brei herumredete noch aufgeregt mit einer Neuigkeit herausplatzte, sondern ruhig und sachlich meldete: „Da ist ein Anruf für Sie, aus New York."

„Danke, Eddie. Stellen Sie das Gespräch bitte auf den Apparat im Büro. Es dauert bestimmt nicht lange", sagte er zu Nelly und erhob sich.

„Meinetwegen brauchst du dich nicht zu beeilen." Nelly deutete ein Lächeln an. „Ich muss mich ohnehin gleich wieder um meine Arbeit kümmern."

„Bis gleich dann." Ihre Blicke begegneten sich, und unvermittelt bückte Percy sich und küsste Nelly auf die Wange.

Nelly öffnete den Mund, rieb sich die Stirn und wunderte sich, woher das plötzliche Schwindelgefühl kam. Sie zwang sich dazu, ruhig durchzuatmen, trank ihren Kaffee aus und begab sich dann eilig in den Aufenthaltsraum.

Die Montagabende im „Lakeside Inn" verliefen nach alter

Tradition. Im Aufenthaltsraum wurde die Geselligkeit gepflegt. Auf der Schwelle blieb Nelly kurz stehen und blickte sich prüfend um.

In den Kutscherlampen brannten schon die Kerzen. Tische, Stühle und Sessel waren zur Seite gerückt, sodass eine Tanzfläche frei blieb. Nelly war mit der Atmosphäre zufrieden und trat an den Plattenspieler. Das viel benutzte, aber zuverlässige Gerät befand sich in einer Mahagonitruhe. Andächtig streichelte Nelly den polierten Deckel.

Die ersten Gäste trafen ein, während Nelly noch die Schallplatten aussuchte. Die gedämpften Stimmen im Raum waren Nelly so vertraut, dass sie kaum in ihr Bewusstsein drangen. Gläser klirrten, Eiswürfel klapperten, und gelegentlich erklang Gelächter.

Geschickt wie ein geübter Mechaniker setzte Nelly das leicht antiquierte Gerät in Gang und legte die erste Platte auf. Die dicke schwarze Scheibe begann sich zu drehen, Nelly setzte den Tonarm in die Rille, und eine Melodie ertönte, dünn, von kratzenden Geräuschen untermalt, jedoch stimmungsvoller als manches moderne Musikstück. Ehe die Platte zur Hälfte abgespielt war, bewegten sich drei Paare auf der Tanzfläche. Wieder hatte ein Montagabend begonnen.

Während der nächsten halben Stunde spielte Nelly eine alte Melodie nach der anderen. Sie hatte festgestellt, dass den meisten Gästen, unabhängig von ihrem Lebensalter, ein Ausflug in die musikalische Vergangenheit gefiel. Vielleicht, weil diese einfachen Melodien zu der Schlichtheit des Hotels passen, überlegte sie. Doch achselzuckend verzichtete sie darauf, weiter darüber nachzugrübeln, und schaute lächelnd einem älteren Paar zu, das zu einem Foxtrott über die Tanzfläche wirbelte.

„Was, in aller Welt, ist hier los?"

Nelly zuckte bei dieser zischenden Frage zusammen. Sie blickte Percy fest in die Augen. „Aha, wie ich sehe, hast du deinen Anruf beendet. Es war hoffentlich keine schlechte Nachricht?"

„Nichts Besonderes." Er wartete, bis sie die Platten ausgewechselt hatte, dann wiederholte er seine Frage. „Nelly, ich will wissen, was hier los ist."

„Hier wird getanzt", entgegnete sie schnippisch. An dem vernehmlichen Kratzen der Platte merkte sie, dass die Nadel ausgewechselt werden musste. „Nimm irgendwo Platz, Percy, ich sage dann Bescheid, dass man dir was zu trinken bringt. Du liebe Güte, diese Stahlnadeln sind auch nicht mehr das, was sie mal waren." Mit spitzen Fingern zog Nelly einen Ersatz aus dem Kästchen und machte sich an die Arbeit.

„Wenn du damit fertig bist, hättest du dann vielleicht die Güte, dich mir zu widmen?"

Nelly war von der Schwierigkeit ihrer Aufgabe so beansprucht, dass sie den beißenden Unterton überhörte. „Natürlich." Sie setzte den Tonarm mit der neuen Nadel behutsam auf die Platte zurück. „Was möchtest du denn, Percy?" Sie hob den Kopf und blickte zur Bar hinüber.

„Zunächst eine Erklärung."

„Eine Erklärung?" wiederholte sie spöttisch. „Was soll ich dir denn erklären?"

„Nelly." Sie merkte, dass er gereizt war. „Stellst du dich absichtlich so begriffsstutzig an?"

Nelly missfiel sowohl die Frage als auch der Ton. „Wenn du dich etwas deutlicher ausdrücken könntest, wäre ich vielleicht nicht so begriffsstutzig."

„Bis jetzt hatte ich geglaubt, dass dieser Aufenthaltsraum über eine gut funktionierende Stereoanlage verfügt."

„Diesen Glauben will ich dir nicht nehmen." In Nelly regte sich der Widerspruchsgeist. „Aber ich begreife immer noch nicht, worauf du hinauswillst."

„Warum wird die Stereoanlage nicht benutzt? Warum bedienst du diesen vorsintflutlichen Apparat?" Mit dem Kinn deutete er auf den Plattenspieler.

„Die Stereoanlage wird nicht benutzt, weil heute Montag ist." Sie betonte jedes einzelne Wort.

„Ach so.“ Percy blickte zur Tanzfläche hinüber, wo ein Paar einem anderen zeigte, wie man korrekt Tango tanzte. „Das erklärt natürlich alles.“

Seine Ironie brachte Nellys Blut in Wallung. Sie verbiss sich eine Reihe frecher, aber unkluger Bemerkungen und stöberte hektisch in dem Plattenvorrat. „Montagabends spielen wir immer alte Platten. Im Übrigen ist es kein vorsintflutliches Gerät“, fügte sie allen guten Vorsätzen zum Trotz hinzu, „sondern eine Antiquität, ein Museumsstück.“

„Nelly, warum spielst du montagabends alte Platten?“ Er sagte es in einem Ton, als spräche er mit einer geistig behinderten Person.

„Darum.“ Nelly kniff die Lippen zusammen.

Percy winkte ab, als sie zu einer Erklärung ausholen wollte. „Warte.“ Rasch durchquerte er das Zimmer und sprach kurz mit einem der Gäste. Nelly schäumte vor Wut, denn sie beobachtete, wie er dabei sein charmantestes Lächeln aufsetzte.

Doch sein Gesicht war todernst, als er wieder zu ihr zurückkam. „Du wirst für eine Weile am Plattenspieler abgelöst. Und jetzt komm mal mit nach draußen.“

Ohne viel Umstände nahm er ihren Arm und schob sie zur Tür. Die kühle Nachtluft trug nicht dazu bei, Nellys Pulsschlag zu senken. Percy zog hinter sich die Tür zu und lehnte sich mit dem Rücken gegen die Hauswand. „Jetzt darfst du mir erzählen, was du auf dem Herzen hast.“

„Ach, du regst mich so auf, dass ich vor Zorn schreien könnte.“ Nach dieser Drohung wanderte Nelly die Veranda auf und ab. „Warum musst du solch ein ... ein ...“

„Spielverderber sein?“ schlug Percy vor.

„Ja, genau das wollte ich sagen.“ Nelly war aufgebracht, weil ihr das Wort selbst nicht eingefallen war. „Alles lief wunderbar, bis du kamst, um von deinem hohen Ross auf uns herabzublicken.“

Eine Zeit lang schwieg Nelly. Dann fuhr sie fort: „Die Leute da drinnen haben Spaß an der Sache.“ Mit ausgestrecktem Arm deutete sie auf ein offen stehendes Fenster. Ein langsamer Walzer erklang. „Du hast kein Recht, diese Art von Vergnügen zu kritisieren. Nur weil wir keine Kapelle engagieren oder Schlager aus der Hitparade spielen, heißt das noch lange nicht, dass sich unsere Gäste nicht gut unterhalten. Ich verstehe wirklich nicht, was du daran auszusetzen hast …" Sie verstummte, als er ihren Arm ergriff.

„Schon gut. Reg dich wieder ab." Percy drehte sie energisch zu sich herum, und das Haar fiel ihr ins Gesicht. Ungeduldig strich sie es sich aus der Stirn. „Ich schlage vor, wir fangen noch mal ganz von vorn an."

„Weißt du was", stieß sie mit zusammengebissenen Zähnen hervor, „mit deiner Ruhe machst du mich noch wahnsinnig."

„Du bist zu temperamentvoll", entgegnete er, „und neigst dazu, in deiner Erregung weit übers Ziel hinauszuschießen." Ihr fiel auf, dass seine Stimme gefährlich leise klang. „Wenn du mir gegenüber nicht so viele Vorurteile hättest, bräuchtest du dich nicht durch jedes Wort von mir beleidigt zu fühlen."

Wütend funkelte sie ihn an. Er fuhr fort: „Falls du dich erinnerst, begann dieses denkwürdige Gespräch mit einer ganz einfachen Frage von mir."

„Und ich gab dir eine ganz einfache Antwort." Sie stockte. „Wenigstens glaube ich das." Verzweifelt warf sie die Arme hoch. „Du kannst nicht von mir verlangen, dass ich mich noch genau an das erinnere, was du sagtest und was ich darauf erwiderte. Du brauchst ja mindestens zehn Minuten, um überhaupt zum Thema zu kommen." Sie atmete tief durch, als sie merkte, dass ihr Temperament schon wieder mit ihr durchging. „Na schön, fangen wir noch mal von vorn an. Wie lautete doch gleich deine ganz einfache Frage?"

„Nelly, du schaffst es, einen Heiligen zur Weißglut zu bringen. Bei dir braucht man wirklich eine Engelsgeduld." Er stöhnte leise. „Ich möchte wissen, warum ich mitten in einen Nostalgie-Abend platzte, als ich vorhin den Aufenthaltsraum betrat."

„Jeden Montagabend", sagte sie forsch und nüchtern, „bieten

wir unseren Gästen diese Form der Unterhaltung. Der Plattenspieler steht seit über fünfzig Jahren im Hotel und wird seither immer montags benutzt. Die Gäste, die schon einmal hier waren, freuen sich darauf. Natürlich", fuhr sie leicht zerstreut fort, denn sie merkte, wie Percy sie näher an sich heranzog, „benutzen wir an anderen Abenden auch die Stereoanlage. Und in der Saison engagieren wir samstags und sonntags eine Tanzkapelle. Aber montags wird nach alten Melodien getanzt, und diese Tradition ist so alt wie dieses Haus."

Die weichen, dunklen Klänge eines Blues wehten durch das offene Fenster. Nelly wiegte sich in diesem Rhythmus, und Percy begann langsam mit ihr zu tanzen.

„Den Gästen macht es Spaß. Und ich habe festgestellt, dass das Alter dabei überhaupt keine Rolle spielt. Ob junge oder alte Leute, alle lassen sich für einen Abend gern mal in die Vergangenheit zurückversetzen."

Ihre Stimme klang längst nicht mehr so forsch. Während sie sich zu der sanften Melodie des Blues bewegten, spürte sie, wie die Gedanken ihr entglitten.

„Das war eine vernünftige Antwort." Percy zog sie näher an sich, und sie legte den Kopf in den Nacken, um ihm weiterhin in die Augen schauen zu können. „Ich fange an, mich selbst für diese Idee zu erwärmen." Ihre Gesichter waren sich jetzt so nahe, dass sein Atem ihre Lippen streifte.

„Ist dir kalt?" fragte Percy, als er spürte, wie sie zitterte. Obwohl sie den Kopf schüttelte, zog er sie noch enger in seine Arme, um sie mit seinem Körper zu wärmen. Ihre Wangen schmiegten sich aneinander, bis sie zu einer einzigen Kontur verschmolzen.

„Ich muss jetzt wieder hineingehen", sagte Nelly leise, tat aber nichts dergleichen. Sie schloss die Augen und ließ sich von Percy und der Musik führen.

„Hm!" Sein Mund lag dicht an ihrem Ohr.

Die leisen Geräusche der Nacht mischten sich in die Melodie, die aus dem Fenster erklang. Blätter raschelten im Wind, ein Käuzchen schrie, Nachtfalter flatterten geräuschvoll gegen die erleuchtete Fensterscheibe.

Die Nachtluft streichelte Nellys erhitzte Wangen. Es duftete leicht nach Hyazinthen. Mondlicht sickerte durch das Geäst der hohen Ahornbäume und malte ein kompliziertes Muster auf den Boden.

Nelly lauschte, wie Percys Herz schlug. Sein Mund glitt ihre Schläfe entlang und über ihr Haar, seine Hände streichelten ihren Rücken.

Ihr eigener Wille schmolz, während ihre Sinne gleichzeitig immer empfindlicher reagierten. Trotz der Musik hörte sie Percy atmen, spürte durch die Kleidung seine Haut, genoss den herben Duft seines Rasierwassers. Was um sie herum geschah, nahm sie nicht mehr wahr. Nur noch sie und Percy existierten. Sehnsüchtige Gefühle stürmten auf sie ein, denen sie keinen Namen zu geben vermochte. Sie verlangte grenzenlos nach ihm.

„Nein, bitte." Sie löste sich aus seiner Umarmung. „Ich will das nicht." Sie stützte sich am Geländer der Veranda ab und sah ihn an.

Percy kam auf sie zu und streichelte sanft ihren Hals. „Doch, du willst." Sein Mund senkte sich auf ihre Lippen. Nelly glaubte den Boden unter den Füßen zu verlieren.

Ihre Gefühle überwältigten sie, bis sie meinte, nicht mehr atmen zu können. Percy zog sie noch näher an sich heran. Instinktiv wusste Nelly, dass sie sich sofort von ihm lösen musste, denn sonst brächte sie nie mehr die Kraft dazu auf.

„Nein!" Sie wehrte sich mit beiden Händen gegen ihn und befreite sich aus der Umarmung. „Ich will nicht", keuchte sie, drehte sich um und hastete die Verandatreppe hinunter. „Woher weißt du, was ich möchte und was nicht?" schleuderte sie ihm noch zu, ehe sie im Laufschritt um die Ecke des Gebäudes bog.

Bevor Nelly ins Haus zurückging, blieb sie stehen, um Atem zu schöpfen und darauf zu warten, dass ihr wild pochendes Herz sich wieder beruhigte. So aufregend war im „Lakeside Inn" noch nie ein Montagabend für sie verlaufen, gestand sie sich mit einem Anflug von Humor ein. Unbewusst summte sie die Bluesmelodie vor sich hin, doch als sie sich dabei ertappte, gab sie sich innerlich einen Stoß und betrat zielstrebig das Hotel. Sie steuerte auf die Küche zu, um Liz daran zu erinnern, am nächsten Morgen die Blumenvasen auf die Frühstückstische zu stellen.

5. KAPITEL

An manchen Tagen ging eben alles schief. Ein klarer blauer Morgen brach an, doch die heitere Stimmung trog. Nelly trug ein schlichtes grünes Hemdblusenkleid und flache Schuhe, als sie die Treppen hinunterlief und sich predigte, heute nur „dienstlich“ zu sein.

Sie nahm sich vor, ganz die Hotelmanagerin hervorzukehren, die dienstlich mit dem Besitzer des Hotels zu tun hatte. Es gab weder Mondschein noch Musik, die sie dazu verleiten konnten, ihre guten Vorsätze zu vergessen. Sie wollte Percy höflich, aber kühl einen guten Morgen wünschen und sich dann unter irgendeinem Vorwand in die Küche zurückziehen. Als sie jedoch den Speisesaal betrat, saß Percy bereits vor einem Berg Rührei und unterhielt sich angeregt mit Mr. Leander.

Er winkte Nelly zerstreut zu, ohne das Gespräch mit seinem Tischnachbarn zu unterbrechen.

Sie ärgerte sich, weil jetzt aus ihrem Vorsatz, Percy bewusst die kalte Schulter zu zeigen, nichts mehr wurde. Sie blickte Percy finster an, ehe sie in die Küche ging. Zehn Minuten später scheuchte Elsie sie wieder hinaus, weil sie ihr im Weg stand. Nelly blieb nichts anderes übrig, als in ihrem Büro ohne Publikum vor sich hin zu brüten.

Eine halbe Stunde lang beschäftigte sie sich mit ihren Akten, während sie mit einem Ohr ständig lauschte, ob Percy sie aufsuchen würde. Die angespannte Haltung machte ihrem Nacken und ihren Schultern zu schaffen. Je stärker die Schmerzen wurden, desto wütender war sie auf Percy. Sie gab ihm die Schuld für ihre schlechte Laune, obwohl sie nicht sagen konnte, was er ihr zu Leide getan hatte. Allein die Tatsache, dass er existiert und dass er hier ist, stört mich, dachte sie. Dann brach die Spitze ihres Bleistifts ab.

„Nelly!“ Sie stand wütend vor dem Papierkorb und spitzte den Bleistift, als Eddie ins Büro platzte. „Es ist was passiert.“

„Das merke ich", antwortete sie trocken.

„Die Spülmaschine ist kaputt." Eddie war betroffen, als handle es sich um einen Todesfall. „Mitten in einem Spülprogramm blieb sie auf einmal stehen."

Nelly atmete nervös. „Ist gut, Eddie, ich rufe Max an. Wenn wir Glück haben, läuft sie vor dem Mittagessen wieder wie geschmiert."

Doch das Glück ließ sie im Stich.

Eine Stunde später sah Nelly zu, wie Max, der für die Reparatur zuständig war, die defekte Spülmaschine inspizierte. Sein ständiges Murmeln und Seufzen ging ihr auf die Nerven. Die Zeit flog dahin, und Nelly hatte den Eindruck, dass Max unglaublich langsam arbeitete. Ungeduldig beugte sie sich über seine Schulter und musterte das Gewirr von Schläuchen und Drähten.

„Könnte der Fehler nicht da ..."

„Nelly." Max seufzte und entfernte die nächste Schraube. „Stör mich nicht und lass mich meine Arbeit tun. Davon verstehst du nichts."

Nelly entfernte sich ein wenig und streckte die Zunge heraus. Im nächsten Moment errötete sie bis in die Haarwurzeln, weil Percy an der Tür stand.

„Gibt es ein Problem?" erkundigte er sich. Es klang nüchtern, doch sie merkte ihm an, dass er sich über sie amüsierte. Sein versteckter Spott reizte sie noch mehr.

„Ich werde schon damit fertig", schnauzte sie Percy an. „Du brauchst dich nicht darum zu kümmern. Ich nehme an, dass du genügend mit anderen Dingen beschäftigt bist."

„Für dich habe ich immer Zeit, Nelly." Percy näherte sich ihr, und ehe sie seine Absicht erkannte, nahm er ihre Hand und zog sie galant an seine Lippen. Max räusperte sich vernehmlich.

„Was soll der Unsinn?" Sie zog ihre Hand zurück und wischte sie am Rock ab. „Es ist nicht nötig, dass du dich hiermit abgibst." Mit dem Kinn deutete sie auf die Spülmaschine. „Max hat das Ding noch vor dem Mittagessen repariert."

„Nein, das schaffe ich nicht." Max hockte sich auf die Fersen und schüttelte den Kopf. Er hielt ein kleines Zahnrad in der Hand.

„Was heißt das, du schaffst es nicht?" fragte Nelly aufgebracht. „Du musst es schaffen. Wir brauchen die Spülmaschine. Was meinst du, was hier mittags los ist?"

„Was du brauchst, ist so etwas hier." Max hielt ihr das Zahnrad hin.

„Na und." Nelly nahm ihm das Stück aus der Hand und betrachtete es stirnrunzelnd. „Dann tausch dieses Ding eben aus. Ich verstehe nicht, dass wegen so eines winzigen Rädchens die Maschine versagt."

„Wenn dem Rädchen ein Zahn fehlt, dann kann es manchmal großen Ärger geben", erklärte Max geduldig. „Das ist nämlich so, Nelly, in meinem Lager habe ich kein solches Zahnrad. Du musst es in Burlington besorgen."

„Burlington?" Nelly erkannte die verzweifelte Situation und durfte in der Wahl ihrer Mittel nicht zimperlich sein. Mit einem flehenden Blick, der einen Stein zum Erweichen gebracht hätte, sah sie Max an. „Ach, Max, was soll ich denn jetzt tun?"

Max war zwar schon weit über fünfzig, aber dennoch längst nicht immun gegen einen bittenden Blick aus großen grauen Augen. Er trat von einem Fuß auf den anderen, seufzte ein paarmal und nahm Nelly dann das Rad aus der Hand. „Na schön, ich fahre für dich nach Burlington. Vor dem Abendessen läuft die Maschine wieder, aber früher bestimmt nicht. Hexen kann ich auch nicht."

„Danke, Max, du bist ein Schatz." Nelly stellte sich auf die Zehenspitzen und drückte ihm einen Kuss auf die Wange. „Ohne dich wäre ich verloren."

Max packte sein Werkzeug zusammen und machte sich davon.

„Komm heute Abend mit deiner Frau zum Essen. Es geht auf Kosten des Hauses." Mit einem selbstzufriedenen Lächeln sah Nelly Max hinterher. Dann fiel ihr plötzlich Percy wieder ein. Sie räusperte sich und wandte sich ihm zu.

„Für deine Augen brauchst du einen Waffenschein", meinte er. „Jeder Mann ist dir ja hilflos ausgeliefert."

„Ich weiß gar nicht, wovon du sprichst." Gespielt gleichgültig rümpfte sie die Nase.

„Tu nicht so scheinheilig." Percy lachte und nahm ihr Kinn zwischen Daumen und Zeigefinger. „Ich habe noch nie einen derart berechnenden Blick gesehen. Armer Max."

„Vielleicht brauchst du eine Brille", erwiderte sie schnippisch. Ihr Herz klopfte wieder einmal viel zu schnell. „Ich habe lediglich im Interesse des Hauses gehandelt. Schließlich ist es meine Pflicht, mich für den Betrieb einzusetzen."

„Sehr richtig", stimmte er zu. Dann beugte er sich über die defekte Spülmaschine. „Hast du schon einen Plan, wie du den Abwasch bewältigst, bis dieses Ding hier wieder funktioniert?" fragte er dann.

„Natürlich." Sie blickte auf die beiden Spülbecken aus blitzendem Edelstahl. „Kremple dir schon mal die Ärmel auf."

Nelly wunderte sich überhaupt nicht darüber, dass sie wenige Minuten später Seite an Seite mit Percy vor der Spüle stand und Geschirr abwusch. Die gemeinsame banale Tätigkeit schien sie miteinander zu verbinden, denn sie vertrugen sich hervorragend. Sie unterhielten sich und scherzten miteinander, als hätte niemals eine Spannung zwischen ihnen bestanden. Als Elsie in die Küche kam, um mit den Vorbereitungen für das Mittagessen zu beginnen, nahmen sie kaum Notiz von ihr.

„Ich habe kein einziges Teil zerbrochen", erklärte Percy stolz, während Nelly den letzten Teller in den Schrank stellte.

„Aber nur, weil ich zweimal im letzten Moment zugegriffen habe, als ich merkte, dass dir was aus der Hand rutschte."

„Das ist eine ganz infame Unterstellung." Percy legte den Arm um ihre Schultern und führte sie aus der Küche. „Mach dich bloß nicht unbeliebt bei mir. Stell dir vor, Max schafft es nicht, bis zum Abendessen die Spülmaschine zu reparieren. Was tust du dann?"

„Daran wage ich gar nicht zu denken. Trotzdem habe ich mir

über diese Möglichkeit Gedanken gemacht.“ In ihrem Büro ließ sich Nelly auf den erstbesten Stuhl fallen. „Ich kenne ein paar junge Leute hier im Ort, die ich im Nu mobil machen könnte. Aber Max lässt mich schon nicht im Stich.“

„Dein Vertrauen möchte ich haben.“ Percy setzte sich an den Schreibtisch.

„Du kennst Max eben nicht. Wenn er sagt, dass die Maschine vor dem Abendessen wieder läuft, dann funktioniert sie auch zu diesem Zeitpunkt. Im Zweifelsfall hätte er geäußert: ‚Ich werd's versuchen‘, oder: ‚Mal sehen, ob es geht‘, oder so ähnlich. Aber wenn Max etwas verspricht, dann hält er es auch. Das ist eben der Vorteil, wenn man jeden, mit dem man zu tun hat, persönlich kennt.“

Percy nickte zustimmend. Gleich darauf klingelte das Telefon. Nelly sprang auf und hob ab.

„Hotel Lakeside Inn. Ach, du bist es, Marilyn. Hallo. Nein, ich war den ganzen Vormittag über beschäftigt.“ Sie hockte sich auf die Schreibtischkante und stöberte in einem Papierstapel herum. „Ja, deine Liste habe ich hier. Nein, tut mir Leid, ich bin gerade erst ins Büro gekommen. Ich würde sagen, du wartest ab, bis du ganz genau weißt, wer alles kommt. Dann können wir mit dem Essen und den Getränken besser planen. Wir haben ja noch genug Zeit. Du heiratest doch erst in vier Wochen. Verlass dich ganz auf mich, ich habe schon mehr Hochzeitsfeiern ausgerichtet. Ja, ich kann verstehen, dass du besorgt bist. Nimm's nicht so tragisch. Von einer Braut erwartet man, dass sie nervös ist. Ruf mich an, wenn du weißt, wie viele Leute kommen. Du kannst jederzeit anrufen, Marilyn. Nein, du störst mich überhaupt nicht. Auf Wiedersehen.“

Nelly hängte ein und streckte ihren verspannten Rücken, ehe sie bemerkte, dass Percy sie erwartungsvoll ansah. „Das war Marilyn“, erklärte sie. „Sie wollte sich bei mir bedanken.“

„Ja, den Eindruck hatte ich auch.“

„Nächsten Monat heiratet sie.“ Nelly rieb sich mit der Hand

den verkrampften Nacken. „Hoffentlich bekommt sie nicht vorher einen Nervenzusammenbruch. Junge Leute sollten von zu Hause durchbrennen und irgendwo heimlich heiraten, dann würden sie sich und anderen das ganze Theater ersparen."

„Ich bin davon überzeugt, dass viele Brautväter das Gleiche sagen, wenn sie erst die Kosten solch einer Hochzeit beglichen haben." Percy stand auf, ging um den Schreibtisch herum und stellte sich vor sie hin. „Lass mich mal." Mit leichten Bewegungen massierte er ihr den Nacken und die Schultern. Nellys Protestschrei verwandelte sich in ein hörbares Aufatmen. „Wird's schon besser?" lächelte Percy.

„Mm. Ich spüre bereits, wie die Verspannung nachlässt." Sie streckte sich unter seinen Händen wie ein zufriedenes Kätzchen. „Seit der Hochzeitstermin feststeht, ruft Marilyn mich mindestens dreimal in der Woche an, um irgendetwas wegen der Feier mit mir zu besprechen. Komisch, dass die Leute sich wegen einer Hochzeit so aufregen können."

„Tja, nicht jeder ist so sachlich und nüchtern wie du." Percys Finger berührten ihren Haaransatz. „Im Übrigen solltest du deine Idee mit dem Durchbrennen nicht so laut verkünden. Ich könnte mir vorstellen, dass Hochzeitsfeiern im Hotel einen guten Profit abwerfen."

„Profit?" Nelly riss die Augen auf und versuchte sich zu konzentrieren. Es fiel ihr schwer, denn seine massierenden Hände benebelten ihren Verstand. „Profit?" wiederholte sie. Ein paarmal schluckte sie krampfhaft. „Ach so ... ja, ja." Sie glitt vom Schreibtisch herunter, um sich seinen Händen zu entziehen. „Ja, im Allgemeinen schon ... das heißt ... manchmal." Sie lief im Zimmer auf und ab. Bei der gemeinsamen Tätigkeit in der Küche hätte sie beinahe vergessen, wer er war. „Das kommt natürlich ganz drauf an, weißt du, wer die Leute sind und so ..."

„Vielleicht könntest du das alles einmal in eine allgemein verständliche Sprache übersetzen", schlug Percy vor.

Mit einem flauen Gefühl in der Magengrube beobachtete Nelly, wie er sich erneut hinter den Schreibtisch setzte. Jetzt geht's wieder los, dachte sie, sah ihn jedoch gefasst an.

„Das ist nämlich so: Gelegentlich richten wir Hochzeitsfeiern oder andere Gesellschaften kostenlos aus. Natürlich", beeilte sie sich hinzuzufügen, als er sie erwartungsvoll musterte, „berechnen wir das Essen und die Getränke, aber nicht die Benutzung des Gesellschaftszimmers ..."

„Warum nicht?"

Einige Sekunden lang war es absolut still im Zimmer.

„Warum nicht?" wiederholte Nelly schließlich und blickte an die Zimmerdecke. „Tja, das hängt natürlich von gewissen Umständen ab und ist auch eher die Ausnahme als die Regel." Weshalb lerne ich nicht, den Mund zu halten? fragte sie sich. „In diesem Fall tun wir es, weil Marilyn die Cousine von Liz ist. Du kennst Liz, sie ist eine unserer Kellnerinnen", erklärte sie, als Percy beharrlich schwieg. „In der Hochsaison hilft Marilyn gelegentlich auch bei uns aus. Wir beschlossen, wie es bei uns hin und wieder üblich ist, Marilyn als Hochzeitsgeschenk eine Feier auszurichten."

„Wir?"

„Das Personal", erläuterte Nelly. „Marilyn bezahlt das Essen, die Kapelle, die Blumen, und wir stellen ihr das Gesellschaftszimmer, unsere Zeit und unsere Arbeitskraft zur Verfügung." Kaum hörbar fügte sie hinzu: „Die Hochzeitstorte bekommt sie auch von uns."

„Ach so." Percy lehnte sich zurück und verschränkte die Finger ineinander. „Das Personal stiftet also seine Zeit, seine Arbeitskraft und das Hotel."

„Nur das Gesellschaftszimmer." Unerschrocken hielt Nelly seinem vorwurfsvollen Blick stand. „Das kommt im Jahr doch höchstens ein paarmal vor. Ich kann das auch vom kaufmännischen Standpunkt her vertreten, denn es ist eine gute Reklame für unser Haus. Vielleicht könnte man den Aufwand sogar von der Steuer absetzen. Frag mal deinen Steuerberater." Gereizt wanderte sie unruhig auf und ab. Percy blieb regungslos hinter dem Schreibtisch sitzen. „Ich verstehe gar nicht, was du daran auszusetzen hast. Das Personal opfert für diese Gesellschaften seine Freizeit. Seit Jahren ist das bei uns so Sitte. Es ist einfach ...“

„Geschäftspolitik“, ergänzte Percy. „Vielleicht solltest du mir eine Liste mit euren etwas exzentrischen Richtlinien zusammenstellen. Aber ich muss dich daran erinnern, Nelly, dass sie nicht unumstößlich sind.“

„Du hast doch nicht etwa vor, Marilyn um ihre Hochzeitsfeier zu bringen?“ Nelly war entschlossen, sich für Marilyn einzusetzen wie eine Glucke für ihr Küken.

„Da ich die Verantwortung für Marilyns Nervenzusammenbruch nicht auf mein Gewissen laden möchte, bin ich einverstanden. Allerdings“, setzte er hinzu, ehe sich das zufriedene Lächeln auf Nellys Gesicht ausbreiten konnte, „glaube ich, dass wir zwei uns einmal ausführlich über Sinn und Unsinn von Reklame unterhalten sollten.“

„Jawohl, Sir“, antwortete sie frostig. Eine weitere Antwort erübrigte sich, weil das Telefon läutete.

Percy bedeutete Nelly, den Hörer abzuheben. „Ich werde uns inzwischen Kaffee holen.“

Sie nahm das Gespräch entgegen, und er verließ das Büro.

In dem Augenblick, als Nelly den Hörer erzürnt wieder auf die Gabel warf, kam Percy zurück. „Der Blumenhändler kann mir meine sechs Dutzend Narzissen nicht liefern“, herrschte sie ihn an.

„Das tut mir aber Leid.“ Percy stellte die Kaffeetassen auf den Schreibtisch.

„Das sollte dir auch Leid tun. Dies hier ist dein Hotel, und es wären deine Narzissen gewesen.“

„Aber das war doch gar nicht nötig, Nelly. Es ist sehr lieb von dir, dass du mir Blumen schenken willst, doch gleich sechs Dutzend Narzissen finde ich ein bisschen übertrieben.“

„Sehr witzig“, zischte sie und hob ihre Tasse hoch. „Dir wird das Lachen noch vergehen, wenn keine Blumen mehr auf den Tischen stehen. Wie sieht das denn aus!“

„Warum hast du keine anderen Blumen bestellt? Es gibt doch sicher noch mehr Gewächse als Narzissen."

„Für wie dumm hältst du mich eigentlich?" wollte Nelly wissen. „In so großer Anzahl hat der Händler überhaupt keine Blumen vorrätig, frühestens erst wieder nächste Woche. Mit dem Treibhaus scheint irgendetwas nicht in Ordnung zu sein. Es ist wie verhext." Sie nahm wütend einen großen Schluck Kaffee.

„Du liebe Zeit, Nelly, in Burlington gibt es bestimmt ein halbes Dutzend Blumengeschäfte. Lass dich doch von dort aus beliefern." Achselzuckend tat Percy das Problem ab.

Nelly warf ihm einen Blick zu, als zweifle sie an seinem Verstand. „Ich soll die Blumen in Burlington bestellen? Hast du eine Ahnung, was die Narzissen dann kosten würden?" Sie erhob sich von ihrem Platz und nahm die Wanderung durch das Zimmer wieder auf, während sie ihm ihren Standpunkt auseinander setzte. „Mit künstlichen Blumen kann ich mich einfach nicht anfreunden. Dann lieber gar keine Blumen auf den Tischen. Bleibt also nur noch Betty Jackson. Doch das geht mir gegen den Strich, denn es ist schon schlimm genug, sie um ihr Gelee anbetteln zu müssen. Jetzt muss ich sie auch noch um Blumen anflehen. Aber etwas anderes bleibt mir gar nicht übrig. Sie hat den größten Blumengarten im ganzen Ort." Nelly ließ sich auf den Drehstuhl fallen.

„Bist du fertig?"

„Nein." Nelly zog sich das Telefon heran. „Erst muss ich Betty die Blumen abschwatzen." Sie biss die Zähne zusammen. „Drück mir die Daumen."

Geduldig lehnte Percy sich zurück und schlug die Beine übereinander. „Ich drück ja schon", sagte er kameradschaftlich und hob demonstrativ beide Fäuste.

Nachdem Nelly das Gespräch beendet hatte, schüttelte Percy ehrlich bewundernd den Kopf. „Bravo", rief er und prostete ihr mit seiner Kaffeetasse zu. „So viel plumpe Schmeicheleien auf einmal habe ich noch nie gehört."

„Mit Feinfühligkeit richtet man bei Betty Jackson nichts aus."

Selbstgefällig nahm Nelly das Lob entgegen, dann stand sie auf. „Ich gehe jetzt sofort die Blumen pflücken, ehe sie ihre Meinung ändert."

„Ich fahre dich hin", erbot sich Percy. Er nahm ihren Arm und ging mit ihr zur Tür.

„Danke, aber es ist wirklich nicht nötig. Du brauchst dir keine Umstände zu machen." Die körperliche Berührung erinnerte sie daran, dass es ihr in seiner Nähe immer schwer fiel, einen klaren Kopf zu behalten.

„Es macht mir nichts aus", entgegnete er und begleitete sie hinaus. „Ich muss unbedingt die Dame kennen lernen, die, wie du sagtest, mit der Hand eines Engels Blumen zum Erblühen bringt."

„Habe ich mich wirklich so ausgedrückt?" Nelly lächelte amüsiert.

„Das war noch eines deiner harmlosesten Komplimente."

„Verzweifelte Situationen erfordern verzweifelte Maßnahmen", erklärte Nelly und setzte sich in Percys Mercedes. „Im Übrigen hat Miss Jackson tatsächlich den grünen Daumen, wie man so schön sagt. Ihr Garten ist ein wahres Musterexemplar. Voriges Jahr gewann sie mit ihrem Rosenbusch einen Preis. Hier musst du links abbiegen", rief sie, als sie eine Straßenkreuzung erreichten. „Ich finde, anstatt dich über mich lustig zu machen, solltest du mir lieber dankbar sein. Wenn es nach dir ginge, würde das Hotel allein für Lieferantenkosten ein Vermögen ausgeben."

„Meine liebe Miss Clark", entgegnete Percy gedehnt, „ich kann beim besten Willen nicht abstreiten, dass Sie eine erstklassige Managerin sind. Eine Gehaltserhöhung wäre durchaus vertretbar."

„Wenn ich eine Gehaltserhöhung will, dann frage ich danach", fuhr Nelly ihn an. Darauf blickte sie starr geradeaus auf die Straße. Sein Tonfall und die Art, wie er sie angeredet hatte, passten ihr nicht.

Aber schließlich standen sie in einem Dienstverhältnis zueinander. Nelly schloss die Augen und kaute an ihrer Unterlippe. Bis jetzt war der Tag so harmonisch verlaufen. Umso mehr störte sie seine Bemerkung.

Sie konnte ihren Gedanken nicht weiter nachhängen, denn sie erreichten Miss Jacksons Haus. Percy nahm Nellys Arm, und zusammen gingen sie durch das Gartentor.

Nelly vermutete, dass der metallblaue Mercedes und Percys Hemd aus reiner Seide genügten, um Miss Jackson für die nächsten sechs Monate mit Stoff für Klatsch zu versorgen. Nellys Finger lag noch auf der Klingel, als die Tür auch schon geöffnet wurde.

„Guten Tag, Miss Jackson“, begann Nelly und wollte sich gleich überschwänglich bedanken. Sie unterbrach sich jedoch, als sie bemerkte, dass Betty über ihren Kopf hinwegblickte. „Miss Jackson, das ist Mr. Reynolds, der Besitzer des Hotels Lakeside. Percy, das ist Miss Jackson.“ Während Nelly redete, riss Betty sich die Schürze von der Taille und die Metallklipse aus dem Haar.

„Miss Jackson, es freut mich, Sie kennen zu lernen.“ Percy ergriff Bettys linke Hand, da sie mit der rechten Schürze und Klipse hinter dem Rücken versteckte. „Ich habe schon so viel Gutes über Sie gehört, dass es mir vorkommt, als seien wir alte Bekannte.“

Betty errötete wie ein Teenager und war vermutlich zum ersten Mal in ihrem sechzigjährigen Leben sprachlos.

„Wir wollten die Blumen abholen“, warf Nelly ein und wunderte sich über Bettys offenkundige Verwirrung.

„Blumen? Ach ja, natürlich. Treten Sie doch bitte ein.“ Aufgeregt hetzte sie ihre Gäste durch den Flur und ins Wohnzimmer.

„Entzückend“, rief Percy und betrachtete ausgiebig die bestickten Kissen und Häkeldeckchen. Er bedachte Betty mit einem charmanten Lächeln. „Ich kann Ihnen gar nicht sagen, Miss Jackson, wie dankbar wir Ihnen sind, dass Sie uns aus dieser Verlegenheit helfen.“

„Ach, das ist doch nicht der Rede wert“, zwitscherte Betty. „Nehmen Sie bitte Platz. Ich brühe uns inzwischen ein schönes Tässchen Tee auf. Komm mit, Nelly.“ Sie flatterte aus dem Zimmer, und Nelly blieb gar nichts anderes übrig, als ihr zu folgen.

In der Küche setzte Betty in Windeseile Wasser auf und holte die Teebüchse aus dem Schrank. „Warum hast du mir nicht gesagt, dass du ihn mitbringst?“ tuschelte sie Nelly zu, während sie die Kanne auf Hochglanz polierte.

„Ich hatte ja keine Ahnung …“

„Ach du meine Güte, in diesem Fall hätte ich mir wenigstens das Haar kämmen und ein bisschen Puder auflegen müssen.“ Im Küchenschrank stöberte Betty nach ihrem besten Teeservice und wischte die Tassen mit einem Geschirrtuch aus.

Nelly verbiss sich ein Lächeln. „Tut mir Leid, Miss Jackson, aber ich wusste selbst nicht, dass Mr. Reynolds mitkommen wollte.“

„Macht ja nichts.“ Nervös winkte Betty ab. „Jetzt ist er jedenfalls hier. Ich brenne darauf, mich mit ihm zu unterhalten. Lauf schnell in den Garten und schneid schon mal die Blumen.“ Sie drückte ihr eine Gartenschere in die Hand. „Nimm dir, soviel du willst.“ Sie scheuchte Nelly buchstäblich aus der Küche. „Du brauchst dich nicht zu beeilen.“

Ungefähr zwanzig Minuten später betrat Nelly wieder die Küche und hörte Betty ausgelassen kichern. Vorsichtig legte sie den riesigen Strauß aus Narzissen und frühen Tulpen auf dem Tisch ab und ging ins Wohnzimmer.

Percy und Betty saßen einträchtig nebeneinander auf dem Sofa und tranken Tee.

„Ach, Percy“, säuselte Betty kokett, „Sie erzählen mir ja Geschichten. Ich weiß gar nicht, ob ich Ihnen glauben soll.“

Verdutzt verfolgte Nelly das Geschehen. Sie war davon überzeugt, dass Betty Jackson seit dreißig Jahren nicht mehr so heftig geflirtet hatte. Und kopfschüttelnd bemerkte sie, dass Percy ebenso hemmungslos auf Bettys Annäherungsversuche einging.

Nelly räusperte sich und trat an den Tisch. „Miss Jackson, Ihr Garten ist wirklich ein Gedicht.“

„Danke, Nelly, aber er macht mir auch viel Arbeit. Hast du alles gefunden, was du wolltest?“

„Ja, und noch einmal vielen Dank. Ich weiß gar nicht, was ich ohne Sie getan hätte."

„Na schön." Seufzend erhob Betty sich vom Sofa. „Ich hole dir einen großen Karton für die Blumen."

Anschließend rang sie Percy das Versprechen ab, sie bald wieder zu besuchen. Eine Viertelstunde später saß Nelly neben ihm im Mercedes. Auf dem Rücksitz standen zwei Kartons. In dem einen befanden sich die Blumen, im anderen ein halbes Dutzend Gläser mit Gelee, die Betty Percy geschenkt hatte.

„Weißt du was", begann Nelly mit gespielter Strenge, „du solltest dich schämen."

„Ich?" Percy sah sie scheinheilig an. „Weswegen?"

„Das weißt du sehr genau. Noch zehn Minuten länger, und Betty wäre vor Entzücken ohnmächtig in deine Arme gesunken."

„Ich kann doch nichts dafür, dass ich so unwiderstehlich bin."

„Angeber. Du hast dieser Frau völlig den Kopf verdreht. Ein Wort von dir, und sie hätte ihren preisgekrönten Rosenbusch aus dem Boden gerissen und ihn vor unserer Eingangstür wieder eingepflanzt."

„Unsinn", protestierte Percy. „Wir haben uns nur ganz reizend unterhalten."

„Wie hat denn der Tee geschmeckt?" fragte Nelly spitz.

„Sehr gut. Du hast ihn gar nicht probiert, oder?"

„Nein." Nelly rümpfte die Nase und verschränkte die Arme über der Brust. „Sie hat mir ja keinen angeboten."

„Aha, jetzt geht mir ein Licht auf." Seufzend stellte Percy den Motor ab, denn sie waren beim Hotel angekommen. „Du bist eifersüchtig."

„Eifersüchtig?" Nelly lachte gekünstelt und strich ein paar Staubkörnchen vom Rock. „Sei nicht albern."

„Oh ja, ich weiß Bescheid", behauptete er genießerisch. „Du bist ein dummes Mädchen." Er drehte sich zu ihr um und senkte, immer noch lächelnd, seinen Mund auf ihre Lippen. Nelly sträubte sich nur halbherzig dagegen. Doch als seine Küsse immer leidenschaftlicher wurden, bekam sie Angst und wehrte sich gegen ihn.

„Percy, lass mich los.“ Sie atmete hastig und rang nach Fassung: „Percy, ich finde, es wird Zeit, dass wir eine Grenze ziehen.“

„Zwischen Mann und Frau gibt es keine Grenzen, und wenn es welche gäbe, würde ich mich nicht daran halten.“ Es klang so arrogant, dass es Nelly einen Moment lang die Sprache verschlug. „Ich lasse dir jetzt deinen Willen, weil es etwas kompliziert ist, dich bei hellem Tageslicht auf dem Vordersitz meines Wagens zu lieben. Aber irgendwann werden die Umstände bestimmt günstiger sein.“

Nelly kniff die Augen zusammen und fand die Sprache wieder. „Glaubst du etwa im Ernst, dass du dich mir aufdrängen kannst?“

„Wenn es so weit ist, Nelly, dann werde ich dich nicht mehr zu drängen brauchen.“

„Worauf du lange warten kannst“, fauchte sie und stieg aus. „Wir zwei werden uns nie einig werden.“ Deftig schlug sie die Tür zu.

6. KAPITEL

Nelly stand auf dem weitläufigen Rasen und genoss die warme Frühlingssonne. Sie hatte beschlossen, Percy Reynolds möglichst aus dem Weg zu gehen und sich auf ihre tausend kleinen Pflichten zu konzentrieren. Leider war das nicht so einfach, wie sie es sich vorgestellt hatte. Täglich mussten sie über irgendwelche geschäftlichen Dinge miteinander verhandeln.

Im Augenblick ging es im Hotel sehr ruhig zu, doch Nelly wusste, dass in drei Wochen, wenn die Saison begann, der eigentliche Betrieb erst richtig anfing. Liebevoll betrachtete sie das Haus. Die Ziegel hoben sich hell von den hohen Fichten ab, und die Fenster blitzten in der Sonne. Auf der rückwärtigen Veranda saßen zwei Gäste und spielten Karten. Nelly hörte, wie sie sich miteinander unterhielten, ohne jedoch ein Wort verstehen zu können.

Bald wäre es mit dem Frieden und der Beschaulichkeit vorbei. Dann würden sich auf dem Rasen wieder Kinder balgen und die Motorboote auf dem See die jetzt so angenehme Stille stören.

Doch selbst im Trubel der Hochsaison wirkte das „Lakeside" immer noch wie eine Oase der Ruhe und des Friedens. Alles war auf Entspannung und Erholung abgestimmt. Der weiche Rasen lud zum Barfußgehen ein, und im Winter konnte man dort herrlich Schlitten fahren und Schneemänner bauen. Eleganz mochte viele Leute anziehen, aber das Familienhotel besaß noch einen altmodischen Charme, der unter gar keinen Umständen zerstört werden durfte. Und wehe, wenn Percy Reynolds es wagen sollte, etwas daran zu ändern.

Mir bleiben noch zehn Tage, um ihn zu überzeugen, sagte sich Nelly. In zehn Tagen reist er wieder ab. Sie seufzte tief.

Der sorgenvolle Seufzer galt sowohl ihr als auch dem Schicksal des Hotels. Ich wünschte, er wäre nie hierher gekommen und ich hätte ihn nie kennen gelernt, dachte sie. Mit finsterer Miene wanderte sie zum Haus zurück.

„Mit diesem Gesicht vergraulst du noch die Gäste." Erschrocken hob Nelly den Kopf, als Percy ihr den Weg durch die Tür versperrte. „Für das Geschäft ist es bestimmt günstig, wenn ich dich für eine Weile unter meine Fittiche nehme." Er kam auf sie zu, nahm ihre Hand und zog sie mit sich über den Rasen.

„Ich muss reingehen und unbedingt mit der Wäscherei telefonieren", protestierte Nelly.

„Das hat bestimmt noch Zeit. Deine Pflichten als Fremdenführerin gehen vor."

„Fremdenführerin? Würdest du mich jetzt bitte loslassen? Wo willst du denn hin?"

„Irgendwohin, wo wir Elsies berühmtes Picknick genießen können." Percy zeigte ihr den Korb, den er in der anderen Hand hielt. „Ich will mir den See anschauen."

„Deshalb brauchst du mich nicht mitzuschleppen. Du kannst ihn gar nicht verfehlen. Das ist diese große Wasserfläche, weißt du. Du brauchst nur ein Stück geradeaus zu gehen, und dann bist du da."

„Nelly." Er blieb stehen und sah sie an. „Seit zwei Tagen meidest du mich. Ich gebe zu, unsere Ansichten über das Hotel gehen ein bisschen auseinander, aber ..."

„Das hat doch damit nichts zu tun ..."

„Sei still", schnitt er ihr das Wort ab. „Ich verspreche dir, keine größeren Änderungen vorzunehmen, ohne dich nicht vorher darüber zu informieren." Es klang unpersönlich und geschäftsmäßig, doch er hielt sie noch immer fest. „Ich weiß deine Loyalität und Opferbereitschaft dem Hotel und dem Personal gegenüber zu schätzen."

„Aber ..."

„Aber", fuhr er ihr wieder über den Mund, „noch bin ich der Besitzer, und noch bist du meine Angestellte. Ich gebe dir jetzt ein paar Stunden frei. Du sollst nicht nur arbeiten, sondern dich auch amüsieren. Hättest du Lust zu einem Picknick?"

„Nein, ich ..."

„Wie schön. Ich selbst liebe Picknicks auch über alles." Lächelnd ging er weiter und zog Nelly hinter sich her.

Der Pfad führte durch einen Wald, in dem der Frühling erst zögernd seinen Einzug hielt. Hin und wieder lugten aus dem halb vermoderten Laub Schneeglöckchen hervor. Eichhörnchen kletterten flink die Baumstämme hinauf, und Vögel trugen Material für den Nestbau zusammen.

„Erpresst du dir immer gewalttätig fremde Gesellschaft?" fragte Nelly wütend. Sie musste rennen, um mit Percy Schritt zu halten.

„Nur, wenn es nicht anders geht", erwiderte er.

Der Pfad führte Nelly und Percy an das grasbewachsene Seeufer. Kein Windhauch regte sich, das Wasser war eine spiegelglatte Fläche. Am gegenüberliegenden Ufer erhob sich eine wellige Bergkette. Die Stille wurde nur gelegentlich durch den Ruf eines Vogels unterbrochen.

„Wie bezaubernd", sagte Percy nach einer Weile, ohne eine Spur von Ironie. „Schwimmst du hier manchmal?"

„Seit meinem zweiten Lebensjahr." Nelly bemühte sich um einen leichten Ton. Sie wollte nur, dass er endlich ihre Hand losließ.

„Wirklich?" Er drehte sich zu ihr um. „Stimmt. Du stammst ja aus dieser Gegend, nicht wahr?"

„Ich habe fast mein ganzes Leben lang in Lakeside gewohnt." Nelly nahm ihm den Korb ab, um ihre Hand zu befreien, und tatsächlich lockerte Percy seinen Griff. Sie hockte sich auf den Boden und breitete das ordentlich zusammengefaltete Tuch aus. „Als ich neunzehn war, zogen meine Eltern nach New York, und ungefähr ein Jahr lang blieb ich bei ihnen. Aber dann hielt ich es nicht mehr aus. Mitten im Semester ging ich dort vom College ab und trug mich hier neu ein."

„Wie findest du New York?" Percy setzte sich neben sie ins Gras und krempelte sich die Ärmel seines weißen Hemdes auf. Bewundernd blickte Nelly auf die muskulösen gebräunten Arme.

„Ich finde New York laut und verwirrend", erwiderte sie, während sie gegrillte Hühnerschenkel auf Pappteller legte. „Und ich lasse mich nicht gern verwirren."

„Nein?" Er lachte sie an. Mit einer raschen Bewegung zog er ihre Haarschleife auf. „Jetzt siehst du aus wie meine kleine Nichte." Nelly griff nach der Schleife, doch er warf kurzerhand das Band fort.

„Du bist unverschämt." Zornig funkelte sie ihn an.

„Das stimmt", pflichtete er ihr lächelnd bei, zog eine Weinflasche aus dem Korb und entkorkte sie mit der Geschicklichkeit eines gelernten Kellners. „Sag mal, wie kamst du eigentlich dazu, Managerin des ‚Lakeside' zu werden?"

Die Frage überraschte sie. Sie sah zu, wie er den besten Weißwein, den das Hotel zu bieten hatte, in Pappbecher goss. Dann antwortete sie: „Es hat sich so ergeben." Sie nahm ihm den Becher aus der Hand, den er ihr entgegenhielt, und merkte ihm an, dass er sich mit dieser vagen Antwort nicht zufrieden gab. „Als ich noch zur Schule ging, half ich in den Sommermonaten im ‚Lakeside' aus. Ich verrichtete alle möglichen Arbeiten, die in einem solchen Betrieb eben anfallen. Als ich vom College abging, war ich schon so etwas wie die Assistentin des damaligen Managers. Und als Mr. Blakely dann in den Ruhestand ging, empfahl er mich weiter, und ich übernahm seine Stelle." Sie hob die Schultern und biss in eine Käsestange.

„Und wann hast du die Zeit gefunden, Schlagball spielen zu lernen wie ein Profi?"

„Meine sportliche Laufbahn begann, als ich vierzehn war", erzählte sie, und während sie sich daran erinnerte, kicherte sie unwillkürlich. „Damals war ich bis über beide Ohren in einen älteren Mann verliebt. Er war schon siebzehn." Sie setzte eine ernste Miene auf. „Er interessierte sich für sämtliche Sportarten, und ich eiferte ihm nach. Und wenn er mich dann seine Sportsfreundin nannte, kribbelte es mir bis in die Zehen."

Percy lachte so laut auf, dass eine in der Nähe herumhüpfende

Amsel erschrocken davonflog. „Nelly, du bist einmalig. Und was passierte mit deinem Sportplatz-Casanova?"

Sie lächelte. „Ach, jetzt ist er verheiratet, hat zwei Kinder und verkauft Gebrauchtwagen."

„Sein Pech", kommentierte Percy trocken und schnitt den Käse in Scheiben.

Nelly brach sich ein Stück von Elsies frisch gebackenem Brot ab und hielt es Percy hin, um eine Käsescheibe zu erwischen. „Verbringst du viel Zeit in deinen übrigen Hotels?" erkundigte sie sich. Sie wollte dem Gespräch eine andere Wendung geben, denn sein Ton war ihr zu persönlich.

„Das kommt ganz darauf an."

„Worauf?" Sie bemühte sich, ihm fest in die Augen zu sehen und seinem nachdenklichen Blick nicht auszuweichen.

„Ich sorge dafür, dass meine Manager sehr fähige Leute sind, mit dem Erfolg, dass in den Hotels eigentlich immer alles reibungslos läuft." Er lächelte. „Und sollte ein besonderes Problem auftauchen, dann kümmere ich mich selbst darum. Wenn ich ein Hotel neu dazugekauft habe, mache ich mir erst mal ein Bild von dem Betrieb und entscheide dann später, ob irgendein Wechsel oder eine Veränderung angebracht wäre."

„Dann kommst du sicher viel herum." Die neue Richtung des Gesprächs war Nelly bedeutend sympathischer. Sie entspannte sich.

„Und ob. Weißt du, dass dein Haar mich an Weizenfelder erinnert, die ich mal in Kansas gesehen habe?" Er hob die Hand und griff spielerisch nach einer Strähne. Nelly schluckte überrascht. „Und deine Augen sind grauer als der Londoner Nebel."

Nelly befeuchtete ihre spröden Lippen. „Wenn du jetzt nicht isst, wird dein Hähnchen kalt."

Er schmunzelte über ihren Versuch, ihn abzulenken, spielte jedoch immer noch mit ihrem Haar. „Hähnchen kann man auch kalt essen." Mit der anderen Hand schenkte er sich Weißwein nach. „Ach übrigens, da war ein Anruf für dich."

Nelly zwang sich, ruhig zu bleiben, und trank einen Schluck Wein. „War es etwas Wichtiges?“

„Mm.“ Percy blickte sie durchdringend an. „Es war ein gewisser Howard Beall. Du sollst zurückrufen. Er sagte, du hättest seine Nummer.“

„Ach so.“ Nelly kräuselte die Stirn und dachte daran, dass wieder einmal die Zeit für ihr Pflichtrendezvous mit Betty Jacksons Neffen gekommen war. Unbewusst seufzte sie auf.

„Du liebe Zeit. Du strömst ja vor Begeisterung über.“

Percys trockener Kommentar zauberte ein Lächeln auf ihre Lippen. „Ach, das ist nur ein Bekannter.“

Über Nelly und Percy spannte sich ein postkartenblauer Himmel. Nicht ein einziges Wölkchen war zu sehen. Nelly legte sich auf den Rücken, verschränkte die Arme hinter dem Kopf und genoss den Anblick.

Das Gras war weich und duftete nach Frühling. Die dunklen Zweige der Ahornbäume schimmerten in einem grünen Hauch, das junge Laub begann zu sprießen.

„Im Winter“, sagte Nelly verträumt, „wenn Schnee gefallen ist, herrscht hier absolute Stille. Alles ist dann weiß. Der Schnee liegt dick auf den Bäumen, und der See glänzt wie ein Spiegel. Das Eis ist so klar, dass man bis auf den Grund sehen kann. Man vergisst, dass es noch andere Orte auf der Welt gibt und dass es irgendwann wieder Frühling wird. Läufst du Ski, Percy?“ Sie rollte sich auf den Bauch und stützte das Kinn in die Hände. Sie lächelte Percy zu. Das Gefühl der Feindseligkeit war verschwunden.

„Ja, ich hab’s jedenfalls versucht.“ Forschend betrachtete er ihr Gesicht, das von der Sonne und dem Wein gerötet war.

„Hier gibt es herrliches Gelände zum Skilaufen. Abends kommen viele Skiläufer zum Essen zu uns. Es gibt nichts Schöneres, als sich nach einem Tag im Schnee an Elsies Eintopf zu laben.“ Nelly pflückte einen Grashalm und drehte ihn zwischen den Fingern.

Percy legte sich neben sie auf den Rücken. „Gibt’s auch Glühwein?“ wollte er wissen.

Nelly lachte. „Selbstverständlich. Man kann auch einen steifen Grog bekommen oder heißen Kakao mit einem Schuss Rum."

„Schade, dass ich die Skisaison verpasst habe."

„Dafür bist du gerade zur Erdbeerzeit gekommen", tröstete Nelly ihn. „Warte, bis du Elsies Erdbeertörtchen genossen hast. Und Fisch gibt es das ganze Jahr über. Wenn du willst, kannst du dir dein Abendessen selbst angeln."

„Ich bin mehr für aktivere Sportarten." Percy begann ihren Arm zu streicheln.

Nelly bemühte sich, das angenehme Gefühl nicht zu beachten, das diese Berührung in ihr auslöste. „Tja." Nachdenklich zog sie die Stirn kraus. „Ungefähr fünfundzwanzig Kilometer von hier entfernt gibt es einen fabelhaften Reitstall, im Yachthafen kann man Boote mieten, und …"

„So etwas habe ich nicht gemeint. Hast du keine besseren Vorschläge?" Er schlang den Arm um sie und zog sie auf seine Brust.

„Man kann auch wandern." Nellys Stimme klang belegt.

„Wandern", wiederholte Percy. Mit einer schnellen Bewegung rollte er sich und Nelly herum, sodass sie unter ihm lag.

„Ja, der Sport wird immer beliebter." Krampfhaft bemühte sie sich, einen klaren Kopf zu behalten. „Und im See kann man natürlich schwimmen."

„Mm." Zärtlich strich er mit dem Finger über ihre Wange.

„Ganz in der Nähe gibt's auch Campingplätze, wirklich sehr zu empfehlen."

„Wirklich?" flüsterte er dicht an ihrem Ohr.

„Ja, allerdings ist das wohl eher etwas für junge Leute." Nelly stöhnte leise, als sich sein Mund auf ihren Hals legte.

„Und wie ist es mit dem Jagen?" fragte Percy ironisch, während seine Lippen zu ihren Mundwinkeln wanderten.

„Ach so, ja sicher. Was hast du gefragt?" Nelly seufzte auf und schloss die Augen.

„Ich wollte wissen, ob man hier jagen kann." Er küsste ihre

Augenlider. Seine Hand glitt unter ihren Pullover und streichelte sanft ihre Taille.

„Weiter im Norden in den Bergen gibt es Luchse."

„Fantastisch." Mit den Lippen streifte er leicht über ihren Mund, während sich seine Finger zu ihrem Busen emportasteten. „Der Fremdenverkehrsverein wäre stolz auf dich."

Nelly zitterte, als er mit dem Daumen ihre Brust umkreiste. „Percy", flüsterte sie und schob die Hand in sein dichtes Haar. „Küss mich."

„Gleich", sagte er leise. Er bedeckte ihren Hals mit Küssen, und es kam Nelly wie eine Ewigkeit vor, bis sich sein Mund endlich auf ihren legte.

Nelly fühlte ein unbekanntes Verlangen in sich aufsteigen. Sie zog Percy enger an sich, bis er nicht mehr mit ihren Lippen spielte, sondern sein Kuss leidenschaftlicher wurde. Voller Hingabe erwiderte sie seine Zärtlichkeiten, fortgerissen von Empfindungen, die ihr völlig fremd waren.

Schließlich wurden Percys Hände dreister, die Liebkosungen fordernder. Blitzartig kam es Nelly zu Bewusstsein, dass sie beide sich sehr schnell einem Punkt näherten, an dem es kein Zurück mehr gab. Die Stärke ihrer Gefühle erschreckte sie, und unwillkürlich versteifte sie sich.

Percy spürte ihren Widerstand und hob den Kopf. Sein unregelmäßiger, warmer Atem streifte ihre Wange.

„Bitte, lass mich los." Nelly hasste sich selbst dafür, dass ihr Tonfall nicht sehr überzeugend klang.

„Warum denn?"

Auf seinem Gesicht lag ein Ausdruck unverhüllten Begehrens. Nelly wusste, wenn er sie jetzt nehmen würde, könnte sie weder die Kraft noch den Willen aufbringen, sich ihm zu widersetzen.

„Bitte, Percy."

Lange sah Percy sie an. Dann stieß er einen leisen Fluch aus und richtete sich auf.

„Die Zöpfe passen doch besser zu dir, als ich gedacht hatte." Er zündete sich eine Zigarette an. „Frauen in deinem Alter sind normalerweise keine Jungfrauen mehr. Aber das macht nichts, ich werde eben etwas mehr Geduld aufbringen müssen.“ Als er Nellys verständnislosen Blick auffing, setzte er lächelnd hinzu: „Ich sagte dir doch schon, dass ich immer bekomme, was ich will, Nelly. An den Gedanken solltest du dich gewöhnen.“

Empört sprang Nelly auf. „Ich denke nicht daran, deine neuste Errungenschaft zu werden. Vorhin, das war …“ Ihr fiel kein passendes Wort ein, und sie brach hilflos ab.

„Das war bloß der Anfang“, ergänzte Percy. Er ergriff den Picknickkorb, stand auf und packte Nellys Arm. „Wir zwei sind noch lange nicht miteinander fertig. Im Augenblick will ich mich aber nicht mit dir streiten, Nelly.“

Gerade wollte Nelly etwas erwidern, als er sie warnte: „Wenn du nicht still bist, dann nehme ich mir vielleicht doch noch hier und jetzt, was du mir vorhin so bereitwillig angeboten hast.“

„Du eingebildeter, arroganter Kerl …“, fauchte sie.

„Das genügt, Nelly“, unterbrach Percy sie. „Sag lieber nichts, was du später bereuen könntest.“ Mit festem Griff zog er Nelly mit sich zum Hotel zurück.

7. KAPITEL

Beim „Lakeside“ wünschte Nelly sich nichts sehnlicher, als sich aus Percys Armen zu befreien und sich in einen dunklen Winkel zu verkriechen. Leider wusste sie nur zu gut, dass sie es Percy sehr leicht gemacht hatte. Viel schlimmer noch – sie hatte sogar die Initiative ergriffen. Das verstand sie selbst nicht. Noch nie zuvor hatte sie Mühe gehabt, den romantischen Anwandlungen eines jungen Mannes zu widerstehen, oder hatte es überhaupt so weit kommen lassen. Doch wenn Percy sie berührte, setzte offensichtlich ihr Verstand aus.

Es muss mit irgendeinem Instinkt zu tun haben, schloss sie und sah Percy verstohlen von der Seite an, während sie sich der Veranda näherten. Ein Mann wie Percy Reynolds wirkte auf jede Frau attraktiv, er brauchte sie nur anzusehen. Und wenn er eine Frau streichelte, schwebte sie gleich im siebten Himmel. Er ist anders als alle Männer, die ich je kennen gelernt habe, dachte sie. Und ich habe ihn auch noch gebeten, mich zu küssen. Als sie sich daran erinnerte, stieg ihr das Blut in die Wangen. Das muss am Wein gelegen haben. Es ist die einzige Erklärung.

Nelly wandte sich wieder an Percy, als sie das Haus durch einen Seiteneingang betraten. „Ich bringe den Korb in die Küche. Brauchst du mich noch?“

„Das ist eine gute Frage“, schmunzelte er.

Sie warf ihm einen vernichtenden Blick zu. „Ich muss arbeiten“, entgegnete sie resolut. „Und jetzt entschuldige mich bitte.“

Nellys Vorsatz, sich einen würdevollen Abgang zu verschaffen, erstarb im Keim, als sie die allgemeine Aufregung in der Eingangshalle bemerkte. Neugier besiegte ihren Stolz.

Am Empfang stand eine groß gewachsene, schlanke, dunkelhaarige Frau, umgeben von einer Anzahl grellrosa Gepäckstücken. Sie trug ein todschickes blaues Kostüm aus Rohseide. Der Duft eines exotischen Parfüms wehte Nelly entgegen.

„Wenn Sie sich jetzt bitte um mein Gepäck kümmern, Schätzchen, und Mr. Reynolds Bescheid sagen würden, dass ich angekommen bin, wäre ich Ihnen sehr dankbar." Diese Wünsche richtete sie mit rauchiger Altstimme an Eddie, der den Mund aufsperrte und aussah, als könnte er nicht bis drei zählen.

„Hallo, Eliza. Was tust du denn hier?"

Die rassige Brünette drehte sich um. Nelly bemerkte, dass ihre Augen ebenso intensiv blau waren wie das Seidenkostüm.

„Percy." Eliza schwebte auf hohen Absätzen durch die Halle und fiel ihm um den Hals. „Ich komme gerade aus Chicago. Du hast es doch sicher gern, dass ich mir diesen kleinen Betrieb hier einmal anschaue und dir ein paar Vorschläge mache."

Percy befreite sich aus Elizas Umarmung und lächelte zurückhaltend. „Wie umsichtig. Nelly, das ist Eliza Trainor. Eliza ist für die Innenausstattung meiner Hotels verantwortlich. Eliza, das ist Miss Clark, die Managerin des ‚Lakeside'."

„Wie interessant."

Eliza nahm Nellys Jeans und den Pullover zur Kenntnis und strich sich liebevoll über ihre perfekte Frisur. „Wenn mich nicht alles täuscht, gibt es hier für mich sehr viel zu tun." Hochnäsig musterte Eliza die handgeknüpften Teppiche und die altmodischen Lampenschirme.

„Bis jetzt hat sich noch kein Gast über die Einrichtung unseres Hauses beschwert", erklärte Nelly nachdrücklich.

„Na ja." Eliza lächelte herablassend. „Aber finden Sie nicht auch, dass hier alles ein bisschen bieder und muffig wirkt? Herr und Frau Meier schätzen das vielleicht, aber Leute mit etwas Niveau legen Wert auf eine schicke Einrichtung. Percy, wenn du vorhast, diesen Raum zu vergrößern, sag es mir. Ich habe da schon verschiedene Ideen. Als Grundfarbe würde ich Rot nehmen, Rot ist immer ein Blickfang. Rote Samtvorhänge und einen roten Teppich stelle ich mir sehr dekorativ vor."

Aus Nellys Augen schossen Blitze. „Wissen Sie was, nehmen Sie Ihre roten Samtvorhänge und stecken Sie sie sich …"

„Ich glaube, wir verschieben diese Diskussion auf später",

mischte sich Percy ein und hielt Nellys Arm noch fester. Sie beherrschte sich, um nicht laut aufzuschreien.

„Ich nehme an, Sie wollen jetzt Ihr Zimmer sehen." Nelly biss die Zähne zusammen.

„Allerdings." Mit flatternden Wimpern hatte Eliza Nellys Wutausbruch zur Kenntnis genommen. „Komm mit auf einen Drink, Percy. Hier gibt es doch hoffentlich einen Zimmerservice?"

„Selbstverständlich. Schicken Sie zwei Martini in Miss Trainors Zimmer", wandte sich Percy an Eddie. „Welche Nummer hast du, Eliza?"

„Bis jetzt habe ich überhaupt noch kein Zimmer." Eliza blickte Eddie schmelzend an, der wie betäubt dastand. „Wir haben nämlich einige Verständigungsschwierigkeiten."

„Gib Miss Trainor den Schlüssel von 314, Eddie, und bring ihr Gepäck nach oben." Nellys militärischer Befehl riss Eddie aus seinen Träumen, und er gehorchte beflissen. „Ich hoffe, das Zimmer genügt Ihren Ansprüchen." Sie lächelte gekünstelt und wandte sich ihrem neuen, unwillkommenen Gast zu. „Wenn Sie irgendetwas brauchen, sagen Sie mir Bescheid. Ich sorge dafür, dass Sie Ihre Drinks bekommen."

Percy hielt noch einen Moment lang ihren Arm fest. „Wir zwei sprechen uns später."

„Aber gern", erwiderte Nelly schnippisch. Percy ließ Nelly los, und sie spürte, wie das Blut langsam wieder pulsierte. „Ich stehe Ihnen jederzeit zu einem Gespräch zur Verfügung, Mr. Reynolds. Herzlich willkommen im Hotel Lakeside, Miss Trainor. Ich wünsche Ihnen einen angenehmen Aufenthalt."

Für Nelly war es kein Kunststück, Percy aus dem Weg zu gehen, da er sich den Rest des Tages bei Eliza aufhielt. Nelly glaubte schon, die beiden würden das Zimmer 314 nie mehr verlassen. Um ihr Selbstvertrauen wiederzugewinnen, rief sie Howard an. Sie verabredeten sich für den kommenden Abend. Howard würde sich nie mit so einer aufgetakelten Person einschließen und literweise Martini trinken, dachte Nelly aufgebracht. Aber der Gedanke an Howards soliden Lebenswandel tröstete sie nicht.

Zum Dinner zog Nelly ein schwarzes, raffiniert schlichtes Kleid an. Der weiche Stoff schmiegte sich beinahe zärtlich an ihren sanft gerundeten Körper. Das Kleid war hochgeschlossen, doch gerade der strenge, klassisch einfache Schnitt betonte ihren kleinen festen Busen und ihren langen schlanken Hals. Die zierlichen Knöpfe wirkten wie Perlen. Nelly ließ das Haar offen, und es fiel wie eine duftige Wolke über ihre Schultern. Ehe sie ihr Zimmer verließ, um in den Speisesaal hinunterzugehen, tupfte sie sich noch etwas Parfüm hinter die Ohrläppchen.

Percy und Eliza saßen an einem Ecktisch, und Kerzenschein verbreitete eine intime, anheimelnde Atmosphäre. Als Nelly die beiden sah, furchte sie unwillkürlich die Stirn. Percy und Eliza waren zweifellos ein gut aussehendes Paar. Wie füreinander geschaffen, dachte sie grimmig. Eliza trug ein weinrotes Kleid mit einem tiefen Ausschnitt, der ihren üppigen Busen betonte. Percys dunkler Anzug saß wie angegossen und unterstrich seine breiten Schultern. Nelly stockte der Atem, als sie sich ungewollt an die harten Muskeln seiner Arme erinnerte.

Percy musterte Nelly eingehend. Sie merkte, wie ihr das Blut in die Wangen stieg, doch ohne mit der Wimper zu zucken, hielt sie seinem Blick stand. Dann hob Percy eine Braue und winkte sie an den Tisch.

Entrüstet über diese Unverschämtheit, machte Nelly einen Umweg und blieb fast an jedem Tisch stehen, um einige Worte mit den Gästen zu wechseln.

„Guten Abend." Teilnahmslos, aber höflich begrüßte sie Percy und seine Tischnachbarin. „Ich hoffe, es schmeckt Ihnen."

„Das Essen ist wirklich ausgezeichnet wie immer." Percy stand höflich auf und rückte für Nelly einen Stuhl zurecht. Er kniff leicht die Augen zusammen und blickte sie herausfordernd an. Aber Nelly wollte sich nicht ausgerechnet jetzt auf einen Machtkampf mit ihm einlassen.

„Sind Sie mit Ihrer Unterkunft zufrieden, Miss Trainor?“ fragte sie, während sie Platz nahm.

„Es geht, Miss Clark. Doch ich bin entsetzt über die Einrichtung des Zimmers.“

„Du trinkst sicher ein Glas mit uns“, bestimmte Percy, und ohne Nellys Antwort abzuwarten, winkte er eine Kellnerin herbei. Nelly blitzte Percy wütend an.

„Für mich das Übliche“, sagte sie knapp zu Liz. Damit meinte sie ein Glas Bier. Dann widmete sie sich wieder Eliza. „Und was genau hat Sie so schockiert, Miss Trainor?“

„Also wirklich, Miss Clark.“ Eliza tat so, als wäre dieser Punkt nicht diskutabel. „Die Ausstattung ist doch hoffnungslos provinziell. Sicher, es gibt ein paar hübsche Antiquitäten, aber Percy und ich ziehen ein modernes Design vor.“

Nelly war erzürnt – und etwas eifersüchtig. Ironisch entgegnete sie: „Vielleicht könnten Sie mir, einem Mädchen vom Land, mal erklären, was Sie unter einem modernen Design verstehen. Weiter als bis zu der hiesigen Woolworth-Filiale bin ich nämlich noch nicht vorgedrungen.“

Liz brachte Nellys Bier und zog sich schleunigst wieder zurück, da sie die Anzeichen des drohenden Sturms erkannte.

Eliza achtete nicht auf Nellys Ironie. „Zunächst würde ich die gesamte Beleuchtung ändern. Diese gläsernen Lampenschirme mit der Kette, an der man ziehen muss, sind ja geradezu vorsintflutlich. Dann brauchen die Zimmer einen Teppichboden. Die handgeknüpften Läufer und die verblassten Perserbrücken müssten verschwinden. Und das Bad würde ich von Grund auf erneuern.“ Seufzend hob Eliza ihr Glas an die Lippen und nippte an dem Champagnercocktail. „Badezuber mit Füßen gehören ins Museum, nicht in ein Hotel.“

Nelly musste sich mit einem Schluck Bier abkühlen, damit ihr Temperament nicht überschäumte. „Unsere Gäste fanden die Bäder immer ganz entzückend.“

„Kann sein“, erwiderte Eliza herablassend. „Ihre jetzigen Gäste mögen das ja schön finden, aber wenn erst einmal alles modernisiert worden ist, wird hier ein ganz anderes Publikum verkehren." Aus einem Etui zog sie eine Zigarette und ließ sie sich von Percy anzünden.

„Hast du auch etwas gegen Badewannen mit Füßen und Lampen mit Ziehketten einzuwenden?" fragte Nelly ihn und betonte jedes einzelne Wort. Ihre Augen gaben Sturmwarnung.

„Sie passen zum gegenwärtigen Stil der Einrichtung." Er antwortete genauso artikuliert, doch er blickte sie kühl an.

„Vielleicht kann ich auch ein paar Ideen beisteuern, Miss Trainor, falls Sie hier Änderungen vornehmen." Nelly setzte das Glas ab, und Percy zündete sich eine Zigarette an. „Ich finde, Spiegel gäben den Räumen gleich eine andere Atmosphäre, besonders wenn man sie an der Decke anbringt. Ein Hauch von Dekadenz spricht die meisten Leute an. Die Möbel müssten ganz aus Chrom und Plexiglas bestehen, das ist ja heutzutage gefragt. Auf Farben sollte man völlig verzichten und alles in Weiß halten. Hier und da vielleicht einige rote Tupfer als Blickfang. Ach ja, und die Zimmer bekommen große runde Betten mit Felldecken. Magst du Felldecken, Percy?"

„Ich kann mich nicht erinnern, dich in Fragen der Innendekoration um Rat gebeten zu haben, Nelly." Percy zog lässig an seiner Zigarette. Der Rauch entschwebte in dünnen Schwaden zu den Holzbalken der Decke.

„Ich fürchte, Miss Clark", bemerkte Eliza, ermutigt durch Percys Einwand, „dass Ihr Geschmack etwas vulgär ist."

„Meinen Sie wirklich?" Nelly tat, als wäre sie überrascht. „Das liegt vielleicht daran, dass ich zu lange auf dem Land gelebt habe."

„Verlass dich ganz auf mich, Percy. Was ich plane, wird dir bestimmt gefallen." Eliza tätschelte vertraulich seinen Arm. „Aber du solltest mir etwas länger Zeit lassen als sonst, weil so außergewöhnlich viel geändert werden muss."

„Nur keine Eile", sagte Nelly großzügig und stand auf. „Aber lassen Sie ja die Finger von meinen Badezubern."

Ihr Abgang war nicht ganz so würdevoll wie gedacht, weil sie beinahe mit Liz zusammengeprallt wäre, die diskret gelauscht hatte. „Eine Runde Arsen für Tisch drei auf Kosten des Hauses“, zischte Nelly der Kellnerin zu und rauschte mit wehendem Rock aus dem Speisesaal.

Nelly kam nicht dazu, sich in ihr Zimmer zurückzuziehen, um dort ihr erhitztes Gemüt wieder abzukühlen, denn sie musste sich um viele kleine, aber nervenaufreibende Einzelheiten kümmern. Erst nach zehn Uhr konnte sie aufatmend die Tür hinter sich schließen und ihrem Zorn Luft machen.

„Provinziell“, schimpfte Nelly. Sie blickte auf einen Tisch, der mindestens achtzig Jahre alt war. Die Person da unten zog wahrscheinlich schwarz-weiß-karierte Plastikmöbel vor. Nacheinander betrachtete Nelly liebevoll die antike Aussteuertruhe, das alte Schulmeisterpult und den Ohrensessel, dessen grüner Bezug bereits an einigen Stellen zerschlissen war.

Jedes Zimmer des Hauses hatte eine besondere persönliche Note. Nelly schloss die Augen und stellte sich den Raum vor, den Eliza bezogen hatte. Nelly liebte die zart geblümte Biedermeiertapete, den glänzend gebohnerten Dielenfußboden und den gepolsterten Fenstersitz im Erker.

Das Prunkstück war jedoch eine altmodische hohe Walnusskommode mit tropfenförmigen Messinggriffen. Jeder Gast dieses Zimmers war davon bezaubert.

Eliza Trainor soll ja nicht wagen, mein Hotel auf den Kopf zu stellen, schwor sie sich. Nelly betrachtete sich in einem Spiegel und seufzte tief. Elizas Gesicht wirkt wie ein Juwel, dachte sie, und meins wie eine Reklame für Butter, Milch und Käse. Dann schloss sie sich in ihrem Zimmer ein.

Wie soll ich Percy davon überzeugen, dass das Hotel so bleiben muss, wie es ist, wenn sie ihm ständig Modernisierungen einflüstert? Ich glaube ohnehin nicht, dass sie ausschließlich seine Dekorateurin ist. Nelly runzelte wütend die Stirn. Mir können sie nicht weismachen, dass sie sich einen ganzen Tag lang in ihrem Zimmer über Stoffmuster unterhalten haben.

Ihr Privatleben geht mich natürlich nichts an, überlegte sie, aber wenn sie ohne meine Einwilligung die Tapeten von den Wänden reißen wollen, haben sie sich geirrt. Die beiden werden noch etwas erleben. Erschrocken drehte Nelly sich um, als plötzlich die Tür aufging und Percy ins Zimmer trat.

Erstaunt beobachtete sie, dass er die Tür absperrte und den Schlüssel wütend in seine Jackentasche steckte.

„Nur, weil du der Besitzer bist, hast du noch lange kein Recht, ohne triftigen Grund den Zweitschlüssel zu benutzen."

„Mir scheint, ich habe mich nicht klar genug ausgedrückt", erwiderte Percy mit trügerisch sanfter Stimme. „Bis auf Weiteres ließ ich dir bei der Führung dieses Betriebes freie Hand, denn ich hatte nicht die Absicht und habe sie auch jetzt noch nicht, die tägliche Routine zu stören. Aber ..." Er trat einen Schritt näher, und Nelly rückte von ihm ab, bis sie an die Kante des Tisches stieß. „Ich lasse mir das Heft nicht ganz aus der Hand nehmen. Sämtliche wichtigen Entscheidungen treffe ich allein."

„Du bist der geborene Tyrann ..."

„Das hier ist keine Plauderei. Deine Meinung über meinen Charakter interessiert mich nicht", schnitt er ihr das Wort ab. „Ich verbitte mir, dass du über meinen Kopf hinweg irgendwelche Befehle erteilst. Eliza ist meine Angestellte. Ich bestimme, was sie zu tun hat und wann sie es tun soll."

„Du wirst doch wohl nicht zulassen, dass sie all diese schönen alten Stücke hinauswirft und durch Plastikmöbel ersetzt. Die Anrichte im Esszimmer ist reines Hepplewhite. Allein in deinem Zimmer stehen zwei Chippendale-Möbel, und ..."

Nelly verstummte, als Percy ihren Nacken umfasste.

„Welche Anweisungen ich Eliza geben werde, ist allein meine Sache, die dich nicht das Geringste angeht." Sein Griff wurde fester. „Und du behältst deine Ansichten für dich, es sei denn, ich frage dich ausdrücklich nach deiner Meinung. Misch dich nicht dauernd in meine Angelegenheiten, sonst könnte es dir noch Leid tun. Hast du mich verstanden?"

„Vollkommen. Miss Trainors Einfluss hat dich meinen Argumenten gegenüber blind und taub gemacht."

„Und wenn schon. Auch das geht dich nichts an."

„Deine private Beziehung zu Miss Trainor ist mir vollkommen gleichgültig", erwiderte sie, „aber alles, was dieses Hotel betrifft, geht mich sehr viel an. Ich gab dir meine Kündigung, aber du hast sie zerrissen. Inzwischen habe ich beschlossen, hier nicht von der Stelle zu weichen. Wenn du mich loswerden willst, musst du mich schon rauswerfen."

„Reiz mich nicht bis zur Weißglut." Er ließ die Hand sinken und berührte mit den Fingerspitzen den obersten Knopf ihres Kleides. „Ich habe meine Gründe, dich hier zu behalten, aber ich lasse mir von dir nicht alles bieten. Ich habe dir zwar versprochen, dich über jede Veränderung zu informieren, aber wenn du weiterhin so frech zu meinen anderen Angestellten bist, wirst du dich noch wundern."

„Miss Trainor wirkt nicht, als sei sie auf den Mund gefallen", entgegnete Nelly schnippisch.

„So?" Er lächelte. „Weißt du eigentlich, dass du mich am meisten reizt, wenn du wütend bist? Du siehst bezaubernd aus. Das Kleid ist so brav, dass es schon wieder verführerisch wirkt. War es Zufall oder Absicht, dass du es heute Abend angezogen hast?"

Wie nebenbei öffnete er einen Knopf nach dem anderen. Sie sträubte sich nicht.

„Was meinst du damit?" Nelly wollte sich losreißen, doch ihre Füße versagten den Dienst. „Verlass jetzt bitte mein Zimmer, Percy."

„Du lügst ja", warf er ihr sanft vor. Seine Hand schob sich in das offene Mieder ihres Kleides. Er streichelte ihre weiche Haut und berührte ihren Busen. „Sag mir noch mal, dass ich gehen soll."

Der Boden schien wie ein Schiffsdeck unter Nelly zu schwanken. „Ich will, dass du jetzt gehst." Ihre Stimme klang belegt.

„Das glaube ich dir nicht, Nelly. Dein Körper spricht eine andere Sprache." Er massierte leicht ihren Rücken, ehe er sie eng an sich zog. „Du willst mich genauso, wie ich dich will." Sein Mund umschloss ihre Lippen.

Nelly kapitulierte vor einer Macht, die stärker war als sie, schmiegte sich in Percys Arme und ließ sich bereitwillig von ihm küssen.

Percy hatte ihr Herz erobert. Nelly war zugleich beseligt und verzweifelt. Dass sie sich in Percy verliebt hatte, war eine Katastrophe. Sie brauchte ihn, und das machte sie wehrlos und verletzlich. In seinen Armen zu liegen bedeutete für sie höchstes Glück und tiefsten Kummer. Sie hatte sich im Netz ihrer eigenen Wünsche und Sehnsüchte verstrickt, und jeder Versuch, sich daraus zu befreien, musste scheitern.

„Gib's zu", drängte er, während seine Lippen ihren zarten Hals entlangwanderten. „Gib zu, dass du mich willst. Sag mir, dass ich hier bleiben soll."

„Ja, ich will dich." Sie stöhnte auf und lehnte sich an seine Schulter. „Ja, ich will, dass du hier bleibst."

Sie spürte, wie er zurückzuckte, und drückte ihr Gesicht tiefer in den Stoff seiner Jacke. Doch er zwang sie, ihn anzusehen. In ihren Augen glitzerten die mühsam zurückgedrängten Tränen, und ihr Mund zitterte. Nelly musste sich beherrschen, um nicht ihren Liebeskummer an seiner Brust auszuweinen. Eine Ewigkeit lang sah er sie unbewegt an. Sie verstand nicht, warum seine Züge sich verhärteten. Was er anschließend sagte, traf sie wie ein Fausthieb.

„Ich glaube, wir sind etwas vom Thema abgewichen." Er trat einen Schritt zurück und vergrub die Hände in den Taschen seines Jacketts. „Ich habe mich doch unmissverständlich ausgedrückt, als ich meine Wünsche äußerte."

Verwirrt schüttelte sie den Kopf. „Percy, ich …"

„Wir unterhalten uns besser morgen weiter." Beim Klang seiner Stimme prallte sie zurück. „Ich verlange von dir, dass du Miss Trainor rücksichtsvoll und mit der gebotenen Höflichkeit behandelst. Vergiss nicht, dass sie auch ein Gast ist und entsprechend respektiert werden muss."

„Selbstverständlich." Nelly konnte die Tränen nicht länger zurückhalten. „Ich werde Miss Trainor die Wünsche von den Augen ablesen." Nelly zog die Nase hoch, wischte sich übers Gesicht und fügte würdevoll hinzu: „Darauf gebe ich dir mein Ehrenwort."

„Dein Ehrenwort?" Percy trat einen Schritt auf sie zu. Nelly flüchtete sich ins Bad und verriegelte die Tür hinter sich.

„Verschwinde", schluchzte sie. „Verschwinde endlich und lass mich in Frieden. Ich habe dir mein Versprechen gegeben, und jetzt hast du nichts mehr bei mir zu suchen. Geh zu deiner Miss Innenarchitektin und lass mich in Ruhe. Deine Befehle werde ich bis aufs i-Tüpfelchen genau ausführen, aber mach dich jetzt aus dem Staub."

Percy schimpfte und knallte die Tür zu. Wie ein Häufchen Elend ließ Nelly sich auf den gekachelten Boden sinken und weinte herzzerreißend.

8. KAPITEL

„Du lernst wohl nie dazu, was?" Nelly stand vor dem Spiegel und sprach mit sich selbst. Die Morgensonne enthüllte gnadenlos, dass ihre Augenränder vom Weinen immer noch geschwollen waren. „Du hast dich mal wieder unglaublich blamiert."

Seufzend fuhr sie sich mit allen zehn Fingern durchs Haar, ehe sie sich vom Spiegel abwandte. Wie konnte es mir nur passieren, dass ich mich in ihn verliebt habe, fragte sie sich, während sie die hellgrüne Bluse zuknöpfte. Aber gegen die Liebe war kein Kraut gewachsen. Sie kam angeflogen wie die Masern.

„Es ist wie verhext." Nelly zog einen zur Bluse passenden Rock an. „Gegen meine Gefühle komme ich einfach nicht an. Er braucht mich nur zu berühren, und mein Verstand löst sich im Nu auf."

Nelly schüttelte verständnislos den Kopf, als sie daran dachte, dass sie Percy am vergangenen Abend gebeten hatte, bei ihr zu bleiben. Was für eine Dummheit von ihr! Sie wusste doch, dass er lediglich eine flüchtige Affäre suchte. Und sie errötete vor Scham, als sie sich an seine Abfuhr erinnerte. Warum sollte er auch seine Zeit mit ihr verschwenden, wenn er die rassig-schöne Eliza besaß?

Während der nächsten zehn Minuten überhäufte Nelly sich mit den bittersten Selbstvorwürfen. Unnachgiebig und ernst betrachtete sie sich im Spiegel und schlang sich das Haar im Nacken zu einem lockeren Knoten zusammen. Anschließend straffte sie die Schultern und verließ zufrieden ihr Zimmer.

Von Eddie erfuhr sie, dass Percy bereits im Büro saß und Eliza noch nicht aufgestanden war. Nelly nahm sich vor, beiden aus dem Weg zu gehen, was ihr auch den ganzen Vormittag über gelang.

Die Mittagszeit verbrachte Nelly im Aufenthaltsraum, um die Bestände der Bar zu prüfen. Hier war es still. Die Geräusche aus dem Speisesaal drangen nicht herein. Die Ruhe war Balsam für Nellys Nerven.

„Das ist also der Aufenthaltsraum."

Die rauchige Stimme riss Nelly aus ihrer Versunkenheit. Mit einem Ruck drehte sie sich um, wobei sie zwei Likörflaschen gegeneinander stieß.

Eliza schwebte herein. Das blassgelbe, klassisch geschneiderte Kostüm unterstrich ihre atemberaubende Schönheit. Die gepflegten schlanken Hände hielten einen Schreibblock und einen Bleistift. Eliza betrachtete die weiß gedeckten Tische, die briefmarkengroße Tanzfläche und den aus zweiter Hand erworbenen Flügel. Prüfend fuhr sie über die Wandtäfelung aus Kiefernholz und trat dann an die mit Eichenholz verkleidete Bar.

„Wie nüchtern das alles aussieht“, kommentierte sie, „viel zu langweilig. Dem Raum fehlt der Pfiff.“

„Danke“, erwiderte Nelly betont höflich, ehe sie die beiden Likörflaschen auf das Regal zurückstellte.

„Geben Sie mir bitte einen süßen Vermouth.“ Eliza schwang sich anmutig auf einen Barhocker und legte den Schreibblock auf den Tresen.

Nelly wollte ihr eigentlich scharf antworten, doch noch rechtzeitig besann sie sich auf das Versprechen, das sie Percy gegeben hatte. Deshalb schwieg sie und schenkte Eliza den gewünschten Drink ein.

„Sie müssen berücksichtigen, Miss Clark“, lächelte Eliza zuckersüß, „dass ich hier lediglich meine Arbeit tue. Diese Äußerungen dürfen Sie nicht persönlich nehmen.“

Nelly versuchte ihre Abneigung gegen Eliza zu bändigen und antwortete versöhnlich: „Sie haben natürlich Recht. Aber alles, was das ‚Lakeside Inn‘ betrifft, geht auch mich etwas an. Für mich ist das Hotel mehr ein Zuhause als ein Arbeitsplatz.“ Sie stellte das Glas Vermouth vor Eliza hin und zählte weiter die Flaschen.

„Ach ja, Percy erklärte mir, dass dieses Haus Ihnen sehr ans Herz gewachsen ist. Er fand das äußerst amüsant.“

„Wirklich?“ Nellys Hände zitterten. „Percy scheint eine merkwürdige Auffassung von Humor zu haben.“

„Nun, man muss ihn sehr gut kennen, um solche Äußerungen

richtig zu deuten." In dem Spiegel, der sich hinter den Regalbrettern befand, trafen sich ihre Blicke. Eliza lächelte und hob das Glas. „Percy hält Sie für eine sehr tüchtige Angestellte. Sie könnten gut mit Leuten umgehen, meinte er." Eliza lächelte erneut und nahm dann einen Schluck. „Von seinen Untergebenen verlangt Percy sowohl eine erstklassige Leistung als auch Gehorsam. Manchmal greift er auf recht ungewöhnliche Methoden zurück, um seine Leute dazu zu bewegen."

„Ich dachte mir schon, dass Sie in dieser Hinsicht Ihre Erfahrungen gesammelt haben." Langsam drehte Nelly sich um.

„Schätzchen, Percy und ich haben nicht nur beruflich miteinander zu tun. Ich verstehe aber, dass er sich manchmal sehr intensiv mit einem geschäftlichen Problem befasst."

„Wie großzügig von Ihnen."

„Wer mit Percy auskommen will, muss ihm ziemlich viel Spielraum lassen." Sie fuhr mit dem Finger über den Rand ihres Glases. „Und für weibliche Gefühlsausbrüche oder hysterische Szenen hat er schon gar kein Verständnis."

Nelly erinnerte sich an ihren Tränenschwall und daran, wie Percy heftig schimpfend das Zimmer verlassen hatte. „Endlich kann ich Ihnen einmal Recht geben, Miss Trainor."

„Die erste Warnung kommt immer in freundlicher Verpackung, Miss Clark." Elizas Stimme klang so scharf, dass Nelly verdutzt zurückprallte. „Überspannen Sie den Bogen nicht. Ich schätze es nämlich nicht, wenn jemand in meinem Revier wildert."

„Sprechen wir immer noch über Percy?" erkundigte sich Nelly scheinheilig. „Oder ist mir entgangen, dass das Thema gewechselt wurde?"

„Nehmen Sie meinen Rat an." Eliza beugte sich vor und packte schmerzhaft Nellys Arm. „Aber wenn Sie unbelehrbar sind, dann sorge ich dafür, dass Ihr nächster Arbeitsplatz ein Hundezwinger ist."

„Lassen Sie mich sofort los", drohte Nelly, denn Elizas lange Fingernägel taten ihr weh.

„Hauptsache, Sie verstehen, was ich meine.“ Eliza strahlte Nelly an, zog ihre Hand zurück und widmete sich wieder ihrem Drink.

„Ich glaube Sie sogar sehr gut zu verstehen.“ Nelly nahm Eliza das Glas aus der Hand und stellte es ins Spülbecken. „Die Bar ist geschlossen, Miss Trainor.“ Dann kehrte sie ihr den Rücken zu und zählte demonstrativ den Flaschenbestand weiter.

„Aber, aber, meine Damen.“ Nelly erstarrte, als sie im Spiegel sah, dass Percy den Raum betrat. „Kaum zu glauben, dass ihr euch schon zu dieser frühen Stunde an der Bar aufhaltet.“ Es war wohl heiter gemeint, doch er sah sehr ernst aus.

„Ich bin durchs Haus gegangen und habe mir Notizen gemacht“, erwiderte Eliza. Zornig beobachtete Nelly, wie ihre Hand vertraulich über seinen Rücken strich. „Ich fürchte, das einzig Gute an diesem Gesellschaftszimmer ist die Größe. Es wäre kein Problem, hier die doppelte Anzahl von Tischen aufzustellen. Aber ehe ich konkrete Pläne mache, muss ich wissen, ob du den Raum rustikal eingerichtet haben willst oder modern. Natürlich könnte man aus diesem Raum auch zwei machen und sie dann so gestalten, wie ich das in deinem Hotel in San Francisco getan habe. Du musst nur sagen, was dir besser gefällt.“

Er sagte etwas Unverständliches und behielt Nelly im Auge, die sich am nächsten Regal zu schaffen machte.

„Wenn die Gäste mit dem Mittagessen fertig sind, sehe ich mir mal in aller Ruhe den Speisesaal an“, schmeichelte Eliza lächelnd. „Komm doch mit, Percy, dann kannst du mir besser erklären, welche Änderungen du dir vorstellst.“

„Wie bitte?“ fragte Percy zerstreut. „Ach so, nein, konkrete Vorstellungen habe ich noch gar nicht. Aber der Speisesaal ist jetzt leer. Du kannst ja schon mal hingehen und dich umschauen. Vielleicht komme ich später nach.“

Eliza zog die Brauen hoch, doch sie antwortete freundlich: „Wie du willst, Percy. Ich kann auch später mit meinen Notizen zu dir ins Büro kommen.“

Sie entfernte sich, und die Absätze klapperten leise auf dem

Holzfußboden. Der Duft ihres schweren Parfüms schwebte im Zimmer.

„Wolltest du etwas trinken?“ fragte Nelly nüchtern und kehrte Percy noch immer den Rücken zu.

„Nein, ich wollte mit dir reden.“

Nelly hob eine Flasche hoch und überprüfte den Inhalt. „Haben wir denn nicht schon alles besprochen?“

„Nein, noch lange nicht. Dreh dich bitte um, Nelly. Ich habe keine Lust, mich mit deinem Rücken zu unterhalten.“

„Jawohl, du bist der Boss.“ Sie wandte sich um und blickte in seine zornig blitzenden Augen.

„Provozierst du mich eigentlich absichtlich, Nelly, oder kannst du nichts dafür?“

„Das weiß ich nicht. Denk, was du willst.“ Plötzlich kam ihr eine Idee. „Percy“, rief sie aufgeregt, „jetzt möchte ich mal mit dir verhandeln. Was hältst du davon, wenn ich dieses Hotel kaufe? Du hängst doch nicht so an diesem Betrieb wie ich. Bau dir ein Ferienzentrum weiter im Süden, das du dann ganz nach deinem Belieben einrichten kannst. Wenn du mir etwas Zeit gibst, bringe ich das Geld auf.“

„Sei nicht albern.“ Sein Vorwurf dämpfte ihre Begeisterung. „Womit willst du denn ein solches Objekt bezahlen?“

„Das müsste ich mir noch überlegen.“ Hinter dem Tresen wanderte sie auf und ab. „Ich würde es schon irgendwie zusammenkratzen. Ein Darlehen bekäme ich bestimmt, und den Rest müsste ich dann in Raten abtragen. Ich habe auch noch Ersparnisse …“

„Nein.“ Er ging um den Tresen herum und versperrte ihr den Weg. „Ich habe nicht die Absicht, dieses Hotel zu verkaufen.“

„Aber, Percy …“

„Ich habe Nein gesagt. Schlag dir die Sache aus dem Kopf.“

„Warum bist du denn so eigensinnig? Willst du es dir nicht wenigstens einmal überlegen? Wenn du mir etwas Zeit gibst, dann machst du aus dem Handel vielleicht noch ein gutes Geschäft.“ Unsicher brach sie ab.

„Ich sagte, ich wollte mit dir sprechen. Im Augenblick habe ich keine Lust, über dieses Hotel zu diskutieren."

Er packte ihren Arm und berührte genau die Stelle, die von Elizas Griff noch schmerzte. Nelly schrie auf, und Percy ließ sie sofort erschrocken los. Mit dem Rücken prallte sie gegen die Regale und stieß dabei mehrere Gläser um, die auf dem Boden zerbrachen.

„Was, in aller Welt, ist in dich gefahren?" wollte er wissen, während sie sich die schmerzende Stelle am Oberarm rieb. „Ich habe dich doch kaum angerührt. Wie kommt es eigentlich, dass du jedes Mal vor mir zurückschreckst wie ein verängstigtes Kaninchen? Ich habe dir nicht wehgetan. Hör auf damit." Er zog ihre Hand fort und schaute verblüfft auf die blutunterlaufenen Flecken an ihrem Arm. „Du liebe Zeit, ich könnte schwören, dass das nicht meine Schuld ist." Sein Selbstbewusstsein wankte. Er war so erschrocken und verunsichert wie noch nie zuvor.

„Nein, du bist nicht daran schuld. Die Flecken hatte ich schon vorher." Nelly schlug die Augen nieder. „Der Arm tut mir nur ein bisschen weh, und du hast ausgerechnet die schmerzende Stelle berührt."

„Wo hast du dir das denn geholt?" Er trat näher, um sich den Arm genauer anzusehen, doch Nelly wich ihm schnell aus.

„Ich habe mich wohl irgendwo gestoßen." Sie bückte sich, um die Scherben aufzulesen.

„Lass das sein", befahl Percy. „Sonst schneidest du dich noch."

Er hatte es kaum ausgesprochen, als sich Nelly auch schon den Daumen an einer spitzen, scharfkantigen Scherbe verletzte. Stöhnend vor Schmerz und Wut über ihre Ungeschicktheit richtete sie sich auf.

„Lass mich mal sehen." Percy packte ihr Handgelenk und ließ es auch nicht los, als sie sich wehrte. „Ach, Nelly." Seufzend zog er ein sauberes Taschentuch aus der Tasche und betupfte die Wunde. „Ich glaube wirklich, dich muss man an die kurze Leine nehmen."

„Halb so schlimm", sagte sie leise. „Lass mich los, Percy, sonst beschmierst du dich noch."

„Eine Kriegsverletzung." Er zog den blutenden Daumen kurz an seine Lippen, dann wickelte er das Taschentuch darum. „Musst du eigentlich immer dein Haar aufstecken?" Mit der freien Hand zog er ihr die Haarnadeln aus dem Knoten und warf sie auf den Boden zu den Scherben. Dann lächelte er sie an. „Wie kommt es bloß, dass du mich ständig bis zur Weißglut reizt? Im Augenblick siehst du so lieb aus wie ein Kätzchen."

Percys Finger strichen über Nellys Haar und blieben dann auf ihrer Schulter liegen. Sie spürte, wie ihre Knie wieder nachgaben.

„Warum hast du gestern Abend geweint, Nelly? Tu das nie wieder. Gestern Abend war ich drauf und dran, die Tür zu deinem Badezimmer einzutreten. Deine Tränen bringen mich um den Verstand."

„Normalerweise weine ich auch nicht." Sie hob das Kinn und befürchtete, im nächsten Moment wieder die Fassung zu verlieren. „Es war deine Schuld."

„Ja, das stimmt. Und es tut mir jetzt sehr Leid."

Sie wunderte sich über diese unverhoffte Entschuldigung. Er hauchte einen weichen Kuss auf ihre Lippen.

„Schon gut, wir wollen den Vorfall vergessen." Sie versuchte seinem Mund auszuweichen, doch hinter ihr befand sich der Tresen.

Anstatt sie in die Arme zu ziehen, fragte Percy: „Wollen wir heute gemeinsam zu Abend essen? Oben in meinem Zimmer, wo wir uns ungestört unterhalten können?"

Sie schüttelte den Kopf. Noch ehe sie ihre Ablehnung begründen konnte, stand er dicht vor ihr.

„Nelly, ich lasse nicht zu, dass du vor mir davonläufst. Wir müssen uns irgendwo in aller Ruhe aussprechen, ohne Zeugen. Du weißt, was ich für dich empfinde, und ..."

„Warum gibst du dich nicht mit deinen anderen Errungenschaften zufrieden?" erwiderte sie schroff.

„Wie bitte?" Sein Lächeln schwand bei ihrem scharfen Ton,

und er ließ die Hand, mit der er ihr Haar streicheln wollte, wieder sinken.

„Du wirst mich schon verstehen, wenn du ein bisschen darüber nachdenkst."

„Es fiele mir bestimmt leichter, wenn du mir deine Andeutung näher erklären würdest."

„Ich denke nicht daran. Und selbst auf die Gefahr hin, deine männliche Eitelkeit zu verletzen, möchte ich dir mitteilen, dass ich nicht vor dir davonlaufe, sondern heute Abend schon etwas anderes vorhabe. Ich bin nämlich verabredet."

„Verabredet?" Er schob die Hände in die Taschen und wippte auf den Fersen.

„Du hast dich nicht verhört. Ich glaube, ich habe ein Recht auf ein bisschen Privatleben. Mein Arbeitsvertrag schreibt mir nicht vor, dass ich dir vierundzwanzig Stunden am Tag zur Verfügung stehen muss." Vernichtend fügte sie hinzu: „Ich nehme an, dass Miss Trainor heute Abend bestens für deine Unterhaltung sorgen wird."

„Ganz bestimmt", pflichtete er ihr bei. Seine Gelassenheit brachte Nelly aus der Ruhe, und ihr Temperament ging mit ihr durch.

Wütend fauchte sie: „Na, dann ist ja alles in Ordnung. Ich wünsche dir einen vergnügten Abend, Percy. Auch ich werde mich köstlich amüsieren. Und jetzt entschuldige mich bitte, ich habe zu arbeiten." Sie wollte an ihm vorbeirauschen, doch er hielt sie fest.

„Da wir beide heute Abend anderweitig beschäftigt sind, können wir vielleicht gleich erledigen, was mir auf dem Herzen liegt."

Er küsste sie so leidenschaftlich, dass sie Angst bekam. Anfangs biss sie die Zähne fest zusammen, doch dann öffneten sich ihre Lippen unter dem Druck seines Mundes. Gerade, als ihr innerer Widerstand schmolz, ließ er sie los.

„Bist du fertig?" fragte sie betont spöttisch. Sie sehnte sich danach, nochmals von ihm geküsst zu werden, und war gleichzeitig wütend auf ihre Empfindungen.

„Nein, Nelly." Es klang aufreizend zuversichtlich. „Ich bin noch lange nicht fertig." Eine freche Antwort lag ihr auf der Zunge, doch er ließ sie gar nicht zu Wort kommen. „Ich rate dir jetzt, den Daumen zu verbinden."

Erzürnt stürzte Nelly aus dem Aufenthaltsraum. Für einen würdevollen Abgang war sie viel zu aufgeregt.

Um diese Tageszeit ging es in der Küche immer ruhig zu. Nelly betrat sie unter dem Vorwand, eine Tasse Kaffee zu trinken.

„Was hast du denn mit deinem Daumen gemacht?" fragte Elsie beiläufig. Sie war damit beschäftigt, Obst auf Tortenböden zu schichten.

„Ach, das ist nur ein Kratzer." Nelly blickte missbilligend Percys Taschentuch an und steuerte auf die Kaffeemaschine zu.

„Tu dir lieber etwas Jod auf die Wunde."

„Das brennt bloß."

Elsie schüttelte nachdenklich den Kopf und wischte sich die Hände an der Schürze ab, ehe sie in dem kleinen Medizinschrank herumstöberte. „Setz dich hin und stell dich nicht so an."

„Das ist doch weiter nichts. Es blutet nicht mal mehr." Aber Nelly wusste, dass aller Widerstand vergebens war. Hilflos ließ sie sich auf einen Stuhl fallen und sah zu, wie Elsie ein Fläschchen und Verbandzeug holte. „Mach nicht so viel Wirbel um einen Kratzer. Verflixt noch mal, Elsie! Ich sagte dir doch, dass das ekelhafte Zeug brennt."

„Na, siehst du."

Zufrieden lächelnd befestigte Elsie den Verband mit einem Stück Heftpflaster. „Aus den Augen, aus dem Sinn."

„Das sagst du so." Nelly stützte das Kinn in die Hand und starrte trübsinnig in die Kaffeetasse.

„Diese Schnüffeltante wollte in meine Küche kommen", verkündete Elsie naserümpfend.

„Wer? Ach, du meinst Miss Trainor." Nelly vergaß ihren schmerzenden Daumen und wandte sich neugierig an die Köchin. „Erzähl schon, was ist passiert?"

„Ich habe sie natürlich hinausgeworfen, was dachtest du denn." Selbstbewusst entfernte sie etwas Mehlstaub von ihrem üppigen Busen.

„Fabelhaft!" Nelly lehnte sich zurück und lachte schallend. Sie konnte sich lebhaft vorstellen, wie Elsie die vornehme Eliza aus ihrer Küche komplimentiert hatte. „War sie wütend?"

„Reif für die Zwangsjacke", erwiderte Elsie vergnügt, und Nelly strahlte. „Du triffst dich heute Abend mit Howard?"

„Ja." Nelly wunderte sich nicht im Geringsten, dass Elsie im Bilde war. „Ich nehme an, dass wir ins Kino gehen."

„Warum verschwendest du deine Zeit mit diesem jungen Burschen, wenn Mr. Reynolds hier ist?"

„Na ja, erstens freut sich Betty Jackson, und …" Nelly unterbrach sich. „Was hat Percy … ich meine, Mr. Reynolds denn damit zu tun?"

„Ich verstehe nicht, wieso du mit Howard ausgehst, wenn du in Mr. Reynolds verliebt bist", erklärte Elsie nüchtern, während sie sich eine Tasse Kaffee einschenkte.

„Das stimmt ja gar nicht", protestierte Nelly. Sie nahm einen großen Schluck und verbrühte sich Zunge und Gaumen.

„Aber natürlich", widersprach Elsie und goss sich reichlich Sahne in die Tasse.

„Nein, wirklich nicht."

„Doch."

„Von wegen. Das muss ich ja wohl am besten wissen. Wie kommst du eigentlich auf diesen absurden Gedanken?"

„Ich bin fünfzig Jahre alt, und seit vierundzwanzig Jahren kenne ich dich. Das dürfte wohl genügen", antwortete Elsie überzeugt.

„Und du irrst dich wohl nie?" meinte Nelly bissig.

Elsie überhörte die Frage und fuhr in aller Gemütsruhe fort: „Ich fände es richtig schön, wenn du heiraten und dich hier in der Nähe niederlassen würdest. Solange keine Kinder da sind, kannst du das Hotel weiterführen."

„Bleib bei deinen Brathähnchen und Tortenböden, Elsie", riet

Nelly. „Als Wahrsagerin bist du nämlich eine Niete. Mr. Reynolds würde mich weder heiraten noch sich hier niederlassen. Außerdem bin ich für seinen Geschmack viel zu provinziell und unerfahren."

„Unsinn." Elsie rümpfte die Nase und schüttelte den Kopf. „Du solltest nur mal sehen, wie er die Augen nach dir verdreht."

„Meine liebe Elsie, da du in deinen fünfzig Jahren ja sehr viel Weisheit und Lebenserfahrung gesammelt hast, kennst du bestimmt auch den Unterschied zwischen dem Wunsch nach einer oberflächlichen Affäre und dem Bedürfnis, zu heiraten und sesshaft zu werden. Selbst wenn man wie wir in der Provinz aufgewachsen ist, kennt man den Gegensatz zwischen Sex und Liebe."

„Du liebe Zeit, Mädchen, was du dir da zusammenreimst, ist lächerlich", entgegnete Elsie so nachsichtig, als hätte sie es mit einem launischen Kind zu tun. „Trink jetzt deinen Kaffee aus und dann lass mich allein. Ich muss noch die Törtchen vorbereiten und die Sahne schlagen. Und wehe, du nimmst den Verband ab", drohte sie Nelly hinterher, die bereits zur Tür ging.

Während Nelly sich für ihr Rendezvous zurechtmachte, gelangte sie zu dem Schluss, dass ihr Aussehen offenbar nicht dem Bild entsprach, das man sich von einer Respektsperson machte. Sie war immer noch darüber verärgert, dass Elsie sie abgekanzelt und aus der Küche vertrieben hatte. Dagegen muss ich etwas unternehmen, dachte sie.

Nelly stöberte in ihrem Kleiderschrank und holte das Geburtstagsgeschenk ihrer Großmutter hervor. Die weiße Seidenbluse betonte den zierlichen Busen, und die elegante schwarze Hose schmiegte sich eng an die sanft gerundeten Hüften und die schlanken, wohlgeformten Beine.

„Mir ist nicht klar, ob ich damit wie eine Respektsperson wirke", murmelte Nelly, während sie sich vor dem Spiegel drehte. „Ich bin neugierig, wie Howard darauf reagiert." Sie kicherte, als sie sich sein gutmütiges Gesicht vorstellte.

Er hatte treuherzige Augen wie ein junger Hund, und über der Oberlippe spross ein kümmerliches Bärtchen. Er sähe gar nicht so übel aus, wenn er nur ein markantes Kinn hätte, überlegte Nelly. Howards Gesicht verschmolz schon vom Mund abwärts mit dem Hals.

Aber er ist ein feiner Kerl, gestand Nelly sich ein. Howard war freundlich, sympathisch, unkompliziert und vor allem offen. Sie schlüpfte in leichte schwarze Sandalen, nahm ihre Handtasche und verließ das Zimmer.

Sie hoffte, ungesehen nach draußen entwischen zu können, wo sie auf Howard warten wollte, doch Eddie fing sie völlig aufgelöst in der Diele ab.

„Nelly! Nelly, warte mal!" Er rannte ihr bis zur rettenden Tür hinterher.

„Eddie, falls das Hotel abbrennt, sag es mir lieber erst morgen. Ich wollte nämlich gerade gehen."

„Nein, Nelly." Aufgeregt griff er nach ihrer Hand. „Liz hat Maggie erzählt, dass Miss Trainor das ganze Hotel umkrempeln will. Mr. Reynolds hat vor, hieraus ein Ferienzentrum zu machen, mit einer Sauna in jedem Zimmer und einem illegalen Spielcasino im Keller." Verzweifelt klammerte er sich an sie und blickte Nelly durch seine starke Brille flehend an.

„Mr. Reynolds beabsichtigt keineswegs, ein illegales Spielcasino einzurichten", erwiderte sie geduldig.

„Aber er besitzt doch eins in Las Vegas", tuschelte Eddie.

„In Las Vegas darf gespielt werden. Ein Spielcasino zu betreiben verstößt nicht gegen das Gesetz."

„Aber Nelly, Maggie sagt, Miss Trainor will den Aufenthaltsraum ganz neu gestalten. Die Einrichtung soll in Rot und Gold gehalten werden, und an die Wände kommen Bilder mit nackten Frauen."

„Das ist doch Unsinn." Sie tätschelte seine Hand und amüsierte sich über Eddies Verlegenheit. „Bis jetzt ist noch gar nichts entschieden. Und wenn Mr. Reynolds dafür ist, dass der Aufenthaltsraum renoviert wird, dann bestimmt nicht in Rot und Gold und auch nicht mit Bildern von nackten Frauen."

„Vielen Dank", hörte sie hinter sich Percys Stimme. Nelly zuckte zusammen. „Eddie, ich glaube, die beiden Damen Bodwin haben nach Ihnen gerufen", fügte er hinzu.

„Ich bin schon unterwegs, Sir." Mit hochrotem Kopf eilte Eddie davon und überließ Nelly ihrem Schicksal.

„Nanu." Percy musterte sie eingehend. „Dein Freund scheint ja einen sehr hohen Siedepunkt zu haben."

Sie wollte ihm zufauchen, dass Howard überhaupt keinen Siedepunkt hätte, dann besann sie sich. „Gefalle ich dir?" Kokett strich sie das Haar über die Schultern zurück und lächelte Percy so verführerisch wie möglich an.

„Tja, unter anderen Voraussetzungen fände ich diese Bluse ausgesprochen entzückend", antwortete er trocken und betrachtete sie eingehend.

Er war offensichtlich verstimmt. Übermütig strich Nelly kurz über seine Wange und schwebte zur Tür. „Gute Nacht, Percy. Warte heute nicht mehr auf mich. Es kann sehr spät werden." Triumphierend trat sie hinaus in den rosabewölkten Abend.

Howards Reaktion auf Nellys Kleidung war Balsam für ihre Seele. Er schluckte, blinzelte heftig und stammelte während der Fahrt in die Stadt unverständliche, abgehackte Sätze. Nelly sonnte sich in seiner Bewunderung.

Im Ort waren kaum Leute unterwegs, nur bei dem Kino im Außenbezirk ging es etwas lebhafter zu.

Howard parkte den Wagen präzise in einer Lücke, half Nelly beim Aussteigen und schloss das Auto ab. Dann umfasste er zu ihrer maßlosen Verwunderung Besitz ergreifend ihren Arm und führte sie zum Kino.

Eine Stunde später hatte Nelly den Eindruck, dass mit Howard irgendetwas nicht stimmte. Er verschlang weder sein Popcorn mit dem üblichen Heißhunger noch rutschte er auf dem unbequemen

Sitz hin und her. Seine geistesabwesenden Augen glänzten fiebrig und leicht verstört.

„Howard", flüsterte Nelly und berührte seine Hand. Er zuckte zusammen, als hätte sie ihn gekniffen. „Howard, fühlst du dich nicht wohl?"

Statt einer Antwort ließ er die Popcorntüte fallen, riss Nelly an sich und küsste sie ebenso unbeholfen wie leidenschaftlich.

Nelly war entgeistert. Bisher hatte Howard sich darauf beschränkt, sie beim Abschied vor der Haustür brüderlich zu umarmen. Als die Leute in den Sitzreihen hinter ihnen kicherten, riss sie sich von ihm los.

„Howard, benimm dich!"

Er ergriff jedoch ihren Arm und zog sie aus dem Kino.

„Sag mal, Howard, hast du den Verstand verloren?"

„Ich hielt es da drinnen nicht mehr aus", brummte er und drängte sie zu seinem Wagen. „Es war so stickig und voll."

„Voll?" Sie blies sich eine verwegene Locke aus der Stirn. „Im ganzen Kino können nicht mehr als zwanzig Leute gewesen sein. Vielleicht solltest du zu einem Arzt gehen." Sie klopfte ihm freundschaftlich auf die Schulter. Dann betastete sie prüfend seine Stirn. „Du fühlst dich ganz heiß an, vielleicht hast du ein bisschen Fieber. Ich schlage vor, du fährst gleich nach Hause, und ich nehme mir ein Taxi."

„Nein", widersprach Howard so heftig, dass Nelly zusammenfuhr.

Sie blickte ihn nachdenklich an, ehe sie sich ins Auto setzte. In der Dunkelheit konnte sie nicht viel erkennen, aber er raste in hohem Tempo über die kurvenreiche Landstraße. Eine Weile später blinkten die erleuchteten Fenster des Hotels auf.

Plötzlich lenkte Howard den Wagen an den Straßenrand, stellte den Motor ab und schlang die Arme um Nelly. Im ersten Moment war sie mehr überrascht als böse.

„Lass mich sofort los. Howard! Was, in aller Welt, ist denn nur in dich gefahren?"

„Nelly." Seine Lippen suchten ihren Mund, und diesmal war sein Kuss weder unbeholfen noch brüderlich. „Du bist so schön." Seine Hand tastete nach dem Ausschnitt ihrer Bluse.

„Howard, du solltest dich schämen!" Nelly stieß ihn energisch fort und rutschte ein Stück zur Seite. „Du fährst auf der Stelle nach Hause, nimmst eine kalte Dusche und legst dich ins Bett."

„Aber, Nelly ..."

„Keine Widerrede." Sie öffnete die Tür und sprang aus dem Wagen. Draußen am Straßenrand strich sie sich das Haar aus der Stirn und glättete ihre Kleidung. „Ich laufe jetzt zum Hotel, bevor deine Gefühle noch mal mit dir durchgehen. Du kannst dich freuen, wenn ich deiner Tante nichts von deinem Wahnsinnsanfall erzähle." Sie machte auf dem Absatz kehrt.

Zehn Minuten später stapfte Nelly keuchend den steilen Hügel hinauf. Sie trug die Sandalen in der Hand und verwünschte alle Männer. Über ihr raschelte das erste Laub der hohen Bäume. Ein einsames Käuzchen stieß einen Schrei aus. Doch Nelly befand sich nicht in der Stimmung, den Zauber der Nacht zu genießen.

„Du hältst den Schnabel", beschimpfte sie den Vogel.

„Ich habe doch noch gar nichts gesagt", antwortete eine tiefe Stimme. Nelly wollte schreien, doch Percys Hand verschloss ihr den Mund.

„Was, in aller Welt ...?"

„Gehst du spazieren?" erkundigte er sich freundlich. „Wolltest du noch ein bisschen frische Luft schnappen?"

„Sehr witzig." Sie wollte weiterlaufen, doch er hielt sie am Handgelenk fest.

„Was ist los? Ging deinem Freund das Benzin aus?"

„Deine Ironie hat mir gerade noch gefehlt." Erst jetzt merkte Nelly, dass ihr vor Schreck die Sandalen entglitten waren, und sie suchte auf dem dunklen Boden danach. „Ich bin nämlich gerade hundert Kilometer gelaufen, nachdem ich mich gegen einen Verrückten gewehrt habe."

„Hat er dir wehgetan?" Percy musterte sie prüfend.

„Natürlich nicht." Nelly schnaubte. „Howard könnte keiner Fliege etwas zu Leide tun. Ich weiß auch nicht, was plötzlich in ihn gefahren ist. So merkwürdig hat er sich noch nie benommen."

„Bist du wirklich so naiv, oder tust du nur so?" Percy packte sie bei den Schultern und schüttelte sie leicht. „Werd endlich erwachsen, Nelly. Schau mal in den Spiegel. Der arme Howard konnte ja gar nicht anders."

„Sei nicht albern." Sie befreite sich aus seinem Griff. „Howard und ich kennen uns von klein auf. Und so hat er sich noch nie benommen. Vielleicht hat er in letzter Zeit zu viele Liebesromane gelesen, oder dergleichen. Du liebe Güte, als ich zehn Jahre alt war, haben wir noch zusammen nackt im See gebadet."

„Hat dich noch niemand darüber aufgeklärt, dass du jetzt nicht mehr zehn Jahre alt bist?" Sein Tonfall verwirrte sie. „Keine Angst, Nelly, ich tue dir nichts." Sie spürte, wie ihre Knie zitterten. „Ich käme mir vor wie ein Puma, der sich an einer Hauskatze vergreift."

Einen Augenblick lang schauten sie sich nur an. Über ihnen schimmerten die Sterne, der Mond schien sie zu beobachten, und ein Nachtvogel stieß einen klagenden Ruf aus. Dann schmiegte sie sich in seine Arme.

Nelly stellte sich auf die Zehenspitzen, um Percy zu küssen. Die Bäume flüsterten, und sie seufzte hingebungsvoll. Vergangenheit und Zukunft waren ihr gleichgültig, sie gab sich ganz der Gegenwart hin. Sein Mund berührte ihren Hals, und sie stöhnte auf, schob die Finger in sein Haar und öffnete die Lippen, um seine Küsse zu empfangen.

Eng umschlungen standen sie im Schatten der hohen Bäume, umgeben von den Geräuschen der Nacht. Doch plötzlich ging die Eingangstür des Hotels auf, und ein breiter Lichtstrahl fiel über den Hof.

„Ach, Percy, da bist du ja. Ich habe schon auf dich gewartet."

Niedergeschlagen löste Nelly sich aus Percys Armen. Lässig lehnte Eliza am Türrahmen. Ein Negligee aus schwarzer, hauchdünner Spitze umschmeichelte ihren faszinierenden Körper. Das dunkel glänzende Haar fiel lose über ihren Rücken.

„Warum?“ fragte Percy brüsk.

„Percy, Liebling, stell dich doch nicht so dumm“, schmollte Eliza.

Nelly war zu Mute, als hätte ihr jemand einen Kübel Wasser über den Kopf gegossen. Sie fühlte sich ausgenutzt. Percy hatte sie geküsst, während eine andere Frau schon auf ihn wartete. Sie bückte sich nach ihren Sandalen.

„Wo willst du hin?“ Percy ergriff ihr Handgelenk, als sie hastig den Rückzug antreten wollte.

„In mein Zimmer, wohin denn sonst. Mir scheint, heute Abend hast du schon etwas vor.“

„Moment noch, eine Minute.“

„Lass mich bitte sofort los. Mein Bedarf an Ringkämpfen ist für heute Abend gedeckt.“

Der Griff um ihr Handgelenk wurde härter. „Am liebsten würde ich dir das Genick umdrehen.“

Dann ließ Percy sie los. Mit den Sandalen in der Hand stürmte Nelly die Treppe hinauf ins Haus, während Eliza triumphierend lächelte.

9. KAPITEL

Nelly holte sich die Akten und Geschäftsbücher in ihr Zimmer. Dort konnte sie am ehesten ungestört arbeiten, ohne durch Percy abgelenkt zu werden. Sie vergrub sich in dem Papierwust und versuchte, sich darauf zu konzentrieren.

Draußen herrschte trübes Wetter. Nieselregen sprühte gegen die Fensterscheiben und bildete den passenden Hintergrund für ihre Stimmung.

Nelly schrak hoch, als die Tür plötzlich aufgestoßen wurde. Percy trat ein. Ihr stockte der Atem.

„Versteckst du dich?" Seine Lippen wurden zu einem schmalen Strich, und auch seine Laune hatte sich seit dem vergangenen Abend nicht gebessert.

„Nein." Instinktiv hob sie das Kinn. „Ich finde es nur praktischer, in meinem Zimmer zu arbeiten, solange du das Büro beanspruchst."

„Aha." Drohend beugte er sich über den Schreibtisch, so dass sie sich klein und hilflos vorkam. „Eliza hat mir von eurem Streit gestern im Aufenthaltsraum berichtet."

Überrascht öffnete Nelly den Mund. Sie wunderte sich, dass Eliza den Mut besaß, ihr Verhalten zu erklären.

„Habe ich nicht ausdrücklich gesagt, Nelly, dass du Eliza, solange sie in diesem Hotel wohnt, mit der gleichen Höflichkeit zu behandeln hast wie alle anderen Gäste?"

Nelly wunderte sich immer mehr. „Entschuldige, Percy, aber heute Morgen bin ich offenbar besonders begriffsstutzig. Würdest du mir diese Frage bitte einmal erläutern?"

„Sie erzählte mir, du seiest regelrecht unverschämt zu ihr gewesen. Du hättest dich dazu hinreißen lassen, ihr ein Verhältnis mit mir zu unterstellen, hättest dich geweigert, ihr etwas zu trinken zu geben und außerdem das Personal angewiesen, ihr die Arbeit nach Möglichkeit zu erschweren."

„So, das hat sie gesagt?“ Nelly wurde zornig. Bedächtig legte sie den Bleistift zur Seite und erhob sich, obwohl Percy so bedrohlich nahe vor ihr stand. „Ist es nicht erstaunlich, wie unterschiedlich zwei Menschen ein und dieselbe Situation auslegen? Na schön.“ Sie schob die Hände in die Taschen ihres Rocks und straffte die Schultern. „Jetzt will ich dir etwas sagen ...“

„Wenn du mir deine Version von dem Streit erzählen willst, dann bitte“, forderte Percy sie auf. „Ich bin gespannt.“

„Ach du.“ Sie verlor die Beherrschung und boxte Percy mit der Faust auf die Brust. Nachsichtig lächelnd betrachtete er die kleine Hand. „Wie großmütig von dir“, höhnte Nelly. „Du bildest dir wohl ein, du seiest besonders fair?“ Sie wirbelte herum und wanderte unruhig auf und ab. Sie fragte sich, ob sie ihm ihren Streit mit Eliza wörtlich wiedergeben sollte oder nicht. Schließlich siegte ihr Stolz über ihren Wunsch, sich vor Percy zu rechtfertigen. „Nein danke, auf so viel Gnade verzichte ich. Es war meine Schuld.“

„Nelly.“ Mit zwei Schritten war Percy bei ihr, umfasste ihre Schultern und drehte sie zu sich herum. „Musst du mich ständig reizen?“

„Und musst du ständig auf mir herumhacken?“ erwiderte sie.

„Ich hacke nicht ständig auf dir herum“, verteidigte er sich.

„Glaubst du. Dabei muss ich mich andauernd in irgendeiner Weise vor dir rechtfertigen. Ich habe keine Lust mehr, dir alles, was ich tue oder sage, zu erklären. Ich habe es satt, Blitzableiter für deine Launen zu sein. Wie komme ich dazu, mich ständig deinen Stimmungen anzupassen? Ich weiß ja nie, ob du mich im nächsten Moment küsst oder mich in die Ecke schiebst wie ein ungezogenes Kind. Ihr beide behandelt mich, als sei ich naiv, untüchtig und dumm. Ich bin es nicht gewöhnt, mich zu ducken.“

Die Worte sprudelten aus ihr heraus, während Percy sie nachdenklich musterte.

„Und vor allem bin ich deine kostbare Eliza leid. Ich lasse mir nicht gefallen, dass sie an diesem Haus kein gutes Haar lässt und mich ständig betrachtet, als sei ich eine Magd, die gerade die Kühe auf die Weide getrieben hat. Ich wehre mich dagegen, dass sie dir Lügen über mich auftischt. Und dich hasse ich, weil du mich dazu benutzt, dich als Mann zu bestätigen, während Eliza schon halb nackt auf der Suche nach dir durch das Hotel rennt und darauf wartet, dass du ihr das Bett anwärmst. Und ..."

Das Telefon läutete und unterbrach ihren Redeschwall. Nelly riss den Hörer von der Gabel und fauchte: „Was los ist? Nichts ist los. Was gibt's, Eddie?" Während sie lauschte, rieb sie sich den Nacken, der bereits wieder schmerzte. „Ja, er ist hier." Sie drehte sich um und hielt Percy den Hörer hin. „Für dich. Ein Paul Bailey."

Percy nahm Nelly den Hörer ab. Als sie sich jedoch umdrehte, um das Zimmer zu verlassen, hielt er sie am Arm fest. „Du bleibst hier." Er ließ sie erst los, nachdem sie zustimmend genickt hatte. Dann ging sie zum Fenster und starrte in den strömenden Regen hinaus.

Percy sagte nur wenig. Er wirkte konzentriert, und gelegentlich antwortete er einsilbig. Nelly fühlte sich bedrückt, leer und ausgebrannt, nachdem ihre größte Wut und ihr Groll verraucht waren. Sie erkannte erschrocken, welchen Fehler sie begangen hatte.

Jetzt bleibt nur noch die Arbeit im Hundezwinger übrig, dachte sie erbittert. Eliza wird sich freuen, wenn sie merkt, dass sie Recht behalten hat. Verflixt noch mal!

Sie legte die Stirn gegen das kühle Fensterglas. Warum musste ich mich auch in diesen unmöglichen Mann verlieben, überlegte sie betrübt.

„Nelly!" Sie zuckte zusammen. Als sie sich umdrehte, sah sie, wie Percy gerade den Hörer auf die Gabel zurücklegte. „Pack deinen Koffer", sagte er kurz angebunden und ging zur Tür.

Jetzt ist es passiert, dachte sie, aber damit musste ich ja rechnen. Sie versuchte, sich damit zu trösten, dass es besser wäre, wenn sie ginge, um mit Percy und seinem Hotel nie wieder etwas zu tun zu haben. Sie nickte stumm und sah aus dem Fenster.

„Nimm dir genug Sachen für drei Tage mit." Er legte die Hand auf den Türgriff.

„Wie bitte?“ Verdutzt drehte Nelly sich um und blickte Percy entgeistert an.

„Wir werden drei Tage unterwegs sein. In einer Viertelstunde erwarte ich dich.“ Percys Züge entspannten sich, als er ihre traurige Miene sah. „Nelly, du bist nicht entlassen. Ein bisschen mehr Niveau solltest du mir ruhig zutrauen.“

Ihr fiel ein Stein vom Herzen. Percy lehnte sich gegen die geschlossene Tür.

„Der Anruf kam von dem Manager eines meiner Hotels. Er hat da ein Problem, um das ich mich selbst kümmern muss. Und du kommst mit.“

„Ich soll mitkommen?“ Sie war fassungslos. „Warum das denn?“

„Erstens, weil ich darauf bestehe.“ Er verschränkte die Arme über der Brust und sah sie streng an. „Und zweitens, weil ich will, dass meine Manager etwas herumkommen. Für dich ist es eine gute Gelegenheit, dich in einem anderen Betrieb von mir ein bisschen umzusehen.“

„Aber ich kann hier doch nicht so ohne weiteres abreisen“, entgegnete sie. „Wer soll denn sonst für Ordnung sorgen und sich um alles hier kümmern?“

„Eddie. Es wird höchste Zeit, dass er mehr Verantwortung übernimmt. Er verlässt sich viel zu sehr auf dich. Das andere Personal übrigens auch.“

„Aber am Wochenende kommen fünf neue Gäste, und …“

„Jetzt hast du nur noch zehn Minuten Zeit zum Packen, Nelly“, ermahnte er sie nach einem Blick auf seine Armbanduhr. „Und wenn du dich nicht beeilst, dann reist du mit den Kleidern ab, die du gerade trägst.“

Sie merkte, dass es keinen Sinn hatte, mit Percy zu diskutieren, und versuchte, nicht daran zu denken, was es für sie bedeutete, mit ihm zu verreisen. Es ist eine reine Geschäftsreise, sagte sie sich immer wieder. Absolut nichts Privates.

Als er ging, rief sie hinter ihm her: „Dann sag mir wenigstens, wohin wir fahren. Schließlich muss ich ja wissen, ob ich Skistiefel oder einen Bikini einpacken soll."

Lächelnd drehte er sich um. „Bikinis. Wir fliegen nach Palm Beach."

Nelly stellte fest, dass die Überraschungen an diesem Vormittag kein Ende nahmen. Percy ließ sie gar nicht erst ausreden, als sie Eddie mit Ratschlägen und Anweisungen überhäufte, sondern schob sie kurzerhand durch den strömenden Regen zu seinem Auto. Während der Fahrt zum Flughafen stellte sie sich im Geist alle möglichen Katastrophen vor, die in den nächsten drei Tagen passieren konnten. Sie öffnete den Mund, um Percy in ihre Befürchtungen einzuweihen, doch sein Blick schüchterte sie so ein, dass sie lieber schwieg.

Die nächste Überraschung erlebte sie auf dem Flughafen. Sie sollten nicht mit einer Verkehrsmaschine, sondern mit Percys Privatflugzeug fliegen. Es wartete schon startbereit auf der Piste. Regungslos betrachtete Nelly die schnittige Maschine, während Percy sich um ihr Gepäck kümmerte.

„Nelly, du brauchst doch nicht hier im Regen zu stehen. Geh schon rein."

„Percy." Sie achtete nicht auf den Regen, der sie durchnässte. „Ich muss dir etwas gestehen. Ich fliege nicht gern."

„Halb so schlimm." Er klemmte sich ihren kleinen Koffer unter den Arm und ergriff ihre Hand. „Das Meiste macht das Flugzeug ganz allein."

„Percy, ich meine es ernst", jammerte sie, als er sie in die Maschine zog.

„Wirst du luftkrank? Ich geb dir eine Pille."

„Nein." Sie schluckte krampfhaft und ließ die Schultern hängen. „Wenn ich fliege, bin ich wie gelähmt. Gelegentlich tragen mich die Stewardessen in den Frachtraum, damit die anderen Passagiere meinetwegen nicht in Panik geraten."

Er zauste liebevoll ihr nasses Haar. „Endlich habe ich deine schwache Stelle entdeckt. Wovor hast du Angst?"

„Dass die Maschine abstürzt."

„Das ist alles nur Einbildung", behauptete er, während er ihr half, die Jacke auszuziehen. „Dafür gibt es einen medizinischen Fachausdruck."

„Ja, sterben", pflichtete sie ihm bei, worauf er lachte. Beleidigt, weil er sie nicht ernst nahm, wandte sie sich ab und sah sich in der luxuriösen Kabine um. „Hier sieht es aus wie in einem Salon, gar nicht wie in einem Flugzeug." Andächtig streichelte sie den dunkelbraunen Samtbezug eines Sessels. „Jeder Mensch hat ein Recht auf Angst", sagte sie leise.

„Das stimmt."

Offenbar hätte er am liebsten gelacht. Sie wirbelte herum, um ihn abzukanzeln, doch sein Schmunzeln entwaffnete sie. „Dir wird das Lachen schon vergehen, wenn ich gleich als stöhnendes Häufchen Elend auf deinem kostbaren Teppich liege", behauptete sie.

„Dann werde ich bestimmt ganz ernst." Er kam auf sie zu, und sie verkrampfte sich unwillkürlich. „Nelly, wollen wir nicht Frieden schließen? Wenigstens für die Dauer unserer Reise?"

„Na ja, ich ..." Seine Stimme klang so sanft und einschmeichelnd, dass sie eingehend die Knöpfe seines Hemdes betrachtete, um ihm nicht in die Augen sehen zu müssen.

„Was hältst du von einem Waffenstillstand?" schlug er vor. Er nahm ihr Kinn zwischen Daumen und Zeigefinger und zwang sie, ihn anzuschauen. „Wenn wir zurückkommen, können wir uns ja weiterstreiten." Er lächelte, und ihr innerer Widerstand schmolz.

„In Ordnung, Percy, ich bin einverstanden." Gegen ihren Willen erwiderte sie sein Lächeln.

„Dann setz dich jetzt in einen Sessel und schnall dich an." Er küsste sie auf die Stirn, und ihr versagten wieder einmal die Knie.

Nellys Angst hielt sich während des Starts in Grenzen, weil Percy sich unablässig mit ihr unterhielt. Zum ersten Mal in ihrem Leben flog sie, ohne dass ihr vor Nervosität heiß wurde.

„Es ist so flach hier und so warm“, staunte Nelly, als sie mit Percy die Gangway hinunterstieg und sich dabei umsah.

Schmunzelnd führte er sie zu einem schnittigen schwarzen Porsche. Percy wechselte einige Worte mit einem Parkplatzangestellten, ließ sich die Wagenschlüssel geben und schloss auf.

„Wo steht dein Hotel?“ fragte Nelly.

„In Palm Beach. Hier sind wir in West Palm Beach. Wir müssen den Worth-See überqueren, um auf die Insel zu kommen.“

„Ach so.“ Dann schwieg Nelly und betrachtete verzückt die hohen schlanken Palmen an der Straße.

Die Landschaft, durch die sie fuhren, war so anders als ihre Heimat in Neu England, dass sie sich vorkam wie in einer fremden Welt. Das Wasser des Worth-Sees, der Palm Beach vom Festland trennte, glitzerte in der Nachmittagssonne. Am Strand standen vornehme, elegante Hotels.

Nelly erkannte die Initialen „P.R.“ an einem turmartigen weißen Gebäude, das sich zwölf Stockwerke hoch über den Atlantik erhob. Hunderte von Fenstern spiegelten das Sonnenlicht wider. Percy fuhr die halbkreisförmige Auffahrt entlang und hielt vor dem Hoteleingang. Nelly kniff leicht die Augen zusammen und staunte über die gepflegte Anlage. Neben der Glastür, die in das Hotelfoyer führte, standen üppig wuchernde tropische Pflanzen in Marmorkübeln. Die unterschiedlichen Farben waren gut aufeinander abgestimmt. Alles an diesem Hotelkomplex wirkte harmonisch.

Percy ging um den Wagen herum und öffnete die Tür. „Komm.“ Er half Nelly galant beim Aussteigen und führte sie an seiner Hand ins Hotel.

Das Foyer kam Nelly vor wie ein tropisches Paradies. Der Boden war gekachelt, in der Mitte befand sich ein künstlich angelegter Felsengarten mit einem Springbrunnen. Das Hotel war rund gebaut. Verschiedene architektonische Effekte erweckten den Eindruck einer Spirale, die nach oben strebte. Die Decke war blau und wirkte offen wie der Himmel. Einen krasseren Gegensatz zu der anheimelnden, familiären Atmosphäre des „Lakeside Inn" konnte Nelly sich nicht vorstellen.

„Guten Tag, Mr. Reynolds." Ein schlanker, gut gekleideter Mann störte Nelly in ihren Betrachtungen. „Wie schön, dass Sie wieder einmal hier sind."

„Paul." Percy schüttelte ihm lächelnd die Hand. „Nelly, das ist Paul Bailey, der Manager. Paul, das ist Miss Nelly Clark."

„Es ist mir ein Vergnügen, Sie kennen zu lernen, Miss Clark." Paul Bailey begrüßte Nelly und betrachtete sie interessiert.

„Kümmern Sie sich um unser Gepäck, ich bringe Miss Clark nach oben. Später komme ich dann zu Ihnen."

„Selbstverständlich. Alles ist für Ihre Ankunft vorbereitet." Die Zähne blitzten in dem tief gebräunten Gesicht auf. Er ging zur Rezeption und griff nach einem Schlüssel. „Ihr Gepäck wird gleich hochgebracht, Mr. Reynolds. Kann ich noch etwas für Sie tun?"

„Wie bitte?" Nelly betrachtete noch immer gedankenverloren das luxuriöse Foyer.

„Hast du irgendeinen Wunsch?" Percy lächelte und strich ihr eine Locke aus dem Gesicht.

„Ach nein, eigentlich nicht. Vielen Dank."

Percy nickte Bailey zu, nahm Nellys Hand und führte sie zu einem der drei Aufzüge. In einem achteckigen gläsernen Gehäuse glitten sie aufwärts.

In der obersten Etage stiegen sie aus. Sie gingen den mit weichem Teppich ausgelegten Flur entlang, dann schloss Percy eine Tür auf. Nelly betrat den Raum und wandte sich gleich dem riesigen Fenster zu, das eine ganze Wand einnahm. Aus Schwindel erregender Höhe blickte sie hinab auf den weißen Strand und das azurblaue weite Meer.

„Das ist ja eine fantastische Aussicht", schwärmte sie. „Ich hätte Lust, gleich vom Balkon ins Wasser zu springen." Sie drehte sich um und sah Percy an, der mitten im Zimmer stehen geblieben war und sie anblickte. „Es ist herrlich hier", fügte sie endlich hinzu, um das Schweigen zu brechen.

Ausgiebig musterte Nelly das Zimmer und fragte sich, ob Eliza es eingerichtet hatte. Wenn das der Fall ist, dann besitzt sie tatsächlich einen hervorragenden Geschmack, dachte Nelly widerstrebend.

„Möchtest du etwas trinken?“ Percy drückte auf einen Knopf. Die Spiegelwand hinter der Bar glitt zurück. Auf einem Regal waren Flaschen und Gläser angeordnet.

„Sehr geschickt“, lobte Nelly. „Ich hätte gern ein Sodawasser.“ Mit dem Ellenbogen stützte sie sich auf den Tresen aus poliertem Ebenholz.

„Nichts Stärkeres?“ fragte Percy und goss das Sodawasser über die Eiswürfel. „Herein“, rief er, als es an die Tür klopfte.

„Ihr Gepäck, Mr. Reynolds.“ Ein Page in einer schwarz-roten Livree brachte die Koffer. Nelly bemerkte seinen neugierigen Blick und errötete verlegen.

„Danke, es ist gut so.“

Der Page nahm das Trinkgeld entgegen, entfernte sich respektvoll und schloss leise die Tür. Percys eleganter grauer Koffer stand einträchtig neben Nellys altem braunen Gepäckstück.

„Warum hat er beide Koffer hier gelassen?“ Sie setzte ihr Glas ab und sah Percy an. „Wäre es nicht besser gewesen, er hätte meinen Koffer gleich in mein Zimmer gebracht?“

„Das hat er ja getan.“ Percy wandte sich der Bar zu und schenkte sich einen Whisky ein.

„Aber ich dachte, dies wäre deine Suite.“

„Das stimmt auch.“

„Aber sagtest du nicht gerade …“ Nellys Stimme stockte, und sie errötete. „Du glaubst doch wohl nicht, dass ich …“

„Woran denkst du?“ erkundigte Percy sich amüsiert.

„Du sagtest, dass ich mir einen Eindruck von deinen anderen Hotels verschaffen sollte. Es war nicht abgemacht, dass ich …“

„Du solltest dir angewöhnen, in vollständigen Sätzen zu sprechen, Nelly.“

„Ich werde nicht mit dir schlafen“, funkelte sie ihn wütend an.

„Ich kann mich nicht entsinnen, dass ich das von dir verlangt habe", entgegnete er lässig, ehe er einen Schluck Whisky trank. „In dieser Suite gibt es zwei große Schlafzimmer. Ich glaube, in deinem wirst du dich ganz wohl fühlen."

Sie errötete bis an die Haarwurzeln. „Ich bleibe nicht in dieser Suite. Jeder wird glauben, dass ich ... dass wir ..."

„Wie kommt es eigentlich, dass du so nervös bist?" Er machte sich offensichtlich über sie lustig, und genau das schürte ihren Zorn. „Dein guter Ruf ist ohnehin nicht mehr zu retten, Nelly. Da du mich hierher begleitet hast, nimmt natürlich jeder an, dass du meine Geliebte bist. Aber wir beide wissen es ja besser", fuhr er fort. „Also kann uns auch egal sein, was die Leute reden. Solltest du allerdings den Wunsch verspüren, das Gerücht Wahrheit werden zu lassen, lasse ich mich gern von dir verführen."

„Oh ...! Du eingebildeter, unverschämter, rücksichtsloser ..."

„Das klingt nicht gerade verführerisch." Percy tätschelte ihren Kopf in einer Art und Weise, die sie wütend machte. „Gehe ich dann recht in der Annahme, dass du ein anderes Schlafzimmer beanspruchst?"

„Da jetzt keine Hauptsaison ist", fauchte Nelly, „gibt es in diesem Hotel bestimmt noch freie Zimmer."

Lächelnd streichelte er ihren Arm. „Hast du Angst, du könntest doch schwach werden, Nelly?"

„Natürlich nicht", entgegnete sie hochmütig, obwohl ihre Haut unter seiner Berührung zu glühen schien.

„Dann wäre das also erledigt." Er leerte sein Glas. „Falls du befürchtest, dass ich mitten in der Nacht lüstern in dein Zimmer eindringe, kann ich dich beruhigen. Die Tür zu deinem Schlafzimmer ist mit einem einbruchsicheren Schloss ausgestattet. Ich gehe jetzt hinunter zu Bailey. Zieh dich inzwischen um und vertreib dir die Zeit am Strand. Dein Zimmer ist das zweite links, vom Flur aus gesehen." Er ließ sie allein, bevor ihr eine passende Antwort einfiel.

Noch ehe Nelly den Koffer in ihr Zimmer trug, wusste sie einige bissige Kommentare auf Percys Herausforderung. Doch leider war es zu spät. Sie beruhigte sich langsam wieder und betrachtete die Lage in einem anderen Licht.

Anstatt sich aufzuregen, wollte sie die luxuriöse Umgebung lieber genießen. Darüber hinaus war die Suite tatsächlich geräumig genug für sie und Percy.

Sie zog sich knapp sitzende rehbraune Shorts und ein hellgrünes luftiges Oberteil an und machte sich auf den Weg zum Strand. Ihren Koffer konnte sie später immer noch auspacken.

Die Lage des Hotels faszinierte Nelly. Die gepflegte Anlage am Meer unter freiem Himmel war mit allem erdenklichen Komfort ausgestattet. Ein riesiges mosaikgekacheltes Schwimmbecken war für die Gäste bestimmt, die das gefilterte Wasser dem offenen Meer vorzogen. Auf ihrem Spaziergang zum Strand kam Nelly an einer Reihe von Tennisplätzen vorbei. In diesem Hotel fehlte es den Gästen an nichts. Die gesamte Hotelanlage war der Inbegriff von Vornehmheit und Eleganz. Nelly suchte nach einem passenden Vergleich zum „Lakeside“: Wie Eiernudeln und Kaviar, fiel ihr ein. Beides passt einfach nicht auf denselben Teller.

„Hallo.“

Überrascht drehte Nelly sich um, blinzelte im grellen Sonnenlicht und erblickte einen fabelhaft aussehenden jungen Mann.

„Hallo.“ Sie erwiderte das Lächeln in dem ungemein attraktiven Gesicht. Zu der tief gebräunten Haut bildete das hellblonde Haar einen interessanten Kontrast.

„Wollen Sie das Meerwasser ausprobieren?“

„Heute noch nicht.“

„Das ist ungewöhnlich.“ Er begleitete sie über den weichen Sand. „Normalerweise geht hier jeder Neuankömmling gleich am ersten Tag ins Wasser.“

„Woher wissen Sie, dass ich gerade erst eingetroffen bin?“ fragte Nelly.

„Weil ich Sie vorher noch nie gesehen habe. Sonst wären Sie mir bestimmt aufgefallen." Er musterte sie mit typisch männlichem Kennerblick. „Und weil Sie immer noch eine Haut haben wie Milch und Honig und nicht aussehen wie ein gegrilltes Hühnchen."

„Bei mir zu Hause hat die Sonne um diese Jahreszeit noch keine Kraft", berichtete Nelly und bewunderte im Stillen die gleichmäßig gebräunte Haut des jungen Mannes. „Ich nehme an, Sie sind schon etwas länger hier."

„Seit zwei Jahren", antwortete er freundlich. „Ich bin Tennislehrer. Mein Name ist Chad Hardy."

„Nelly Clark." Sie ging auf den Weg zu, der zum Hotel zurückführte. „Wieso sind Sie am Strand und nicht auf den Tennisplätzen?"

„Heute ist mein freier Tag", erklärte er. Zu ihrer Überraschung griff er in ihr Haar und wickelte sich eine Strähne um den Finger. „Aber wenn Sie gern eine Privatstunde hätten, ließe sich das leicht einrichten."

„Nein, danke", lehnte sie ab und trat den Rückweg an.

„Darf ich Sie zum Abendessen einladen?" Chad nahm ihre Hand und zog sie sanft, aber entschlossen an sich.

„Ich habe leider keine Zeit."

„Dann möchte ich Sie jetzt wenigstens zu einem Drink einladen."

Sie amüsierte sich über seine Hartnäckigkeit. „Vielen Dank, aber dafür ist es etwas zu früh."

„Dann warten wir noch etwas ab."

Lachend schüttelte Nelly den Kopf und entzog ihm die Hand. „Nein, das geht leider nicht, aber trotzdem vielen Dank für die Einladung. Auf Wiedersehen, Mr. Hardy."

„Ich heiße Chad." Er kehrte mit ihr zum Hotelgelände zurück. „Haben Sie denn morgen Zeit? Ich stehe Ihnen zur Verfügung. Wir können gemeinsam frühstücken, zu Mittag essen oder das ganze Wochenende in Las Vegas verbringen."

Nelly lächelte. Diesem unbekümmerten Charme konnte sie

nicht widerstehen. „Es wird Ihnen bestimmt nicht schwer fallen, eine andere Begleitung zu finden.“

„Im Gegenteil“, erwiderte er. „Haben Sie Mitleid mit mir.“

Nelly überlegte kurz und gab schließlich nach. „Na schön, dann laden Sie mich zu einem Glas Orangensaft ein.“

Eine halbe Minute später saß Nelly an einem Tisch neben dem Swimmingpool.

„So früh ist es doch gar nicht mehr“, meinte Chad, als sie auf ihrem Fruchtgetränk bestand. „Die meisten Gäste treffen jetzt ein, duschen sich den Sand ab und kleiden sich zum Essen um.“

„Ich trinke aber um diese Zeit nicht gern Alkohol.“ Nelly nippte an dem eisgekühlten Saft. Sie betrachtete die tropischen Fächerpalmen und die Blütenpracht in den Marmorkübeln. „Sie haben Glück, dass Sie hier arbeiten können.“

„Ja, mir gefällt es“, bestätigte Chad und spielte mit seinem Glas. „Ich mag meine Arbeit, und ich mag die Sonne.“ Er hob das Glas an die Lippen und lächelte ihr über den Rand hinweg zu. „Und dieses Leben ist äußerst reizvoll.“ Ehe sie seine Absicht erkannte, hatte er ihre Finger ergriffen und hielt sie fest. „Wie lange bleiben Sie?“

„Nur ein paar Tage.“ Sie überließ ihm ihre Hand, denn sie fand es kindisch, sich zu sträuben. „Es ist eher ein Blitzbesuch als ein Urlaub.“

„Dann trinke ich auf Ihren Blitzbesuch“, erwiderte Chad und prostete ihr zu.

Chads Charme siegte, und unwillkürlich erwiderte Nelly sein strahlendes Lächeln. „Hofieren Sie eigentlich alle weiblichen Gäste auf diese Weise?“

„Nur wenn sie jung und hübsch sind und lange schlanke Beine haben.“

„Nelly!“

Sie hob erstaunt den Kopf und sah direkt in Percys finsteres Gesicht. „Ach, du bist’s, Percy. Hast du deine Konferenz mit Mr. Bailey schon beendet?“

„Ich habe sie nur unterbrochen." Sein Blick heftete sich auf Chads Hand, die immer noch Nellys Finger umschloss, und kehrte dann zu Nelly zurück. „Ich habe dich überall gesucht."

„Ach, wirklich?" Aus einem unerklärlichen Grund fühlte sie sich plötzlich schuldbewusst. „Tut mir Leid. Das ist übrigens Chad Hardy."

„Das weiß ich. Hallo, Hardy."

„Guten Tag, Mr. Reynolds", entgegnete Chad betont höflich. „Ich wusste gar nicht, dass Sie im Hotel sind."

„Ich bleibe auch nur ein paar Tage. Wenn du ausgetrunken hast", wandte er sich frostig an Nelly, „kommst du besser nach oben und ziehst dich zum Dinner um. Was du jetzt anhast, ist wohl kaum für den Speisesaal geeignet." Er nickte Chad Hardy knapp zu und machte auf dem Absatz kehrt.

„Du liebe Zeit." Chad ließ Nellys Hand los und lehnte sich zurück. Er betrachtete sie interessiert. „Warum haben Sie mir nicht gesagt, dass Sie die Freundin des Chefs sind? Ich möchte meinen Job hier nämlich nicht gern verlieren."

Nelly schnappte ein paarmal nach Luft wie ein Fisch, ehe sie antwortete. „Ich bin nicht Percys Freundin", widersprach sie scharf.

Chad grinste schief. „Das sollten Sie lieber ihm sagen. Schade." Er seufzte übertrieben. „Ich hatte mir schon die schönsten Hoffnungen gemacht, aber ich werde mich hüten, mich auf gefährliches Gebiet zu begeben."

Er stand auf und strahlte sie an. „Sollten Sie einmal allein hierher kommen, melden Sie sich bei mir."

10. KAPITEL

Herzhaft schlug Nelly die Tür zur Suite ins Schloss und klopfte energisch an Percys Tür.

„Suchst du mich?" hörte sie eine trockene Stimme.

Sie drehte sich um. Percy lehnte mit dem Rücken gegen die Badezimmertür. Er hatte lediglich ein Handtuch um seine schmalen Hüften geschlungen. Das Haar fiel ihm in feuchten Strähnen ins Gesicht.

„Ja, ich ..." Sie stockte und schluckte heftig. „Ja", wiederholte sie fest und dachte an Chads Bemerkungen. „Vorhin hast du dich unmöglich benommen. Du hast bei Chad bewusst den Eindruck erweckt, als sei ich deine ..." Sie zögerte, und ihre Augen verdunkelten sich zornig.

„Mätresse?" half Percy nach.

Nelly blitzte ihn an. „Er gebrauchte zumindest den Ausdruck Freundin." Sie übersah die kräftigen, muskulösen Arme und das dunkle Haar auf seiner Brust und näherte sich ihm, bis ihre Zehenspitzen sich beinahe berührten. „Du hast mich absichtlich wie deine Geliebte behandelt, und das lasse ich mir nicht gefallen."

„Wirklich nicht? Angesichts der Tatsache, dass Hardy es innerhalb weniger Minuten geschafft hat, dich um den Finger zu wickeln, scheinst du für Männer seines Schlags leichte Beute zu sein. Ich hielt es für meine Pflicht, mich um dich zu kümmern."

„Du als Beschützer. Dass ich nicht lache!"

„Und wie willst du dich dagegen wehren?" Er lächelte so arrogant, dass Nelly die Beherrschung verlor. „Wenn meine Verhaltensweise Hardy und seine Kumpane dazu veranlasst, die Finger von dir zu lassen, und dich daran hindert, dich zu blamieren, bin ich zufrieden. Du solltest mir dankbar sein, dass ich so gut auf dich aufpasse."

„Dankbar soll ich dir sein?" Nelly hob die Stimme. „Dir soll ich gehören? Du hast Angst, ich könnte mich blamieren?"

Sie holte zu einem Schlag aus, doch er fing ihren Arm ab und presste ihn gegen ihren Rücken. Dann zog er sie an sich, bis sie seinen nackten Oberkörper berührte.

„Versuch das nicht noch mal“, warnte er sie sanft, aber eindringlich. „Das könnte Folgen haben.“ Seine freie Hand legte sich auf ihre Taille. „Mir scheint, wir haben uns nicht an unseren Waffenstillstand gehalten.“

„Du hast ihn zuerst gebrochen“, beschuldigte Nelly ihn.

„Meinst du wirklich?“ flüsterte Percy, ehe er sie küsste.

Widerstandslos vertraute sie sich seiner Umarmung an. Dann ließ er sie los und streichelte ihren Rücken. Nelly verschränkte die Arme in seinem Nacken und wünschte sich nichts sehnlicher als seine Zärtlichkeit.

Unvermittelt ließ er sie frei. Sie verlor das Gleichgewicht und taumelte gegen die Wand.

„Zieh dich jetzt um.“ Er wandte sich ab und umschloss den Türgriff.

Impulsiv streckte Nelly die Hand nach ihm aus. „Percy …“

„Umziehen sollst du dich“, wiederholte er scharf und warf die Tür zu seinem Zimmer hinter sich zu.

Noch lange rätselte Nelly über Percys seltsames Benehmen. War es verletzter Stolz? Oder war er wütend auf sie? Sein Verhalten konnte sie sich beim besten Willen nicht erklären.

Der Morgen dämmerte. Die Sterne verblassten und erloschen ganz, als die Sonne sich dem Horizont näherte. Nelly stand auf und war froh, dass sie die Nacht überstanden hatte.

Das Dinner mit Percy war ein Fehlschlag wegen der gespannten Atmosphäre gewesen. Sie unterhielten sich betont höflich miteinander, und Nelly hatte den Eindruck gehabt, als säße sie mit einem wildfremden Mann am Tisch. Gleich nach dem Essen schützte sie Müdigkeit vor und zog sich in ihr Zimmer zurück. Die ganze Nacht lang fand sie keine Ruhe.

Sehr spät hörte sie, wie Percy die Suite betrat. Sie hielt den Atem an, damit er nicht wahrnahm, dass sie noch immer wach lag.

Erst nachdem er die Tür zu seinem Zimmer leise ins Schloss gezogen hatte, atmete sie erleichtert auf.

Und nun, da der Morgen graute, fühlte sich Nelly wie zerschlagen. Bekümmert erinnerte sie sich an die Ereignisse des vergangenen Tages und gestand sich offen ein, dass sie Percy liebte. Doch gleichzeitig wusste sie, dass sie nicht auf Gegenliebe stieß.

Sie zog sich einen Bikini an, griff nach einer Frotteejacke und schlich auf Zehenspitzen aus ihrem Zimmer.

Der Ausblick aus dem Fenster des Wohnraums zog sie magisch an. Sie beobachtete den Sonnenaufgang. Die ersten Sonnenstrahlen tauchten den Horizont bereits in ein goldenes Licht.

„Wirklich ein herrlicher Anblick."

Erschrocken drehte Nelly sich um und wäre beinahe mit Percy zusammengeprallt, dessen Schritte sie auf dem dicken Teppichboden nicht gehört hatte.

„Ja, wirklich", pflichtete sie ihm bei, „ich finde, es gibt nichts Schöneres als einen Sonnenaufgang." Sie merkte, wie gekünstelt ihre Worte klangen.

Percy trug lediglich ausgefranste Jeans. „Wie hast du geschlafen?" fragte er höflich.

Sie zuckte nur die Schultern und wich einer direkten Antwort aus. „Ich wollte schwimmen gehen, ehe der Strand überfüllt ist."

Er nahm ihr Gesicht in die Hände und sah sie prüfend an. „Du hast Ringe unter den Augen." Mit der Fingerspitze berührte er die zarten Stellen unter ihren Augen. „So müde habe ich dich noch nie gesehen. Normalerweise wirkst du immer ausgeruht und quicklebendig. Jetzt siehst du blass und zerbrechlich aus, gar nicht mehr wie das Mädchen mit den Hängezöpfen, das sich mit jungen Burschen auf dem Sportplatz prügelt."

Sie fühlte, wie ihr die Knie weich wurden, und wandte sich ab. „Ich glaube, die erste Nacht in einem fremden Bett ist immer etwas ungemütlich."

„Du meinst, es hätte am Bett gelegen?" Er zog die Brauen hoch. „Du bist sehr großzügig, Nelly."

Sein Lächeln wirkte auf sie wie ein Lebenselixier, und plötzlich fühlte sie sich nicht mehr so matt. „Percy, ich möchte … ich fände es schön, wenn wir Freunde sein könnten."

„Freunde?" lächelte er vergnügt. „Ach, Nelly, du bist süß, wenn auch ein bisschen naiv." Er ergriff ihre Hände und zog sie, eine nach der anderen, an seine Lippen. „Na schön, meine Freundin, dann lass uns schwimmen gehen."

Außer Nelly und Percy hielten sich nur Möwen am Strand auf. Breit und einladend lag der weiße Sand vor ihnen. Die Luft versprach einen heißen Tag, und Nelly schaute sich beglückt um.

„Mir kommt es vor, als wären wir ganz allein auf der Welt."

„Menschenmassen scheinen dir nicht zu liegen, Nelly."

„Nein, ich glaube nicht." Sie hob die Schultern und ließ sie wieder sinken. „Ich mag Menschen, aber es muss ein persönlicher Kontakt bestehen. Ich möchte immer wissen, was sie von mir verlangen. Auf kleine Probleme verstehe ich mich gut. Ich kann hier einen Stein einmauern, dort einen Nagel einschlagen. Aber ich wäre nicht im Stande, ein Gebäude dieses Ausmaßes zu errichten, so wie du es tust."

„Ohne Leute, die Steine aufeinander setzen und Nägel einhämmern, kann man aber kein Gebäude hochziehen", entgegnete er. Sie freute sich über diese Bemerkung. Lachend zauste er ihr Haar. „Los, wir machen ein Wettrennen. Mal sehen, wer zuerst am Wasser ist."

Nelly blickte Percy abschätzend an und schüttelte den Kopf. „Du bist viel größer als ich, also befindest du dich im Vorteil."

„Ich weiß doch längst, wie schnell du rennen kannst." Er senkte die Augen. „Du bist zwar sehr zierlich, hast aber trotzdem erstaunlich lange Beine."

„Na schön." Sie schürzte die Lippen und holte tief Luft. Ohne noch länger zu warten, lief sie los und stürzte sich ins Wasser.

Sie schwamm, was ihre Kräfte hergaben, doch plötzlich merkte sie, dass Percy ihr folgte und ihre Taille packte. Lachend wehrte sie sich, aber er tauchte sie unter.

„Percy, willst du mich ertränken?“ prustete sie, während sie wieder hochschnellte.

„Das hatte ich eigentlich nicht vor“, entgegnete er. „Halt still, dann passiert das nicht noch mal.“

Nelly sträubte sich nicht mehr gegen seinen festen Griff. In seinen Armen fühlte sie sich geborgen, und sie spürte das laue Wasser wie Seide auf ihrer Haut.

Seine Lippen küssten ihren nassen Scheitel und glitten dann ihren Hals bis zur Schulter entlang.

Erwartungsvoll öffnete sie den Mund. Sein Kuss war sanft und zärtlich, und sie wehrte sich nicht gegen seine Leidenschaft. Seine Hand schob sich unter den Träger ihres Bikinis und liebkoste ihren Busen.

Nelly genoss träumerisch Percys Zärtlichkeiten, das wogende Wasser und die Hitze der aufgehenden Sonne. Am liebsten wäre sie noch lange so neben Percy auf dem Meer dahingetrieben. Sie zitterte vor Glück.

„Dir wird kalt.“ Percy ließ Nelly los, um sie anzuschauen. „Komm, schwimm dich wieder warm.“ Der Zauber verflog. „Wir paddeln zurück und legen uns in die Sonne.“

Nelly setzte sich in den bereits warmen Sand, und Percy streckte sich neben ihr aus. Sie versuchte seinem Blick auszuweichen.

Er hat mir ja gesagt, wie es kommen würde, erinnerte sie sich. Leider hat er Recht behalten. Ich kann mich nicht gegen ihn wehren, und bald werde ich eine neue Eliza in seinem Leben sein. Sie zog die Knie an, stützte ihr Kinn darauf und beobachtete den Horizont.

Aus irgendeinem Grund findet er mich attraktiv, dachte sie. Vielleicht, weil ich mich von den übrigen Frauen unterscheide, die er bisher kannte. Ich bin nicht so weltgewandt und erfahren wie sie, und vermutlich findet er gerade das reizvoll und amüsant.

„Wo bist du mit deinen Gedanken?“ Percy richtete sich auf, schob seine Finger in ihr nasses Haar und sah ihr ins Gesicht.

Nelly erhob sich. Sie spürte, dass sie Percy eines Tages nachgeben würde, doch das Unvermeidliche wollte sie so lange wie möglich hinauszögern. Sie war ihm nicht gewachsen. Er war ihr weit überlegen, weil er offenbar viel Erfahrung im Umgang mit Frauen hatte.

„Ich habe Hunger“, rief sie. „Spendierst du mir ein Frühstück? Eigentlich müsstest du das, denn immerhin habe ich den Wettlauf gewonnen.“

„Meinst du?“ Er erhob sich ebenfalls, während sie in die kurze Frotteejacke schlüpfte.

„Das meine ich nicht nur, das weiß ich“, bekräftigte sie. „Ich war der eindeutige Sieger.“ Sie sah zu, wie er sich seinen blauen Pullover über den Kopf zog.

„Dann müsstest du mich zum Frühstück einladen. Der Gewinner gibt immer etwas aus.“ Lächelnd reichte er ihr die Hand. Zögernd griff sie zu.

„Hast du Appetit auf eine Schüssel Cornflakes?“

„Cornflakes sind mir zu billig.“

„Tja“, bedauernd hob sie die Schultern, „da ich so überraschend nach Florida entführt wurde, sind meine finanziellen Mittel leider begrenzt.“

„Bei mir hast du Kredit.“ Er ließ ihre Hand los und legte den Arm kameradschaftlich um ihre Schulter. Gemeinsam gingen sie zum Hotel zurück.

Gegen Mittag befand Nelly sich in Hochstimmung. Percy behandelte sie erstaunlich galant und zuvorkommend.

Er führte sie durch das Hotel. Nelly bewunderte den ganz in Silber und Kobaltblau ausgestatteten Aufenthaltsraum, stöberte entzückt in den beiden Boutiquen und besichtigte sachverständig die riesige Küche.

Im Spielsalon ließ sie sich von Percy Kleingeld geben, und er sah nachsichtig zu, wie sie sich begeistert mit den verschiedenen Automaten beschäftigte. Er stand neben ihr und beobachtete, wie sie per Computer das nächste Auto zu Schrott fuhr.

„Weißt du was", bemerkte er, als sie die Hand aufhielt, um eine neue Münze entgegenzunehmen. „Wenn du an allen Automaten spielst, dann wird das ebenso teuer wie das Kleid, das dir in der Boutique so gut gefiel. Für diese lauten Apparate lässt du dir von mir Geld geben. Warum durfte ich dir dann nicht das hübsche Kleid kaufen?"

„Das ist etwas ganz anderes", antwortete sie zerstreut, während sie sich darauf konzentrierte, das nächste Computerauto um die Hindernisse herumzusteuern.

„Warum?" Percy zog eine Grimasse, als sie haarscharf an einem nichts ahnenden Fußgänger vorbeifuhr und der Wagen schleudernd um die Ecke bog.

„Du hast mir noch gar nicht erzählt, ob ihr euer Problem gelöst habt", warf Nelly ein und riss das Lenkrad herum, um einem Lastzug auszuweichen.

„Problem?"

„Ja, die Angelegenheit, deretwegen du hierher geflogen bist."

„Ach so, ja." Er lächelte und strich ihr eine Haarsträhne aus der Stirn. „Alles hat sich zum Besten gewendet."

Nelly schimpfte laut, als ihr Wagen gegen einen Telegrafenmast prallte, durch die Luft geschleudert wurde und geräuschvoll in Stücke zerschellte.

„Ich glaube, du hörst jetzt lieber auf." Percy ergriff ihre Hand, die sie ihm hoffnungsvoll entgegenhielt. „Lass uns zu Mittag essen, ehe ich vollkommen pleite bin."

Auf der Terrasse über dem Swimmingpool aßen sie Quiche Lorraine und tranken dazu einen Chablis. Einige Gäste tummelten sich in dem türkisblauen Wasser.

Nach dem Essen schaute Nelly versonnen auf die Schwimmer und Sonnenanbeter hinab. Als sie den Blick wieder hob, fiel ihr auf, dass Percy sie lächelnd beobachtete.

„Ist irgendwas?" Um ihre Verlegenheit zu überspielen, nahm sie einen Schluck Wein.

„Nein, es macht mir nur Spaß, dich anzusehen. Deine Augen

wechseln ständig die Farbe. Einmal sind sie dunkelgrau wie der Rauch eines Torffeuers, im nächsten Moment hell wie das Wasser eines Sees. Solltest du jemals Geheimnisse haben, würden deine Augen sie sofort verraten." Er lächelte breit, als sie errötete. Sie blickte in ihr Weinglas, in dem der Chablis golden funkelte. „Du bist eine unglaublich hübsche Frau, Nelly."

Sie hob überrascht den Kopf. Er lachte leise, ergriff ihre Hand und führte sie an seine Lippen. „Aber ich glaube, das sollte ich dir nicht zu oft sagen. Sonst wirst du dir deines guten Aussehens bewusst und verlierst vielleicht deinen natürlichen Charme."

Er stand auf und zog sie mit sich. „Jetzt bringe ich dich in das Fitnesszentrum. Es ist mit allem ausgestattet, was Körper und Seele gut tut, und du sollst dir einen gründlichen Eindruck verschaffen."

„Das interessiert mich schon, aber ..."

„Ich werde Bescheid sagen, dass man dir das volle Programm bietet", fiel er ihr ins Wort. „Und wenn wir uns um sieben zum Dinner treffen, will ich keine Ringe mehr unter deinen Augen sehen."

Percy überließ Nelly der Obhut einer energischen dunkelhaarigen Frau, und das gesundheitsfördernde Programm begann. Man setzte Nelly zuerst in ein sauerstoffhaltiges Sprudelbad, dann in eine Sauna. Danach wurde sie massiert. Drei Stunden lang dauerte die Behandlung.

Einmal spielte sie mit dem Gedanken, sich wieder anzuziehen und sich heimlich fortzuschleichen. Als sie feststellte, dass ihre Kleidung nirgends zu sehen war, ergab sie sich jedoch in ihr Schicksal und bemerkte bald, wie sich die unbewusst aufgestauten Spannungen lösten.

Während der Massage dämmerte sie langsam in einen Halbschlaf hinüber. Wie aus weiter Ferne nahm sie die Unterhaltung der beiden Frauen wahr, die sich der gleichen Behandlung unterzogen wie sie.

„Vor zwei Jahren war ich schon einmal hier ... er sieht fantastisch aus ... eine blendende Partie ... und das viele Geld dazu ... Reynolds ist unermesslich reich."

Als Percys Name fiel, öffnete Nelly die Augen und horchte auf.

„Erstaunlich, dass es noch keinem raffinierten Weibsbild gelungen ist, sich diesen attraktiven Junggesellen zu angeln.“ Die rothaarige Frau strich sich eine schweißnasse Strähne hinter das Ohr und verschränkte die Arme unter dem Kinn.

„Herzchen, du kannst dich darauf verlassen, dass Dutzende es schon versucht haben.“ Die dunkelhaarige Gesprächspartnerin unterdrückte ein Gähnen und lächelte viel sagend. „Er hat bestimmt nichts dagegen, dass die Frauen ihm hinterherlaufen. Ein Mann wie Reynolds sonnt sich gern in weiblicher Bewunderung.“

„Ich schwärme auch für ihn.“

„Hast du seine Begleiterin gesehen? Ich beobachtete sie gestern Abend und heute am Swimmingpool.“

„Mm. Ich habe ihre Ankunft miterlebt, aber ich muss gestehen, dass ich nur Augen für ihn hatte. Sie ist doch so eine zierliche Blonde, nicht wahr?“

„Ja, aber ich glaube nicht, dass sie von Natur aus so blond ist.“

Nelly war anfänglich über diese Unterstellung empört, doch dann amüsierte sie sich. Soso, überlegte sie, man hält mich also allgemein für Percys neueste Errungenschaft. Es kann nicht schaden, wenn ich mir die Meinung des Volkes einmal anhöre.

„Glaubst du, dass die Neue ihn halten kann? Wer ist sie eigentlich?“

„Genau das wollte ich herausfinden.“ Die dunkelhaarige Frau verzog das Gesicht. „Es hat mich zwanzig Dollar gekostet, um zu erfahren, dass sie Nelly Clark heißt. Mehr war beim besten Willen nicht herauszubekommen. Nicht mal der gute alte Paul Bailey scheint etwas zu wissen. Es sieht so aus, als wäre sie vom Himmel gefallen. Hier war sie jedenfalls noch nie. Und ob sie ihn auf die Dauer halten kann …“ Sie hob die gleichmäßig gebräunten Schultern. „Man kann nie wissen. Er verschlingt sie buchstäblich mit den Augen. Unsereins könnte vor Neid erblassen.“

Skeptisch zog Nelly eine Augenbraue hoch.

„Ich glaube“, fuhr die Brünette fort, „er spricht auf große graue

Augen und eine blonde Mähne an. Tatsächlich ist das Mädchen auch ausgesprochen hübsch, frisch und natürlich."

Nelly stützte sich auf den Ellenbogen und lächelte die beiden Frauen an.

„Vielen Dank", sagte sie fest. Dann legte sie wieder den Kopf auf die verschränkten Arme und schmunzelte über die plötzliche Stille.

11. KAPITEL

Erfrischt und mit sich und der Welt zufrieden, kehrte Nelly in Percys Suite zurück. Unter dem Arm trug sie eine lange flache Schachtel. Trotz ihrer Auseinandersetzung mit der resoluten Verkäuferin war sie gut gelaunt.

Nach der dreistündigen Behandlung im Fitnesszentrum war Nelly in die Boutique zurückgegangen. Sie probierte das Kleid aus silberglänzender Seide an, das Percy so bewundert hatte, und richtete sich innerlich darauf ein, ihre Ersparnisse anzubrechen. Zu ihrer Verwunderung belehrte die Verkäuferin sie, dass Mr. Reynolds Nellys Rechnungen begleichen würde.

Verärgert über Percys Eigenmächtigkeit, stritt sie sich mit dem Mädchen, das sich jedoch nicht beirren ließ. Schließlich verließ Nelly die Boutique mit dem Kleid und schwor sich, das finanzielle Problem später mit Percy persönlich zu regeln.

Wenn sie schon als die geheimnisvolle Fremde galt, die Percy Reynolds umgarnte, benötigte sie auch die entsprechende Ausstattung.

Lächelnd ließ Nelly das Badewasser ein und fügte einen stark schäumenden Badezusatz hinzu. Sie genoss das heiße, duftende Wasser, als die Tür plötzlich aufging.

„Da bist du ja wieder“, sagte Percy und lehnte sich gegen den Türrahmen. „Hat's dir gefallen?“

„Percy!“ Nelly rutschte tiefer ins Wasser und bedeckte sich mit Schaum. „Ich bade gerade.“

„Ja, das sehe ich. Aber es ist nicht nötig, dass du dich dabei ertränkst. Möchtest du etwas trinken?“ Seine Stimme klang höflich und unpersönlich.

Nelly fiel die Unterhaltung der beiden Frauen wieder ein, und ihr Stolz regte sich. Es wird höchste Zeit, fand sie, es ihm mit gleicher Münze heimzuzahlen.

„Ja, gern.“ Sie schaute ihn so unbekümmert wie möglich an. „Bring mir bitte einen Sherry, wenn's dir keine Mühe macht.“

Innerlich triumphierte sie, als er erstaunt die Brauen hochzog. „Es macht mir durchaus keine Mühe." Er wandte sich ab und ließ die Tür halb offen. Nelly hoffte, dass der Schaum sich nicht auflöste, ehe sie aus der Wanne steigen und in ihren Bademantel schlüpfen konnte.

„Hier hast du deinen Sherry." Percy kam mit dem Glas zurück.

Nelly lächelte strahlend und probierte das Getränk. „Danke. Ein halbtrockener Sherry, genau richtig. Ich bin gleich fertig, falls du ins Bad möchtest."

„Du brauchst dich nicht zu beeilen", erwiderte er. „Ich kann ja das andere Bad benutzen."

„Wie du willst", entgegnete sie liebenswürdig. Sie atmete auf, als Percy den Raum verließ und die Tür hinter sich schloss. Erleichtert stellte sie das Glas mit dem restlichen Sherry auf den Wannenrand.

Ganze fünf Minuten lang blickte Nelly in den großen Spiegel. Silberglänzende Seide umschmeichelte ihren Busen und wurde von schmalen Schulterträgern gehalten. Der Schnitt des Kleides ließ ihren Rücken bis zur Taille frei. Der Rock fiel gerade über die sanft geschwungenen Hüften und die schlanken Beine, und ein Schlitz, der bis zur Mitte des Oberschenkels reichte, verschaffte ihr die nötige Bewegungsfreiheit. Das Haar hatte sie sich in duftigen Locken hochgesteckt. Nur einige Strähnen fielen ihr wie unabsichtlich in die Stirn.

Eine fremde Frau blickte Nelly aus dem Spiegel entgegen, und sie fühlte sich unbehaglich. Selbstkritisch gestand sie sich ein, dass die echte Nelly Clark das Versprechen, das die Frau im Spiegel andeutete, nicht halten konnte.

„Bist du fertig?" Percy klopfte, und seine Frage riss sie aus ihren Betrachtungen.

„Ja, ich komme gleich." Sie schüttelte den Kopf und lächelte sich aufmunternd zu. „Es ist ja nur ein Kleid", hielt sie den beiden Nellys entgegen und wandte sich vom Spiegel ab.

Als sie das Wohnzimmer betrat, schenkte Percy sich gerade einen Aperitif ein. Seine Hand erstarrte mitten in der Bewegung. Er holte tief Luft.

„Na so was", sagte er gedehnt, „du hast dir das Kleid also doch gekauft."

„Ja." Selbstbewusst näherte sie sich ihm. „Ich fand, meine jetzige Garderobe passt nicht zu einer Frau mit zweifelhaftem Ruf."

„Könntest du mir das bitte näher erklären?" Er reichte Nelly ein Glas.

Mechanisch ergriff sie es. „Ach, zufällig hörte ich, wie sich zwei Damen im Massageraum unterhielten." Sie blickte ihn spitzbübisch an, als sie das Glas auf die Bartheke stellte. „Percy, das war wirklich komisch. Du hast wahrscheinlich keine Ahnung, mit welchem Eifer die Gäste hier Anteil an deinen Affären nehmen." Während sie das Gespräch wiedergab, kicherte sie leise.

„Ich kann dir gar nicht sagen, wie gut es für mein Selbstbewusstsein ist, als geheimnisumwitterte Frau zu gelten und beneidet zu werden. Hoffentlich spricht es sich nicht herum, dass ich nur die Managerin eines Familienhotels in der Provinz bin. Das würde meinem Ansehen schaden."

„Selbst wenn es herauskäme, würde es ohnehin niemand glauben." Percy schien die Angelegenheit nicht so amüsant zu finden wie Nelly. Ernst nippte er an seinem Drink.

Verwundert fragte Nelly: „Ärgerst du dich, weil ich mir daraufhin das Kleid gekauft habe? Im Schaufenster gefiel es dir doch noch."

„Ich finde es immer noch schön." Er nahm ihre Hand, und endlich lächelte er. „Jetzt müssen wir natürlich Champagner trinken. Zu diesem eleganten Kleid passt kein anderes Getränk."

Percy und Nelly begannen das Essen mit Austern und Champagner. Ihr Tisch stand ganz oben in dem in mehrere Ebenen unterteilten Speisesaal, direkt vor einem Aquarium, das fast die ganze Wand einnahm. Als die klare Fleischbrühe serviert wurde, probierte Nelly den Wein und sah sich um.

„Es ist wunderschön hier, Percy."

„Ich lege auch Wert darauf, dass meine Gäste sich wohl fühlen." Er sprach zuversichtlich wie ein Mann, dessen Leistung höchstes Lob verdient.

„Wer sich in diesem Paradies nicht wohl fühlt, ist selbst schuld. Das Personal ist so höflich und gut geschult, dass man es kaum bemerkt. Man sieht nicht, wie gearbeitet wird. Trotzdem klappt alles vorzüglich. Ich nehme an, dass während der Wintermonate hier jedes Zimmer belegt ist."

„Das stimmt. Und wenn es sich einrichten lässt, vermeide ich es, meine Hotels während der Hochsaison zu besuchen."

„In ein paar Wochen beginnt bei uns die Sommersaison", begann sie.

Im nächsten Moment griff Percy nach ihrer Hand und hielt sie fest, während er gleichzeitig Champagner nachschenkte. „Es ist mir gelungen, dich den ganzen Tag über von deinem Lieblingsthema abzulenken. Mal sehen, ob wir es schaffen, auch den Abend über das Hotel Lakeside zu vergessen. Wenn wir morgen wieder zurück sind, können wir uns über Zimmerreservierungen und Stornierungen unterhalten. Ich rede nicht gern über Geschäftliches, wenn ich mit einer schönen Frau das Dinner genieße."

Nelly lächelte nachsichtig. „Worüber sprichst du denn am liebsten, wenn du mit einer schönen Frau zusammen bist?" entgegnete sie, vom Champagner beflügelt.

„Mehr über private Dinge." Er streichelte ihren Handrücken. „Zum Beispiel mache ich ihr gern Komplimente. Ich sage ihr dann, dass ihre Stimme wie das Rieseln eines Bachs im Frühling klingt, dass ich glaube, in ihren Augen den Sonnenaufgang zu sehen, und dass ich sie am liebsten küssen möchte, wenn sie lächelt." Er nahm Nellys Hand und drückte einen Kuss genau auf die Stelle, wo ihr Puls schlug.

Misstrauisch fragte sie: „Percy, machst du dich über mich lustig?"

„Nein." Seine Stimme klang weich. „Ganz im Gegenteil, Nelly."

Nelly lächelte glücklich und gestattete Percy, das Gespräch auf die angenehmen Dinge des Lebens zu lenken. Flackerndes Kerzenlicht, das gedämpfte Klirren von Kristall und Silber, leises Stimmengemurmel, dazu Percys verliebte Blicke ... Nelly wusste, dass sie diesen Abend nie vergessen würde.

„Lass uns einen Spaziergang machen." Percy stand auf und zog ihren Stuhl zurück. „Sonst schläfst du noch über deinem Champagner ein." Hand in Hand gingen sie zum Strand.

Sie schwiegen, genossen ihr Beisammensein und die laue Nacht. Orangenblüten dufteten betörend. Dieser Duft würde Nelly immer an den Mann erinnern, dessen Hand sie jetzt hielt. Konnte sie jemals wieder den Mond anschauen und im Sternenlicht spazieren gehen, ohne an ihn zu denken?

Morgen, dachte Nelly, dreht sich alles wieder ums Geschäft, und in ein paar Tagen wird Percy abreisen. Für mich ist er dann nur noch ein Name auf einem Briefkopf. Aber das „Lakeside" darf ich behalten, tröstete sie sich. Von irgendwelchen Änderungen war nicht mehr die Rede gewesen. Sie hätte dann ihre Heimat, ihre Arbeit und ihre Erinnerungen, was schon mehr wäre, als manche Menschen je besessen hatten.

„Frierst du?" fragte Percy, weil sie erschauerte. Hatte er ihre Gedanken gelesen? „Du zitterst." Er legte den Arm um ihre Schultern. „Dann gehen wir lieber zurück."

Sie nickte stumm und zwang sich, nicht mehr an den nächsten Tag zu denken. Ihre Spannung löste sich. Der Champagner tat seine Wirkung, und sie beschloss, ihrer beschwingten Laune nachzugeben.

„Ach, Percy", flüsterte sie, als sie das Foyer durchquerten. „Da ist eine der Frauen, die ich heute bei der Massage belauscht habe." Nelly deutete auf die dunkelhaarige Dame, die sie mit unverhohlener Neugier musterte.

„Soso." Percy drückte auf den Knopf, um den Aufzug herbeizuholen.

„Ob ich ihr zuwinken soll?" fragte Nelly übermütig.

„Nein, ich habe eine viel bessere Idee."

Ehe sie seine Absicht erkannte, zog er sie in die Arme und küsste sie mit einer Glut, die ihr beinahe den Atem nahm. Als Percy sie wieder losließ, sah Nelly, wie die Brünette die Augen weit aufriss und staunend hinter ihr hersah.

Als die Tür der Suite hinter ihnen zufiel, lachte Nelly Percy an. „Wirklich schade, dass ich keine ruchlose Vergangenheit habe, die sie ausgraben könnte."

„Mach dir darüber keine Gedanken. Sie wird dir schon eine andichten. Möchtest du einen Cognac?" Er trat an die Bar und ließ die Spiegelwand zurückgleiten.

„Nein, meine Nase ist ganz taub."

„Ach so. Ist das ein Geburtsfehler oder ein vorübergehender Zustand?"

„Das ist", erklärte Nelly, während sie sich auf einen Barhocker schwang, „das Signal, keinen Alkohol mehr zu trinken. Wenn meine Nase taub wird, habe ich schon mehr getrunken, als ich vertrage."

„Aha." Percy schenkte sich einen Cognac ein. „Dann wird also nichts aus meinem Plan, dich erst unter Alkohol zu setzen und dann zu verführen."

„Leider nein."

„Wofür hast du eine besondere Schwäche, Nelly?"

Für dich, hätte sie beinahe geantwortet. Doch sie besann sich noch rechtzeitig. „Ich habe eine Schwäche für schummrige Beleuchtung und sanfte Musik."

„Tatsächlich?"

Ein Zauber tauchte den Raum plötzlich in gedämpftes Licht und leise Musik.

„Wie hast du das gemacht?"

Er setzte sich neben sie. „Hinter dem Regal befindet sich eine Schaltanlage."

„Wunder der Technik." Nellys Sinne waren hellwach, als Percy die Hand auf ihren Arm legte.

„Ich möchte mit dir tanzen.“ Er zog sie vom Barhocker. „Dein Haar duftet nach Wiesenblumen. Lass es fallen, damit ich es berühren kann.“

„Percy, ich ...“

„Pst.“ Vorsichtig zog er eine Haarnadel nach der anderen heraus, bis die Locken weich über die Schultern fielen. Er streichelte ihr Haar, ehe er Nelly in die Arme schloss.

Langsam bewegten sie sich zum Rhythmus der Musik, wobei er Nelly fest an sich zog. Ihre anfängliche Nervosität legte sich, und sie fühlte sich beinahe schläfrig und wohlig entspannt. Zärtlich schmiegte sie die Wange an seine Schulter.

„Willst du mir nicht endlich verraten, wie du mit vollem Namen heißt?“ flüsterte er ihr ins Ohr.

„Das weiß keiner außer mir“, antwortete sie verträumt. „Selbst das FBI rätselt daran herum.“

„Dann werde ich mich wohl an deine Mutter wenden müssen.“

„Auch sie erinnert sich nicht mehr“, seufzte Nelly.

„Wie unterschreibst du denn amtliche Dokumente?“ Er streichelte ihre Hüfte.

„Mit Nelly Clark.“

„Aber in deinem Reisepass muss doch der richtige Name stehen.“

Sie hob die Schultern. Dabei streiften ihre Lippen unabsichtlich seinen Hals. „Bisher habe ich noch nie einen Reisepass benötigt.“

„Aber du brauchst einen, wenn du nach Rom fliegst.“

„Ja, wenn ich demnächst meine Weltreise antrete, werde ich mich um einen Pass kümmern müssen. Dann unterschreibe ich natürlich mit Petronella.“ Sie amüsierte sich köstlich, weil er nicht merkte, dass sie ihm ihren ursprünglichen Namen verraten hatte. Spitzbübisch lächelnd blickte sie ihn an, und er gab ihr einen Kuss.

„Nelly“, flüsterte er und presste sie an sich. „Ich möchte ...“

„Küss mich noch einmal, Percy.“ Champagner und Liebe umnebelten ihre Sinne. „Küss mich richtig“, flüsterte sie. Ohne auf die warnende Stimme der Vernunft zu achten, schloss sie die Augen.

Erneut flüsterte er ihren Namen. Dann stöhnte er leise und riss sie heftig an sich.

Nelly taumelte, als er sie leidenschaftlich wie nie zuvor küsste. Der Raum schien zu kreisen, und dann bettete Percy sie auf den weichen Teppich.

Während er ihr Gesicht und ihren Hals liebkoste, schob sich seine Hand unter die kühle Seide ihres Rocks und streichelte ihre glühende Haut.

Nelly erwiderte seine Zärtlichkeiten. Scheu tastete sie über seinen muskulösen Rücken. Er begehrte sie fordernd, seine Lippen und Hände erregten sie und erweckten ihre Sehnsucht und Erwartung.

Unvermittelt hob Percy den Kopf und sah ihr in die Augen, in denen sich ihre Wünsche, aber auch ihre Angst widerspiegelten. Dann stand er auf und zog sie mit sich.

„Geh jetzt ins Bett“, befahl er rau. Er trat an die Bar und schenkte sich noch einen Cognac ein.

Nelly erstarrte. Sie begriff nicht, dass er sie zurückstieß.

„Hast du mich nicht gehört? Ich sagte, du sollst jetzt ins Bett gehen.“ Mit einem Zug leerte er das Glas und zog dann eine Packung Zigaretten aus der Tasche.

„Percy, das verstehe ich nicht. Ich dachte …“ Vor Scham und Enttäuschung kamen ihr beinahe die Tränen. „Ich dachte, du begehrst mich.“

„Das stimmt auch.“ Er inhalierte den Rauch der Zigarette. „Und jetzt geh schlafen.“

„Percy.“ Sie prallte vor seiner Wut zurück.

„Geh, sonst vergesse ich alle Anstandsregeln.“

Nelly straffte die Schultern und schluckte ihre Tränen mühsam herunter. „Na schön, du bist der Boss.“ Ohne Rücksicht auf seinen Zorn fuhr sie fort: „Aber etwas solltest du dir merken. Was ich dir eben anbot, wird sich nicht wiederholen. Nie wieder lasse ich mich von dir in die Arme nehmen. Von jetzt an ist unsere einzige Verbindung das ‚Lakeside‘.“

„Darüber reden wir später“, entgegnete er kurz und wandte sich ab, um sich den nächsten Cognac einzugießen. „Mach jetzt, dass du ins Bett kommst.“

Nelly lief hinaus und schloss die Tür zu ihrem Zimmer hinter sich ab.

12. KAPITEL

Wie ein verletztes Kind, das sich in die Arme der Mutter wirft, flüchtete Nelly sich in die Arbeitsroutine. Auf dem Rückflug hatte sie mit Percy kaum drei Worte gewechselt. Er beschäftigte sich mit irgendwelchen Papieren, und sie vergrub sich hinter einer Zeitung.

Für sie war es kein Problem, Percy während der nächsten drei Tage aus dem Weg zu gehen. Und auch er mied jede Begegnung.

Hingebungsvoll baute Nelly um sich herum einen Schutzwall aus Hass und Groll auf, hinter dem sie sich verschanzen konnte, wenn Percy sie und das Hotel verlassen würde.

Zu ihrem größten Verdruss hielt Eliza sich immer noch im „Lakeside" auf. Obwohl Nelly bemerkte, dass Percy sich Eliza nur selten widmete, wirkte die Anwesenheit dieser Frau auf sie wie Salz in einer offenen Wunde. Jedes Mal, wenn sie Eliza sah, erinnerte sie sich kläglich und verwirrt an ihre Beziehung zu Percy.

Nelly begriff Percys Verhalten nicht. Sie war fest davon überzeugt, dass er sie in der letzten Nacht in seinem Hotel begehrt hatte. Aber er war wohl von ihrer Unerfahrenheit enttäuscht.

Um jeden unnötigen Kontakt mit ihm zu vermeiden, richtete Nelly sich für die Dauer seines Aufenthalts im Familienhotel „Lakeside" ein Büro in ihrem Zimmer ein. Eines Nachmittags, als sie sich mit den Papieren beschäftigte, wurde sie plötzlich aus ihrer Arbeit gerissen. Erschrocken sprang sie auf. Rechnungen und Lieferscheine fielen zu Boden. Über ihrem Zimmer hörte sie Schreie und trampelnde Schritte. Blitzartig stürmte Nelly in das dritte Geschoss. Die Geräusche kamen eindeutig aus Zimmer 314. Sie riss die Tür auf und schnappte entsetzt nach Luft. Im ersten Moment blieb sie wie gelähmt auf der Schwelle stehen.

Mitten auf dem handgeknüpften runden Teppich focht Eliza mit einem Zimmermädchen einen wilden Streit aus. Eddie tanzte aufgeregt um die beiden Frauen herum und versuchte vergeblich, den Kampf zu schlichten.

„Meine Damen, bitte." Nelly stürzte sich mutig in das Handgemenge. Beschimpfungen und Anschuldigungen waren die Folge. Nelly breitete die Arme aus, um die beiden streitbaren Frauen voneinander zu trennen.

„Louise, Miss Trainor ist unser Gast. Was ist denn in dich gefahren?" Erfolglos versuchte sie das stämmige Zimmermädchen zur Seite zu ziehen, dann wandte sie sich Eliza zu. „Bitte, schreien Sie doch nicht so, ich kann ja kein Wort verstehen."

Nelly merkte, dass sie selbst geschrien hatte, senkte bewusst die Stimme und drängte Eliza von Louise zurück. „Bitte, Miss Trainor, Louise ist halb so groß und doppelt so alt wie Sie. Nehmen Sie doch bitte Rücksicht. Sie tun ihr ja weh."

„Fassen Sie mich nicht an!" Abwehrend hob Eliza den Arm, und ihre Faust traf scheinbar zufällig Nellys Kinn.

Nelly taumelte zurück und stürzte mit dem Kopf gegen einen Bettpfosten. Vor ihren Augen tanzten Sterne, die ganz plötzlich erloschen. Sie spürte nur noch, wie sie an der Bettstelle entlang langsam zu Boden sackte.

„Nelly!" Ihr schien, als riefe jemand durch einen langen Tunnel ihren Namen. Sie stöhnte und öffnete langsam die Augen. „Bleib ganz still liegen", befahl Percy. Vorsichtig blickte sie in sein besorgtes Gesicht. Er beugte sich über sie und strich ihr sanft das Haar aus der Stirn.

„Was ist passiert?" Sie wollte sich aufrichten, Percy drückte sie jedoch zurück.

„Genau das möchte ich auch gerne wissen." Er drehte den Kopf, und Nelly folgte seiner Bewegung. Auf dem kleinen zweisitzigen Sofa saß Eddie und hielt die schluchzende Louise im Arm. Eliza stand am Fenster und wandte ihnen das Profil zu. Ihr Mund war ein schmaler Strich.

„Ach du meine Güte." Die Erinnerung kehrte zurück, und Nelly schloss wieder die Augen. Bewusstlosigkeit hatte auch ihre Vorteile. „Diese Leute veranstalteten mitten im Zimmer einen Ringkampf. Leider gab mir Miss Trainor dabei einen Kinnhaken."

Percy hörte auf, Nellys Wange zu streicheln. „Sie hat dich geschlagen?"

„Das habe ich nicht absichtlich getan, Percy." Eliza ließ Nelly nicht zu Wort kommen. Sie schien aufrichtig bekümmert zu sein. „Ich wollte nichts weiter als die vorsintflutlichen Gardinen abnehmen, als dieses Dienstmädchen hereinkam." Hoheitsvoll deutete sie auf Louise. „Sie schrie und griff mich tätlich an. Dann kam der da." Sie zeigte auf Eddie, ehe sie die Hand über ihre Augen legte. „Und plötzlich tauchte Miss Clark wie aus heiterem Himmel auf, brüllte mich auch noch an und stieß mich zurück. Es war schrecklich." Eliza schüttelte sich und rang sichtlich nach Fassung. „Ich wollte mich doch nur wehren. Wie kommt sie eigentlich dazu, in mein Zimmer einzudringen? Keiner von diesen Leuten hier hat das Recht dazu."

„Und sie hat kein Recht, die Gardinen abzunehmen", mischte sich Louise ein und zerknüllte nervös Eddies Taschentuch. Mit dem feuchten Lappen deutete sie so lange auf das Fenster, bis alle Anwesenden ihrem Blick folgten. Der weiße Tüll hing schlaff und unordentlich an der Stange. „Sie bezeichnete die Vorhänge als unmodern und unpraktisch, wie alles andere in diesem Haus. Dabei habe ich sie erst vor zwei Tagen gewaschen." Louise bedeckte ihren wogenden Busen mit der Hand. „Es kommt gar nicht in Frage, dass sie wieder schmutzig werden. Ich habe Miss Trainor höflich gebeten, sie nicht anzufassen."

„Höflich?" rief Eliza schrill. „Sie sind über mich hergefallen wie eine Wilde."

„Ich wurde erst deutlicher", entgegnete Louise würdevoll, „als sie nicht vom Stuhl steigen wollte. Stell dir vor, Nelly, sie stand auf dem guten Bentwood-Stuhl. Wie kann sich jemand nur auf so ein schönes Stück stellen!" Louise vergrub ihr Gesicht an Eddies Schulter, unfähig, weiterzusprechen.

„Percy." Eliza strich sich eine Locke hinter ihr Ohr und trat auf ihn zu. In ihren Augen blitzten Tränen. „Erlaubst du, dass dieses Weibsbild so über mich spricht? Ich will, dass du sie sofort entlässt.

Sie hätte mir wer weiß was antun können, als sie mich vom Stuhl zog. Die Frau ist ja nicht ganz richtig im Kopf." Flehend legte Eliza Percy die Hand auf die Schulter, und die ersten Tränen tropften über ihre Wangen.

Entrüstet über diesen weiblich-hilflosen Auftritt richtete Nelly sich auf. Sie wehrte Percy ab, der sie zurückdrücken wollte. „Mr. Reynolds, bin ich noch Managerin dieses Hotels?"

„Jawohl, Miss Clark."

Seine Stimme klang wütend, aber Nelly achtete nicht darauf. „Großartig, Miss Trainor, ich entscheide, wer hier eingestellt oder entlassen wird. Wenn Sie sich beschweren wollen, tun Sie das bitte schriftlich. Ich möchte Sie jedoch gleich darauf hinweisen, dass Sie für jeden Schaden, den Sie in diesem Zimmer oder sonst wo anrichten, aufkommen müssen. Und nehmen Sie bitte zur Kenntnis, dass Louise in diesem Fall die volle Unterstützung des Hauses genießt."

„Percy!" Eliza schäumte vor Zorn. „Muss ich mir das gefallen lassen?"

„Mr. Reynolds", schnitt Nelly ihr das Wort ab, während sie sich nach einem Aspirin und Ruhe sehnte, „bringen Sie Miss Trainor bitte in den Aufenthaltsraum und bieten Sie ihr auf Kosten des Hauses etwas zu trinken an. Ich schlage vor, wir setzen diese Diskussion später fort."

Percy nickte zögernd. „In Ordnung, wir reden zu einem anderen Zeitpunkt weiter. Und du bleibst heute den ganzen Tag im Bett, Nelly. Ich sorge dafür, dass du nicht gestört wirst."

Erst nachdem Eddie und Louise sich mitfühlend bei Nelly bedankt hatten, konnte sie sich in ihr Zimmer zurückziehen. Sie stieg über die verstreut herumliegenden Rechnungen und Lieferscheine hinweg, holte sich das so dringend notwendige Aspirin und rollte sich dann auf ihrer Bettdecke zusammen. Vage bekam sie noch mit, dass die Tür aufging, und dann spürte sie, wie eine Hand über ihr Haar strich. Doch sie schlief schon halb und wusste nicht, ob der auf ihre Lippen gehauchte Kuss Traum oder Wirklichkeit war.

Als Nelly aufwachte, hatte das heftige Pochen in ihren Schläfen nachgelassen. Der Schmerz war zumindest erträglich geworden. Sie richtete sich auf und betrachtete staunend den ordentlichen Papierstapel auf ihrem Schreibtisch. Vielleicht habe ich nur geträumt, vermutete sie, als sie sah, dass auf dem Boden kein einziges Blatt mehr lag. Oder ich habe das alles selbst aufgehoben und weiß es jetzt nicht mehr.

Sie betastete ihren Hinterkopf und zuckte zusammen, als ihre Finger die Beule berührten. Wer einen Streit schlichten will, kriegt immer die meisten Prügel ab, dachte sie entrüstet. Sie beschloss, nach unten zu gehen und mit Percy zu sprechen.

In der Eingangsdiele begegnete sie Eddie, Maggie und Louise, die sich leise, aber dennoch heftig miteinander stritten. Seufzend ging Nelly zu ihnen, um wieder einmal Frieden zu stiften.

„Ach, du bist es, Nelly“, wunderte sich Maggie. „Mr. Reynolds sagte, du dürftest nicht gestört werden. Wie geht es dir? Louise hat uns gesagt, Miss Trainor hätte dir einen Kinnhaken versetzt.“

„Alles halb so schlimm.“ Nellys Blick wanderte von einem ernsten Gesicht zum anderen. „Weswegen habt ihr euch gezankt?“

Die drei schwatzten gleichzeitig los. Mit einer Hand berührte Nelly den immer noch schmerzenden Kopf, die andere hob sie gebieterisch. „Eddie, du erzählst“, entschied sie.

„Es ging um den Architekten“, begann er, worauf sie fragend die Brauen hochzog.

„Welchen Architekten meinst du?“

„Na, den, der hier war, als du so plötzlich nach Florida abreisen musstest. Nur wussten wir natürlich nicht, dass er Architekt war. Liz meinte, er sei Künstler, weil er immer mit Block und Bleistift durch die Gegend lief und Skizzen machte.“

Nelly machte sich auf einen unzusammenhängenden Bericht gefasst, seufzte und fragte: „Wovon hat er denn Skizzen gemacht?“

„Vom Hotel natürlich“, rief Eddie nachdrücklich. „Aber er war gar kein Künstler.“

„Er war nämlich Architekt“, mischte sich Maggie ein, die sich nicht länger zurückhalten konnte. Eddie warf ihr einen tadelnden Blick zu.

„Und woher weißt du, dass er Architekt war?“ Nelly fragte sich, warum sie sich trotz ihrer Kopfschmerzen überhaupt mit dieser lächerlichen Angelegenheit befasste.

„Weil Louise hörte, wie er mit Mr. Reynolds am Telefon sprach.“

Nelly wandte sich an das Zimmermädchen und spürte ein flaues Gefühl in der Magengrube. „Du hast doch nicht etwa das Gespräch belauscht, Louise?“

„Ich habe nicht gelauscht“, verteidigte sich Louise würdevoll. Nelly blickte sie strafend an, und schließlich gab sie kleinlaut zu: „Na ja, ich wollte nicht horchen, bis ich hörte, dass es um das Hotel ging. Ich hatte nämlich vor, im Büro Staub zu wischen, und weil Mr. Reynolds telefonierte, wartete ich so lange draußen. Als er etwas von einem Neubau sagte und der Name Fletcher fiel, kam mir plötzlich wieder in den Sinn, dass der Mann so hieß, der ständig mit einem Zeichenblock herumlief.“ Sie schaltete eine Pause ein, um die Spannung zu erhöhen, und blickte triumphierend in die Runde. „Eine Zeit lang drehte sich das Gespräch nur um Maße und Bauholz. Doch dann sagte Mr. Reynolds, er sei Mr. Fletcher sehr dankbar, weil er seinen eigentlichen Beruf verschwiegen hätte.“

„Nelly“, begann Eddie eindringlich und klammerte sich an ihren Arm, „glaubst du, er lässt das Hotel doch umbauen oder vielleicht sogar abreißen? Werden wir dann alle entlassen?“

„Nein.“ Nellys Kopf schmerzte bereits wieder höllisch, deshalb antwortete sie schärfer als gewöhnlich. „Nein, es kann sich nur um einen Irrtum handeln. Ich werde mich darum kümmern. Jetzt geht alle wieder an die Arbeit. Und erzählt keinem Menschen ein Wort davon.“

„Es handelt sich nicht um einen Irrtum.“ Eliza schwebte auf die Gruppe zu.

„Ich habe gesagt, ihr sollt wieder an die Arbeit gehen“, wiederholte Nelly in einem Ton, der keinen Widerspruch duldete.

Eddie und die beiden Frauen entfernten sich, und erst außer Hörweite tuschelten sie wieder miteinander.

„Ich habe keine Zeit für Sie, Miss Trainor, ich bin sehr beschäftigt."

„Gewiss, aber Percy möchte gern mit Ihnen sprechen."

Verdrossen nahm Nelly den Köder an. „Wirklich?"

„Oh ja. Er will Ihnen erläutern, was er mit diesem kleinen Betrieb vorhat. Sie werden staunen." Eliza musterte sorgfältig die Diele.

„Wissen Sie über seine Pläne Bescheid?" erkundigte sich Nelly.

„Sie glauben doch nicht im Ernst, dass er hier alles beim Alten lässt, nur weil Sie es wünschen." Eliza lachte hell auf und schnippte eine winzige Fluse von ihrer türkisgrünen Bluse. „Zu so großzügigen Gesten lässt Percy sich nicht hinreißen. Dazu ist er viel zu praktisch und geschäftstüchtig. Es kann natürlich sein, dass er Ihnen eine untergeordnete Stellung einräumt, wenn das Projekt erst einmal vollendet ist. Sie sind wohl kaum im Stande, einen großen Hotelkomplex zu leiten, aber gewisse Fähigkeiten kann man Ihnen nicht absprechen. Ich an Ihrer Stelle würde mir natürlich die Demütigung ersparen und von selbst gehen."

„Soll das heißen", erwiderte Nelly und betonte jedes einzelne Wort, „dass Percy fest entschlossen ist, aus diesem Familienhotel ein Ferienzentrum zu machen?"

„Natürlich, was dachten Sie denn?" Eliza lächelte nachsichtig. „Wozu sollte er sonst mich und einen Architekten engagieren? Aber machen Sie sich keine Sorgen. Wie ich ihn kenne, wird er das Personal nicht entlassen. Vorläufig jedenfalls nicht."

Eliza lächelte, drehte sich um und ließ Nelly stehen. Fassungslos sah sie Eliza nach.

Nachdem Nellys erste Verzweiflung abgeklungen war, spürte sie eine kalte Wut. Sie nahm jeweils zwei Stufen auf einmal und stürmte die Treppe hinauf in ihr Zimmer. Zehn Minuten später hetzte sie wieder wie wild die Treppe hinunter und platzte ins Büro, ohne anzuklopfen.

„Nelly." Percy stand vom Schreibtisch auf und blickte verdutzt in ihr hochrotes Gesicht. „Du sollst doch im Bett bleiben."

Schweigend warf sie ein Blatt Papier auf den Schreibtisch. Er nahm es in die Hand und überflog ihren Kündigungsbrief. „Das haben wir doch schon einmal durchexerziert."

„Du gabst mir dein Wort." Ihre Stimme zitterte enttäuscht über den Vertrauensbruch, doch trotzig schob sie das Kinn vor. „Von mir aus kannst du diese Kündigung auch zerreißen. Das ändert aber nichts an der Tatsache, dass ich gehe. Suchen Sie sich ein neues Spielzeug, Mr. Reynolds, ich bin mir für Ihre Verzögerungstaktik zu schade."

Als sie aus dem Büro rauschte, prallte sie mit Eddie zusammen. Sie stieß ihn rücksichtslos zur Seite und hastete wieder die Treppe hinauf. In ihrem Zimmer zerrte sie die Koffer aus dem Schrank und schleuderte planlos alles hinein, was ihr in die Hände kam – Kleidungsstücke, Kosmetikartikel und allerlei Kleinigkeiten.

Sie wirbelte herum, als sie hörte, dass jemand ihr Zimmer betrat. Es war Percy.

„Raus hier!" schnauzte sie ihn an und wünschte sich sehnlichst, sie wäre groß und stark genug, um ihn wahrhaftig aus dem Raum zu werfen. „Bis ich weg bin, ist das hier noch mein Zimmer."

„Das ist ja ein fantastisches Durcheinander", stellte er ruhig fest. „Hör lieber auf damit, denn du fährst nirgendwo hin."

„Doch, sobald ich meine Sachen gepackt habe, verschwinde ich." Um ein Haar hätte sie den Topf mit dem Schwertfarn auf die Unterwäsche geworfen. „Ich will nicht mehr für dich arbeiten und auch nicht noch länger mit dir unter einem Dach wohnen. Du hast mir ein Versprechen gegeben und es gebrochen." Zornig blitzte sie ihn an und verwünschte sich, weil ihr die Tränen kamen. „Ich habe dir geglaubt. Ich habe dir vertraut. Wie konnte ich nur so dumm sein! Ich kann dich nicht davon abhalten, irgendwelche Änderungen vorzunehmen, und irgendwie hätte ich mich schon angepasst. Aber was ich nicht ertragen kann, ist Unehrlichkeit."

Ungeduldig wischte Nelly sich die Tränen mit dem Handrücken fort. „Ach, verflixt noch mal!“ Sie drehte sich um und riss hektisch Bilder von der Wand. „Schade, dass ich kein Mann bin.“

„Wenn du ein Mann wärst, hätten wir diesen Auftritt vermieden. Und wenn du nicht gleich damit aufhörst, das Zimmer auseinander zu nehmen, werde ich dich gewaltsam daran hindern. Das täte mir Leid, denn ich finde, für heute hast du schon genug durchgemacht.“

Percys Stimme klang gelassen und amüsiert. In ihre Wut über seinen Wortbruch mischte sich die Verzweiflung über ihre unglückliche Liebe.

„Lass mich jetzt allein.“

„Leg dich hin, Nelly, und später unterhalten wir uns in aller Ruhe.“

„Wage es nicht, mich anzurühren“, fauchte sie, als er sie in die Arme ziehen wollte. „Ich meine es ernst, Percy. Wenn du mich anfasst, kannst du etwas erleben.“

Er ließ die erhobenen Hände wieder sinken. „Na schön, wie du willst.“ Er sah sie grollend an. Mit trügerischer Ruhe fuhr er fort: „Vielleicht erklärst du mir mal, was ich dir angetan habe.“

„Das weißt du sehr gut.“

„Ich will es aber noch einmal von dir hören“, beharrte er. Er trat einen Schritt zurück und zündete sich eine Zigarette an.

„Während wir in Florida waren, hast du einen Architekten herkommen lassen.“

„Fletcher?“ Er betrachtete sie aufmerksam. „Was ist mit ihm?“

„Das willst du noch wissen?“ entrüstete sich Nelly. „Hinter meinem Rücken hat er ungehindert Skizzen angefertigt. Dir traue ich sogar zu, dass du extra mit mir nach Florida geflogen bist, um ihm freie Bahn zu verschaffen.“

„Das war tatsächlich ein Gesichtspunkt.“

Dieses offene Eingeständnis verschlug Nelly die Sprache.

„Nelly“, bat Percy drängend, „erzähl mir einmal der Reihe nach, was du weißt.“

„Eliza war so freundlich, mich aufzuklären“, erwiderte sie zynisch. „Wenn du genauer Bescheid wissen willst, dann geh doch zu ihr."

„Eliza ist abgereist. Ich habe sie darum gebeten. Nelly, glaubst du, ich wollte sie noch hier behalten, nachdem sie dich geschlagen hat?" Seine Stimme klang weich, und ihre Tränen flossen noch heftiger. Hastig wischte sie sie fort. „Erzähl mir, Nelly, was hat sie dir gesagt?"

„Sie hat mir alles berichtet. Dass du den Architekten bestellt hast, damit er Pläne entwirft, wie das Hotel in ein Ferienzentrum umgestaltet werden kann, und dass ich von meinem Posten abgesetzt werde, weil ich zu unerfahren bin, um einen großen Betrieb zu leiten." Sie brach ab und fuhr nach einer Weile leidenschaftlich fort: „Es ist schon schlimm genug, dass du mich belogen und dein Wort gebrochen hast, aber das alles könnte ich dir noch verzeihen. Viel schlimmer ist, dass diese Landschaft verändert werden soll. Viele Leute werden ihr Einkommen verlieren, damit du noch ein paar Dollar mehr verdienst! Dein Hotel in Palm Beach ist wunderschön und passt genau dorthin, aber dieses kleine Haus ..."

„Sei still, Nelly." Er drückte die Zigarette aus und schob die Hände in die Taschen. „Ich habe Fletcher aus zwei Gründen herbeordert. Erstens sollte er mir ein Haus für ein Grundstück entwerfen, das ich letzte Woche über einen Makler gekauft habe. Es liegt ungefähr fünfzehn Kilometer außerhalb der Stadt auf einem Hügel mit Blick auf den See. Du kennst es bestimmt."

„Wozu brauchst du ein Grundstück?"

„Zweitens", fuhr er fort, ohne ihren Einwand zu beachten, „sollte er prüfen, ob es möglich ist, dieses Hotel zu vergrößern, ohne dass sich dadurch der Gesamteindruck ändert. Das Büro ist viel zu klein, Nelly. Ich brauche bedeutend mehr Platz, da ich vorhabe, mein Büro von New York hierher zu verlegen, wenn wir erst einmal verheiratet sind."

„Ich verstehe nicht ..." Verwirrt brach sie ab und erstarrte. Ihre Gedanken wirbelten durcheinander, und sie vergaß sogar ihre

Kopfschmerzen. „Wie kommst du darauf, dass ich dich heiraten werde?“ stieß sie schließlich hervor.

„Du wirst mich schon heiraten“, antwortete er und lehnte sich gegen den Schreibtisch. „Aber geh lieber erst zu deinen Angestellten und sag ihnen Bescheid, dass hier alles beim Alten bleibt. Am Hotel wird nichts verändert, und du arbeitest auch künftig als Managerin. Mit einigen Einschränkungen natürlich.“

„Einschränkungen welcher Art?“ Ihre Knie wurden weich, und sie sank auf einen Stuhl.

„Es macht mir nichts aus, mein Büro in dieses Haus zu verlegen, aber eine Hotelzimmerehe möchte ich nicht führen. Wir werden in unserem neuen Heim am See wohnen, und Eddie kann dich vertreten, wenn du nicht hier bist. Es wird Zeit, dass er lernt, selbstständig zu arbeiten, denn in drei Wochen fliegen wir ja schon nach Rom.“

„Rom?“ wiederholte sie fassungslos. Sie erinnerte sich verschwommen, dass sie sich irgendwann einmal über einen Reisepass und Rom unterhalten hatten.

„Ja, deine Mutter schickt deine Geburtsurkunde, damit du einen Pass beantragen kannst.“

„Meine Mutter?“ Nelly kam sich vor wie ein Papagei. Sie stand auf und trat ans Fenster, um ihre Verwirrung abzuschütteln. „Du scheinst ja alles bis ins Kleinste geplant zu haben.“ Sie rang nach Fassung. „Nach meinen Gefühlen fragst du wohl gar nicht?“

„Deine Gefühle kenne ich.“ Er legte die Hände auf ihre Schultern, und sie verkrampfte sich. „Ich sagte dir doch schon einmal, dass deine Augen jedes Geheimnis verraten.“

„Du kannst froh sein, dass ich dich liebe.“ Sie schluckte und beobachtete einen Sonnenstrahl, der durch das Laub der hohen Bäume fiel.

„Ja, das vereinfacht alles.“ Er massierte leicht ihre Schultern, doch ihre Verkrampfung löste sich nicht.

„Warum möchtest du mich heiraten, Percy?“

„Warum wohl, was glaubst du?“

Sie fühlte, wie er ihr Haar küsste, und schloss die Augen. „Du brauchst mich nicht zu heiraten, nur um mich in dein Bett zu ziehen, das wissen wir beide." Sie holte tief Luft und fuhr fort: „Am ersten Abend, als du mein Zimmer betratst, hattest du schon gewonnen."

„Das genügt mir nicht." Er umfasste ihre Taille und zog sie an sich. Sie kämpfte gegen ihre Gefühle an. „In dem Augenblick, als du in das Büro gestürmt kamst und mich beschimpftest, dass mir Hören und Sehen verging, stand für mich fest, dass ich dich heiraten wollte. Ich wusste, dass ich dich dazu bringen würde, mich zu lieben. Das spürte ich, als ich dich zum ersten Mal in den Armen hielt. Aber das reichte mir nicht. Ich wollte, dass du mich von ganzem Herzen liebst."

„Und bis du das erreichtest", ergänzte sie bitter, „hast du dich mit Eliza amüsiert."

Er schüttelte sie so heftig, dass ihr das Haar um den Kopf flog. „Ich habe weder Eliza noch eine andere Frau angerührt, nachdem ich dich kennen gelernt hatte. Als sie sich in ihrem Negligee produzierte, hat sie das nur getan, um dich zu ärgern. Und du warst so naiv, darauf hereinzufallen. Glaubst du, ich hätte eine andere Frau anrühren können, ohne mir vorzukommen wie ein Verräter?"

Nelly konnte Percy nicht antworten, denn er verschloss ihr den Mund mit einem Kuss.

„In den zwei Wochen, die wir uns jetzt kennen, hättest du mich beinahe zum Wahnsinn getrieben", sagte er zwischen zwei Küssen. Dann umfasste er ihr Gesicht und fragte: „Habe ich dir eigentlich schon gesagt, dass ich dich liebe?"

Nelly konnte vor Überraschung nicht antworten. Stumm schüttelte sie den Kopf.

„Dabei liebe ich dich, seit wir uns auf dem Sportplatz darüber stritten, wer Recht hatte, die jungen Burschen oder du."

Sie schlang die Arme um seinen Hals und drückte ihn so fest an sich, als befürchtete sie, er würde fortlaufen. „Percy, warum hast du damit so lange gewartet?"

Amüsiert zog er die Brauen hoch, und beschämt erinnerte sie sich, dass sie sich erst seit zwei Wochen kannten.

„Die vierzehn Tage kommen mir wie Jahre vor“, behauptete sie und lehnte ihren Kopf an seine Schulter. „Was habe ich gesagt? Wie Jahrhunderte.“

„Und während dieser Jahrhunderte“, erwiderte er, während er ihr Haar streichelte, „hast du dich erfolgreich dagegen gewehrt, dass ich dir meine Liebe gestehen konnte. An dem Tag, als ich in das Aufenthaltszimmer kam und du die Whiskyflaschen zähltest, hatte ich vor, Freundschaft mit dir zu schließen. Doch du zeigtest mir wirkungsvoll die kalte Schulter. Schließlich kam ich auf die Idee, einen Ortswechsel vorzunehmen, um woanders ganz von vorn mit dir anzufangen. Es war wie ein Geschenk des Himmels, dass Bailey aus Florida hier anrief.“

„Aber sagtest du nicht, du hättest in Florida ein Problem zu lösen?“

„Das war eine Lüge“, gab er zu und lachte. „Ich hatte im Sinn“, erklärte er, während er sich in einen Sessel sinken ließ und Nelly auf seinen Schoß zog, „dich für einige Tage von deinem Hotel fortzulocken. Ich wollte dich ganz für mich allein haben. Du solltest vollkommen gelöst und nicht ständig auf der Hut sein.“ Er lachte wieder und kniff sie liebevoll ins Ohrläppchen. „Und prompt sah ich, wie Hardy dir den Hof machte.“

„Du warst eifersüchtig“, stellte sie erfreut fest und sah ihm forschend in die Augen.

„Das ist noch milde ausgedrückt. Dabei hatte ich alles so schön geplant. An unserem letzten Abend wollte ich dir in aller Form einen Heiratsantrag machen.“

„Und warum hast du das nicht getan?“

„Du hast mich von meinem Vorsatz abgelenkt.“ Seine Lippen strichen über ihren Hals, und sie erinnerte sich an ihre leidenschaftliche Umarmung an diesem Abend. „Ich hatte nicht die Absicht, es so weit kommen zu lassen, aber es gelang dir immer wieder, meine Selbstbeherrschung herauszufordern.“ Er seufzte und drückte seine Wange gegen ihr Haar. „Ich war wütend auf mich, weil mir die Situation so aus der Hand glitt."

„Und ich dachte, dein Zorn galt mir."

„Sei froh, dass es so gekommen ist. Sonst hätte ich dich noch auf dem Teppich geliebt. Aber ich war nicht in der Stimmung, dich behutsam in die Liebe einzuführen. Keine Frau habe ich jemals so begehrt wie dich in dieser Nacht."

Sie sah ihn groß an. „Brauchst du mich, Percy?"

Er streichelte ihre Wange. „Ja, Nelly, ich brauche dich."

Sein Mund berührte leicht ihre Lippen, doch dieser Hauch genügte ihr nicht. Sie schlang einen Arm um seinen Hals, zog seinen Kopf zu sich herunter und verlangte mehr. Ihr schien, als öffnete sich das Tor zum Paradies. Ihre Finger gruben sich in sein dichtes Haar, und sie wünschte sich, der Kuss möge nie aufhören.

„Wir müssen uns unbedingt um die Heiratslizenz kümmern, Nelly", sagte er heiser.

„Ich werde mal mit dem hiesigen Standesbeamten sprechen", flüsterte sie verträumt. „Er ist Eddies Onkel."

„Ich sehe schon, Kleinstädte sind das Salz der Erde." Erneut küsste er sie leidenschaftlich. Gleich darauf hämmerte jemand laut gegen die Tür.

„Nelly", klagte Eddie, „Mrs. Frank möchte Julius füttern, und ich kann sein Essen nicht finden. Und die Schwestern Bodwin haben für Titus keine Sonnenblumenkerne mehr."

„Wer, um alles in der Welt, ist Titus?" fragte Percy leise.

„Der Wellensittich der Bodwins."

„Sag Eddie, er soll Titus an Julius verfüttern", schlug Percy vor und blickte finster zur Tür.

„Die Idee ist gut." Nelly überlegte kurz und rief: „Julius' Futter steht auf dem Regal rechts vom Kühlschrank, drittes Brett. Schick jemanden in die Stadt, um ein Paket Sonnenblumenkerne zu kaufen. Und jetzt geh, Eddie, ich habe zu tun. Mr. Reynolds und ich haben eine wichtige Besprechung."

Lächelnd verschränkte sie die Arme wieder um Percys Hals.

„Nun, Mr. Reynolds, möchten Sie meine Meinung dazu hören, ob es möglich ist, am ‚Lakeside' anzubauen, ohne dass der Stil des Gebäudes dadurch beeinträchtigt wird?"

„Nelly, sei still."

„Du bist der Boss", räumte sie ein, ehe sich ihre Lippen zu einem langen Kuss trafen.

– ENDE –

Nora Roberts

Nachtgeflüster 1
Der gefährliche Verehrer

Band-Nr. 25126
6,95 € (D)
ISBN 3-89941-165-X

Nora Roberts

Nachtgeflüster 2
Der geheimnisvolle Fremde

Band-Nr. 25133
6,95 € (D)
ISBN 3-89941-172-2

Vorschau
Dieser Roman erscheint
im Juli 2005

Nora Roberts

Nachtgeflüster 3
Die tödliche Bedrohung

Band-Nr. 25146
6,95 € (D)
ISBN 3-89941-185-4

Nora Roberts
Die Stanislaskis 2
Verführung in Manhattan

Band-Nr. 25125
6,95 € (D)
ISBN 3-89941-164-1

Nora Roberts
Die Stanislaskis 3
Gegen jede Vernunft

Band-Nr. 25132
6,95 € (D)
ISBN 3-89941-171-4

Vorschau
Dieser Roman erscheint im Juli 2005

Nora Roberts
Die Stanislaskis 4
Heißkalte Sehnsucht

Band-Nr. 25144
6,95 € (D)
ISBN 3-89941-183-8